파르마의 수도원 2

La Chartreuse de Parme

세계문학전집 49

파르마의 수도원 2

La Chartreuse de Parme

스탕달

원윤수, 임미경 옮김

민음사

차례

15장

두 시간 후 가엾은 파브리스는 수갑을 차고 작은 마차에 올라 파르마 성채를 향해 출발했다. 그를 묶은 긴 쇠사슬이 마차에 연결되어 있었다. 헌병 여덟 명이 마차를 호위했다. 앞으로 이 헌병들은 호송 행렬이 통과하는 마을마다 미리 배치되어 있던 헌병들도 전부 모아 함께 데려갈 것이었다. 행정장관 자신도 직접 이 중요한 죄수의 뒤를 따라왔다. 저녁 7시 무렵, 마차는 파르마의 모든 개구쟁이들과 서른 명의 헌병들에게 둘러싸여 아름다운 산책로를 지나, 몇 달 전만 해도 파우스타가 살던 작은 저택 앞을 거쳐 마침내 성채 바깥문 앞에 모습을 드러냈다. 마침 성채 사령관 파비오 콘티 장군과 그의 딸은 외출을 나서던 참이었다. 사령관이 타고 나가던 마차는 파브리스를 태운 마차가 들어올 수 있도록 도개교 앞에서 멈춰 섰다. 사령관은 즉시 큰소리로 성채 문을 닫으라는 명령을 내리고, 무슨 일인지나 알아보려고 입구의 감옥 사무소로 급히 내려갔다. 죄수가 누구인지 알게 된 그는 적잖이 놀랐다. 죄수는 그렇게 먼 길을 오는 동안 내내 마차에 묶여 있었던 탓에 온몸이 굳어 있었다. 헌병 네 명이 그를 번쩍 들어 내린 다음 감옥 사무소로 데려가서 죄수 명부에 이름을 올렸다. '그러니까 저 유명한 파브리스 델 동고가 내 수중에 들어왔단 말이지.' 이 허영심 많은 사령관은 생각했다. '한 1년 전부터 파르마의 상류 인사들의 관심사는 온통 이 청년이 아니었던가.'

장군은 파브리스를 궁정이나 공작부인 저택, 그 외의 다른 장소에서 만난 적이 여러 번 있었다. 그러나 그는 죄수를 알고 있다는 내색을 하지 않으려고 조심했다. 혹시 자신이 불리한 처지에 말려들지나 않을까 걱정스러웠던 것이다.

그는 감옥서기에게 지시했다.

"카스텔노보 행정장관께서 이곳에 호송해 오신 죄수의 인도에 관해 특별히 상세한 보고서를 작성해 올려라."

텁수룩한 수염과 군인 같은 풍채 때문에 무서운 인상을 풍기는 바르보네 서기는 그날따라 평소보다도 더 뻣뻣하게 위엄을 부리는 바람에 마치 독일인 감옥지기 같아 보였다. 이 사내는 자신이 섬기는 성채 사령관이 국방대신이 되지 못하는 이유가 특히 산세베리나 공작부인이 훼방을 놓기 때문이라고 믿어 왔으므로 죄수를 다루면서 한층 더 오만불손하게 굴었다. 파브리스에게 말을 걸면서 '너희(voi)'라는 호칭을 썼는데, 이 호칭은 이탈리아에서는 하인을 부를 때나 쓰는 것이었다.

파브리스는 이 사내에게 단호한 태도로 말했다.

"나는 성 로마교회의 성직자로서 이 교구의 보좌주교이다. 나는 내가 태어난 가문의 이름만으로도 마땅히 공손하게 대접받을 권리가 있어."

"그야 내가 알 바 아니지!" 감옥서기는 무례하게 대꾸했다. "그런 존경할 만한 자리에 있다면 어디 증명서라도 보여서 네 주장을 입증해 보라고."

파브리스는 그런 서류를 지니고 있을 리 없었으므로 입을 다물었다. 서기 옆에 서 있던 파비오 콘티 장군은 죄수 쪽으로는 눈을 돌리려 하지 않고 서기가 쓰는 것만을 들여다보았다. 죄수가 정말로 파브리스 델 동고라는 사실을 자신이 확인해 주어야만 하는 사태를 피하기 위해서였다.

클렐리아는 마차 안에서 기다리고 있다가 별안간 위병소에서 나는 떠들썩한 소리를 들었다. 죄수의 신원에 대한 장황한 보고서를 모욕적인 필치로 작성해 나가던 바르보네 서기가 파브리스에게 옷을 벗으라고 명령한 것이 사건의 발단이었다. 질레티와의 결투 당시에 입은 상처가 몇 군데이며 상태는 어떤지 일일이 확인해서 기록해야겠다는 것이었다.

"그렇게 할 수는 없어." 파브리스가 쓴웃음을 띠며 말했다. "댁의 명령에 복종하려 해도 그렇게 할 수가 없는 처지야. 수갑이 채워져 있으니!"

"저런!" 장군이 아무것도 몰랐다는 듯한 태도로 소리쳤다.

"죄인이 수갑을 차고 있다니! 요새 안에 들어와서까지! 이건 규칙에 어긋나는 일이야. 특별한 지시가 있어야겠군. 그의 수갑을 벗겨 줘라."

파브리스는 장군을 쳐다보며 생각했다. '웃기는 위선자로
군! 내가 이 수갑 때문에 아주 고통스러워하는 것을 한 시간
전부터 알고 있었으면서도 이제야 놀라는 척하다니!'

헌병들이 수갑을 풀었다. 그들은 파브리스가 산세베리나 공
작부인의 조카라는 사실을 이제 막 알게 된 터라, 그에게 아
첨 섞인 공손함을 보였다. 이러한 태도는 서기의 거친 태도와
는 사뭇 대조되었는데, 그 때문에 서기는 감정이 상한 듯 꼼
짝 않고 있는 파브리스를 향해 윽박질렀다.

"자, 빨리 벗으라고! 그 가엾은 질레티 녀석을 죽일 때 생긴
상처를 내보이란 말이야."

파브리스는 벌떡 일어나 감옥서기에게 달려들어 한 대 후
려쳤다. 바르보네가 앉아 있던 의자에서 굴러 떨어져 장군의
발밑에 쓰러졌다. 헌병들이 파브리스의 양팔을 재빨리 붙잡았
다. 파브리스는 저항하지 않고 가만히 서 있었다. 장군 자신은
옆에 있던 헌병 두 명과 함께 서기를 급히 부축해서 일으켜
세웠다. 얼굴에서는 피가 꽤 흐르고 있었다. 좀 더 떨어진 곳
에 서 있던 헌병 두 사람은 죄수가 도망치려 하지나 않을까 싶
어, 뛰어가서 사무소의 문을 닫았다. 그들을 지휘하던 헌병반
장은 어쨌거나 성채 안으로 이미 들어온 이상 델 동고 집안의
이 청년도 무모한 도주를 시도할 리는 없다고 생각하면서도,
여하튼 창가로 다가가 막아섰다. 그것은 소동이 일어나는 것
을 막기 위해서이기도 했지만 헌병으로서의 본능이기도 했다.
그런데 장군의 마차가 멈춰 서 있던 자리는 이 열린 창 너머로

부터 몇 발자국밖에 떨어지지 않은 곳이었다. 클렐리아는 사무실에서 벌어지는 이 유쾌하지 못한 장면을 보고 싶지 않아서 마차 안에 웅크리고 있던 참인데 소란이 벌어지자 밖을 내다보며 헌병반장에게 물었다.

"무슨 일이지요?"

"아가씨, 저 무례하게 굴던 바르보네에게 지독스레 한 대 먹여 준 사람이 바로 파브리스 델 동고라는군요!"

"뭐라고요! 여기 감옥으로 끌려 온 사람이 델 동고 씨란 말인가요?"

"예, 그렇다니까요!" 헌병반장이 대답했다. "청년의 신분이 워낙 귀하다 보니 이렇게 절차가 복잡한가 봅니다. 아가씨도 잘 알고 계실 줄 알았는데."

클렐리아는 마차의 창문에서 얼굴을 떼려는 생각을 이제 아예 잊어버린 것 같았다. 탁자 주위를 에워싸고 있던 헌병들이 조금 흩어지자 죄수의 모습이 눈에 잡혔다. 그녀는 생각했다. '코모 호숫가에서 만났을 때, 저분을 다시 볼 날이 오늘같이 슬픈 장면이 되리라고는 누가 상상이나 했을까? …… 저분은 어머니의 마차에 오르려는 나에게 손을 빌려주었지 …… 그때도 이미 공작부인이 함께 있었어! 두 사람의 사랑은 그 당시에 이미 싹트고 있었던 걸까?'

여기서 독자 여러분께 다음과 같은 사실을 알려야만 하겠다. 라베르시 후작부인과 콘티 장군이 이끄는 자유당에서는 파브리스와 공작부인 사이에 모종의 달콤한 관계가 있다는 사실에 대해서 누구도 의심하지 않는다는 듯한 표정들을 짓고 있었다. 이들 일파는 모스카 백작이 몹시도 밉살스럽던 차에, 그가 사랑에 속아넘어간 어리석은 사람이라고 빈정대곤 했다.

클렐리아는 생각했다. '이렇게 붙잡혔으니, 게다가 적들의 손에 들어와 있으니 어쩌면 좋을까! 모스카 백작이 아무리 좋은 사람이라 하더라도 결국에는 저분의 체포 사실을 기뻐할 테니 말이야.'

사무소에서 왁자지껄한 웃음소리가 터져 나왔다.

"자코포, 도대체 무슨 일인가요?" 클렐리아는 흥분 때문에 떨리는 목소리로 헌병반장에게 물었다.

"왜 바르보네를 때렸느냐고 장군님께서 나무라니까 몽시뇨르 파브리스가 태연히 대답하기를 '저자가 나를 살인범이라고 부르는데, 나를 그렇게 불러도 좋다는 걸 입증할 만한 자격이나 증명서를 대라고 하시오.' 하는 거예요. 그래서 모두들 웃은 겁니다."

글을 쓸 줄 아는 감옥지기 한 명이 바르보네의 일을 대신했다. 클렐리아는 서기가 얻어맞아 흉해진 얼굴을 손수건으로 닦으면서 나오는 것을 보았다. 상처에서는 연신 피가 흐르고 있었다. 이 사내는 교회 문 앞에도 가지 않는 사람처럼 고약한 욕설을 퍼부어댔다. "이 나쁜 파브리스놈. 반드시 내 손에 죽게 될 거다. 내가 어떻게 해서든 네놈의 사형집행인 자리를 맡고 말 테니……"

이렇게 큰소리로 욕을 해 대며 나오던 그는 사무소 창문과 장군의 마차 중간 지점에 이르러 멈춰 서더니 파브리스를 한

번 더 노려보았다. 그러자 욕설은 한층 더 거칠어졌다.

헌병반장이 그에게 면박을 주었다.

"어서 가라고. 아가씨 앞에서는 그런 욕을 하는 법이 아니야."

바르보네는 마차를 쳐다보려고 고개를 돌렸다. 그의 눈이 클렐리아의 눈과 마주쳤다. 그 순간 클렐리아는 겁이 나서 짧은 비명을 지르고 말았다. 이렇게 흉악한 얼굴 표정을 지금처럼 가까이에서 본 적이 없었던 것이다. '이 사람이 파브리스 님을 죽이고 말겠구나!' 그녀는 생각했다. '동 체사레께 알려야만 해.'

동 체사레라는 이는 그녀의 숙부로서 이 도시에서 가장 존경받는 신부 가운데 하나였는데, 형인 콘티 장군 덕분에 그는 이 감옥의 재무관과 감옥의 수석 부속사제 자리를 얻을 수 있었다.

장군이 마차에 다시 올랐다. 그가 딸에게 말했다.

"네 방으로 돌아갈 테냐, 아니면 좀 오래 걸리더라도 궁전 안뜰에서 나를 기다릴 테냐? 군주께 이 일을 전부 보고하러 가야 하거든."

파브리스가 헌병 세 명에게 둘러싸여 사무소 밖으로 나왔다. 자신에게 배당된 방으로 끌려가는 것이었다. 클렐리아는 마차 문틈으로 그를 바라보았다. 죄수와 그녀 사이의 거리는 아주 가까웠다. 때마침 그녀는 부친이 방금 물은 말에 "저도 따라가겠어요."라고 대답하던 참이었다. 파브리스가 바로 곁에서 나는 이 목소리를 듣고 눈을 들었다. 그의 눈이 소녀의 시선과 마주쳤다. 무엇보다 그는 소녀의 얼굴에 어린 우수에 마음이 움직였다. 파브리스는 속으로 생각했다. '코모 호숫가에서 만난 이후로 참으로 아름다워졌구나! 어쩌면 저리도 사려 깊은 표정일까! ……이 소녀를 공작부인과 비교하는 데도 이유가 있구나. 정말이지 천사 같은 얼굴이다!' 서기 바르보네가 피를 흘리면서도 마차 곁에 멈춰 어정거리고 있는 것은 다른 뜻이 있어서였다. 그는 파브리스를 데려가고 있는 세 명의 헌병에게 기다리라는 몸짓을 하고는 마차 뒤를 돌아서 장군이 앉아 있는 승강구편 자리로 가서 말했다.

"죄수가 성채 안에서 폭력을 썼으니 규칙 157조에 의거해서 사흘간 수갑을 채워야 하지 않겠습니까?"

"어서 썩 꺼져!"

장군은 버럭 소리를 질렀다. 그에게 있어 이 체포 건은 아무래도 난처한 일이었던 것이다. 공작부인이나 모스카 백작을 너무 궁지로 몰아서는 안 될 것 같았다. 게다가 백작이 이 일을 어떤 식으로 받아들일까 하는 것도 문제였다. 사실 질레티의 살해 같은 것은 하찮은 사건에 불과했지만, 정략적인 음모가 그것을 중대하게 만들어 놓은 것이다.

장군과 바르보네가 이 짧은 대화를 주고받는 동안 파브리스는 헌병들에게 둘러싸여 찬탄이 나올 만큼 의연하게 서 있었다. 그의 얼굴은 참으로 품위 있고 고상했다. 우아하고도 섬세한 윤곽의 입가에는 경멸이 담긴 미소가 떠돌고 있었는데, 이 모습은 그를 둘러싸고 있는 헌병들의 천한 용모와 대비되어 더욱 두드러졌다. 그러나 이러한 것은 모두 남의 눈에 비친 겉모습일 뿐 정작 그 자신은 클렐리아의 천사 같은 아름다움에 넋을 놓고 있는 중이었다. 그의 눈빛에는 경이로움이 그대로 나타났다. 한편 이 소녀는 생각에 깊이 골몰하느라 창가에서 물러나 안으로 들어앉을 생각조차 잊고 있었다. 파브리스는 그녀에게 인사를 했다. 한없는 경의가 담긴 어렴풋한 미소와 함께 보낸 인사였다. 그러고는 잠시 기다렸다가 말했다.

"내 기억으로는 아가씨, 예전에 호수 근처에서 이미 당신을 만난 적이 있는 것 같습니다. 그때도 헌병들이 함께 있었지요."

클렐리아는 얼굴이 빨개졌다. 너무나 당황한 나머지 대답할 말도 찾지 못했다. '저런 거친 사람들 속에서도 어쩌면 그렇게 기품이 있을까!' 파브리스가 자신에게 말을 건네 오는 순간에도 그녀는 이런 생각을 했다. 깊은 동정심과 가슴속에서 떨려오는 감동 때문에 그녀의 머릿속은 뭐라고 대답할 말을 한 마디도 찾지 못한 채 그저 막막하기만 했다. 자신이 아무 대답도 못 하고 있음을 의식하자 소녀는 더욱더 얼굴만 붉혔다. 그 순간 성채의 대문 빗장이 끙음을 내면서 열렸다. 사령관 각하의 마차는 한 1분가량이나 더 지체했을까? 그 빗장 소리는 둥근 천장에 부딪혀 더 크게 울렸으므로 혹시 클렐리아가 무언가 대답할 말을 찾아냈다 할지라도 파브리스에게는 그 말이 들리지 않았을 것이다.

성채의 도개교를 건너자마자 곧장 달리기 시작한 마차에 실려 가며 클렐리아는 생각했다. '그분은 나를 바보 같다고 여겼겠구나!' 별안간 이런 생각에 빠져들어 갔다. '바보일 뿐 아니라 마음도 천박하다고 믿을 거야. 내가 사령관의 딸이라고 해서 죄수 처지인 자신의 인사에 답하지 않은 것으로 알테니까.'

고귀한 심성을 지닌 클렐리아는 이런 생각이 들자 절망감을 느꼈다. '예전에 우리가 처음 만났을 때의 일과 비교해 보면 지금의 내 행동은 변명의 여지도 없이 천한 거야. 그분이 말했듯이 그때도 '헌병들에게 호송되고' 있었지만 죄수의 입장에 처했던 것은 내 쪽이었어. 그분은 나를 도와주고 너무도 난처했던 처지에서 구해 주었지…… 그래 내 행동은 달리 봐줄 여지가 없어. 이 점은 인정해야 돼. 예의도 없고 배은망덕한 행동이었어. 아! 불쌍한 사람! 지금 그 사람은 불행한 처지에 빠져 있고, 세상 사람들은 모두 그에게 등을 돌리겠지. 그때 그분은 내게 이렇게 말했었어. '파르마에 가서도 내 이름을 기억해 주시겠지요?' 하고 말이야. 지금쯤 나를 얼마나 경멸하고 있을까! 공손한 대답 한 마디 정도는 쉽게 할 수도 있었으련만! 그분 마음은 내 행동으로 인해 상처를 입었을 거야. 그래 부정해도 소용없어. 예전에 그분 어머니께서 너그럽게도 마차를 권해 주시지 않았더라면 나는 헌병을 따라 먼지 속을 걸었어야만 했는데. 아니면, 더 불쾌한 일이지만, 어느 헌병의 말 뒤꽁무니에 함께 타야 했을 거야. 그때 아버지는 체포된 상황이었고 나는 무방비로 어쩔 줄 모르고 있었어! 정말이지 내 행동은 조금도 두둔해 줄 수 없구나. 게다가 그분같이 고결한 분이라면 한층 더 뚜렷이 느꼈을 거야! 그분의 고귀한 모습에 내 천한 행동을 비춰보니 너무나 대조되는구나! 어쩌면 그리도 기품이 있는지! 또 그리도 침착한지! 마치 비열한 적들에게 포위된 영웅과도 같은 태도였어! 이제야 공작부인의 뜨거운 심정을 이해할 수 있을 것 같아. 난처한 처지를 당해서, 더구나 어떤 불쾌한 일들이 계속 일어날지 모르는 상황인데도 그처럼 의연하니, 마음이 행복할 때의 그분 모습은 얼마나 매혹적일까!'

성채 사령관의 마차는 궁정의 안뜰에서 한 시간 반 이상이나 기다렸다. 그렇지만 장군이 비로소 대공 앞에서 물러나왔을 때도 클렐리아는 그리 오랜 시간을 기다렸다는 느낌이 들지 않았다.

클렐리아가 물었다.

"전하의 뜻은 어떠하시던가요?"

"말씀으로는 '감옥에 넣어두라'고 하셨지만, 그 눈빛은 '사형시켜 버리라'는 뜻이었지."

"사형이라니! 어쩌면!"

클렐리아의 목소리가 높아졌다.

"저런, 조용히 해라." 장군이 언짢은 듯 대답했다. "어린애의 말에 대꾸를 다 해 주다니, 나도 참 한심하군!"

그동안 파브리스는 파르네제 탑을 향해 380개의 계단 위를 걸어 올라가고 있었다. 파르네제 탑은 거대한 주탑의 전망대 위에 새로 지어 올린 감옥으로서 까마득히 높았다. 그는 지금 막 자신의 운명에 닥쳐 온 큰 변화에 대해서 어쨌거나 단 한 번이라도 냉정하게 숙고해 볼 마음조차 없었다. 그의 머릿속은 온통 다음과 같은 생각으로 차 있었다. '그 눈빛! 그 눈은 얼마나 많은 것들을 이야기하고 있었던가! 참으로 깊은 동정심이었어! 그 소녀는 마치 이렇게 말하는 듯이 보였지. 삶이란 이처럼 불행을 날실 삼아 짠 베와 같군요! 당신께 닥쳐온 일에 대해 너무 괴로워하지 말아요! 우리들은 이 세상에서 불행을 짊어진 채 살아가지 않나요? 라고 말이야. 말들이 발굽 소리를 크게 울리며 앞으로 내딛을 때까지도 그 아름다운 눈은 나를 바라보며 머물러 있었지.'

파브리스는 지금 불행해야 할 자신의 처지를 까맣게 잊고 있었다.

클렐리아는 부친을 따라 여러 저택의 사교 모임에 들렀다. 야회가 시작될 무렵에는 아직 아무도 그 '대죄인'의 체포 소식을 아는 사람이 없었다. 궁정인들이 조심성 없는 이 가엾은 젊은이에게 그런 이름을 붙여 부르기 시작한 것도 그로부터 두 시간 후였던 것이다.

이날 밤 사람들은 클렐리아의 얼굴에서 평소보다도 들뜬 듯한 어떤 활기를 느꼈다. 그런데 이 활기, 즉 자기 주위에 관심을 갖고 함께 어울리려고 하는 태도야말로 사람들이 이 아름다운 소녀에게서 늘 아쉬워하던 성품이었다. 이 소녀의 아름다움을 공작부인의 아름다움과 비교할 때마다 아무래도 공작부인에게로 기울어지게 되는 것은 이처럼 아무것에도 마음을 두지 않는 듯한 태도, 모든 일에 초연한 듯한 그녀의 몸가짐에 원인이 있었다. 영국이나 프랑스처럼 허영심이 지배하는 나라에서였다면 아마 그와 정반대의 의견이 나올 수도 있었을 것이다. 클렐리아는 아직 가냘픈 몸매의 소녀였다. 구이도[1]가 그려놓은 미녀의 모습이라고나 할까. 그리스적인 미의 기준을 따른다면 그녀의 얼굴 윤곽은 선이 좀 두드러진다는 흠을 잡을 수도 있었으리라. 예를 들면 기품이 감도는 그녀의 입술은 더없이 마음을 사로잡았지만 또렷이 다문 그 모습이 좀 고집스러워 보이기도 했다.

때묻지 않은 우아함과 고결한 심성의 표식을 하늘로부터 내려받은 이 얼굴은 또한 그처럼 보기 드문 아름다움을 표현하고 있음에도 불구하고 그리스 조각의 얼굴과는 조금도 닮은 점이 없다는 경탄할 만한 특성을 지니고 있었다. 반면에 공작부인은 누구나 이상형으로 알고 있는 아름다움을 좀 지나칠 정도로 그대로 보여 주었다. 완벽히 롬바르디아적인 부인의 얼굴은 레오나르도 다 빈치의 아름다운 에로디아드가 보여 주는 관능적인 미소와 달콤한 우수를 연상시켰다. 대화에 있어서도 공작부인은 화제의 흐름에 따라가며 마음이 쏠리는 온갖 주제에 정열적으로 몰두해서 빛나는 재치를 발휘하고 상대의 정곡을 찌르는 발랄한 야유를 쏟아 내는 편이라고 한다면, 클렐리아는 주변 사람들에 대한 경멸에서인지 혹은 어떤 붙잡을 수 없는 꿈에 대한 미련 때문인지 일관된 침묵으로 쉽사리 감정을 열어 보이지 않는 편이었다. 오래전부터 사람들은 그녀가 결국에는 종교적 삶에 몸 바치게 될 거라고 믿

---

1) 볼로냐 출신의 화가. 구이도 레니(Guido Reni, 1575~1642). 화려하고 복잡한 바로크 양식을 고전적인 절제를 통해 차분한 화풍을 선보인 그는 신화와 종교에 관한 주제를 즐겨 묘사했으며, 특히 고전적 이상을 반영하는 우아한 인물을 그려 냈다.

어 왔다. 스무 살의 나이였음에도 불구하고 그녀는 무도회에 나가는 것을 꺼리는 것 같았다. 비록 부친을 따라 그런 모임에 참석하기도 했지만 그것은 단지 자식으로서의 복종심과 아비의 야심에 누를 끼치지 않으려는 깊은 사려 때문이었다.

천박한 심성을 지닌 장군은 늘 이렇게 푸념하고 있었다. '하늘이 내게 이 나라 제일가는 미모를 지닌, 게다가 더없이 정숙하기까지 한 딸을 주셨는데도 나는 출세를 위해 딸의 덕을 볼 기회는 없겠구나! 내 생활은 너무나 고립되어 있다. 이 세상에 오직 딸 하나밖에 없으니 말이야. 내게 절실히 필요한 것은 내 뒤를 받쳐 줄 수 있는 가족이다. 그런 가족의 이름을 내세워 몇 군데 유력한 사교 모임에 드나들면서 내가 지닌 재능과 특히 대신으로서의 자질을 어떠한 정치적 싸움에라도 흔들리지 않을 출세의 발판으로 굳혀야 한다. 그런데도 이건 도무지 제대로 되지 않으니! 그렇게도 예쁘고 현명하고 신앙심 깊은 딸인데도 불구하고 궁정에 든든한 기반을 가진 젊은이가 마음을 얻고자 다가오기만 하면 성을 내고 마니 말이다. 구애에 나섰던 청년이 거절당한 끝에 뒤꽁무니를 빼고 나면 그 애는 침울한 기분에서 벗어나 어떤 때는 쾌활함을 보이기까지 하지. 그것도 다른 구혼자가 등장하기 전까지이긴 하지만. 궁정에서 가장 잘생겼다는 발디 백작도 언젠가 한번 구애 대열에 서 보았다가 딸의 기분만 상하게 하고 말았어. 이 공국에서 가장 부유하다는 크레센치 후작이 그의 뒤를 이었지만 딸아이는 그가 자신을 불행하게 할 거라고 우기고 있으니.'

어느 때는 이렇게 생각하기도 했다. '내 딸의 눈이 공작부인의 눈보다 더 아름다운 것은 확실하다. 그 아이의 눈은 드문 경우이긴 해도 한층 깊은 표정을 띠거든. 하지만 그런 아름다운 눈빛을 언제 다른 사람이 볼 수 있단 말인가? 사람들을 경탄시켜 명성을 얻을 수 있는 사교 모임에서는 그 아름다운 표정을 드러내는 적이 없으니. 나와 함께 산보를 할 때, 예를 들어 더러운 천민의 불쌍한 모습에 측은해질 때만 그런 눈빛을 보일 뿐이지. 몇 번인가 딸애에게 이렇게도 말해 보았어. 그 아름다운 눈빛을 조금이나마 그대로 남겨서 오늘 밤 우리 모임에서 좀 보여 주도록 하렴, 하고 말이야. 전혀 소용없는 일이었어. 나를 따라 사교계에 나서기는 하지만, 그 고상하고 티없는 얼굴은 어지간히 초연하고 맥빠지는 표정이었지. 마치 아버님 말씀에 그대로 복종하고 있다는 유세라도 하듯이 말이지.' 여기서 보다시피 장군은 무슨 수를 써서라도 상당한 지위에 있는 인물을 사위로 삼고 싶어 했다. 그러나 그가 늘어놓고 있는 불평 역시 진실이었다.

궁정인들이란 전혀 자신의 마음속을 바라보려고는 하지 않는 사람들이라서 주변의 모든 것에는 아주 예민한 법이다. 이들이 눈치챈 바에 따르면, 공작부인이 클렐리아 옆에 있으려 하고 이 소녀에게 말을 걸려고 하는 경우는 특히 이 소녀가 자신의 소중한 몽상들을 놓지 않는, 무엇엔가 흥미를 느끼는 척 가장하지 못하는 그런 순간이었다. 클렐리아의 머리카락은 회색빛이 감도는 금빛이었는데, 이 금발머리는 안색이 고운 그러나 대개는 너무 창백하다 싶은 뺨 위에 드리워져 부드럽게 반짝였다. 주의 깊은 관찰자라면 이마의 생김새 하나만 보더라도 그녀의 그토록 고상한 태도, 세속적인 교태를 완전히 넘어선 듯한 거동이 모든 속된 것에 대한 철저한 무관심에서 비롯되었다는 사실을 알아챘을 것이다. 그것은 그녀가 무엇엔가 흥미를 갖는 것이 불가능하다는 의미가 아니라 흥미를 느끼지 못하고 있다는 의미였다. 부친이 성채 사령관이 된 이후 클렐리아는 그 높은 곳에 살게 된 것을 기뻐했다. 적어도 우울함만은 지워 버릴 수 있었다. 커다란 주탑의 전망대 위에 자리 잡은 사령관 관저로 가려면 몸서리가 날 정도로 끝없는 계단을 걸어 올라가야 했지만, 바로 그 계단 덕분에 귀찮은 방문객이 찾아오지 않았다. 이런 현실적인 이유로 클렐리아는 수도원에 있는 것처럼 자유를 누렸는데, 그녀가 한때 신앙에 헌신함으로써 구하고자 했던 이상적인 행복이란 바로 이러한 것이라고 해도 과언이 아니었다. 자신의 소중한 고독과 가슴 깊이 가꾸고 있는 생각들을 한 젊은 남자의 손에 맡기고, 또 그 사람은 남편이라는 자격으로 자신의 이 모든 내면 생활을 뒤흔들어 놓을 거라는 점을 생각하기만 해도 그녀는 일종의 공포감에 사로잡혔다. 그녀의 고독한 생활은 비록 그럼으로써 행복에 도달하지는 못하지만 적어도 고통스러운 삶의 느낌만은 피하게 해 주었다.

파브리스가 성채로 끌려온 날, 공작부인은 내무대신 쥐를라 백작 저택의 야회에서 클렐리아를 만났다. 사람들이 모두 두 여인 주위로 모여들었다. 이날 밤 클렐리아의 아름다움은 공작부인보다 더 돋보였다. 소녀의 눈은 참으로 독특하고 깊은 표정을 띠어 조심성이 없어 보이기까지 했다. 그 눈빛 속에는 동정심과 함께 분개와 노여움이 서려 있었다. 공작부인의 명랑하고 빛나는 재치는 클렐리아를 고통으로 몰아넣어 두려움에 사로잡히게 할 정도였다. 소녀는 생각하고 있었다. '이 가엾은 부인은 자신의 연인이, 그처럼 훌륭한 심성과 고귀한 용모를 지닌 그분이 지금 막 감옥에 갇혔다는 것을 알게 되면 얼마나 슬퍼하며 흐느낄 것인가! 게다가 군주는 눈짓으로 그분을 사형시키라고 했다는데! 오 절대군주의 폭압이여, 이탈리아가 그런 것으로부터 벗어날 수 있을 때는 언제일지! 돈에 매수되는 비굴한 심성의 소유자들이 우글거리고 있으니! 게다가 나는 감옥지기의 딸이다. 파브리스의 인사에 대답조차 하지 않음으로써 나 역시 이 시대의 그 '고상한' 성격을 그대로 보여 주지 않았던가. 예전에 그에게 은혜를 입었음에도 불구하고 말이다. 지금쯤 방에 홀로 남겨져 작은 등잔불을 마주하고 있을 그분은 나에 대해 무슨 생각을 하고 있을까?' 이런 생각 탓에 반항심이 고개를 든 클렐리아는 내무대신의 거실을 밝히는 휘황한 조명을 향해 혐오감이 가득 담긴 시선을 던지는 것이었다.

사교계에서 가장 주목받는 이 두 미녀들의 대화에 끼어 보려고 주위를 맴돌던 사람들은 자기네들끼리 쑥덕거렸다. "저 두 사람이 저렇게 활기를 띠고 친밀한 태도로 이야기를 나누는 일은 이제껏 본 적이 없는 것 같군요" "수상이 직무를 수행하면서 적대감을 뿌려 놓으면 공작부인은 언제나 그걸 무마하려고 용의주도하게 손을 써 왔으니까, 이번에 클렐리아를 위해 어떤 훌륭한 혼사를 주선하려는 생각이 아닐까?" 이러한 추측이 나온 근거는 지금까지 궁정인들이 한번도 목격하지 못했던 상황이 벌어진 데 있었다. 소녀의 눈이 아름다운 공작부인의 눈보다도 더 강렬하게 반짝이면서, 말하자면 더욱더 정열적인 빛을 내뿜고 있었던 것이다. 옆에 있던 공작부인도 내심 놀랐다. 또한 부인은(이것 역시 부인에 대한 칭찬이 되겠지만) 이 외톨이 소녀에게서 새로운 아름다움을 발견하고 매혹되었다. 한 시간 전부터 부인은 경쟁자를 바라볼 때의 느낌으로는 흔치 않은 기쁨을 맛보면서 소녀를 대하고 있었다. '도대체 무슨 일일까?' 공작부인은 생각해 보았다. '클렐리아가 이토록이나 아름답게 보였던 적은 없었어. 참으로 가슴이 설렐 정도니 말이야. 마음을 열어 말을 하고 있기 때문일까? …… 그렇다면 분명 괴로움을 간직한 연정이겠구나. 전에 없이 활기 띤 이 모습 뒤편에는 무언가 우울한 고통이 서려 있는 듯하거든…… 하지만 불행한 사랑을 간직한 사람은 침묵하는 법이잖아! 그렇다면 이 아이는 사교계에서 성공을 거둬서 변덕스러운 애인의 마음을 다시 붙잡으려는 생각일까?' 공작부인은 주변에 있는 젊은 남자들을 유심히 둘러보았다. 유달리 눈에 들어오는 얼굴은 어디에도 없었다. 정도의 차이만 있을 뿐 언제나처럼 그런대로 만족하고 있는 자만에 찬 얼굴들뿐이었다. '정말 묘한 일이구나.' 무슨 일인지 짐작도 못 해 속이 상한 부인은 속으로 중얼거렸다. '모스카 백작은 어디 있는 걸까? 그이라면 눈치 빠르게 알아낼 텐데. 아니야. 내 생각은 틀리지 않았어. 클렐리아가 나를 뚫어지게 바라보고 있잖아. 마치 내가 자신에게 전혀 새로운 관심의 대상이라도 된 것처럼. 비굴한 아첨

꾼인 아버지로부터 무슨 지시라도 받은 걸까? 심성이 고상하고 천진한 이 소녀가 금전적인 이해 관계에 개입할 만큼 타락하는 경우는 없으리라 생각했는데. 파비오 콘티 장군이 백작에게 무슨 결정적인 요구라도 해 오려는 것일까?'

10시경, 공작부인에게로 친구 한 사람이 다가와서 낮은 소리로 몇 마디 소곤거렸다. 부인은 극도로 창백해졌다. 그러자 클렐리아는 부인의 손을 꼭 잡으며 격려하는 것이었다.

"고마워요. 이제야 당신을 이해하겠어요…… 당신은 고운 마음을 지녔군요!"

공작부인은 냉정을 되찾으려 애쓰며 가까스로 이렇게 말했다. 그녀는 이 말 몇 마디를 하기도 힘이 들었다. 부인은 이 집 안주인에게 애써 화사한 웃음을 지어 보였다. 안주인은 일어서서 가장 바깥쪽 거실의 문까지 그녀를 배웅했다. 이러한 예우는 왕실의 여인들에게나 보이는 것이었던 까닭에, 현재와 같은 입장에 처한 공작부인에게는 예우라기보다 잔인한 조롱처럼 느껴졌다. 그럴수록 부인은 쉬를라 백작부인을 향해 더욱 환한 웃음을 지어 보였다. 그러나 있는 힘을 다해 노력했음에도 불구하고 단 한 마디의 인사말도 꺼내지 못하고 말았다.

공작부인이 사교계에서 가장 유명한 인사들이 모여 있던 살롱을 가로질러 밖으로 나가고 있을 때 마침 그 모습을 바라보고 있던 클렐리아의 눈에 눈물이 가득 고였다. '저 가엾은 부인이 이제 마차 안에 홀로 타고 가면서 어떤 심정이 될까? 그렇다고 해서 내가 동행해 드리겠다고 나선다면 경솔한 행동이 될 테지! 또 그렇게 할 용기도 없어…… 불쾌한 감옥

어딘가에 갇혀서 작은 등잔불을 마주하고 앉아 있을 그 불쌍한 죄수가 자신이 이토록 사랑받고 있다는 사실을 알면 얼마나 위안이 될까! 그이는 지금 참으로 견딜 수 없는 고독에 빠져 있겠지! 그런데 우리는 여기 이 화려한 거실에 있으니, 정말 싫구나! 그에게 말을 전할 방법이 혹시 있을까? 아, 이런! 그건 아버지를 배반하는 일이 될 텐데. 두 당파 사이에서 아버지는 아주 난처한 입장에 처할 거야. 아버지가 공작부인으로부터 큰 미움이라도 산다면 어떻게 될 것인가! 부인은 이 나라 대부분의 일을 좌우하는 재상의 마음을 지배하고 있는 분인데. 또 한편으로 보면 대공은 성채 감옥에서 일어나는 일에 대해서 늘 관심을 늦추지 않는 데다가 이 문제만큼은 농담을 허락지 않아. 공포심이 대공으로 하여금 가혹한 결심을 하게 할 수도 있어…… 어쨌거나 파브리스는(클렐리아는 이제 더 이상 그를 델 동고 씨라고 부르지 않았다) 유난히 딱한 처지에 놓였구나! 그이가 처해 있는 이 상황이란 벌이가 좋은 지위를 잃게 될 위험 같은 것하고는 전혀 성질이 다른 것이니까! …… 그리고 공작부인을 좀 봐! …… 사랑이란 얼마나 치명적인 정열인가! 그런데도 세상의 모든 거짓말쟁이들은 사랑에 대해 마치 행복의 원천인 양 말하곤 하니! 사람들은 나이 든 여인들을 동정하지. 그네들은 사랑을 느낄 수도 없고 누군가에게 사랑을 불러일으킬 수도 없다고 하면서…… 하지만 나는 조금 전 내가 본 장면을 결코 잊지 못할 거야. 그 얼마나 급격한 변모였던가! N백작으로부터 그 피할 길 없는 소식을 전해 듣자 그토록 아름답게 반짝이던 공작부인의 눈은 순식간

에 침울해지며 빛을 잃고 말았으니! …… 파브리스는 정말이지 그처럼 사랑받을 만한 분인가 보구나!'

　이런 진지한 생각에 깊이 빠져들어 온 마음을 빼앗기고 있던 클렐리아는 사람들이 여전히 자신을 둘러싸고 건네 오는 아첨 섞인 말이 여느 때보다도 더 참을 수 없이 느껴졌다. 그 자리에서 벗어나려고 그녀는 창가로 다가갔다. 열려 있는 창문에는 비단 커튼이 반쯤 드리워져 있었다. 그녀는 이런 구석진 곳까지 자신을 쫓아올 만큼 뱃심 좋은 사람은 없기를 바랐다. 이 창문에서는 뜰 한가운데에 있는 작은 오렌지나무 숲을 바라보고 있었다. 사실 이 오렌지나무들은 겨울이 되면 매번 지붕을 만들어 덮어 주어야 했다. 클렐리아는 오렌지꽃 향기를 감미롭게 들이마셨다. 이 상쾌한 감각이 그녀의 마음을 어느 정도 달래 주는 것 같았다…… 그녀는 생각했다. '그분은 정말 고상한 풍모를 지녔어. 하지만 그처럼 빼어난 여인에게 그리도 열렬한 애정을 불어넣을 수도 있다니! …… 부인은 대공의 은근한 호의를 거절해 왔지. 만약 그러기로 마음만 먹었더라면 부인은 이 나라의 대공비가 될 수도 있었을 텐데. 아버지가 들려준 이야기로는 군주의 애착이 대단해서 다시 자유롭게 결혼할 수 있는 처지만 되면 공작부인과 결혼하려 들 정도라지! …… 그리고 보니 파브리스에 대한 애정도 참 오래 계속되어 왔구나! 그들 두 사람을 코모 호숫가에서 만난 지도 5년이 되었으니! …… 그래 5년 전이야.' 소녀는 잠시 회상에 빠졌다가 다시 생각을 이어갔다. '그 시절 어린아이였던 나는 눈앞에 벌어지는 많은 일들을 알아차리지 못하고 지나쳤지. 하지만 그때도 내가 받은 인상은 역시 뚜렷한 것이었어. 부인 두 분은 정말이지 파브리스에게 도취해 있었지!'

클렐리아는 자신에게 열심히 말을 붙이려던 청년들 중에서 이 발코니로 다가오려는 사람이 없는 것을 다행스럽게 여겼다. 그들 가운데 한 명인 크레센치 후작이 이쪽을 향해 몇 걸음 다가오다가 게임이 한창 벌어지고 있는 탁자 옆에 멈춰 섰다. '성채의 저택, 하나밖에 없는 나의 창문, 그 그늘 지는 창문 아래에서만이라도 저기 있는 것과 같은 예쁜 오렌지나무 숲을 가꿀 수 있다면, 내 마음에 큰 위로가 될 텐데! 하지만 어디를 둘러보아도 파르네제 탑의 커다란 벽돌뿐이지…… 아!' 그녀는 몸을 떨었다. '아마 그이는 그 탑에 갇혔을 거야! 어서 동 체사레에게 말할 수 있었으면! 숙부는 아버지보다 너 그렇겠지. 아버지는 성채로 돌아가서도 아무것도 알려 주시지 않겠지만, 동 체사레 숙부는 전부 이야기해 주실 거야…… 내게 있는 약간의 돈으로 오렌지나무를 몇 그루 사서 새를 기르는 방 창문 아래 심어 놓으면 파르네제 탑의 그 거대한 돌벽을 가려줄 테지. 그 벽 때문에 빛을 빼앗긴 한 사람을 알게 된 지금 그 벽이 더욱더 싫게 느껴지는구나! …… 그렇다, 내가 그를 본 것은 이번이 세 번째다. 한 번은 궁정에서 열린 대공비의 생일 축하 무도회에서였고, 그리고 오늘 무서운 바르보네가 그에게 수갑을 채우자고 조를 때 헌병 세 명에게 둘러싸인 그를 보았고, 또 한 번은 코모 호숫가에서 만난 적이 있었지…… 벌써 5년이 지났어. 그때는 정말 장난꾸러기 같은 모습이었는데! 헌병을 쏘아보던 그의 눈초리란! 그리고 그이의 모친과 고모는 그를 향해 묘하게 눈을 찡긋거리곤 했지. 분명 그날 세 사람 사이에는 무언가 특별한 일이 있었어. 그때 나는 그이도 역시 헌병을 무서워하나 보다 생각하고 말았지만…….' 클렐리아는 부르르 몸을 떨었다. '정말이지 나는 아무것도 모르는 철부지였구나! 틀림없이 그때부터 이미 공작부인은 그를 마음에 두고 있었던 거야…… 시간이 좀 지나자 그이는 재미있는 이야기로 우리를 웃게 해 주었지! 그래서 두 부인은 덮어 둘 수 없는 근심거리가 있었음에도 불구하고 낯선 소녀에게 어느 정도 친근해졌어……. 그런데도 오늘 저녁 나는 그가 건네온 말에 대답조차 하지 않았으니! 오, 무지와 소심함이여! 너희 두 심성은 자칫하면 사악함을 닮게 되는구나! 그리고 내 나이 스물이 되었는데도 여전히 무지하고 소심할 뿐이니! …… 내가 수도원에 들어가려고 생각했던 것도 당연한 일이야. 사실 나에게는 은둔 생활이나 어울릴 뿐이니까! 그는 이렇게 생각할 테지, '틀림없는 감옥지기의 딸답군!' 하고 말이야. 그리고 공작부인에게 편지를 쓸 기회가 되면 내가 저지른 결례를 이야기할 테고, 그래서 공작부인은 나를 믿을 수 없는 계집아이라고 생각할 테지. 어쨌거나 오늘 밤 부인은 내가 자신의 불행을 동정하고 있다고 믿었으니까.'

클렐리아는 어떤 사람이 다가오고 있음을 알아챘다. 그 인물은 그녀가 있는 이 창문 발코니의 쇠난간 쪽으로 향하려는 의도임이 분명했다. 비록 스스로를 책망하고 있는 중이기는 했지만 누군가 성가시게 옆으로 다가오자 그녀는 속이 상했다. 그 불청객이 중단시키고 말 그녀의 상념 속에는 무언가 감미로운 것이 전혀 없지도 않았던 것이다. '아! 귀찮은 사람, 어디 반가운 척 맞아 볼까!' 이렇게 체념한 그녀는 반항기가 가득한 눈빛을 띠며 고개를 돌렸다. 발코니 쪽으로 누가 볼세라 슬금슬금 다가온 사람은 소심한 표정의 대주교였다. '이 거룩한 분은 예의도 모르시는구나. 왜 나 같은 가엾은 소녀를 방해하려 하실까? 내가 가진 것 중에 좋은 것이라고는 조용히 혼자 있을 수 있다는 점뿐인데.' 그녀는 대주교에게 얌전히 인사를 했다. 그러나 불손한 태도는 여전히 남아 있었다. 대주교가 물었다.

"아가씨, 당신은 그 무서운 소식을 알고 계신가요?"

소녀의 눈빛은 이미 전혀 다른 표정이 되어 있었다. 그러나 수없이 들어 온 아비의 훈계 덕분에 그녀의 눈빛은 자신의 감정과는 달리 아무것도 모르는 듯했다.

"저는 아무 소식도 듣지 못했습니다, 예하."

"내 수석 보좌주교인 가엾은 델 동고가 조제프 보씨라는 이름으로 숨어 살던 볼로냐에서 붙잡혔답니다. 그는 질레티라는 악당의 죽음에 대해서는 아무 잘못도 없습니다. 그건 마치 내가 죄 없는 것과 마찬가지지요. 그는 당신이 살고 있는 성채에 갇혔다는데 마차에 쇠사슬로 묶인 채 끌려왔다는군요. 바르보네라는, 아마 감옥지기 일을 맡아 보는 사내인 듯한데, 그 무뢰한이 파브리스에게 사적인 폭력을 휘둘렀다는군요. 그자는 자기 형제 한 명을 죽이고도 사면을 받은 자랍니다. 하지만 내 젊은 친구가 결코 그런 모욕을 참고만 있을 사람이 아니지요. 그는 이 고약한 상대를 때려눕혔는데, 그 때문에 수갑을 차고 지하 6미터나 내려가 있는 감옥에 갇혔답니다."

"수갑은 차지 않았어요."

"아! 당신은 어느 정도 알고 있군요."

대주교는 반갑게 말했다. 깊이 상심하고 있는 듯이 보이던 노인의 표정이 좀 맑아졌다.

"하지만 무엇보다 조심해야 할 일인데, 이 발코니에서는 누군가 우리 이야기를 방해할 수도 있어요. 부탁입니다만 여기 나의 주교 반지를 당신이 직접 동 체사레에게 전해 주시겠습니까?"

소녀는 반지를 받아들긴 했지만, 잃어버릴 염려 없이 그것을 전하려면 어디에 간수해야 할지 몰라 머뭇거렸다.

"엄지손가락에 끼워요." 대주교는 이렇게 말하며 자신이 몸소 그녀에게 반지를 끼워 주었다. "이 반지를 전해 주리라고 믿어도 되겠지요?"

"그럼요, 대주교님."

"내가 지금부터 하는 말을 비밀로 해 주겠다고 약속하겠어요? 내 부탁을 들어주기 어렵더라도 말입니다."

"네, 그렇게 하고말고요."

노성직자가 갑자기 무겁고 심각한 표정을 짓는 것을 본 소녀는 떨리는 목소리로 대답했다.

"대주교님께서는 존경할 만한 분이시니 옳지 않은 요구는 하시지 않겠지요."

"동 체사레에게 전해 주세요. 내 양아들을 부탁하니 잘 돌보아 달라고 말입니다. 그를 체포한 헌병들은 그에게 성무 일과서를 챙길 시간조차 주지 않았을 겁니다. 동 체사레에게 자신의 성무 일과서를 그에게 주라고 대신 부탁해 주세요. 그리고 내일 숙부가 대주교관으로 사람을 보내면 내가 다른 것을 한 권 드리겠다고 말해 주십시오. 당신의 고운 손가락에 끼운 이 반지도 역시 동 체사레에게 부탁해서 전해 주시기 바랍니다."

파비오 콘티 장군이 딸을 마차에 태워 데려가려고 다가오는 바람에 대주교의 말은 중단되었다. 대주교의 임기응변으로 그들 사이에 잠시 동안 대화가 오갔다. 대주교는 방금 갇힌 죄수에 대해서는 전혀 언급하지 않으면서도 대화를 따라가며 도덕과 정치에 관한 몇 가지 격언을 능란하게 끼워 넣었다. 예를 들면 궁정 생활에는 아주 유력한 인물의 입지조차 흔들어놓을 수 있는 위기의 순간들이 있는 법이며, 흔히 서로 대립되는 입장에서 비롯된 정치적 소원함을 개인적인 원한으로 바꾸는 일은 두말할 것도 없이 경솔하기 그지없는 처신이라는 이야기였다. 뜻하지 않은 체포 사건으로 깊이 상심한 나머지 조심성이 좀 무뎌진 대주교는 이런 말까지 했다. 현재 누리고 있는 지위를 지키는 일도 분명 중요하지만, 사람들이 결코 잊지 못할 어떤 일을 해서 그로 인해 맹렬한 지탄을 받게 되는 것도 무모하기만 할 뿐 쓸데없는 짓이라는 이야기였다.

장군이 딸과 함께 마차에 오른 다음 말했다.

"그 말은 협박이나 다름없어…… 나 같은 사람에게 협박을 하다니!"

20여 분 동안 아버지와 딸 사이에 오간 말이란 이것이 전부였다.

대주교로부터 반지를 전해 받으면서 클렐리아는 마차에 오르면 부탁받은 일을 부친에게 이야기하리라 마음먹었었다. 그러나 부친이 화를 내며 '협박'이라는 단어를 입에 올리는 것을 보고 부친이 자신의 심부름을 막으리라는 것을 알았다. 그녀는 왼손으로 반지를 가리도록 꼭 감아쥐었다. 그러면서 그녀는 내무대신의 관저에서 성채로 돌아가는 내내 아버지에게 이 일을 이야기하지 않는다면 죄가 되지 않을까 하고 생각했다. 그녀는 신앙심이 무척이나 깊고 매우 소심했다. 평소 평온하던 가슴이 세차게 뛰었다. 그러나 성문 위에서 보초를 서고 있던 파수병이 마차가 다가오는 것을 보고 소리칠 때까지 클렐리아는 부친에게 거절당하지 않을 만한 적절한 말을 찾아내지 못하고 있었다. 그만큼 거절당할 것이 두려웠던 것이다. 사령관 관저로 들어가는 360개의 계단을 걸어 올라가면서도 그녀는 한 마디도 꺼낼 수 없었다.

그녀는 대주교의 부탁을 서둘러 숙부에게 전하려고 애를 태웠다. 그러나 막상 숙부는 그녀를 꾸짖으며 자신은 아무 일에도 끼어들지 않겠다는 것이었다.

16장

장군은 그의 아우 동 체사레를 보자 큰소리로 말했다. "자아! 이제 공작부인은 10만 에퀴를 써서라도 나를 골탕 먹이고 죄수를 구해 내려 하겠지."

우리도 지금으로서는 파브리스를 파르마 성채 꼭대기 감옥에 그대로 방치하는 수밖에 없겠다. 철저한 경비 때문에 달아날 수가 없으니, 잠시 후에 그를 감옥 안에서 다시 만나도록 하자. 아마 모습은 좀 변해 있을 것이다. 그러나 우선 우리가 주시해야 할 일은 궁정의 상황이다. 그곳에서는 몹시도 얽히고설킨 음모가 숨어 있으며, 특히 비탄에 빠진 한 여인이 그의 운명을 어떻게 해 보려고 하고 있으니 말이다. 사령관이 지켜보는 가운데 파르네제 탑의 감옥을 향해 390개의 계단을 오르면서 파브리스는 깨달았다. 지금까지 늘 자신의 운명이 결정되는 순간을 두려워해 왔음에도 불구하고 지금 이 순간 그는 자기 앞에 닥친 불행에 도무지 마음이 쓰이지 않는 것이었다.

공작부인은 쥐를라 백작의 야회에서 돌아오자 손짓으로 하녀들을 방에서 물러가게 하고, 한껏 차려입은 옷 그대로 침대 위에 몸을 던졌다. 그녀는 비명을 지르다시피 외쳤다. '파브리스가 적들의 손에 잡혀 있다. 아마 적들이 나에게 해코지할 양으로 그에게 독약을 먹일지도 몰라!' 이런 생각에 빠져든 한 여인이 어떤 절망감에 휩싸였는지 어떻게 다 그려 낼 수 있겠는가? 그다지 냉정하지도 못한 이 여인은 눈앞의 감정에만 쉽게 휩싸이는데 말이다. 더군다나 자신은 비록 깨닫지 못하고 있었지만 그 젊은이를 뜨겁게 사랑하고 있는 여인이 아닌가. 무슨 말인지 알아들을 수 없는 외침, 격렬한 분노의 솟구침, 경련 같은 몸부림이 이어졌다. 그러나 눈물은 한 방울도 나오지 않았다. 부인은 자신의 이런 모습을 보이기 싫어 하녀들을 물리쳤던 것이다. 혼자 있게 되면 곧 울음이 터질 거라고 생각했다. 그러나 눈물이라는, 고통의 제일가는 위안은 전혀 찾아오지 않았다. 분노, 원한, 대공에게 지고 말았다는 패배감, 이런 것들이 이 자존심 강한 여인의 마음을 옭아매고 있었다.

'내가 이런 모욕을 당하다니!' 그녀는 끊임없이 부르짖었다. '나를 모욕하고 더구나 파브리스의 생명까지 위협하고 있잖아! 그런데도 나는 복수할 방법이 없구나! 자, 그만하시지요, 대공 전하! 당신이 나를 죽이려 하는군요. 좋아요. 당신에겐 그럴 만한 권력이 있으니. 하지만 그렇다면 나도 당신의 생명을 온전히 내버려 두지 않을걸. 아! 아무리 그렇게 한다 한들, 가엾은 파브리스, 그것이 네게 무슨 소용이 있겠니? 상황이 얼마 전 내가 파르마를 떠나려 했던 날과 이렇게도 달라지다니! 그래도 그때 나는 스스로가 불행하다고 생각하고 있었지…… 한 치 앞도 모르고서! 안락한 생활에 길든 내 생활 방식을 모두 포기하기만 하면 될 줄로 알았는데, 아! 모르는 사이 나는 내 운명을 영원히 결정하게 될 사건과 마주하고 있었던 것이구나. 백작은 비굴한 아첨이라는 치졸한 습관 때문에 대공이 허세를 부려 써 준 그 중요한 서신에서 '부당한 재판'이라는 말을 빼 버렸어. 그 말만 지우지 않았어도 지금 이 지경이 되지는 않았을 텐데. 대공이 파르마의 일이라면 약해지고 만다는 점을 이용해 그의 자존심을 움직일 수 있었던 것은 내 수완이라기보다는 행운이었음을 인정해야 해. 그때는 이 도시를 떠나겠노라고 협박할 수 있었지. 그때 나는 자유로웠으니까. 그러나 아! 이제 나는 완전히 노예가 되었다. 지금 나는 여기 이 파렴치한 소굴에 붙잡혔고, 파브리스는 성채에 묶여 있다. 수많은 뛰어난 사람들이 그 성채에서 죽음을 기다려 오지 않았던가! 그러니 나는 이제 이 소굴을 떠나겠다고 또다시 겁을 주어 그 호랑이를 길들일 방법도 없어진 것이다.

내 사랑이 쇠사슬로 묶여 있는 저 흉측한 탑에서 내가 결코 떠나지 못하리라는 것을 모를 만큼 대공은 바보가 아니다. 지금처럼 자존심이 상해 있을 때라면 그는 어처구니없는 생각을 품을 수도 있지. 그리고 그런 생각들에 도사린 상궤를 벗어난 잔인성이 그의 끝없는 허영심을 더욱 집요하게 만들 뿐이야. 혹시 그가 예전에 그 멋없는 바람기를 부려 했던 말을 다시 꺼낸다면, 그래서 '당신의 노예인 이 몸의 경의를 받아주시오. 그렇지 않으면 파브리스는 끝장날 거요.'라고 말해 온다면 어떻게 할까. 자, 그렇다면 나는 저 옛날 유딧[2] 같은 처지가 되어야겠구나. 그래, 하지만 그렇게 할 경우 나는 자살해 버리면 되지만 파브리스로서는 암살자의 위치로 굴러떨어지겠지. 후계자인 저 얼간이 왕자와 가증스런 사형집행자 라씨는 파브리스를 내 공범자로 몰아 교수형에 처할 거고.'

공작부인은 견딜 수 없어 비명을 질렀다. 도저히 빠져나올 방법이 없어 보이는 궁지가 상심한 마음을 더욱 괴롭혔다. 혼란한 그녀의 머릿속에는 앞날에 대한 어떠한 가능성도 떠오르지 않았다. 거의 10여 분이나 그녀는 마치 미친 사람처럼 몸부림을 쳤다. 그러고는 마침내 이 견딜 수 없는 절망감에 탈진하고 말았다. 아주 잠깐이긴 했으나 짓누르는 듯한 졸음이 덮쳐왔다. 생명의 힘이 소진되고 말았던 것이다. 몇 분 후 그녀는 소스라쳐 깨어났고, 침대 위에 벌떡 일어나 앉았다. 자신의 눈앞에서 대공이 파브리스의 목을 치려는 환상을 보았다. 이런 착각을 일으키며 주변을 두리번거리는 공작부인의 넋잃은 눈빛이란! 이윽고 대공도 파브리스도 환영이었다는 것을 깨닫고 그녀는 다시 침대에 쓰러졌다. 정신이 아득해지는 듯했다. 너무나 지친 나머지 자세를 고쳐 누울 힘조차 없었다. '아! 차라리 죽을 수 있다면! …… 하지만 어떻게 그런 비겁한 행동을

2) Judith, 아시리아 장군 홀로페르네스를 죽이고 유대 민족을 구한 과부다.

하겠는가! 내가 파브리스를 불행 속에 내버려 두다니! 내 정신이 이상해졌나 보구나…… 자, 현실로 되돌아오자. 아무 대비도 없이 빠져들고 만 이 고통스런 상황을 냉정히 검토해 보자. 이제는 돌이킬 수 없는 일이지만, 얼마나 경솔한 행동이었던가! 절대 군주의 궁정에 발을 들여놓다니! 누가 자신의 먹이감인지 모두 알고 있는 폭군의 궁정에 말이다! 그 희생자들의 시선 하나하나가 그에게는 권력에 대한 도전 같아 보인 거지. 아, 밀라노를 떠나올 때는 백작도 나도 이런 점은 미처 몰랐었어. 유쾌한 궁정에서 맛볼 쾌락만을 생각했지. 어느 정도 으젠느 대공의 행복했던 시절 같은 궁정 생활을 기대하고 있었던 거야! 사실 더 나으리라고 생각하지는 않았어도 말이다.

자기 신하 모두를 꿰뚫고 있는 폭군의 위세가 어떤 것인지 멀리서는 알 수 없었어. 전제 정치라 해도 겉모습만은 다른 정치 체제와 별반 다를 것이 없으니까. 재판관들까지 갖추어 놓았으니. 하지만 그 재판관들이란 누구던가. 바로 라씨 같은 작자들이야. 그 괴물, 그자는 대공의 명령이라면 자기 아버지를 목매다는 일도 대수롭지 않게 여길걸…… 그러고는 그 일을 의무라고 부를 거야…… 라씨에게 미끼를 던져야겠구나! 불쌍한 내 신세! 그러나 그 길밖에는 다른 방도가 없잖아. 그에게 어떤 걸 내밀어야 할까? 아마 10만 프랑쯤! 듣기로는 지난번 어떤 자객이 그자에게 단도를 휘둘렀지만, 이 불행한 나라에 대한 하늘의 노여움 때문인지 그자는 무사했고, 그 사건에 대한 위로로 대공은 금화 만 스갱을 담은 돈궤를 그에게 보내 주었다던데! 그건 그렇고 도대체 얼마 정도의 금액이면 그를 매수할 수 있을까? 그 비열한 자가 이제까지 사람들로부터 받은 것은 경멸뿐이었으나, 지금 이 일을 기회로 두려움의 대상이 될 수도 있고 존경까지 끌어낼 수 있을 테지. 경찰의 우두머리가 될 수도 있어. 왜 아니겠는가? 그렇게 되면 이 나라에 사는 사람들 대부분은 그자의 비천한 아첨꾼이 될 것이고 그앞에서 벌벌 떨게 되겠지. 그 자신이 군주 앞에서 벌벌 떠는 것처럼 말이야.

내가 이 혐오스런 나라에서 도망칠 수 없는 이상, 파브리스에게 도움이 될 만한 뭔가를 해야 한다. 사람들로부터 벗어나 혼자 고독하게 절망 속에서 산다 한들 무슨 소용이 있겠는가? 자, 기운을 내야지. 불행한 여인이여, 네 의무를 다하는 거야. 사교계로 나가서 파브리스는 안중에도 없는 체하는 거야…… 파브리스, 내 귀여운 천사, 너를 잊어버린 체하는 거야!'

이런 생각을 하자 공작부인의 눈에서 눈물이 쏟아졌다. 비로소 울 수 있었던 것이다. 사람들이 흔히 자신의 심약한 감상주의에 한 시간가량 몸을 맡기면 겨우 눈물이라는 위안을 얻는 것처럼 공작부인도 차츰 머릿속의 생각이 조금씩 정리되기 시작했다. '하늘을 나는 마법의 양탄자를 얻어서 파브리스를 성채에서 구해 내 그와 함께 어딘가 행복한 곳으로 도망친다면. 가령 파리처럼 누구도 쫓아와 괴롭힐 수 없을 곳으로 말이야. 그곳에 가서는 파브리스 부친의 재산 관리인이 정해진 날짜마다 어김없이 보내오는 1200프랑으로 생활하는 거야. 남은 내 재산을 다 모아 보면 10만 프랑은 되지 않을까.'

그러면서 공작부인은 공상에 잠겨 파르마로부터 1178킬로미터나 떨어진 곳에서 꾸려 갈 생활을 아주 자잘한 모습까지 하나하나 그려 보면서 끝없는 기쁨을 맛보는 것이었다. '그곳에 서라면 파브리스는 이름을 바꾸어 군대에 들어갈 수도 있으리라…… 용감한 프랑스군 연대에 배속되면 우리 젊은 발세라는 곧 명성을 얻을걸. 그렇게 되면 마침내 그 아이도 행복해하겠지.'

앞날을 이렇게 희망적으로 설계하자니 다시금 눈물이 솟아올랐다. 그러나 이번 눈물을 달콤했다. 행복이란 이렇게 이 세상 어딘가에는 여전히 존재하는 것을! 부인은 달콤한 몽상 속에 오랫동안 잠겨 있었다. 이 가엾은 여인은 무서운 현실을 또다시 직시하기가 겁이 났던 것이다. 마침내 정원의 나무 꼭대기로 새벽 빛이 하얀 윤곽을 그리며 나타날 무렵이 되어서야 부인은 몽상을 자제할 수 있었다. 그리고 생각했다. '몇 시간 후면 나는 전쟁터에 나가 있을 것이다. 어떻게 행동할 것인지가 문제다. 무언가 기분에 거슬리는 일을 만날지도 모르고, 또 대공이 나를 앞에 두고 파브리스 이야기를 꺼낼지도 모르는 일인데, 그 경우에도 내가 침착할 수 있을까 모르겠다. 그러니 지금 이 자리에서 마음을 다잡아 두어야 한다.

만약 내가 국사범으로 선고받게 되면 라씨는 이 집에 있는 모든 것을 압수하도록 조치할 것이다. 이달 첫째 날, 백작과 나는 늘 하던 대로 경찰에 빌미를 줄 만한 서류는 전부 태워 버렸지. 그 일을 같이 한 그 사람이 바로 경찰청장이라니 얼마나 재미있는 일인가. 내게 값이 좀 나가는 다이아몬드가 세 개 있다. 내일 옛날 그리앙타 시절 내 뱃사공 일을 하던 퓔장스를 제네바로 보내서 그것들을 안전하게 숨겨 두도록 하자. 혹시 파브리스가 빠져나갈 수 있다면('하느님! 보살펴주소서!' 이렇게 중얼거리며 그녀는 십자가를 그었다) 세상에 둘도 없는 겁쟁이 델 동고 후작은 한 군주로부터 추적당하고 있는 자에게 먹을거리를 보내 주는 일도 죄라고 여기겠지. 그렇게 되면 파브리스는 적어도 내 다이아몬드가 있으니까 빵을 구할 수는 있을 거야.

백작은 멀리해야겠다…… 이런 일이 생긴 이상 그와 자리를 함께한다는 것은 나로서는 불가능한 일이야. 처량한 양반! 결코 나쁜 사람은 아니야. 전혀 그렇지는 않아. 단지 연약할 뿐이야. 그처럼 평범한 심성은 절대 우리들의 숭고한 마음을 따라올 수 없거든. 가엾은 파브리스! 네가 지금 잠깐이라도 이 자리에 있어서 우리의 위험한 처지에 대해 의논할 수 있다면 얼마나 좋으랴!

백작의 자질구레한 신중성은 내 계획 전부를 곤경에 빠뜨릴 것이고, 더구나 그를 내 일에 끌어들여 함께 위험해질 수는 없지…… 저 허세 가득한 폭군이 나를 감옥에 집어넣을지도 모르지 않는가? 내가 반역 음모를 꾸몄다고 몰아세우겠지…… 그런 증거를 갖다 대기보다 더 쉬운 일이 있겠는가? 그래서 나 또한 성채에 갇히고, 돈을 써서라도 파브리스와 이야기를 나눌 수 있다면, 그 재회가 순간에 불과할지라도 우리는 참으로 의연히 함께 죽음을 맞을 수 있을 텐데! 하지만 그런 어리석은 생각은 그만두자. 그 라씨라는 자는 대공에게 나를 독약으로 처치하라고 조언할 거야. 수레에 실려 끌려가는 모습으로 거리에 나타나면 파르마 사람들이 나를 동정해 줄까…… 아니 이런! 여전히 소설 같은 생각만 하고 있구나! 아! 비참한 운명에 맞닥뜨린 이 가련한 여자에게야 이런 어리석은 생각들도 용서해 줄 수밖에! 무엇보다 확실한 점은 대공은 결코 나를 죽이지 않을 거라는 사실이다. 나를 감옥에 넣어 붙잡아 두는 것보다 더 쉬운 일은 없을 테니. 대공은 L에게 그랬던 것처럼 내 집 어느 구석에 갖가지 의심스런 서류들을 숨겨놓게 하겠지…… 그러면 소위 '결정적인 증거'들이 생길 테니까, 그다지 악당일 필요도 없는 재판관 세 명과 가짜 증인 열두어 명 정도면 충분하지. 나는 반역을 꾸민 죄로 사형 선고를 받을 거고, 대공은 무한한 관용을 베풀어, 예전에 내가 자신의 궁정에 드나들었음을 참작한다면서 형량을 10년간의 감금으로 감형해 주겠지. 하지만 그렇다 해도 나는 용감하게 독약을 삼키고 죽을 테다. 내 이 격렬한 성격을 나는 결코 누그러뜨리지는 않겠어. 라베르시 후작부인을 비롯한 적들이 내 성격을 두고 말도 되지 않는 욕설을 퍼부었지만 말이야. 적어도 세상 사람들은 나의 결연한 죽음을 믿어 주겠지. 그러나 틀림없이 라씨가 내 감방에 나타나서 대공의 심부름이라며 스트리키니네나 아편정기가 든 작은 병을 친절하게 건네줄 거야.

그래 백작과는 세상이 다 알도록 드러내놓고 헤어져야 한다. 그이를 나와 함께 파멸로 끌고 들어갈 생각은 없어. 그건 염치없는 짓이야. 그 가엾은 사람은 나를 정말 순수한 사랑으로 대해 주었는데! 흠잡을 데 없는 사람이고 또 사랑을 할 수 있는 감정도 남아 있는 남자이긴 하지만, 이 사건에선 내가 어리석었어. 틀림없이 대공은 나를 감옥에 집어넣을 무슨 구실을 찾아내리라. 파브리스의 일 때문에 내가 세간의 여론을 나쁜 쪽으로 끌고 가지 않을까 걱정스러울 테니. 백작은 명예심이 투철한 사람이다. 지금이라도 그는 이 궁정의 잘난 척하는 자들이 호들갑스럽게 어리석다고 떠들어 댈 그 결단을 내릴 거야. 즉 궁정을 떠나는 것이지. 사면장을 쓰던 날 밤, 나는 대공의 권위에 도전했었다. 허영심에 상처를 입은 그가 무슨 짓을 할지 모른다. 한 나라의 군주로 태어난 자가 그날 밤 내가 준 모욕을 잊을 리 있겠는가? 더구나 백작은 나와 사이가 멀어지면 멀어질수록 파브리스를 돕는 데 있어 더 유리한 입장에 설 거야. 그러나 만약 백작이 자신과 결별하려는 내 결심으로 인해 절망에 빠져서 복수하려 든다면? ……아니야, 그이는 결코 그런 생각을 할 사람이 아니야. 그는 대공처럼 마음 밑바닥까지 야비한 사람은 아니야. 백작은 신음을 삼키면서 정당하지 못한 명령서에 서명할 수 있을지는 몰라도 명예가 무언지는 알고 있어. 그리고 복수를 한다 하더라도 무엇에 대해 복수한단 말인가? 5년 동안이나 그를 사랑해 왔고, 또 그 사랑에 충실치 못한 짓을 조금도 한 적이 없는데, 무엇을 복수한단 말인가? 내가 그에게, 존경하는 백작님! 저는 당신을 사랑하는 행복을 누렸습니다, 그런데 이제 그 사랑의 불꽃은 꺼지고 말았군요, 더 이상 당신을 사랑하지 않아요! 그러나 나는 당신의 진정한 마음을 알고 있으며 당신을 깊이 존경할 것입니다, 언제까지나 가장 소중한 친구로 남아 주세요, 하고 말한다고 해서 복수하려 들 것인가? 너그러운 신사라면 이처럼 진지한 고백에는 반박할 수 없는 법이다.

새 애인을 만들어야겠다. 적어도 세상 사람들이 그렇게 믿도록 해야지. 새 애인에게 이렇게 말해 두는 거야. 사실 대공께서 파브리스의 경솔한 행동을 벌하신 것은 옳은 일이지요. 그러나 관대한 우리 군주께서는 생신 축일이 돌아오면 반드시 그를 풀어주실 거예요, 라고 말이야. 그렇게 되면 6개월의 시간을 끌 수 있어. 새 애인은 신중하게 골라야 해. 저 부패한 재판관이자 파렴치한 사형집행자인 라씨가 제격일 듯한데……그자는 자신이 고상해지기라도 한 양 으쓱거릴 테지. 그리고 실제로도 나는 그가 상류 사회로 들어오도록 해 주는 셈이니까. 하지만 용서해 주렴, 파브리스! 그런 짓은 나로서는 불가능해. 어떻게 그런 짓을! 아직도 P백작과 D가 흘린 피가 마르지도 않은 채 얼룩져 있는 그 괴물 같은 사내를 애인으로 삼는단 말인가! 그가 내게 가까이 오기라도 하면 나는 공포에 못 이겨 기절을 하거나 아니면 칼을 집어들고 그 파렴치한 심장을 찌르고 말 텐데. 그런 자를 새 애인으로 삼는다는 것은 도저히 못할 짓이니 내게 원하지는 말아다오!

그래, 무엇보다 먼저 파브리스를 잊어야 한다! 그리고 대공에 대해 조금도 원망의 기색을 보이지 말고 예전같이 명랑하게 꾸며야 해. 이러는 편이 저 천한 자들을 더욱 흡족하게 하겠지. 왜냐하면 첫째로 내가 그들 군주에게 기꺼이 복종하는 듯이 보일 것이고, 둘째로 그들을 멸시하기는커녕 그들의 하찮은 장점까지도 추켜올리면서 마음에 들고자 애쓰는 걸로 여길 테니까. 이를테면 쥐를라 백작에게는 모자의 흰 깃털장식이 아름답다고 칭찬해 주는 거야. 그는 얼마 전 리용에 주문해서 역마차로 가져오게 한 그 깃털장식에 대단히 만족하고 있잖아.

라베르시 부인 일파 중에서 애인을 고르는 것은 어떨까…… 백작이 물러나면 그들 일파가 내각을 차지하게 될 거다. 권력이 그들 수중으로 들어가겠지. 파비오 콘티는 입각할 거고, 라베르시의 친구 하나가 대신 성채를 맡게 될 것이다. 그런데 훌륭한 교육을 받았고 재치도 남 못잖은 데다가 백작의 나무랄 데 없는 일처리에 익숙해진 대공으로서는 낭패를 보겠군. 황소처럼 미련하고 게다가 일평생 고심해 온 중대한 문제라고는 전하의 병사들이 제복 가슴에 단추를 일곱 개 달아야 할지 아홉 개 달아야 할지 하는 것밖에 없는 바보 중의 바보 같은 사람을 데리고 어떻게 정무를 처리해 나갈 것인가? 그 일파는 모두 나를 시기하는 야수 같은 자들이야. 그렇다면 파브리스! 바로 네게 위험이 미치겠구나. 그 야수 같은 자들이 나와 너의 운명을 결정하려 들 테니! 그러니까 백작이 사임하도록 보고만 있어서는 안 돼! 그는 모욕을 당하는 일이 있더라도 자리를 지켜야만 해! 그는 언제나 사임이야말로 수상이 할 수 있는 가장 큰 희생이라고 생각하고 있었어. 거울을 보며 자신이 늙었다는 것을 상기할 때마다 그는 이 사임이라는 희생을 내게 바치겠노라고 제안하곤 했지. 그러니까 그와는 완전히 헤어져야만 해. 그래, 그리고 그를 사임하지 못하도록 말

리는 방법이 화해 이외에는 달리 방도가 없을 경우에만 화해
하도록 하자. 물론 헤어질 때는 가능한 한 다정하게 대해 주어
야지. 그래도 몇 달간은 그를 보지 않고 지내야 할 것 같다. 어
쨌든 자신의 신하 근성을 발휘하여 대공의 사면장에서 '부당
한 재판'이라는 말을 빼놓은 그를 미워하지 않으려면 말이다.
그 돌이킬 수 없는 밤에 그가 지혜를 발휘할 필요는 없었어.
그는 다만 내가 부르는 대로 받아쓰기만 하면 되었던 거야. 내
성격 그대로 튀어나온 그 '부당한 재판'이라는 말을 적어 넣기
만 하면 되었는데. 그러나 신하로서의 그의 비굴한 습성이 고
개를 들고 말았지. 다음 날 그는 내게 말하기를, 대공에게 너
무 터무니없는 내용에 서명하게 할 수는 없었으며, 사면장만
받으면 되지 않느냐고 말했지. 그러나 아! 그런 사람들, 파르네
제 가라고 불리는 허영과 원한의 화신 같은 그 괴물들을 상대
해서는, 빼앗지 않으면 원하는 것을 얻을 수 없어.'

이렇게 생각하자 공작부인의 분노가 다시금 타올랐다. '대
공은 나를 속였다. 그것도 참으로 비열한 방법으로! …… 그의
비열함은 변명의 여지가 없다. 재치도 있고, 명민하고, 사리도
밝으나 그의 정념만은 야비하다. 백작과 내가 자주 보아 왔던
일이지만 그의 재기는 남이 자신을 모욕하려 했다고 생각하
는 순간 천박한 것이 되고 만다. 아아! 파브리스가 저질렀다는
죄는 정치와는 관계없는 것이다. 그런 사소한 살인 사건은 이
행복한 대공의 나라에서는 수도 없이 일어나는 일이다. 그리
고 백작은 내게 맹세하기를, 수집해 온 가장 정확한 정보들을
본 결과 파브리스는 무죄라고 하지 않았던가. 그 질레티라는

자는 대담한 면이 없지 않았던 모양이다. 있는 곳이 국경 바로 옆이라는 것을 알고는 돌연, 사랑에 있어 자기보다 더 우월한 연적을 처치하려고 했으니 말이다.'

공작부인은 파브리스가 유죄라는 사실을 믿을 수 있을까 하고 오랫동안 생각했다. 자기 조카와 같은 신분의 귀족이 무례한 광대 하나쯤 처치하는 일이 큰일이 된다고 여겨서가 아니었다. 절망에 빠져 있으면서도 이제 곧 파브리스의 결백을 입증하기 위해 싸워야만 하리라는 것을 느끼기 시작했기 때문이었다. 이윽고 그녀는 이런 결론에 도달했다. '아니야, 파브리스는 죄가 없어. 확실한 증거가 있어. 그 애는 가엾은 피에트라네라와 같은 입장에 처한 거야. 언제나 호주머니마다 무기를 넣어가지고 다니는 아이였지만, 그날은 낡은 단발총 한 자루밖에 없었다잖아. 게다가 그것도 인부에게서 빌린 것이라던데.

나는 대공을 증오한다. 그가 나를 속였으므로. 그것도 가장 비겁한 방법으로 속였다. 사면장을 내렸으면서도 그 가엾은 아이를 볼로냐로부터 잡아오게 했다…… 하지만 두고 보라지. 이 빚은 꼭 갚을 테니.'

오랜 시간 동안 절망으로 몸부림친 나머지 기진맥진해 있던 공작부인은 아침 5시쯤 종을 울려 하녀들을 불렀다. 달려온 하녀들은 놀라 소리를 질렀다. 성장(盛裝)을 하고 다이아몬드 장신구까지 단 채, 잠자리의 홑이불만큼이나 창백한 얼굴로 눈을 감고 침대 위에 누워 있는 부인의 모습이 마치 숨을 거둔 후 장례를 치르기 위해 성장시켜 눕혀 놓은 듯이 보였기 때문이었다. 부인이 조금 전 종을 울려 자신들을 불렀다는 사실을 기억해 내지 않았더라면 부인이 완전히 정신을 잃고 있다고 믿었을 것이다. 때때로 희미한 눈물이 마비된 뺨을 타고 흘러내렸다. 부인의 손짓을 보고 하녀들은 그녀가 자리에 들고 싶어 한다는 것을 알아차렸다.

내무대신 쥐를라의 야회에서 돌아온 후 백작은 공작부인의 집을 두 번이나 찾아왔다. 번번이 거절당하자 백작은 부인에게 자신의 문제로 조언을 구한다는 내용의 편지를 썼다. 그 편지는 '그런 모욕을 받고도 내 자리를 지키고 있어야 할지요?'라고 묻고 있었다. 백작은 또한 이렇게 덧붙였다. '청년은 죄가 없습니다. 하지만 설령 유죄라고 한들, 공공연히 그의 보호자로 자임해 온 나에게 한 마디 기별도 없이 그를 체포하다니 말이 됩니까?' 공작부인은 다음 날이 되어서야 이 편지를 보았다.

백작은 미덕으로 무장한 사람은 아니었다. 덧붙이자면 자유주의자들이 미덕이라고 부르는 것(다수의 행복을 추구하는 것)은 백작이 보기에 속임수나 다를 바 없었다고나 할까. 그는 무엇보다도 모스카 델라 로베레 백작인 자기 자신의 행복을 추구해야 한다고 믿었다. 그러나 그는 명예를 존중하는 사람이었고 자신의 사임을 이야기할 때는 언제나 진지했다. 지금까지 공작부인에게 거짓을 말한 적은 한 번도 없었다. 그랬으나 공작부인은 이 편지에 전혀 관심을 두지 않았다. 그녀의 결심은 매우 고통스러운 것이긴 했어도 이미 마음먹었던 것이다. '파브리스를 잊은 체할 것.' 이를 위해 애쓰다 보니 다른 모든 일은 아무래도 좋다.

그다음 날 정오경, 백작은 마침내 공작부인을 만날 수 있었다. 그때까지 산세베리나 저택에 열 번도 넘게 걸음을 했지만 번번이 거절당한 다음의 일이었다. 그는 공작부인의 모습을 보자 깜짝 놀라 그 자리에 못 박혀 버린 듯했다……. '마치 마흔 살 여인 같구나! 어제만 해도 그처럼 생기 넘치고 젊었는데! ……클렐리아 콘티와 긴 이야기를 하는 중에도 그 어린 처녀만큼이나 젊어 보였고, 또 훨씬 더 매혹적이라고 모두들 입을 모았는데.'

공작부인의 목소리나 말투도 그 모습만큼이나 낯설었다. 온갖 열정이나 인간적인 호기심, 온갖 노여움이 메말라 사라진 듯한 그 목소리를 듣자 백작은 안색이 창백해졌다. 몇 달 전 이미 종부성사를 받고 임종을 기다리며 자신을 만나고자 했던 한 친구의 모습이 떠올랐다.

몇 분이 지나서야 공작부인은 그에게 이야기를 건넬 수 있었다. 부인은 백작을 바라보았지만 그 눈에는 여전히 빛이 없었다.

"우리 헤어져요, 백작님."

목소리는 작았지만 분명히 알아들을 수 있는 발음이었다. 부인은 되도록 다정하고자 애쓰면서 말했다.

"헤어져요. 그래야만 해요! 지난 5년 동안 당신에 대한 내 행동에 한 치의 과오도 없었다는 것은 하늘이 증언해 줄 겁니다. 당신은 내가 짊어질 슬픈 운명이었던 그리앙타성의 우울한 생활 대신, 화려한 삶을 마련해 주었어요. 당신이 아니었더라면 나는 몇 년 더 일찍 늙어 버렸을 거예요…… 나로서는, 당신이 행복해지는 것이 내 유일한 일이었지요. 지금 이렇게 헤어지자고, 프랑스 사람들이 이야기하듯이 서로 좋은 감정으로 헤어지자고 말하는 것도 당신을 사랑하기 때문입니다."

백작은 부인의 말뜻을 이해하지 못하고 있었다. 부인은 몇 번이나 되풀이해서 이야기해야만 했다. 그는 극도로 창백해졌다. 그러고는 부인의 침대 옆에 몸을 던져 무릎을 꿇었다. 정열적인 사랑에 빠진 한 재사(才士)가 경악에 뒤이어 덮쳐 온 가슴 에이는 절망 속에서 떠올리는 온갖 말들이 쏟아졌다. 그는 자신의 직위를 내놓고 연인을 따라 어딘가 파르마에서 멀리 떨어진 곳으로 가서 은거하겠노라고 거듭 말했다.

"당신은 날더러 이곳을 떠나자고 말씀하시는군요. 파브리스가 이곳에 있는데도 말이에요!"

마침내 그녀는 몸을 반쯤 일으키며 소리쳤다. 그러나 파브리스라는 이름이 백작을 고통스럽게 한다는 것을 깨닫자 부인은 잠시 침묵하고 있다가 백작의 손을 가볍게 쥐었다.

"아니에요, 백작님. 내가 당신을 정열과 격정을 가지고 사랑했다고 말할 수는 없어요. 내 생각에 서른이 넘은 사람이라면 그런 정열과 격정을 느낄 수는 없는 것 같아요. 게다가 나는 이미 그럴 나이를 한참 넘어선걸요. 내가 파브리스를 사랑하고 있다며 누군가가 당신께 일러바쳤을지도 모르지요. 그런 소문이 이곳의 심술궂은 궁정에 퍼져 있다는 사실은 나도 알고 있으니까요. (대화를 나누면서 이 심술궂다는 말을 했을 때 부인의 눈은 처음으로 생기를 보였다.) 하느님 앞에서 그리고 파브리스의 생명을 걸고 당신께 맹세하겠어요. 그와 나 사이에 다른 사람에게 숨겨야 할 일이란 전혀 없었다는 것을. 그를 꼭 동생처럼 사랑하노라고 말하는 것은 아니에요. 뭐랄까, 그 사랑은 말하자면 본능 같은 거예요. 나는 그 아이의 단순하고도 나무랄 데 없는 용기를 사랑해요. 그 자신도 본인의 그런 점을 모르고 있다고 할 수 있지요. 내 기억으로는 그가 워털루 전투에서 돌아왔을 때부터 그에 대한 이 감탄의 마음이 싹텄던 것 같아요. 그는 열일곱 살이었지만 아직 어린아이였지요. 그 아이는 자신이 실제로 전투에 참가했던 것인지 알고 싶어 조바심을 쳤지요. 만약 그것이 전투였다면 자신은 적의 포병 중대나 대열을 이룬 군사 누구도 공격해 본 적이 없는데 과연 전투를 벌였다고 할 수 있을까 하면서 아주 애가 달아 있었어요. 우리가 같이 앉아 이 중요한 문제를 진지하게 따져보고 있는 동안 나는 그 아이에게서 더없는 매력을 발견하기 시작했어요. 그의 고귀한 심성을 알아본 것이지요. 훌륭한 교육을 받은 총명한 청년이라 해도 그와 같은 입장이라면 얼마나 그럴듯한 거짓말을 늘어놓았겠어요! 요컨대 그 아이가 행복하지 못하다면 나 또한 행복할 수 없어요. 자, 바로 이것이 내 마음을 그대로 보여 드린 거예요. 비록 진실이 아닐지도 모르나, 적어도 내가 아는 한은 이것이 전부입니다."

이러한 솔직하고 다정한 태도에 힘을 얻은 백작은 부인의 손에 입 맞추려 했다. 그러나 부인은 소스라치며 손을 뒤로 뺐다. 그러고는 말했다.

"그런 시절은 이미 지났어요. 나는 서른일곱이 된 여자예요. 늙음의 문턱에 서 있는 것이지요. 벌써부터 나는 나이를 먹는다는 사실이 주는 갖가지 의기소침한 심정을 맛보고 있는걸요. 아마도 곧 무덤으로 갈지도 모르지요. 사람들은 그 순간이 두렵다고 하지만 나는 오히려 그 순간이 기다려지는 듯해요. 늙음의 가장 나쁜 징후가 나타나고 있는 거예요. 이번의 혹독한 불행으로 내 마음은 죽어 버려 더 이상 사랑할 수 없으니까요. 내가 당신에게서 발견하는 것도, 친애하는 백작님, 나에게 소중했던 어떤 사람의 그림자일 뿐입니다. 더 솔직히 말하면, 당신께 이런 이야기를 하는 것도 단지 감사하는 마음에서일 뿐이에요."

"그렇다면 나는 어떻게 되겠습니까." 백작이 거듭 말했다. "당신을 처음 라스칼라 극장에서 만났던 시절보다도 지금 더 뜨겁게 사랑하고 있는 나는 말이오!"

"솔직히 말씀드리는데, 사랑에 대한 이야기는 이제 지겨워요. 그리고 천박하게 느껴져요. 자, 용기를 내세요."

부인은 이렇게 말하며 미소를 지으려 했으나 잘 되지 않았다.

"명민하고 사리판단이 올바른 사람, 무슨 일이 생기면 의지할 수 있는 사람이 되어 주세요. 세상 사람들이 생각하는 당신의 모습 그대로 나를 대해 주세요. 지난 몇백 년 이래로 이탈리아가 배출한 가장 능란하고 뛰어난 정치가로서 말이에요."

백작이 일어섰다. 그리고 한동안 말없이 실내를 배회하다가 마침내 입을 열었다.

"불가능한 일이오, 내 사랑. 나는 더없이 격렬한 정열로 마음이 산산이 부서지는 듯한 고통에 사로잡혀 있소. 그런데도 당신은 내게 이성의 목소리를 들으라고 요구하다니! 내게는 이제 이성이란 없소!"

"정열이란 말은 꺼내지도 마세요, 제발."

부인은 쌀쌀맞게 말했다. 두 시간가량 이야기를 나누는 동안 그녀의 목소리에 어떤 표정이 스며든 것은 이것이 처음이었다. 백작은 그 자신이 절망에 빠져 있는 중에도 부인을 위로하려 했다.

부인은 백작이 희망을 가져도 좋다고 하며 그 근거로 늘어놓은 이유에 대해서는 전혀 대답하려 하지 않았다. 그러고는 소리쳤다.

"그가 날 속였어요. 그가 가장 비겁한 방법으로 날 속인 거예요!"

이렇게 외치는 부인의 얼굴에서 극도로 창백하던 낯빛이 한순간 가셨다. 그러나 백작은 그녀가 이토록 격하게 흥분한 순간에도 팔을 쳐들 힘조차 없음을 알아차렸다.

'저런! 그냥 몸이 아픈 것일 수도 있다. 그렇다면 아주 심각한 병이 시작된 건지도 모른다.' 이렇게 생각한 그는 불안이 가득한 태도로 그녀에게 권했다. 이 나라 그리고 아마도 온 이탈리아에서 첫째갈 유명한 의사 라조리를 불러오자는 것이었다.

"그럼 당신은 모르는 사람이 절망으로 인한 나의 이 모든 증상을 밝혀내며 즐기기를 바라세요? ……지금 그 충고는 배신자로서인가요, 아니면 친구로서인가요?"

16장   53

그러면서 부인은 서먹한 눈빛으로 그를 바라보았다.

'이젠 끝이다.' 그는 절망했다. '이 여인은 더 이상 나를 사랑하지 않는구나! 게다가 나를 최소한의 명예심을 지닌 인간으로조차 인정하지 않고 있어.'

백작은 열기를 띠며 말을 이어나갔다.

"알려드리고 싶은 점은, 내가 가장 먼저 하려 했던 일이 우리를 절망케 한 그 체포건의 상세한 경위를 알아내는 것이었소. 그런데 참 이상도 하지요! 아직 무엇 하나 확실히 알 수가 없으니. 근처 역참의 헌병들을 조사해 봤더니 그 헌병들 말이 죄수가 카스텔노보로 통하는 길로 왔다는군요. 그리고 그 죄수의 마차를 호송하라는 명령이 있었다는 것입니다. 나는 즉시 브뤼노를 그곳으로 보냈어요. 당신도 알다시피 그는 내게 헌신적인 만큼 임무수행에도 아주 열성적인 사람이지요. 그에게 역참을 하나하나 거슬러 올라가면서 파브리스가 어디서 어떻게 체포되었는지 알아오라고 지시했습니다."

파브리스라는 이름이 나오자 공작부인은 가볍게 몸을 떨었다. 겨우 입을 뗄 수 있게 되자 그녀는 백작에게 말했다.

"용서하세요, 백작님. 그 이야기가 몹시 듣고 싶어요. 모두 이야기해 주세요. 아주 사소한 것까지도 전부 알려 주세요."

"네, 그럼요! 부인."

백작은 조금이라도 그녀의 마음을 달래주려고 애써 가벼운 태도로 말을 받았다.

"믿을 만한 사람을 브뤼노에게 보내서 볼로냐까지 가 보도록 지시할까 합니다. 아마 우리의 젊은이가 붙잡힌 장소는 그곳일 겁니다. 그가 보낸 마지막 편지의 날짜는 며칠입니까?"

"화요일, 닷새 전이에요."

"배달받기 전, 우편역에서 누가 뜯어 본 흔적은 없던가요?"

"뜯어 본 흔적은 전혀 없었어요. 그 편지가 품질이 아주 떨어지는 종이에 쓰였다는 사실을 말씀드려야겠군요. 겉봉의 주소는 여자의 필체로 내 시녀의 친척인 세탁부 노파의 이름으로 되어 있었지요. 그 세탁부는 이 편지가 무슨 연애 사건에 관련된 거라고 믿고 있고, 케키나는 그 노파에게 그냥 우편 요금만 손에 쥐여 주었어요."

이제 완전히 지위에 어울리는 사무적인 어조가 된 백작은 공작부인과 함께 이것저것 따져 보면서 볼로냐에서 체포된 날을 짐작하려고 했다. 평소 처신이 능란하기 그지없던 그는 이제야 비로소 자신이 처음부터 이런 태도를 취했어야 했다는 사실을 깨달았다. 이런 상세한 이야기가 부인의 흥미를 끌어 괴롭던 마음을 어느 정도 진정시킨 듯싶었다. 만약 백작이 사랑에 눈이 멀어 있지 않았더라면, 이런 자명한 생각쯤은 방에 들어섰을 때부터 놓치지 않았을 것이다. 공작부인은 충성스런 브뤼노에게 새로운 지시를 즉각 보내야 하지 않겠느냐며 백작을 돌려보냈다. 그전에 두 사람은 한 가지 일을 두고 이야기를 나누게 되었는데, 그것은 공작부인이 받았던 그 사면장에 대공이 서명했을 때가 이미 판결이 내려진 다음이 아니었던가 라는 문제였다. 부인은 기회를 놓치지 않고 따끔한 어조로 이렇게 말하는 것이었다.

"당신이 작성해서 대공이 서명한 그 사면장에서 부당한 재판이라는 단어를 뺀 일은 결코 비난하지 않겠어요. 그때 당신은 신하로서의 본능에 사로잡혀 있었으니까요. 당신 자신도 의식하지 못한 사이에 친구의 이익보다는 주인의 이익을 우위에 두었던 것이겠지요. 당신은 내 말이면 무엇이든 들어주셨어요, 친애하는 백작님. 오래전부터 그래 주셨지요. 하지만 자신의 본성을 바꾸는 일이란 백작님의 힘으로 될 일이 아니에요. 당신은 군주의 신하로서는 큰 재능을 지녔어요. 하지만 당신에게는 그 직분에 어울리는 본능도 없지 않지요. '부당한'이라는 그 단어를 적지 않았던 당신의 행동이 나를 이 절망적인 처지로 밀어 넣고 말았어요. 그러나 나는 그 일로 당신을 조금도 원망하지는 않으렵니다. 잘못을 저지른 것은 당신의 신하로서의 본능이지, 나쁜 의도가 있었던 것은 아니니까요."

부인은 어조를 바꾸어 아주 오만스럽게, 명령적으로 덧붙였다.

"기억해 두세요. 나는 파브리스가 붙잡힌 일에 대해 그리 괴로워하지 않는다는 사실을. 이 나라를 떠날 생각은 추호도 없으며 대공에 대해서도 큰 존경심을 지니고 있다는 것을. 이런 말은 당신이 할 만한 말씀이시지만, 나 역시도 당신께 드리고 싶은 말이에요. 나는 앞으로 내가 해야 할 일을 혼자 해 나가려고 해요. 그러나 당신과는 좋은 감정으로 헤어지고 싶어요. 말하자면 당신의 오래된 다정한 여자친구로 말이에요. 나를 예순 살 먹은 할멈으로 보아 주세요. 내 안에 있던 젊은 여자는 죽어 버렸어요. 그래서 나는 이제 더 이상 세상에 내세울 것도 없고, 더 이상 사랑에 빠질 수도 없어요. 그러나 만일 내 일로 인해 당신의 앞날을 망치게 된다면 나는 한층 더 괴로울 거예요. 앞으로의 계획의 하나로 어쩌면 젊은 애인을 사귀는 체할 수도 있을 텐데, 그 때문에 당신이 상심하는 모습을 보고 싶진 않아요. 파브리스의 행복을 걸고 맹세하지만." 이렇게 말하고 그녀는 잠시 입을 다물었다. "내가 당신에게 충실치 않았던 적은 한 번도 없었어요. 5년이라는 세월 동안 그래 왔지요. 정말 긴 시간이었어요."

그녀는 미소를 지으려 했다. 몹시도 창백한 두 볼이 경련하듯 떨렸다. 그러나 입술은 굳어 버린 듯 꼭 다물고 있었다.

"나는 한 번도 당신을 배반하려는 생각을 품어 본 적도 없고, 그러고 싶지도 않았지요. 이 점 또한 맹세할 수 있어요. 그걸 아셨다면 이제 그만 돌아가 주세요."

백작은 절망감에 사로잡힌 채 산세베리나 저택에서 나왔다. 공작부인에게서 자신과 멀어지려는 확고한 의향을 확인했으면서도 그는 지금 과거 그 어느 때보다도 미친 듯한 사랑에 빠져 있었다. 이러한 이야기는 이탈리아 밖에서는 볼 수 없는 경우이므로, 나로서는 자주 언급하고 싶은 일 중의 하나다. 집으로 돌아오자 그는 여섯 명이나 되는 심부름꾼 각각에게 편지를 들려 카스텔노보와 볼로냐 방면으로 보냈다. '하지만 이것으로 다된 것은 아니지.' 고민에 빠진 백작은 생각했다. '대공은 변덕을 일으켜 그 가엾은 아이를 처형할지도 모른다. 그 문제의 사면장을 쓰던 날, 공작부인이 자신에게 보인 무례한 태도에 복수하려는 것일 테지. 그때 나는 공작부인이 넘어서는 안 될 선을 넘었다고 느꼈지. '부당한 재판'이라는 말을 지워 버리는 그 어처구니없는 바보짓을 저지른 것도 어떻게 해서든 사태를 좋은 방향으로 이끌어 보자는 생각에서였지. 그 말은 군주를 묶어 놓을 유일한 빌미일 수도 있었어…… 흠, 어림없는 일이지. 도대체 그런 지위에 있는 자들이 무언가에 의해 속박당할 사람들인가? 이번 일은 의심의 여지 없이 내 일생의 가장 큰 실책이다. 나로 하여금 대가를 치르게 할 일을 무턱대고 저지르고 말았으니. 어떻게 해서든 민첩하게, 수완을 부려서 이 경솔한 실수를 만회하지 않을 수 없다. 그러나 어느 정도 위신이 꺾였는데도 아무런 성과도 얻을 수 없다면 미련 없이 대공 곁을 떠나자. 최고의 정치를 펴려는 꿈을 품은 데다가 그 자신 롬바르디아의 입헌 군주가 되고자 하는 사람이 내가 없다면 어찌 할 것인지는 두고 볼 일이다…… 나 대신 어떤 사람을 쓸 수 있을 것인가? 파비오 콘티는 바보에 불과하고, 라씨가 가지고 있는 재능이라고는 권력의 비위를 거스른 사람을 합법적으로 목매다는 일이 전부인데.'

파브리스에게 내려질 처벌이 잠시 동안의 감금보다 더 가혹할 경우에는 수상 자리를 내던지기로 일단 단단히 마음먹은 후 백작은 생각했다. '부인의 조심성 없는 도전에 자극받은 대공의 허세가 파행적으로 발휘되어 내 행복을 앗아간다 해도 내게는 여전히 명예라는 것이 남아 있다…… 그건 그렇고, 내가 이처럼 지위에 연연해하지 않는 이상, 오늘 아침까지만 해도 결코 못 할 것 같던 온갖 일들이 그리 불가능한 것도 아니다. 예를 들면 파브리스를 탈출시킬 수도 있는 것이다…… 그렇다!'

백작은 문득 탄성을 질렀다. 마치 뜻하지 않은 행복을 느꼈을 때처럼 그의 눈동자가 크게 열렸다. '공작부인은 탈출이라는 말을 꺼내지는 않았지. 그녀는 내게 처음으로 마음속의 말을 숨긴 것일까? 그리고 나와 결별을 선언한 것도 내가 대공을 배반하기를 바라는 마음에서가 아닐까? 그렇다면 두 번 생각할 것도 없지!'

백작의 눈빛에는 본래의 신랄한 통찰력이 되살아났다. '그 어여쁜 검사 녀석 라씨는 온 유럽에 우리의 체면을 깎아내릴 판결을 내리면서 그때마다 대공으로부터 돈을 받고 있지. 하지만 내가 돈을 주겠다고 할 경우 군주의 비밀을 폭로하는 일도 마다할 자가 아니야. 그런 자에게도 애인이 있고 고해신부도 있는 법이다. 그러나 그 애인이라는 여자는 너무 천박한 부류라서 마주해서 이야기할 상대는 못 된다. 다음 날이면 나와 만났던 일을 근방 과일장수 여인네들에게 털어놓고 말걸.' 어렴풋한 희망이 비치자 다시 기운을 얻은 백작은 벌써 대성당을 향해 걷고 있었다. 발걸음이 가벼운 데 대해 스스로도 놀랐다. 그는 마음속의 걱정거리에도 불구하고 미소를 띠었다. '이제 수상 자리는 던져 버리는 거야!' 이탈리아의 많은 성당들이 그렇듯이 이 대성당도 앞뒤로 난 거리를 이어 주는 통로 구실을 하고 있었다. 백작은 멀리서 보좌주교 한 사람이 중앙 홀을 가로질러 오는 것을 보았다. 그는 보좌주교에게 말을 걸었다.

"여기서 이렇게 만난 김에 부탁드립니다만, 나는 관절통 때문에 대주교님의 방까지 올라가기가 불편하니 말씀을 좀 전

해주시오. 그분께서 제의실까지 내려와 주시면 감사하겠다고
말입니다."

대주교는 이 말을 전해 듣고 몹시 기뻤다. 파브리스의 일로
수상에게 이야기할 것이 무척 많았던 것이다. 그러나 수상은
그의 이야기라는 것이 쓸데없는 하소연일 뿐이라는 걸 알아채
고는 전혀 귀를 기울이려 하지 않았다.

"듀냐니라는 그 성 요한 성당 사제는 어떤 사람입니까?"

"재능은 보잘것없으나 야심은 대단한 인물이지요." 대주교
가 대답했다. "매사에 거리낌없이 몰염치하고 또 몹시 가난하
지요. 우리들 누구나 결점은 있는 법이니까요."

"저런, 몽시뇨르!" 재상이 탄성을 질렀다. "예하께서는 인물
을 마치 타키투스처럼 그려 내는 솜씨가 있으시군요." 그러고
는 웃으며 작별 인사를 했다. 그는 관저로 돌아오는 즉시 그
듀냐니라는 신부를 불러오게 했다.

"당신은 내 훌륭한 친구인 라씨 검찰총장의 고해신부로서
그의 양심을 인도하고 계시다지요. 그런데 그는 내게 무언가
할말이 없을까요?"

이 말 외에는 아무 말도 덧붙이지 않았다. 다른 격식도 차
리지 않고 백작은 듀냐니를 되돌려 보냈다.

17장

　백작은 이미 수상의 자리에서 벗어난 듯한 기분이었다. '자, 어디 계산을 좀 해 볼까. 사람들은 내 은퇴를 두고 대공에게서 쫓겨난 걸로 수군댈 테니, 어쨌든 그럴 때 말을 몇 필이나 부리며 살 수 있을까?' 백작은 자신의 재산을 따져보았다. 처음 입각했을 당시에는 8만 프랑의 재산이 있었다. 지금도 역시 모든 것을 합해 봤자 50만 프랑이 채 되지 않았다. 이러한 사실을 깨닫자 그는 매우 놀랐다. '이것으로는 손에 쥘 수 있는 것이 기껏해야 연수 2만 리브르밖에 안 된다. 나도 어지간히 얼빠진 자로군! 파르마의 시민 중에 내 연수입이 5만 리브르도 안 된다고 믿을 사람은 하나도 없을 거야. 그리고 대공은 이 문제에 대해서 어느 누구보다도 세속적인 견해를 갖고 있거든. 내가 빈궁한 생활을 하는 걸 보면 그들은 이렇게 말할 것이다. 내게 재산을 잘 숨겨 두는 재주도 있다고 말이다. 앞으로 석 달만 수상 자리에 더 눌러 있게 된다면 틀림없이 이 재산을 두 배로 늘릴 수 있을 텐데.' 이런 생각을 하다가 백작은 공작부인에게 편지를 쓸 핑계를 찾아냈다. 그리고 아주 열중해서 편지를 썼지만, 두 사람 사이가 소원해진 시점에서 조심해야 된다는 생각에 숫자와 계산만 늘어놓고 말았다. 그리고 이렇게 덧붙였다. '파브리스, 당신, 그리고 나, 우리 세 사람이 나폴리에서 살게 될 경우 우리는 연수 2만 리브르밖에 누리지 못할 겁니다. 파브리스와 내가 승마용으로 탈 말을 한 마리 공동으로 마련하는 것이 어떨까요?' 수상이 이 편지를 하인에게 막 들려 보내고 나자 라씨 검찰총장이 찾아왔다. 백작은 거의 무례에 가까울 만큼 거만한 태도로 방문객을 맞았다.

"내가 돌보고 있는 죄인을 볼로냐로부터 잡아오게 하고, 거기다가 그의 목까지 자르려고 하고 있으면서도 내게는 말 한마디 하지 않다니 대체 당신은 어쩌자는 심산이요. 아마도 내 뒤를 이어 이 자리에 앉을 사람이 누군지 알고 있나 본데, 그가 콘티 장군이요 아니면 당신이요?"

라씨는 겁을 내며 쩔쩔 맸다. 상류계층의 관행에 익숙하지 않은 라씨는 백작의 말이 정말 심각한 것인지 도무지 짐작할 수 없었던 것이다. 그는 얼굴을 붉힌 채 거의 알아들을 수 없는 말을 몇 마디 더듬거렸다. 백작은 그가 당황해하는 모습을 즐기듯 바라보고 있었다. 별안간 라씨는 힘을 내려는 듯 몸을 흔들어 대더니, 속임수를 부리려다 알마비바 백작[3]에게 현장을 들킨 피가로처럼 능글거리며 말했다.

"백작 각하, 정말이지 각하께는 솔직하게 말씀드리지요. 각하의 질문에 빠짐없이, 마치 고해신부에게 털어놓듯이 대답해 드리면 제게 무엇을 주시겠습니까?"

"성 요한 십자훈장(이것이 파르마 공국의 훈장이었다.), 아니면 돈을 주지. 하여간 그것들을 당신에게 줄 만한 구실을 당신이 만들 때의 이야기이긴 하지만."

"성 요한 훈장이 더 좋겠습니다. 그것이 있으면 귀족이 될 테니까요."

"아니, 친애하는 검사 양반, 당신은 아직도 우리 가엾은 귀족들을 그럴듯한 존재로 여기나 보군."

"만약 제가 귀족으로 태어났더라면, 제가 교수형에 처한 사람들의 가족이 저를 미워하긴 해도 경멸하지는 못할 것 아닙니까." 라씨는 직업상 몸에 밴 뻔뻔한 태도로 대답했다.

"좋아! 내가 당신을 그 경멸 속에서 구해 주지." 백작이 말했다. "그러니 내가 모르는 것을 알려 주게. 파브리스를 어떻게 할 작정이지?"

"사실은 대공께서도 아직 결정을 내리지 못하고 아주 난처해하고 계십니다. 그분은 백작님이 아르미드[4]의 아름다운 눈에 매혹된 나머지, 그런데 이 표현이 좀 원색적이었다 해도 양해하십시오, 군주께서 하신 말을 그대로 옮긴 것이니까요. 그

---

3) 18세기 프랑스 극작가 보마르셰의 희곡 「세빌리아의 이발사」와 「피가로의 결혼」에 등장하는 인물로 피가로의 주인이다.
4) 타소의 서사시 「해방된 예루살렘」(1581)에 나오는 미녀다.

러니까 그분은 그 자신도 어느 정도 마음이 설레고 있는 그 대단히 아름다운 눈에 각하께서 홀린 나머지 자신을 배반하지나 않을까 걱정하고 계십니다. 더구나 롬바르디아의 국사를 맡을 만한 인물은 백작님밖에 없으니 말이지요. 뿐만 아니라……." 라씨는 목소리를 낮춰 말을 이었다.

"이건 백작께는 대단히 좋은 기회로서, 제게 성 요한 훈장을 주실 충분한 가치가 있지요. 만일 각하가 파브리스 델 동고가 어찌 되건 개입하지 않겠다는 데 동의하거나 혹은 적어도 공적인 경우가 아니라면 그 문제를 거론하지 않겠다고 약속할 경우, 대공 전하께서는 그에 대한 국가적인 보상으로서 전하의 영지에서 떼어 낸 60만 프랑에 상당하는 훌륭한 토지나 30만 에퀴의 상금을 주실 겁니다."

"나는 그 이상의 것을 기대하고 있었는데." 백작이 말했다. "파브리스의 일에 개입하지 않겠다는 것은 공작부인과 의를 상하겠다는 말이니까."

"그렇죠. 대공께서 말씀하신 것도 바로 그것입니다. 이건 우리 사이니까 드리는 말씀입니다만, 사실 대공께서는 공작부인에게 몹시 감정이 좋지 않으시거든요. 그래서 그분은 걱정하시길, 각하께서 그 사랑스런 부인과 결별하게 된 보상으로 혹시 전하의 사촌인 이조타 노공녀와의 결혼이라도 요구하지 않을까 염려하고 계십니다. 각하는 혼자이시고 이조타 공녀께서는 아직 쉰 살도 안 되셨으니."

"바로 짐작하셨군." 백작이 소리쳤다. "우리 군주께서는 이 나라 안에서 가장 빈틈없으신 분이야."

백작으로서는 이 노공녀와 결혼한다는 괴상망측한 생각을 한 번도 해본 적이 없었다. 궁정의 의식에 진저리를 내고 있는 사람에게 이보다 더 어울리지 않는 일은 없었을 것이다.

그는 자신의 의자 옆 작은 탁자의 대리석 상판 위에 놓인 코담뱃갑을 만지작거리기 시작했다. 라씨는 상대방이 난처한 듯한 이런 태도를 보이자 뜻밖의 좋은 기회를 만났구나 싶었다. 그의 눈이 반짝거리기 시작했다.

"부탁드리건데, 백작님, 만약 각하께서 60만 프랑의 값어치가 나가는 토지를 받게 되시거나 아니면 돈으로 보상금을 받으실 의향이 있으시다면 그 협상은 오직 저에게만 맡겨 주시기 바랍니다." 그는 목소리를 낮추었다. "자신 있게 말씀드리지만 보상금 액수를 올리든가, 혹은 소유지에 상당히 쓸모 있는 숲이 덤으로 따라오도록 해 보겠습니다. 만일 각하께서 대공이 가둬 둔 그 코흘리개의 일에 대해 이야기하실 때 좀 부드럽고 신중한 태도를 꾸미신다면 국가적 감사의 뜻으로 제공될 그 토지가 공작령으로 승격될지도 모르는 일 아니겠습니까? 각하께 이미 말씀드린 것이지만 대공께서 현재로서는 공작부인을 아주 미워하고 계십니다. 하지만 매우 난처해하시는 걸 볼 때, 뭔가 제게 털어놓지 못할 은밀한 사정이 있었던 것이 아닌가 하는 생각이 듭니다. 사실 금광은 바로 이 점에 있는 것입지요. 제가 대공의 깊은 비밀들을 각하께 팔아넘긴다 해도, 사람들은 저를 각하의 불구대천의 원수로 알고 있으니 아무 의심도 받지 않고 쉽게 넘어갈 수 있잖겠습니까. 대공께서 공작부인에게 몹시 분격해 있다고는 하지만, 사실 그분 역시도 우리 모두와 마찬가지로 생각하시기를, 밀라노인들을 상대하는 온갖 비밀 교섭을 잘 이끌어갈 사람은 오직 각하뿐이라고 믿고 계시니까요. 이건 군주의 말씀을 그대로 되풀이한 것이니 용서해 주십시오, 각하."

라씨는 열이 오른 듯 말을 이어갔다.

"말이란 꺼내는 순서에 따라 그 말의 인상이 달라지는 법인데 말입지요, 그 말을 다른 사람이 옮기게 되면 정확한 의미를 전달할 수가 없지요. 각하라면 저보다 더 많은 것을 그 말 속에서 읽어내실 수 있으시겠지요."

"뭐든지 말해 보게. 아무 말이나 좋아. 고마운 마음으로 귀기울이지."

백작은 생각을 딴 데 팔고 있는 듯한 태도로 금제 코담뱃갑을 가지고 계속해서 대리석 테이블 위를 두드리고 있었다.

"제게 훈장과는 별도로 세습귀족의 증서를 주십시오. 그래 주신다면 아주 기쁘겠습니다만. 귀족이 되고 싶다는 바람을 혹시라도 대공께 비치면 그분은 이렇게 대꾸하시는 겁니다. '너 같은 악당을 귀족으로 만들어 달란 말이지! 그렇게 하면 나는 내일부터 당장 가게문을 닫아야 할걸. 파르마에서는 그 누구도 더 이상 귀족이 되려 하지 않을 테니까.'라고 말이지요. 그건 그렇고, 그 밀라노인들과의 일에 대해 다시 이야기 드리면, 이건 사흘도 안 된 일입니다만 대공께서는 이렇게 말씀하셨습니다. '우리의 책략을 계속 밀고 나갈 인물은 그 사기꾼밖에 없어. 그를 쫓아내거나 혹은 그가 공작부인을 따라가 버리거나 하면, 언젠가는 전 이탈리아의 숭배를 받는 자유주

의적 통치자가 되려고 하는 내 희망도 단념하지 않을 수 없게
되지.'"

　이 말을 듣자 백작은 안도의 한숨을 내쉬었다. '파브리스가
죽게 되는 일은 없겠구나.'

　이 라씨라는 인물은 지금까지 한 번도 수상과 친밀하게 대
화를 나눌 기회를 가져 본 적이 없었다. 그는 행복감에 젖어
얼떨떨했다. 이 나라에서 갖가지 저속하고 비참한 것의 동의
어가 되어 버린 이 라씨라는 이름을 이제 곧 벗어 버릴 수 있
을 것 같았다. 하층민들은 미친개에게 라씨라는 이름을 붙였
다. 최근에는 병사들 사이에서 누군가 그들 동료 중의 한 명이
자신을 라씨라고 불렀다는 이유로 서로 결투까지 벌인 적도
있었다. 여하튼 이 명예스럽지 못한 이름이 하루라도 지독하
게 비꼬인 소네트의 주인공이 되어 사람들의 입에 오르내리지
않는 적이 없었다. 열여섯 살 먹은, 아직 어리고 순진한 학생인
그의 아들이 이름 때문에 카페에서 쫓겨나곤 했다.

　자신의 관직에서 비롯되는 이 모든 불유쾌한 사건들의 뼈
아픈 추억 때문에 그는 경솔한 말까지 토해 내고 말았다. 라
씨는 수상 쪽으로 의자를 바싹 당겨 앉으면서 말했다.

　"제게 토지가 하나 있는데요, 리바라는 곳이지요. 리바 남
작이 되고 싶습니다만."

　"안 될 것도 없지 않은가?"

　라씨는 좋아서 정신을 잃을 지경이었다.

　"아무렴요! 그런데 백작님, 좀 주제넘은 짓이지만, 각하가
생각하고 계신 것을 짐작해 볼까요. 이조타 공녀와의 결혼을

바라고 계시지요? 고상한 야심이십니다. 일단 인척 관계를 맺고 나면 총애를 잃어 쫓겨날 염려도 없고, 우리 군주에게 '코뚜레를 끼운' 셈도 되니까요. 숨김없이 말씀드린다면 그분은 각하가 이조타 공녀와 결혼하는 것을 아주 꺼리고 있습니다. 하지만 이 일을 누군가 수완 있는 사람에게 맡겨 넉넉하게 보상해 주신다면 가망이 없는 것도 아니지요."

"아, 나는 말이오, 친애하는 남작, 난 이미 그 일에 대해서는 단념하고 있소. 미리 말해 두겠는데, 당신이 나를 위해 무슨 말을 해도 소용없는 짓이오. 하지만 앞으로 혹시 내 소원이 성취되어 이 명예로운 혼사가 이루어지고 내가 이 나라의 높은 자리에 앉게 되면 당신에게 내 재산에서 30만 프랑을 떼어 주도록 하지. 아니면 그 액수에 상당하는 어떤 호의를 베푸시도록 대공에게 여쭙겠소."

독자께서는 이런 대화가 지루하게 길다고 생각할 것이다. 그러나 이것도 반 이상을 줄인 것이다. 대화는 그로부터 2시간이나 더 계속되었으니 말이다. 라씨는 행복해하면서 백작 관저에서 물러났다. 한편 백작은 파브리스를 구해 낼 희망이 한결 커진 것을 보았고, 사임할 결심도 더욱 굳혔다. 그는 라씨나 콘티 장군 같은 인물을 한번 쯤 권좌에 앉혀 놓음으로써 자신에 대한 신용을 새삼 높일 필요가 있다고 생각했다. 대공에게 복수할 가능성이 보이는 것이 내심 흡족하기도 했다. '공작부인을 내쫓아 버릴 수도 있겠지. 하지만 그럴 경우 롬바르디아의 입헌군주가 되려는 꿈은 포기해야만 할걸. 아무렴 어림없지.'

(대공의 이 꿈은 터무니없는 것이었다. 대공은 총명한 사람이었지만 이런 식의 공상에 열중하다 보니 이제는 마치 사랑에 빠진 연인처럼 이런 생각에 푹 빠져 있는 것이었다.)

　백작은 기쁨에 겨워 공작부인에게로 달려갔다. 검찰총장 라씨와의 대화 내용을 알려 주기 위해서였다. 그러나 저택 문은 열리지 않았고, 방문 요청은 거절당했다. 문지기는 여주인으로부터 직접 지시받은 이 명령을 그에게 털어놓기가 거북스러운 것 같았다. 백작은 다시 우울한 심정이 되어 관저로 돌아왔다. 이렇게 마음 아픈 일을 당하고 보니 대공의 심복과 주고받은 대화로 생긴 즐거움이 남김없이 사라지고 말았다. 뭔가를 해볼 마음도 없어진 백작은 그림이 걸린 회랑을 쓸쓸하게 거닐었다. 그러다가 15분쯤 후 그는 다음과 같은 편지를 받았다.

　친애하는 벗이여, 사실 우리는 이제 친구 사이에 불과하니, 방문 횟수를 일주일에 세 번으로 줄여 주시기 바랍니다. 그것도 보름 후부터는 한 달에 두 번으로 줄여야겠습니다. 물론 그 방문은 여전히 반가운 것이 되겠지요. 당신이 나를 기쁘게 해 주시려면 우리 두 사람이 이렇게 헤어졌다는 사실을 세상에 드러나게 알려 주세요. 혹시 예전에 이 몸이 당신께 바쳤던 애정을 그대로 베푸실 의향이 있으시다면 새 연인을 고르시기 바랍니다. 나로서는 이제부터 마음껏 방탕한 생활을 누릴 작정입니다. 사교계에 빈번하게 출입할 생각이며 어쩌면 내 근심을 잊게 해 줄 재치 있는 남자를 구할지도 모르겠습니다. 물론 친구의 자격으로라면 내 마음속의 첫 번째 자리는 언제나 당신의 것으로 남아 있을 겁니다. 그러나 나는 내 행동이 당신의 현명한 지시를 따른 것이라는 세간의 말을 더 이상 듣고 싶지 않습니다. 내가 특히 바라는 것은 내가 이제 당신의 결정에 영향을 끼칠 만한 힘을 갖고 있지 않다는 사실을 세상 사람들이 알게 되는 것입니다. 간단히 말해, 친애하는 백작님, 이 사실을 믿어 주세요. 당신은 언제나 나의 가장 소중한 친구이지만 결코 그 이상은 아니라는 사실을. 부탁드리건대 예전 상태로 돌이키려는 생각은 하지 않으시기를. 모든 것은 완전히 끝났으니까요. 언제까지나 나의 우정을 믿어 주세요.

이 마지막 구절은 너무나 무참하여 백작은 완전히 용기가 꺾이고 말았다. 그는 자신의 모든 직위를 사임한다는 내용으로 대공에게 제출하는 유려한 문장의 편지를 써서, 궁정에 전해 달라는 부탁과 함께 공작부인에게로 보냈다. 잠시 후 그의 사직서는 찢겨진 채로 돌아왔다. 그리고 사직서의 여백한 귀퉁이에는 공작부인의 글씨가 있었다. '안 돼요. 절대 안 됩니다!'

이 가엾은 재상의 절망을 어떻게 다 그려 내겠는가. 그는 되풀이해서 중얼거렸다. '그녀가 옳다. 그건 인정할 수밖에 없어. '부당한 재판'이라는 말을 뺀 것은 돌이킬 수 없는 잘못이다. 그 때문에 어쩌면 파브리스는 죽게 될지도 모른다. 그렇게 되면 나 역시도 끝장이지.' 부름을 받기 전에는 궁정에 나타나지 않을 작정이었으므로, 백작은 라씨를 성 요한 훈장의 수훈자로 임명하고 세습귀족의 작위를 수여한다는 서류를 직접 작성했다. 그러나 그의 심정은 이미 죽음이 목전에 와 있는 듯했다. 백작은 이 서류를 대공에게 제출하기 위해 반 페이지가량 되는 보고서를 덧붙여, 이러한 조치를 취해야 할 긴박한 필요성을 늘어놓았다. 그는 일종의 가학적 쾌감을 느끼면서 이 서류들 각각의 사본을 만들어 공작부인에게도 보냈다.

머릿속에는 온갖 추측이 뒤얽혔으며, 그 상태에서 헤어날 수도 없었다. 사랑하는 여인이 앞으로 취하겠다는 계획이 과연 무엇일까 짐작해 보려고 애썼다. '그녀 자신도 전혀 모르고 있을 거야.' 백작의 생각은 여기까지 왔다. '단 하나 확실한 것이 있다면 그것은 그녀가 내게 일단 공언한 이상 그 결심을 결코 무너뜨리지는 않을 거라는 사실이다.' 더구나 아무리 생각해 보아도 공작부인을 비난할 수가 없다는 것이 그의 고통을 한층 더 부채질했다. '고맙게도 그녀는 지금껏 나를 사랑해 주었다. 이제 더 이상 나를 사랑하지 않는다 해도 그것은 내가 그런 잘못을 저질렀기 때문이다. 나의 잘못이 의도하지 않은 것이기는 하지만 어쨌든 무서운 결과를 초래하지 않았는가. 내게는 전혀 불평할 권리가 없다.' 다음 날 아침 백작은 공작부인이 다시 사교계에 나오기 시작했다는 사실을 알았다. 전날 밤 부인은 초대받은 집의 야회마다 빠짐없이 얼굴을 내밀었다는 것이다. '같은 살롱에서 그녀와 마주치게 되면 어떻게 할까? 무슨 말을 해야 하나? 어떤 말투로 이야기를 꺼낼까? 그렇다고 말을 건네지 않고 지나칠 수 있을까?'

그다음 날은 비참한 하루였다. 파브리스가 곧 사형을 당할 거라는 소문이 퍼졌다. 온 도시가 그 소문으로 들썩거렸다. 더군다나 대공이 고귀한 가문을 고려하여 죄수를 참수형으로 처형하리라는 것이었다.

백작은 자신에게 말했다. '그를 죽이는 것은 나다. 이제 더이상 공작부인에게 다시 만나 달라고 애원할 수도 없다.' 이 단순한 이치를 잘 알면서도 백작은 부인의 집 문 앞을 세 번이나 서성이다 그냥 지나쳐 오곤 했다. 사실은 그는 부인 저택의 사람들 눈에 띄지 않으려고 걸어서 갔던 것이다. 이러한 절망의 와중에서도 부인에게 편지를 쓸 용기는 있었다. 그는 라씨를 부르려고 두 번이나 사람을 보냈다. 검찰총장은 한번도 나타나지 않았다. 백작은 생각했다. '그 악당 녀석이 나를 배반했군.'

다음 날, 엄청난 소식 세 가지가 파르마 상류사회를 뒤흔들어놓았다. 덩달아 중류층 시민들까지도 소란스러웠다. 파브리스의 사형은 그 어느 때보다도 더 확실한 사실이 되었다. 이소식에 뒤이은 아주 뜻밖의 소문은 공작부인이 그다지 슬퍼하는 것 같지 않다는 내용이었다. 곁에서 보기에, 부인은 자신의 젊은 애인 파브리스에 대해 아주 적당한 정도의 애석함만 보이고 있고, 게다가 그의 체포에 때맞추어 몸살이 좀 난 관계로 창백해진 안색을, 애인을 생각하는 슬픔인 척 이용하는 대단한 재간을 부리더라는 것이었다. 중류 시민들은 이런 세세한 이야기를 하며 그야말로 궁정 귀부인다운 차가운 마음이 아니냐고 입을 모았다. 이들의 추측으로는, 아무래도 남의 이목도 있는 데다 젊은 파브리스의 망혼도 위로할 겸 해서 부인이 모스카 백작과 헤어진 것이 아니겠느냐는 것이었다. "얼마나 부도덕한 짓인가!" 파르마의 얀센주의자들[5]은 이렇게 한탄했다. 그런데도 벌써 공작부인은, 정말 믿어지지 않는 이야기지만, 궁정의 가장 잘생긴 젊은이들의 달콤한 말을 즐기는 듯하더라는 것이었다. 여러 가지 이해하기 힘든 풍문들 중에서도 특히 사람들의 흥미를 끌었던 내용은 공작부인이 라베르시 부인의 현 애인인 발디 백작과 아주 즐겁게 이야기를 나누면서 그가 벨레자성에 자주 드나드는 것을 짓궂게 놀리더라는 이야기였다. 소시민이나 하류 계층은 파브리스의 죽음에 분개하고 있었다. 이 선량한 사람들은 모스카 백작의 질투 때문에 파브리스가 죽게 된 거라고 생각했다. 궁정에서도 역시 백작이 화제의 중심이었는데, 그것은 그야말로 백작을 조롱거리로 삼기 위해서였다. 사실, 앞서 말한 세 가지의 놀라운 소문 중 마지막 것은 다름 아닌 백작의 사직이었다. 사람들은 모두 백작을 비웃었다. 그는 쉰여섯이나 된 나이에, 무정한 한 여인에게서 버림받은 슬픔을 못 이겨 훌륭한 지위까지 내던지는 어리석은 애인 꼴이 되어 있었다. 더구나 그 여인은 오래전부터 자기보다 젊은 남자를 더 사랑하고 있었는데도 말이다. 오직 한 사람 대주교만이 백작의 사임에 공감을 표했다. 대주교는 영민한, 아니 차라리 심성이 따뜻한 사람으로서, 백작의

---

5) 네덜란드 신학자 코르넬리우스 얀세니우스(Cornelius Jansenius, 1585~1638)의 교의에 기원을 둔 장세니즘의 추종자들. 도덕적 엄격성을 추구하였으며 또한 인간의 본성에 대한 비관적 견해를 견지하여 하느님의 은혜를 강조하고 인간의 자유 의지를 부정했다.

명예를 생각할 때 자신이 보살피고 있는 청년을 한 마디 상의
도 없이 목을 자르려고 하는 나라에 수상으로 계속 재임한다
는 사실이 용납되지 않으리라는 것을 짐작할 정도는 되었다.
백작의 사임 소식은 파비오 콘티 장군의 통풍 증상을 호전시
키는 효과를 가져왔다. 이 부분에 대해서는 차후에 우리의 이
야기를 성채로 옮겨서, 온 도시 사람들이 그의 처형 시기를
궁금해하고 있는 동안 파브리스가 무엇을 하며 시간을 보내
고 있었는지를 돌아볼 때 이야기될 것이다.

그다음 날, 백작이 볼로냐로 파견했던 충실한 부하 브뤼노
가 돌아왔다. 이 사내가 집무실로 들어오자 백작은 마음이 저
려왔다. 공작부인과 의견의 일치를 보아 그를 볼로냐로 파견
했을 때가 얼마나 행복했던가를 생각해 냈기 때문이었다. 브
뤼노는 볼로냐에서 아무것도 알아내지 못하고 돌아온 참이었
다. 루도빅마저 찾을 수 없었는데, 사실 루도빅은 카스텔노보
의 행정장관에 의해 마을 감옥에 감금되어 있었던 것이다. 백
작이 브뤼노에게 말했다.

"한 번 더 볼로냐에 가 주어야겠다. 공작부인은 파브리스에
게 일어난 불상사의 자세한 경위를 한사코 알고 싶다는구나.
카스텔노보 역참을 관할하고 있는 헌병대장에게 정보를 얻어
보아라…… 아, 아니지!"

백작은 문득 말을 끊었다가 외쳤다.

"지금 곧 롬바르디아로 떠나라. 우리 통신원들 모두에게 돈
을 넉넉히 나눠주는 거야. 내 목적은 그들 모두로부터 쓸 만한
보고를 얻어내는 것이니까."

브뤼노는 주어진 임무의 목적을 잘 이해하고 자신의 신임장을 작성하기 시작했다. 백작이 마지막 지시를 내릴 즈음에 편지 한 통이 전달되었다. 듣기 좋은 말이 모호하게 나열되어 있는, 그러나 꽤 유려한 문체로 쓰여진 편지였다. 겉보기에는 무슨 부탁이 있는 친구한테서 온 편지처럼 보였다. 그런데 이 편지를 쓴 친구란 바로 대공이었다. 대공은 모스카 백작의 사직에 관한 이야기를 듣고는, 편지에서 그를 친구라고 불러 가면서 수상직을 계속 맡아 달라고 간곡히 부탁하고 있었다. 우정의 이름으로, 또한 조국의 위기라는 명목하에 자리를 지켜 줄 것을 요청하며, 그리고 군주의 자격으로 그것을 명령한다는 것이었다. 또한 어느 나라의 왕이 훈장 두 개를 보냈는데 자신의 재량에 따라 하나는 자신이 갖고 또 하나는 친애하는 모스카 백작에게 수여한다고 했다.

"이 뻔뻔스런 인물은 정말 참아 줄 수가 없군!" 백작은 화를 내며 소리를 질러 브뤼노를 깜짝 놀라게 했다. "이런 위선적인 말로 나를 유혹할 수 있다고 생각하다니. 이 내용은 그와 내가 어떤 어리석은 자를 꾀어낼 때마다 써먹었던 말 아닌가."

그는 함께 보내온 훈장을 거절했다. 그리고 건강 상태로 인해 수상직의 격무를 더 오래 수행하기가 힘들다는 내용의 답신을 썼다. 백작은 몹시 화가 나 있었다. 조금 후 하인이 검찰총장 라씨가 방문했음을 알렸다. 그는 방문자를 마치 흑인 노예처럼 취급했다.

"흐음! 귀족을 만들어 주니까 벌써 거만해지기 시작하는군! 그래 어제는 왜 내게 고맙다는 인사를 하러 오지 않았

17장

나? 그 일은 자네의 절대적인 의무일 텐데. 안 그런가, 이 잘난 양반?"

라씨는 이런 모욕을 받는 일에는 이력이 나 있었다. 대공에게는 매일 이런 식으로 당해 온 것이었다. 그래도 남작이 되고 싶은 마음은 간절해서 그는 머리를 짜내 변명을 늘어놓았다. 이렇게 둘러대는 일도 어려울 게 없었다.

"대공께서 어제 하루 종일 저를 집무실에 붙들어 놓고 놓아주시지 않았습니다. 궁정에서 빠져나올 수가 없었지요. 전하께서는 저 같은 재판장이의 서투른 글씨로 산더미 같은 외교 문서를 베끼라고 하시는 겁니다. 그 문서들이란 하나같이 정말 하찮고 장황한 것들이어서, 사실 제 생각에는 전하의 진짜 목적이 저를 붙잡아 두는 데 있는 것이 아닌가 싶었지요. 결국 5시경이나 되어서야 배가 고파 죽을 지경인 상태로 겨우 풀려날 수 있었습니다. 그러면서 곧장 집으로 가서 저녁 내내 다시는 외출하지 말라는 것입니다. 실제로 제게도 낯이 익은 그분의 개인 밀정 두 사람이 거의 자정이 다될 때까지 저희 집 주변에서 어슬렁거리는 것을 보았습지요. 그래서 오늘 아침 기회가 생기자마자 마차 하나를 불러오게 해서 성당 문 앞까지 타고 왔지요. 마차에서 내릴 때는 아주 천천히 움직이다가 곧장 달려서 성당을 가로질러 이곳으로 온 것입니다. 백작 각하야말로 현재로서는 제가 어떻게 해서든 마음에 들려고 노력해야 할 분이 아니겠습니까?"

"흐음, 나는 말이야, 이 우스운 친구야, 그런 꾸민 이야기엔 속지 않아. 이틀 전에도 자네는 내게 파브리스의 일을 보고하러 오지 않으려고 이리저리 피했잖아. 난 그래도 자네의 양심과 비밀에 대한 맹세를 존중했었어. 하기야 자네 같은 자에게는 맹세라는 것도 기껏해야 도망갈 수단에 불과하겠지만. 자, 오늘은 진상을 들어야겠네. 그 청년을 희극배우 질레티의 살해죄로 사형에 처한다는 그 어처구니없는 소문은 대체 어떻게된 거지?"

"그 소문에 대해서는 각하께 저보다 더 잘 설명드릴 수 있는 사람은 없을 겁니다. 군주의 지시를 받아 그 소문을 퍼뜨린 사람이 바로 이 몸이니까요. 이제 생각이 납니다만, 어제 대공께서 하루 종일 저를 묶어 두신 것도 아마 이 일을 각하께 알리지 못하게 하려던 것 아닐까요. 대공께서는 저를 바보라고 생각하시지는 않으니까 혹시 제가 훈장을 들고 각하를 찾아가서는 그걸 제 단춧구멍에 달아 달라고 청하지나 않을까 염려하지 않을 수 없었겠지요."

"본론이나 말하라고! 쓸데없는 소리는 그만두고." 백작은 소리를 질렀다.

"분명 대공께서는 델 동고 씨에게 사형 선고를 내리고 싶으실 겁니다. 그러나, 물론 알고 계시겠지만, 그에게 원래 선고된 형량은 20년의 금고형으로서, 그것도 선고 바로 다음 날 대공 자신이 12년의 성채 금고형으로 감형했었지요. 매주 금요일마다 빵과 물만 먹는 금식과 그 외 여러 가지 종교적인 복역조항들이 덧붙여지긴 했습니다만."

"나로서는 그가 감옥에 들어가게 됐다는 소식만 듣고 있었는데, 곧 처형될 거라는 소문이 온 시내에 퍼졌으니 걱정할 수밖에. 자네가 슬그머니 해치워 버린 팔란차 백작이 생각나서 말이지."

"저는 바로 그 당시에 훈장을 탔어야 했습니다!"

라씨는 당황하지도 않고 말했다.

"기회를 잡았을 때 더 세게 몰아쳤어야 하는 건데. 더구나 그자는 스스로 죽기를 바라고 있었거든요. 저는 그때 어리석었지요. 이미 그런 경험도 있는 터라 감히 각하께 충고드리는 바입니다만, 이번 일에서 저 같은 실수를 되풀이하지 마시기 바랍니다."(이 말을 듣는 당사자로서는 이런 비교가 영 비위에 거슬렸다. 그래서 그는 라씨를 발로 차 버리고 싶은 충동을 억누르느라 애를 먹었다.)

"우선……." 하고 라씨는 법률가다운 논리와 대단한 자신감을 가지고 이야기를 시작했다. 참으로 어떠한 모욕에도 끄떡없는 인물다웠다. "전술한 델 동고 씨에 대해 처형을 논의할 수는 없습니다. 대공도 그걸 주장하시지는 못할 겁니다. 세월이 변했거든요! 게다가 이 몸이, 각하의 도움으로 귀족이 된 데다가 이제 남작이 되고자 하는 제가 그 일에 협력하지는 않을 것입니다. 각하도 알고 계시다시피 극형의 집행자는 오직 제 지시만 받게 되어 있거든요. 맹세합니다만 서훈기사 라씨는 결코 델 동고 씨를 해칠 그럴 명령을 내리는 일은 없을 겁니다."

"그러는 편이 현명할 거야."

백작은 냉엄하게 상대방을 훑어보며 말했다.

"이건 구별해 주셔야겠는데요." 하고 라씨가 슬그머니 웃음을 흘리며 대답했다. "제가 말씀드린 것은 단지 공식적으로 사형이 집행되는 경우일 뿐입니다. 만약 델 동고 씨가 심한 배탈 같은 병으로 죽는 사고가 일어난다 해도 제게 그 책임을 씌우려 하지는 마십시오! 무슨 이유인지는 모르겠으나 대공께서는 산세베리나에 대해 격분하고 계시거든요." (사흘 전만 해도 라씨는 공작부인이라고 높여서 불렀을 것이다. 그러나 그는 그녀가 수상과 결별했다는 사실을 온 시내 사람들과 마찬가지로 이미 알고 있었다.)

백작은 이런 자의 입에서 존칭이 빠진 그녀의 이름이 나오자 깜짝 놀랐다. 순간적으로 묘한 통쾌함이 느껴지기도 했다. 그러나 그는 곧 라씨를 향해 증오에 찬 시선을 던졌다. 이어서 다음과 같은 생각을 했다. '내 사랑스런 이여, 나의 사랑을 당신에게 보여 주기 위해서는 오직 당신의 명령에 눈먼 듯이 복종하는 수밖에 없군요.'

백작은 검찰총장에게 말했다.

"솔직히 이야기하자면 나는 공작부인의 그 유난한 변덕에 그다지 깊은 관심은 없어. 그렇기는 해도 부인이 그 파브리스라는 말썽꾼을 내게 데려와서 부탁한 이상, 내가 재임하고 있는 중에 그가 사형을 당하도록 내버려 둘 수는 없단 말일세. 정말이지 부인은 그 녀석을 나폴리에 그냥 두었어야만 했어. 이리로 데려와 이렇게 우리를 성가시게 하다니. 자네에게 약속하네만, 그가 감옥에서 나오게 되면 그로부터 일주일 후 자네는 남작이 될 걸세."

"그렇다면 백작님, 그 말씀은 제가 12년이 지나야만 남작이 될 수 있다는 뜻입니다. 대공께서는 정말 화가 나셨고, 공작부인에 대한 미움도 어찌나 대단한지 너무 드러내지 않으려 애쓰셔야 할 정도니까요."

"전하는 정말 사려 깊으신 분이야! 미움을 감추실 필요가 뭐 있겠는가? 수상이 더 이상 공작부인을 감싸지 않는 마당인데 말이야. 다만 나는 세상 사람들로부터 비열하다든가 특히 질투를 하고 있다는 비난을 듣고 싶지 않을 뿐일세. 공작부인을 이 나라로 오게 한 사람은 바로 나이니까. 그러니 만약 파브리스가 감옥에서 죽게 된다면 자네는 남작이 될 수 없다는 말이지. 어쩌면 남작은커녕 칼에 찔리게 될지도 모르고. 자, 이런 쓸데없는 이야기는 그만해 두지. 사실은 내 재산을 계산해 보았는데, 연수가 겨우 2만 리브르 정도 될까. 그걸 믿고 나는 군주에게 삼가 사직을 청할 계획이라네. 나폴리 왕이 나를 불러줄 희망이 있기는 하지. 그런 큰 도시에서라면 지금 내게 필요한 기분 전환거리를 얻을 수 있을 거야. 파르마 같은 시골에서야 그런 위안을 찾을 수 없거든. 하지만 자네가 힘을 써서 이조타 공녀와 결혼이라도 하게 된다면 이곳에 그냥 머물 수도 있겠지……."

대화는 이런 방향으로 한없이 이어졌다. 라씨가 돌아가려고 자리에서 일어났을 때 백작은 짐짓 별것이 아니라는 듯 무심하게 말을 던졌다.

"파브리스가 나를 속이고 있었다고 사람들이 수군거리는 것은 자네도 알겠지. 그도 공작부인의 애인들 중의 하나였다고 말이야. 나는 그 소문을 결코 인정하지 않아. 그리고 그 소문이 옳지 않다는 것을 보이기 위해 자네에게 부탁하는데, 이 지갑을 파브리스에게 좀 전해 주게."

"하지만, 백작님." 라씨는 몹시 걱정스러운 듯 돈주머니를 들여다보면서 말했다.

"큰 돈이 들어 있군요. 그런데 규칙에 의하면……."

"이봐, 자네에게는 그것이 대단한 금액일지도 모르지."

백작은 노골적으로 경멸을 보이며 대답했다.

"자네 같은 평민층이야 감옥에 있는 친구에게 10스갱만 보내도 파산할 것 같은 생각이 들 테지. 나는 말이야, 파브리스에게 이 6000프랑이 전달되기를 바라네. 그리고 무엇보다도 중요한 건데, 성채에서 이 일을 눈치채지 못하게 해야 돼."

겁이 난 라씨가 하여간 무슨 구실이든 늘어놓으려 하자 백작은 그를 성급히 밀어내고 문을 닫아 버렸다. '저런 자들은 거만하게 상대해 주어야 권위를 알아보거든.' 이런 오만한 생각에 이어서 이 탁월한 경륜의 수상이 취한 행동이란 과연 어떤 것이었던가. 그것은 아주 우스운 것이어서 여기에 옮겨 적기가 좀 곤란할 지경인데, 사실 그는 책상으로 달려가 공작부인의 작은 초상화를 꺼내서는 그 초상화에 열렬하게 입을 맞추었던 것이다. 그러고는 혼잣말로 외치기를, "용서하오, 사랑스런 사람. 당신에 대해 감히 예의도 차리지 않고 이야기하는 그 상스러운 녀석을 내 손으로 창문 너머 던지지 못한 것을. 하지만 이처럼 인내심을 가지고 버틴 이유도 당신 뜻에 복종하기 위해서라오! 그리고 그 녀석은 머지않아 버릇을 고쳐 놓겠소!"라는 것이었다.

초상화를 바라보며 한참이나 이야기를 나눈 끝에 백작은 마치 가슴속에서 심장 고동이 멈춘 듯한 심정에 빠져들었다. 그런 상태에서 문득 어떤 생각이 떠오르자, 그는 유치한 열정으로 그 어리석은 행동에 몰두했다. 즉 훈장을 주렁주렁 매단 예복으로 갈아입고는 이조타 노공녀를 방문한 것이다. 그는 이제껏 단지 신년인사 때나 노공녀를 찾아가곤 했었다. 노공녀 앞에 가 보니 그녀는 한 무리의 개들에게 둘러싸여 있었는데, 온갖 장신구로 치장한 데다 심지어 곧 궁정에 나가려는 사람처럼 다이아몬드까지 붙이고 있었다. 백작이 미안한 듯 "전하, 혹시 어딘가 외출하시려는 계획을 방해한 것은 아닌지요?"라고 묻자 노공녀의 대답이란, 자신은 파르마의 공녀인 만큼 언제나 이런 차림새를 하고 있을 의무가 있다는 것이었다. 백작은 연인으로부터 버림받는 불행을 겪은 이후 처음으로 유쾌한 기분이 들었다. '여기에 오기를 잘했군. 지금 이 자리에서 내 뜻을 털어놓아야겠다.' 공녀는 그처럼 이름 높은 수상이 자신을 찾아 주자 몹시 기뻐했다. 그러나 이 가엾은 노처녀는 이런 종류의 손님을 대하는 데는 익숙지 않아서 어쩔 줄 모르고 있었다. 백작은 우선 왕실 가족과 일개 귀족 사이에는 엄연한 격차가 있음을 암시하면서 능란하게 이야기를 풀어 나갔다.

"이런 점은 다르지요." 공녀가 말했다. "예를 들어 프랑스 국왕의 딸이라면 언젠가 왕위에 오르리라는 희망을 품는 것은 전혀 불가능하지요. 그러나 우리 파르마 왕실에서라면 사정이 다르답니다. 바로 그런 이유 때문에 우리들 파르네제 가문 사람들은 외양에 있어서 언제나 일정한 위엄을 지키고 있어야 한답니다. 이 몸은 보시다시피 가련한 왕녀일 뿐이지만 장래 어느 날 백작께서 나의 수상이 되는 일이 전혀 불가능하다고 말할 수는 없지요."

예기치 못한 이런 엉뚱한 이야기는 침울하던 백작을 또 한 번 유쾌하게 만들어 주었다.

이 수상은 자신으로부터 사랑의 고백을 듣고 얼굴이 온통 붉어진 이조타 공녀를 두고 물러났다. 궁정 시종 한 명이 그를 기다리고 있었다. 대공이 그를 만났으면 한다는 것이었다.

"난 몸이 불편해서 말이야."

수상은 대공에게 무례하게 굴 기회가 온 것에 은근히 기뻐하며 대답했다. 화가 나기도 했다. '흠, 나를 이 지경으로 만들어 놓고는 또 무슨 봉사를 바라다니! 하오나 대공, 이건 알아 두시기 바랍니다. 이 시대는 신으로부터 부여받은 권력만으로는 충분하지 않습니다. 전제군주로 성공하기 위해서는 재능과 기개가 필요하단 말입니다.'

병자라고 자칭하는 사람이 아주 건강해 보이는 데 언짢아 하는 시종을 되돌려 보낸 뒤 백작은 파비오 콘티 장군에게 큰 영향력을 행사한다는 궁정인 두 사람을 만나러 갈 생각을 했다. 이 성채 사령관이 일전에 자신의 개인적인 적수였던 대위한 사람을 페루자의 아편을 써서 처치해 버렸다는 비난이 떠돌고 있는 터라 수상으로서는 아주 걱정스럽고 지레 기가 죽을 정도였던 것이다.

백작은 공작부인이 성채 감옥 안에 연락원을 만들려고 일주일 전부터 엄청난 액수의 돈을 뿌려 왔다는 사실을 알고 있었다. 그러나 그가 생각하기에 공작부인의 계획이 성공할 희망은 거의 없었다. 아직도 이 사건은 모든 사람들의 관심 한가운데 놓여 있었던 것이다. 독자 여러분께 이 불행한 여인이 시도했던 갖가지 매수 기도를 일일이 이야기하지는 않겠다. 그녀는 깊은 절망 속에 빠져 있었으며 여러 방면의 아주 헌신적인 심부름꾼들이 그녀를 돕고 있었다. 그러나 전제군주가 다스리는 작은 궁정에서 완벽히 수행되는 아마도 유일한 국정 분야를 꼽으라면 그것은 바로 정치범들의 감시일 것이다. 그런 터라 공작부인이 뿌린 황금은 성채에서 근무하던 상, 하위직 열 명가량을 해고시키는 효과 외에 별다른 성과를 올리지 못하고 있었다.

18장

이처럼 공작부인과 수상은 감옥에 갇혀 있는 청년을 위해 모든 정성을 바쳤지만, 그에게 도움을 줄 수 있는 일은 거의 없었다. 대공은 심기가 사나워져 있었다. 궁정인이나 일반 시민들도 파브리스에게 그리 곱지 못한 감정을 품고 있는 터라 이 청년이 가련한 처지가 된 것을 오히려 반겼다. 그들의 말에 따르면 파브리스는 지금껏 너무 행복하게 지내 왔다는 것이다. 돈을 아낌없이 뿌렸음에도 불구하고 공작부인의 성채 공략 계획은 전혀 진전이 없었다. 라베르시 후작부인이나 기사 리스카라가 하루도 빠짐없이 콘티 장군에게 와서 무언가 새로운 주의 사항을 전달했다. 그들은 이런 방식으로 장군의 약한 의지를 떠받치고 있었다.

이미 말했듯이 파브리스는 투옥되던 날, 우선 '사령관 관저'

로 끌려갔다. 이 관저는 한 세기 전 반비텔리의 설계로 건축된 아담한 건물로서, 거대한 주탑의 전망대 위에 올라앉아 있었으므로 높이가 지상으로부터 55미터나 됐다. 저택은 주탑의 둥그런 몸통에서 마치 낙타의 봉우리처럼 튀어나왔는데, 저택의 창문을 통해 내다본 파브리스의 눈앞에는 저 멀리에 평야와 알프스 산맥이 펼쳐지고 있었다. 성채 아래쪽으로 눈길을 옮기면 파르마강의 빠른 물살이 마을에서 오른편으로 한 16킬로미터가량 떨어져 휘돌며 포강에 합류하는 것이 보였다. 푸른 평야 한가운데 마치 커다란 흰색 얼룩을 한 줄로 늘어놓은 듯한 이 강물의 왼편 기슭을 넘어서면 이탈리아 북부를 지키고 서 있는 알프스의 높은 산봉우리들이 하나하나 뚜렷한 자태로 눈을 유혹했다. 언제나 흰 눈이 덮인 이 산봉우리들은 지금 같은 8월, 타는 듯 뜨거운 들판 한가운데 나와 있을 때에도 바라보기만 하면 사람들의 잠자고 있던 기억을 일깨워 어떤 서늘한 기운을 느끼게 했다. 이 산봉우리들은 아주 세세한 굴곡까지도 손에 잡힐 듯이 시야에 들어왔지만, 그것은 파르마의 성채로부터 118킬로미터도 더 떨어진 먼 곳이었다. 사령관의 아담한 저택이 누리고 있는 이처럼 탁 트인 전망은 그러나 남쪽 방향에서만큼은 파르네제 탑에 가로막혀 있었다. 그 탑 안에 파브리스를 가둘 방이 급히 준비되고 있는 중이었다. 독자도 아마 기억하고 있겠지만 이 두 번째 탑은 성의 거대한 전망대 위에 세워졌는데 테세우스의 아들 히폴리투스[6]와는 달리 젊은 계모

---

6) 신화에 따르면 아테네왕 테세우스의 아들인 히폴리투스는 계모 파이드

의 유혹을 뿌리치지 못한 왕자를 감금해 두기 위해 세워진 것이었다. 그 젊은 왕비는 몇 시간 후에 죽고 말았지만, 왕자는 17년 후 부친이 죽어 왕위를 계승하고 나서야 비로소 자유를 되찾았다. 그로부터 한 시간이 채 지나지 않아 파브리스는 이 파르네제 탑으로 올라갔다. 보기 흉한 외관을 한 이 탑은 성채 주탑의 전망대에서 또다시 15미터나 솟아올랐고, 꼭대기에 많은 피뢰침들을 이고 있었다. 아내의 행실을 못마땅히 여겼던 대공은 사방에서 볼 수 있도록 이 감옥을 세운 뒤 기묘한 생각 하나를 떠올렸는데, 그것은 이 감옥이 마치 원래부터 있어온 것처럼 믿게 하자는 것이었다. 그래서 이 탑에 파르네제라는 이름을 붙였던 것이다. 당시 이 탑의 건축을 화제로 삼는 일은 금지되었다. 그러나 파르마 사람들은 시내 어디서나 또한 근처 평야의 어느 곳에서나 석공들이 돌을 하나하나 쌓아올려 이 오각형의 탑을 짓는 것을 똑똑히 볼 수 있었다. 이 탑이 오래된 것처럼 보이게 하려고 넓이 60센티미터, 높이 120센티미터의 출입문 위에 유명한 장군 알렉산드르 파르네제가 앙리 4세를 파리로부터 몰아내는 내용의 웅장한 부조가 새겨졌다. 아름다운 경치 한가운데 솟아 있는 이 파르네제 탑

라의 유혹을 거절했고, 이 때문에 파이드라는 히폴리투스를 무고하는 유서를 남기고 자살했다. 유서를 읽은 테세우스는 아들을 오해하여 추방하였고 또한 바다의 신 포세이돈에게 아들의 죽음을 빌었다. 그리하여 히폴리투스가 트로이젠의 해변을 전차로 질주하고 있을 때 포세이돈이 보낸 괴수에게 놀란 말이 날뛰는 바람에 히폴리투스는 전차에서 떨어져 말에 끌려가며 온몸이 찢겨 죽었다고 한다.

의 아래층 면적은 길이와 폭이 적어도 각각 40보가량은 되었다. 이 아래층 방에 가득 늘어선 기둥들은 아주 땅딸막한 것들이었는데, 그도 그럴 것이 위병소로 쓰이고 있던 이 방은 터무니없이 넓기만 했지 높이는 5미터밖에 되지 않았던 것이다. 계단이 방 한가운데서부터 기둥 하나를 휘감으며 올라가고 있었다. 쇠로 만든 작은 계단으로서 폭이 겨우 60센티미터나 될까, 발을 딛는 부분만 이어 놓은 아주 가벼워 보이는 계단이었다. 파브리스는 이 계단을 따라 넓은 방들이 있는 복도로 올라갔다. 간수들 때문에 계단이 흔들렸다. 올라간 곳은 탑의 2층으로서 천장 높이가 6미터나 되는 근사한 곳이었다. 인생에서 가장 좋은 시기인 17년간을 이곳에서 보내야만 했던 젊은 왕자를 위해 이곳은 아주 호사스럽게 꾸며져 있었다. 감옥지기들은 새 죄수에게 2층 한쪽 끝에 자리잡고 있는 장엄하고 아름다운 예배당을 구경시켜 주었다. 벽과 둥근 천장은 온통 검은 대리석으로 뒤덮였고, 역시 검은빛이 아름답게 감도는 기둥들이 검은 벽을 따라 늘어서 있었다. 이 벽을 장식하고 있는 흰색 대리석 조각은 죽은 자들의 얼굴이었다. 그 많은 두상들은 크기도 상당했는데 서로 교차시킨 두 개의 뼈 위에 올려져 있었다. '이것은 누구를 증오하지만 차마 죽일 수 없는 데서 비롯된 착상이다.' 파브리스는 생각했다. '내게 이런 것을 보여 주다니 고약한 심보군!'

사다리형의 아주 가벼운 쇠계단이 역시 기둥 하나를 감으며 올라가서 3층으로 통하고 있었다. 높이가 약 5미터가량 되는 이 3층의 방들이야말로 파비오 콘티 장군이 1년 전부터 재능을 발휘해 꾸며놓은 감옥들이었다. 예전에 왕자의 시종들이 썼던 이곳 방들의 창문에는 장군의 지시에 따라 견고한 쇠창살이 덧씌워졌다. 이곳은 주탑 전망대 돌바닥부터 계산해 볼 때도 9미터도 더 되는 높이였다. 방마다 창문이 두 개씩 있고, 방으로 들어가려면 어두운 중앙 복도를 따라가야 했다. 천장까지 닿은 굵은 쇠창살문이 이 좁은 복도에 연달아 세 개나 서 있는 것이 파브리스의 눈에 들어왔다. 최근 2년 동안 장군이 대공을 매주마다 알현할 수 있었던 이유도 이 모든 훌륭한 창안물들의 설계도, 단면도, 입면도 덕분이었다. 어떤 정치범이 여기에 갇히게 되면 그는 자신이 비인도적 방식으로 대우받고 있음을 여론에 호소하기는커녕 바깥 세상의 어느 누구와도 연락할 길이 없었으며, 더구나 몸을 조금만 움직여도 그 소리까지 감시당하게 되어 있었다. 장군은 각 방의 바닥에 떡갈나무 널판을 깔게 했는데, 이 널판과 돌바닥 사이에 90센티미터의 공간이 있어서 죄수는 마치 다리가 달린 발판 위에 서 있는 셈이 되었다. 이것이 바로 장군이 생각해 낸 중요한 감시 구조였는데, 덕분에 그는 경찰청에 자신의 특권을 내세울 수 있게 된 것이다. 즉 그는 이 발판 위에다 창문이 있는 쪽만 원래 벽에 붙여 놓고 다른 면은 판자로 새로운 벽을 세우게 했다. 그렇게 해서 높이 3미터가량의 감옥방을 다시 꾸몄는데, 이 판자방은 아주 작은 소리도 잘 울렸다. 그도 그럴 것이, 창문 쪽만 제외하고 벽의 나머지 세 면에는 감옥의 원래 돌벽과 새로 만든 판자벽 사이에 폭 120센티미터의 작은 통로가 나 있기 때문이었다. 판자벽은 호두나무, 떡갈나무, 전나무 판자를 네 겹으로 세우고 쇠나사와 수많은 못으로 단단히 이어놓았다.

  파브리스가 이끌려 들어간 곳도 1년 전부터 이런 방식으로 꾸며진 방들 중의 하나였다. 그 방은 진정 파비오 콘티 장군의 걸작품이라 할 만했는데, '맹목적인 복종'이라는 근사한 이름까지 붙어 있었다. 그는 감옥방에 들어서자마자 창가로 달려갔다. 창살이 끼워진 창문 밖으로 내다보이는 전경은 참으로 아름다웠다. 다만 아담한 사령관 관저 지붕 끝에 매달린 쇠시리 장식 때문에 지평선의 북서 방향으로만 작은 귀퉁이가 가려지고 있을 뿐이었다. 사령관 관저는 3층 건물이었는데 맨 아래층은 참모부의 사무실로 쓰이고 있었다. 파브리스의 시선을 가장 먼저 붙잡은 것은 관저 3층에 있는 어느 창문이었다. 그 창문에는 예쁜 새장들 속에 온갖 종류의 새들이 많이 들어 있었다. 파브리스는 노을 진 마지막 저녁 햇살을 향해 작별 인사를 보내고 있는 새들의 지저귐에 즐거운 기분으로 귀기울였다. 그 사이에 감옥지기들은 그의 주위를 왔다갔다 했다. 새를 기르는 방의 창문은 파브리스의 창문 하나와 7미터 정도의 거리밖에 떨어져 있지 않았다. 더구나 높이도 2미터가량 낮았기 때문에 그의 위치에서는 새들이 비스듬히 내려다보였다.

  그날 밤에는 밝은 달이 떴다. 파브리스가 이 방으로 들어온 시각에 달은 지평선 오른쪽, 알프스산 줄기 너머의 트레비소 방향에서 장엄하게 떠오르는 중이었다. 아직 저녁 8시밖에 안 된 터라 지평선의 다른 한쪽 끝 서편 하늘에서는 오렌지빛으로 붉게 빛나는 석양이 몬테비소산을 비롯하여, 니스로부터 체니스산과 토리노를 향해 뻗어나간 다른 알프스산 봉우리들의 윤곽을 선명하게 그려내고 있었다. 파브리스는 자신에게 닥친 불행에 대해서는 별 생각도 없이 눈앞에 펼쳐진 숭고한 경치에 감동해서 넋을 잃었다. '클렐리아 콘티가 살고 있는 곳은 그러니까 이처럼 황홀한 세계였구나. 생각에 잠긴 듯 진지한 마음씨를 지닌 여인이니까 그 누구보다도 이 경치를 아낄 것이다. 여기 있으니 마치 파르마에서 392킬로미터나 떨어진 호젓한 산중에 들어와 있는 것 같다.' 파브리스는 창가에 두 시간 이상이나 이렇게 머물러 있었다. 지평선을 바라보며 자신의 마음에 호소해 오는 무언가에 가슴이 아련해지기도 하고, 또 때때로 눈길을 돌려 사령관의 아담한 관저를 바라보기도 했다. 그러다가 문득 생각했다. '정말 이곳이 감옥일까? 내가 그토록 두려워해 왔던 곳이 바로 이런 데란 말인가?' 우리 주인공의 기분은 이곳에서 마주치는 것 하나하나에 불쾌함을 느끼는 것과는 거리가 멀었다. 그러기는커녕 그는 이 감옥의 감미로운 분위기에 매혹되어 있었던 것이다.

별안간 온몸이 소스라칠 만큼 요란한 소리가 들려오는 바람에 그는 몹시 놀라 다시 현실로 돌아왔다. 꼭 새장과도 같은, 특히 소리가 잘 울리는 그의 판자방이 들썩거리며 흔들리고 있었다. 이 이상한 소동에 섞여 개 짖는 소리와 날카로운 작은 비명소리가 들려왔다. '무슨 일일까? 도망칠 기회가 벌써 온 걸까?' 파브리스는 의아해졌다. 그러나 잠시 후 그는 웃음을 터뜨리지 않을 수 없었다. 감옥에 갇혀서 그처럼 웃을 수 있었던 사람은 아마 지금까지 아무도 없었을 것이다. 감옥지기들은 장군의 명령을 받고 방으로 올라오면서 사나운 영국종 개 한 마리도 데리고 왔었다. 이 개의 임무는 중요 죄수들을 감시하는 것으로, 밤 동안 파브리스가 있는 새장 같은 방 둘레의 빈 공간에 넣어두려던 것이었다. 개와 감옥지기는 감옥의 원래 돌바닥과 나무판자로 꾸민 바닥 사이에 띄워 놓은 90센티미터가량의 공간에서 잠을 자도록 되어 있었다. 그러므로 죄수가 한 발자국만 움직여도 그 소리를 듣게 마련이었다.

그런데 파브리스가 이 '맹목적인 복종'이라는 방에 들어섰을 때 방에는 큼직한 쥐들이 우글거리다가 사방으로 흩어져 도망치는 것이 보였다. 스파니엘종과 영국종 폭스의 잡종이었던 그 개는 그다지 매끈한 생김새는 아니었어도 꽤 기민한 편이었다. 개는 나무판자 아래 돌바닥에 묶여 있긴 했지만, 바로 옆으로 쥐들이 뛰어다니는 것을 발견하고는 마구 날뛰며 몸부림을 치기 시작했다. 결국 이놈은 줄에서 머리를 빼내기에 이르렀고, 그리하여 달콤한 몽상에 잠겨 있던 파브리스를 도로 현실로 끌어내린 이 대단한 전투가 시작되었던 것이다. 갑자기 뛰어드는 개의 이빨을 우선은 가까스로 모면한 쥐들이 다시 나무방 위로 도망치자 개도 쥐들을 쫓아 돌바닥과 파브리스의 방 사이에 놓인 계단 여섯 개를 뛰어 올라왔다. 무시무시한 소동이 또다시 시작되었다. 판자방은 곧 무너질 듯이 흔들거렸다. 파브리스는 미친 사람처럼 웃어대다가 눈물까지 흘렸다. 감옥지기 그릴로도 정신없이 웃으며 문을 닫았다. 방 안에는 아무것도 없었으므로 이 사냥개가 쥐들을 쫓아다니는 데 거칠 것이 없었다. 단지 거추장스러운 것이 있다면 한쪽 구석에 있는 쇠난로뿐이었다. 결국 개는 적들을 모두 물리쳤다. 파브리스는 개를 불러 머리를 쓰다듬어 주려 했다. '앞으로 언젠가 벽을 뛰어넘게 되더라도 이놈이 나를 보고 짖지 않도록 만들어 두어야겠지.' 그러나 이러한 능란한 계책 따위는 그로서는 단지 허세에 불과했다. 오히려 지금 기분으로는 개와 함께 노는 것이 더 행복할 것 같았다. 왜 그런지 미처 생각해 볼 새도 없었던 묘한 심정에 의해 그의 마음 깊은 곳에는 남모르는 기쁨이 넘쳐나고 있었다.

개와 함께 한바탕 숨차게 뛰어다닌 후 파브리스는 감옥지기에게 말을 걸었다.

"이름이 뭔가?"

"그릴로라고 합지요. 예하께서 원하시는 것이 있으면 무엇이든 분부하십시오. 규칙에 벗어나는 것만 아니면 다 들어 드리겠습니다요."

"그런데 말이야, 그릴로 양반, 질레타라고 하는 자가 한길 가운데서 나를 죽이려고 덤벼들었던 거야. 그자를 막으려다가 죽이고 말았지. 그런 경우가 또 일어난다면 역시 죽일 수밖에 없을걸. 하지만 이런 처지가 되었다고 해서 우울하게 처져 있고 싶지는 않아. 자네 손님으로 지낼 동안 말일세. 상급자에게 허락을 얻어 산세베리나 저택에 가서 속옷을 좀 가져다주겠나? 그리고 아스티산 네비올로를 넉넉히 사다 주게."

네비올로란 피에몬테 지방의 알피에리[7]의 고향에서 제조되

---

7) 비트리오 알피에리(Vittorio Alfieri, 1749~1803). 이탈리아의 비극 작가.

는 거품 나는 포도주로서, 맛이 아주 좋아 애주가들 중에서도 특히 감옥지기 같은 계층에 대단히 인기 있었다. 그릴로의 동료 여덟아홉 명가량이 왕자가 쓰던 2층 방으로부터 금빛이 번쩍이는 오래된 가구 몇 점을 파브리스의 나무판자 방으로 들어 나르고 있었다. 네비올로 포도주라는 말에 이들은 모두 귀가 번쩍 뜨였다. 그들이 아무리 편의를 봐준다 해도 첫날 밤을 여기서 보내야 할 파브리스의 처지는 딱한 것이었다. 그러나 그는 맛 좋은 네비올로 한 병만이 아쉽다는 표정을 짓고 있으니…….

"저 사람은 괜찮은 친구 같은데……."

감옥지기들은 나가면서 이렇게 숙덕거렸다.

"저 사람에게 보내오는 돈을 윗양반들이 눈감아 주면 딱 좋겠구면."

이 모든 소동이 어느 정도 진정되고, 그도 혼자 남게 되었다. '이곳이 감옥이라니 말도 안 돼!' 트레비소로부터 몬테비소에 이르기까지 한없이 펼쳐진 지평선과 알프스를 따라 줄지어 늘어선 봉우리들, 눈에 덮인 산꼭대기, 그리고 별들, 이런 것들을 바라보며 그는 생각에 잠겼다. '더구나 이 밤이 내가 감옥에서 지내는 첫날 밤이라니! 이제 알겠다. 클렐리아 콘티가 이 높은 곳에서 누리는 고독한 생활을 사랑하리라는 것을. 이곳에서라면 저 아래 세상에서 우리를 붙들어 매고 있는

피에몬테주 아스티의 귀족 출신으로, 자유를 위한 투쟁과 자유로운 인간의 찬미를 주제로 한 작품을 남겼다. 『사울』, 『미르라』 등의 작품이 있다.

비루하고 야박한 일들로부터 수만 킬로미터나 떨어져 지낼 수
있을 테니 말이다. 만약 저 창문 아래 있는 새들이 그녀의 것
이라면 그녀를 볼 수 있겠구나…… 나를 알아보면 그녀는 얼
굴을 붉힐까?' 이 중대한 의문을 두고 이리저리 생각해 보느
라고 이 죄수는 밤이 한참 깊어서야 잠이 들었다.

파브리스는 초조한 기분 따위는 단 한순간도 느끼지 않은
채 감옥에서의 이 최초의 밤을 지냈다. 그렇기는 했지만 다음
날부터 파브리스가 말을 건넬 상대라고는 영국종 폭스 개밖
에 없었다. 감옥지기 그릴로는 여전히 따뜻한 눈빛을 보여 주
긴 했어도 새로 내려진 명령이 있는 터라 입을 꾹 다물고 있었
으며, 속옷도 네비올로 포도주도 들고 오지 않았다.

'클렐리아를 볼 수 있을까?' 이것이 잠에서 깨어나면서 파브
리스가 떠올린 생각이었다. '저 새들은 정말 그녀의 것일까?'
새들이 지저귀며 노래하기 시작했다. 이렇게 높은 곳에서는 새
들의 지저귐만이 공기를 가로질러 들려오는 유일한 소리였다.
이 높이에 가득 감돌고 있는 한없는 정적이 신선하고 기분 좋
은 감각으로 파브리스에게 다가왔다. 그는 이따금씩 멈추었다
가 일제히 시작되는 새들의 생기 넘치는 작은 지저귐 소리에
귀기울이며 황홀한 기쁨을 느꼈다. 이제 이웃이 된 새들이 아
침 햇살에 반갑다는 인사를 보내고 있는 것 같았다. '저 새들
이 그녀의 것이라면 그녀는 잠시나마 창문 아래 저 방에 들릴
테지.' 알프스의 광대한 산줄기를 눈으로 더듬으면서도 그의
시선은 매 순간 새장이 있는 곳으로 옮겨가곤 했다. 새장들은
마호가니 목재와 레몬나무에 금빛 철사를 둘러 만든 아름다

운 모양으로, 밝은 방 한가운데 매달려 있었다. 파브리스가 나중에 알게 된 사실이지만 이 방은 사령관 관저 3층에서 11시부터 4시 사이에 그늘이 지는 유일한 방이었다. 파르네제 탑이 이 방을 가로막아 햇빛을 가리기 때문이었다. 파르마의 성채는 지금 파브리스가 바라보고 있는 알프스의 겹을 이룬 산봉우리가 두 개쯤 겹쳐진 높이로 보루처럼 솟아 있는 형국이었으니까 말이다.

'만약에 지금 내가 기다리고 있는 얼굴, 그 생각에 잠긴 천사 같은 얼굴, 그리고 어쩌면 나를 보고 살짝 붉어질 그 얼굴 대신에, 새들의 시중을 맡은 천한 하녀의 통통한 얼굴이 나타난다면 얼마나 실망인가! 그런데 나는 클렐리아를 볼 수 있다 하더라도, 그녀는 나를 볼 수 있을까? 그렇다면 그녀 눈에 띄기 위해 점잖지 못한 손짓이라도 할 수밖에. 지금 내 처지로는 어느 정도 무례하게 굴어도 되지 않을까? 더구나 여기서는 우리 두 사람뿐이고, 또 세상에서 이렇게 멀리 떨어져 있으니! 나는 이제 죄수이고, 콘티 장군을 비롯한 속된 자들이 함부로 다룰 처지에 굴러떨어진 것이 분명하지만…… 하지만 그녀는 명민해서, 아니 백작의 말처럼 마음씨가 다감해서, 아마도 자기 부친의 일을 경멸하는 것 같아. 백작도 그런 이야기를 한 적이 있었지. 그녀가 그처럼 우울해 보이는 이유도 그것 때문이리라! 슬픔의 이유로는 얼마나 고귀한가! 어쨌거나 정확히 말해 나는 그녀에게 있어 전혀 낯선 사람은 아니다. 어제 저녁 그녀는 내게 수줍어하면서도 기품이 넘치는 인사를 보내오지 않았던가! 우리가 코모 호숫가에서 처음 만났을 때

나는 이렇게 말했었지. '언젠가 파르마의 아름다운 그림들을 보러 가고 싶습니다. 파브리스 델 동고라는 이름을 기억해 주시겠습니까?'라고. 이렇게 말했던 일이 기억에 또렷하다. 그때의 일을 그녀는 잊어버렸을까? 그땐 정말 어렸으니까!' 그런데 갑자기 파브리스는 깜짝 놀라며 지금까지 붙잡고 있던 생각을 돌연 멈추었다.

'나는 화를 내야 할 것을 잊고 있었구나! 나 역시 고대에서나 몇몇 예를 찾아볼 수 있는 담대한 호걸들 중의 한 명일까? 나 스스로도 그런 자신을 의식하지 못하고 있는 영웅일까? 자, 보라! 감옥을 그처럼 두려워했던 내가 지금 감옥에 들어와 있건만 전혀 상심하지 않고 있다! 두려움이 실제의 재앙보다 훨씬 더 나쁘다는 말은 바로 이러한 경우를 두고 하는 말이다. 이런! 이 감옥 생활에 대해 상심하기 위해 이치를 따져야만 하다니. 블라네스 신부님이 말한 대로 열 달이 될지 10년이 될지 모를 이 감옥 생활에 대해서 말이다. 당연히 느껴야 할 고통을 느끼지 않고 있는 이유는 새롭게 닥쳐온 이 모든 처지에 대한 놀라움 때문일까? 내 의지와는 다른, 더구나 이치에도 맞지 않는 이 즐거운 기분은 어쩌면 순식간에 사라져버릴지도 모른다. 그러면 아마도 나는 눈 깜짝할 사이에 의당 느꼈어야 할 암담한 불행 속으로 굴러떨어지고 말겠지.

어찌 되었건 간에 감옥에 갇혀 불행을 느끼기 위해 이치를 따져야만 한다는 것은 정말 뜻밖이군! 그럼 조금 전의 내 추측이 옳은 걸까? 아마도 나는 비범한 성품을 지녔나 보다.'

파브리스의 이런저런 몽상은 방 창문마다 차양을 덧붙이기 위해 치수를 재러 온 목수 때문에·중단되었다. 이 방이 실제 감옥으로 사용되기는 이번이 처음이었으므로 이런 중요한 부분 설비가 아직 갖춰져 있지 않았던 것이다.

'그렇다면 저 숭고한 경치를 더 이상 볼 수 없단 말이군.' 파브리스는 이런 생각을 하면서 그 아쉬움을 빌미로 슬픈 기분에 잠겨 보려 했다. 그러다가 느닷없이 큰소리로 목수를 향해 외쳤다.

"아니, 저런! 그렇다면 저 예쁜 새들을 더 이상 볼 수 없다는 건가?"

"아! 아가씨의 새들 말씀이군요! 그분이 참 아끼시는 새들입지요!"

이 사내는 선량한 태도로 대답했다.

"새들이고 뭐고 전부 가려질 텐데 내다보는 일은 끝장난 게지요."

감옥지기와 마찬가지로 목수 또한 죄수에게 말을 건네는 일이 엄격하게 금지되어 있었다. 그러나 이 사내는 젊은 죄수를 동정하여 몇 가지 사실을 알려 주었다. 즉 커다란 차양을 창문턱 위에 얹어 벽에서 좀 띄워 바깥쪽으로 벌어지게 할 것이므로 방에 갇힌 사람이야 단지 하늘이나 좀 볼 수 있을 거라는 말이었다. "마음을 바로잡기 위해서입지요. 죄수의 마음에 유익한 슬픔을 불어넣어 회개시키려는 겁니다." 목수는 이런 말도 해 주었다. 장군이 고안해 낸 방법 중에는 감옥 안의 유리창을 모두 떼어내고 대신 기름을 먹인 종이를 바르는 것도 있다는 것이다.

파브리스는 목수의 말이 훈계조로 나가는 것을 유쾌한 심
정으로 듣고 있었다. 대화가 이런 식으로 흘러가는 일은 이탈
리아에서는 아주 드문 경우다.

　　"새나 한 마리 있으면 지루함을 달랠 텐데. 새를 몹시 좋아
하거든. 클렐리아 콘티 아씨의 시녀에게 부탁해서 저 새들 중
의 한 마리를 사다줄 수 있겠나?"

　　"저런! 아씨를 알고 계십니까?" 목수가 외쳤다. "이름까지
그렇게 똑똑히 알고 계시다니."

　　"그처럼 아름답기로 소문난 분인데 모를 사람이 누가 있겠
나? 나는 영광스럽게도 그 아가씨를 몇 번 궁정에서 만난 적
이 있지."

　　"가엾게도 그 아가씨는 이곳에서 아주 쓸쓸하게 지내고 계
시지요." 목수가 말했다. "새들을 벗 삼아 지내시거든요. 오늘
아침에는 예쁜 오렌지나무들을 사 오라고 하셨어요. 분부에
따라 그 나무들을 지금 나리가 계신 이 방 창문 아래, 탑으로
들어가는 입구에 심어 놓았습니다. 저 벽이 저렇게 튀어나오
지만 않았다면 여기서도 오렌지나무가 보일 텐뎁쇼."

　　목수의 대답 속에서 파브리스는 자신에게 매우 귀중한 몇
마디 말을 얻을 수 있었다. 그는 짐짓 너그러운 사람인 양 목수
에게 약간의 돈을 쥐여 주었다. 목수가 파브리스에게 말했다.

　　"한꺼번에 죄를 두 가지나 짓는구먼요. 나리께 말을 한 데
다가 돈까지 받았으니 말입니다. 모레 차양을 달러 올 때 호주
머니 속에 새를 한 마리 넣어가지고 옵지요. 누가 옆에 있게
되면 새를 날려 보내는 척하면 되니까요. 그리고 할 수만 있다

면 기도책도 가져다드리겠습니다요. 성무 일과를 올릴 수 없어서 꽤 곤란하실 테니까요."

'역시 새들은 그녀의 것이었구나.' 혼자 남게 되자 파브리스는 속으로 중얼거렸다. '하지만 이틀 후에는 더 이상 볼 수 없게 되잖아!' 이렇게 생각하자 그의 눈빛이 우울하게 흐려졌다. 그런데 바로 그때 얼마나 기쁜 일이 일어났는지. 그토록 오랫동안 기다리며, 또한 그토록 간절히 쳐다본 끝에 마침내 정오경 클렐리아가 새를 돌보러 올라온 것이다. 파브리스는 몸이 굳어 버린 듯 숨까지 죽인 채 창문의 굵은 창살에 몸을 바싹 붙이고 서 있었다. 그녀가 자기 쪽을 일부러 쳐다보려 하지 않는다는 것을 알 수 있었다. 그러나 그녀의 몸놀림은 마치 누군가 자신을 지켜보고 있음을 의식하고 있는 사람처럼 부자연스러워 보였다. 그녀로서는 설령 그를 올려다보고 싶었다 해도, 전날 위병소에서 헌병들에게 끌려 나가면서 죄수가 입가에 떠올리던 그 미묘한 미소를 차마 잊을 수 없었을 것이다.

겉보기에 그녀는 자신의 일에 열중하는 듯했다. 그러나 새 방의 창문 가까이로 다가온 순간 그녀의 얼굴은 확실히 알아볼 수 있을 정도로 붉어져 있었다. 창문의 쇠창살에 몸을 바싹 붙여 서 있던 파브리스가 가장 먼저 떠올린 생각은, 어린아이 같은 짓이기는 해도 창살을 손으로 좀 두드려 볼까 하는 것이었다. 그러면 작은 소리를 내서 그녀의 주의를 끌 수 있지 않을까? 하지만 곧 이런 점잖지 못한 생각을 한 것마저도 후회스러웠다. '그런 짓을 하면 그녀가 마음이 상해 앞으로 일주일 동안이나 하녀를 시켜 새 모이를 줄지도 모른다. 그런다 해도 나로서는 그 벌을 가만히 받고 있을 수밖에.' 나폴리나 노바라에 있었을 때만 해도 이런 섬세한 것에까지 그의 생각이 미친 적은 없었다.

그는 뜨거운 눈빛으로 그녀의 움직임을 뒤쫓았다. '아마도 그녀는 이 가엾은 창문 쪽으로는 눈길 한번 주지 않고 가 버릴 모양이다. 이렇게 서로 마주 보는 자리에 있으면서도 말이지.' 그러나 그녀는 방 안쪽 구석진 곳까지 갔다가는 차츰 되돌아 나왔다. 파브리스는 좀더 높은 곳에서 내려다보는 위치였기 때문에 그녀의 움직임을 하나도 놓치지 않았다. 클렐리아는 발걸음을 여전히 멈추지 않고 살며시 옮겨놓고 있었지만 마침내 더 이상 참지 못하고 그가 있는 쪽으로 눈을 살짝 들고야 말았다. 파브리스는 그녀가 단 한 번 눈길을 보내 준 것만으로도 충분히 인사를 건넬 명분이 생긴 거라는 심정이 되었다. '이곳에는 우리 둘밖에 없지 않은가?' 용기를 내려고 그는 마음속으로 속삭였다. 그가 보내는 인사를 받자 소녀는 그 자리에 멈춰 가만히 눈을 내려뜨렸다. 그런 후였다. 파브리스는 그녀의 눈길이 아주 살며시 위쪽을 향해 들리는 것을 보았다. 그러더니 감정을 억누르려는 기색이 역력하긴 했지만, 그녀는 분명히 되도록 정중하고 냉담한 몸짓을 지으며 죄수에게 답례를 보내왔다. 하지만 그녀가 자신의 눈빛까지 억누를 수는 없었다. 아마 그녀 스스로도 알아차리지 못했을 것이다. 그 눈빛은 한순간 더할 수 없이 생생한 연민의 빛을 드러내고 있었던 것이다. 그녀의 얼굴이 너무나 달아오른 나머지 어깨까지 장밋빛으로 물든 모습이 파브리스의 눈에 들어

왔다. 그녀는 새방으로 올라오자 더위 때문에 어깨 위에 두르고 있던 검은색 레이스 숄을 벗고 있었다. 자신의 인사를 받고 파브리스가 자신도 모르는 사이에 되보내 온 눈빛을 감당치 못해 그녀는 한층 더 당황했다. '내가 지금 이렇게 바라보고 있듯이 그 가엾은 부인이 단지 한순간만이라도 저분을 볼 수 있다면 얼마나 기뻐할까!' 그녀는 공작부인을 떠올리며 이런 생각을 했다.

파브리스는 그녀가 방을 나갈 때 한 번 더 인사를 할 수 있지 않을까 하는 작은 희망을 품고 있었다. 그러나 클렐리아는 다시 눈이 마주치는 것을 피하기라도 하려는 듯 새장에서 새장으로 살며시 몸을 옮기며 차츰 뒤로 물러났다. 그러더니 마지막으로 문 옆의 새를 보살펴야 할 일이 남은 듯 머뭇거리다가 마침내 밖으로 나가 버렸다. 파브리스는 그녀가 사라진 문을 바라보며 꼼짝도 않고 서 있었다.

이 순간부터 그의 생각은 오직 어떻게 하면 계속해서 그녀를 볼 수 있을까 하는 것뿐이었다. 사령관 관저를 향한 그 창문 앞에 밉살스런 차양을 덧대 놓게 된다 할지라도 말이다.

전날 밤 잠들기 전에 파브리스는 지니고 있던 금화 중에서 가장 값나가는 것들을 판자방 여기저기 뚫린 쥐구멍 속에 숨겨 두느라 한참이나 애를 먹었다. '오늘 밤에는 시계를 숨겨야겠다. 시계 태엽의 톱니를 날카롭게 갈아서 끈기 있게 문지르면 나무도 자를 수 있고 쇠까지 자를 수 있다는 말을 들은 적이 있지 않은가? 그렇다면 창문의 차양도 자를 수 있을 거야.' 시계를 숨기는 일도 두 시간이 넘게 걸렸지만, 이 시간이 그에게는 전혀 길게 느껴지지 않았다. 그는 목공일에 관해 자신이 갖고 있는 모든 지식을 동원해 가며 목적을 이루기 위한 갖가지 방법을 궁리하는 것이었다. '잘하면 창문 턱 위에 걸친 쪽으로 차양의 판자 한 칸을 네모지게 잘라 낼 수 있을 거야. 때에 따라 잘라 낸 조각을 끼웠다가 빼냈다가 하면 된다. 그릴로에게 가지고 있는 돈을 전부 주어 버려야겠다. 이 일을 못 본 체하도록 말이다.' 이후로 파브리스의 행복은 과연 이 일에 성공할 수 있을지 없을지 여부에 달려, 그 외에는 다른 아무것도 생각할 수 없었다. '그녀를 볼 수만 있어도 행복할 텐데…….' 그는 생각했다. '아니다. 내가 보고 있을 때 그녀도 또한 마주 봐 주어야 한다.' 밤새도록 그의 머릿속은 목공일에 대한 궁리로 가득 차, 파르마 궁정이 돌아가는 사정이라든가 대공의 분노 등등의 일에는 한 번도 생각이 미치지 않았다. 솔직히 고백하면 공작부인이 지금 얼마나 큰 고통에 빠져 있을까 하는 것도 관심 밖이었다. 그는 초조하게 다음 날을 기다렸다. 그러나 목수는 오지 않았다. 분명 그 사내는 감옥 안에서도 제멋대로인 사람으로 통하는 모양이었다. 고르고 골라 다른 목수를 올려 보냈는데, 이번에 온 사내는 무뚝뚝한 인상이었다. 게다가 파브리스가 꾀를 내어 가며 아무리 상냥하게 말을 붙이려 해도 그로부터 돌아오는 대꾸라고는 불길한 느낌의 툴툴거리는 소리뿐이었다. 파브리스와 연락을 취하기 위한 공작부인의 수많은 기도 중 몇 가지는 라베르시 후작부인이 빈틈없이 풀어 놓은 첩자들에 의해 발각되고 말았다. 후작부인을 통해 이러한 사실을 매일 통고받고 있던 파비오 콘티 장군은 걱정도 되는 데다가 자존심이 상하기도 했다. 여덟 시간마다 여섯 명의 위병이 원주가 늘어서 있는 1층의 넓은 홀에서 근무 교대를 했다. 게다가 사령관 지시로 감옥지기 한 명씩이 복도에 차례로 세 개나 세운 철문마다 배치되어 보초를 섰다. 죄수를 만날 수 있는 유일한 사람은 그릴로였는데, 이 가엾은 사내도 파르네제 탑에서 나가는 것이 일주일에 한 번만 허락되는 바람에 꽤나 속이 상해 있었다. 그는 자신의 울화를 파브리스에게 드러냈다. 파브리스는 이런 일에는 꽤나 현명해서, "이봐요 친구 양반, 이걸로 네비올로 다스티나 듬뿍 사다 줘요."라고 말하며 그의 손에 돈을 쥐여 주었다.

"어이구! 그것도 어림없죠. 우리네 근심을 달래 줄 그것도 말입니다."

속이 편치 않은 그릴로는 파브리스가 겨우 알아들을 만큼 낮은 소리로 투덜거렸다.

"이걸 받으면 안 되게 되어 있습죠. 마다해야만 할 텐데. 받아 두긴 하겠습니다만, 돈만 허비하시는 겁니다요. 아무리 어떻게 해 보려 하셔도 아무것도 말씀드릴 수 없다니까요. 그런데 말입니다, 나리는 대단한 죄를 지으신 모양입니다. 온 성채가 나리 때문에 난리법석이니까요. 공작부인께서 일을 자꾸 꾸미시는 덕분에 벌써 우리 동료 세 사람이 쫓겨났습지요."

길고 긴 아침나절 내내 파브리스의 가슴을 두근거리게 만든 중대한 문제가 있었다. '정오가 되기 전에 창문에 덧댈 차양이 준비될까?' 그는 15분마다 울리는 성채의 커다란 벽시계 소리를 세고 있었다. 마침내 11시 45분이 울리는데도 차양은 아직 올라오지 않고 있었다. 클렐리아가 새를 보살피러 다시 왔다. 다른 방법이 없다는 다급한 심정이 파브리스를 한층 더 대담해지도록 했다. 그녀를 이제 더는 볼 수 없을지도 모른다는 위기감이 그 무엇보다 앞섰던 것이다. 그래서 그는 클렐리아를 마주 바라보면서 손가락으로 차양을 자르는 시늉을 해보였다. 사실 감옥에서 이러한 동작을 해 보이는 것은 매우 불온한 일이었으므로 그녀는 인사를 하다 말고 가 버리고 말았다.

'아니, 이럴 수가!' 파브리스는 깜짝 놀랐다. '어쩔 수 없어 해보인 시늉을 어쭙잖은 친밀감의 표현으로 오해할 만큼 그녀는 분별이 없는 사람인가? 나는 그녀에게 부탁하고 싶었는데. 새를 돌보러 올 때면 비록 큰 나무 덧창이 이 방의 창문을 가리고 있다 해도 언제나 몇 번씩은 쳐다봐 달라고 말이야. 그녀를 보기 위해서라면 나는 무슨 일이든 다 할 것이라고 그녀에게 알리고 싶었던 것뿐인데. 맙소사! 이런 경박한 몸짓을 했다고 해서 그녀가 내일은 오지 않으면 어떻게 하나.' 파브리스로 하여금 잠을 설치게 한 이 걱정거리는 어김없이 현실이 되었다. 그다음 날 3시 파브리스의 창문에는 결국 큰 차양 두 개가 덧붙었지만 그때까지도 클렐리아는 모습을 보이지 않았던 것이다. 인부들이 창문 쇠창살 밖으로 맨 밧줄과 도르래를 써서 탑의 전망대로부터 차양을 끌어 올렸다. 사실 클렐리아는 자신의 방 창문 뒤에 몸을 숨긴 채 이런 인부들의 몸놀림을 하나하나 뒤쫓고 있었다. 그녀는 파브리스의 견딜 수 없는 초조감을 생생히 느꼈다. 그러나 그 때문에 스스로에게 다짐한 약속을 어길 용기는 없었다.

클렐리아는 자유주의자였다. 아주 어린 시절 그녀는 부친의 살롱에서 오가는 자유주의적인 대화에 귀 기울이곤 했다. 비록 그녀의 아버지는 그때나 지금이나 지위를 얻을 생각밖에는 없었지만 말이다. 그 이후로 그녀는 궁정인들의, 좋게 말해 유연한 성격을 경멸했고 거의 혐오감까지 품었다. 결혼에 대해 반감을 가지게 된 것도 여기에 이유가 있었다. 파브리스가 온 뒤로 그녀는 양심의 가책으로 괴로워했다. '나는 뻔뻔하게도 내 아버지를 배신하려는 사람들 편을 들고 있구나! 그이는 문을 자르겠다는 시늉을 해 보이지 않았던가!' 이런 생각을 하면서도 그녀는 곧 비통한 심정이 되고 말았다. '하지만, 이 도시 사람들 모두가 말하기를 그의 죽음이 머지않았다고 한다. 어쩌면 바로 내일이 그 운명의 날이 될지도 몰라! 이 나라를 통치하고 있는 그 무지막지한 사람들이 대체 무슨 일인들 못 하겠는가! 이제 곧 영원히 감길지도 모를 그 눈은 얼마나 다정하고, 얼마나 침착한지! 그 평정한 눈빛은 참으로 영웅답다. 아! 공작부인은 얼마나 고통스러울까! 아주 절망하고 있다는 소문이던데. 나라면 장렬한 샤를로트 코르데[8]처럼 비수를 품고 대공을 찌르러 가겠건만.'

---

8) Charlotte Corday(1768~1793), 프랑스 대혁명 당시 자코뱅 지도자 마라(Marat)를 암살한 여인. 루소의 영향을 받아 자유를 사랑하고 혁명에 열광했으나, 1793년 6월 자코뱅당의 독재가 확립된 후 혁명에 의혹을 느끼고 지롱드 당원들에게 감화되어 그해 7월 마라를 단도로 암살한 죄로 단두대에서 처형되었다. 아름다움과 순수함으로 당시 세인의 감동을 불러일으켰다.

감옥에 들어온 지 사흘째 되는 날이었다. 이날 파브리스는 온종일 화가 나 있었다. 그 이유란 클렐리아가 다시 모습을 보여 주지 않았다는 것뿐이었다. '노여움에는 노여움으로 대할 밖에. 당신을 사랑하고 있다는 말을 했어야 했는데.' 그는 속으로 이렇게 외치고 있었다. 이제야 자신의 마음속에 있는 감정을 발견했기 때문이었다. '아니었어. 감옥에 갇혀 있으면서 그런 상황을 생각하지도 않고, 블라네스 신부님이 예언한 것과도 다르게 느끼는 이유는 내가 담대한 심성의 소유자라서가 결코 아닌 거야. 그렇게 큰 명예는 내게 어울리지 않아. 뜻하지 않은 일이지만 내가 생각하고 있는 것은 동정심으로 반짝이던 그 눈길뿐이야. 헌병들에게 끌려 위병소에서 나왔을 때 클렐리아가 내게 보내 주던 그 눈길 말이야. 그녀의 시선은 내가 살아온 지난날들을 모두 지워 버렸어. 그런 장소에서 그토록 다정한 눈길을 만나리라고 그 누가 상상이나 했으랴! 더구나 바르보네의 얼굴이며 사령관인 장군 양반의 얼굴을 마주하느라 내 눈이 어지럽던 때에 말이다. 내 시야를 구름처럼 가렸던 비천한 얼굴들을 헤치고 하늘이 나타난 것과 같았지. 아름다운 사람을 사랑하고, 그 얼굴을 다시 보고 싶은 마음을 어떻게 참을 수 있으랴. 내가 감옥이라는 장소가 요구하는 갖은 굴욕을 겪으면서도 무심할 수 있었던 이유는 내 성격이 호방해서가 아니다. 그렇다.' 파브리스는 상상에 날개를 단 듯 앞으로 일어날 수 있는 갖가지 일들을 두루 떠올리다가 문득 자신이 자유로워질 가능성에 생각이 미쳤다. '분명 공작부인의 사랑이 내게 기적을 만들어 줄 것이다. 그러나 어쩌겠는가!

나는 자유를 다시 얻은 것에 대해 입으로만 감사하게 될 텐
데. 이곳은 두 번 다시 올 수 없는 장소가 아닌가! 우리 둘은
교유하는 사람들이 서로 다른 이상, 일단 감옥 밖으로 나가게
되면 다시는 클렐리아를 못 보게 될지도 모른다. 그리고 사실,
감옥이 뭐가 문제란 말인가? 클렐리아가 내게 화만 내지 않아
준다면 더 바랄 일이 무엇이겠는가?'

　자신의 아름다운 이웃을 보지 못하고 지새운 그날 밤 그는
굉장한 일을 생각해 냈다. 감옥에 들어올 때 죄수 각자가 빠짐
없이 받게 되어 있는 묵주 쇠십자가를 이용해서 차양에 구멍
을 뚫기 시작한 것이다. 그리고 마침내 이 일에 성공했다. 구멍
뚫는 일을 시작하기 전에 이런 생각도 해보았다. '어쩌면 너무
조심성 없는 짓인지도 모른다. 목수들이 말하기를 내일부터는
칠장이 인부들과 일을 교대하게 된다고 하지 않았던가. 그 인
부들이 작업을 하러 와서 창문 차양에 구멍이 나 있는 것을
보면 뭐라고 할 것인가? 하지만 아무리 경솔한 짓이라 할지라
도 이 방법이 아니면 나는 내일 그녀를 볼 수 없다. 아니! 망
설이고만 있었던 죄로 인해 또 하루 그녀를 보지 못해야 하는
가! 더구나 그녀는 내게 화를 내며 가 버렸는데 말이다!' 파브
리스의 무모한 계획은 보상을 받았다. 열다섯 시간이나 일한
끝에 그는 클렐리아를 볼 수 있었다. 더구나 더할 수 없이 행
복했던 것은, 그녀로서는 파브리스가 자신을 볼 수 있으리라
고는 도저히 짐작 못하고 있었기 때문에 오랫동안 꼼짝도 않
고 서서 그 큰 차양을 응시했다는 점이었다. 그는 오랫동안 그
녀의 눈 속에서 깊은 애정이 담긴 연민을 읽었다. 그녀는 돌아

갈 무렵에는 새들을 돌보는 일도 내버려 둔 채 줄곧 창문만을 응시하며 서 있는 것이었다. 그녀의 마음속은 아주 혼란스러웠다. 공작부인을 생각하면 그녀가 겪을 큰 고통에 깊은 연민을 느꼈으나 한편으로는 부인이 미워지기 시작했다. 자신의 마음속에 자리 잡고 있는 깊은 우울이 어디서 오는 것인지 알 수 없었던 그녀는 스스로에게도 화가 났다. 그러는 동안 파브리스는 조급한 마음에 두서너 번이나 차양을 흔들어 보려는 충동이 일었다. 자신이 그녀를 보고 있다는 사실을 클렐리아에게 알려 주지 못하는 한 영원히 행복하지 못할 것 같았기 때문이다. '하지만.' 하고 그는 생각했다. '내가 이처럼 쉽사리 자신을 볼 수 있다는 사실을 그녀가 안다면 저 수줍고 조심성 많은 여인은 분명 내 눈을 피해 또 달아나 버리고 말 테지.'

다음 날은 한층 더 행복했다. (사랑이란 아무리 하찮은 일에서도 행복을 빚어내지 않는가!) 소녀가 슬픈 표정으로 큰 차양을 바라보고 있는 동안, 그는 쇠십자가로 뚫어놓은 구멍을 통해 작은 철사 조각을 내밀어 신호를 보냈다. 그녀도 그 뜻을 뚜렷이 알 수 있었다. 그것은 '나는 여기에서 당신을 보고 있습니다.'라는 의미였다.

그로부터 이어진 날들은 파브리스에게는 불행한 나날이었다. 그는 큰 차양에서 손바닥만 한 크기로 판자 조각을 잘라 내려고 했다. 마음대로 다시 끼워 넣을 수 있게 해 두면 그곳을 통해 그녀를 바라볼 수 있고, 또 그녀도 자신을 바라볼 수 있을 것이었다. 그녀를 바라보고 또 그녀가 자신을 바라봐 준다는 것은 마음속에서 일어나는 일을 전할 수 있다는 의미였기에. 언어가 아닌 다만 몸짓으로라도 말이다. 그러나 시계 태엽에 십자가로 톱니 자국을 내서 만든 어설픈 작은 톱이 내는 소리가 그릴로를 걱정스럽게 했던지, 이 감옥지기는 그의 방으로 들어와서 한참 동안이나 지키고 있는 것이었다. 사실 클렐리아의 엄격한 절제는 파브리스를 볼 기회를 가로막는 외적인 장애가 커져 갈수록 무뎌지는 것 같았다. 파브리스는 자신이 작은 철사 조각으로 그녀에게 자신이 여기 있다는 신호를 보내도 그녀가 더 이상 눈을 아래로 내려뜨리거나 새를 돌보는 척하지 않는다는 사실을 알았다. 기쁘게도 그녀는 11시 45분을 알리는 종소리와 함께 어김없이 새방으로 올라와 주었다. 그는 그녀가 이처럼 시간을 지켜 주는 이유가 자신을 위해서가 아닐까 하는 생각에 거의 우쭐한 기분이 되기도 하였다. '왜일까?' 이런 질문은 지금 경우에 어울리지 않는 것 같다. 사랑이란 무심한 눈빛에서조차 온갖 사소한 기미들을 잡아내서는 그로부터 한없는 결론들을 이끌어 내는 법이니까. 예를 들면, 클렐리아는 죄수를 못 보게 된 이후로 새방에 들어오자마자 곧장 눈을 들어 창문을 쳐다보는 것이었다. 그녀는 하루하루를 암담한 심정으로 보내고 있었다. 그 즈음 파르마 사람들은 누구나 다 파브리스가 곧 사형을 당하리라고 전혀 의심치 않았다. '그런데도 그이 혼자만 이런 사실을 모르고 있어.' 클렐리아는 이런 무서운 생각을 도무지 떨칠 수 없었다. 그러니 파브리스에게 쏟는 관심이 지나치다고 자책할 여유가 있었겠는가? 그는 죽게 될 것이다! 그것도 자유를 위해서! 그도 그럴 것이 광대 한 사람을 칼로 찔렀다는 이유로 델 동고라는 성을 가진 사람이 사형에 처해진다는 것은 너무나 어처구니없지 않은가. 이 매력적인 젊은 남자가 다른 여인을 사랑한다는 것도 사실이다! 청년의 운명에 대해 자신이 기울이고 있는 관심이 정확히 어떤 종류의 것인가에 대해서는 애써 외면하고 있었지만 클렐리아의 심정은 몹시도 비참했다. 그녀는 다음과 같은 생각에 빠져들곤 했다. '그를 사형시킨다면 나는 결단코 수녀원에 들어가 세상으로부터 숨어 버릴 테다. 궁정 사교계에는 한평생 발걸음을 하지 않을 것이다. 그곳은 나를 몸서리치게 만든다. 예절 바른 살인자들!'

파브리스가 감옥에 갇힌 지 여드렛날에, 클렐리아는 몹시도 부끄러운 심정이 되어야만 했다. 그녀는 슬픔에 잠겨 죄수의 창문을 가리고 있는 차양을 하염없이 바라보고 있었다. 그날은 파브리스가 자신이 그 자리에 있다는 신호를 아직 보내오지 않고 있었다. 그런데 별안간 차양에서 손바닥보다 조금 더 큰 크기의 조각이 안쪽으로 빠지면서 그가 나타났던 것이다. 그는 기쁜 표정으로 그녀를 바라보았다. 그의 눈이 자신을 향해 인사를 보내오고 있다는 것을 알았다. 이 뜻하지 않은 곤경을 감당할 수 없었던 그녀는 재빨리 새들 쪽으로 몸을 돌려 모이를 주기 시작했다. 그러나 몸을 떨고 있었으므로 나눠 주던 물을 엎지르고 말았다. 파브리스는 그녀가 당황하고 있음을 똑똑히 알 수 있었다. 이런 상황에 어찌할 바를 모르던 그녀는 마침내 뛰듯이 달아나고 말았다.

지금 이 순간은 파브리스의 일생에 있어 그 어느 때보다 아름다운 순간이었다. 이때 만약 누군가가 감옥에서 나가게 해 주겠다고 했어도 그는 그 제안을 거절했을 것이다. 그것도 단호히!

　다음 날은 공작부인에게 몹시도 절망적인 날이 되었다. 파르마 시내에서는 모든 사람들이 파브리스는 이제 끝장이라고 확신하고 있었다. 클렐리아는 마음에도 없는 냉정을 그에게 짐짓 가장해 보여 줄 만큼의 가엾은 용기도 없었다. 그녀는 한 시간 반 동안이나 새방에 머물면서 그가 보내오는 신호를 빠짐없이 보고 있었다. 그리고 때때로 그 신호에 답하기도 했다. 적어도 몹시 진지한 관심을 띤 표정을 지어 주는 것이었다. 이따금 눈물을 감추려고 자리를 피하는 적도 있었다. 그녀는 자신의 여인다운 심사로 느끼기에 지금과 같은 상황이 참으로 아쉬웠다. 신호란 무언가 이야기를 나누기에는 너무나 불완전했다. 서로 말을 주고받을 수 있다면 이것저것 물어보면서 공작부인에게 품고 있는 파브리스의 감정이 정확히 어떤 성질의 것인지를 짐작해 볼 수도 있으련만! 클렐리아는 더 이상 자신을 속일 수 없었다. 그녀는 산세베리나 공작부인을 미워하고 있었다.

　어느 날 밤 파브리스는 고모에 대해 다소 진지하게 생각해 보면서 스스로 놀라고 말았다. 그녀의 모습이 전혀 떠오르지 않았기 때문이다. 그녀에 대한 기억이 모두 낯설었다. 그 순간 그에게 있어 산세베리나 공작부인은 쉰 살이나 된 듯한 여인이었다.

　'맙소사! 고모에게 사랑한다는 말을 하지 않은 것은 정말 잘한 일이다!'

그는 어지러운 심정으로 외쳤다. 어째서 공작부인을 그토록 아름답다고 생각했던 걸까? 거의 의아해질 지경이었다. 이런 감정과는 달리 마리에타의 경우는 그다지 다르게 느껴지지 않았다. 그것은 이제까지 그가 종종 자신의 온 마음이 공작부인의 것이라고 믿어 왔던 것과는 달리 마리에타에 대해서는 자신의 깊은 마음 한 조각을 떼어 주었다고 생각해 본 적이 한 번도 없었기 때문이었다. A공작부인이나 마리에타는 지금으로서는 두 마리 어린 비둘기처럼 여겨졌다. 그들의 매력이란 연약함과 철부지 같은 순진함이 전부였다. 그러나 클렐리아 콘티를 떠올리는 순간 그녀의 고상한 영상이 그의 온 마음을 휘어잡으면서 어떤 전율감까지 가져다주는 것이었다. 그는 너무도 분명히 느끼고 있었다. 자신의 인생에 그 사령관의 따님을 함께 묶어 놓지 않는다면 영원한 행복이란 존재하지도 않고 자신을 이 세상에서 가장 불행한 남자로 만들 수 있는 힘도 그녀의 손안에 있다는 사실을. 혹시나 그녀가 돌이킬 수 없는 어떤 마음의 변화를 일으키는 바람에 그녀 곁에서 누리는 이 귀중하고도 감미로운 생활이 별안간 끝나 버리는 것이 아닌가 하고 그는 매일같이 두려움에 빠져들곤 했다. 하지만 이런 두려움에도 불구하고 그녀는 그가 감옥에서 보낸 두 달 동안을 한없는 행복으로 채워 주고 있었다. 바로 그 무렵 파비오 콘티 장군은 매주 두 번씩 대공에게 이렇게 보고했다. '명예를 걸고 맹세하건데, 죄수 파브리스 델 동고는 그 어떤 이야기 상대도 없이, 암담한 절망에 짓눌려 몸부림치거나, 아니면 하릴없는 잠을 청하며 나날을 보내고 있습니다.'

클렐리아는 하루에 두서너 번씩이나 새들을 보러 왔다. 가끔은 아주 짧은 시간밖에 머물지 못했다. 그러므로 만약 파브리스가 자신의 열렬한 사랑에 그토록 취해 있지 않았더라면 그 자신도 역시 그녀로부터 사랑받고 있음을 알 수 있었을 것이다. 그러나 그는 이 점에 대해서는 어쩔 수 없이 확신을 미룰 수밖에 없었다. 클렐리아는 새방에 피아노를 날라 오게 했다. 악기 소리로 자신이 거기 있음을 알리고, 또 창문 아래 서성이고 있는 보초병들의 주의를 돌릴 수도 있었다. 그렇게 피아노를 치면서도 그녀는 눈빛으로 파브리스의 물음에 대답해 주었다. 그러나 단 한 가지에 대해서만은 결코 응하는 법이 없었다. 파브리스의 집요한 질문이 감당하기 벅찰 때는 달아나 버리기까지 했는데, 그러고는 한나절이나 모습을 보여 주지 않을 때도 가끔 있었다. 그런 때란 바로 파브리스가 내놓고 자신의 감정을 고백할 때였다. 그녀는 이 점에 있어서만은 누그러지는 법이 없이 엄격했다.

이처럼 파브리스는 아주 작은 새장 같은 곳에 갇혀 사방으로 옥죄여 지내면서도 아주 바쁜 시간을 보내고 있었다. 그는 하루를 한 가지 문제 즉 '그녀는 나를 사랑하고 있을까?'라는 이 몹시도 중요한 문제에 대해 이리저리 궁리하며 대답을 찾아내는 데 바쳤다. 수없이 살펴보고 거기에 끊임없이 새로운 분석을 보태 보아도 다시 끊임없이 부정되고 마는데, 그러면서 결국 도달한 결론은 이런 것이었다. '그녀의 의식적인 몸짓은 모두 '아니'라고 대답하지만, 무심코 보여 주는 눈빛은 나에게 애정을 고백하고 있어.'

클렐리아는 결코 자신의 마음을 털어놓아야 할 처지에 빠지고 싶지는 않았다. 몇 번이나 거듭되는 파브리스의 간절한 청을 지나친 노여움까지 빌려 물리친 이유도 그런 처지를 피하고 싶어서였다. 그러나 가엾은 죄수가 동원할 수 있는 빈약한 의사 전달 수단들은 클렐리아에게 오히려 더 큰 연민을 불러일으킨 게 사실이었다. 파브리스는 난로 속에서 용케도 발견한 숯조각으로 손바닥에 글자를 써서 그녀와 이야기를 나누려 했다. 한 글자씩 모아서 단어를 만들어 그녀에게 보이려고 했다. 이 새로운 방법은 그의 생각을 정확히 표현하게 해준다는 점에서 아주 좋은 수단이 될 수 있을 것이다. 그러나 그의 창문은 클렐리아의 창으로부터 7미터가량이나 떨어져 있었다. 게다가 사령관 저택 앞을 어슬렁거리고 있는 보초병들 머리 위에서 서로 이야기를 나눈다는 것은 너무 무모한 일이었다. 파브리스는 자신이 사랑받고 있다는 생각을 끊임없이 의심해 보았다. 만약 그에게 어느 정도 사랑의 경험이 있었더라면 이처럼 의심을 품을 이유는 전혀 없었겠지만, 이제까지 그 어떤 여인에게도 마음을 빼앗겨 본 적이 없었으니 어쩔 수 없는 일이었다. 더구나 그로서는 전혀 모르는 사실이 하나 있었는데, 그가 만약 그 비밀을 알았더라면 절망하고 말았을 것이다. 클렐리아 콘티와 파르마 궁정에서 제일가는 부자인 크레센치 후작의 결혼이 당면 문제가 되어 있었던 것이다.

19장

모스카 백작이 수상으로 재임하고 있는 가운데 이와 같은 곤경을 당해 실각 조짐까지 보이자, 파비오 콘티 장군의 야심은 광기에 가까울 만큼 맹렬히 불타올랐다. 그래서 딸에게 화난 목소리로 쉴 새 없이 되풀이하기를, "네가 끝내 남편을 정하지 않는다면 이 아비의 앞날을 망치고 말 것이다. 스무 살이나 되었으니 결정을 할 때도 되었다. 너의 당치 않은 고집 때문에 아비가 이런 딱한 고립 상태에 빠지고 말았지만, 더 이상은 참을 수 없다……." 이런 식으로 딸을 못살게 졸라 대는 것이었다.

클렐리아가 새들을 돌보는 방으로 올라오는 것도 우선 아버지의 이 끊임없는 발작 같은 성화를 피하기 위해서였다. 이곳으로 오려면 오르기 불편한 작은 나무 계단을 거쳐야 하는데, 그것은 통풍을 앓고 있는 성채 사령관에게 꽤 큰 장애였다.

몇 주일 전부터 클렐리아의 마음속은 몹시 혼란스러웠다. 그녀 스스로도 자신이 무엇을 원해야 할지 모르는 상태였으므로, 부친에게 무슨 확실한 대답을 한 적은 없었지만 거의 약속을 한 것 같은 상황이 되어 버렸다. 화가 몹시 치밀 때면 장군은 딸에게 파르마에서 가장 궁벽한 수녀원에 집어넣어 지긋지긋한 생활을 맛보게 해 주겠다고 소리지르곤 했다. 그녀가 결혼을 결심하지 않는다면 수녀원에 내팽개쳐서 지쳐 빠지도록 하겠다는 것이었다.

"너도 알겠지만, 우리 집은 아주 오래된 가문이긴 해도 연수입이 총 6000리브르도 안 된다. 그러나 크레센치 후작의 재산은 연수 10만 에퀴 이상이다. 궁정 사람들은 모두 그가 아주 온유한 성격의 소유자인 걸 인정하고 있다. 그는 한 번도 누구에게 불평을 들을 만한 일을 한 적이 없다. 미남이고, 젊고, 대공에게도 잘 보였으니 그런 사람의 청혼을 거절한다는 것은 미쳐도 아주 단단히 미친 짓이다. 청혼을 거절하는 일이 이번이 처음이라면 참을 수 있을지도 모르지만, 벌서 대여섯 번째가 아니냐. 그것도 파르마 궁정에서 제일가는 결혼 상대들을 거절하다니. 꼭 철없는 바보 계집아이처럼. 한번 생각해 봐라. 만약 내가 이 사령관 직위에서 물러나기라도 하면 어떻게 되겠는지. 기회 있을 때마다 장관감으로 거명되던 내가 어디 3층 구석방에라도 틀어박혀 있게 되면 내 적수들이 얼마나 쾌재를 부를지! 안 되지, 빌어먹을! 사람 좋게 카상드르[9]

---

9) 희극에 등장하는 인물로 사람들에게 잘 속아 넘어가는 노인이다.

역할을 해 주는 것도 한도가 있다. 어디 네게 그 가엾은 크레센치 후작을 마다할 타당한 이유가 있다면 대보아라. 그는 고맙게도 너한테 마음을 두어서 지참금 없이도 결혼하겠다고 하고, 게다가 네가 혼자가 될 경우 연수 3만 프랑이 나오는 토지를 네 몫으로 남겨주겠다고 하지 않느냐. 그 돈만 있으면 나는 적어도 궁하지 않게 살 수 있다. 자, 사리를 따져서 대답해 봐라. 그러지 못하면, 젠장! 두 달 후에는 그와 결혼하는 거야!"

부친의 이야기 속에서 클렐리아에게 겁을 준 단 한 마디가 있었다. 그것은 수녀원에 넣어 버리겠다는 협박이었다. 그렇게 되면 성채에서 멀리 떠나 있어야 된다. 더구나 파브리스의 생명이 실 한 가닥으로 지탱되고 있는 것 같은 이 시점에서 말이다. 달이 바뀔 때마다 매번 그의 죽음이 임박했다는 소문이 시내와 궁정에 퍼지고 있지 않은가. 파브리스에게서 멀리 떠나 있게 된다니, 그것도 그의 생명을 잃을까 봐 이처럼 두려움에 떨면서…… 수녀원이야말로 자신이 바라던 곳이었지만 아무리 스스로를 설득해 보아도 그녀는 파브리스의 곁을 떠난다는 위험을 무릅쓰면서까지 결단을 내릴 수는 없었다. 파브리스의 목숨이 위태롭다는 사실이야말로 그녀에게는 최대의 불행이었고, 어쨌거나 바로 눈앞에 닥친 재앙이었던 것이다.

파브리스 곁에 머문다고 해서 그녀의 마음이 행복해질 것도 아니었다. 그녀는 파브리스가 공작부인의 사랑을 받고 있다고 믿었다. 그래서 그녀의 가슴은 자신도 어쩌지 못하는 질투로 갈가리 찢기는 것 같았다. 세상 사람들이 그처럼 칭송하는 부인의 장점들이 머릿속을 어지럽히며 쉴 새 없이 맴돌았다. 행여 무분별한 짓을 저지르게 되지나 않을까 싶어 파브리스를 대할 때면 극도의 조심성을 보였다. 그래서 오직 신호로만 대화를 허락했던 것인데, 이렇게 스스로에게 부과한 조심성이 오히려 그녀로 하여금 공작부인에 대한 파브리스의 마음을 탐지해 볼 길을 막고 있었다. 그리하여 하루하루 그녀는 파브리스의 가슴에 연적이 자리 잡고 있다는 무서운 고통을 사무치게 느꼈고, 또 행여나 자신의 마음을 솔직하게 털어놓게 될까 봐 날이 갈수록 몸을 사리게 되었다. 그러나 그가 자신의 진실한 감정을 고백할 때면 얼마나 큰 행복감이 밀려오는지! 자신의 생명을 갉아먹는 듯한 그 잔인한 의혹을 밝힐 수 있었더라면 클렐리아로서는 정말 기뻤을 것이다.

파브리스는 행동이 신중한 편은 아니었다. 나폴리에서는 그가 애인을 너무 쉽게 바꾼다는 평판이 있었다. 클렐리아는 성당 참사원 소속 세속수녀의 자격을 얻어 궁정 사교 모임에 참석하게 된 이후 주변 사람들의 말에 주의 깊게 귀기울인 덕에 (양가집 규수다운 정숙함을 지켜 그녀가 먼저 물어보거나 한 적은 비록 없었지만) 줄지어 자신에게 청혼해 오는 젊은이들에 대한 평판을 알 수 있었다. 그런데 아뿔사! 파브리스는 그런 청년들 누구와 비교해 보아도 연애에 있어서는 가장 변덕스러운 사람 같았다. 지금 그는 감옥에 있고 쓸쓸하다. 그래서 그는 이야기를 나눌 수 있는 단 한 사람의 여인에게 환심을 사려는 것이다. 이보다 더 명확한 문제가 있을까? 아니, 이보다 더 '뻔한' 답이 있을까. 이런 생각으로 클렐리아는 상심하고 있었다. 혹시라도 파브리스가 자신의 감정을 다 털어놓아서, 자신이 이

제 공작부인을 더 이상 사랑하지 않는다는 사실을 그녀에게
밝혔다 해도, 그녀가 그 말을 얼마나 믿을 수 있었겠는가? 또
비록 그 말을 믿는다 해도 그의 감정이 변하지 않으리라는 것
까지 믿을 수 있었을까? 그녀의 마음에 또 하나의 절망을 몰
고 오는 것은 그가 이미 성직자로서 높은 지위에 올라 있다는
사실이었다. 이제 곧 그는 영원한 맹세로 신에게 묶인 몸이 되
지 않겠는가? 장차 가장 고귀한 직위가 그를 기다리고 있을
텐데. 내게 조금이라도 분별이 남아 있다면 그에게서 달아나
야 하리라, 하고 가엾은 클렐리아는 생각하는 것이었다. '어디
든 아주 먼 곳의 수녀원에 넣어 달라고 아버지에게 간청해야
하는 것 아닐까? 그런데, 아 이럴 수가! 더 큰 불행은 요즈음
의 내 모든 행동이 혹시 이 성채를 떠나 수녀원에 갇히게 되
지나 않을까 하는 두려움에 좌우되고 있다는 것이다. 그것이
두려워 나는 본심을 감추고 크레센치 후작의 공공연한 친절
과 참견을 짐짓 받아들이는 척, 그런 부끄럽고 싫은 짓을 꾸며
보이고 있지 않은가.'

클렐리아는 사리를 꼼꼼히 따지는 성격이었다. 그녀는 지
금까지 한 번도 무분별한 짓을 저질러놓고 자책해 본 적이 없
었다. 그러나 이번 경우 그녀의 행동은 전혀 신중치 못한 것이
었다. 그녀의 고통이 얼마나 큰지 짐작할 수 있으리라! 그녀가
파브리스의 마음에 대해 아무런 환상도 품고 있지 않았던 만
큼 그 고통은 더욱 잔인한 것이었다. 한 남자에게 어쩔 도리
없이 끌리고 있으나, 그는 궁정에서 가장 아름다운 여인으로
부터 열렬한 사랑을 받고 있다. 클렐리아 그녀 자신보다도 많

은 점에서 우월한 한 여인으로부터! 설령 이 남자 자신은 누구에게 매여 있는 것이 아니라 할지라도, 그는 진지하게 마음을 준다는 것이 무언지 모르는 사람인 것이다. 그런 반면 그녀는 스스로도 너무나 분명히 느끼고 있듯이 일생 단 한 번의 사랑밖에는 못할 여자인데.

클렐리아는 매일· 이처럼 고통에 찢긴 마음으로 새들의 방을 찾아왔다. 자신도 모르는 사이에 이 방으로 이끌려 올라오면, 그녀의 불안은 잠시 누그러지고, 가책도 그 순간만은 사라지곤 했다. 그러고는 말로 다할 수 없이 설레는 가슴으로, 창문을 가린 큰 차양에 내놓은 작은 들창이 열리는 순간을 기다리는 것이다. 종종 파브리스는 그의 방에 들어와 있는 감옥지기 그릴로 때문에 자신의 연인과 신호를 나누는 일을 방해받을 때가 있었다.

어느 날 밤 11시경, 파브리스는 이런 성채 같은 곳에서는 듣기 흔치 않은 아주 낯선 소리를 들었다. 밤이 꽤 깊은 터라 창문에 몸을 바싹 붙이고 막아두었던 판자를 빼낸 다음 그 들창으로 고개를 내밀자 그 소리는 좀더 또렷하게 들렸다. 그 소리는 '300개의 계단'이라고 불리는 큰 계단이 있는 곳에서 들려왔다. 성채의 둥근 탑으로 들어서는 첫 번째 뜰로부터 이곳 사령관 관저와 파브리스가 있는 파르네제 감옥이 서 있는 전망대 돌바닥으로 오려면 이 돌계단을 통해야 했다.

이 계단 중간 180번째 층계에서 그때까지 안뜰 남쪽을 바라보던 계단은 북쪽으로 방향을 바꾼다. 그곳에는 가볍고 좁다란 쇠다리가 걸려 있는데, 그 다리 중간에는 위병 한 명이

19장

배치되어 있었다. 이 위병은 여섯 시간마다 교대했는데, 누구 건 이 다리를 지나가려면 이 감시병이 일어나 몸을 비켜 주어 야만 했다. 그런데 사령관 관저나 파르네제 탑으로 가려면 이 다리를 통하는 길밖에 없었다. 사령관은 몸에 열쇠 하나를 지니고 다녔는데, 이 열쇠로 모종의 태엽 장치를 두 번만 돌리면 이 다리는 30미터 아래 안뜰로 곤두박질치게 되어 있었다. 이런 간단한 경계책이 세워져 있는 이상, 성채 내에 다른 계단이란 없는 데다가 매일 밤 자정에는 부관 한 명이 모든 우물의 밧줄을 다시 끌어올려 모아가지고 관저 내 사령관의 침실을 거쳐야 들어갈 수 있는 작은 방에 갖다두고 가기 때문에 사령관 관저로 다가가기란 전혀 불가능했다. 따라서 당연히 파르네제 탑에 올 방법도 없어지는 것이다. 파브리스는 성채에 들어온 그날로 이러한 사실을 전부 알았는데, 또한 그릴로 역시, 모든 감옥지기들이 자기가 지키고 있는 감옥에 대해 떠벌리기 좋아하듯이, 이러한 사실을 자랑삼아 여러 번 설명하곤 했던 것이다. 그런 터라 파브리스는 도망치려는 희망을 아예 품지 않았다. 그런 한편으로는 블라네스 신부가 들려주었던 다음과 같은 격언이 생각 나기도 했다. '사랑에 빠진 남자가 애인에게 다가가려는 욕망은 그 여인의 남편이 아내를 지키려는 노력보다 더 끈질기게 마련이다. 죄수는 감옥지기가 문을 잠글 생각을 하는 것보다 더 강도 높게 달아날 궁리를 하는 법이다. 그러니 사랑에 빠진 남자와 죄수는 어떤 장애가 있다 해도 성공하게 되어 있다.'

그날 밤 파브리스 귀에 또렷이 들려온 것은 수많은 사람들이 '노예의 다리'라고 불리는 그 쇠다리를 건너오는 소리였다. 옛날 달마치야[10] 출신의 노예가 감시병을 다리에서 밀어 안뜰로 떨어뜨리고 탈출에 성공한 적이 있었던 까닭에 그런 이름이 붙었던 것이다.

'누군가를 붙잡아 가려고 왔구나. 어쩌면 나를 끌어내다가 목을 매달지도 모른다. 하지만 저 패거리들도 허술한 구석이 있겠지. 그 틈을 이용해야겠다.' 그는 무기를 찾아 쥐고, 숨겨 둔 장소 몇 군데서 이미 금화를 꺼내기 시작했다. 그러다가 문득 손을 멈췄다. '사람이란 정말 어처구니없는 존재로구나. 정말이지 인정할 수밖에 없군!' 그는 이렇게 중얼거리고 말았다. '만약 눈에 안 보이는 구경꾼이 있어서 내가 이런 모습을 본다면 뭐라고 할까? 혹시 나는 도망가고 싶었던 것이 아닐까? 파르마에 돌아간 다음 날에는 도대체 어떤 심정이 되려고? 무슨 짓이든 해서 다시 클렐리아 곁으로 돌아오려 하지 않을까? 혹시라도 이 소동 중에 틈이 나면 그 기회를 이용해 사령관 저택으로 숨어들어 가야겠다. 어쩌면 클렐리아에게 말을 건넬 수 있을지도 모르고, 또 경황이 없다는 구실로 그녀의 손에 입을 맞출 수 있을지도 모른다. 콘티 장군은 아주 의심이 많은 성격인 데다 허영심도 강해서, 자기 관저를 지키는 보초를 저택 모퉁이마다 한 명씩, 그리고 현관문에 한 명, 이렇게 다섯 명이나 세워 놓고 있다. 하지만 다행히도 오늘 밤은 아주 깜깜하다.' 파브리스는 살금살금 걸어서 그릴로와 개가 무엇

---

10) 유고슬라비아 서부 아드리아 해에 면한 해안 지방이다.

을 하고 있는지 보러 갔다. 감옥지기는 밧줄 네 개로 판자에 매달아놓은 소가죽 위에 누워 곤히 잠들어 있었다. 폭스테리어종 개는 눈을 뜨고 몸을 일으키더니 조용히 파브리스에게 다가와 꼬리를 흔들며 반겼다.

우리의 죄수는 판자방으로 올라가는 계단 여섯 개를 다시 살그머니 올라갔다. 사람들이 웅성거리는 곳이 바로 파르네제 탑 아래, 정확히 말해 문 앞인 듯 아주 소란스러웠으므로 그릴로가 깰지도 모른다는 생각이 들었다. 이렇게 지니고 있는 무기란 무기는 전부 꺼내 든 채 오늘 밤에야말로 큰 모험을 하게 되리라고 생각하며 행동할 태세를 취하고 있던 파브리스에게 뜻밖에도 참으로 아름다운 음악 소리가 들려오기 시작하는 것이었다. 그것은 누군가가 장군에게나 아니면 그의 따님에게 바치는 세레나데였다. 그는 배를 잡고 웃어 댔다. '그런데도 나는 벌써부터 단검을 휘두를 생각이나 하고 있었으니! 감옥에 있는 한 사람을 잡으러 여든 명이나 몰려왔다고 단정하고, 폭동을 일으킬 엉뚱한 생각은 하면서 왜 세레나데 생각은 못 했을까!' 연주는 훌륭했다. 파브리스는 감미롭게 들었다. 몇 주 전부터 마음을 달래 줄 소일거리를 전혀 만나지 못하던 차였다. 한참 동안 귀기울이고 있으니 달콤한 감동의 눈물까지 흘러내렸다. 음악에 취해 있던 파브리스는 마음속에 아름다운 클렐리아를 떠올리며 그녀를 향해 더 이상 억제할 수 없는 사랑의 고백을 털어놓았다. 그러나 다음 날 정오, 그는 우수에 젖어 있는, 몹시도 창백한 그녀의 얼굴을 보았다. 그녀의 안색은 창백했으며 그를 향한 시선 속에는 때때로 노여움 같은 것도 엿보였다. 그래서 그는 세레나데에 대해 물어볼 용기가 꺾이고 말았다. 혹시 실례를 해서 그녀의 마음을 더 상하게 할까 두려웠던 것이다.

클렐리아가 우울했던 데에는 그럴 만한 이유가 있었다. 지난 밤의 세레나데는 크레센치 후작이 그녀에게 바친 것이었기 때문이다. 그런 공개적인 방식은 일종의 공식적인 프로포즈 같은 것이었다. 세레나데가 연주되던 날 밤 9시까지도 클렐리아는 그런 공공연한 행동을 완강히 거부하고 있었다. 그러나 당장 수녀원에 보내 버리겠다는 부친의 협박에 그녀는 마음 약하게도 굴복하고 말았던 것이다.

'아! 그렇게 되면 그이를 다시는 볼 수 없을 테지!' 이렇게 생각하며 클렐리아는 울음을 터뜨렸다. 이성의 목소리는 다음과 같은 것이었지만 아무 소용이 없었다. '모든 면에서 나를 불행하게 만들 그런 사람은 다시는 보고 싶지 않아. 공작부인의 애인을 다신 만나지 않을 테야. 나폴리에 알려진 애인만 해도 열 명이나 되고 또 그 모두를 배신한 그런 경박한 사람은 다시 보지 않겠어. 지금은 중한 형벌을 받고 있는 상태지만 여기서 벗어나 생명을 보존하게 된다면 성직자로서의 출세 길에 오를 그런 젊은 야심가는 다시 만나지 않겠어! 그가 이 성채에서 나간 뒤에도 그를 다시 보려 한다면 나는 죄를 짓는 것이 될 테지. 하지만 그 사람 본래의 변덕스런 성격이 나를 그런 유혹에 빠지지 않게 해줄 테니 문제없어. 그 이유야 너무나 자명하지 않은가. 그이에게 있어 내가 대체 무엇이란 말인가? 감옥에서 지내는 동안 매일 몇 시간쯤 덜 지루하게 보내기 위한 구실이 아닌가.' 이렇게 부정적인 생각에 잠겨 있다가도 클렐리아는 파브리스의 그 미소를 기억해 내는 것이었다. 그가 파르네제 탑에 올라가기 위해 수감 사무소에서 나올 때 주위를 에워싸고 있던 헌병들을 바라보며 입가에 떠올리던 그 미소를 말이다. 그러면 눈에 눈물이 가득 고이며 흘러내렸다. '사랑스런 사람, 당신을 위해서라면 무슨 일인들 못할까! 당신은 나를 불행하게 만들 겁니다. 나는 그 사실을 알고 있지만, 바로 그것이 나의 운명인 것을. 오늘 밤 저 끔찍한 세레나데를 허락하면서 나는 스스로를 잔인하게 내던지고 있는 것입니다. 하지만 그럼으로써 내일 정오가 되면 당신의 눈을 다시 볼 수 있겠지요!'

파브리스가 클렐리아의 냉담한 태도에 실망한 것은 바로 이런 일이 있었던 다음 날, 즉 그녀가 자신이 열렬히 사랑하고 있는 젊은 죄수에게 그처럼 큰 희생을 바친 다음 날, 상대방의 결점을 모두 알면서도 그를 위해 자신의 인생을 희생한 다음 날이었던 것이다. 비록 손짓이라는 지극히 불완전한 의사 전달 수단밖에 사용할 수 없었다 하더라도 그가 애써 클렐리아의 마음을 조금이나마 두드려 보려 했다면 좋았을 것을. 그랬다면 아마 그녀는 눈물을 참을 수 없었을 것이고, 파브리스는 그녀가 자신에게 느끼는 감정의 고백을 빠짐없이 들을 수 있었을 것이다. 하지만 그는 이런 행동을 대담하게 밀고 나갈 수가 없었다. 클렐리아를 화나게 하지 않을까 지나치게 겁을 내고 있었다. 그녀는 자신에게 너무도 무정한 벌을 줄 수 있는 사람이었으니까. 이것은 파브리스가 아직까지 한 번도 사랑하

는 여인으로부터 얻을 수 있는, 그런 종류의 감동을 맛본 적
이 없다는 뜻이기도 했다. 그는 그러한 느낌을 아주 희미한 기
미조차 경험해 보지 못했던 것이다. 파브리스가 클렐리아와
여느 때 같은 친밀감을 회복한 것은 세레나데 연주가 있었던
날로부터 일주일이나 지난 뒤였다. 가엾은 소녀는 행여 자신
의 속내를 들킬까 두려운 나머지 더욱더 엄격하게 행동했다.
그래서 파브리스는 날이 갈수록 그녀와 사이가 멀어지고 있
다는 느낌에 사로잡혔다.

파브리스가 감옥에 들어와 외부 사람 누구와도 연락이 끊
긴 채, 그러면서도 전혀 불행하다는 생각 없이 지낸 지가 석
달이 가까와오는 어느 날이었다. 그릴로는 아침 늦게까지 그의
방에 눌러 앉아 있었다. 파브리스는 어떻게 하면 이 감옥지기
를 내보낼 수 있을지 몰라 낙심하며 마음을 졸이고 있었다. 두
연인을 가로막고 있는 차양에서 30센티미터가량 되는 높이로
만든 작은 뚜껑 문 두 쪽을 그가 드디어 열 수 있게 되었을 때
는 정오가 지나 30분을 치는 종소리도 이미 울린 뒤였다.

클렐리아는 새방 창가에 서서 파브리스의 창문 쪽을 뚫어
져라 응시하고 있었다. 긴장한 표정에는 극도의 절망이 드러
나 있었다. 파브리스를 보자마자 그녀는 그에게 신호를 보냈
다. 이젠 모든 것이 끝장이라는 뜻이었다. 그러고는 피아노로
달려가 한창 유행하고 있는 한 오페라의 레시터티브를 부르는
척하며 그에게 말했다. 절망감 때문에 그리고 창문 아래를 오
가고 있는 보초병들이 혹시 눈치 채지 않을까 하는 두려움 때
문에 자꾸만 끊기는 그 이야기 내용은 다음과 같은 것이었다.

'아! 당신은 아직도 무사하신 거지요? 하느님께 얼마나 감사한지! 당신이 이곳에 오던 날 무례한 행동을 보인 죄로 당신이 혼을 내 준 바르보네라는 감옥지기가 있었지요. 그가 그 동안 자취를 감추어 이 성채에서 보이지 않았습니다. 그런데 그저껫밤 그 사내가 돌아왔습니다. 더구나 어제부터 그의 행동으로 미루어 보아 그가 당신을 독살하려 한다고 믿을 만한 충분한 근거가 있습니다. 그는 당신의 식사를 준비하는 특별 주방에 와서 어슬렁거립니다. 나로서는 확실히 모르겠으나 내 하녀가 말하기를 그 무시무시한 얼굴을 한 사내가 관저 부엌에 나타난 것이 당신의 목숨을 노리는 게 아니면 무엇이겠느냐고 합니다. 당신이 모습을 보이지 않길래 나는 얼마나 걱정했는지 모릅니다. 벌써 무서운 일을 당한 줄 알았지요. 다시 소식을 전할 때까지는 어떤 음식도 드시지 마세요. 어려운 일이겠지만 무슨 수를 써서라도 초콜릿을 좀 보내 드리겠습니다. 하여간 오늘 저녁 9시에, 혹시 다행히도 실을 지니고 있으시거나 아니면 속옷을 뜯어 줄을 만들 수 있으시다면 그것을 창문에서 오렌지나무 위로 내려뜨려 주세요. 거기에 밧줄을 매달면 잡아당기세요. 그 밧줄을 다시 써서 빵과 초콜릿을 보내 드릴 수 있을 겁니다.'

파브리스는 방 안 난로에서 찾아낸 숯조각을 보물처럼 아껴 두고 있었다. 그는 클렐리아가 마음을 열어 주었을 때를 놓치지 않으려고 서둘러 손바닥에 글자를 써서 펼쳐 보였다. 하나하나 쓴 글자를 모으니 이런 말이 되었다.

'당신을 사랑합니다. 내게 있어서 삶이란 오직 당신을 볼 수

있기 때문에 소중한 것입니다. 종이와 연필이 필요합니다. 무엇보다도 그것들을 보내 주세요.'

'당신을 사랑합니다.'라는 뜻을 대담하게 전했는데도 클렐리아는 파브리스의 예상과는 달리 대화를 끊지 않았다. 그녀의 얼굴 표정에 나타나고 있는 그 극도의 불안 덕분이었다. 그녀는 단지 언짢은 기색을 떠올렸을 뿐인데, 순간 파브리스는 연인으로서의 기지를 발휘해 이렇게 덧붙였다. '오늘은 바람이 너무 거세게 불어 당신이 노랫말로 내게 전해 주시는 소식을 잘 알아듣지 못하겠습니다. 피아노 소리만 들릴 뿐 목소리가 들리지 않는군요. 말씀하신 그 독약이란 대체 무엇인가요?'

이 말에 소녀는 다시금 두려움을 완연히 드러냈다. 그녀는 다급한 몸짓으로 책 한 권을 찢어 그 종이 위에 잉크로 큰 글자를 써 보였다. 파브리스는 자신이 바랐으나 거절당해 온 이 의사 교환 방법이 석 달간의 노력 끝에 비로소 사용되는 것을 보고 너무나 기뻤다. 자신의 작은 꾀가 이런 큰 성공을 가져오자 그는 이런 책략을 계속 밀고 나갔다. 그는 그녀에게 편지를 써 보내고 싶었던 것이다. 그래서 클렐리아가 한 글자씩 연달아 써서 자신에게 보여 주는 말들이 무슨 내용인지 모르겠다는 시늉을 계속했다.

그녀는 아버지 곁으로 가기 위해 새들의 방을 나서야 했다. 무엇보다 아버지가 자신을 찾으러 이곳까지 올라오지 않을까 걱정스러웠다. 그렇잖아도 의심 많은 아버지인데, 이곳에 와서 방의 창문과 죄수의 창문을 막은 차양 사이의 거리가 너무 가까운 것을 보면 무슨 꼬투리를 잡을지도 모른다. 클렐리아 자신도 조금 전 파브리스가 모습을 보이지 않아 불안감에 휩싸여 어쩔 줄 모르고 있을 때 차양 너머로 작은 돌에 종잇조각을 감아 던져 넣어 볼까 하는 생각을 떠올리지 않았던가. 파브리스를 지키고 있는 감옥지기가 요행히 그 순간 방에 없다면 이것은 확실한 통신 방법이 될 터였다.

우리 죄수는 급히 속옷을 찢어 가느다란 끈을 만들었다. 그날 밤 9시가 조금 지났을 무렵, 창문 아래 오렌지나무 화분을 누군가 가만가만 두드리는 소리가 또렷이 들렸다. 속옷으로 만든 끈을 내려뜨리자 꽤 긴 밧줄이 달려 올라왔다. 그 밧줄로 우선 초콜릿 한 바구니를 끌어올렸다. 이어서 종이 두루마리 하나와 연필을 받고는 말할 수 없이 기뻤다. 또 한 번 밧줄을 늘어뜨렸으나 이번에는 아무것도 없었다. 보초병들이 오렌지나무 쪽으로 다가온 것이 분명했다. 하지만 그는 지금까지의 일만으로도 기쁨에 취해 있었다. 급히 클렐리아에게 편지를 썼다. 하고 싶은 말이 한없이 넘쳐흘렀다. 간신히 맺음말을 쓰고 나서 그 편지를 밧줄 끝에 매달아 아래로 내려 보냈다. 세 시간도 넘게 기다렸으나 그 편지를 가져가는 기척이 없었다. 그는 편지를 몇 번이나 다시 끌어올려 고쳐 쓰곤 했다. '오늘 밤 클렐리아가 내 편지를 받을 생각이 없다면, 내가 독살당할까 봐 마음이 흔들리면서도 편지받기를 거절하는 거라면……' 하고 파브리스는 생각했다. '그럼 내일 아침엔 더더욱 내 편지를 뿌리치겠지.'

사실 클렐리아는 아버지와 함께 시내로 나가야 했었다. 이 사실을 파브리스는 자정에서 30분이나 더 지나 장군의 마차가 돌아오는 소리를 듣고서야 짐작했다. 사령관 마차의 말발굽 소리를 분간할 수 있었다. 장군이 전망대를 가로질러 들어가고 보초병들이 받들어총을 하는 소리가 들린 지 몇 분 후, 여전히 팔에 감고 있던 밧줄이 흔들렸다. 그때 그의 기쁨을 어떻게 형언하겠는가. 밧줄 끝에는 무언가 묵직한 것이 매달려 있었다. 밑에서 두 번을 잡아당겨 그에게 끌어올리라는 신호를 보냈다. 창문 밑 벽의 돌출부를 넘어 무거운 것을 끌어올리느라 무척 힘이 들었다.

애써 끌어올린 것은 물이 가득 든 물병이었다. 물병에는 숄이 감겨 있었다. 오랫동안 헤어날 길 없는 고독에 갇혀 살아왔던 이 가엾은 청년은 감미로운 기분으로 이 숄에 거듭 입 맞추었다. 하지만 그 다음에 그가 느낀 감격은 도저히 표현할 수가 없다. 그처럼 긴 나날을 결실 없는 희망 속에 흘려보낸 뒤마침내 작은 쪽지를 받았던 것이다. 편지는 숄에 핀으로 꽂혀 있었다.

이 물과 초콜릿 외에는 아무것도 드시지 마세요. 내일은 어떻게 해서든지 빵을 보내 드리겠어요. 빵의 네 귀퉁이에 잉크로 작은 십자가를 그려 두겠습니다. 말하기조차 무섭지만 당신께서 알아 두셔야겠기에 말씀드립니다. 바르보네는 당신을 독살하라는 지시를 받은 것 같아요. 그런데 당신은 왜 모르시는지요. 연필로 써 보내신 그 편지 내용이 나를 언짢게 한다는 것을. 자꾸 이러시면 당신이 몹시 위태로운 지경에 빠지지 않는 한 당신께 편지를 쓰지 않겠어요. 최근 공작부인을 만났어요. 부인도 백작님도 잘 계십니다. 하지만 부인은 아주 수척해지셨지요. 부탁입니다. 다시는 그런 내용을 편지에 쓰지 마세요. 나를 화나게 하고 싶으신가요?

이 짧은 글의 마지막에서 공작부인 이야기를 쓸 때 클렐리아는 상당한 도덕심을 발휘해야 했다. 궁정 사교계에서는 공작부인이 발디 백작과 아주 가깝게 지낸다는 소문이 공공연하게 나돌고 있었다. 이 미남자는 라베르시 후작부인의 애인이었던 사람이었다. 확실한 것은 그가 자신을 6년간이나 어머니처럼 돌보아 주었고 또 사교계에서 확고히 자리 잡도록 밀어준 후작부인을 치사한 방법으로 버렸다는 점이었다.

클렐리아는 짧은 문장 하나를 급히 고쳐야만 했다. 그 문장은 세상 사람들이 공작부인에 대해 심술 궂게 퍼뜨리고 있는 새로운 연애 사건을 은연중에 암시하는 것이었기 때문이다.

'내가 이렇게 비겁할 수 있다니!' 그녀는 속으로 외쳤다. '파브리스에게 그이가 사랑하는 여인의 험담을 하다니!'

다음 날 아침, 아직 날이 밝으려면 한참이나 기다려야 할 시각에 그릴로가 파브리스의 방으로 들어왔다. 감옥지기는 꽤 묵직한 꾸러미를 내려놓고는 입을 꾹 다문 채 나가 버렸다. 꾸러미 안에는 사방 귀퉁이에 펜으로 작은 십자가를 그린 커다란 빵 한 덩어리가 들어 있었다. 파브리스는 그 빵에 입맞춤을 퍼부었다. 어쨌거나 그는 사랑에 빠져 있는 것이다. 빵 옆에는 종이로 겹겹이 싼 길쭉한 뭉치가 있었는데, 그 속에는 스갱 금화 6000프랑이 들어 있었다. 또 한 가지는 훌륭한 장정의 새 성무일과서였다. 그 여백에는 이제 눈에 익기 시작한 필체의 글이 있었다.

　독약을 조심하세요. 물, 포도주, 그 밖의 모든 것을 조심하세요. 초콜릿을 식사 삼아 드세요. 누가 들고 오는 음식물은 손을 대지 마시고 개에게 먹여 보세요. 의심을 드러내서는 안 됩니다. 적이 눈치채면 다른 방법을 강구할 테니까요. 자칫 방심하는 일이 없어야 해요. 신께서 보살펴 주시기를! 부디 조심하세요.

　파브리스는 서둘러 이 소중한 편지들을 없앴다. 이 편지들이 클렐리아의 처지를 위태롭게 할 수도 있었던 것이다. 그러고는 성무일과서에서 여러 장을 찢어내 그것으로 알파벳 카드를 만들었다. 포도주에 곱게 부순 숯가루를 타서 그것으로 알파벳 글자 하나하나를 정성 들여 썼다. 이 글자 카드는 11시 45분경 클렐리아가 새방 창문에서 두어 걸음쯤 떨어진 곳에 모습을 드러낼 무렵에는 다 말라 있었다. 파브리스는 생각했다. '그녀가 이 글자를 사용하는 일을 허락할까. 그게 큰 문제구나.' 하지만 다행히도 그녀는 독살의 위험에 대해 이 젊은 죄수에게 하고 싶은 이야기가 많았다. 하녀들이 기르는 개 한 마리가 파브리스에게 들어 갈 예정이던 식사를 먹고 죽었던 것이다. 클렐리아는 알파벳을 사용하는 것에 반대하지 않았다. 오히려 그녀 역시 잉크로 쓴 알파벳 카드를 만들어 왔다. 이런 방법을 써서 나누는 대화는 처음에는 꽤 불편했으나 그래도 한 시간 반이나 이어졌다. 그것은 클렐리아가 새를 키우는 방에서 머물 수 있는 시간의 전부였다. 두세 번 파브리스는 금지된 말을 꺼냈다. 그녀는 대답하지 않았다. 그러면서 새를 돌본다는 핑계로 잠시 그를 외면하는 것이었다.

파브리스는 그녀에게 잉크로 손수 쓴 알파벳 한 벌을 밤에 물과 함께 보내 달라고 부탁했다. 그녀는 이 부탁을 들어주었다. 잉크로 쓴 것은 더 또렷하게 볼 수 있을 터였다. 물론 긴 편지를 쓰는 일도 잊지 않았다. 편지 속에서는 마음속 사랑의 감정을 전혀 드러내지 않으려고 애썼다. 적어도 그녀를 거북하게 만들지는 않으려고 했다. 이 방법은 성공했다. 그녀가 편지를 거부하지 않았던 것이다.

다음 날, 알파벳 대화를 나누는 중에도 클렐리아는 그에게 책망하는 빛을 보이지 않았다. 그녀는 독약의 위험이 조금은 줄었다는 사실을 알려 왔다. 사령관 저택의 주방 하녀들에게 마음을 두고 있는 사내들이 바르보네를 붙잡아 죽도록 두들겨 주었다는 것이다. 아마 이자는 다시는 주방 근처에 얼씬거리지 못할 거라고 했다. 클렐리아는 자신이 그를 위해 부친에게서 해독제를 훔쳐 내기까지 했다고 고백했다. 그리고 덧붙이기를 이 해독제를 그에게 보내 주겠으며, 가장 주의할 점은 조금이라도 이상한 맛이 나는 음식은 즉시 전부 버리는 일이라고 했다.

클렐리아는 동 체사레에게 꼼꼼히 물어보았지만 파브리스에게 전한 6000스갱의 돈이 누구로부터 온 것인지 알아낼 수 없었다. 어쨌거나 이 일은 좋은 징조였다. 엄중했던 감시가 조금씩 느슨해지고 있는 것이다.

이 독약 사건은 우리 죄수의 관심사를 더할 나위 없이 유리한 쪽으로 진전시켜 주었다. 사랑의 고백 같은 것은 전혀 얻어 낼 수 없었지만 클렐리아와 아주 친밀하게 지낼 수 있는 행복을 얻었던 것이다. 두 사람은 매일 아침마다, 때로는 저녁에도 알파벳을 이용해서 한참이나 이야기를 나누곤 했다. 매일 밤 9시면 클렐리아는 긴 편지를 받았다. 그리고 가끔은 짤막한 답장을 보내기도 했다. 신문과 책 몇 권도 보내 주었다. 마침내 그릴로도 얼렁뚱땅 회유할 수 있었다. 그래서 이 감옥지기가 매일 클렐리아의 시녀로부터 빵과 포도주를 건네받아 파브리스에게 날라 오게 되었다. 그릴로는 이 일을 두고 짐작하기를, 아마 사령관 나리는 바르보네에게 젊은 몽시뇨르를 독살하라고 지시한 사람들과 뜻을 같이하지 않는 모양이라고 결론 내렸다. 그러고는 내심 아주 기뻐했다. 이 점은 그의 동료들도 마찬가지였다. 성채 감옥 안에서는 이런 말이 돌고 있었던 것이다. '몽시뇨르 델 동고의 얼굴만 보고 있어도 돈을 받을 수 있다.'

파브리스의 얼굴빛은 몹시 창백해져 있었다. 운동을 전혀 할 수 없었던 탓에 건강이 약해진 것이다. 그러나 이처럼 행복했던 적은 지금까지 없었다. 클렐리아와 나누는 대화는 은근하면서도 다정했고 가끔은 아주 명랑하기도 했다. 클렐리아가 자신의 생활 속에서 앞날에 대한 암울한 전망과 뉘우침의 고통을 잠시 옆으로 밀어 둘 때는 오직 그와 이야기를 나누며

19장

보내는 순간뿐이었다. 어느 날 그녀는 잠시 방심한 탓에 무심코 이런 이야기를 꺼냈다.

"나는 당신의 세심한 배려에 경탄하고 있어요. 내가 사령관의 딸임을 고려해서 다시 자유를 찾고 싶다는 말은 전혀 비치지 않으니 말이에요!"

파브리스가 대답했다.

"그처럼 어리석은 욕심을 품지 않으려 하기 때문이지요. 일단 파르마로 돌아가게 되면 무슨 수로 당신을 다시 만날 수 있겠어요? 나의 생각을 모두 당신에게 들려줄 수 없게 되면 나로서는 그때부터 산다는 것이 견딜 수 없는 고통일 뿐인데…… 아니 마음속에 있는 것 전부라는 말은 정확하지 않아요. 당신은 전부 이야기하는 것을 허락하지 않으니까. 하지만 당신이 나를 아무리 매정하게 대해도, 매일 당신을 보지 못하고 산다는 것은 어쨌거나 나로서는 이 감옥보다 더 못 견딜 형벌일 테니! 지금까지 이처럼 행복했던 적은 없었습니다…… 행복이 감옥에서 나를 기다리고 있었다니 재미있지 않습니까?"

"그 점은 그리 단순하지 않은걸요."

이렇게 대답하는 클렐리아는 별안간 심각해지더니 거의 침울해 보이는 것이었다. 파브리스는 몹시 당황했다.

"뭐라고요! 내가 간신히 얻을 수 있었던 당신 마음속의 이 작은 자리를 어쩌면 잃게 될지도 모른다는 말입니까? 그것이 이 세상에서 내 유일한 기쁨인데."

"네, 그래요. 비록 당신이 바깥 세상에서는 아주 친절한 신사라고 평판이 높다 하지만 나에게는 솔직하게 대하지 않는다고 믿을 이유가 있는걸요. 하지만 오늘 그런 이야기를 하고 싶지는 않아요."

이렇게 말머리가 이상하게 시작되는 바람에 그들 사이의 대화는 거북해졌다. 이렇게 어색하고 당황스런 중에 두 사람의 눈에는 자꾸 눈물이 고였다.

검찰총장 라씨는 이름을 바꾸고 싶은 욕심이 여전히 간절했다. 지금까지 달고 다녔던 이름에 넌더리가 나서 이제는 리바 남작으로 불리고 싶었던 것이다. 모스카 백작은 또 그 나름대로 온갖 능란한 수법을 써 가며 이 지조 없는 재판관이 남작 신분을 향해 품고 있는 열정을 부추겼다. 그러면서 한편으로는 롬바르디아의 입헌군주가 되려는 대공의 어처구니없는 희망을 끊임없이 부채질했다. 파브리스의 처형을 늦추기 위해 그가 생각해 낼 수 있는 수단은 이것밖에 없었다.

대공은 라씨에게 이렇게 말하곤 했다.

"절망의 15일, 그다음에는 희망의 15일. 바로 이 방법을 끈기있게 밀고 나가면 그 거만한 여자의 기세를 꺾을 수 있을 거야. 사나운 말을 길들이는 데는 부드러운 방법과 엄격한 방법을 번갈아 써야 하는 법이거든.. 이 독한 약을 확실하게 써서 그 오만함을 녹여 버리자고."

사실 보름마다 파르마에는 파브리스의 죽음이 임박했음을 알리는 새로운 소문이 퍼져 나갔다. 이런 소문들은 불행한 공작부인을 끝없는 절망 속으로 밀어넣었다. 백작을 자신과 함께 파멸로 끌어들이지 않으려는 결심을 지켜서, 부인은 그를 한 달에 두 번밖에 만나지 않았다. 그러나 이 가엾은 남자에게 매정하게 대하는 벌로써 그녀 또한 끝없이 이어지는 암담한 절망 속에서 허우적거리며 하루하루를 보내고 있었다. 모스카 백작은 잘생긴 발디 백작이 부인의 뒤를 졸졸 따라다니는 것을 바라보며 쓰라린 질투심을 억눌러야 했다. 그러면서도 공작부인을 볼 수 없을 때면 그는 답장 없는 편지를 써 보냈다. 그 편지를 통해 백작은 장래의 리바 남작의 허영을 부추겨 얻은 모든 정보를 그녀에게 알려 주었다. 공작부인으로서도 파브리스의 신상을 둘러싸고 끊임없이 나도는 무서운 소문들을 이겨 내기 위해서는 모스카 백작처럼 영민하면서도 정이 깊은 사람과 의논할 필요가 있었을 것이다. 무능한 발디 백작을 데리고 다닐 때는 혼자만의 생각으로 모든 일을 해야 했으므로 언제나 가슴 졸이며 고통스럽게 지낼 수밖에 없었다. 또 그런 상황에서는 백작으로서도 뭔가 희망이 생겼어도 부인에게 알릴 도리가 없었던 것이다.

수상은 여러 가지 교묘한 구실을 붙여 대공으로부터 복잡한 정치적 책략들을 담은 문서들을 롬바르디아 중부, 사로노 부근에 위치한 우호적인 성채에 맡겨 두는 데 동의를 끌어냈다. 이 서류를 통해 라뉘체 에르네스트 4세는 이 아름다운 나라의 입헌군주가 되려는 터무니없는 희망을 부풀려 오고 있던 터였다.

아주 위험한 이 서류 20여 종이 대공이 직접 작성했거나 서명한 것들이었다. 그래서 파브리스의 생명이 심각한 위협을 받게 될 경우 백작은 이 서류들을, 말 한 마디면 대공을 파멸시킬 수 있을 대권력자에게 넘겨주겠노라고 대공에게 통고할 계획을 세워 놓고 있었다.

앞으로 리바 남작이 될 이 라씨라는 인물에 대해서는 확신해도 좋다고 백작은 생각하고 있었다. 걱정되는 일은 오직 독약이었다. 바르보네의 독살 기도는 가슴이 덜컥 내려앉는 일이었다. 그래서 백작은 무모해 보이는 행동을 감행하기로 결심했다. 어느 날 아침 그는 성채 정문을 들어섰다. 그리고 파비오 콘티 장군을 불러오게 했다. 장군은 정문 위 보루까지 그를 마중 나왔다. 백작은 그와 사이좋게 보루 위를 걸으면서 상냥하지만 가시 돋친 짧은 인사를 나누었다. 그리고 곧장 엄포를 놓았다.

"혹시 파브리스가 수상한 변이라도 당한다면 모두들 내가 꾸민 짓이라고 할 거요. 내가 질투 때문에 그를 죽였다고 말이오. 그러면 나로서는 형편없이 웃음거리가 될 텐데, 절대 두고 볼 수만은 없단 말이오. 그러니 설령 죄수가 병으로 죽는다 해도, 내게 대한 의혹을 씻기 위해 내 손으로 당신을 죽이고 말 거요. 이 점을 명심하시오."

파비오 콘티 장군은 꽤 의젓한 태도로 자신의 용기에 대해 늘어놓았다. 그러나 백작의 눈초리가 뇌리에 박혀 지워지지 않았다.

그로부터 채 며칠도 지나지 않아 검찰총장 라씨는 그가 그럴 수 있다고는 정말 믿기 힘들 만큼 조심성 없는 짓을 저질렀다. 마치 백작과 미리 짜 둔 것 같았다. 거리의 하층민들이 욕설처럼 사용하는 라씨라는 이름에서 이제는 벗어날 수 있으리라는 충분한 희망을 품기 시작한 이후, 이 이름에 따라붙는 공공연한 경멸은 그를 거의 병자로 만들다시피 했다. 그는 파비오 콘티 장군에게 파브리스를 12년간의 성채 금고형에 처한다는 공식 판결문을 건네주었다. 법대로 처리했다면 이것은 파브리스가 감옥에 들어온 그다음 날로 이미 전달되었어야 할 서류였다. 그러나 은밀한 술책이 횡행하는 이곳 파르마에서조차도 일찍이 없었던 놀라운 점은 군주의 엄명이 없었음에도 불구하고 재판소 단독으로 이러한 조치를 취했다는 사실이었다. 이렇게 된 이상 보름마다 공작부인의 공포를 부추겨, 대공의 표현을 빌면, 그 거만한 성격을 다스리려 했던 희망을 어떻게 계속 유지할 수 있겠는가? 이미 법원으로부터 공식 판결문의 사본까지 나온 상황인데 말이다. 검찰총장 라씨로부터 그 공식 문서를 전달받기 전날 파비오 콘티 장군은 바르보네 서기가 조금 늦은 시간에 성채로 들어오다가 죽도록 얻어맞았다는 사실을 알게 되었다. 이런 점으로 미루어 그는 파브리스를 처치하는 일이 이젠 물 건너간 것이라고 결론지었다. 그래서 자기 딴에는 신중하게 행동한답시고 다음번에 대공을 알현할 때는 자신이 전달받은 죄수의 공식 판결문 이야기는 전혀 꺼내지 않았다. 그 덕분에 라씨도 자신이 저지른 무모한 짓 때문에 당장 불벼락이 떨어지는 사태는 모면할 수 있었다. 백작은 바르보네의 서툰 시도가 단지 개인적 원한에서 비롯된 것임을 알게 되었으며, 공작부인 또한 그 사실에 가슴을 쓸어내렸다. 그래서 백작은 이 감옥서기를 죽도록 두들겨서 경고해 두는 것으로 그쳤던 것이다.

파브리스가 비좁은 감옥에서 새장에 갇힌 새처럼 꼼짝도 못하고 135일을 지낸 어느 목요일이었다. 감옥 부속사제인 사람 좋은 동 체사레가 그를 찾아와서 파르네제 탑의 망루 위로 데리고 나갔다. 산책을 허용해 준 것이다. 파브리스로서는 뜻밖의 일이었지만 아주 기분이 좋았다. 그러나 갑자기 바깥 공기를 쐰 탓인지 10분도 안 돼 몸이 불편해졌다.

동 체사레는 이 사고를 구실로 삼아 그에게 매일 30분간의 산보를 허락하도록 했다. 성채 감옥의 관리라는 측면에서 볼 때 이 조치는 어리석은 것이었다. 왜냐하면 자주 산책을 한 덕분에 우리 주인공은 곧 체력을 회복했고, 덕분에 성채는 낭패를 당해야 했으니 말이다.

세레나데가 연주되는 밤이 그 후로도 여러 번 있었다. 꼼꼼한 사령관이 이 일을 묵인한 이유는 이것이 크레센치 후작과 딸 클렐리아의 결혼에 관계된 일이었기 때문이다. 그는 딸의 성격을 어려워하고 있었다. 자신과 딸 사이에 아무런 결속력도 없다는 사실을 막연히나마 느꼈고, 언젠가는 딸의 예기치 못한 행동으로 뒤통수를 얻어맞을 일이 생기지나 않을까 늘 염려스러워했다. 딸은 수도원으로 달아나 버릴지 모른다. 그렇게 되면 그로서도 어쩔 도리가 없는 것이다. 또한 장군은 이 연주회 소리가 가장 위험한 자유주의자들이 갇힌 감옥 안쪽 깊은 곳까지 뚫고 들어가 거기 죄수들에게 무슨 신호 같은 것을 전달하는 게 아닐까 걱정했다. 악사라는 자들 또한 탐탁지 않았다. 그래서 악사들은 세레나데 연주가 끝나는 즉시 사령관 저택, 그 천장 낮고 넓기만 한 방으로 들어가야만 했다.

그 방은 낮 동안은 부관들의 사무실로 사용되는 곳이었다. 방에 악사들을 몰아넣은 뒤 밖에서 자물쇠를 채우면 이튿날 날이 환히 밝은 후에야 문이 열리곤 했다. 사령관은 몸소 '노예의 다리' 위에 자리 잡고 자신이 보는 앞에서 악사들 몸을 수색하게 한 후에야 그들을 놓아주었다. 그러면서 그들 중 누구라도 죄수를 위해 사소한 심부름이라도 하다가 발각되면 즉시 목을 매달아 버리겠다고 엄포를 놓았다. 그가 윗사람의 기분을 조금이라도 거스를까 봐 두려워하는 만큼 자신이 말한 대로 실행하리라는 사실은 누구나 알고 있었다. 때문에 크레셴치 후작은 감옥에서 하룻밤을 보내야 한다는 점에 투덜거리는 악사들에게 세 배의 보수를 지급해야만 했다.

공작부인은 애쓴 끝에 간신히 이 악사 중의 한 명에게 편지를 맡기는 데 성공했다. 그러나 겁이 많았던 이 악사는 편지를 사령관에게 내놓고 말았다. 그 편지는 파브리스에게 보내는 것이었다. 부인은 편지 속에서 그가 감옥에 갇힌 지 다섯 달이 넘었는데도 밖에 있는 친구들은 그와 전혀 연락할 방도가 없다는 점을 한탄하고 있었다.

매수되었던 악사는 성채에 들어오자마자 파비오 콘티 장군 앞에 무릎을 꿇고는 어떤 낯선 신부가 자신에게 편지 한 통을 맡아 델 동고 씨에게 전해 달라고 간곡히 부탁하는 바람에 거절할 수 없었노라고 털어놓았다. 그러나 의무에 충실하고자 자신은 지체없이 각하의 손에 편지를 넘겨 드리기로 했다는 것이었다.

사령관 각하는 이 일로 아주 흐뭇해졌다. 공작부인이 사용하는 술수들을 익히 아는 터라 혹시나 무슨 속임수에 걸려들어 가는 것이 아닐까 늘 두렵던 참이었다. 으쓱해진 김에 장군은 이 편지를 대공에게 가지고 갔다. 대공도 즐거워했다. 대공은 이렇게 말했다.

"내가 일을 단호하게 처리한 덕에 이렇게 복수를 했다! 그 거만한 여자를 다섯 달 동안이나 줄곧 괴롭혔으니! 하지만 조만간 교수대 하나를 세우게 해야겠어. 그러면 그 여자는 미친 듯 상상에 빠져 그것이 필경 델 동고 청년을 매달기 위한 것이리라 생각하겠지."

19장

20장

어느 날 밤 새벽 1시경, 파브리스는 창가에 몸을 기대고 차양의 쪽문으로 고개를 내밀고는, 이 높은 파르네제 탑에서 즐길 수 있는 별들과 끝없는 지평선이 만들어 내는 정경을 바라보고 있었다. 그의 시선이 포강 하류와 페라라 방면의 평원을 헤매고 있을 때였다. 아주 작지만 강렬한 불빛이 우연히도 그의 눈에 들어왔다. 그 불빛은 어떤 탑의 꼭대기에서 쏘아 보내는 것 같았다. 저 불빛은 평지에서는 보이지 않을 거라는 생각이 들었다. '저 탑의 몸체에 가려 아래쪽에서는 불빛을 볼 수 없을 텐데, 아마 먼 곳에 보내는 신호인가 보다.' 불현듯 그는 이 불빛이 아주 짧은 간격으로 켜졌다 꺼졌다 한다는 사실을 깨달았다. '어떤 아가씨가 이웃 마을 애인에게 이야기하고 있나 보다.' 세어 보니 불빛은 연달아 아홉 번 깜박였다. '이것은 알파벳 I군. 아홉 번째 글자니까.' 불빛은 조금 쉰 뒤 열네 번 깜박였다. '이번에는 N이다.' 그러고는 한번 더 쉬었다가 불빛이 또 한번 깜박였다. 'A로군. INA라고 말하고 있는데.'

이렇게 짧은 간격으로 계속되는 신호가 다음과 같은 말임을 마침내 깨달았을 때 그는 얼마나 놀라고 또 기뻤는지.

'GINA PENSE A TOI.(지나는 너를 생각하고 있단다.)'

그 신호는 분명 '지나는 너를 생각하고 있다'라는 뜻이다.

그는 즉시 차양 쪽문을 통해 자신의 램프 불빛을 반짝여 대답했다.

'FABRICE T'AIME!(파브리스는 당신을 사랑하고 있습니다!)'

이 대화는 동이 틀 때까지 계속되었다. 이날 밤은 붙잡힌 지 173일째 되는 날이었다. 그는 불빛이 전하는 말을 통해 벌써 네 달 전부터 매일 밤마다 그를 향해 이 신호가 계속되어 왔다는 사실을 알았다. 그러나 불빛은 누구나 볼 수 있는 것이고 또 그 의미를 눈치 채기도 어려운 일이 아니었다. 그래서 이날 밤 이후로는 암호를 만들기 시작했다. 아주 빠르게 세 번 깜박이면 공작부인을, 네 번은 대공을, 두 번은 모스카 백작을 가리키며, 두 번 천천히 깜박였다가 이어 빠르게 두 번 더 깜박이면 탈옥을 의미하는 것으로 정했다. 그리고 앞으로는 구식 알파벳인 알라 모나카를 쓰기로 했다. 이것은 알파벳 자모의 일반적인 순서를 바꾸어 혹시 누가 보더라도 의미를 알 수 없게 하기 위해서였다. 예를 들어 A는 알파벳 10번이고 B는 3번으로, 램프를 연달아 세 번 깜박이면 B를, 열 번 깜박이면 A를 의미하는 것이다. 그리고 잠시 불빛을 꺼서 깜깜하게 하면 단어가 끝났다는 뜻이 되었다. 다음 날 자정을 지나 1시가 되면 다시 신호를 보내기로 약속했다. 다음 날 공작부인은 시내에서 1킬로미터 거리에 있는 이 탑으로 달려왔다. 하루에도 몇 번씩이나 이젠 죽은 것만 같았던 파브리스가 신호를 보내오자 그녀의 눈에는 눈물이 가득 고였다. 그녀는 손수 램프를 깜박여 이렇게 말했다. '나는 너를 사랑한다. 용기를 내라. 몸조심하고 희망을 가져야 해! 감옥 안에 있더라도 힘을 길러두어라. 팔 힘이 필요할 때가 올 테니.' 공작부인은 생각했다. '라 파우스타의 음악회 이후로 저 아이를 보지 못했구나. 그때는 사냥꾼의 옷을 입고 거실 문에 나타났었지. 그때만 해도 이런 운명이 우리를 기다리고 있으리라고 누가 상상했겠는가!'

공작부인은 파브리스에게 그가 곧 석방되리라는 내용의 신호를 보냈다. 그 신호 중에 'GRACE A LA BONTE DU PRINCE.(대공의 은혜로.)'라는 말을 끼워 넣었다. (누군가 이 신호를 눈치챌 수도 있었던 것이다.) 그러고는 다시 애정의 말을 보냈다. 그녀는 그와 이야기를 나눌 수 있는 이 자리를 떠날 수 없었다. 파브리스를 위해 애쓴 공로로 부인의 집사가 된 루도빅이 거듭 권한 끝에 동이 틀 무렵이 되어서야 부인은 겨우 신호를 그만두었다. 의심의 눈길을 끌지도 몰랐던 것이다. 곧 풀려나리라는 신호를 여러 번 반복해서 받고 파브리스는 아주 낙심했다. 다음 날 그의 우울한 표정을 알아차린 클렐리아가 결국 참지 못하고 이유를 물었다.

"나는 공작부인의 마음을 상하게 하고야 말 겁니다."

"그분이 당신께 무슨 어려운 요구라도 하시던가요?"

이렇게 묻는 클렐리아는 궁금함 때문에 침착성마저 잃고 있었다.

그가 대답했다.

"고모는 내가 여기서 빠져나가기를 바라고 있어요. 하지만 나는 결코 나갈 수 없습니다."

클렐리아는 할 말을 잊었다. 그녀는 그를 바라보며 눈물을 쏟았다. 만약 그가 좀더 가까운 곳에서 그녀와 이야기를 나눌 수 있었더라면 어떤 감정의 고백을 얻어 낼 수 있었을 것이다. 이제껏 그녀로부터 바로 그 감정의 확신을 얻을 수 없어 빈번히 깊은 절망에 빠지곤 했었는데 말이다. 그는 너무도 분명히 느끼고 있었다. 클렐리아의 사랑을 받지 못하는 자신의 삶은 단지 가슴 에이는 슬픔과 참을 수 없는 고통의 연속일 뿐이라는 사실을. 사랑이라는 것을 알기 전에는 관심이 가는 즐거운 삶도 있었지만, 이젠 그런 생활들이 그것을 목적으로 살아갈 만큼 가치 있는 것은 아니라는 생각이 들었다. 그리고 만약 운명 때문에 클렐리아와 헤어져야 한다면 마지막 수단으로 자살도 생각해 두고 있었다. 비록 자살이 이탈리아에서는 아직도 퍽 드문 일이기는 했지만.

다음 날 그는 그녀로부터 아주 긴 편지를 받았다.

당신은 진실을 아셔야 해요. 당신이 이곳에서 지낸 이후로 파르마 사람들은 이제 당신의 생명이 끝났다고 믿곤 했지요. 당신의 형벌이 12년 동안의 감옥살이뿐이라는 것은 사실입니다.

20장

하지만 추측하건대 당신은 불행히도 아주 권세 있는 사람의 미움을 산 것이 아닌가 싶습니다. 행여 당신이 독약으로 목숨을 잃게 될까 봐 나는 수없이 두려움에 떨었어요. 그러니까 가능한 모든 수단을 써서 이곳을 빠져나가도록 하세요. 내가 당신을 위해 존엄한 의무를 저버리고 있다는 걸 아시겠지요. 내 입으로 말해서는 안 될 일들을 이렇게 감히 말하고 있음을 헤아려서 부디 위험이 절박하게 닥쳐 왔다는 사실을 알아주기 바라요. 그러니까 목숨을 지킬 다른 방도가 없을 경우에는 도망쳐야 합니다. 이 성채에서 지내는 순간순간이 당신에겐 생명을 건 위험입니다. 궁정에는 아무리 죄가 되는 일이라도 계획한 것이면 해치우고야 마는 무리가 있음을 생각하세요. 이 일파가 갖가지 흉계를 꾸며 댄다는 사실을 당신도 아시지 않나요? 지금까지는 늘 모스카 백작님의 출중한 수완으로 그 흉계들을 막았어요. 그런데 그들은 이제 그분을 파르마에서 몰아낼 확실한 방법을 찾았답니다. 바로 공작부인의 절망을 이용하는 것이지요. 젊은 죄수의 죽음이 곧 부인의 절망이라는 것은 너무나 분명하지 않은가요? 이 말 한 마디로도 당신이 처한 상황을 아시겠지요. 당신께서는 나를 좋아한다고 말씀하셨지요. 이 감정이 우리 두 사람 사이에 어떤 변함 없는 것으로 자리 잡기까지는 넘을 수 없는 장벽들이 가로막고 있다는 것을 염두에 두셔야만 해요. 우리는 젊은 시절에 만났고, 불행에 처해서 서로에게 구원의 손을 내밀었던 것이겠지요. 당신의 고통을 위로하려고 운명이 나를 이 혹독한 자리에 놓아둔 것이 아닐까요. 하지만 이제까지 허락된 바 없고, 앞으로도 결코 허용되지 않을 환상 때문에 당신이 이 무서운 위험에서 당신의 생명을 구할 모든 기회를 놓아 버린다면 나는 한평생 죄책감으로 괴로워해야 할 겁니다. 경솔하게도 당신과 다정한 신호로 이야기를 나누는 뼈아픈 짓을 저지르는 바람에, 내 마음속의 평화는 사라지고 말았지요. 우리가 했던 그 어린아이 같은 알파벳 장난이 당신으로 하여금 그처럼 맹목적이고 위태로운 환상을 품게 했다면, 내가 바르보네의 흉계라는 구실까지 끌어 대며 스스로의 행동을 변명해 보려 한들 무슨 소용이 있겠어요. 나는 당장 눈앞에 있는 위험으로부터 당신을 구한다고 생각하면서, 오히려 더욱 끔찍하고 확실한 위험 속에 당신을 밀어 넣고 있는 셈이 아닌가요. 내 분별 없는 행동으로 당신 마음속에 공작부인의 충고를 거스르려는 마음을 불어넣었다면 나는 용서받을 수 없는 죄를 지은 겁니다. 어쩔 수 없이 당신께 이 말을 되풀이하는 나를 이해하세요. 이곳에서 달아나세요. 당신께 명령합니다…….

편지는 아주 길었다. 그 속에 담긴 몇몇 구절, 예를 들어 방금 읽은 '당신께 명령합니다.' 같은 말은 파브리스로 하여금 잠시나마 사랑에 대한 달콤한 희망을 맛보게 했다. 그녀가 쓴 표현들은 아주 신중한 것이기는 했어도, 그 표현 밑에 흐르는 감정은 다정하기 그지없었다. 그러나 파브리스는 그와 같은 마음속의 미묘한 갈등 같은 것에 완전히 무지했던 탓에, 그 다음 순간에는 단어의 숨겨진 뜻을 전혀 눈치채지 못하고 넘어가는 것이었다. 그는 클렐리아의 편지 속에서 단순한 우정 혹은 흔히 인정이라고 불리는 것밖에는 보지 못하고 있었다.

그러나 이처럼 그녀가 모든 사태를 알려 주었는데도 불구하고 그의 마음은 전혀 변하지 않았다. 설령 그녀가 이야기하는 위험들이 실제로 눈앞에 닥쳤다 하더라도, 어느 정도의 위험을 지불하는 대가로 매일 그녀를 만나는 행복을 얻는 것이 지나친 일은 아니지 않은가? 다시 볼로냐나 피렌체로 도망친다 해도 그곳에서 과연 어떤 모습으로 지내야 할 것인가? 이 성채에서 달아난다면 파르마에서는 더 이상 살 수 없게 된다. 혹시 대공이 마음이 변해 그를 자유롭게 풀어준다 해도(이렇게 될 가능성은 거의 없었다. 알다시피 파브리스는 강력한 모 당파의 입장에서 볼 때 모스카 백작을 실각시킬 수단이었기 때문이다) 두 당파 사이에 존재하는 반목으로 인해 클렐리아와 헤어져 지낼 수밖에 없을 텐데, 그렇다면 파르마에서 지내는 생활 역시 얼마나 암담하겠는가? 어쩌면 한 달에 한두 번 우연히 같은 사교 모임에서 마주칠지도 모른다. 그러나 그때조차도 그녀와 함께 무슨 대화를 나눌 수 있겠는가? 지금은 날마다 몇 시간이고 누리고 있는 이 완벽한 친밀감을 어떻게 되찾겠는가? 사교 모임에서 만나 나눌 대화들이란 지금 두 사람이 알파벳으로 나누는 대화에 비하면 아무것도 아니리라. '약간의 위험을 무릅쓰고 이 감미로운 생활, 이 유례없는 행복의 기회를 얻는 것이 무슨 잘못이랴. 그렇게 함으로써 조금이나마 그녀에게 내 사랑을 입증해 보인다면 그 역시 행복이리라.'

　파브리스는 클렐리아의 편지 속에서 그녀에게 만나 달라고 조를 구실만 찾고 있었다. 그녀를 만나는 것이 그의 단 하나 변치 않는 욕망이었다. 그녀를 만난 것은 지금까지 단 한 번,

그것도 극히 짧은 순간 감옥에 발을 들여놓으면서 이야기를 나누었을 때뿐이었다. 그리고 지금은 그로부터 200일도 더 지난 것이다.

클렐리아를 만날 좋은 방법이 생각났다. 친절한 동 체사레 신부는 파브리스가 매주 목요일 낮에 파르네제 탑 테라스를 30분간 산책하도록 허락하고 있었다. 그 외의 다른 요일에는 이런 산책이 파르마와 인근 주민들 눈에 띌 수도 있고 그래서 사령관의 입장이 난처해질지도 모르기 때문에 어두워진 다음에야 허용되었다. 파르네제 탑의 전망대 위로 올라가는 길은 예배당에 속한 작은 종루 계단을 통하는 것밖에 없었다. 이 예배당은 아마 독자 여러분도 기억하겠지만, 검은 대리석과 흰 대리석으로 음산하게 장식되어 있던 그 예배당이다. 그릴로가 이 예배당까지 파브리스를 데리고 가서 그에게 종루의 작은 계단문을 열어 주곤 했다. 그의 뒤를 따라다니는 것이 감옥지기의 의무였지만 밤공기가 차가워지기 시작하는 철이었으므로 그를 혼자 올라가게 내버려두었다. 그런 다음 감옥지기는 테라스로 통하는 종루 계단 문에 자물쇠를 채워 놓고 자신의 방으로 돌아가 불을 쬐었다. '아! 해가 진 뒤 클렐리아가 이 검은 대리석 예배당에 와 줄 수는 없을까? 하녀를 동반해서라도 그래 주었으면.'

파브리스가 클렐리아의 편지에 답해서 쓴 긴 편지에는 시종일관 어떻게든 이 만남을 얻어 내려는 노력이 드러나 있었다. 그런 한편 자신이 성채 감옥을 떠나지 않겠다고 결정한 이유를 전부, 아주 진지하게, 마치 다른 사람의 일이기라도 한 양 털어놓기도 했다.

　나는 알파벳으로 당신과 이야기를 나누는 행복을 위해서라면 매일 수없이 죽음의 위협을 받는다 해도 두려워하지 않겠습니다. 그 죽음의 그림자는 한 순간도 우리를 제지하지 못할 겁니다. 그런데도 당신은 내가 속임수를 써서 볼로냐든 피렌체든 어디 먼 곳으로 도망쳐 숨기를 원하다니! 내가 당신에게서 멀리 떠나기를 바라는 거군요! 그러나 이걸 알아주세요. 그런 노력이 내게는 불가능하다는 것을. 내가 그러기로 약속한다 한들 소용없는 일입니다. 그 약속을 나는 지킬 수 없을 테니까요.

　만나 주기를 간청한 결과는 클렐리아가 모습을 보여 주지 않게 된 것이었다. 그것도 닷새간이나 말이다. 이 닷새 동안 그녀는 자신이 아는 한, 파브리스가 차양의 작은 쪽문을 열 수 없을 시각에만 새들의 방으로 왔다. 파브리스는 낙심했다. 그녀가 자신을 피하는 것을 알고 그가 내린 결론이란, 그녀가 가끔 보내 주는 따뜻한 눈길에 자기 혼자 어리석은 희망을 품어 왔던 것일 뿐 자신이 클렐리아에게 단순한 우정 이외의 다른 감정을 불러일으키지는 못했다는 것이었다. '이렇게 된 이상 생명을 지키는 일이 뭐가 대수인가? 대공이 내 목숨을 빼앗아 가면 정말 좋을 텐데. 그러니 이 감옥을 떠나지 못할 이유가 더 늘어난 셈이구나.' 이런 심정이었으므로 매일 밤 작은 램프의 신호에 응답할 때는 아주 짜증스러운 심정이 되었다. 공작부인은 아침마다 루도빅이 가져오는 통신내용 보고서에서 '나는 도망치고 싶지 않습니다. 이곳에서 죽겠어요.'라는 뜻밖의 말을 읽고 파브리스가 정신이 아주 이상해진 모양이라고 생각했다.

이 닷새 동안은 파브리스에게 정말 잔인한 나날이었지만 클렐리아에게는 그보다 더 고통스러운 시간이었다. 그녀의 머릿속에는 고귀한 심성을 지닌 그녀로서는 참으로 견디기 힘든 다음과 같은 생각들이 맴돌고 있었다. '지금 내게 주어진 의무는 이 성채에서 멀리 떨어진 수녀원에 들어가 숨는 일이다. 그릴로나 다른 감옥지기들에게 일러서 내가 이제 이곳에 없다는 사실을 파브리스에게 알려 주면 그이는 탈옥을 결심하겠지. 하지만 수녀원에 들어간다는 것은 파브리스를 다시는 보지 못한다는 말과 같다. 더구나 예전에 그이가 공작부인에게 품었을 감정이 이제는 남아 있지 않다는 것을 그이가 저토록 확실히 보여 주고 있는데도 그를 단념해야 하다니! 일곱 달이라는 긴 세월을 감옥에 갇혀 그 때문에 건강까지 크게 상했는데도 자유를 거절하다니. 한 청년이 보여 줄 수 있는 사랑의 증거로 이보다 더 감격스러운 것이 있을까?' 궁정인들이 평하는 모습대로라면 파브리스는 몸가짐이 가벼운 사람이었다. 그런 만큼 성채에서 하루라도 빨리 나가기 위해서라면 애인을 스무 명이라도 희생시켜야만 했다. 독약에 생명을 뺏길 위험이 날마다 도사리고 있는 감옥에서 달아나기 위해서 무슨 짓을 못 했겠는가!

클렐리아는 용기가 없었다. 수녀원으로 피신하지 못한 것은 그녀의 잘못이었다. 그랬더라면 크레센치 후작과의 관계도 자연스럽게 끊을 수 있었을 것이다. 그러나 그녀는 이미 잘못된 길로 들어서고 말았다. 그러니 그처럼 꾸밈 없고 다정한 청년을 어떻게 뿌리칠 수 있었으랴. 그는 단지 창문을 통해 그녀를 볼 수 있다는 그 소박한 행복 때문에 자신의 생명을 무서운 위험에 내맡기고 있지 않은가. 클렐리아가 검은 대리석 예배당에서 자신과 만나달라는 파브리스의 편지에 답장을 쓰기로 결심한 것은 이처럼 자신에 대한 모멸감까지 뒤섞인 무서운 번민으로 닷새를 보낸 뒤였다. 그녀는 그의 부탁을, 그것도 아주 냉정하게 거절했다. 그러나 이 순간부터 그녀는 마음의 평정을 완전히 잃고 말았다. 독약을 먹고 쓰러져 죽어 가는 파브리스의 모습이 환영처럼 따라다녀 떨칠 수가 없었다. 그녀는 하루에도 예닐곱 번씩 새들의 방으로 갔다. 파브리스가 살아 있음을 자신의 눈으로 확인하지 않으면 견딜 수 없었기 때문이었다. 그녀는 생각했다. '그이가 아직 성채에 남아 있는 것은, 라베르시 일파가 모스카 백작을 몰아내기 위해 꾸며대는 온갖 무서운 음모에 몸을 내맡기고 있는 것은, 단지 내가 마음이 굳지 못한 탓이다. 내가 수녀원으로 달아나 숨지 못한 탓인 것이다. 내가 영원히 자신을 떠났다는 사실을 알게 된다면 그가 이곳에 계속 남아 있으려고 할 이유가 없지 않은가?'

지나치게 소심하면서 동시에 자존심도 아주 강한 이 여인은 거절당할지도 모를 위험을 무릅쓰고 마침내 감옥지기 그릴로에게 부탁했다. 더군다나 이 사내가 갖가지 추측을 하게 될 만큼 상궤를 벗어난 행동까지 했던 것이다. 그녀는 체면도 저버린 채 그를 불러다 놓고 속마음이 다 들여다보이게 떨리는 목소리로 이렇게 말했다. 즉, 얼마 지나지 않아서 파브리스 씨는 자유의 몸이 될 것이며 산세베리나 공작부인은 이러한 희망을 갖고 최선을 다해 활발한 교섭을 하고 있다. 몇 가지 제안에 대해 죄수의 대답을 곧장 들어야 할 경우가 종종 있어서 하는 말인데…… 이런 말로 그녀는 그릴로에게 파브리스가 자기 방 창문 차양에 구멍을 내는 것을 못 본 척해 달라고 부탁했다. 그래야 그녀 자신이 하루에도 여러 번씩 산세베리나 공작부인으로부터 받는 전달문을 그에게 알릴 수 있을 테니까, 하고 말이다.

그릴로는 싱긋 웃으며 존경과 순종의 태도를 보여 주었다. 클렐리아는 그가 아무 말도 덧붙이지 않는 것이 매우 고마웠다. 이 남자는 이미 여러 달 전부터 벌어지고 있는 일들을 모두 알고 있는 게 확실했다.

감옥지기가 나가자마자 클렐리아는 특별한 경우에 파브리스를 부르기 위해 정해둔 신호를 보냈다. 그녀는 자신이 지금 막 한 일에 대해 그에게 이야기했다. 그러면서 이런 말을 했다.

"당신은 스스로 독약으로 죽기를 바라십니다. 나는 용기를 내어 이제 곧 아버지의 집을 떠나 어디 먼 곳의 수녀원으로 달아나 숨고 싶습니다. 이것은 당신을 위해 해야 할 나의 의무입니다. 그러면 당신은 이곳에서 당신을 구출하려는 계획들을 더는 거부하지 않겠지요. 당신이 여기 계신 한 나는 고통스러운 시간을 보내야 하며, 사리에 어긋난 생각들로 마음을 어지럽혀야 해요. 이제까지 나는 누구도 불행하게 한 적이 없습니다. 그러나 이제는 내가 당신의 죽음을 몰고 올 원인인 것만

20장

같습니다. 전혀 모르는 사람에 대해서라도 그런 죄책감을 품으면 절망하게 될 겁니다. 그런데 친구에게 지금 이 순간 죽음이 닥칠지도 모른다고 생각할 때 내 심정이 어떠할지 헤아려 주세요. 당신은 비록 분별없는 말로 나를 난처하게는 할지언정 어쨌든 오랫동안 매일 만나온 친구인데 말입니다. 때때로 나는 당신이 아직 살아 있다는 사실을 당신으로부터 직접 확인받고 싶답니다.

거절당할 수도 있고 또 배반당할 수도 있는 아랫사람에게 체면을 버리면서까지 부탁한 것은 이 무서운 고통을 조금이라도 덜기 위해서입니다. 그뿐만 아니라 요행히 그가 아버지에게 내가 한 말을 일러바친다면 오히려 잘된 일입니다. 그 즉시로 나는 수녀원으로 떠날 것이고 그러면 뜻하지 않게 당신의 애처로운 바보짓의 공범자가 되는 일은 없을 테니까 말이에요. 하지만 내 말을 믿어 주세요. 지금 같은 상태는 오래가지 못할 겁니다. 당신은 공작부인의 말씀에 따라야 해요. 무정한 사람, 마음이 흡족한가요? 당신께 내 입으로 내 아버지를 곤경에 빠뜨리라고 간청하게 만드셨으니 말입니다. 그릴로를 불러 무언가 선물을 주시기 바랍니다."

파브리스는 사랑에 온 마음을 빼앗겨 애태우고 있었으므로 클렐리아가 마음속에 있는 것을 단지 내비치기만 했을 뿐인데도 불안해서 어쩔 줄 몰랐다. 그래서 그는 지금처럼 클렐리아가 뜻밖의 말을 건네 왔어도 자신이 사랑받고 있다는 사실을 전혀 눈치채지 못하는 것이었다. 그는 그릴로를 불러 지금까지의 친절에 감사한다면서 후한 상을 주었다. 그리고 앞

으로는 매일 차양 쪽문을 사용하게 해 줄 때마다 1스갱씩 주
겠다고 말했다. 그릴로는 이 조건에 몹시 흡족해했다.

"정말이지 솔직하게 말씀드리는 겁니다만, 몽시뇨르, 지금처
럼 매일 마른 음식으로만 식사를 하셔도 되겠습니까? 독약
을 피할 아주 간단한 방법이 있습지요. 하지만 꼭 비밀을 지켜
주셔야 합니다. 감옥지기란 모든 것을 봐 두어야 할 의무가 있
지만 본 것에 대해 절대 알리려고 해서는 안 되는 법이니까요."

감옥지기는 이 말을 시작으로 한참이나 사설을 늘어놓은
뒤에 본론을 꺼냈다.

"지금 제가 데리고 있는 개 한 마리 말고도 여러 마리를 데
려오겠습니다요. 그러면 나리께서 드시려는 음식마다 개한테
먼저 먹여 보실 수 있지요. 포도주는 제 것을 드리지요. 나리
는 제가 한 모금 미리 마신 것만 드시면 됩니다. 하지만 혹시
나리가 저를 영영 끝장낼 마음을 잡수신다면 클렐리아 아씨
께 이 이야기를 해 버리는 걸로 충분할 테지요. 어쨌거나 여
자란 그저 여자일 뿐이니까요. 내일이라도 나리와 아씨가 서
로 마음이 안 맞아 틀어지기라도 하면, 모레쯤 아씨는 복수할
심사가 되어 이 일을 전부 자기 아버지에게 일러바칠걸요. 그
분의 아버지란 사람은 감옥지기를 목매달 구실이 생겼을 때
가 가장 즐겁다는 위인이니까요. 이 성채 내에서 심술 사납기
로는 아마 그가 바르보네 다음일걸요. 나리의 입장이 정말로
위험한 것도 바로 그 때문입니다. 사령관은 독약을 다룰 줄
안단 말입니다. 그렇고말고요. 그러니 작은 개 서너 마리를 데
리고 있을 생각을 해낸 저를 결코 용서하지 않을 겁니다."

20장

세레나데 연주가 한 번 더 있었다. 그릴로는 이제 파브리스가 묻는 말에 전부 대답해 주었다. 그러나 그는 자신이 어쨌거나 신중하게 행동해서 클렐리아 아씨를 난처하게 하지 말아야겠다고 마음 먹고 있었다. 이 감옥지기 생각으로는 아씨가 파르마 제일의 부자인 크레센치 후작과 곧 결혼할 처지면서도 또한 매력적인 몽시뇨르 델 동고와 벽을 사이에 두고 사랑을 나누는 것이로구나 싶었다. 그러나 그는 세레나데에 대해 묻는 파브리스에게 대답을 해주면서 엉겁결에 이렇게 털어놓고 말았다.

"후작은 조만간 아씨와 결혼식을 올릴 거라 하더군요."

이 짧은 말 한 마디에 파브리스가 받은 충격이 어떠했으리라는 것은 짐작이 될 것이다. 그날 밤 그는 램프 불빛 신호에 몸이 아프다는 대답만 보냈을 뿐이었다. 다음 날 아침 10시가 되자 벌써 클렐리아가 새를 돌보는 방에 왔다. 그는 이때까지 그래 본 적이 없었던 아주 격식을 차린 냉랭한 어조로 물었다. 그녀가 크레센치 후작을 사랑하고 있으며 곧 결혼하게 되리라는 사실을 왜 말해 주지 않았느냐고 말이다.

"그건 모두 사실이 아니랍니다."

클렐리아는 애를 태우며 대답했다. 그러나 그녀의 대답이 그리 분명치 못한 것 또한 사실이었다. 파브리스는 그 점을 지적하며 이 불편한 상황을 구실로 삼아 그녀에게 만나 줄 것을 졸랐다. 자신의 순수한 마음이 의심받자 그녀는 다급한 마음에 승낙하고 말았다. 자신이 그런 짓을 하게 되면 그릴로의 눈에 영영 수치스럽게 비치고 말 거라며 파브리스를 나무라면서

도, 어쩔 수 없이 그의 간청을 들어주고야 만 것이다. 그날, 어
두워진 뒤, 그녀는 검은 대리석 예배당으로 왔다. 하녀가 뒤따
르고 있었다. 그녀는 예배당 가운데 어둠을 밝히려고 켜둔 램
프 곁으로 왔다. 하녀와 그릴로는 자리를 피해 주느라 문쪽으
로 서른 걸음쯤 되돌아갔다. 클렐리아는 온몸을 떨고 있었지
만 마음속에는 이미 훌륭한 대답을 마련해 놓고 있었다. 그녀
는 위험한 고백은 결코 하지 않겠다고 결심했다. 그러나 정열
의 논리는 그보다 더욱 절박했다. 진실을 알고자 하는 강렬한
욕구는 쓸데없는 겉치레를 벗어던지게 했고, 동시에 사랑하는
사람에 대해 느끼는 끝없는 헌신이 혹시나 상대방을 불쾌하
게나 하지 않을까 하는 우려마저도 사라지게 했다. 파브리스
는 무엇보다 우선 클렐리아의 아름다움에 넋을 잃었다. 거의
여덟 달이 지났지만 이처럼 가까운 거리에서 볼 수 있는 사람
이란 감옥지기들뿐이었다. 그러나 크레센치 후작이라는 이름
을 듣자 극도로 기분이 상했다. 더구나 그녀가 조심스러운 대
답만 하고 있음을 분명히 깨닫자 더욱 화가 났다. 클렐리아도
자신이 의심을 풀어 주기는커녕 점점 더 부채질만 하고 있다
는 것을 알아차렸다. 이렇게 답답한 심정은 그녀가 감당하기
에는 너무나 잔인한 것이었다.

그녀는 노여운 듯한 어조로, 두 눈에 눈물을 가득 담고 이
렇게 말했다.

"당신 때문에 내가 자신의 의무라고 생각하고 있는 것을 모
두 저버린다면 당신은 기쁘겠습니까? 지난해 8월 23일, 바로
그날 이전에는 나는 내 마음에 들려고 애쓰는 남자들을 혐오

하기만 했습니다. 궁정인들의 성격에 대한 나의 한없는 경멸은
아마도 지나칠 정도였지요. 이곳 궁정에서 즐거운 것으로 통
하는 일들은 어느 것이나 내 기분을 상하게 했습니다. 그 반대
로 8월 23일, 그날, 이곳 성채로 끌려온 한 죄수는 내게 뛰어
난 미덕을 지닌 모습을 보여 주었어요. 처음에는 잘 알지도 못
하고 질투로 괴로움만 느꼈지요. 내가 잘 아는 어떤 아름다운
부인의 매력들만이 날카로운 아픔이 되어 내 가슴을 찌르곤
했던 겁니다. 그 죄수가 부인과 맺어진 몸이라고 믿고 있었기
때문이에요. 그 생각은 지금도 채 가시지 않았습니다. 그로부
터 얼마 지나지 않아 예전부터 내게 청혼을 해왔던 크레셴치
후작이 더욱 끈질기게 결혼을 졸랐습니다. 그는 아주 부자이
지만 우리 부녀는 아무 재산도 없습니다. 나는 내 마음이 시
키는 대로 그를 거절하고 있었지만 그때 부친은 수녀원이라는
무서운 말을 꺼내셨어요. 만약 내가 이 성채를 떠나게 되면 그
죄수분의 생명을 더 이상 지킬 수 없음을 깨달았습니다. 그의
운명을 내가 모른 체할 수는 없기에 말입니다. 내가 조심한 결
과로 그분은 그때까지 자신의 생명이 무서운 위험에 직면하
고 있다는 것을 조금도 모르고 있었지요. 나는 부친을 배신하
지도, 내 비밀을 털어놓지도 않으리라고 스스로에게 다짐했습
니다. 그런데 이 죄수분을 보호하기 위해 놀라운 활기와 재치
와 무서운 의지력을 발휘하고 있는 부인이, 이건 내 짐작입니
다만, 그분께 탈옥 방법을 전하신 듯했습니다. 그분은 그 제안
을 거부하고 나를 설득하려 하기를, 자신은 내게서 멀어지고
싶지 않으니 성채를 떠나지 않겠다는군요. 그때 나는 큰 잘못

을 저질렀습니다. 닷새 동안 내 마음은 전쟁을 치르고 있었습니다. 그때 나는 즉시 성채를 떠나 수녀원에 들어갔어야 좋았을걸. 그랬더라면 크레센치 후작의 요구를 간단히 물리칠 방법도 되었을 텐데요. 그러나 나는 성채를 떠날 용기가 없었어요. 그래서 지금 이렇게 불행한 여자가 되고 말았지요. 나는 진지하지 못한 한 남자에게 이끌린 겁니다. 그 사람이 나폴리에서 어떻게 처신했는지 나도 잘 알고 있으니까요. 그 이후에 그분의 성격이 변했다는 걸 무슨 근거로 믿을 수 있겠습니까? 삭막한 감옥에 갇혀, 그 상황에서 볼 수 있었던 유일한 여인에게 마음을 두었던 것일 텐데요. 그 여인은 단지 그분에게 자신의 권태를 달래기 위한 놀이 상대였을 겁니다. 곤란한 점 몇 가지만 접어 두면 그녀와 이야기를 나눌 수 있었으니, 그런 재미가 정열이라는 이름으로 둔갑한 것입니다. 그 죄수분은 예전에 사교계에서 용감하다는 평판이 있었던 만큼, 자신이 사랑한다고 믿는 여인을 계속 보기 위해 엄청난 위험을 감내함으로써 자신의 사랑이 단지 일시적인 흥미에서가 아니라는 것을 증명할 생각인가 봅니다. 하지만 어느 큰 도시에서 다시금 사교계의 유혹에 둘러싸이면 그분은 예전에 늘 그랬던 자신의 모습으로 되돌아가겠지요. 방탕과 연애 놀이에 빠진 사교계 남자로 말입니다. 그리고 감옥에서 함께 지냈던 가엾은 여인은 그 성실하지 못한 사람에게 버림받아, 그에게 마음을 고백했던 것을 뼈아프게 후회하면서 어느 수녀원에서 일생을 마치게 되겠지요."

그녀의 이야기는 길어서 여기서는 중요한 표현만 옮겨 놓았다. 그러나 충분히 짐작할 수 있겠지만, 그녀의 긴 이야기는 파브리스에 의해 여러 번 중단되다가 다시 이어지곤 했다. 그는 미친 듯이 사랑에 취했다. 그래서 자신이 클렐리아를 만나기 이전에는 전혀 사랑을 해 본 적이 없고, 자신의 삶에 마련된 운명이란 그녀만을 위해 사는 것이라고 굳게 믿었다. 그가 그녀에게 어떤 사랑의 말들을 하소연했을지는 독자 여러분도 물론 상상할 수 있을 것이다. 그때 시녀가 자신의 주인에게 걱정스럽게 알렸다. 이미 11시 반을 알리는 종소리가 들렸으며 장군이 지금 당장이라도 돌아올지 모른다고 말이다. 헤어지기는 너무나 아쉬웠다. 클렐리아는 말했다.

"당신을 만나는 것은 아마 이번이 마지막일 거예요. 라베르시 후작부인 당파에 명백한 이익이 될 어떤 조치로 인해, 당신께 자신이 변덕스러운 사람이 아니라는 것을 증명할 슬픈 방법이 혹시 주어질지도 모르니까요."

클렐리아는 흐느낌으로 목이 맨 채 파브리스 곁을 떠났다. 시녀 앞에서, 특히 감옥지기 그릴로 앞에서 자신의 흐느낌을 멈출 수 없다는 것이 죽도록 부끄러웠다. 다음번에 또 이렇게 만나 이야기를 나눌 수 있으려면 장군이 저녁 시간을 사교 모임에서 보내겠다고 알려줄 때여야만 했다. 파브리스가 감옥에 들어온 이래로 이 투옥 사건이 궁정인들의 호기심을 불러일으키고 있었으므로 장군은 계속 통풍이 발작을 일으킨다는 구실을 대고 집에 머물러 있는 편이 신중하다고 생각했다. 복잡한 정치적 술책 때문에 어쩔 수 없이 시내 나들이를 할 때도 마차에 올라야 할 시간이 되어서야 겨우 결심하는 경우가 자주 있었다.

대리석 예배당에서의 만남 이후 파브리스에게는 산다는 것이 넘치는 기쁨의 연속이었다. 자신의 행복에 아직도 큰 장애가 버티고 있음을 느낀 것도 사실이었다. 그러나 어쨌거나 자신의 온 정신을 사로잡고 있는 천사 같은 여인에게서 사랑받고 있다는 최상의 기쁨, 전혀 기대하지도 못했던 기쁨이 생겼던 것이다.

클렐리아와 만난 지 사흘째 되던 날, 램프의 신호는 아주 이른 시간에, 자정밖에 안 되었을 무렵인데도 그쳐 버렸다. 신호가 멈추는가 생각하는 순간 파브리스는 창문 차양 윗부분을 넘어서 날아온 커다란 납덩어리에 하마터면 머리를 다칠 뻔했다. 그 납덩이는 창문에 발라놓은 기름종이를 뚫고 방안에 떨어졌다.

이 커다란 뭉치는 부피에 비하면 꽤 가벼운 편이었다. 파브리스는 쉽게 덩어리를 풀었다. 그 속에는 공작부인의 편지가 들어 있었다. 그녀는 정성껏 대주교의 환심을 산 결과 그의 주선으로 성채 수비대 병사 한 명을 매수하는 데 성공했다. 이 병사는 돌 던지는 솜씨가 뛰어난 자로서 사령관 관저 현관과 모퉁이마다 배치된 보초들을 속여 가며 미리 타협을 봐 두었던 것이다.

탈출할 때 밧줄을 써야 한다. 이런 특별한 방법을 권하면서 몹시 두려운 생각이 드는구나. 이 말을 네게 전해야 할지 두 달 이상을 망설였다. 그러나 공식적인 판세를 보니 전망이 나날이

어두워진단다. 어쩌면 최악의 사태에 대비해야 할지도 몰라. 그건 그렇고 지금 즉시 너의 램프로 신호를 보내다오. 네가 이 위험한 편지를 받았다는 것을 우리가 확인해야 하니까. 알라 모나카로 P, B, 그리고 G로 신호를 보내다오. 그러니까 네 번, 열두 번, 그리고 두 번 깜박이면 되겠지. 이 신호를 보기 전까지는 나는 숨도 쉬지 못할 것 같다. 나는 탑에 있다가 N과 O로 대답하겠다. 즉 일곱 번과 다섯 번으로. 이쪽 대답을 본 후에는 아무 신호도 보내지 말아라. 그리고 오직 내 편지에만 정신을 집중해서 꼼꼼히 읽어다오.

파브리스는 지체 없이 그대로 행동했다. 약속된 신호를 보내자 미리 예고된 대답이 돌아왔다. 그런 다음 그는 편지를 계속 읽어 나갔다.

최악의 경우도 예상해야만 한다는구나. 내가 가장 신뢰하고 있는 세 사람이 내게 분명하게 이야기한 것이다. 그들은 성서를 앞에 놓고, 내가 듣기에 아무리 괴로운 내용이라 할지라도 진실을 이야기하겠다고 맹세한 후 이런 사태를 경고해 주었단다. 세 사람 중의 하나는 페라라에서 너를 밀고한 의사에게 단도를 들이대고 위협했던 사람이고, 또 한 사람은 네가 벨지라테에서 돌아오던 길에 산 속에서 노래를 부르며 말고삐를 끌고 나타난 시종을 만났을 때 그에게 피스톨 맛을 보여 주는 편이 더 신중했을 거라고 말한 사람이다. 남은 한 사람은 네가 모르는 사람으로 산적인데 나와는 잘 알고 있단다. 결단이 빠르고 행동이 날랜 자로서 용감함에 있어서는 너에게 뒤지지 않을 것이다. 그렇기 때문에 나는 네 탈옥에 대해 특히 그에게 의견을 구했단다. 세 사람이 한결같이 내게 말하기를, 언제든지 닥칠 수 있는 독살의 위험을 끊임없이 걱정하며 아직도 남은 11년 넉 달을 지내느니 위험을 무릅쓰고라도 탈출을 감행하는 편이 낫다는 것이다. 그들은 각자 내가 다른 두 사람에게도 의견을 구했다는 사실을 모르는 상태에서 솔직히 대답해 준 것이지.

앞으로 한 달 동안 너는 방 안에 밧줄을 매어 놓고 오르내리는 연습을 해 두어야 한다. 그리고 얼마 후 축제 날이 돌아와 성채 주둔 병사들에게 포도주가 특별 배급되는 날, 너는 큰일을 감행하게 되는 것이다. 네게 명주와 삼실로 꼰, 백조 깃털만한 굵기의 밧줄 세 뭉치를 보내 주마. 하나는 길이가 24미터인데 네 방 창문에서부터 오렌지나무가 있는 곳까지 12미터를 내려가는 데 사용될 것이다. 또 하나는 91미터짜리인데 무거워서 다루기가 힘이 들 것이다. 이것은 주탑의 벽을 타고 55미터를 내려오기 위한 것이다. 세 번째 밧줄도 91미터인데 성벽을 내려오는 데 쓰일 것이다. 나는 동쪽의 큰 벽, 그러니까 페라라 쪽 벽을 매일 꼼꼼히 살펴보며 지내는데, 지진으로 갈라진 틈을 버팀벽으로 대신 메워 놓아서 경사면을 이루고 있더구나. 그 산적 사내가 장담하는 말에 따르면 이 버팀벽의 경사면을 타고 미끄러져 내려올 경우, 단지 몇 군데 긁혀 상처가 날 걱정을 빼면 그다지 어려움이 없을 거라고 한다. 벽이 수직인 곳은 맨 아래쪽의 8미터밖에 안 된다. 이쪽 벽이 제일 경비가 허술한 곳이다.

그렇지만 모든 것을 따져 본 산적 사내가 말하기를 (그런데 이 사람은 감옥에서 탈출한 적이 세 번이나 있단다. 너도 이 사람을 알게 되면 좋아하게 될 거야. 그는 너처럼 지체 높은 사람을 무척 못마땅해하지만 말이야.) 정말이지 너 못지않게 민첩하고 날랜 이 산적 사내가 말하기를, 자기라면 차라리 서쪽, 예전에 파우스타가 살던 작은 저택과 마주하고 있는 쪽으로 내려가는 방법을 쓰겠다는구나. 너도 그 작은 저택을 잘 알고 있겠지. 그가 이쪽을 택한 이유는 벽이 매우 가파르긴 하지만 가시덤불이 온통 뒤덮고 있기 때문이야. 작은 손가락만 한 굵기의 잔가지 때문에 주의하지 않으면 살갗이 온통 상처투성이가 되기 십상이지만 또 한편으로는 몸을 지탱하기에 안성맞춤이라는구나. 오늘 아침에도 나는 이 서쪽 벽을 성능 좋은 망원경으로 살펴보았다. 내려오기 딱 좋은 자리는 2, 3년전 위편 난간에 새로 돌을 놓은 곳이다. 이 돌 아래 수직으로 우선 6미터가량 벽의 맨살이 보일 것이다. 그곳은 아주 천천히 내려와야 한다. (이런 무서운 말로 네게 주의를 주면서 내 마음이 얼마나 떨릴지는 너도 느끼겠지. 하지만 용기란, 역시 끔찍하다는 것을 알면서도 그중 가장 가벼운 불행을 선택할 줄 아는 것이니까.) 담벽의 맨살을 지나면 그로부터 24미터에서 27미터가량은 큰 가시덤불이 우거져 있는데, 이따금 그곳에서 새들이 날아오르기도 한단다. 다음 9미터가량은 쐐기풀 같은 들풀과 잡초들뿐이다. 그리고 지면에 가까워지면서 6미터쯤 다시 가시덤불이 있고 마지막 7미터에서 9미터가량은 요 근래에 새로 벽토를 발라 놓은 곳이란다.

내 마음에 이곳이 좋겠다 싶은 이유는 그곳, 즉 난간에 새로 돌을 놓은 곳 아래 수직으로 어느 병사가 지어놓은 나무 오두막이 있기 때문이야. 자기 집 정원을 꾸밀 셈으로 지은 집인데, 성채의 공병대위는 이 집을 헐어 버리라고 하고 있지. 이 나무집은 5미터 높이에 밀집으로 지붕을 덮었는데, 이 지붕이 성채 벽과 맞닿아 있단다. 내 마음을 끄는 것은 바로 이 밀집 지붕이야. 혹시 사고라도 나서 네가 굴러떨어지는 끔찍한 경우가 생기더라도 이 지붕이 네 몸을 받아 충격을 조금이라도 덜어 줄 거다. 일단 그곳까지 오기만 하면 너는 성벽 경비가 허술한 구역 안으로 들어온 셈이다. 만약 누군가가 너를 막아 서면 권총을 당겨서 잠시만이라도 적을 막아라. 페라라에서 친구로 지냈던 사내와 다른 용감한, 내가 산적이라고 부르는 바로 그 사람이 사다리를 준비하고 있다가 즉시 낮은 성벽을 타고 너를 구하러 갈 테니까.

성벽 높이는 7미터밖에 안 되는 데다가 큰 경사가 져 있다. 나는 상당수의 사람들을 무장시켜서 가장 아래편 성벽 밑에서 기다리고 있겠다.

이 편지와 같은 방법을 써서 앞으로도 대여섯 통의 편지를 네게 더 전할 수 있었으면 한다. 말은 달리 하더라도 같은 내용을 되풀이하면 충분히 행동을 맞출 수 있을 테니까. 숲 속에서 걸어 나오던 하인에게 권총 맛을 보여 주었어야 했다면서 못마땅해한 사람도 (그는 정말 좋은 사람이고, 자신이 저지른 실수에 대해 몹시 후회하고 있다.) 네가 팔 하나 정도는 부러뜨릴지 모르지만 그런 대로 이 일을 해낼 수 있으리라고 생각한단다. 네게 이런 말을 해야 하는 내 심정이 어떨지 너도 짐작하겠지. 이런 종류의 모험에는 경험이 많은 그 산적이 말하기를, 네가 아주 천천히 내려오기만 하면, 그리고 무엇보다 서두르지 말고 침착하게만 하면 조금 찰과상을 입는 정도의 대가로 다시 자유의 몸이 될 수 있으리라는 것이다. 어려운 문제는 밧줄을 구하는 일이다. 지난 보름간 이 엄청난 계획을 자나 깨나 궁리하면서 그 문제도 골똘히 생각하고 있단다.

'나는 이곳에서 도망치지 않을 거예요!'라니, 그런 어처구니없는 말에는 대답하지 않겠다. 아마 네가 살아오는 동안 처음으로 정신없이 지껄인 바보 같은 말일 거야. 시종을 총으로 쏘아 버렸어야 했다고 말한 그 사람은 네가 감옥 생활에 지쳐 아마도 돌아 버린 모양이라고 한탄하더구나. 네게 바른 대로 말해 주마. 몹시도 시급한 위험이 닥쳐 올지도 모르기 때문에 어쩌면 너의 탈옥을 서두르게 될 지도 모른다는 것을. 이런 위험을 알릴 때는 램프로 이렇게 여러 번 반복하겠다.

'성에 불이 났다!'

그러면 너도 다음과 같이 답신을 보내다오.

'내 책들도 타 버렸는가?'

이 편지에는 아직도 대여섯 장 분량의 세세한 이야기가 계속되고 있었다. 아주 얇은 종이에 깨알 같은 글씨로 쓰인 편지였다.

'꽤나 멋진 계획인데.' 파브리스는 생각했다. '백작과 공작부인에게 갚을 길 없는 은혜를 입었군. 아마 두 사람은 내가 겁을 먹었다고 생각하겠지만, 나는 결코 도망치지 않겠어. 도대체 모든 것이 부족하고 숨쉴 공기조차 넉넉지 않을 그 지긋지긋한 도피 생활에 몸을 던지려고 이처럼 행복한 장소를 버리고 도망치다니! 피렌체로 간다고 한들, 한 달 후에는 무슨 짓을 하게 되겠는가? 변장을 하고 이 성채 입구에 와서 서성이게 되겠지. 행여나 그녀의 눈길을 우연히도 붙잡을 수 있지 않을까 애태우면서!'

다음 날 파브리스를 놀라게 한 일이 있었다. 11시가 되었을 무렵, 그는 창가에 기대 아름다운 경치를 내다보며 클렐리아를 만날 행복한 순간을 기다리던 중이었다. 그릴로가 숨이 턱까지 차 방안으로 뛰어 들어왔다.

"빨리, 서두세요! 나리. 침대에 누워 아픈 척해야 합니다. 재판관 세 사람이 올라오고 있어요. 나리를 심문하러 오는 것입지요. 그러니 대답을 하기 전에 신중히 생각하세요, 그들은 어쨌든 나리를 옭아매는 것이 목적일 테니까요."

이렇게 말하며 그릴로는 서둘러 차양의 작은 덧문을 막고 파브리스를 침대 속으로 밀어 넣은 후 외투 두세 벌을 뒤집어 씌웠다.

"몹시 아픈 척하면서 되도록 말을 하지 마십쇼. 특히 저자들에게 질문을 반복하게 하시면서 생각할 시간을 벌어 보세요."

재판관 세 명이 들어왔다. '판사라기보다는 도망쳐 나온 세 명의 죄수 같군.' 그들의 천박한 용모를 보고 파브리스는 생각했다. 세 사람은 검은색 긴 옷을 입고 있었다. 그들은 무게 있는 태도로 고개를 숙여 보인 뒤 모두들 입을 꾹 다문 채 방안에 놓인 세 개의 의자 위로 가서 앉았다.

"파브리스 델 동고 씨." 가장 나이가 많은 사람이 말을 꺼냈다.

"당신께 이 소식을 알려야만 하는 이 슬픈 임무는 저희로 서도 괴로운 일입니다. 저희는 롬바르디아 베네치아 왕국의 왕실 부집사장이며 모모 훈장의 대십자훈장 수훈자인 당신의 부친 델 동고 후작 각하의 서거를 알리러 왔습니다."

파브리스는 눈물이 쏟아졌다. 재판관은 말을 계속했다.

"모친이신 델 동고 후작부인께서는 서면으로 당신께 이 소식을 전해 오셨습니다. 그런데 후작부인께서는 알리고자 하는 사실 이외에도 다소 부당한 의견들을 서신에 함께 적어 보내셨기 때문에 본 재판정은 어제 의견 일치를 본 결과 그 편지를 발췌한 부분만을 당신께 전해 드리기로 결정했습니다. 그 발췌 부분을 이제 보나 서기가 읽어드리겠습니다."

편지를 다 읽고 나자 재판관은 여전히 누워 있는 파브리스에게 다가와서 모친의 편지 속에서 지금 막 읽은 구절의 다음 부분을 보여 주었다. 편지 속에서 '부당한 투옥'이니 '죄라고 할 수 없는 것에 대한 잔인한 형벌'이니 하는 말들이 파브리스의 눈에 띄었다. 그는 이 재판관들이 방문한 동기를 알아차렸다. 그러나 청렴과는 거리가 먼 재판관들에 대한 경멸감에서 그는 다만 이 한 마디를 던졌을 뿐이었다.

"나는 몸이 불편합니다. 여러분. 몸이 쇠약해져서 일어날 수조차 없으니 이해하시기 바랍니다."

재판관들이 나가자 파브리스는 또 한참을 울었다. 그러고 나서 생각했다. '나는 위선자인가? 전혀 아버지를 사랑하지

않는다고 생각했는데.'

그날도 그다음 날도 클렐리아는 몹시 우울했다. 여러 번 그를 창가에서 부르기는 했어도 가까스로 용기를 낸 후에야 겨우 몇 마디 건넬 수 있을 뿐이었다. 처음으로 가까이 보며 이야기를 나누었던 그날 이후로 닷새가 지난 날 아침, 그녀는 그에게 말했다. 오늘 저녁 대리석 예배당으로 가겠다고.

"이야기할 시간이 조금밖에 없답니다."

그녀는 예배당으로 들어오며 말했다. 너무 몸이 떨리는 나머지 하녀의 부축을 받지 않으면 안 될 정도였다. 하녀를 예배당 입구에서 물러나게 한 다음 그녀는 말을 이었다. 겨우 알아들을 수 있을 정도로 가냘픈 목소리였다.

"내게 약속하시겠어요? 공작부인의 말씀에 따르겠다고. 그분이 당신께 날을 지정해 주면 그날 탈출하겠다고, 그리고 부인이 지시하는 탈옥 방법을 따르겠다고 말이에요. 약속하시지 않는다면 나는 당장 내일 아침에라도 어느 수녀원으로 숨어버리고 말겠어요. 그래서 맹세하건대 앞으로 한평생 당신과는 말도 나누지 않으렵니다."

파브리스는 아무 말도 못 하고 있었다.

"자, 약속하세요."

클렐리아는 두 눈에 눈물을 가득 담고 말했다. 마치 넋이 나간 듯 보였다.

"그렇지 않으면 우리가 이야기를 나누는 것은 오늘이 마지막이 될 겁니다. 당신은 내 삶을 너무도 고통스럽게 만드셨어요. 나를 만나기 위해 당신은 이곳에 계시고 그래서 매일매일

어쩌면 당신의 마지막 날이 될지도 모르는 위험을 겪고 계시니까요."

클렐리아는 몸을 지탱할 만한 힘도 없어서 커다란 안락의자에 기대야만 했다. 예전에 이곳에 갇혀 지내던 왕자가 사용하도록 예배당 중앙에 놓아 두었던 의자였다. 그녀는 자신이 곧 정신을 잃을 것만 같았다.

파브리스는 낙심하여 목이 멘 채 물었다.

"무엇을 약속해야 합니까?"

"알고 계시면서."

"그렇다면, 견디기 힘들 줄 뻔히 알면서도 그 고통에 몸을 내던지겠다고 맹세하겠습니다. 내 스스로에게 벌을 내려 세상에서 가장 사랑하는 사람, 나의 전부인 존재로부터 멀리 떨어져 살 것을 맹세합니다."

"분명한 행동으로 약속해 주세요."

"공작부인의 말에 따라 행동할 것을 맹세하지요. 부인이 정하는 날, 일러 주는 방법대로 탈출하겠습니다. 하지만 당신에게서 멀리 떨어지게 되면 나는 어떻게 되겠습니까?"

"무슨 일이 있더라도 탈옥하겠다고 맹세하세요."

"아. 세상에! 당신은 내가 이곳을 떠나자마자 크레센치 후작과 결혼하실 거지요?"

"오 하느님! 내 마음을 그리도 모르시다니…… 그러나 어쨌든 맹세하세요. 아니면 내 마음이 한순간도 평화로울 수 없을 겁니다."

"그렇다면 그리하지요! 산세베리나 공작부인이 지시하는

날, 이곳에서 달아나겠다고 맹세합니다. 어떤 일이 그 사이에 일어난다 할지라도 말입니다."

파브리스의 맹세를 얻어내자 클렐리아는 너무도 기진한 나머지 고맙다는 말 한 마디를 건네고는 곧장 돌아서지 않으면 안 되었다.

"내일 아침 이곳을 떠날 준비를 모두 해 두었지요. 만약 당신께서 끝내 이곳에 있겠다고 고집하시면 떠날 생각이었답니다. 당신을 보는 것이 이번이 마지막이 될 뻔했습니다. 성모님께 맹세를 했었거든요. 그러나 이제는 내 방을 나설 힘이 생기는 대로 난간으로 가서 새로 놓은 그 담벽을 살펴보렵니다."

그다음 날, 바라보고 있는 파브리스가 고통스러울 정도로 그녀는 창백했다. 그녀는 새들의 방의 창문에서 말했다.

"헛된 기대는 하지 말아야겠지요. 우리 사이의 우정에 죄가 있는 만큼, 분명 불행이 닥쳐 올 겁니다. 어쩌면 당신이 도망 치는 중에 발각되어 모든 것이 수포로 돌아갈지도 모르지요. 또 그것이 최악의 경우가 아닐 수도 있고요. 하지만 할 수 있는 한 신중히, 최선을 다해 보아야 합니다. 주탑 밖으로 내려오려면 길이가 60미터 이상 되는 튼튼한 밧줄이 있어야 할 텐데. 공작부인의 계획을 전해 들은 뒤부터 아무리 애를 써 보아도 전부 이어서 15미터 정도밖에 안 될 밧줄들밖에는 모으지 못했습니다. 아버지가 내리는 지시에 따라 성채 안의 모든 밧줄이란 밧줄은 그날그날 전부 불태워 버리고, 우물의 밧줄조차 매일 저녁 걷어서 치워 버립니다. 그 밧줄은 얼마 되지 않는 물을 길어 올릴 때도 자주 끊어질 만큼 약한 것인데도 말이에요. 하지만 하느님이 나를 용서하시도록 기도해 주세요. 나는 아버지를 속이고 못된 딸이 되어 아버지에게 회복할 수 없을 만큼 큰 상심을 안겨 줄 일을 하려 하고 있습니다. 나를 위해 기도해 주세요. 그리고 무사히 이곳을 나가신 후에는 평생 동안 하느님을 찬송하겠다고 맹세하세요.

내게 생각이 하나 있어요. 일주일 후 나는 크레셴치 후작의 누이동생 결혼식에 참석하기 위해 외출할 겁니다. 그날 밤으로 돌아오겠지만 무슨 수를 써서라도 시간을 아주 지체할 생각입니다. 그러면 바르보네도 감히 가까이 와서 나를 수색하려 하지는 못할 겁니다. 후작 누이의 결혼식에는 궁정의 가장 귀한 부인들이 참석할 테고 분명 산세베리나 공작부인도 오실테지요. 아! 그중 한 분을 통해 내게 단단히 묶은 밧줄 꾸러미를 건네 달라는 말을 전해 주세요. 부피가 나가지 않게 가능한 한 촘촘히 감아서요. 밧줄 꾸러미를 성채 안으로 가져오는 도중에 죽을 고비가 수없이 기다리고 있다 해도 결코 그 위험을 마다하지 않겠습니다. 아! 모든 의무를 저버리게 될지라도 말입니다. 만약 아버지가 이 사실을 알게 되면 나는 당신을 결코 다시는 볼 수 없겠지요. 그러나 나를 기다리는 운명이 그 어떤 것이라 할지라도 당신을 구하는 데 도움이 된다면 나는 행복할 겁니다. 누이동생의 오라버니를 향한 애정이라는 범위 안에서 말이에요."

그날 밤 파브리스는 램프 교신으로 공작부인에게 충분한 분량의 밧줄을 성채 안으로 들여올 유일한 기회를 알려 주었다. 그러나 그는 이 비밀을 백작에게까지 알리지 말라고 부탁했다. 이러한 부탁은 이해하기 힘든 일이었다. 부인은 생각했다. '그 아이는 머리가 이상해졌나 보다. 감옥이 그를 변하게 하고 말았어. 무엇이든 비관적으로 생각하니 말이야.' 다음 날, 누군가 납덩어리에 감은 편지를 던져 넣어서 아주 위험천만한 일이 일어날 수 있음을 죄수에게 알려 주었다. 또한 편지에 따르면 밧줄을 성채 안으로 들여올 일을 맡게 될 사람이야말로 실제로 또 어김없이 그의 생명을 구해 줄 사람이라는 것이었다. 파브리스는 지체없이 클렐리아에게 이 소식을 전했다. 납덩어리에 감은 편지에는 서쪽 벽에 대한 아주 정확한 도면도 그려져 있었다. 그 담벽을 따라 파브리스는 주탑 위로부터 보루 사이에 위치한 예정된 장소로 내려가게 될 것이었다. 편지는 그 장소에서라면 도망치기가 한결 수월할 거라고 예상하고 있었다. 성벽의 높이는 7미터밖에 되지 않았고 감시도 아주 허술했으니까 말이다. 도면 뒷장에는 섬세한 작은 글씨로 멋진 시가 적혀 있었다. 어느 호방한 사람이 파브리스에게 탈옥할 힘을 주려는 시였다. 아직도 11년이나 남은 속박 생활을 감내함으로써 심성이 비천해지고 육체가 병들게 해서는 안 된다고 격려하고 있었다.

여기서 잠시 이 대담한 계획을 접어 두고 어떤 사건을 이야기해 둘 필요가 있다. 그러면 공작부인이 용기를 내서 이처럼 위험한 탈출을 파브리스에게 권하게 된 경위를 어느 정도 이해할 수 있을 것이다.

권력을 차지하지 못한 모든 당파가 그렇듯이 라베르시 일파도 그다지 굳게 결속되어 있지는 않았다. 기사 리스카라는 검찰총장 라씨를 미워했다. 일전에 어느 중요한 소송에서 진 이유를 라씨 탓으로 돌리고 있지만 사실 그 소송에서 잘못을 저지른 쪽은 리스카라였다. 리스카라는 익명의 보고서를 통해 대공에게 파브리스의 판결문이 공식적으로 성채 사령관에게 전달되었음을 고자질했다. 일파의 수완 좋은 우두머리인 라베르시 후작부인은 라씨의 이 서툰 수작에 극도로 속이 뒤집혀서 친구인 검찰총장에게 즉시 달려가 항의했다. 부인은 그가 수상 모스카로부터 무언가를 얻어 낼 욕심이 있나보다고 간단히 짐작했다. 어쨌든 권력을 쥐고 있는 쪽은 모스카 백작이었으니까 말이다. 라씨는 발길에 몇 번 걷어 차이기만 하면 되리라고 생각하며 뻔뻔스럽게 궁정으로 나아갔다. 대공은 능력 있는 법률고문 하나를 곁에 두지 않고는 아무 일도 못하는 사람이었다. 그런데 이미 라씨는 이 나라 안에서 자신의 자리를 넘볼 만한 유일한 인사였던 판사 한 명과 변호사 한 명을 자유주의자라는 죄목을 붙여 추방하도록 손을 써 둔 뒤였다.

화가 머리끝까지 치민 대공은 그에게 욕설을 퍼부으며 한대 쥐어박으려고 달려왔다.

"하지만, 참! 그건 서기가 잠시 착각을 일으켰던 것입니다."

라씨는 제법 침착하게 대답했다.

"법률로 명시되어 있으니 델 동고 씨가 성채에 수감된 다음 날로 그렇게 행해졌어야만 될 일이었지요. 자신의 임무에 열성적인 서기놈이 무슨 착오가 있었나보다 생각하고는 늘 하던 절차대로 발송서류에 제 서명을 넣은 것입니다."

"그런 서툰 거짓말이 내게 통할 것 같아?"

대공은 분통을 터뜨리며 소리질렀다.

"차라리 저 사기꾼 모스카에게 너를 팔아먹은 거라고 실토해라. 그가 네게 훈장을 준 것도 그 때문이지. 이런, 매를 맞는 것만으로는 안 되겠다. 재판을 받게 할 테다. 창피를 줘서 쫓아내겠어."

"과연 저를 재판에 넘기실 수 있으실지!"

라씨는 침착하게 대답했다. 그는 이런 태도가 대공을 진정시키는 확실한 방법임을 알고 있었다.

"법은 제게 유리합니다. 그리고 전하 밑에는 법을 능란하게 다루는 데 있어 이 라씨를 대신할 만한 인물이 없습니다. 전하께서는 저를 쫓아내시지 않으실 겁니다. 아주 가혹하게 하실 때면 인정사정 없이 피를 흘리게도 하시지만, 또 한편으로는 합리적인 이탈리아인들의 존경도 계속 얻으려 하시니까요. 이 존경이야말로 전하의 야망을 이루는 데 있어 '필수조건'입지요. 그러니 결국, 전하의 성격상의 필요로 인해 어떤 가차 없는 처벌을 내리고 싶어지실 때면 저를 부르게 되실 겁니다. 그러면 저는 늘 그랬던 것처럼 소심하고 고지식한 판사들에게 착실한 판결을 내리게 해서 전하의 뜻을 만족시켜 드릴 겁니다. 이 나라에 저만큼 쓸모 있는 사람이 있는지 찾아보시지요."

이렇게 말하고 라씨는 달아나 버렸다. 자로 한 번 세게 얻어맞고 대여섯 번 발길에 채인 것만으로 끝난 것이다. 궁정에서 나오자마자 그는 곧 리바의 자기 영지로 떠났다. 대공이 처음에 화를 내던 모습을 생각할 때 혹시 자객의 칼에 찔려 죽게 되는 것이 아닌가 겁도 났지만, 한편으로는 보름도 안 돼 다시 파르마로 올라오라는 전갈을 받게 되리라는 점도 의심치 않았다. 시골에서 지내는 동안 그는 모스카 백작과 연락할 방법을 궁리하며 시간을 보냈다. 남작 칭호에 맹렬히 열중해 있던 그는 이 귀족이라는, 옛 시절에는 숭고했던 이 칭호를 여전히 너무나 중요하게 생각한 나머지 그 칭호가 결코 자신에게는 돌아올 리 없을 거라고 지레 마음을 달래고 있었다. 반면 백작은 자신의 가문에 큰 긍지를 지니고 있었으니만큼, 1400년 이전에 주어진 작위가 아닌 귀족 칭호라면 하찮게 취급하는 것이었다.

검찰총장 라씨의 예상은 빗나가지 않았다. 자기 영지에 머문 지 겨우 일주일도 지나지 않아 대공과 가까운 인사 한 명이 우연히 이곳에 들르게 되었는데 그가 라씨에게 지체 없이 파르마로 돌아갈 것을 권했다. 대공은 웃으며 그를 맞이했다. 그러고는 곧 아주 심각한 얼굴로, 복음서까지 갖다 놓고 지금부터 이야기할 내용을 절대 비밀로 하겠다는 맹세를 시키는 것이었다. 라씨도 아주 진지한 척 맹세했다. 그러나 대공은 증오심이 이글거리는 눈으로 파브리스 델 동고가 살아 있는 한, 자신은 자신의 나라에서조차 뜻한 바대로는 아무것도 할 수 없다고 소리쳤다.

"공작부인을 쫓아낼 수도 없고 그 여자를 눈앞에 두고 참아 줄 수도 없다. 그 여자의 눈빛이 나를 업신여기며 못살게 괴롭힌단 말이다."

라씨는 대공이 마음껏 푸념하도록 한참을 기다린 후 몹시 당황한 듯한 연기를 해 보이며 이렇게 말했다.

"물론 전하께서 만족하시도록 조치하겠습니다만, 일은 정말이지 아주 어렵습니다. 델 동고 가문의 인사를 질레티 같은 녀석의 살해죄로 사형에 처한다는 것은 모양새가 좋지 않지요. 그 죄목으로 12년간의 금고형을 내린 그 무리한 형벌부터가 벌써 우리 측으로서는 대단한 성공이었던 셈이었으니까요. 더구나 제 짐작입니다만 공작부인이 상기녀의 발굴 현장에서 작업하고 있었다는 농부 세 명을 찾아낸 듯합니다. 질레티라는 건달이 델 동고에게 덤벼들던 순간 구덩이 밖에서 지켜보던 자들이라고 하더군요."

"그럼 그 증인은 어디 있는 거야?"

대공은 분한 듯 물었다.

"피에몬테 지방 어딘가에 숨겨 두었겠죠. 그러니 전하를 암살하려는 음모를 꾸몄다고 뒤집어씌우지 않는 한……."

"그 방법은 위험해." 대공이 말했다.

"딴 사람들에게 그렇게 하고 싶은 생각을 불러일으킬지도 모르잖아."

"하지만." 하고 라씨는 순진한 척 이렇게 말했다. "제 직분에서 생각해 낼 수 있는 묘안이란 그것밖에는……."

"독약이 있지……."

"그러나 누가 그 독약을 델 동고에게 먹입니까? 저 멍청한 콘티가요?"

"소문에는, 이번이 처음은 아니라던데……."

"그러자면 우선 그자의 화를 돋워야 할 겁니다. 게다가 그

자가 예전에 그 대령을 해치웠던 것은 서른 살도 안 된 나이였고 사랑에 빠져 있었던 덕분이지요. 그때는 요즘보다는 훨씬 대담했었거든요. 물론 국가의 시책을 따라야겠지요. 그런데 이처럼 미처 준비하지 못한 상황에서 문득 머리에 떠오르는 대로 여쭙자면, 전하의 명령을 실행할 인물로서 바르보네라는 작자가 있습니다. 감옥의 기록계 서기로서 뗄 동고 씨가 감옥에 들어오던 날 이 서기 녀석을 한 방 먹여 쓰러뜨린 적이 있습지요."

일단 대공의 기분이 나아지자 대화는 길어졌다. 결국 대공은 검찰총장에게 한 달 동안 궁리할 여유를 주기로 하고 이야기를 끝냈다. 라씨는 두 달 정도 시간을 주었으면 하고 바랐다. 다음 날 그는 1000스갱의 상금을 비밀리에 받았다. 사흘 동안 그는 이 궁리 저 궁리해 보다가 이것이다 싶은 결론에 도달했다. '내게 한 약속을 지킬 만큼 성의 있는 사람은 모스카 백작뿐일 거다. 첫째, 나를 남작으로 만들어 준다 해도 그로서는 별일 아닐 테니까. 둘째, 이 일을 미리 알려 주면 모종의 범죄에 끌려 들어가지 않아도 된다. 이미 그 대가를 받은 셈이긴 해도 말이다. 셋째 슈발리에 라씨가 처음으로 얻어맞은 그 모욕적인 매질을 복수할 기회도 된다.' 그날 밤 라씨는 대공과 나눈 이야기 내용을 전부 모스카 백작에게 알렸다.

백작은 공작부인의 마음을 붙잡아 두려고 은근한 방법으로 애쓰고 있었다. 부인의 집으로 가는 경우는 여전히 일주일에 한두 번뿐이었지만, 그는 거의 매주 파브리스의 일을 의논할 기회를 만들었고, 그때마다 부인은 케키나를 데리고 늦은 밤 백작 저택의 정원에 와서 잠시 시간을 보내는 것이었다. 부인은 충성스러운 마부에게까지 이런 나들이를 알리지 않았으므로 마부는 부인이 잠시 이웃집에 들르는 모양이라고 믿었다.

검찰총장으로부터 그 무서운 계획을 전해들은 백작이 곧 공작부인에게 정해 둔 신호대로 전갈을 보냈으리라는 사실은 쉽게 짐작이 갈 것이다. 한밤중이었음에도 불구하고 부인은 케키나를 보내 백작에게 지금 곧 그녀의 집으로 와 달라고 청했다. 백작은 이처럼 친밀한 태도를 보여 주는 데 대해 사랑에 빠진 남자로서의 당연한 기쁨을 느꼈으나, 그럼에도 불구하고 공작부인에게 모든 것을 이야기하는 것은 망설였다. 그녀가 고통으로 미쳐 버리지나 않을까 두려웠던 것이다.

그 끔찍한 소식을 조금이라도 누그러뜨려 전달하려고 백작은 완곡한 표현들을 찾아보았으나 결국 모든 것을 털어놓고 말았다. 그녀가 알려 하는데도 끝내 비밀로 덮어 둘 만한 힘은 그에게는 없었다. 그녀의 불같은 심성은 아홉 달 전부터 극도의 불행으로 단련된 끝에 이제는 어느 정도 의연함을 지니게 되었다. 그래서인지 공작부인은 흐느껴 울거나 탄식하지는 않았다.

다음 날 밤, 부인은 파브리스에게 큰 위험이 닥쳤다는 신호를 보내도록 했다.

'성에 화재가 났다!'

그도 답신을 보내왔다. '내 책들도 타 버렸는가?'

그날 밤 부인은 납덩어리에 편지를 묶어 그에게 전했다. 크레센치 후작 누이의 결혼식이 있었던 것은 그로부터 일주일 후였다. 그곳에서 공작부인은 몹시 경솔한 짓을 저지르게 되는데 그 일에 대해서는 나중에 이야기하기로 하자.

21장

이 불행에 앞서, 벌써 1년 전에 일어난 일인데, 공작부인은 어떤 기묘한 인물을 만난 적이 있었다. 이 고장 사람들이 하는 말로 달에 홀린 증세가 부인에게 나타날 때면 부인은 저녁 무렵 문득 기분이 내키는 대로 사카에 있는 자신의 성으로 가곤 했다. 이 성은 콜로르노 너머 포강을 굽어보는 언덕 위에 자리 잡고 있었다. 그녀는 이 영지를 아름답게 꾸미는 일을 즐겼다. 특히 성과 이어지는 언덕 위로 우거진 큰 숲을 좋아해서, 그림 같은 경치를 즐길 수 있는 자리를 찾아 그 숲 속에 여러 개의 오솔길을 내는 일에 열심이었다.

언젠가 대공이 이렇게 말한 적이 있었다.

"산적들에게 잡혀 갈지도 모릅니다. 아름다운 공작부인. 부인이 산책하신다는 사실이 알려진 숲에 아무도 얼씬거리지 않으리라 기대하는 것은 무리지요."

그러면서 대공은 백작을 힐끔 바라보았다. 그는 백작의 질
투를 불러일으킬 심산이었다.

"숲속을 산책할 때도 저는 무섭지 않답니다, 전하." 공작부인
은 꾸밈없이 대답했다. "이렇게 생각하면 안심이 되거든요. '나
는 누구에게도 나쁜 일을 한 적이 없다. 그러니 누가 나를 미
워하겠는가?'라고요."

공작부인의 이 대답은 대담해 보였다. 이 나라의 자유주의
자들이라는, 그 무례하기 그지없는 자들이 입에 올리는 모욕
적인 언사들을 떠올리게 했으니까 말이다.

부인의 그런 산책 날들 중의 하루를 지금 이야기하려는 것
이다. 공작부인은 아주 남루한 옷차림을 한 사나이가 숲 건너
편 멀리에서 자신을 뒤쫓아오는 것을 눈치 챘다. 문득 대공이
했던 말이 생각났다. 산책을 계속하던 부인이 다른 길로 접어
들었을 때 이 낯선 사내는 어느새 아주 가까운 곳까지 와 있
었다. 부인은 더럭 겁이 났다. 우선 떠오르는 생각대로 그녀는
한참 거리가 떨어진, 성 근처 화단에서 기다리고 있을 사냥터
지기를 불렀다. 그 틈에 낯선 사내는 냉큼 다가와서 그녀의 발
밑에 무릎을 꿇는 것이었다. 그는 젊고 꽤 잘생긴 남자였다. 하
지만 걸치고 있는 옷은 끔찍하리만큼 형편이 말이 아니어서,
군데군데 30센티미터씩이나 찢어진 채 너덜거리고 있었다. 그
래도 그의 눈에서 반짝이는 불꽃을 통해 이 사내가 열정의 소
유자임을 엿볼 수 있었다.

"저는 사형선고를 받은 페란테 팔라라고 하는 의사입니다.

굶주림으로 죽을 지경이고 저의 다섯 아이들 역시 굶고 있습니다."

공작부인은 이 사나이가 몹시도 야위었음을 알았다. 그러나 그의 눈은 너무도 아름다웠고 다정하게 빛나고 있었으므로 전혀 죄를 범한 사람이라고는 상상이 안 되었다. 부인은 생각했다. '팔라지가 얼마 전에 사막의 성 요한을 그려 성당에 봉납했을 때, 그 그림 속에 이런 눈을 그렸더라면 좋았으련만.' 성 요한을 떠올린 이유는 페란테가 믿을 수 없을 만큼 수척했기 때문이었다. 공작부인은 조금 전 정원사에게 돈을 주느라 남은 돈이 얼마 없었다. 그녀는 조금밖에 줄 수 없음을 미안해하면서 지갑에 남아 있던 돈 3스갱을 전부 그에게 주었다. 페란테는 감격하며 고마워했다. 그는 말했다.

"아, 예전에는 저도 도시에서 살았고, 우아한 부인네들도 보았죠. 그러나 시민으로서의 의무를 다했다는 이유로 사형선고를 받은 이후로는 숲속에서 살고 있습니다. 부인을 뒤쫓아온 것은 구걸을 위해서도, 돈을 빼앗기 위해서도 아닙니다. 그저 천사 같은 아름다움에 넋이 빠진 야만인처럼 나도 모르게 이끌려 온 것뿐입니다. 이처럼 희고 아름다운 손을 본 것이 정말 언젯적 일인지!"

"자, 일어나요." 부인이 그에게 말했다. 그가 여전히 무릎을 꿇고 있었던 것이다.

"그냥 이대로 있게 해 주십시오. 이런 자세로 있으면 지금은 도둑질을 하려는 것이 아님을 제 자신에게도 알리는 셈이니까 마음이 편해집니다. 사실 제 원래 직업에 종사할 수 없게 되고부터 저는 먹고살기 위해 강도짓을 해 왔거든요. 하지만 지금 이 순간만은 저는 숭고한 아름다움을 찬양하는 단순한 인간일 뿐입니다."

공작부인은 이 사내에게 어느 정도 광적인 면이 있음을 눈치챘다. 그러나 두려운 생각은 조금도 들지 않았다. 그녀는 이 남자의 눈을 보며 그의 심성이 정열적이고 선량하다는 사실을 알았다. 게다가 그녀는 특이한 용모에 끌리는 사람이었다.

"저에 대해 말씀드리자면, 저는 의사입니다. 그런데 파르마의 약제사 사라지네의 아내와 마음이 맞았었지요. 그 약제사는 우리가 함께 있는 현장을 붙잡고는 자기 아내를 내쫓았습니다. 아이 셋도 함께요. 자기 자식이 아니라 내 자식이라고 의심한 것이지만 전혀 근거 없는 것은 아니었지요. 그 뒤로 두 명이 더 태어났습니다. 어미와 아이 다섯은 여기서 4킬로미터쯤 떨어진 숲 속에 내 손으로 손수 지은 가축우리 같은 오두막에서 정말 비참하게 살고 있습니다. 저는 헌병을 피해 다녀야 하는데 그 가엾은 여자는 한사코 저와는 떨어지지 않으려 하거든요. 저는 사형선고를 받았습니다. 정치적 반역 음모를 꾸미고 있었으니 당연한 결과지요. 저는 이 나라 대공 같은 폭군을 증오합니다. 돈이 없어서 도망을 치지도 못했습니다. 제 불행은 말로 다할 수 없는 지경으로 벌써 수없이 자살을 생각했습니다. 제 자식을 다섯이나 낳았고, 저 때문에 일생을 망친 그 불쌍한 여자를 저는 더 이상 사랑하지 않습니다. 다른 여인을 사랑하게 된 겁니다. 그러나 만약 제가 자살한다면 다섯 아이들과 어미는 말 그대로 굶어 죽고 말겠지요."

사내의 어조는 진지했다.

"그렇다면 당신네들은 어떻게 먹고살지요?"

측은한 생각이 든 공작부인이 물었다.

"아이들 어미는 길쌈을 하고 맏딸은 자유당을 지지하는 사람들의 농가에서 양을 쳐 주며 밥을 얻어먹고 있습니다. 저는 피아첸차에서 제노바로 가는 길가에 숨어 있다가 강도짓을 하지요."

"당신이 지지하는 자유주의와 도둑질은 모순되지 않나요? 어떻게 그 둘을 양립시키지요?"

"제가 돈을 빼앗은 사람들 이름을 적어 두었다가 좀 여유가 생기면 빼앗은 만큼 돌려줄 생각입니다. 제 생각에 저와 같은 인민의 수호자는 그 위험성을 고려할 때 한 달에 100프랑 정도 가치의 직무를 수행하고 있습니다. 그래서 저는 1년에 1200프랑 이상은 빼앗지 않으려 하고 있지요.

아니, 잊고 있었군요. 그보다는 조금 더 빼앗는 게 사실입니다. 왜냐하면 이 방법으로 제 작품의 인쇄비를 감당하고 있으니까요."

"작품이라니?"

"「모씨(某氏)는 언젠가 의회와 예산을 장악하게 될 것인가?」라는 작품입니다."

"세상에!"

부인은 깜짝 놀랐다.

"금세기 최고의 시인이라는 그 유명한 페란테 팔라가 바로 당신이라니!"

"아마 유명할 테지요. 하지만 너무도 불우합니다. 이건 정말입니다."

"당신처럼 재능 있는 사람이 먹고살기 위해 강도짓을 해야만 하다니!"

"제가 어느 정도 재능을 지니게 된 것은 아마도 그 강도짓 덕분일 겁니다. 여태까지 이름이 알려진 작가들은 모두 정부나 종교계에서 돈을 받아 왔습니다. 자기들은 정치 권력이나 종교 같은 것을 무너뜨리려 하면서도 말입니다. 저는 첫째로, 이 일을 하면서 제 생명을 내걸었습니다. 둘째로는, 생각해 보십시오 부인, 제가 강도짓에 나설 때 무슨 생각이 저를 괴롭힐지를. '나는 과연 옳은 일을 하고 있는가?' 이렇게 스스로에게 묻는 겁니다. '인민의 수호자라 자처하며 매월 100프랑의 대가를 받을 만한 일을 실제로 하고 있는가?' 제가 가진 것이라고는 셔츠 두 벌에 지금 입고 있는 겉옷, 보잘것없는 무기 몇 가지뿐이고, 나중에는 결국 교수대 위에서 삶을 끝내게 되겠지요. 그러니 저 스스로는 욕심이 없다고 감히 자부합니다. 아내와 자식들 곁에 있으면서도 불행해질 수밖에 없는 그 숙명 같은 사랑이 아니라면 저는 행복할 겁니다. 가난이 추한 여인처럼 저를 짓누르고 있습니다. 저는 아름다운 옷을 사랑하고 흰 손을 사랑하는데……"

그가 부인의 손을 바라보는 눈길이 너무나 열렬했기 때문에 부인은 겁이 더럭 날 정도였다. 그녀가 말했다.

"그럼 이만 가야겠어요. 파르마에서 내가 당신을 위해 무언가 해 줄 수 있는 일이 있을까요?"

"때때로 이런 문제를 생각해 주십시오. 그 남자의 소임은 사람들의 마음을 일깨워서, 그들이 군주제가 심어주는 완전히 물질적인 거짓 행복 속에 파묻혀 그대로 잠들지 않게 하는 일이다. 그렇다면 그 남자가 자신의 시민 동지들을 위해 하고 있는 그 일이 한 달에 100프랑 값어치는 있는 것인가?"

그러고는 아주 부드러운 태도로 덧붙였다.

"제 불행은 사랑에 빠진 데 있습니다. 제 마음속에 오직 부인만을 품은 지가 거의 두 해가 다 되어 옵니다. 그러나 지금까지는 부인께서 혹시 겁을 내실까 봐 먼발치서 바라보기만 했습니다."

이렇게 말하고는 그는 재빠르게 달아나 버렸다. 공작부인은 놀랐지만 한편 마음이 놓이기도 했다. '그만하면 헌병이 그를 붙잡기는 힘들겠구나.' 그러고는 생각했다. '분명 정신이 돌아 버린 사람일 거야.'

"그는 미친 사람입니다." 집의 하인들도 이렇게 말하는 것이었다.

"그 가엾은 자가 마님을 연모하고 있다는 사실을 저희는 모두 그전부터 알고 있었습죠. 마님께서 이곳에 오시면 그가 숲 꼭대기에서 배회하는 것이 보입니다. 그리고 마님께서 어느 장소에 앉았다가 떠나자마자 그는 마님이 머무셨던 그 자리에 어김없이 와서 앉곤 하지요. 마님의 꽃다발에서 떨어진 꽃송이라도 있으면 그것을 정성껏 주워 모아 다 떨어진 자기 모자에 언제까지고 꽂고 다닙니다."

"그런데도 여러분은 그런 우스꽝스런 사실을 내게 한 마디도 하지 않았다니." 하고 부인은 거의 꾸짖는 어조를 말했다.

"저희는 마님께서 이 일을 모스카 수상님께 이야기하지나 않을까 걱정한 겁니다. 그 가엾은 페란테는 정말 착하고 순진한 인물이거든요. 어느 누구에게도 나쁜 짓을 한 적이 없는 사람이지요. 그가 우리의 나폴레옹을 숭배한다는 이유로 높은 사람들이 사형선고를 내린 것이니까요."

그녀는 페란테와 만난 이야기를 수상에게는 한 마디도 하지 않았다. 3년 동안 그녀가 백작에게 비밀로 해 둔 이야기는 이것이 처음이었으므로, 무심결에 말을 꺼냈다가 도로 삼켜야하는 경우가 여러 번 있었다. 부인은 돈을 가지고 사카로 다시 왔으나 페란테를 볼 수 없었다. 부인이 다시 영지를 찾은 것은 그로부터 보름이 지난 뒤였다. 페란테는 숲 속에서 100보쯤 거리를 두고 한동안 경중경중 뛰며 그녀 뒤를 따라오더니 별안간 매가 달려들 듯 달려와서는 처음에 그랬던 것처럼 그녀의 발아래 무릎을 꿇었다.

"보름 전에는 어디에 있었지요?"

"노비 너머 산속에 있었습니다. 밀라노에 기름을 팔러 갔다가 돌아오는 길에 노새 몰이꾼들의 돈을 털기 위해서였지요."

"이 지갑을 받아요."

페란테는 지갑을 열어 1스갱을 꺼내고는 그것에 입을 맞춰품속에 집어넣었다. 그런 다음 지갑을 부인에게 다시 내미는 것이었다.

"당신은 이 지갑을 내게 다시 돌려주지만 그러면서 다른 사람들의 돈을 빼앗겠지요!"

"물론입니다. 제가 정해 놓은 방침이 그러한 만큼 100프랑 이상의 돈은 절대 가져서는 안 됩니다. 그런데 지금 아이들의 어미가 80프랑을 갖고 있고 내게 25프랑이 있습니다. 5프랑 더 가지고 있다는 잘못을 저지르고 있는 것이지요. 이럴 때 만약 교수형을 당하게 된다면 회한이 남을 것입니다. 이 1스 갱을 받는 것은 부인이 주시는 것이기 때문이며, 부인을 사랑하기 때문입니다."

참으로 소박한 이 말투에 꾸밈이라고는 조금도 없었다. 그는 정말로 나를 사랑하고 있나보다고 부인은 생각했다.

그날 그의 태도는 아주 들떠 있었다. 그의 말에 따르면 자신에게 600프랑을 빚진 사람들이 파르마에 있는데, 그 돈을 받으면 지금 자신의 가엾은 어린 자식들이 감기가 들어 누워 있는 오두막을 수리할 수 있으리라는 것이었다.

"그렇다면 내가 그 600프랑을 미리 마련해 줄까요?"

공작부인은 그가 애처로워서 말했다.

"하지만 저는 공적인 소임을 맡고 있는 사람입니다. 그렇게 하신다면 반대파에서 내가 매수당했다며 중상을 할 수도 있지 않겠습니까?"

동정심이 생긴 공작부인은 그에게 파르마에 은신처를 마련해 주겠다고 제안했다. 그가 당분간 이 도시에서 자신의 직무를 시행하지 않을 것과 특히 그 자신의 말대로라면 마음속에서 몇 사람에게 사형선고를 내려 놓았다는데, 그중 어떤 것도 실행에 옮기지 않는다고 맹세한다는 전제하에서였다.

페란테는 심각한 표정을 지으며 말했다.

"만약 제가 조심성이 없어서 처형된다면 민중들을 괴롭히는 저 모든 악당들은 오래도록 살 수 있겠지요. 그렇게 되면 누구 잘못이겠습니까? 저 하늘에 가서 하느님을 뵈면 그분이 제게 뭐라고 하시겠습니까?"

공작부인은 오두막집의 습기 때문에 그의 어린 자식들이 중한 병에 걸릴지도 모른다며 여러 번 설득했다. 마침내 그는 파르마의 은신처 제안을 받아들였다.

산세베리나 공작은 결혼 후 파르마에 단지 반 나절밖에 머물지 않았지만 그 사이에 자신의 저택 남쪽 모퉁이에 달린 정말 특이한 은신처를 공작부인에게 보여 주었다. 전면의 벽은 중세에 쌓아올린 것으로 두께가 2미터나 되었는데, 그 벽 안쪽을 파서 높이 6미터의, 그러나 폭은 60센티미터밖에 되지 않는 공간을 마련해 둔 것이었다. 바로 옆에는 12세기에 행해진 유명한 토목공사로서, 모든 여행기마다 언급하고 있는 그 저수지가 보였다. 이 저수지는 지기스문트 황제[11]가 파르마를 포위하고 공략할 때 만들어진 것인데, 나중에 팔라초 산세베리나 대저택의 울타리 안에 포함되게 되었다.

그 은신처로 들어가려면 큰 돌덩이 가운데에 달린 쇠굴대를 써서 그 큰 돌덩이를 밀어내야 했다. 공작부인은 페란테의 미친 사람 같은 행동과 그 자식들의 가련한 생활에 깊은 동정을 느꼈다. 그런 터라 부인은 아이들을 생각해서 무언가 값나

---

11) Sigismund(1368~1437), 룩셈부르크 가문 출신의 헝가리왕이자 신성로마제국 황제. 보헤미아의 왕으로, 콘스탄츠 종교 회의를 개최하여 교회 분열을 막은 업적이 있다.

가는 선물을 하려 했지만, 그는 완강하게 거절하곤 했다. 그래서 대신에 부인은 꽤 오랫동안이 될지라도 이 은신처를 이용하라고 허락한 것이었다. 그녀는 한 달 후 그를 다시 만났다. 여전히 사카의 숲속에서였다. 그날 그는 좀 더 과묵하게 보이더니 부인에게 자신의 시 가운데서 한 편을 읊어 주는 것이었다. 부인이 보기에 그 시는 최근 200년간 이탈리아에서 지어진 시들 가운데 가장 뛰어난 것은 아니라 해도, 훌륭하다고 꼽힐 만한 작품이었다. 페란테는 부인을 만날 기회를 여러 번 얻었다. 그러나 그의 사랑은 더 달아오르기만 해서 부인을 성가시게 만들기까지 했다. 부인은 그의 정열이 한 줄기 빛에 희망을 건 모든 사랑이 그러하기 마련인 법칙을 따르고 있음을 깨달았다. 그녀는 그를 숲속으로 쫓아 버리고 자신에게 말을 건네지 못하게 했다. 그는 즉시 그녀의 말에 복종했으며 게다가 더할 수 없이 유순하게 행동했다. 파브리스가 체포되었을 당시의 상황은 바로 이와 같은 것이었다. 파브리스가 붙잡힌 사흘 뒤, 이윽고 밤이 깊을 무렵 카푸친회 수도사 한 명이 산세베리나 저택 문 앞에 나타났다. 그 수도사는 여주인에게 중요한 비밀 이야기를 전해야 한다고 말했다. 부인은 너무나 큰 슬픔에 잠겨 있었던 나머지 조금의 위안이라도 얻을까 해서 그를 안으로 들어오게 했다. 그 수도사는 페란테였다.

"제가 이곳에 온 이유는 인민의 수호자로서 조사해 보아야 할 새로운 부정행위가 이곳에서 행해지고 있기 때문입니다."

사랑에 미친 사나이는 이렇게 말했다. 그리고 덧붙이기를,

"또 한편으로 일개 개인으로 행동할 때, 제가 산세베리나

공작부인께 바칠 것은 제 생명밖에는 없습니다. 그러니 여기 제 생명을 받아 주십시오.”

노상강도이자 미치광이라고 해야 할 한 남자의 이런 진실한 헌신에 공작부인은 감동했다. 북부 이탈리아에서 가장 뛰어난 시인으로 꼽히는 이 남자에게 부인은 오랫동안 이야기를 털어놓았다. 그리고 마음껏 울었다. 부인은 ‘이 사람이야말로 내 심정을 이해하는구나.’ 하고 생각했다. 다음 날도 그는 마찬가지로 저녁 기도를 알리는 종소리가 울릴 무렵에 나타났다. 이번에는 하인으로 변장을 하고서였다.

“저는 파르마를 떠나지 않았습니다. 어떤 불길한 소문을 들었지만 제 입으로 이 자리에서 옮기지는 않으렵니다. 하지만 저는 바로 이 자리에 있습니다. 부인, 제가 부인께 바치려 했으나 부인이 거절하신 것에 대해 다시 생각해 보십시오. 지금 당신 앞에 있는 사람은 궁정의 인형이 아니라 한 사람의 남자입니다.”

그는 무릎을 꿇고 이 말 한 마디 한 마디에 진실을 전하려는 듯 힘을 주어 말했다. 그러고는 곧이어,

“어제 저는 제 자신에게 말했지요. ‘그분은 내 앞에서 눈물을 흘리셨다. 그것으로 조금이라도 마음이 풀리셨기를!’”

“하지만 당신을 둘러싸고 있는 위험을 생각하세요. 이 도시에 있으면 붙잡힐지도 몰라요!”

“인민의 수호자는 이렇게 대답드립니다. ‘의무의 소리가 들리는데 생명이 뭐가 중요합니까.’라고. 그리고 사랑의 불길에 휩싸인 뒤로 미덕에 대해서는 더 이상 어떤 열정도 느끼지 못

하게 된 탓에 괴로워하는 불행한 남자로서 이렇게 말합니다. '공작부인, 파브리스가, 저 선량한 사람이 어쩌면 죽게 될지도 모릅니다. 당신께 자신을 바치려는 또 한 명의 선량한 남자를 거절하지 말아 주십시오! 자, 여기 무쇠 같은 육체와 당신의 노여움을 사지나 않을까 하는 것 외에는 세상에 그 무엇도 두려울 게 없는 한 영혼이 있습니다.'"

"또다시 당신의 감정에 대한 이야기를 꺼낸다면 앞으로 영원히 당신을 보지 않겠어요."

그날 밤 공작부인은 페란테에게 그의 자식들에게 약간의 연금을 주고 싶다는 말을 하려 했으나, 혹시 그가 이 말을 듣는 순간 자살하겠다며 자리를 박차고 나가지 않을까 걱정이 되었다.

그가 나가자마자 부인은 불길한 예감에 사로잡혔다. '나 역시도 죽을 수 있어! 그리고 지금 당장이라도 그럴 수 있다면 얼마나 좋을까! 만약 내 가엾은 파브리스를 부탁할 만한 남자다운 사람을 찾을 수만 있다면 말이다.'

공작부인은 한 가지 생각에 매달렸다. 종이 한 장을 꺼내 자신이 알고 있는 몇 가지 안 되는 법률 용어를 섞어가며, 자신은 페란테 팔라 씨로부터 사라지네 부인과 그녀의 다섯 아이에게 매년 1200프랑을 종신연금으로 지급한다는 조건하에 2만 5000프랑의 금액을 차용했음을 확인하는 자필 서류를 작성했다. 그리고 덧붙여서 다음과 같이 써 넣었다. '또한 본인은 페란테 팔라가 의사로서 본인의 조카 파브리스 델 동고를 형제처럼 보살펴 준다는 조건으로 그의 다섯 아이 각각에게

300프랑의 종신연금을 물려준다.' 서류에 서명한 부인은 1년 전의 날짜를 적어 넣고 종이를 말아서 묶었다.

페란테는 이틀 후 다시 찾아왔다. 도시 전체가 파브리스의 처형이 임박했다는 소문으로 술렁이고 있을 때였다. 이 슬픈 의식이 성안에서 집행될 것인가, 아니면 산책로의 가로수 아래서 집행될 것인가? 하층민들 상당수가 그날 밤 처형대가 마련되었는지 보려고 성문 앞까지 가서 어슬렁거리곤 했다. 이 상황을 본 페란테는 잠자코 있을 수 없을 정도로 걱정이 되었던 것이다. 그가 왔을 때 부인은 눈물에 잠겨 말도 제대로 할 수 없을 지경이었다. 부인은 손짓으로 그에게 인사를 하고는 의자를 가리켰다. 그날 카푸친회 수도사로 변장한 페란테의 풍모는 꽤 근사했다. 자리에 앉는 대신 그는 무릎을 꿇고 낮은 소리로 경건하게 신에게 기도를 올렸다. 공작부인이 조금 침착을 되찾은 듯하자 그 자세 그대로 잠시 기도를 멈추고 다시금 말을 이었는데, 그 내용은 역시 자신의 생명을 바치겠노라는 것이었다.

"지금 무슨 말을 하고 있는지 곰곰히 생각해 보아요."

이렇게 외치는 공작부인의 격한 눈빛에는 한껏 흐느껴 운 뒤 이제 그 슬픈 마음을 헤집고 고개를 든 노여움이 내비치고 있었다.

"파브리스를 기다리는 불행한 운명을 막기 위해, 혹은 그 복수를 하기 위해 생명을 바치는 것입니다."

"당신이 바치겠다는 생명을 받아들일 수 있을 그런 경우가 있어요."

공작부인은 대답했다. 그녀는 이 사내의 눈빛을 무서우리 만큼 똑바로 응시했다. 순간 그의 눈이 기쁨으로 빛났다. 그는 재빨리 일어나 하늘을 향해 두 손을 쳐들었다. 부인은 큰 호두나무 옷장 속에 깊숙이 숨겨두었던 서류를 꺼내와서 페란테에게 내밀었다.

"읽어 보아요."

조금 전 이야기한 바와 같이 그 서류는 그의 자식들에게 줄 종신연금에 대한 것이었다.

눈물과 흐느낌이 북받쳐 올라 페란테는 끝까지 읽어 내려갈 수가 없었다. 그는 쓰러지듯 그녀 앞에 몸을 내던졌다.

"그 서류를 내게 돌려주어요."

이렇게 말한 공작부인은 서류를 받아 그가 보는 앞에서 촛불로 불을 붙여 태우는 것이었다. 그리고 말했다.

"만약 당신이 붙잡혀 처형된다 해도 내 이름이 드러나서는 안 돼요. 왜냐하면 당신은 이 일에 당신의 목숨을 걸었으니까요."

"저의 기쁨은 폭군을 해치우고 죽는 데 있습니다. 그보다 더 큰 기쁨은 당신을 위해 죽는 것이지요. 이렇게 말씀드리는 제 심정을 잘 이해하신다면 돈과 관련된 그런 자잘한 일들은 더 이상 이야기하지 마십시오. 계속 그러시면 저로서는 믿음을 드리지 못한다는 굴욕감을 느껴야 할지도 모르니까요."

"만약 당신이 위험에 처하면 나 역시도 그렇게 되겠지요. 이어서 파브리스도 위험할 테고. 내 마음에 그 큰 상처를 안겨준 사람이 누군가의 단도에 찔리고, 찌른 사람의 신원이 드러나기보다는 독을 먹게 되기를 바라는 것은 바로 이런 이유 때문이지 당신의 용기를 의심해서가 아니에요. 같은 이유로 당신에게도 명령하겠어요. 이건 내게 아주 중요한 이유니까 말이에요. 즉 당신도 자신의 생명을 지켜야 합니다."

"충실하게, 어김없이, 그리고 신중하게 수행하겠습니다. 저는 제 자신의 복수를 하는 것이 부인의 복수를 하는 것과 같은 일이라고 봅니다. 그러나 혹시 그렇지 않다 해도 저는 여전히 충실하고 어김없이 신중하게 부인의 명령에 복종할 것입니다. 성공하지 못할 수도 있겠지요. 그러니 저는 사나이로서의 저의 모든 힘을 다하겠습니다."

"당신이 맡을 일이란 파브리스를 죽인 자를 독살하는 것이에요."

"저도 짐작했습니다. 2년하고도 석 달이 넘게 이런 지긋지긋한 방랑 생활을 해오면서 저도 제 자신을 위해 여러 번 그 일을 생각하곤 했거든요."

"만약 내가 지시한 것이 드러나서 공범으로 처형된다 하더라도 사람들이 내가 당신을 유혹했다고 수군거리게 하고 싶진 않아요."

부인은 자존심이 도도하게 배어나오는 어조로 말을 계속했다.

"우리의 복수를 실행할 때까지 나를 만나려고 하지 말아요. 내가 당신에게 지시를 내리기 전에 그를 죽여서는 안 됩니다. 다시 말해 지금 즉시 그가 살해당한다 해도 나로서는 도움이 되기는커녕 암울한 일이 된다는 뜻입니다. 아마도 그를 암살

하는 것은 몇 달 후의 일이 될 거예요. 하지만 분명한 것은 그
때가 반드시 온다는 겁니다. 내가 요구하는 것은 그가 독으로
살해당해야 한다는 거지요. 총알 한 방으로 죽게 하느니 차라
리 살려 두는 편이 나아요. 나는 당신이 이 일로 목숨을 잃는
일 없이 무사하기를 바라요. 하지만 그 이유를 지금 설명하고
싶지는 않군요."

페란테는 자신을 향한 공작부인의 위엄 있는 말투에 매혹
당했다. 그의 눈빛은 한없는 기쁨으로 빛났다. 이미 말한 대로
그의 몸은 아주 야위었다. 그러나 젊은 시절에는 대단히 잘생
긴 남자였음을 알 수 있었고, 더구나 그 자신은 여전히 자기
가 옛날 모습 그대로라고 믿고 있었다. '내가 미쳐 버린 걸까?'
그는 생각했다. '아니면 공작부인께서 앞으로 언젠가는, 즉 내
가 헌신의 증거를 보이고 나면, 나를 이 세상에서 가장 행복
한 남자로 만들어 줄 생각을 하는 것일까? 그리고 사실, 그렇
게 되지 못할 이유가 무엇인가? 내가 저 꼭두각시 같은 모스
카 백작만 못할 것이 없지 않은가? 그는 이런 힘든 경우에도
부인을 위해 아무것도 할 수 없고, 몽시뇨르 파브리스를 도망
시키는 일조차 도모하지 못하고 있는데 말이다.'

"나는 내일이라도 당장 그 인물을 죽이고 싶을지 몰라요."

부인은 여전히 위엄 있는 어조였다.

"당신은 이 저택 한 귀퉁이에 있는 큰 저수지를 알 테죠. 당
신이 가끔 머무는 그 은신처 바로 옆에 있는 그 저수지 말이
에요. 그 저수지 물을 모두 거리로 흘려 보내는 것도 숨김의
한 방법이죠. 자! 바로 이것이 내 복수의 신호가 될 거예요.

21장

당신이 파르마에 있으면 그 신호를 직접 눈으로 볼 수 있을 거고, 숲 속에 가 있는다 하더라도 산세베리나 저택의 큰 저수지 둑이 터졌다는 소식을 듣게 되겠지요. 그러면 즉시 행동을 시작하세요. 단 독약을 사용해야 해요. 그리고 특히 유념할 것은 당신의 생명을 소중히 다루어야 한다는 거예요. 내가 이 일에 연루되었다는 것을 그 누구도 눈치 채게 해서는 안 됩니다."

"더 말씀하지 않으셔도 됩니다."

페란테는 억제하기 힘든 열정을 담아 대답했다.

"저는 이미 제가 쓸 방법을 정해두었습니다. 그자가 살아 있는 한 감히 당신을 다시 볼 수 없게 된 만큼 그의 목숨이 예전보다 더욱 가증스럽게 느껴지는군요. 저는 시내에서 저수지 둑이 무너지는 신호를 기다리겠습니다."

이렇게 대답한 그는 급히 인사를 하고 나갔다. 공작부인은 그가 걸어 나가는 뒷모습을 바라보고 있었다.

그가 옆방을 가로지르고 있을 때 부인이 그를 다시 불렀다.

"페란테! 용감한 사람!"

그는 돌아왔다. 다시 불러 주기를 몹시 바라고 있었던 것 같았다. 부인에게로 걸어오는 그 순간 그의 얼굴은 당당하고 아름다웠다.

"그럼 당신의 아이들은?"

"부인, 그 아이들은 저보다는 훨씬 넉넉하게 살게 되겠지요. 부인으로부터 상당한 연금도 받을 테니까요."

"자, 이것을 받아요."

공작부인은 올리브나무로 만든 큼직한 상자 같은 것을 그에게 건네주었다.

"나에게 남은 다이아몬드 전부예요. 5만 프랑의 값어치는 나갈 겁니다."

"아! 부인! 저를 모욕하시는군요."

이렇게 말하는 페란테는 수치심으로 몸을 부들부들 떨었다. 그의 안색이 완전히 달라졌다.

"그 일을 실행하기 전에는 당신을 다시 만나지 않겠어요. 받아주세요. 꼭 받기 바랍니다."

공작부인의 태도가 너무나 위엄이 넘쳤으므로 페란테는 압도당하고 말았다. 그는 다이아몬드가 든 상자를 주머니에 받아 넣고 나갔다.

그가 문을 닫았을 때였다. 공작부인이 그를 다시 부르는 것이었다. 그는 걱정스러운 듯 되돌아왔다. 부인이 거실 한가운데 서 있었다. 그녀는 그의 품안으로 뛰어들었다. 아주 짧은 시간이 지난 후 페란테는 행복해서 거의 정신을 잃을 지경이 되고 말았다. 공작부인은 이 사내의 포옹에서 몸을 빼낸 후 눈으로 문을 가리켰다.

부인은 속으로 중얼거렸다. '나를 이해해 준 사람은 저 남자뿐이다. 만약 파브리스가 내 심정을 알 수 있는 처지였다면 그 아이도 저 사람처럼 나서 주었을 텐데.'

공작부인의 성격 속에는 두 가지 면이 있었다. 그녀는 일단 한번 원했던 것이면 끝까지 포기하지 않았다. 한번 결정한 일을 다시금 돌이켜 따져보는 성격도 아니었다. 이런 경우 그녀

21장   201

는 첫 남편이자 멋진 남자였던 피에트라네라 장군이 하던 말을 되뇌곤 했다. '이 무슨 스스로에 대한 모욕인가. 내가 이 결정을 내렸을 때보다 지금이 더 현명하다고 믿을 이유가 없지 않은가?'라고.

이때부터 부인은 일종의 쾌활함을 되찾기 시작했다. 그 극단적인 결심을 하기 전에는 무슨 계획이 머리에 떠오를 때마다, 또는 무슨 새로운 사태가 생길 때마다, 부인은 매번 대공에 비해 자신이 보잘것없고 연약하며 속아 넘어가고 말았다는 감정을 떨치지 못했었다. 그녀의 생각에는 대공이 자신을 비겁한 방법으로 속였으며, 모스카 백작은 비록 그럴 뜻은 없었다 해도 궁정의 신하로서 몸에 익은 그 비굴한 근성으로 말미암아 대공을 도운 셈이 되었다. 복수를 결심하고 나자 그녀는 힘이 다시 솟아오르는 것 같았고 한 가지씩 계획이 떠오를 때마다 쾌감을 느꼈다. 작가가 생각하기에 이탈리아 사람들이 복수를 통해 맛보는 부도덕한 행복감은 이들 국민의 상상력에 기인하는 듯싶다. 이에 비해 다른 나라 사람들의 경우에는 엄밀히 말하자면 용서를 한다기보다 잊어버리고 마는 것이다.

공작부인은 파브리스의 감옥 생활이 거의 끝날 무렵이 되어서야 팔라를 다시 만났다. 아마 짐작하겠지만 파브리스를 탈옥시키려는 생각을 불어넣은 사람도 바로 이 사내였다. 사카에서 8킬로미터 떨어진 숲에 높이가 30미터 이상 되는 중세 탑이 있었다. 페란테는 공작부인이 탈옥 이야기를 재차 꺼내기도 전에 부인에게 부탁하여 루도빅과 믿을 만한 사람 몇명을 보내 이 탑에 줄사다리를 걸쳐놓게 했다. 그리고 부인이 보는 앞에서 그는 사다리를 타고 탑 위로 올라간 다음 매듭을 지은 밧줄 한 가닥만을 타고 다시 땅위로 내려왔던 것이다. 이런 시범을 세 차례나 해 보인 후 그는 또다시 자기 생각을 설명했다. 일주일 후 루도빅은 자신도 해 보겠다며 이 오래된 탑에서 밧줄을 타고 내려왔다. 그때서야 공작부인은 파브리스에게 이 계획을 전달했다.

이 계획을 실행에 옮기기 직전의 며칠 동안은 이 일이 어쩌면 죄수의 생명을 위태롭게 할 수 있는 데다가, 그렇게 될 위험이 하나둘이 아니었던 탓에 공작부인은 페란테가 옆에 없으면 한시도 마음을 놓을 수 없었다. 이 사내의 용기가 부인에게까지 용기를 불어넣어 주고 있었다. 그러나 그녀가 이 기묘한 우정을 백작에게 비밀로 했음은 누구도 짐작할 것이다. 백작이 분개할까 염려해서가 아니라 이미 세워 놓은 계획에 그가 혹시 반대하고 나서면 마음이 혼란스러워질 것이 두려웠기 때문이었다. 그렇게 되면 불안만 더할 테니까. '아니, 광인으로 통하는 사람에게, 더구나 사형선고까지 받은 사람에게 속내 이야기를 털어놓다니!' 부인은 혼잣말로 덧붙였다. '그리고 조만간 참으로 엄청난 일을 해치우게 될 사람에게 말이야!' 백작이 대공과 라씨 사이에 오고간 대화를 공작부인에게 알리려고 방문했을 때 페란테는 마침 부인의 거실에 있었다. 백작이 돌아가자 부인은 지금 당장 그 무서운 계획을 실행에 옮기려고 뛰쳐 나가는 페란테를 진정시키느라 애를 먹었다.

"저는 지금 힘이 솟구칩니다!" 하고 이 광인은 소리치는 것이었다. "저는 제가 실천에 옮길 행동이 정당하다는 것을 전혀 의심하지 않습니다."

"하지만 그 일을 하고 나면 한동안 불가피하게 뒤따를 보복 조치로 파브리스는 사형에 처해질지도 몰라요!"

"하지만 제가 일을 해치운다면 그는 탑을 타고 내려오는 위험은 면하게 되겠지요. 성공할 수 있는 일이고 그다지 어려운 것도 아니지만 어쨌든 그 젊은이에게야 그런 경험은 처음일 테니까요."

크레셴치 후작의 누이동생이 결혼식을 올렸다. 공작부인이 클렐리아를 만난 것은 이 결혼식 파티에서였다. 부인은 호기심에 찬 시선으로 상류층 인사들을 줄곧 관찰하고 있는 하객들을 피해 간신히 그녀와 이야기를 나눌 수 있었다. 두 사람이 잠시 바람을 쐬러 나간 정원에서 부인 자신이 직접 클렐리아에게 밧줄 꾸러미를 전했다. 삼과 명주를 반씩 섞어 정성스레 꼰 밧줄은 매듭이 있으면서 아주 가늘어서 낭창거렸다. 루도빅은 이 밧줄이 얼마나 질긴지 실험해 보았는데, 밧줄 한 부분에 8퀸탈[12]의 무게를 매달아도 끊어지지 않았다. 이것을 잘 감아서 사절판 책만 한 크기의 꾸러미 몇 개로 만들었다. 클렐리아는 이 꾸러미들을 받아들고 이것을 파르네제 탑까지 무사히 전달하기 위해 최선을 다하겠다고 부인에게 약속했다.

"하지만 당신은 정말 얌전하신 분이라 과연 이 힘든 일을 하실 수 있을지. 그리고……." 공작부인은 정중한 말로 덧붙였다.

"당신은 그를 잘 알지도 못할 텐데, 무엇 때문에 이렇게 잘

---

12) 무게의 단위, 1퀸탈은 100kg이다.

해 주시는 건가요?"

"델 동고 님은 불행한 분이니까요. 약속드리겠어요. 제가 그 분을 꼭 구해 내겠어요."

그러나 공작부인은 스무 살 어린 여인이 일을 현명하게 해낼 수 있으리라고는 기대하지 않았기에 따로 대책을 마련해 놓고 있었다. 물론 이 사령관의 따님은 전혀 눈치채지 못했다. 당연히 짐작하겠지만 이 사령관도 크레센치 후작 누이의 결혼식 파티에 와 있었다. 공작부인의 생각은 이러했다. 그녀가 사령관에게 강력한 마취제를 먹이면 처음에는 사람들이 그가 뇌졸중으로 쓰러진 줄 알 것이다. 그리고 그를 성으로 데려갈 텐데, 그때 사람들을 설득하기를, 마차에 병자를 누이기보다는 연회를 개최한 이 집에 와 있는 가마가 혹시 있다면 그것을 이용하는 편이 낫다고 둘러대는 것이다. 그런 다음 모두들 우왕좌왕하는 틈을 타서 민첩한 남자들이 연회에 고용된 일꾼 복장으로 나타나, 친절하게도 자원해서 병자를 옮겨갈 것이다. 높은 곳에 있는 사령관 저택을 올라가기란 그리 쉬운 일이 아니었으니까. 루도빅의 지휘를 받는 이 남자들은 각자 상당한 양의 밧줄을 옷 속에 교묘히 숨기고 있었다. 파브리스의 탈옥을 진지하게 생각하면서부터 공작부인이 얼마나 불안해하고 있을지는 이런 사실만으로도 짐작할 수 있으리라. 사랑하는 청년에게 임박한 위험은 그녀의 뜨거운 가슴으로 견뎌내기에는 너무도 큰 고통이었다. 게다가 그토록 오랜 시간을 끌어온 고통이 아닌가. 이 탈옥 계획에 지나치게 주의를 기울였던 나머지 그녀는 하마터면 이 일을 수포로 만들 뻔했는데,

이 점에 대해서는 뒤에서 이야기하게 될 것이다. 이날 밤 모든 것이 부인의 계획대로 되긴 했으나 한 가지 어긋난 점이 있었는데, 그것은 사령관에게 사용한 마취약이 너무 강했다는 것이었다. 모든 사람들이, 심지어 의사들까지도 장군이 뇌졸중을 일으켰다고 믿었다.

다행히 클렐리아는 걱정으로 경황이 없었던 터라 공작부인의 이 계략을 전혀 눈치채지 못했다. 반쯤은 죽은 듯한 장군을 실은 가마가 성채로 들어선 순간 모두들 당황해서 우왕좌왕했고, 그 틈에 루도빅과 부하들은 별일 없이 안으로 들어갈 수 있었다. '노예의 다리'에서 형식적인 몸수색이 있었을 뿐이었다. 그들은 장군을 침대까지 데려다 눕힌 후 사무를 보는 큰 방으로 안내되었고, 이어 하인들이 와서 극진한 시중을 들었다. 이 푸짐한 식사는 거의 새벽이 다 되어서야 끝났다. 그러나 그들은 감옥의 규칙에 따라 이제부터 해가 뜰 때까지 천장이 낮은 방에 갇혀 있어야 한다는 말을 들었다. 다음 날 날이 밝아야 사령관 부관이 와서 그들을 석방해 주리라는 것이었다.

이 사내들은 각자 품고 있던 밧줄을 날렵하게 모아 루도빅에게 넘겨 주었다. 그러나 루도빅이 잠시나마 클렐리아의 주의를 끈다는 것도 꽤 힘든 일이었다. 노력한 끝에 마침내 그녀가 복도를 지나가는 기회를 붙잡아 2층 어느 거실 한구석 어두운 장소에 숨겨둔 밧줄 꾸러미를 보여 줄 수 있었다. 클렐리아는 이 이해하기 힘든 상황에 몹시 놀랐다. 곧 무서운 의혹이 그녀의 머리를 스쳐 지나갔다. 그녀는 물었다.

"당신은 누군가요?"

그러고는 상대방이 아주 모호하게 얼버무리자 이렇게 말했다.

"당신을 체포해야만 할 것 같아요. 당신이나 혹은 당신과 한편인 사람들이 우리 아버지에게 독을 먹인 거지요! ……지금 자백하세요. 당신들이 사용한 독약이 어떤 건지. 그래야만 의사가 적절한 해독제를 쓸 수 있으니까. 빨리 말해 줘요. 아니면 당신과 공범자들은 절대 이 성을 못 나갈 거예요!"

"아씨께서 그렇게 걱정하실 필요는 없습니다." 루도빅은 아주 온화하고 공손하게 대답했다.

"그건 절대 독약이 아닙니다, 경솔하게도 장군께 약간의 아편 정기(丁幾)를 쓰긴 했습니다만, 이 몹쓸 짓을 맡은 하인이 잔에다 정량보다 몇 방울 더 떨어뜨린 모양입니다. 저희로서도 평생 죄송스런 마음 누를 길 없겠습니다만, 그러나 아씨께서 이 점만은 믿으셔도 좋습니다. 하나님의 가호로 장군께는 아무 위험도 없으리라는 것을 말입지요. 사령관 나리께서는 아편 정기를 잘못해서 너무 많이 썼을 때에 해당하는 치료를 받으시면 됩니다. 거듭 말씀드립니다만 아씨, 이 몹쓸 짓을 행한 하인은 결코 진짜 독약을 쓴 게 아닙니다. 바르보네가 파브리스 님을 독살하려고 그랬던 것과는 다르지요. 파브리스 님이 겪었던 위험에 복수하고자 했던 게 아니니까요. 저희는 다만 그 서투른 하인에게 아편 정기가 들어 있던 약병을 맡겼던 것뿐입니다. 이 점은 아씨께 맹세합니다. 하지만 물론 제가 붙잡혀 공식적으로 심문이라도 받게 되면 이런 말을 전부 부인해야겠지요.

　게다가 만약 아씨께서 누구에게든, 비록 마음씨 좋은 동체사레 님께라도 아편 정기니 독약이니 하는 말을 하신다면 아씨께서 자신의 손으로 파브리스님의 목을 베는 결과가 될 겁니다. 아씨 때문에 탈옥 계획은 영영 수포로 돌아가고 말 테니까요. 우리 몽시뇨르를 독살하려 드는 자들이 있고, 그들은 단지 아편 정기를 쓰는 정도에 그치지 않으리라는 점은 아씨가 저보다 더 잘 아실 겁니다. 또한 이 점도 아시겠지요. 파브리스 님에 대한 이 무서운 범죄를 명령한 사람은 실행할 때까지 한 달의 유예 기간밖에 주지 않았고, 그 피할 수 없는 명령이 내려진 지 벌써 일주일도 더 되었다는 것을 말입니다. 그러니 만약 저를 체포하시거나 단지 동 체사레 님께, 혹은 다른 누구에게라도 한 마디 흘리시기만 하면 우리의 모든 계획은 한 달 이상 늦어지게 될 겁니다. 상황이 이런 이상, 아씨 손으로 파브리스 님을 죽이게 된다는 말도 무리가 아니지요."

　클렐리아는 루도빅이 이상하리만큼 침착한 데 겁이 났다. 그녀는 생각했다. '지금 나는 내 아버지에게 독을 먹인 사람과 천연덕스럽게 이야기하고 있구나! 더구나 이자는 내게 아무렇지도 않은 듯 공손한 시늉을 하고 있어. 이런 모든 죄를 저지르게 된 것은 오직 사랑 때문이야!'

　양심의 가책은 그녀에게서 말할 힘까지 앗아갔다. 그녀는 루도빅을 향해 겨우 입을 열었다.

　"당신은 이 방에 있어야 해요. 열쇠로 문을 잠그겠어요. 그

약이 아편 정기일 뿐이라고 의사에게 알려야 해요. 하지만, 맙소사! 내가 그 사실을 알게 된 연유를 어떻게 설명해야 좋을까? 그런 다음 돌아와서 당신을 풀어 드리지요. 그런데." 하고 클렐리아는 문 앞까지 갔다가 급히 되돌아오며 물었다. "파브리스 님은 이번 아편 정기 일에 대해 알고 계신가요?"

"천만에요, 아씨, 그분은 이 일에 절대 동의하시지 않았을 겁니다. 그리고 이런 일을 알려 드린들 무슨 소용이 있겠습니까? 우리는 빈틈없이 신중하게 행동하고 있습니다. 문제는 몽시뇨르의 목숨을 구하는 것이지요. 그냥 손놓고 있으면 3주도 지나지 않아 그분은 독살당하고 말 테니까요. 그 독살 명령을 내린 사람은 자신이 뜻한 바를 실천하는 데 거칠 것이 없는 인물입니다. 또 아씨께 전부 말씀드립니다만 이 일을 떠맡은 사람은 저 무자비한 라씨 검찰총장이라 하더군요."

클렐리아는 그 이야기를 듣고 겁에 질려 황급히 나갔다. 그녀는 동 체사레의 나무랄 데 없는 정직함을 믿고 있었으므로 조심성 있는 말로 장군이 먹은 것은 바로 아편 정기라는 사실을 알렸다. 동 체사레는 대답도 질문도 하지 않고 곧장 의사에게 달려갔다.

클렐리아는 루도빅을 가둬 둔 거실로 돌아왔다. 아편 정기에 대해 더 물어볼 생각이었다. 그 자리로 와보니 솜씨 좋은 이 사내는 이미 도망치고 없었다. 탁자 위에는 스갱 금화가 가득 든 지갑과 여러 가지 종류의 독약을 넣은 작은 상자가 놓여 있었다. 이 독약을 본 그녀는 소스라치며 몸을 떨었다. '그들이 아버지에게 먹인 것이 아편 정기뿐이라고 누가 장담할

수 있을까? 공작부인이 바르보네가 한 짓에 복수할 마음을 먹지 않았다고는 누구도 말 못 할 거야.'

그녀는 마음속으로 외쳤다. '하느님! 저는 아버지를 독살하려 한 자들과 내통하고 있습니다. 그리고 그들이 도망치는 것을 그냥 보고만 있습니다! 아마도 아까 그 사람을 더 채근해 보았더라면 아편 정기에 대한 것 외에 다른 것도 알아낼 수 있었을 텐데!'

클렐리아는 그 자리에서 쓰러지듯 무릎을 꿇고 눈물을 흘리며 성모님께 뜨거운 기도를 올렸다.

그러는 동안 의사는 동 체사레가 일러 준 말을 듣고 깜짝 놀라긴 했어도 곧 아편 정기에 대응한 처방을 내렸다. 적절한 약을 환자에게 먹이자 극히 위험해 보이던 증상들이 즉시 진정되었다. 날이 밝아 올 무렵에는 장군의 의식이 조금씩 돌아왔다. 정신이 든 것을 알려 주는 그의 첫 번째 행동은 부관인 대령에게 욕을 퍼붓는 일이었다. 이 부관은 장군이 혼수 상태로 있는 동안 대단치 않은 내용이긴 했으나 어쨌든 자기 마음대로 몇 가지 명령을 내렸던 것이다.

이어서 사령관은 요리를 맡은 하녀를 상대로 해서 맹렬히 화를 냈다. 수프를 들고 온 이 하녀가 그 앞에서 뇌졸중이라는 말을 입에 올린 것이 화근이었다. 그는 소리를 질렀다.

"내가 뇌졸중을 일으킬 나이란 말이냐? 그런 소문을 퍼뜨리고 좋아할 자들이란 악착스런 내 적들뿐이야. 게다가 내가 사혈(瀉血) 치료를 받기라도 했느냐? 감히 그런 중상모략을 할 수 있게 말이다."

사람들이 거의 죽어 가는 사령관을 가마에 떠메고 왔을 때 자신의 탈옥 준비에 정신을 쏟고 있던 파브리스는 성채에 심상치 않은 소란이 일며 뒤숭숭하던 까닭이 무엇인지 알 수 없었다. 처음에는 자신에 대한 판결이 바뀌어서 사형을 집행하러 온 것인가 생각했다. 그런 다음에는 아무도 방에 나타나지 않자 클렐리아의 일이 발각되어 아마도 지니고 온 밧줄을 빼앗긴 모양이라고 생각했다. 그러면 결국 자신의 탈출 계획은 영 틀린 일이 되었으리라. 다음 날 새벽녘 웬 낯선 남자가 감옥 안으로 들어오더니 아무 말 없이 과일 바구니를 놓고 갔다. 과일 밑에는 다음과 같은 편지가 있었다.

나는 양심의 가책으로 더없이 괴롭습니다. 그 일에 내가 동의하지는 않았다 해도 (하느님의 자비 덕분이지요.) 결국 내가 생각해 낸 계획이 그 빌미가 된 것인 만큼 나는 성모님께 맹세할 수밖에 없었습니다. 성모님께서 큰 은혜를 베푸시어 아버지가 살아나실 수 있다면 앞으로는 결코 아버지의 뜻을 거스르지 않겠다고 말입니다. 아버지의 뜻에 따라 날을 정해 주시는 대로 곧 후작과 결혼하겠습니다. 그리고 당신과는 앞으로 절대 만나지 않겠습니다. 하지만 이미 시작한 일은 매듭짓는 것이 의무겠지요. 다음 일요일 당신이 미사에 나갈 수 있도록 미리 부탁해 두겠습니다. (미사에 나가 영혼이 구원받을 수 있도록 미리 기도하세요. 그 힘든 계획을 실행하는 도중 자칫 목숨을 잃으실지도 모르니까.) 미사에서 돌아올 때는 방에 들어가는 시간을 되도록 늦추세요. 그러면 그사이 탈옥을 위해 필요한 물건을 갖다 놓겠습니다. 만약 당신께 불행한 일이 생긴다면 내 마음이 얼마나 슬플까요! 당신의 생명을 빼앗을지도 모를 이 위험한 계획을 도왔다고 당신은 나를 나무라시렵니까? 공작부인께서도 라베르시 일파가 기세를 올리고 있다는 사실을 몇 번이나 강조하시지 않았는지요? 그들은 잔인한 짓을 해서 대공의 총애를 얻고 모스카 백작님을 영영 몰아내려고 합니다. 공작부인께서는 눈물을 쏟으시며 이제는 이 방법밖에는 남아 있지 않다고 말씀하셨지요. 그러므로 당신께서 아무 시도도 하지 않고 그대로 계신다면 생명을 잃고 말 겁니다. 나는 이제 더 이상 당신을 볼 수 없습니다. 성모님께 맹세를 했으니까요. 하지만 당신은 일요일 저녁 무렵에 내가 검은 옷을 입고 늘 있던 창가에서 있는 모습을 본다면 이런 의미라는 것을 알아주세요. 즉 어두워지면 내가 미약한 힘이라도 최선을 다해 당신에게 필요한 모든 준비를 해 놓겠다는 뜻으로 말입니다. 11시가 넘어, 아마 자정이나 1시 무렵에 내 창가에 작은 램프가 켜질 겁니다. 그때가 행동을 시작하실 시간입니다. 당신의 수호성자님께 가호를 빈 다음 이미 드린 신부복을 서둘러 입고 나오세요.

안녕히, 파브리스, 당신이 그처럼 큰 위험을 감당하고 계신 동안 나는 기도를 올리겠습니다. 견딜 수 없는 슬픔에 눈물을 쏟으면서 말이지요. 이 말은 믿으시겠지요. 만약 당신이 무슨 일을 당하신다면 나는 더 이상 살아갈 수 없다는 사실을 말이에요. 아, 하느님! 제가 지금 무슨 말을 하는 걸까요! 하지만 만약 당신이 성공하신다 해도 나는 이제 당신을 결코 만나지 못합니다. 일요일 미사가 끝난 후 당신의 방에 돈과 독약, 그리고 밧줄이 놓여져 있을 겁니다. 당신을 열렬히 사랑하는 그 무서우리만큼 굳센 부인이 보내신 것이랍니다. 부인은 이 방법을 쓰지 않으면 안 된다고 세 번이나 거듭 말씀하셨지요. 하느님께서 당신을 보살펴 주시기를, 그리고 성모 마리아께서도!

파비오 콘티는 꿈속에서조차 늘 자신이 지키고 있는 죄수 하나가 달아나는 일을 겪을 정도로 걱정에 짓눌린, 불행한 감옥지기였다. 성채에 있는 사람들은 누구나 다 그를 미워했다. 그러나 불행한 일을 보면 누구나 동정심을 갖는 법이다. 그런 까닭에 가엾은 죄수들 전부가, 심지어 높이 90센티미터, 폭 90센티미터, 길이가 2.5미터 정도밖에 안 되서 마음대로 일어서거나 앉지도 못하는 지하 감옥에 쇠사슬로 묶여 있는 죄수들까지도 사령관이 위험한 고비를 넘겼다는 사실을 알게 되자 자신들의 돈을 모아 감사 예배를 열기로 했다. 이 가련한 사람들 중 두세 명은 파비오 콘티 장군을 위한 위로의 시도 썼다. 오! 불행이 이 인간들에게 가져온 결과를 보라! 이들을 비난하는 사람들은 운명에 의해 천장 높이가 90센티미터 지하 감옥에 끌려가 일년간 매일 200그램 정도의 빵밖에 먹지 못하고, 그것도 매번 금요일에는 하루 종일 굶어 보시라!

클렐리아는 기도를 올리러 예배당에 갈 때 외에는 부친의 방을 떠나지 않았다. 그러면서 그녀는 부친이 쾌유에 감사드리는 예배를 일요일까지 미루고 싶어 한다고 사람들에게 말했다. 일요일 아침이 되어 파브리스는 감사 예배를 겸한 미사에 참석했다. 밤에는 불꽃놀이도 열렸다. 관저 아래층에서는 평소 사령관이 허락하던 양의 네 배나 되는 포도주가 병사들에게 배급되었다. 어떤 사람이 익명으로 브랜디까지 여러 통 보낸 터라, 병사들은 이 큰 통을 따서 마음껏 마셨다. 취한 병사들은 호기가 나서 규칙상 병사 다섯 명이 관저 주변의 보초 근무를 서야 하는데도 이 다섯 명의 병사들을 그대로 놓아두지 않았다. 이들이 초소에 오는 대로 심복 한 명이 술을 내주었다. 게다가 누가 주었는지 모르지만 자정에 보초 교대한 병사들도, 그리고 밤사이에 보초를 선 병사들도 전부 브랜디 한 잔씩을 얻어 마셨다. 술을 가져온 이들은 그러면서 매번 술병을 초소 옆에 놓아 두고 갔다. (이 사실은 후에 열린 재판에서 증명되었다.)

이 소동은 클렐리아가 예상했던 것보다 훨씬 오래 끌었다. 그래서 파브리스가 창문 차양을 뜯어내기 시작한 것은 이미 1시 경이나 된 뒤였다. 그는 7, 8일 전부터 새방을 향한 창문과 다른 방향으로 나 있던 창문의 쇠창살 두 개를 잘라 두었던 것이다. 그는 사령관 관저 보초병들의 머리 바로 위에서 이 일을 하고 있는 셈이었으나 보초병들은 아무 소리도 듣지 못했다. 그는 55미터라는 이 현기증 나는 높이를 내려가는 데 쓸 긴 밧줄에 단지 매듭 몇 개를 더 만들어 두었을 뿐이었다. 그는 밧줄을 어깨에서 허리로 비스듬히 몸에 둘러맸다. 밧줄의 부피가 커서 몹시 거북했다. 매듭이 들어가 있던 탓에 한 덩어리로 추려지지 않았다. 밧줄 꾸러미는 몸에 달라붙지 않고 18푸스나 되게 불룩 튀어나왔다. '이건 꽤 거치적거리는데.' 파브리스는 생각했다.

한참 애를 쓴 끝에 그럭저럭 밧줄을 몸에 짊어진 후 파브리스는 창문에서 사령관 관저가 자리 잡은 전망대까지 10미터를 내려갈 밧줄을 집어 들었다. 그러나 보초병들이 아무리 취해 있다고는 해도 바로 그들 머리 위로 내려갈 수는 없는 일이었다. 그는 이미 말한, 새를 키우는 방과는 다른 편의 창문을 통해 나왔다. 이 창문은 일종의 위병소로 쓰이는 큰 건물 지붕 위로 나 있었다. 그런데 파비오 콘티 장군은 말을 할 수 있게 되자 병자가 흔히 보여 주는 상궤를 벗어난 불안증으로 인해 100년 전 이래로 사용된 적이 없는 이 낡은 위병소 건물에 200명이나 되는 병사를 배치시켰다. 그의 말에 따르면 적들은 자신에게 독약을 먹인 뒤 침대에 누워 있을 때 암살하려는 심산이므로 이 200명의 병사가 자신을 지켜 주어야 한다는 것이었다. 이 예상 밖의 조치로 클렐리아가 얼마나 노심초사했는가는 독자 여러분도 짐작할 수 있을 것이다. 신앙심 깊은 이 여인은 자신이 도저히 용서받을 수 없을 만큼 아버지를 배신했다고 느끼며 몹시 괴로워하고 있었다. 더구나 그 아버지는 자신이 사랑하는 죄수를 탈옥시키려는 계획으로 인해 거의 독약이나 다름없는 것을 먹고 쓰러지기까지 했었다. 예기치 않게 병사 200명이 늘어나자 그녀는 이것이 더 이상 이 일에 개입하지 말라는, 즉 파브리스를 탈옥시키는 일을 그만두라는 신의 뜻인 것만 같았다.

그러나 파르마 사람들은 누구나 죄수의 죽음이 멀지 않았다고 수군거리고 있었다. 줄리아 크레센치 양의 결혼 파티에서도 이 우울한 화제가 사람들 사이에 오갔다. 싸움 끝에 실수로 광대 한 명을 칼로 찔렀다는 그런 하찮은 일로 파브리스 같은 가문의 사람이 아홉 달이나 계속 감옥에서 풀려나지 못하고 있고, 더군다나 수상이 후견인으로 버티고 있는데도 그렇다는 사실은 이 사건에 정치적인 문제가 얽혀 있는 증거라는 것이었다. 그러니 그 죄수에게 더 이상 관심을 갖는 것은 쓸데없는 일이다, 권력을 가진 편의 입장에서 볼 때 그를 광장에서 처형하는 일이 여의치 않다면 머지않아 그가 병으로 죽는 일이 생기지 않겠는가. 이렇게 사람들은 수군거렸다. 파비오 콘티 장군의 관저에 불려간 적이 있는 한 철물공은 파브리스가 벌써 오래전에 처치되었으나 정치적인 이유로 그의 죽음을 쉬쉬하고 있는 거라고 떠들었다. 이 철물공의 말이 클렐리아의 결심을 재촉했다.

22장

낮 동안 파브리스는 별로 유쾌하지 못한 몇 가지 상념에 심각하게 몰두했다. 그러나 행동해야 할 순간으로 점점 다가가는 시계 소리가 차츰 그에게 상쾌함과 원기를 불어넣기 시작했다. 공작부인은 편지 속에서 갑자기 쐬는 바깥 공기가 몸에 익지 않아서 감옥 밖에 나오자마자 걸을 힘마저 빠져 버릴지도 모르니 조심하라고 당부했었다. 그럴 경우 55미터 높이의 벽에서 굴러떨어지느니 다시 잡히더라도 그 자리에 그냥 가만히 있으라는 것이었다. '만일 그런 불상사가 생기면.' 하고 파브리스는 생각했다. '난간에 몸을 기대고 누워 한 시간가량 잠을 잔 뒤에 다시 시작해야겠다. 이미 클렐리아에게 맹세한 바에야, 빵을 먹을 때마다 혹시 독이 들었는지 맛을 되새기느니 차라리 아무리 높더라도 성벽 위에서 떨어지는 편이 낫다.

독을 삼키고 죽을 때 숨이 끊어지기까지 얼마나 무서운 고통을 겪어야 할까. 파비오 콘티는 이런 일에 방법을 가려 쓸 사람이 아니다. 그는 쥐를 소멸하는 데 쓰는 비소를 내게 먹일 것이다.'

자정 무렵이 되자 때때로 포강에서 양편 기슭으로 자욱이 움직이는 새하얀 짙은 안개가 먼저 도시 위로 퍼지더니 이어서 성채 위에 솟아 있는 전망대와 보루를 덮었다. 파브리스가 짐작하기에 이 안개 때문에 전망대 난간에서는 55미터 벽 아래 병사들이 가꾼 정원을 에워싼 아카시아나무들이 보이지 않을 것 같았다. '마침 잘된 일이야.' 파브리스는 생각했다.

12시 반을 알리는 종소리가 울리고 얼마 지나서 새방 창문에 작은 램프 불빛이 보였다. 파브리스는 행동에 나설 준비가 되어 있었다. 그는 성호를 그어 잠시 기도한 후 관저가 있는 전망대까지 10미터를 타고 내려갈 작은 밧줄을 침대에 잡아맸다. 그는 위병소 지붕까지는 무사히 내려갔다. 이미 이야기한 대로 어젯밤부터 200명의 지원병이 배치되어 있는 곳이었다. 그 시각이 12시 45분이었으나 불행하게도 병사들은 그때까지 잠들지 않고 있었다. 우묵하고 큼직한 기와 지붕을 살금살금 걷자 병사들이 지붕 위에 악마가 있다며 떠들어 대는 소리가 들렸다. 총을 쏘아서 악마를 없애 버려야 한다는 것이었다. 몇 사람의 목소리는 그런 생각을 품는 것이 하느님을 욕되게 한다며 동료들을 만류하고 있었다. 총을 쏘았다가 아무것도 잡지 못하면 사령관은 자신들 모두를 공연히 소란을 피운 죄로 감옥에 집어넣을 거라고 떠드는 자들도 있었다. 저마다 한 마디씩 거듭어 왁자지껄한 소리를 들으면서 파브리스는 지붕 위를 되도록 빨리 건너가려고 서둘렀다. 그러자 발걸음을 옮길 때마다 더 큰소리가 나는 것이었다. 문제는 지붕에서 바닥으로 밧줄을 타고 내려가며 창문을 지날 때였다. 다행히 지붕이 돌출해 있었으므로 벽에서 1미터가량 거리를 두고 내려갈 수 있긴 했지만, 창문에는 총검이 불쑥 튀어나와 있었던 것이다. 후에 몇 사람이 주장하기를, 언제나 정신 나간 짓을 잘하는 파브리스는 그때도 악마처럼 행세할 생각을 하고 병사들에게 스갱 금화를 한 줌 뿌려 주었다고 했다. 확실한 점은 그가 자기 방의 나무 바닥 위에 스갱 금화를 뿌려 놓았다는 사실이다. 또한 전망대 위 파르네제 탑에서 난간까지 가는 사이에도 금화를 뿌렸다. 자신을 뒤쫓아올지도 모르는 병사들이 돈에 정신을 팔게 하려는 목적이었다.

이윽고 전망대까지 갔다. 주위에는 보초병들이 15분마다 '근무 중 이상 무.'라고 보고하며 경계를 서고 있었다. 그는 서쪽 난간으로 가서 새로 놓인 돌을 찾았다.

믿기지 않는 이 일을 두고 이 도시 사람 전체가 증인이 되었기에 망정이지 안 그랬으면 사람들은 그런 일이 있었다는 것조차 믿지 않았을 것이다. 난간을 따라 줄줄이 배치되어 있던 보초병들은 파브리스를 보지도 못했고 붙잡지도 않았다. 우리가 앞서 말한 안개가 이미 이곳까지 차오르고 있었다. 파브리스가 후에 이야기하기를, 자신이 전망대에 도달했을 때 안개는 이미 파르네제 탑의 중간쯤까지 뒤덮고 있었다는 것이다. 그러나 이 안개는 그리 짙은 것은 아니었으므로 그는 서

성대고 있는 보초 몇 명을 뚜렷이 분간할 수 있었다. 그가 덧붙인 말에 의하면 자신은 어떤 초자연적인 힘에 떠밀리듯 바로 곁에 붙어 서 있는 두 명의 보초 사이를 대담하게 뚫고 지나갔다고 했다. 그는 몸에 짊어진 큰 밧줄을 내려 살며시 풀었다. 밧줄이 두 번이나 얽혔다. 그것을 풀어 난간 위로 늘어뜨리는 데 시간이 많이 걸렸다. 사방에서 병사들의 이야기 소리가 들려왔다. 파브리스는 누구든 덤벼들기만 하면 찔러 버리겠다고 단단히 마음먹었다. '나는 전혀 당황하지 않았어. 무슨 의식을 치르고 있는 느낌이었지.' 나중에 그가 한 말이다.

마침내 다 푼 밧줄을 난간의 물을 빼내는 구멍에 묶었다. 그러고는 난간 위로 올라가서 하느님께 간절한 기도를 올렸다. 이어서 그는 마치 옛날 기사 시대의 영웅이 사랑하는 여인에게 자신을 바치는 의식을 치르듯이 잠시 클렐리아의 영상을 떠올렸다. '나는 얼마나 변했는가.' 하고 그는 생각했다. '아홉 달 전 이곳에 끌려올 때만 해도 경박하고 방종하기만 했었지!' 마침내 이 아찔한 높이에서 한 걸음씩 내려가기 시작했다. 그는 기계적으로 움직였다. 마치 대낮에 친구들 앞에서 내기를 걸고 그 내기에 이기기 위해 내려가고 있는 듯한 착각이 들었다. 중간쯤에 이르렀을 때 갑자기 양팔의 힘이 쭉 빠지는 것을 느꼈다. 순간적으로 줄을 놓쳤으나 곧 다시 거머쥐었다. 아마 그사이 온몸에 상처를 입으며 가시덤불 위를 미끄러지다가 덤불 어딘가에 걸려 다시 줄을 잡았던 것 같다고 나중에 그는 말했다. 그는 때때로 양쪽 어깨 사이에 견딜 수 없는 아픔을 느꼈는데 그럴 때마다 숨을 쉬기조차 어려웠다. 밧줄에 의지한 몸은 이리저리 흔들려 쉴 새 없이 가시덤불에 부딪혔다. 잠을 깬 커다란 새들이 날아오르다가 그중 몇 마리가 그에게 달려들어 몸을 스쳤다. 처음에는 자신을 뒤쫓아 같은 방식으로 성채에서 줄을 타고 내려온 사람들이 공격해 오는 줄알고 방어 태세를 취했다. 마침내 큰 탑 아래로 내려왔다. 양손에 피가 나는 것 외에는 별일 없었다. 그가 들려준 바에 따르면 중간쯤까지 내려온 다음부터는 탑이 비스듬히 경사를이루어 큰 도움이 되었다고 한다. 내려갈 때 몸이 벽을 스치며 의지가 되었고, 돌 틈에 우거진 풀들도 몸을 상당히 지탱해 주었던 것이다. 아래편, 병사들이 꾸며 놓은 정원에 도달해서 그는 아카시아나무 위로 발을 디뎠다. 위에서 내려다볼 때는 1미터밖에 안 되어 보이던 나무가 실제로는 6미터가 좀 모자라는 높이였다. 나무 아래서 잠자고 있던 술 취한 병사 하나가 그를 도둑으로 알고 몸을 일으켰다. 나무에서 뛰어내리면서 파브리스는 왼쪽 팔의 뼈가 거의 어긋날 만큼 삐었으나 곧몸을 일으켜 성벽을 향해 뛰기 시작했다. 그러나 그때는 다리가 마치 솜방망이가 된 것처럼 흐느적거렸다. 이것도 그가 나중에 직접 한 말이다. 더 이상 힘을 낼 수가 없었다. 위험한 상황이었지만 그는 자리에 주저앉아 남아 있던 브랜디 몇 모금을 마셨다. 몇 분 동안 잠이 들었다. 지금 자신이 어디에 있는지조차 느끼지 못할 정도였다. 설핏 잠에서 깨어났을 때는 이곳이 자신의 방이라 착각하고 눈앞에 나무들이 보이는 것을 의아해하는 것이었다. 마침내 자신이 지금 처해 있는 위태로운 상황을 기억해 냈다. 즉시 일어나서 성벽을 향해 걸었다.

큰 계단을 타고 성벽 위로 올라가자 바로 옆 초소에서 보초병 한 명이 코를 골고 있었다. 풀밭에 누워 있는 포가 하나 보였다. 그는 세 번째 밧줄을 그 포에 붙들어 매고 다시 성벽을 내려왔다. 밧줄이 너무 짧았으므로 그는 물이 30센티미터가량 고여 있는 진흙 도랑 위로 뛰어내렸다. 몸을 일으키며 정신을 차려 보려고 하는데 남자 두 명이 자신을 붙드는 것을 느꼈다. 그 순간 겁이 났지만 곧 귓가에 아주 낮은 소리로 '아이고! 나리, 나리!' 하고 부르는 소리가 들렸다. 어렴풋이나마 이 남자들이 공작부인의 부하들이라는 것을 깨달으면서 그는 정신을 잃고 말았다. 얼마 후 정신이 든 그는 이 사내들이 자신을 어디론가 떠메고 가는 것을 느꼈다. 그들은 말없이 아주 빠른 속도로 걷고 있었다. 갑자기 그들이 멈춰 섰다. 파브리스는 그 때문에 몹시 불안해졌지만 말할 힘도 눈을 뜰 힘도 없었다. 누군가가 자신을 껴안는 것이 느껴졌다. 순간 공작부인의 옷자락에서 맡던 향기가 코끝을 스쳐 왔다. 이 향기가 얼마간 힘을 주었다. 눈을 떴다. 간신히 이 말을 중얼거릴 수 있었다. "아! 사랑하는 고모!" 그러고는 또다시 완전히 정신을 잃고 말았다.

충실한 브뤼노는 백작에게 충성하는 경관 한 분대를 이끌고 200보쯤 떨어진 곳에서 따로 대기하던 중이었다. 백작 자신도 공작부인이 기다리고 있는 장소 가까이 어느 작은 집에 숨어 있었다. 만약 상황이 다급해지면 그는 칼을 손에 들고 뛰어나갔을 것이다. 그의 곁에는 친한 친구들인 몇 명의 예비역 장교들이 함께 행동하려고 모여 있었다. 백작은 위험에 처한 파브리스의 생명을 어떻게든 구해 내는 것이 자신의 의무라고 생각했다. 만약 자신이 어리석게도 군주의 체면을 살려 준답시고 말 한 마디를 빼 놓지만 않았더라면 파브리스는 이미 예전에 대공이 직접 서명한 그 서류로 사면을 받았을 것이 아닌가.

자정이 넘어서부터 공작부인은 빈틈없이 무장한 남자들을 데리고 성채의 외곽을 말없이 돌고 있었다. 한자리에 가만히 있을 수가 없었다. 파브리스를 무사히 데려가기 위해서는 그를 뒤쫓아오는 사람들과 한바탕 싸우지 않으면 안 될 거라고 생각했다. 불 같은 상상력을 지닌 이 여인은 이 일에 대비하여 온갖 준비를 다 해 두었다. 그런 것들을 여기서 자세히 옮기기는 너무 길고, 또 옮긴다 해도 그 무모한 내용 때문에 믿어지지도 않을 것이다. 이날 밤 특별한 임무를 띠고 싸울 준비를 갖춰 기다리고 있던 사람들은 여든 명이 넘었다. 다행히 페란테와 루도빅이 이 인원의 통솔을 맡았고, 경찰청장인 백작 역시 이들과 한편이었다. 그러나 경찰청장의 입장에서 아무 정보도 얻지 못한 것만으로도 알 수 있듯이(이것은 백작 자신이 인정한 일이다.) 이 많은 사람 중 어느 누구도 공작부인을 배신하지 않았다.

공작부인은 파브리스를 다시 보자 완전히 침착성을 잃고 말았다. 그녀는 떨리는 두 팔로 그를 끌어안았다. 그러고는 자신의 몸에 피가 묻어 얼룩진 것을 보자 절망했다. 그것은 파브리스의 손에서 흐르는 피였다. 그녀는 파브리스가 심한 상처를 입은 줄로만 알았다. 상처에 붕대를 감기 위해 하인 한 사람이 거들어 겉옷을 벗겼다. 그때 마침 곁에 있던 루도빅이 시내로 들어가는 수풀에 숨겨 두었던 마차 한 대를 가져와 부인과 파브리스를 떼밀다시피 강제로 태웠다. 마차는 사카 근처에서 포강을 건너려고 전속력으로 달렸다. 페란테는 빈틈없이 무장한 사내 스무 명과 함께 뒤쪽을 맡았다. 그는 뒤쫓는 녀석들이 있으면 목숨을 걸고 막으리라 단단히 마음먹고 있었다. 백작은 그 자리에 남아 있다가 아무도 움직이는 기색 없이 잠잠한 것을 확인한 두 시간 후에야 성채 주변을 떠났다. 그는 기쁨에 넘쳐 중얼거렸다. '자, 나도 이제 대단한 반역죄를 저질렀군!'

루도빅은 아주 좋은 꾀를 짜냈다. 공작부인 저택 주치의인 젊은 외과의사의 용모가 파브리스와 비슷했는데, 그를 다른 마차 한 대에 태운 것이다.

"볼로냐 쪽으로 달아나십시오. 되도록 서툴게 행동해서 붙잡히도록 하세요. 그러고 나서 한동안 아무 대답도 하지 말고 버티다가 마지막에 가서야 선생이 파브리스 델 동고라고 털어놓으세요. 좌우간 시간을 끌어야 합니다. 실수를 하는데도 능란하게 솜씨를 부려 보세요. 한 달 정도만 감옥에 있으면 풀려나실 겁니다. 그리고 나중에 부인께서 50스갱을 사례하실 거고요."

"부인을 위한 일인데 돈을 생각하겠습니까?"

그는 출발했고 몇 시간 후 체포되었다. 이 체포 소식은 한순간이나마 파비오 콘티 장군의 기분을 황홀하게 했고, 반대로 라씨는 파브리스가 목숨을 걸고 탈옥하자 자신의 남작 지위도 함께 날아가 버렸다고 단념할 수밖에 없었다.

탈옥 소식은 아침 6시나 되어서야 성채 내에 퍼졌다. 이어서 전전긍긍 끝에 겨우 10시경에야 대공에게 보고되었다. 공작부인은 파브리스가 깊은 잠에 빠져 있는 것을 보고 정신을 잃고 죽어 가는 줄로만 여겨 세 번이나 마차를 세우게 했다. 그래도 모두들 일을 충실하게 처리한 덕분에 일행은 4시를 알리는 종소리와 함께 나룻배를 타고 포강을 건널 수 있었다. 강왼편 기슭에는 갈아탈 마차가 대기 중이었다. 또다시 8킬로미터를 전속력으로 달렸다. 그런 다음 통행증을 검사받느라 한시간 이상을 지체해야 했다. 공작부인은 자신과 파브리스를 위해 온갖 종류의 통행증을 준비해 두었음에도 불구하고 그날은 거의 제정신이 아니었던 탓에, 별안간 열 개가 되는 나폴레옹 금화를 오스트리아 경찰관에게 건네주고 눈물을 쏟으며 그의 손을 잡기까지 했다. 덕분에 깜짝 놀란 경찰관은 재차 검사를 하려 들었다. 이윽고 마차는 다시 떠났다. 공작부인이 터무니없이 많은 돈을 뿌렸기 때문에, 그렇지 않아도 외국인이라면 일단 수상하게 보는 이 나라에서 일행은 가는 곳마다 의심을 샀다. 이번에도 루도빅이 나서서 위기를 모면했는데, 파르마 수상의 자제인 이 젊은 모스카 백작 나리가 계속 고열에 시달리는 바람에 우리 공작부인께서 걱정으로 정신이 없으시며, 지금 의사들에게 보이러 파비아로 가는 길이라고 둘러댔던 것이다.

탈출한 죄수는 포강을 건너 40킬로미터쯤 달린 후에야 깨어나 정신을 차렸다. 한쪽 어깨뼈가 어긋나 있었고 몸 여기저기 찰과상이 있었다. 공작부인이 여전히 예사롭지 않게 행동하고 있었으므로 저녁 식사를 하러 잠깐 들른 마을 여인숙의 주인 남자는 왕실의 어느 왕녀의 행차라고 생각하고는 합당한 응대를 해야 한다며 부산을 떨었다. 그래도 루도빅은 주인에게 쓸데없는 수선을 피워 마을 사람들에게 알리기라도 하면 왕녀께서 너를 분명 감옥에 집어넣고 말 거라고 엄포를 놓았다.

마침내 저녁 6시쯤 피에몬테 영내에 도착했다. 이곳에 이르러서야 비로소 파브리스는 안전해진 것이다. 일행은 한길에서 떨어진 작은 마을로 그를 데려가 손을 치료했다. 그러고 나서 그는 또다시 몇 시간 동안 잠이 들었다.

이 마을에서 공작부인은 스스로를 걷잡지 못하고 어떤 계획에 몸을 내던졌다. 그것은 도덕적으로 용납되지 않을 뿐 아니라 앞으로 남은 생애의 평화를 위해서도 아주 불길한 일이었다. 파브리스의 탈옥이 있기 몇 주 전, 파르마 사람들이 모두 파브리스가 매달릴 교수대가 세워졌는지 보려고 성채 문 앞까지 가서 안뜰을 기웃거리던 날이었다. 그날 공작부인은 저택 집사가 된 루도빅에게 비밀을 하나 가르쳐 주었다. 앞서 이야기한 바 있는, 13세기에 축조된[13] 산세베리나 저택의 그 유명한 저수지 바닥에서 돌 하나를 빼내는 방법이었다. 즉 어떤 방법을 쓰면 저수지의 주춧돌 하나가 비밀스럽게 숨겨진

---

13) 작가는 앞서 이 저수지의 축조 시기를 12세기라고 쓰고 있으나 여기서는 잠시 잊은 듯싶다. 이런 착오는 파르네제 탑으로 올라가는 계단 숫자를 이야기는 하는 경우에도 발견된다.

작은 쇠틀에서 빠지게 되어 있다는 것이었다. 파브리스가 이 작은 마을의 한 허름한 여관방에서 잠을 자고 있는 동안 공작 부인은 루도빅을 불러오게 했다. 부인을 본 루도빅은 자기 마님이 미쳐 버린 것이 아닌가 싶었다. 자신을 바라보는 부인의 눈빛이 그만큼이나 심상치 않았던 것이다. 부인이 그에게 말했다.

"내가 너를 부른 이유가 몇천 프랑쯤의 상을 주기 위해서라고 짐작하고 있을 테지? 흠! 전혀 아니야. 나는 너를 알아. 너는 시인이니 얼마 안 가 그 돈을 흔적도 없이 다 써 버릴 거야. 그러니 너에게 카살 마조레에서 4킬로미터 거리에 있는 리치아르다의 작은 토지를 주마."

루도빅은 너무 기뻐 부인의 발밑에 몸을 던졌다. 그리고 진심에서 우러나오는 소리로 파브리스 도련님을 구하기 위해 몸을 아끼지 않았던 것은 결코 돈을 바라서가 아니었노라고 간곡히 이야기했다. 부인의 3등 마부로서 언젠가 한 번 영광스럽게도 도련님을 수행한 이래 언제나 그분을 각별한 애정으로 섬기고 있었다는 이야기도 했다. 진정 진실한 마음의 소유자인 이 남자는 부인처럼 고귀한 여인이 자신에 대해 이렇게 큰 관심을 가져 준 것만으로도 만족하고 그만 물러가려고 했다. 그러나 부인은 눈을 빛내면서 그에게 말했다.

"그냥 여기 있어라."

그러고는 아무 말 없이 여관 방안을 왔다 갔다 했다. 때때로 눈을 돌려 기이하게 번쩍이는 눈빛으로 루도빅을 바라보는 것이 전부였다. 하인은 마님의 이 기묘한 행동이 언제 끝날지 모르자 마침내 먼저 말을 꺼냈다.

"마님께서는 제게 정말 분에 넘치는 선물을 주셨습니다. 저처럼 보잘것없는 몸으로서는 상상도 못할 과분한 것입지요. 무엇보다도 제가 한 일이야 미약하기 그지없는 것인데 상이 너무 크니, 솔직히 말씀드리자면 리치아르다의 토지를 받을 수 없을 것 같습니다. 그 땅은 마님께서 그대로 지니시고 제게는 400프랑의 연금이나 주셨으면 합니다."

"지금까지 몇 번이나." 하고 이야기를 꺼내는 부인의 어조에는 품위가 넘쳤으나 아주 침울했다. "몇 번이나 내가 일단 한 번 주려고 마음먹었던 상을 주지 못하고 다시 집어넣었는지 너도 알지?"

이렇게 말한 다음 공작부인은 또다시 한참 동안 방안을 거닐었다. 그러고는 갑자기 한자리에 딱 멈춰 서더니 날카로운 소리로 외쳤다.

"파브리스가 목숨을 구한 것은 요행이야. 또한 그 처녀 아이의 마음을 사로잡을 수 있었던 덕분이지! 만약 그가 매력이 없었다면 죽었을 거야. 그렇지 않다고 말할 수 있을까?"

그녀는 아주 우울한 눈빛으로 루도빅을 향해 다가서며 이렇게 물었다. 루도빅은 엉겁결에 뒤로 몇 걸음 물러섰다. 부인이 미쳐 버린 거라고 생각했다. 이런 생각이 들자 방금 받은 리치아르다의 소유지가 몹시 걱정스러웠다.

"자, 그건 그렇고." 하고 부인은 완전히 태도를 바꾸어 부드럽고 쾌활한 음성으로 말했다.

"나는 사카의 영지 주민들에게 즐거운 하루를 보내게 해 주

고 싶어. 오랫동안 기억에 남도록 말이야. 네가 사카에 다시
가 주었으면 하는데, 괜찮겠지? 위험할까?"

"위험할 것 없습니다, 마님. 사카의 주민 중에서 제가 파브
리스 도련님을 모시고 다녔다는 말을 고자질할 사람은 아무
도 없습니다. 또 마님께 말씀드리기 염치없지만 제게 내려 주
신 리치아르다의 토지를 보고 싶어 몸이 다는구먼요. 제가 지
주가 되다니 신기하지 뭡니까!"

"즐거워하니 나도 기분이 좋군. 내 기억에 리치아르다의 소
작인은 소작료 3, 4년 치를 아직 내게 보내지 않았어. 그가 내
게 갚아야 할 금액의 반은 내가 그에게 선물로 주는 걸로 하
고, 나머지 반은 네가 받아서 가지도록 해. 하지만 조건이 있
어. 이제 곧 사카로 가서 이틀 후가 내 수호성녀 한 분의 축일
이라고 사람들에게 말하는 거야. 그리고 도착한 다음 날 밤
내 성에 불을 밝혀 가장 화려하게 장식하도록. 돈이나 수고를
아끼지 말고. 이 일에 내 평생 가장 큰 기쁨이 달려 있다는 것
을 잊지 말아라. 나는 오래전부터 이번 일을 위한 장식등 같
은 것을 준비해 두었어. 석 달 전부터 성의 지하실마다 이 멋
진 축제에 쓸 모든 것을 모아 왔지. 성대한 불꽃놀이를 위해
필요한 도구는 전부 정원사에게 맡겨 두었으니, 포강이 바라
보이는 테라스 위에서 불꽃을 쏘아 올리게 해라. 커다란 술통
89개를 지하 창고에 보관해 두었으니 그것으로 내 정원에 89개
의 샘을 만들어 술로 채우는 거야. 만일 그다음 날 채 마시지
않은 술이 약간이라도 남아 있으면 네가 파브리스를 그다지
아끼지 않은 걸로 생각할 테다. 술로 채운 샘과 조명 장식, 불

꽃놀이, 이것들을 준비해서 일이 잘 시작되는 걸 확인한 다음 너는 조심해서 빠져나와야 해. 왜냐하면 파르마에서 볼 때 이 축제는 아주 기분 상하는 것일 수 있으니까. 하지만 그건 내가 바라는 일이지."

"기분 상할 수도 있는 정도가 아니라 분명 그럴 겁니다. 도런님의 판결문에 서명했던 라씨 검찰총장이 축제를 보고 분해서 펄펄 뛰리라는 것도 역시 뻔한 일이고요. 그리고……."

루도빅은 약간 주저하며 말했다.

"혹시 마님께서 이 보잘것없는 하인에게 리치아르다의 밀린 소작료 반을 주시는 것보다 더 큰 기쁨을 주시고자 하신다면, 부디 그 라씨 놈을 좀 골탕 먹이도록 허락해 주십시오."

"너는 정말 좋은 사람이구나!" 부인은 흥분해서 외쳤다. "하지만 라씨에게 절대 아무 짓도 하지 말고 내버려 둬. 내게 계획이 있으니까. 나중에 언젠가는 사람들이 보는 앞에서 목을 매달 거야. 너는 사카에게 부디 붙잡히지 않도록만 해. 만약 네게 무슨 일이 생기면 모든 일이 허사가 되니까."

"제가 붙잡히다니요, 마님! 제가 가서 마님의 수호성녀를 위한 축제를 벌이겠다고 말만 하면, 비록 경찰이 나를 붙잡고 일을 방해하려 헌병 서른 명을 보낸다 해도 소용이 없을 겁니다. 마을 한복판 붉은 십자가까지 오기도 전에 그중 무사히 말을 타고 남아 있는 놈은 하나도 없을 테니까요. 사카의 주민들을 만만히 보아서는 안 됩니다. 그럼요. 그들은 모두 밀수일로 단련된 몸인데요. 그리고 누구나 마님을 우러러 모시고 있지요."

"좋아요. 그런 다음에는……." 하고 부인은 어쩐지 들뜬 듯한 기묘한 어조로 말을 이었다.

"사카의 내 선량한 주민들에게는 술을 베풀고 파르마 사람들에게는 물벼락을 뒤집어씌우고 싶어. 장식등을 내 성 전체에 환히 밝힌 그날 밤에, 너는 외양간에 있는 말들 중에서 제일 날쌘 놈을 골라 타고 파르마의 저택으로 달려가는 거야. 그리고 저수지를 열어 놓는 거야."

"아! 마님께서 멋진 생각을 해내셨군요!"

루도빅은 미친 사람처럼 웃으며 외쳤다.

"사카 주민들에게는 술을, 파르마의 부자놈들에게는 물을. 그 비겁한 놈들은 파브리스 도련님이 가엾은 L처럼 독살될 거라고 한치의 의심도 하지 않고 있었거든요."

루도빅은 솟구치는 유쾌함을 참지 못하고 즐거워했다. 미친 듯이 웃어 대는 그를 공작부인도 기분 좋게 바라보고 있었다.

"사카 사람들에게는 포도주를, 파르마놈들에게는 물을!" 하고 그는 되풀이해서 외쳤다.

"마님께서 분명 저보다 더 잘 알고 계시겠지만 한 20년 전 실수로 저수지 물을 뺐을 때 파르마 온 사방 거리에 물이 30센티미터나 차 올라 난리가 났었지요."

"파르마 사람들에게는 물을." 공작부인은 웃으며 대답했다. "만약 파브리스의 목을 자르기라도 했다면, 성채 앞의 산책로는 인파로 메워졌을 테지…… 누구나 할 것 없이 그 아이를 '대죄인'이라고 불렀어…… 그런데 특히 주의할 것은 이 일을 수완 좋게 해야 한다는 거야. 홍수를 일으킨 사람이 너라는 사실이나, 그것이 내 지시에 따른 것이라는 사실을 누구도 알게 해서는 안 된다. 파브리스도 백작도 이 엄청난 장난에 대해서는 전혀 몰라야 해…… 그런데 사카의 가난한 사람들을 잊고 있었구나. 사카 영지의 관리인에게 편지를 써라. 내가 서명할 테니. 편지에 이렇게 적어라. 내 수호성녀 축제를 위해 사카의 가난한 사람들에게 100스갱을 나누어 주고, 등불 장식이며 불꽃놀이, 포도주에 대해서는 모든 것을 네 지시에 따르고, 그리고 특히, 다음 날 내 술창고에 술이 한 병이라도 남아 있지 않게 하라고 말이야."

"그곳 관리인은 한 가지 일에 있어서만은 난처할 겁니다. 마님께서 사카성을 돌보신 이 5년 이래로 그곳에는 가난뱅이라고는 열 명도 남아 있지 않은걸요."

"파르마 사람들에게는 물을!" 하고 공작부인은 노래를 부르듯이 되풀이했다. "이 재미난 일을 어떻게 실행에 옮길 생각이지?"

"계획은 이미 다 섰습니다. 9시경에 사카를 출발하면 10시 반에는 '세 명의 얼간이네'라는 여관에 도착합니다. 카살 마조레와 리치아르다에 있는 '저의' 토지로 가는 길 위에 있는 여관이지요. 말은 그 여관에 두고 다시 11시에는 산세베리나 저택의 제 방에 가 있을 겁니다. 그리고 15분 후에는 파르마 놈들에게 물을 선사하는 것입니다. 대죄인의 만수무강을 위해 물을 취하도록 실컷 마시라고 말입니다. 다시 15분 후에 저는 볼로냐로 가는 길을 따라 시내에서 벗어납니다. 지나가는 길에 도련님의 용기와 마님의 지혜로 체면을 잃은 그 성채에 삼가 작별 인사를 고하는 것이지요. 그리고 잘 알고 있는 샛길

232

로 빠져나와 리치아르다로 입성하는 겁니다."

루도빅은 눈을 들어 공작부인을 바라보다가 온몸이 오싹해졌다. 부인은 여섯 걸음 앞에 있는 텅 빈 벽을 뚫어져라 쳐다보고 있었는데, 그 눈빛 속에서 번쩍이고 있는 것은 부인하고 싶어도 어쩔 수 없는 잔인함이었던 것이다. '아! 내 토지는 헛것이 되고 말겠구나.' 루도빅은 생각했다. '마님은 필경 미쳐 버린 거야!' 공작부인은 그를 바라보고 이 사내의 머릿속에 있는 생각을 알아차렸다.

"아! 대시인 루도빅, 너는 내가 너에게 준 토지의 증명 서류를 원하는구나. 종이를 찾아와라."

말이 떨어지기가 무섭게 루도빅은 종이를 가져왔다. 공작부인은 자신의 손으로 직접 긴 증서 한 장을 썼다. 1년 전 날짜로 된 차용증이었다. 그 증서에 의하면 주인은 루도빅 산 미켈리로부터 8만 프랑의 돈을 빌렸으며 그 담보로 리치아르다의 토지를 그에게 내놓았다, 만약 공작부인이 만 12개월 후에도 위에 말한 8만 프랑을 루도빅에게 갚지 못한다면 리치아르다의 토지는 그의 소유가 된다는 내용이었다. '남아 있는 내 재산 거의 3분의 1에 해당하는 것을 충실한 하인에게 주는 것도 나쁘지는 않지.' 부인은 생각했다.

"자, 그럼." 하고 공작부인은 루도빅에게 말했다. "저수지 일을 유쾌하게 해치운 다음 카살 마조레에 가서 이틀만 즐기도록 해라. 토지의 양도가 법적 효력을 가지려면 1년 이상 경과되었어야 하니까, 그 이전의 일이라고 이야기해. 그런 다음 벨지라테로 오너라. 나는 그곳에 가 있을 테니. 절대 더 지체해서는 안 돼. 파브리스는 아마 영국으로 가게 될 텐데 네가 따라가 주어야 하니까."

다음 날 아침 일찍 공작부인은 파브리스와 함께 벨지라테로 갔다.

두 사람은 이 매혹적인 고장에 머물 곳을 구했다. 그러나 이 아름다운 호숫가에는 피할 수 없는 괴로움이 공작부인을 기다리고 있었다. 파브리스는 전혀 딴사람이 되어 버린 듯했다. 감옥에서 빠져나온 후 일종의 혼수 상태였던 깊은 잠에서 처음으로 깨어난 순간부터 공작부인은 그의 마음속에 무언가 심상찮은 일이 일어나고 있음을 알아차렸다. 그가 애써 숨기고 있는 깊은 감정은 정말 이해하기 어려웠다. 다름 아니라 파브리스는 감옥을 떠나온 것에 절망하고 있었던 것이다. 그리고 그 슬픔의 이유를 들키지 않으려 애쓰고 있었다. 그렇게 되면 대답하고 싶지 않은 여러 질문이 쏟아지게 될 것이기 때문이었다.

"아니, 뭐라고!"

공작부인은 파브리스가 침울한 것을 보고 깜짝 놀랐다.

"그들이 가져다주는 그 끔찍한 음식에 뭔가가 있을지도 모른다고 생각하면서도 배고픔 때문에, 또 쓰러지지 않기 위해서라도 먹지 않을 수 없을 때의 그 몸서리쳐지는 느낌, 무슨 이상한 맛이 나는 것이 아닐까, 나는 지금 독살되는 것이 아닐까, 하는 그 느낌이 지긋지긋하지도 않니?"

"나는 죽음에 대해 전쟁터의 병사들처럼 생각하곤 했습니다. 죽음이란 닥쳐올 수도 있는 일이지만 또 조심하기만 하면 피할 수도 있는 것이라고 말입니다."

파브리스는 이렇게 대답하는 것이었다.

그러니 공작부인으로서는 얼마나 불안하고 또 얼마나 괴로
웠겠는가! 이 사랑하는 청년이, 비범하고 활달하고 독특함이
넘치던 그가, 지금은 자신의 눈앞에서 깊은 상념에 사로잡혀
있는 것이다. 그는 세상에서 가장 사랑해야 할 여인과 마주
앉아 마음을 터놓고 온갖 이야기를 나누는 즐거움보다도 고
독을 더 바라는 것 같았다. 물론 그는 언제나 그랬듯이 부인
에게 다정하고 공손했으며, 그녀의 이야기에 성심껏 귀 기울
여 주었다. 만일 필요하다면 그녀를 위해 망설임 없이 목숨을
던지려 하는 심정도 예전이나 다름없었다. 그러나 그의 마음
은 다른 곳에 가 있었다. 두 사람은 때때로 말 한 마디 나누지
않고 이 아름다운 호수 위를 20킬로미터나 노 저어 다닐 때
가 있었다. 그들 사이의 대화라든가, 그 이후 두 사람 사이에
서 가능하게 된 논리적인 의견 교환 같은 것은 다른 사람들이
보기에는 부러울 수도 있었다. 그러나 그들에게는, 특히 공작
부인에게는 질레티와의 그 불운한 결투 때문에 두 사람이 헤
어지기 이전 그들이 나누곤 했던 다정한 이야기의 추억이 여
전히 생생했다. 파브리스는 무서운 감옥에서 보낸 아홉 달 동
안의 이야기를 당연히 공작부인에게 들려주어야 했을 것이다.
그러나 그는 그동안의 생활에 대해서 짤막하고 모호한 몇 마
디 말밖에는 하지 않았다.

'언젠가는 닥쳐올 일이었어.' 공작부인은 참담한 슬픔을 느
끼며 이렇게 생각했다. '마음의 고통이 나를 늙게 했던가, 아니

면 그가 정말 사랑에 빠진 거야. 그러니 이제 나는 그의 가슴 속에서 두 번째 자리밖에 차지하지 못하는 거야.' 이 세상의 고통 중에서 어쩌면 가장 큰 것일 수도 있는 이 괴로움으로 인해 비굴한 생각에 몸을 내맡기기도 하고 두려움에 사로잡히기도 한 부인은 간혹 이런 생각을 할 때도 있었다. '혹시 페란테가 완전히 미쳤거나 용기라도 없었더라면 내가 이보다는 덜 불행해졌을지도 모르겠다.' 그러나 이런 희미한 후회의 감정을 품는 순간부터 부인이 이제껏 자신의 성격에 대해 지켜 왔던 자존심도 무너지고 마는 것이었다. 쓸쓸한 심정이 된 부인은 다음과 같이 중얼거릴 때도 있었다. '이미 내린 결정을 이처럼 후회하고 있다니, 이제는 더 이상 델 동고 가문의 여인이라고 할 수 없겠어!'

'하나님의 뜻이겠지.' 하고 부인은 다시금 생각에 빠져들어 갔다. '파브리스는 사랑에 빠졌다. 그리고 도대체 나에게 그가 사랑에 빠지지 않기를 바랄 권리가 있기는 한가? 우리 둘 사이에 진정한 사랑의 말이 한 마디라도 오간 적이 있었던가?'

이렇게 사리를 따져 보다가 부인의 잠은 달아나곤 했다. 곧 대공에게 멋지게 복수할 수 있으리라는 예상과 함께 갑자기 나이를 먹고 마음이 약해진 것인지, 그녀는 파르마에 있을 때보다도 이곳 벨지라테에서 훨씬 더 불행했다. 파브리스의 이해할 수 없는 상념의 원인이 된 여인이 누구인가 하는 문제는 더 따져 볼 것도 없었다. 클렐리아 콘티. 신앙심 깊은 이 소녀는 성채 병사들을 취하게 만드는 일에 동조했었으니 결국 자신의 아버지를 배신한 셈이 된다. 게다가 파브리스는 클렐리아 이야기는 한 마디도 꺼내지 않고 있는 것이다! '하지만.' 하고 공작부인은 절망감에 가슴을 쥐어뜯으며 생각을 이어갔다. '만약 병사들이 술에 취하지 않았더라면, 내가 생각해 낸 모든 계획도, 그동안 쏟아부은 온갖 정성도 아무 소용 없었을 것이다. 그러니 그를 구해 낸 사람은 바로 그 소녀인 것이다.'

부인이 파브리스로부터 탈출하던 날 밤의 사건들에 대해 상세한 이야기를 듣게 된 것도 몹시 애를 쓴 뒤였다. '그전 같으면 이런 이야기들은 우리 두 사람 사이에 해도 해도 끝없을 대화의 화제였을 텐데!' 부인은 생각했다. '그 행복한 시절이었다면 이 아이는 내가 꺼내 놓은 하찮은 주제에 대해서도 풍부한 언변과 쾌활함으로 온종일 떠들어 댔을 테지.'

혹시나 일어날 수 있는 일에 대비해야 했으므로 공작부인은 마조레 호수 끝에 있는 스위스 항구 도시 로카르노에 파브리스를 머물게 했다. 그러고는 매일 배를 타고 그를 데리러 가서 호수 위를 오랜 시간 동안 떠돌았다. 그런데 이게 무슨 일인가! 언젠가 한번 그녀는 그가 지내는 방에 올라가 보았다. 그의 방에는 파르마를 그린 풍경화가 가득했다. 그가 사람을 시켜 밀라노에서 혹은 파르마 현지에서 구해 오게 한 파르마의 전경들이었다. 그 도시는 그로서는 지긋지긋해야 할 텐데도 말이다. 좁은 거실은 화실로 변해서 수채화를 그리기 위한 온갖 도구들이 가득 쌓여 있었다. 부인이 올라갔을 때 그는 파르네제 탑과 사령관 관저를 그린 세 번째 그림을 막 완성한 참이었다.

"이젠 기억을 되살려 그 다정스런 성채 사령관의 초상화를 그럴 일만 남았겠구나. 자나 깨나 네게 독약 먹일 궁리만 하던 자를 말이다."

공작부인은 성난 태도로 그에게 말했다.

"그렇지. 떠오른 생각이 있는데." 하고 부인은 계속 화를 냈다.

"너는 그자에게 네 마음이 내키는 대로 탈옥을 해서, 그자의 성채 감옥을 웃음거리로 만들어 죄송하다는 사과 편지라도 써 보내야 하겠다."

이 가엾은 여인은 이렇게 말하면서도 자신이 하는 말이 정말로 일어날 수 있다고는 생각지 않았다. 그런데 사실 안전한 장소에 도착하자마자 파브리스가 가정 먼저 공들여 했던 일은 파비오 콘티 장군에게 아주 예절 바른, 한편으로는 우스꽝스럽기 그지없는 편지를 쓴 일이었다. 그는 장군에게 자신이 달아난 것에 대해 용서를 구하고, 자신은 감옥의 어떤 하급자가 자신에게 독을 먹일 임무를 맡은 것으로만 믿었다고 변명했다. 자신이 편지에 쓰고 있는 내용이 어떤 것인지는 전혀 중요하지 않았다. 파브리스는 클렐리아가 이 편지를 보게 되리라 기대하고 있었던 것이다. 그래서 편지를 써 나가는 그의 얼굴은 눈물로 범벅이 되었다. 마지막 구절은 얄궂기 그지없었다. 자유로운 몸이 되고 보니 파르네제 탑의 그 작은 방이 자꾸 그리워진다고 쓴 것이다. 그가 편지에서 하고 싶었던 말은 바로 이것이었다. 클렐리아가 이 심정을 알아주기를 그는 바랐다. 편지를 쓰고 싶은 기분에서, 그리고 이번에도 역시 그 어떤 사람이 읽게 되기를 기대하면서 파브리스는 자신에게 신

학 서적을 빌려주었던 선량한 감옥부속 사제 동 체사레에게
도 감사의 편지를 썼다. 며칠 후 파브리스는 로카르노 군소 서
적상 한 명을 밀라노로 보냈다. 유명한 서적 소장가인 레이나
의 친구인 이 서적상은 밀라노에서 동 체사레가 파브리스에게
빌려주었던 책들의 가장 호화로운 판본을 찾아서 사들였다.
이 책들은 편지 한 통과 더불어 감옥부속 사제에게 보내졌다.
편지에는 불쌍한 죄수로서 어쩔 수 없이 초조한 심정을 가누
지 못하던 때에 빌려주신 책의 여백에 쓸데없는 낙서를 적어
넣는 무례를 저질렀으므로, 간청하건대 그 대신 이 책을, 책과
함께 보내는 깊은 감사와 함께 받으셔서 서가에 바꾸어 꽂으
시라고 쓰여 있었다.

　파브리스가 성 제롬의 저서 중 2절판 한 권의 여백에다 빼
곡히 써놓은 내용들을 낙서라고 한 것은 그냥 적당히 둘러댄
말이었다. 사실 그는 선량한 이 사제에게 책을 돌려보낼 수 있
고, 또 다른 책과 바꾸어 볼 수 있다는 기대에서, 책의 여백에
다 매일매일 감옥에서의 자신의 생활을 하나도 빠짐없이 아
주 정확하게 적어 두곤 했다. 이 일기 속의 주된 사건이란 다
름 아닌 '거룩한 사랑'의 기쁨이었다. ('거룩한'이라는 단어는, 감
히 쓸 수 없었던 어떤 다른 단어 대신에 사용한 것이 아니겠는가.)
이 거룩한 사랑은 때로는 죄수를 깊은 절망에 밀어 넣기도 했
다. 또 때로는 허공을 가로질러 들려오는 어떤 목소리가 한 가
닥 희망을 불어넣어 행복으로 몸을 떨기도 했다. 다행히 이런
내용은 모두 포도주와 초콜릿, 숯가루를 이겨 만든 감옥의 잉
크로 쓰여 있었으므로 동 체사레는 자신의 서가에 성 제롬의

저서를 다시 꽂으면서 한 번 흘끗 보았을 뿐이었다. 만약 그가 책의 여백을 찬찬히 읽어 보았더라면 이 죄수가 어느 날 하루는 자신이 독약을 먹었다고 믿고 이 세상에서 가장 사랑하는 사람 가까이, 몇십 걸음밖에 떨어지지 않은 곳에서 죽는다는 사실에 행복해했음을 알았을 것이다. 그러나 이 선량한 사제의 눈이 아닌 다른 어떤 사람의 눈이 이 일기가 쓰인 페이지를 읽게 되었다. 그것은 그가 탈옥하고 난 다음의 일이었다. '사랑하는 이의 곁에서 죽는다.'라는 이 아름다운 생각은 갖가지 말로 표현되어 있었고, 그런 다음에는 짧은 시가 따라왔다. 혹독한 시련을 겪은 뒤 자신의 영혼은 23년간 깃들어 있던 덧없는 육체로부터 마침내 벗어났지만, 이 세상에 한 번은 머물게 되는 존재라면 누구나 품게 되는 행복에 대한 본능을 떨치지 못한다. 그래서 이 영혼은, 이제 속세의 질곡에서 자유로워졌고 무서운 심판이 자신의 죄를 용서해 주었다 해도, 그 즉시 하늘로 올라가 천사들의 합창 대열에 합류하지는 않으리라. 오히려 살아 있을 때보다도 죽은 후 더욱 행복을 느끼는 이 영혼은 오랫동안 자신이 고통에 신음하던 감옥 가까이에서 이 세상에서 가장 사랑하던 존재와 하나가 될 것이다, 라는 것이 이 짧은 시의 내용이었다. '그리하여 나는 이 지상에서 나의 천국을 발견하게 되리니.' 시의 마지막 구절은 이렇게 끝맺고 있었다.

파르마 성채에서는 파브리스를 두고 가장 신성한 의무를 저버린 뻔뻔한 반역자라고 이야기하고 있었다. 그럼에도 불구하고 선량한 동 체사레 신부는 어떤 사람을 통해 전해 받은 훌륭한 책을 보고 몹시 기뻐했다. 사실인즉, 파브리스는 자신의 이름을 알면 화를 내며 책꾸러미를 돌려보내지나 않을까 하는 우려에서 책을 발송한 지 며칠 뒤에야 편지를 써 보내는 조심성을 부렸던 것이다. 일의 이러한 경위에 대해 동 체사레는 형에게 아무 이야기도 비치지 않았다. 형인 사령관은 파브리스라는 이름을 듣기만 해도 화가 나서 펄펄 뛰었기 때문이다. 한편 파브리스가 탈옥한 이후, 신부는 자신의 착한 조카딸과 예전처럼 다시 친밀하게 지내고 있었다. 또한 그는 옛날에 그녀에게 라틴어를 조금 가르쳐 준 적이 있었기에 자신이 받은 훌륭한 책들도 보여 주었다. 그런데 바로 이런 일이야말로 책을 보낸 그 여행객이 사실상 바라던 일이었다. 책을 보는 순간 클렐리아의 얼굴이 갑자기 달아올랐다. 파브리스의 필적을 알아보았던 것이다. 노란색의 큼직한 종잇조각이 길쭉하게 잘려 마치 페이지를 표시하는 서표처럼 책의 여러 군데 끼워져 있었다. 진정한 정열로부터 나온 행동이라면, 우리의 삶을 채우고 있는 금전에 대한 비굴한 관심이나 저속한 생각들로 둘러싸인 냉정하고 무미건조한 생활 가운데서라도 언제나 그 결실을 얻게 된다고 말할 수 있을 것이다. 그렇듯이 이 경우에도 마친 인자한 신이 그들의 손을 잡아 이끌어 주는 것 같았다. 클렐리아는 원래 있던 성 제롬의 책을 이번에 받은 책과 비교해 보고 싶다고 숙부에게 부탁했다. 지금 말한 자연스런 섭리에 인도되었고, 또한 세상에서 유일한 사람에 대한 상념을 뿌리치지 못했기 때문이다. 전에 있던 성 제롬의 책 여백에서 앞서 말한 짧은 시를 읽게 되었을 때, 그리고 그가 자신에게 느긴 사랑을 날마다 적어 둔 글을 보았을 때, 그녀가 맛본 기쁨을 어떻게 표현할 수 있을까! 그녀는 파브리스가 떠나 버린 뒤 암담한 슬픔에 빠져 헤어나지 못하고 있었던 것이다.

시를 처음 발견한 그날로 그녀는 그 시를 외고 말았다. 창가에 기대 이제는 사람이 없어 쓸쓸해진 창문을 바라보며 그녀는 시를 읊었다. 그 창문을 가린 차양에서 조그마한 덧문이 열리는 것을 그토록 자주 보아 왔건만…… 그 차양은 이제 철거되어 라씨가 탈옥죄로 기소된 파브리스에 대해 벌일 엉터리 심리에서 증거물로 쓰이기 위해 법정으로 운반되었다. 그의 기소 이유는 검찰총장 자신도 웃으며 이야기한 바대로 '관대한 대공의 자비를 거절한 죄'였다.

클렐리아가 지금까지 한 일 모두는 그녀 자신에게 견딜 수 없는 죄책감의 이유가 되었다. 그리고 불행을 느끼게 된 이후로 그 가책은 더욱 고통스러웠다. 그녀는 자신의 아버지가 아편을 먹고 쓰러졌을 때 성모 마리아께 맹세한 '이제 두 번 다시 파브리스를 보지 않겠습니다.'라는 말을 떠올리며, 그리고 이후로도 매일 이 맹세를 굳게 다지면서 스스로에게 책망을 조금이나마 누그러뜨리려 했다.

그녀의 아버지는 파브리스의 탈옥으로 병이 났다. 게다가 화가 난 대공이 파르네제 탑의 감옥지기 전원을 해고한 뒤 시립감옥에 가둬 버렸을 때 그 자신도 곧 면직되겠구나 하고 낙심천만이었다. 장군이 구제된 것은 어느 정도 모스카 백작이 개입해 준 덕분이었다. 백작은 이 사내를 궁정을 에워싼 무리들 틈에 섞여 일을 꾸미는, 마음 놓을 수 없는 적수로 돌리느니 차라리 성채 꼭대기에 고립시켜 놓고자 했던 것이다.

클렐리아가 용기를 내서, 이미 파브리스에게 알린 적이 있는 자신의 희생을 실천하기로 마음먹은 것은, 실제로 병이 난 파비오 콘티 장군이 자신이 면직될 것을 두려워하며 매우 초조해하고 있던 보름 동안의 일이었다. 성채 안이 향연으로 떠들썩했던 날, 그녀는 꾀를 부려 아프다고 핑계를 댔다. 그날은 독자도 아마 기억하겠지만 죄수가 탈옥한 날이다. 그다음 날도 역시 그녀는 아픈 척하고 자리에 누웠다. 말하자면 아주 처신을 잘했기 때문에 파브리스를 특별히 지킬 임무를 부여받은 감옥지기 그릴로를 제외하면 누구도 그녀가 이 일에 관여했다고 의심하지 않았다. 그리고 그릴로는 입을 꾹 다물고 있었다.

하지만 의심을 받을 걱정을 덜자마자 클렐리아는 곧 양심의 가책으로 몹시 흔들리기 시작했다. '세상에 그 어떤 이유를 대면 아버지를 배반한 딸의 죄를 용서받을 수 있을까?' 그녀는 이렇게 생각하며 괴로워했다.

어느 날 밤 거의 하루 종일을 예배당에서 보낸 뒤 눈물에 젖어 그녀는 숙부 동 체사레에게 자신과 함께 장군에게 가 달라고 부탁했다. 장군은 화가 치밀 때마다 그 가증한 배신자 파브리스에 대해 저주를 퍼붓곤 했으므로 그녀는 더욱 겁이 났었다.

아버지 앞에 온 그녀는 용기를 내어 말했다. 지금까지 줄곧 크레센치 후작의 청혼을 거절해 온 것은 그 사람이 조금도 좋아지지 않았기 때문이고 이 결혼에서 행복을 결코 찾을 수 없으리라 믿었기 때문이었노라. 이 말을 듣자마자 장군이 화를 내기 시작한 탓에 클렐리아는 말을 계속하기가 힘들었다. 그녀는 이어서, 만약 아버지께서 후작의 큰 재산에 끌려 끝내 자신에게 그와의 결혼을 명하신다면 그 명에 복종하겠다고 말했다. 장군은 딸의 말이 이렇게 끝나리라고는 전혀 예상치 못했으므로 몹시 놀랐다. 그러나 어쨌든 기뻐 어쩔 줄 몰랐다.

"자 이렇게 해서, 그 악당 파브리스놈이 저지른 괘씸한 행동 덕분에 내가 자리에서 쫓겨나게 되더라도, 꼭대기 집에 세 들어 사는 비참한 지경은 면하게 되겠군." 그는 자신의 아우를 바라보며 이렇게 말했다.

모스카 백작은 그 '탕아' 파브리스의 탈옥으로 매우 분개하는 척하며 능란하게 상황을 헤쳐 나가고 있었다. 기회 있을 때마다, 대공의 자비를 뿌리치고 달아난, 게다가 원래 천박하기 짝이 없던 이 젊은이의 그런 비열한 행동을 욕하기 위해, 라씨가 만들어 낸 표현법들을 되풀이했던 것이다. 이 꽤나 재치 있는 표현은 상류사회에서는 유행했으나 일반 사람들로부터는 전혀 관심을 얻지 못했다. 일반인들은 여전히 양식을 잃지 않고 있었으므로 파브리스가 중죄인이라는 점에는 수긍했으나, 그가 그처럼 높은 담벽을 뛰어내릴 결심을 했다는 데 대해서는 감탄하고 있었다. 그러나 궁정에서는 이 젊은이의 용기를 칭찬하는 사람은 하나도 없었다. 이번 일로 완전히 창피를 당한 경찰은 공식적으로 발표하기를, 공작부인이 뿌린 돈에 매수된 병사 스무 명이 각각의 길이가 13미터인 사다리 네 개를 함께 이어서 파브리스에게 전해 주었다고 했다. 공작부인은 더할 수 없이 배은망덕한 여인이 되어 누구든 그녀의 이름을 입에 올릴 때는 한숨을 쉬는 것이었다. 경찰의 발표대로라면 파브리스는 밧줄을 아래로 내려뜨려 그 끝에 매달아 주는 사다리를 자기 쪽으로 끌어당겼다는, 별로 신통찮은 공을 세웠을 뿐이었다. 경솔한 짓을 잘하기로 소문난 자유주의자 몇 명은 (그중에는 대공에게서 직접 보수를 받는 궁정 밀정인 의사 C도 끼어 있었다.) 자신들의 위험은 생각하지도 않고 한술 더 떠서 떠들어 대기를, 무자비한 경찰이 이 괘씸한 파브리스의 탈출을 도운 가엾은 병사 중 여덟 명을 총살하는 만행을 저질렀다고 했다. 그래서 진정한 자유주의자 인사들까지도 파브리스가 자신의 경솔한 행동 때문에 불쌍한 병사 여덟 명을 죽게 만들었다고 비난하게 되었다. 이처럼 작은 나라의 전제정치는 여론의 가치를 쓸모없는 것으로 만들어 버리곤 한다.

23장

　이렇게 모두들 분개하고 있는 중에 오직 란드리아니 대주교
만은 변함없이 자신의 젊은 친구를 변호하고 있었다. 그는 대
공비의 궁정에서까지 법률적인 격언을 되풀이하곤 했는데, 말
하자면 어떠한 재판에 있어서도 그 자리에 없는 사람의 변명을
들어 줄 편견 없는 귀를 하나 열어 두어야 한다는 것이었다.

　파브리스가 달아난 다음 날부터 보잘것없는 짧은 시 한 편
이 여러 사람 앞으로 배달되었다. 파브리스의 탈옥을 금세기
의 가장 빛나는 행위의 하나로 칭송하고, 그를 날개를 펼치며
지상에 내려온 천사에 비유하는 시였다. 그다음 날 밤에는 파
르마 사람들 사이에 또 한 편의 근사한 시가 돌아다니고 있었
다. 이 시의 내용은 파브리스가 밧줄을 타고 미끄러져 내려오
면서 지난날의 갖가지 추억들을 독백하는 것이었다. 이 시는

그 속에 담긴 두 개의 빼어난 시구 덕택에 파브리스에 대한 여론을 상당히 완화시켜 주었는데, 식견 있는 사람들은 모두 이 시에서 페란테 팔라의 문체를 알아보았다.

그런데 나는 여기서 서사시에나 나올 법한 문체를 쓰지 않으면 안 되겠다. 자, '사카의 성을 장식등으로 화려하게 뒤덮은 그 대담하기 그지없는 무례함을 알게 되었을 때 모든 분별 있는 사람들의 마음속에 일시에 밀어닥친 분노의 격류를 그려 낼 수 있는 생생한 물감을 과연 어디서 구해 온단 말이냐?' 하는 식으로 말이다. 공작부인에 대해서는 비난의 소리뿐이었다. 진정한 자유주의자들조차도 이번 일이 이곳저곳의 감옥에 붙잡혀 있는 가엾은 정치범들의 생명을 위태롭게 하는 무모한 짓이며 쓸데없이 군주의 심사를 자극하는 것이라고 생각했다. 모스카 백작도 짐짓 떠들고 다니기를, 공작부인의 옛 친구들에게는 이제 한 가지 길밖에 없으며, 그것은 부인을 잊는 일이라고 했다. 이처럼 모두들 입을 모아 공작부인을 비난하고 있었으므로 마침 다른 지방 사람이 이 도시를 지나가고 있었다면 그는 이 거센 여론의 힘에 놀랐을 것이다. 그러나 복수의 쾌감을 음미할 줄 아는 이 나라에서는 사카성을 밝힌 현란한 등불 장식과 6000명 이상 되는 마을 사람들을 모아 놓고 정원에서 베푼 경탄스러운 향연이 대단한 화젯거리였다. 파르마 사람들이 모두들 수군거리는 바에 따르면 공작부인은 자신의 마을 사람들에게 1000스갱을 나누어주었으며, 경찰은 그 작은 마을에 향연이 무르익어 모두들 거나하게 취한 그날 밤으로부터 서른여섯 시간이나 지나서야 어리석게도 서른 명가량의 헌병들을 파견했는데, 그들이 형편없이 봉변만 당하고 돌아온 이유도 바로 그 때문이라는 것이다. 헌병들은 날아드는 돌 세례를 받고 도망쳤으며, 그들 중 두세 명은 말에서 굴러떨어지는 바람에 붙잡혀 포강의 물 속으로 던져졌다고 했다.

산세베리나 저택의 큰 저수지가 터지기는 했으나 그 일은 거의 알려지지 않고 지나갔다. 밤사이 몇몇 거리에 다소 물이 차오르긴 했어도 전날 밤 비가 왔었군 하는 정도였다. 루도빅은 도둑들이 침입했던 것처럼 보이기 위해 저택 창문 유리를 깨어두는 용의주도함을 발휘했다.

작은 사다리도 하나 발견되었다. 그러나 모스카 백작만이 자신이 잘 알고 있는 여인의 지략을 알아챘을 뿐이다.

파브리스는 사정이 허락하는 한 다시 파르마로 돌아가려고 굳게 마음먹고 있었다. 그는 대주교에게 루도빅을 보내서 긴 편지 한 통을 전했다. 그리고 이 충실한 하인은 파비아 서쪽에 자리 잡은, 피에몬테 지방의 관문 나자로 산까지 와서 그 존경할 만한 노성직자가 자신이 아끼는 청년에게 보내는 라틴어 서한을 우편으로 부쳤다. 이에 대해서는 좀 더 상세한 설명을 덧붙여야겠다. 물론 이런 설명은 아무것도 조심할 필요가 없는 나라에 사는 사람들이 볼 때 역시 쓸데없이 이야기를 지연시키는 것으로 보이겠지만 말이다. 파브리스 델 동고의 이름은 편지 어디에도 적혀 있지 않았다. 그에게 가는 편지는 전부 수신인이 스위스 로카르노, 혹은 피에몬테의 벨지라테에 사는 루도빅 산 미켈리로 되어 있었다. 봉투는 싸구려 종이였고 봉인도 허술한 데다 주소도 겨우 읽을 정도였다. 게다가 때로는 주방 하녀에게나 소용이 됨직한 추천인의 이름이 쓰여 있기도 했다. 편지는 어느 것이나 모두 실제의 날짜보다 엿새 전 나폴리에서 발송한 것으로 되어 있었다.

루도빅은 파비아 근처 피에몬테의 마을 나자로산을 떠나 급히 파르마로 돌아갔다. 그는 파브리스가 매우 중시하는 어떤 임무를 맡고 있었다. 그 임무는 다름 아니라 페트라르카 소네트가 적힌 비단 손수건을 클렐리아 콘티에게 전하는 일이었다. 그 시구 속의 단어가 하나 바뀌어 있었던 것도 사실이다. 클렐리아는 이 손수건이 자신의 탁자 위에 놓여 있는 것을 발견했다. 크레센치 후작으로부터 자신이 이 세상에서 가장 행복한 남자라는 말과 함께 거듭 감사를 받은 지 이틀이 지난 뒤였다. 그러므로 파브리스가 여전히 자신을 그리워하고 있다는 증표를 받은 클렐리아의 마음속에 어떤 격랑이 일었을지는 말할 필요가 없을 것이다.

루도빅은 성채에서 일어난 일을 가능한 한 상세하게 알아오기로 했다. 크레센치 후작의 결혼이 이제 결정된 것 같다는 슬픈 소식을 파브리스에게 전한 것도 그였다. 성채에서는 후작이 클렐리아를 위해 베푸는 향연이 하루도 빠짐없이 열리고 있었다. 결혼이 확정되었다는 결정적인 증거란, 엄청난 부자이면서 동시에 북부 이탈리아의 부유한 사람들이 의례 그렇듯 아주 인색한 이 후작이 돈을 물 쓰듯 하며 준비를 하고 있다는 사실이었다. 그러나 그의 아내가 될 사람은 지참금도 없다는 것이 주변 사람들에게는 제일가는 뒷공론거리였다. 파비오 콘티 장군이 이러한 세간의 쑥덕거림에 아주 자존심이 상해서 값이 30만 프랑 이상 나가는 토지를 산 것도 사실이다. 빈털터리인 장군이 이 토지 대금을 현금으로 지불한 것을 보면 분명 후작의 돈으로 얻은 것이 아니겠는가. 이렇게 해서 장군은 이 토지를 결혼하는 딸에게 주겠다고 선언했다. 그러나 1만 2000프랑이 드는 매매증서 비용이나 그 외 부수 경비가 몹시도 꼼꼼한 성격의 크레센치 후작에게는 어리석은 지출로 보였다. 한편 후작은 자기대로 리용에 주문해서 호사스러운 벽걸이들을 직조해 오도록 했는데, 색조 배합이나 시각적 효과가 뛰어난 이 벽걸이들은 볼로냐의 유명 화가 팔라지가 도안한 것이었다. 이 벽걸이 각각에는 크레센치 가문의 문장 그림 일부가 들어가 있었는데, 크레센치 가문은 세상이 다 아는 바와 같이 985년경 로마의 집정관을 지낸 크레센치우스의 후손이다. 이 벽걸이들은 후작 저택 1층에 있는 거실 열일곱 개를 장식할 예정이었다.

벽걸이 외에도 벽시계며 샹들리에까지 파르마로 날라 왔는데, 이런 것들을 위해 치른 금액은 35만 프랑이 넘었다. 전부터 저택을 장식하고 있던 거울들 외에 새로 거울들을 주문했고, 그 가격도 20만 프랑에 달했다. 저택 2층과 3층에는 거장 코레지오 이래 이 지방 출신 화가로는 가장 뛰어난 파르미지아니노가 이미 자신의 작품들로 채워 놓은 거실 두 곳을 제외하고 나머지 모든 방마다 피렌체와 로마, 밀라노 등지에서 온 유명 화가들이 프레스코화를 그리느라 분주했다. 스웨덴의 대조각가 포켈베르크, 로마의 테레나니, 밀라노의 마르케지는 1년 전부터 열 개의 부조 작품을 제작 중이었는데, 이 부조 각각에는 진정 위대한 인물이었던 크레셴치우스의 공적이 펼쳐지고 있었다. 천장 대부분을 장식한 프레스코 벽화에도 그의 생애와 관련된 내용이 담겨 있었다. 밀라노의 하이에즈가 그린, 크레셴치우스가 엘리시온[14]에서 프란체스코 스포르차, 로렌초일 마니피코[15], 경건왕 로베르[16], 호민관 콜라 디 리엔초[17], 마키아벨리, 단테를 비롯한 중세의 위대한 인물들로부터 환대받는 장면은 보는 사람 누구에게나 감탄을 자아냈다. 옛 위인에 대한 이러한 찬미는 아마도 현재의 권력자들에 대한 무언의 비난이 아닐까?

이 모든 호사스런 준비며 치장들이 파르마 귀족과 시민들의 관심을 온통 빼앗고 있었다. 그래서 루도빅이 스무 장이 넘는 긴 편지를 카살 마조레의 한 세관원에게 받아쓰게 해서 보내왔을 때, 순박한 감탄이 섞인 이러한 내용들을 읽은 우리 주인공은 마음이 찢어지는 것 같았다.

'아, 그런데 나는 이렇게 가난하다!' 하고 파브리스는 한탄했다. '기껏 4000프랑의 연금밖에 없으니! 그런 내가 이렇게 값진 것을 받는 클렐리아 콘티를 감히 사랑하다니, 정말 분에

---

14) Elision. 그리스 신화에서 정의로운 사람이나 영웅이 죽은 다음에 간다는 일종의 낙원이다.
15) 로렌초 드 메디치(Lorenzo de' Medici, 1449~1492)의 별칭. 이탈리아 피렌체의 정치가이자 예술과 문학의 후원자. 피렌체 공화국 수반을 지냈으며, 메디치가 및 피렌체의 황금시대를 열었다.
16) 프랑스의 왕 로베르 2세(Rovert Ⅱ, 970~1031). 부르고뉴를 프랑스에 합병시킨 공적이 있다.
17) Cola di Rienzo(1313~1354). 이탈리아의 민중 지도자이다.

넘치는 짓이다!'

루도빅의 긴 편지 속에는 이 하인이 서투른 글씨로 직접 써 보낸 내용이 딱 한 가지 있었는데, 그것은 자신이 그날 밤 옛날 감옥지기였던 가엾은 그릴로를 만났다는 사실을 주인에게 알리는 것이었다. 그릴로는 한때 감옥에 갇혔으나 지금은 풀려나서 숨어 지내고 있었다. 1스갱의 적선을 부탁하길래 공작부인의 이름으로 4스갱을 주었다고 했다. 최근 석방된 옛날 감옥지기들은 모두 열두 명가량 되는데 그들은 자신들이 쫓겨난 자리에 대신 들어앉은 새 감옥지기들과 만약 성채 밖에서 마주칠 기회가 오면 칼맛을 따끔하게 보여 주리라고 벼르고 있다는 것이었다. 그릴로가 들려준 이야기에 따르면 성채에서는 거의 매일 밤마다 음악회가 열리며 클렐리아 콘티 아씨는 몹시 창백한 데다 걸핏하면 병으로 드러눕는다는 것이었다. 루도빅은 편지에 쓰기를 그 밖에도 비슷한 종류의 이야기를 그릴로가 들려주었다고 했는데, 대수롭지 않게 덧붙인 이 한마디 때문에 충실한 하인은 상전으로부터 로카르노로 되돌아오라는 지시가 담긴 편지를 몇 통이나 거듭 받아야 했다. 그는 돌아왔으며 자신이 들은 이야기들을 직접 상세하게 늘어놓아서 파브리스를 더욱 슬프게 했다.

파브리스가 가엾은 공작부인에게 아주 다정하게 대했으리라는 점은 여러분도 짐작할 수 있을 것이다. 그는 부인 앞에서 클렐리아 콘티의 이름을 입 밖에 내느니 차라리 죽음을 택했을 것이다. 공작부인은 파르마를 증오하고 있었다. 그러나 파브리스에게 있어서는 이 도시를 생각나게 하는 것이면 무엇이나 숭고해 보였고 깊은 감동을 주었다.

공작부인이 결코 복수를 잊고 있는 것이 아니었다. 질레티의 일이 일어나기 이전에는 그토록 행복하였건만, 그러나 지금 그녀의 운명이란! 그녀는 모종의 무서운 행동을 기다리면서도 그에 대해서는 파브리스에게 한 마디도 내비치지 않으려고 조심했다. 얼마 전 페란테와 그 일을 계획할 때만 해도 장차 네 복수를 해 줄 수 있음을 알리면서 파브리스를 기쁘게 해 주리라 마음먹고 있었는데 말이다.

자, 그러니 지금 같은 상황에서 파브리스와 공작부인이 나누는 대화가 어떠했을지는 누구라도 짐작할 수 있을 것이다. 두 사람 사이에는 거의 언제나 우울한 침묵이 감돌고 있었다. 두 사람 사이를 좀더 즐겁게 만들 수 없을까 하는 생각으로 부인은 이 사랑하는 조카에게 장난을 걸어 보기도 했다. 백작은 하루도 거르는 날이 없을 정도로 부인에게 편지를 보내왔다. 그는 편지를 쓰면서 부인을 처음 사랑하기 시작했을 때와 같은 기분으로 돌아간 것이 분명했다. 그의 편지에는 언제나 스위스 어느 작은 도시의 소인이 찍혀 있었던 것이다. 이 가엾은 남자는 자신의 애정을 너무 드러내 말하지는 않으면서도 상대를 즐겁게 할 편지를 쓰느라 온갖 재치를 짜내고 있었지만, 그 편지를 읽는 여인은 고작 마지못해서 한 번 읽어 볼 뿐이었다. 그녀의 관심은 다른 곳에 가 있었으니까. 아! 높은 지위에 있는 애인의 충실성 따위가 무슨 소용이 있겠는가. 자신의 마음을 차지하는 사람의 냉정함으로 인해 가슴이 찢어지는 듯한데! 두 달 동안 공작부인은 단 한 번 백작에게 답장을

23장

썼을 뿐이다. 그것도 백작으로 하여금 대공비 주변의 상황을 살펴보게 하기 위해서였다. 불꽃놀이를 벌이는 무례함을 저지른 뒤에도 대공비가 부인의 편지를 흔쾌히 받아 줄지를 알고 싶었다. 백작이 판단하기에 괜찮겠다 싶을 경우 대공비에게 전하게 될 편지에는 얼마 전부터 공석으로 남아 있는 대공비의 시종관 자리를 크레센치 후작에게 결혼 선물로 내려 달라는 부탁이 담겨 있었다. 공작부인의 이 편지는 정말 뛰어난 글이라고 할 수 있는데, 존경의 마음이 다정한 우애와 어우러져 유려한 문체로 표현되어 있었다. 이 궁정인 특유의 문체에서는 아무리 사소하고 무관한 것일지라도 행여 대공비의 기분을 상하게 할 우려가 있는 말은 단 한 마디도 찾을 수 없었다.

그러하였기에 대공비가 보낸 답장 또한 공작부인이 궁정에 없음을 가슴 아파하는 상냥한 우애를 전하고 있었다.

나의 아들과 나는 당신이 그처럼 갑작스레 이곳을 떠난 뒤로 유쾌한 야유회를 즐겨 본 적이 없습니다. 나의 친애하는 공작부인께서는 내 궁정 신하들을 임명할 때마다 언제나 이 몸에게 조언을 해 주었던 사람이 바로 부인 자신이었다는 사실을 기억하지 못하십니까? 후작에게 시종관 자리를 내리는 데 있어 그런 여러 이유를 말씀하시다니, 마치 부인의 희망이 내게는 선택의 가장 큰 동기가 된다는 점을 잊으신 듯합니다. 내가 이 일을 결정하는 한, 후작은 그 자리에 앉게 될 것입니다. 또한 친애하는 공작부인을 위해서는 언제나 내 마음속에 최고의 지위를 남겨 두고 있습니다. 내 아들도 당신에 대해서 전적으로 이런 말을 하고 있습니다만 스물한 살의 덩치만 큰 소년이 쓰기에는 좀 지나친 표현이겠지요. 그는 당신이 벨지라테 부근 오르타 계곡의 광물 표본들을 보내 주었으면 하고 바라고 있습니다. 종종 편지를 해 주셨으면 합니다. 백작을 통해서라도 좋습니다. 백작은 여전히 당신을 몹시 원망하는 것 같고, 특히 그런 다감함 때문에 이 몸은 그를 좋아하게 됩니다. 대주교님도 역시 당신의 변함없는 친구입니다. 우리들 모두는 당신을 다시 만나게 될 날이 오기를 바라고 있습니다. 반드시 그렇게 되어야겠지요. 내 수석시녀인 기슬레리 후작부인은 이제 곧 이 세상을 하직하고 다른 좋은 곳으로 갈 것 같습니다. 그 가련한 부인은 지금까지 내게 거슬리는 짓만 하더니 지금도 역시 못마땅하게 이렇게 형편이 좋지 않을 때 세상을 뜨려 하는군요. 그 부인의 병으로 말미암아 더욱 간절히 떠오르는 것은 예전 같았으면 참으로 기쁜 마음으로 그녀 자리에 새로 임명하였을 어떤 사람의 이름입니다. 그 멋진 부인께서 나를 위해 자신의 자유로움을 희생해 주었으면 얼마나 좋았을까마는, 그 여인은 우리 곁을 피해 달아났고, 그러면서 내 작은 궁정의 모든 즐거움도 함께 가지고 가 버렸군요…….

이렇게 공작부인은 파브리스와 함께 있는 동안 그를 절망케 하는 그 결혼을 빨리 성사시키려고 애쓰고 있었다. 그러면서 부인은 매일 파브리스를 만나러 왔다. 이런 상황인지라 때때로 두 사람은 호수 위를 서너 시간이나 함께 배를 타고 거닐면서도 단 한 마디의 말도 나누지 않을 때가 있었다. 파브리스가 부인을 대하는 태도는 더할 나위 없이 예절 바르고 친절했으나 그의 생각은 다른 곳에 가 있었다. 더구나 그는 순진하고 단순한 마음을 지녔기에 겉으로 기분을 맞추는 말 같은 것을 하지도 못했다. 이런 그의 모습을 바라보는 공작부인은 마치 가혹한 고문을 받고 있는 느낌이었다.

잊고 말하지 않았는데, 공작부인은 벨지라테에 집 한 채를 샀다. 이 마을은 이름(호수의 아름다운 경치를 바라본다는 뜻) 그대로 정말 아름다운 곳이었다. 부인은 거실에서 발코니 창을 열고 나가면 곧 놀이배를 탈 수 있었다. 그녀는 흔히 볼 수 있는 배를 한 척 구했다. 노 젓는 사람이 네 명이면 충분한 배였다. 그런데도 부인은 열두 명을 고용했고 그것도 벨지라테 인근 각 마을에서 한 명씩 골랐다. 이렇게 골라 뽑은 사내들을 데리고 호수 가운데로 나간 지가 서너 번인가 되었을 때, 부인은 노 젓는 일을 멈추게 하고 그들에게 말했다.

"나는 당신들 모두를 친구처럼 여기고 있어요. 그래서 비밀을 털어놓는 것인데, 내 조카 파브리스는 얼마 전 감옥에서 탈옥했어요. 비록 지금 그가 중립 지역인 이 호숫가에 머물고 있긴 해도, 언제 누가 배반해서 체포될지도 모르는 일이지요. 항상 주변을 주의 깊게 살펴야 해요. 그리고 알아낸 것은 무엇이나 내게 보고해 주세요. 밤낮 상관없이 어느 때고 내 방에 출입해도 좋으니까."

노 젓는 사내들은 그렇게 하겠다고 충성스럽게 대답했다. 부인은 사람들의 마음을 사로잡는 능력이 있었다. 그러나 부인도 파브리스가 설마 사로잡히는 일이 있으리라고 생각해서 그랬던 것은 아니었다. 그런 세심한 경계를 당부했던 이유는 차라리 부인 자신을 위해서였는데, 산세베리나 저택의 저수지를 열라는 비난받을 만한 명령을 내리기 전이었더라면 이렇게까지 조심하지는 않았을 것이다.

또한 그녀는 신중을 기해 파브리스가 머물 집을 로카르노 항구에서 구했다. 파브리스가 부인을 만나러 오든가 혹은 부인이 스위스 쪽의 그에게로 가든가 해서 두 사람은 매일 만났다. 하루도 빼놓지 않고 서로 마주 보는 일이 두 사람에게 과연 얼마나 즐거웠겠는가. 아주 작은 사실만으로도 두 사람이 그 때문에 얼마나 부담을 느꼈는지 짐작할 수 있을 것이다. 즉 파브리스의 모친인 후작부인과 누이들이 두 사람을 만나러 온 적이 두 번 있었는데, 그들 사이에 타인이 끼어들었다는 사실이 오히려 두 사람에게 기쁨을 주었던 것이다. 아무리 육친이라 할지라도 마음속 소중한 것을 전혀 헤아리지 못하고 1년에 한 번밖에 만나지 못한다면 타인이라 느껴진다 한들 별수 없지 않은가.

어느 날 저녁 공작부인은 후작부인과 그녀의 두 딸과 함께 로카르노의 파브리스에게 와 있었다. 이 지방 수석사제와 주임신부가 이 귀부인들에게 인사하러 찾아왔다. 어떤 상거래에 관계하고 있어서 세상 소식에 밝은 수석사제가 문득 말을 꺼냈다.

"파르마 대공께서 서거했다는군요!"

공작부인의 안색이 몹시 창백해졌다. 그녀는 겨우 용기를 내 물어보았다.

"자세한 이야기를 알고 계시는가요?"

"아닙니다."

수석사제가 대답했다.

"단지 돌아가셨다는 사실밖에 모릅니다만, 그 점은 확실한 것 같습니다."

공작부인은 파브리스를 쳐다보았다. '나는 이 아이를 위해 일을 했다.' 부인은 생각했다. '이 아이를 위해서라면 더 무서운 짓이라도 했을 것이다. 그런데도 이 아이는 내 앞에서 이다지도 무심하게 다른 여인을 생각하고 있다니!' 공작부인은 이런 고통스러운 생각을 감당할 수 없어 그만 정신을 잃고 말았다. 모두들 허겁지겁 그녀에게 달려들어 보살폈다. 그러나 정신을 차렸을 때 그녀는 파브리스가 수석사제나 주임신부에 비해서도 걱정하는 빛이 한결 덜한 모습으로 자리만 지키고 있음을 알아차렸다. 늘 그렇듯이 그는 온통 어떤 상념에 빠져 있었던 것이다. '파르마로 돌아가려는 생각을 하고 있나 보다. 아마 클렐리아와 후작의 결혼을 막으려는 생각일 테지. 하지만 그렇게 하도록 내버려둘 수는 없어.' 곧 그 자리에 함께 있는 두 사제의 존재를 의식한 부인이 서둘러 덧붙였다.

"대공께서는 훌륭한 분이셨지요. 그런데도 어째서 세상 사람들은 그분을 그다지 비난했을까! 그분을 잃은 일은 우리로서는 큰 손실이지요!"

두 사제가 작별인사를 하고 돌아가자 공작부인도 혼자 있으려고 잠자리에 들고 싶다는 핑계를 댔다.

'신중하게 행동하려면 분명 한두 달 기다려서 파르마로 돌아가는 편이 낫다. 하지만 나는 더 이상 참을 수 없을 것 같다. 이곳은 너무나 고통스럽다. 파브리스의 그치지 않는 상념, 그의 말없는 모습을 보고 있노라면 내 마음은 견딜 수 없어진다. 그와 함께 마주 앉아 이 아름다운 호수 위를 거닐면서도 이토록 고통스러울 줄은 그 누가 알았으랴. 더구나 지금처럼 그의 복수를 해 놓고도 그 일에 대해 한 마디 귀띔도 못 하고 있다니! 이런 큰 고통을 겪게 된 이상 죽음 따위가 무슨 대수랴. 예전 파르마의 내 집에서 나폴리로부터 돌아온 파브리스를 맞이했을 때 그 황홀한 행복과 어린아이 같은 기쁨을 느낀 대가를 지금 치르고 있나 보다. 만약 내가 그때 한 마디만 분명히 했더라면 만사는 해결되었을 텐데. 그랬다면 아마도 그 아이는 내 사람이 되었을 테고, 그 어린 클렐리아는 생각지도 않았을 것을. 하지만 그 한 마디 말이 나로서는 두렵기 그지없었지. 지금은 그 소녀가 나를 밀어내고 그의 마음을 사로잡고 있어. 그야 당연한 일이 아닌가? 그녀는 스무 살이고, 나는, 근심에 지치고 병약하며, 나이도 두 배나 되니! ……차라리 죽어 버렸으면! 그래서 이 고통을 끝내 버렸으면! 마흔 살의 여자는 젊은 시절 자신을 사랑했던 남자의 추억 속에서나 한 가닥 의미를 가질 수 있을까, 그 외는 아무것도 아니야! 이제 나에게 남은 일이라고는 허영심이나 만족시키며 사는 것, 그러나 그렇게 사는 것이 가치가 있을까? 그러니 더더욱 파르마로 돌아갈 이유가 된다. 가서 마음껏 즐기는 거야. 만약 사태가 좋지 않은 방향으로 나가서 내가 죽을 수도 있겠지. 흥, 그렇게 된다 한들 나쁠 게 무엇이랴? 여봐란 듯 근사한 죽음

23장

을 맞이하리라. 그리고 마지막 숨을 내쉬는 그 순간 비로소 파브리스에게 말하리라. '무정한 사람! 이 모든 것이 너를 위한 일이었어!'라고……. 그렇다, 내게 남은 얼마 되지 않은 이 삶을 위해 해야 할 일이 남아 있는 곳은 오직 파르마밖에 없다. 그곳으로 돌아가서 가장 당당한 귀부인이 되자. 하지만 예전 라베르시 부인이 그리도 시샘했던 그 모든 호사스러운 일에 여전히 애착을 가질 수 있을는지! 그때는 내 자신의 행복을 확인하기 위해 나를 향한 다른 사람들의 부러움 섞인 눈길을 보아야만 했었지……. 내 허영을 위해 그래도 한 가지 다행한 일이 있다. 아마도 백작을 제외하고는 무엇 때문에 내 마음이 얼어붙었는지 그 누구도 짐작할 수 없으리라는 것……. 나는 앞으로도 파브리스를 사랑하고 그의 장래를 위해 나를 바치게 되리라. 하지만 그가 클렐리아의 결혼을 막도록 내버려 두어서는 안 된다. 그러면 그 자신이 결국 그녀와 결혼할 테니……. 안 돼, 결코 그리 되도록 내버려 둘 수는 없어!'

공작부인의 서글픈 상념이 이쯤에 이르렀을 때 집 안에서 소란한 소리가 들려왔다.

'아! 드디어 나를 체포하러 왔구나. 페란테가 붙잡혀 사실을 털어놓고 말았을 테지. 흠, 더 잘된 일이야! 다른 것을 생각하지 않아도 될 일이 생겼으니까. 내 목숨을 놓고 적들과 겨루어 보는 거야. 그러나 우선 붙잡혀서는 안 되겠다.'

공작부인은 옷도 제대로 입지 않고 정원 구석진 곳으로 달아났다. 야트막한 담을 넘어 들판을 향해 도망치려고 이미 마음먹은 터였다. 그런데 누군가 자신의 방 안으로 들어오는 것이 보였다. 그녀는 그가 백작의 심복 부하인 브뤼노임을 알아보았다. 시녀의 안내를 받아 들어온 그는 뒤따르는 사람 없이 혼자였다. 그녀는 발코니 창으로 다가갔다. 브뤼노는 자신이 입은 상처를 시녀에게 이야기하고 있었다. 공작부인이 방으로 되돌아가자 브뤼노는 거의 몸을 던지다시피 부인의 발아래 무릎을 꿇고, 자신이 이런 어처구니없는 시각에 도착한 것을 백작님께는 알리지 말아 달라고 간청했다. 그리고 이렇게 덧붙였다.

"대공이 서거하신 직후 백작님께서는 명령을 내리셔서 어느 역에서건 파르마 백성에게는 말을 내어주지 못하게 하셨지요. 그래서 저는 집에 있던 말들을 마차에 매어 포강까지는 왔습니다만, 배에서 내리면서 그만 마차가 뒤집혀 부서지는 바람에 탈 수 없게 되었습니다. 말이라도 타고 달려왔어야 했으나 저 또한 심한 타박상을 입어 그럴 수도 없었습니다."

"흠, 좋아요! 지금이 새벽 3시군. 당신이 정오에 도착했다고 말해 두겠어요. 그러니 당신도 그렇게 보고하도록 해요."

"마님의 친절함에 진정 감사드립니다."

문학 작품 속에 끼워 넣은 정치 이야기는 음악회 도중에 울린 한 방의 총성처럼 조화를 깨는 거칠기 짝이 없는 것이지만, 그렇다고 해서 그것을 무시해 버릴 수도 없는 일이다.

우리는 이제부터 꽤나 품격이 떨어지는 이야기를 해야겠다. 될 수 있다면 이야기를 하지 않고 넘어가고 싶은 이유야 여러 가지가 있지만, 이 사건들이 인물들의 심리에 큰 영향을 주고 있는 이상 우리의 관련 영역 안으로 들어온 것이며, 따라서 언급하지 않으면 안 되는 것이다.

"그런데, 맙소사! 도대체 대공께서는 어떻게 돌아가시게 되었나요?" 공작부인이 브뤼노에게 물었다.

"대공께서는 사카에서 8킬로미터가량 떨어진, 포강을 따라 길게 뻗은 늪지대에서 철새 사냥을 즐기시다 그만 구덩이에 빠지셨지요. 구덩이 입구가 덤불로 가려져 있었거든요. 땅에 흠뻑 젖어 계시다가 한기가 드셔서 외딴 집으로 모시고 갔는데, 그곳에서 몇 시간 후 돌아가셨습니다. 몇몇 사람들이 이야기하는 바에 따르면 카테나 씨와 보로네 씨도 함께 변을 당하셨다는데, 그 모든 변고가 쉬기 위해 들어간 농가의 구리 냄비 때문이라더군요. 그 냄비마다 푸른 녹이 슬어 있었다는 겁니다. 모두들 그 농부의 집에서 점심식사를 하셨으니까요. 그리고 다음과 같은 소문도 공연히 들뜨기 좋아하는 자들과 급진파들 입을 통해 퍼지고 있긴 한데, 하기야 그자들은 워낙 자기들 좋은 대로 지껄이기는 하지만, 요컨대 대공의 죽음은 독살이라는 겁니다. 궁정의 보급 장교인 제 친구 토토 역시 한 시골 사람이 인정스레 치료해 주지 않았더라면 목숨을 잃었을 거라더군요. 그 시골 사람은 의술에 상당한 지식을 지니고 있는 듯했는데, 제 친구에게 아주 괴상한 약을 먹게 했더랍니다. 그런데 벌써부터 사람들은 대공이 돌아가신 일에 대해 입을 다물고 있습니다. 사실 정말 잔인한 분이셨거든요. 제가 이곳으로 출발할 무렵에는 사람들이 검찰총장 라씨를 때려 눕히자면서 모여들고 있었지요. 죄수들을 구하겠다면서 성채 문마다 불을 놓으러 가자고도 웅성거리더군요. 그러나 파비오 콘티가 대포를 쏠 거라면서 겁을 내는 자들도 있었어요. 또

다른 이들은 성채 포수들이 자기네 같은 시민들을 학살할 뜻은 없을 테니 화약에 물어 부어 두었을 거라면서 안심시키기도 했습니다. 그런데 정말 흥미로운 일이 있는데요, 제가 다친 팔을 상돌라로의 외과의사에게 보이고 있는 중에 한 남자가 파르마에서 오는 길이라며 전해 준 이야기입니다. 그 남자 말에 따르면 사람들이 길에서 바르보네 녀석을 붙잡아 이 악명 높은 성채 서기 녀석을 흠씬 두들겨 준 다음 성채 제일 가까운 산책로 가로수에 매달려고 끌고 갔다는 겁니다. 군중들이 궁정 정원에 서 있는 대공의 동상을 부수기 위해 행진해 가자 백작님께서 글쎄, 근위병 한 대대를 인솔해 동상 앞에 정렬시키시고는, 이 정원에 들어오는 자가 있으면 한 놈도 살아 나갈 수 없을 줄 알라고 엄포를 놓게 하셨답니다. 그러니 사람들이 겁을 먹었지요. 그런데 정말 이해하기 힘든 점이 있습니다. 이것도 예전에 헌병이었다는, 파르마에서 오는 길이라던 그 사내가 되풀이해서 이야기하던 것입니다만, 백작 나리께서 대공 근위대 대장인 P장군을 발길로 차고 사격병 두 명을 시켜 정원 밖으로 데리고 나가게 했다는 겁니다. 어께 계급장을 떼어낸 다음에 말입니다."

"그건 정말 백작님다운 행동이에요."

공작부인은 조금 전까지만 해도 예상조차 못했던 일에 기뻐하며 큰 소리로 외쳤다.

"그이는 누구든지 대공비 마마를 모욕하는 짓을 용납하지 않을 테니까. 또한 P장군으로 말하면 정통군주에 대한 충성심이 너무 큰 나머지 보나파르트에게는 아예 등을 돌려 왔던 사

람이지만 백작님은 그보다는 대범했던 덕분에 스페인 원정에
도 빠짐없이 참가하지 않았던가요. 그 때문에 궁정에서 때때
로 힐난을 듣기도 했지만."

공작부인은 백작의 편지를 뜯었다. 그러나 브뤼노에게 이것
저것 물어보느라 읽어 가던 눈길을 편지에서 수차례나 떼곤
했다.

백작의 편지는 정말 유쾌한 것이었다. 아주 침통한 표현을
골라서 구사하고 있었지만 그 말 한 마디 한 마디마다 미처
감추지 못한 환호가 생생히 묻어나는 듯했다. 대공의 죽음에
대한 상세한 경위를 알리는 대신 백작은 다음과 같은 말로 편
지를 끝맺고 있었다.

당신은 분명 돌아오실 거지요, 내 사랑! 하지만 대공비께서
내 희망에 따라 조만간 사신을 보내실 테니 이틀 정도만 기다
리기 바랍니다. 당신이 이곳을 떠날 때 대담했던 것만큼 돌아
올 때도 당당해야 합니다. 지금 당신 곁에 있을 그 대죄인에 대
해서는 이 나라 각 정파에서 불러 모은 판사 열두 명으로 하여
금 다시 판결을 내리도록 할 생각입니다. 그러나 그 골칫거리
죄수에게 정당한 재판을 열어 주기 이전에 우선 처음의 판결문
을, 혹시 그런 것이 있다면, 무효로 처리해 두어야겠지요.

그런 다음 백작은 페이지를 넘겨 또 한 장의 편지를 시작하
고 있었다.

다른 일을 한 가지 말씀드려야겠습니다. 나는 지금 근위병 2개 대대에 탄약통을 분배하도록 지시한 참입니다. 이제부터 폭도들과 싸워서, 자유주의자들이 오래전부터 내게 붙여놓은 '무자비한 인물'이라는 별칭에 어울리도록 최선을 다해 그들을 진압해야겠지요. 그 늙은 허수아비 같은 P장군이 병영 안에서 감히 떠들기를, 반란을 일으킬 태세인 민중들과 흥정을 해 보자는 겁니다. 지금 이 편지를 쓰는 나는 궁정으로 향하는 길 위에 있습니다. 그리고 내 시체를 밟지 않고는 아무도 궁정으로 들어오지 못할 겁니다. 안녕히! 만약 내가 죽는다 해도, 살아 있을 때와 마찬가지로 여전히 당신을 사랑하며 죽어 갈 것임을 생각해 주십시오. 리용의 D에게 당신 이름으로 위탁해 둔 30만 프랑의 돈을 찾는 일을 잊지 마시기를.

저기 죽은 사람처럼 창백해진 라씨 녀석이 가발도 쓰지 않은 채 허겁지겁 쫓아오고 있군요. 그 몰골이 상상이나 되실지! 민중들은 그의 목을 매달아야만 성이 풀리겠다고 아우성이지만, 그렇게 하도록 이자를 내어주면 큰 실수가 될 겁니다. 수레바퀴에 달아매서 처형해야 마땅한 자이니까요. 내 집에 피신해 왔다가, 또 내 뒤를 따라 거리로 쫓아 나온 이런 자를 도대체 어떻게 처리해야 좋을지······ 그를 대공의 궁정으로 데리고 갈 수는 없지요. 그렇게 하면 민중들의 반란에 기름을 부어 주는 셈일 테니 말입니다. 어쨌든 F[18]는 알게 되겠지요. 내가 그를 아낀다는 사실을, 라씨를 보자마자 내가 한 말은 이러했습니다.

---

18) 파브리스를 가리킨다.

'델 동고 씨의 판결문이 필요하다. 그리고 그 사본들도 모을 수 있는 대로 빠짐없이 모아서 가져와라. 그리고 이 소동의 원인이 된 그 불공정한 판사들 모두에게 일러두어라. 이 판결문은 애초에 존재하지 않았던 것이니 여기에 대해 한 마디라도 지껄이면, 친애하는 친구, 자네와 함께 그들 모두를 교수형에 처하겠다고 말이다.' 나는 파브리스의 이름으로 대주교에게 정예 부대한 중대를 파견하려 합니다. 안녕, 나의 천사! 내 집은 불타 버릴 것 같습니다. 그동안 지니고 있던 당신의 아름다운 초상화들도 잃어버리고 말겠지요. 이제 궁정으로 가서 그 뻔뻔스런 P 장군을 쫓아낼 겁니다. 그자는 늘 하던 버릇대로 허튼 수작만 부리고 있어요. 예전에는 고인이 된 대공에게 아첨하고, 이제는 비굴하게 민중들의 비위만 맞추고 있으니 말입니다. 그자를 비롯해 장군들 모두가 아주 겁에 질려 있습니다. 내 생각에 나 자신이 총사령관이 되어야 할 듯합니다.

공작부인은 심술이 나 있는 참이라 파브리스를 깨우러 사람을 보내지도 않았다. 그녀는 백작에 대한 찬탄으로 달아올랐다. 거의 사랑에 빠진 듯한 기분이었다. 그녀는 생각했다. '아무리 생각해도 그이와 결혼해야겠어.' 그녀는 즉시 그에게 편지를 썼고, 바로 사람을 보내 전했다. 그날 밤 공작부인은 불행을 느낄 겨를이 없었다.

그다음 날 정오경, 부인은 배 한 척이 호수의 물결을 가르며 다가오고 있는 것을 보았다. 그 배는 열 명의 사공이 노를 저어 빠른 속도로 다가왔다. 얼마 안 있어 파브리스와 부인은 파르마 대공의 신하 복장을 한 남자 한 명을 알아볼 수 있었다. 그 남자는 왕실 전령이었다. 그는 육지에 발을 내딛기도 전에 공작부인을 향해 외쳤다.

"반란은 진압되었습니다!"

이 전령은 부인에게 백작이 보낸 편지 여러 통을 내놓았다. 그와 함께 대공비가 쓴 우아한 문체의 편지 한 통과 양피지에 쓰인 새로운 대공 라뉴체 에르네스트 5세의 명령서도 전달했다. 이 명령서에는 부인을 산 지오반니 공작부인으로 봉하고 모후의 수석시녀 직위를 내린다고 되어 있었다. 광물학에 조예가 깊은 이 젊은 대공은, 비록 부인이 생각하기에는 멍청이였으나 짤막한 편지를 첨부할 정도의 재치는 있었다. 끝부분에 가서 사모하는 심정을 슬쩍 내비치고 있는 이 편지는 다음과 같이 시작되었다.

공작부인, 백작이 말하기를 그 자신 나에게 아주 만족한다더군요. 사실 나는 그의 곁에 붙어 다니면서 총알 세례도 몇 번 받았고, 내 말은 총탄을 맞기까지 했습니다. 이처럼 별것 아닌 일을 가지고 수선을 피우는 모습들을 보니 진짜 전투에 참가해 보고 싶은 생각이 간절합니다. 하지만 그 전투가 내 나라 백성을 대적하는 것이어서는 안 되겠지요. 이번 일은 전적으로 백작의 공입니다. 우리나라의 장군들은 전쟁이라고는 해 보지 못한 자들로서 토끼처럼 이리저리 몰려다닐 뿐이었고, 그들 중 두세 명은 볼로냐까지 달아나고 말았습니다. 참으로 통탄할 일로 말미암아 내가 왕위에 오른 이후 당신을 모후의 수석시녀로

임명하는 명령서에 서명하는 일만큼이나 내게 즐거움을 준 일
은 없었습니다. 모후와 내가 기억하기에 당신께서는, 듣기로 예
전에 페트라르카가 소유하고 있었다는 산 지오반니 별장의 아
름다운 경치를 칭찬하셨지요. 모후께서는 당신께 그 작은 영지
를 주고자 하십니다. 나로서는 당신께 어떤 선물을 해야 좋을
지 모르겠고, 더구나 이미 모든 것이 당신의 것이 되어 버린 지
금 새삼스레 무엇을 드린다는 것도 겸연쩍은지라 당신을 내 나
라의 공작부인으로 모시고자 합니다. 산세베리나라는 이름은
로마의 작위라는 사실을 아마 알고 계시겠지요? 우리의 존경할
만한 대주교께는 대훈장을 수여했습니다. 그분은 일흔 살 노인
으로서는 보기 드문 굳건함을 보여 주셨거든요. 추방되었던 귀
부인들을 모두 다시 불러들인 일에 대해서는 양해하실 줄로 믿
습니다. 오늘 이후로 나는 '친애하는'이라는 말을 쓴 다음이 아
니면 서명해서는 안 된다는군요. 이런 표현을 함부로 낭비해야
한다는 사실이 몹시 유감스럽습니다. 이 표현은 당신께 보내는
편지에 사용될 때나 진실이라 할 수 있으니 말입니다.

친애하는

라뉴체 에르네스트로부터

이 편지 내용을 볼 때 공작부인이 앞으로 최고의 총애를
누리게 되리라는 점을 의심할 사람은 없었다. 그럼에도 불구
하고 두 시간 후 받아 본 백작의 다른 편지에는 이해하기 힘
든 말들이 적혀 있었다. 그 편지는 별다른 설명도 없이 부인에
게 파르마로 돌아오는 일을 며칠 늦추고 대공 모후에게는 몸

이 아주 불편하다는 편지를 써 보내라고 권하고 있었던 것이다. 그러나 공작부인과 파브리스가 이 충고에 따라 출발을 늦춘 것은 아니었다. 두 사람은 저녁 식사를 마친 후 곧장 파르마를 향해 떠났다. 공작부인의 속마음은, 비록 그녀 자신은 시인하고 싶지 않으나 크레센치 후작의 결혼식을 서두르게 하려는 데 있었다. 한편 파브리스는 길을 가면서 내내 미친 듯한 행복에 들떠 있었으므로 고모의 눈에는 우스꽝스럽게 보일 지경이었다. 그는 곧 클렐리아를 다시 만나게 되리라는 희망에 부풀어 있었다. 그녀의 결혼을 막을 다른 방도가 없다면 강제로라도 그녀를 납치해 달아날 생각이었다.

공작부인과 조카의 여행길은 아주 유쾌했다. 파르마로 들어가기 직전 역참에서 파브리스는 잠시 멈춰 성직자의 복장으로 갈아입었다. 평상시 그는 상을 당한 사람 같은 옷차림을 하고 있었던 것이다. 그가 공작부인이 있는 방으로 돌아오자 부인이 말했다.

"백작의 편지에는 무언가 석연치 않은, 이해할 수 없는 것이 있어. 내 말을 믿고 여기서 몇 시간 기다려다오. 저 유능한 수상과 이야기를 해 본 다음 즉시 네게 사람을 보낼 테니."

파브리스는 부인의 분별 있는 이 의견에 아주 괴로운 심정으로 복종했다. 공작부인을 맞이하는 백작은 마치 열다섯 살 먹은 소년처럼 기쁨에 넘쳐 어쩔 줄 몰랐다. 그는 부인을 아내처럼 부르기도 했다. 정치에 대한 이야기는 마음이 내키지 않았던 터라 마침내 재미없는 이성적 화제로 돌아오기까지는 한참의 시간이 걸렸다.

"파브리스가 이곳에 공개적으로 들어오지 않은 것은 아주 잘한 일입니다. 이곳은 지금 정치적 반동이 기승을 부리고 있으니까요. 한번 알아맞혀 보십시오. 대공이 내게 함께 일해 보라고 던져 준 법무대신이 누구겠는가를! 바로 라씨입니다. 한창 커다란 소요 사태에 휘말려 있던 그날, 내가 거지나 다름없이 취급했던 그 사랑스런 라씨 녀석이란 말입니다. 그건 그렇고, 미리 알리는 바입니다만, 이곳에서 일어난 일들은 일체 없었던 일이 되었습니다. 우리 신문을 읽어 보면 아시겠지만 바르보네라는 그 성채 서기는 마차에서 떨어져 죽은 것으로 되어 있습니다. 정원에 서 있는 대공의 조각상을 뒤엎으려고 몰려왔다가 사살당한 예순 명가량의 폭도들도 여전히 건강한 몸으로 잘 지내고 있지요. 단지 그들은 지금 여행 중이라 이곳에 없을 뿐이란 말씀입니다. 내무대신 쥐를라 백작이 몸소 이 불행한 용사들의 집을 일일이 방문해서 그 가족이나 친구에게 50스갱씩 주고, 죽은 사람이 지금 여행 중이라고 말하도록 지시했습니다. 만약 사살당했다는 이야기를 입 밖에 내기만 하면 감옥에 집어넣겠다는 엄포도 곁들였지요. 내가 맡고 있는 외무부의 한 인사도 밀라노와 토리노의 신문 편집자들에게 파견되었습니다. 그 '불행한 사건', 이것이 이번 소요 사태의 공식 표현입니다만, 이 일에 대한 기사를 싣지 못하게 할 임무를 맡고 떠난 거지요. 그 인사는 파리와 런던까지 내쳐 달려가, 이 나라의 혼란 상황에 대해 떠돌고 있는 온갖 소문들을 모든 신문사에 공식적으로 부인하게 될 것입니다. 또 한 사람은 볼로냐와 피렌체를 향해 떠났지요. 이 어설픈 짓에 대해 나는 단지 어깨를 으쓱해 보였을 뿐입니다.

그러나 재미있는 일은, 이 나이가 되어서도 근위대 병사들에게 호령할 때나 그 비겁한 P장군의 견장을 떼어 내면서 잠시 흥분이 느껴지더라는 겁니다. 그 순간에는 새 대공을 위해 주저 없이 목숨을 내던졌을지도 모르지요. 지금에야 만약 그랬더라면 정말 어리석은 죽음이었을 거라고 인정하는 바이지만 말입니다. 이제 사태가 진정되고 보니 그 대공은, 비록 심성이 착한 청년이기는 해도, 내가 병으로 죽게 할 수 있다면 100에퀴는 내놓겠더군요. 아직까지는 내게 사임을 요구하지 못하고 있습니다만 말이지요. 그와 나는 되도록 함께하는 자리를 피하고 있어요. 파브리스가 투옥된 뒤 고인이 된 선대공에게 그랬듯이, 이번에도 자잘한 보고 내용까지 문서로 만들어 대공에게 보내고 있습니다. 그건 그렇고 파브리스에 대한 판결문을 아직 없애지 못하고 있습니다. 그 악당 같은 라씨 녀석이 그 판결문을 내게 넘겨주지 않는군요. 그러니 파브리스를 이곳에 공개적으로 들어오지 않도록 조처한 것은 아주 잘한 일이지요. 그 판결문이라는 것이 여전히 유효한 상태니까요. 그렇다고 해서 감히 라씨가 우리 조카님을 당장 체포할 수 있으리라고 생각하는 것도 아니지만, 어쩌면 조만간 그러려고 덤빌지도 모르는 일입니다. 만약 파브리스가 꼭 시내로 들어오려한다면 우리 집으로 와서 묵게 하십시오."

"그런데 어째서 상황이 그렇게 되었나요?" 상황이 그리 편치 않은 데 놀란 공작부인은 물었다.

"누군가 새 대공에게 내가 독재자처럼 굴고, 조국을 구했다고 유세를 부리며, 대공을 어린애 취급하려 든다고 끈덕지게 일러바친 모양입니다. 대공이 그 말에 넘어간 것이지요. 사실 나도 어쩌다가 그에 대해 '그 어린애'라는 표현을 쓰기도 했을 겁니다. 아마 그랬을걸요. 그날 나는 흥분해 있었으니까요. 말하자면 이랬지요. 나는 그 애가 생전 처음 들었을 총소리에 그다지 놀라지 않는 것을 보고 상당히 뱃심이 있다고 생각했던 겁니다. 머리가 나쁘지도 않고, 기품이 있기로는 부친보다 더 낫다고 할 수 있지요. 요컨대, 거듭 강조합니다만 그 심성의 바탕은 정직하고 선량합니다. 하지만 이 진지하고 때 묻지 않은 심성이 누군가가 교활한 계책에 대한 이야기를 흘리기만 하면 이상하게도 뒤틀리고 마는 것입니다. 그러한 일들을 알아차리기 위해서는 자신도 음험해져야 한다고 믿는 탓이지요. 그가 받아온 교육이 그러하니!"

"수상 각하는 그가 언젠가는 군주가 되리라는 데 미리 대비했어야 했어요. 그래서 똑똑한 인물을 옆에 붙여 놓아야 했는데."

"그 점에 대해서는 우선 콩디야크 신부 이야기를 할 수 있겠군요. 그는 내 전임자인 펠리노 후작이 불러들였는데, 자기 제자를 바보들의 왕으로 키우고 말았습니다. 종교 행렬에나 참가할 줄 알았지 1796년 보나파르트 장군과 협정을 맺는 일에는 실패했지 뭡니까. 그랬더라면 이 나라 영토를 세 배로 확장할 수 있었을 텐데요. 두 번째로 나는 10년간이나 계속 이렇게 각료 자리에 있게 되리라고는 생각지 않았습니다. 지금 와서 만사에 환멸을 느끼다 보니 내가 구해 낸 이 난장판 같은 나라를 내버리고 떠나기 전에 100만 프랑 정도의 돈이나 챙겨야겠다 싶군요. 이런 심정이 된 것도 한 달 전부터의 일입니다만. 내가 없었더라면 파르마는 두 달 전에 공화국이 되었을 겁니다. 페란테 팔라라는 시인을 새 압제자로 삼아서 말이지요.”

이 말에 공작부인은 얼굴을 붉히고 말았다. 백작은 아무것도 모르고 있었다.

“우리는 다시금 18세기의 일반적 군주정으로 되돌아가고 말 것입니다. 다시 말해 고해신부와 애인의 정치로 말입니다. 사실 새 대공이 좋아하는 것은 광물학과 그리고 아마도 당신뿐일 겁니다. 그가 왕위에 오른 이후로 그의 시종이라는 녀석이(이 시종의 동생을 내가 대위로 임관시켰는데, 현재 아홉 달째 근무 중이지요.)대공을 부추겨 머릿속에 집어넣어 준 생각이라는 것이, 옆얼굴이 금화에 새겨지게 된 이상 전하는 남들보다 더 행복해져야 한다는 것이란 말입니다. 이런 들뜬 생각 다음에 찾아오는 것이 권태이지요.

지금 그에게는 권태를 잊게 해 줄 부관이 있어야 합니다. 하지만 말입니다. 우리가 나폴리나 파리에서 즐겁게 지내기 위해 필요한 그 100만 프랑이라는 돈을 그가 제공한다 하더라도 나는 전하의 권태를 없애 줄 치료약 역할을 맡아 매일 네다섯 시간씩 그와 함께 지내고 싶지는 않습니다. 게다가 나는 그보다는 더 재치가 있는 터라 한 달만 지나면 그는 나를 괴물 보듯이 할 겁니다.

선대공은 심술궂고 질투가 강한 사람이었지요. 하지만 그는 전쟁도 치렀고 군대를 지휘해 본 적도 있어서 행동에 절도가 있었어요. 그에게는 군주로서의 자질이 있었습니다. 그런 군주를 보좌했기에 나도 어느 정도 능력 있는 대신이 될 수 있었던 겁니다. 이 정직하고 순진하고 정말이지 선량한 아드님을 데리고는 내가 책략가가 되어야 합니다. 지금의 나는 궁정의 가장 가냘픈 여인네를 상대로 해서까지 경쟁하지 않으면 안 되는 처지입니다. 그것도 내 쪽이 아주 불리하지요. 왜냐하면 나로서는 오만 가지 자잘한 일들을 미리 챙기지는 못할 테니까요. 예를 들면 사흘 전의 일인데, 매일 아침 방마다 깨끗한 수건을 갈아 두는 시녀들 중 한 명이 대공의 영국식 책상 열쇠를 망가뜨렸지요. 그 때문에 전하는 그 책상에 들어 있던 서류와 관련된 사무는 일체 보지 않으려고 했습니다. 사실 20프랑만 들이면 책상 안쪽의 판자를 뜯어낼 수도 있고, 똑같은 열쇠를 새로 만들어 사용할 수도 있는 일인데요. 하지만 라뉘체 에르네스트 5세께서는 내게 말씀하시기를, 그렇게 하면 궁정의 열쇠공에게 나쁜 습관을 붙여 주게 된다나요.

지금까지의 일로 볼 때 젊은 대공은 한 번 결심한 생각을 사흘 계속해서 유지하는 일이 절대 불가능했습니다. 만약 재산이 넉넉한 어떤 후작나리로 태어났더라면 그는 자기 궁정에서만은 가장 칭송받는 인물이 될 수 있었을 텐데. 마치 루이 16세 같은 유형이라고나 할까요. 그러나 그런 신앙심 깊고 고지식한 성격으로는 자신을 둘러싸고 벌어지는 온갖 계략을 무슨 수로 이겨나갈 수 있겠습니까? 사정이 이러하니 당신의 적수인 라베르시 후작부인의 살롱이 그 어느 때보다도 더욱 막강해졌습니다. 그곳에서는 나를 두고, 과격한 자유주의자라느니, 대공으로 하여금 헌법을 수락하게 하려고 술수를 부렸다느니 하는 별별 어처구니없는 말을 꾸며 대고 있습니다. 민중을 향해 발포 명령을 내렸고, 내가 군주로 섬겼던 인물의 조상(造像)을 짓밟히게 내버려 두느니 차라리 필요하다면 3000명이라도 죽일 결심을 하고 있던 나에 대해서 말입니다. 공화주의에 대한 이런 언사를 통해 그 미치광이 녀석들은 우리가 최상의 군주제를 누릴 기회를 방해하고야 말겠지요……어쨌거나 부인, 나는 내 적들에 의해 현재 자유당의 우두머리로 앉혀진 모양이고, 그 자유당이라는 것 내부에서 당신은 대공이 불쾌한 말을 써서 이야기한 적이 없는 유일한 사람입니다. 여전히 나무랄 데 없이 정직한 대주교조차 '그 불행한 날' 내가 취했던 조치를 조리 있게 변호했다고 해서 대공의 미움을 사고 있는 형편이니까요.

그 일이 있던 다음 날, 그때는 아직 그 날을 '불행한'이라는 수식을 덧붙여 부르기 전이고, 폭동이 일어났었다는 것까지 사실로 인정되고 있었던 때입니다만, 새 대공은 대주교에게 말하기를, 부인이 나와 결혼함으로써 더 낮은 작위를 갖게 되면 안 되니 나를 공작으로 만들 생각이라고 했다더군요. 그런데 요즘 상황을 보니 라씨가 백작이 될 것 같습니다. 선대공의 비밀을 몰래 훔쳐와서 그 대가로 내게 귀족 신분을 구걸한 그 라씨 녀석이 말입니다. 그런 출세를 보고 있자니 나는 앞으로 바보 노릇이나 맡게 되리라는 생각이 듭니다."

"그렇게 하면 대공 자신이 웃음거리가 될 텐데요."

23장

"그야 말할 것도 없지요. 하지만 결국 그는 '군주'란 말입니다. 그건 '웃음거리가 될 일'을 했더라도 보름이 지나기 전에 그 일을 덮어 버릴 수 있는 지고한 자리에 있다는 이야기입니다. 그러니 친애하는 공작부인, 우리가 주사위 놀이를 하고 있었다 칩시다. '이제 그만 물러서자'는 말이지요."

"하지만 그렇게 되면 우리는 부자가 될 수 없을 거예요."

"사실 당신도 나도 사치스러운 생활은 필요 없습니다. 만약 당신이 내게 나폴리산 카를로 극장의 박스 좌석 하나와 말 한 필만 준다면 나는 더할 수 없이 만족할 것입니다. 당신과 내가 고귀할 수 있는 것은 생활이 호사스러워서가 아닙니다. 그 나라의 뛰어난 재사(才士)들이 당신의 거실에 차 한잔을 마시러 오면서 느낄 기쁨이 우리의 지위를 보장해 주는 것이 아니겠습니까."

"하지만." 하고 공작부인은 대답했다. "만약 당신이 '그 불행한 날'에 모른 체하고 사태를 바라보고만 있었다면 대체 무슨 일이 일어났을까요? 나로서는 앞으로 그럴 경우가 있으면 당신이 가만히 계시기를 바라는 바이지만 말이에요."

"군대는 민중과 손을 잡고, 학살과 방화가 사흘간 계속되었겠지요. (왜냐하면 이 나라에서 공화주의가 바보 놀음으로 떨어지지 않고 제대로 모양을 갖추려면 100년은 더 기다려야 하니까요.) 그리고는 보름간은 약탈이 횡행한 다음 외국에서 파견된 군대 두세 연대가 진주해서 사태를 수습했을 겁니다. 페란테 팔라는 민중들 가운데서 늘 그랬듯이 용감무쌍하게 날뛰고 있었습니다. 그와 합심해서 움직이는 동료들이 필경 열두 명가량 있는 듯한데, 그야말로 라씨가 근사한 책략을 꾸며 낼 좋은 구실이 되겠지요. 확실한 것은 페란테가 걸레 조각같이 남루한 옷을 걸쳤으면서도 손에 금화를 듬뿍 쥔 채 뿌리고 있었다는 것입니다."

공작부인은 이런 갖가지 소식을 듣고 놀란 상태로 서둘러 대공 모후에게 감사 인사를 하러 갔다.

부인이 방으로 들어가려 할 때 모후의 옷치장을 담당하는 부인이 허리띠에 매달고 다니는 작은 금열쇠를 그녀에게 내밀었다. 그것은 대공비의 궁정 내에서 최고 권위의 표시였다. 클라라 파올리나는 주위 사람들을 재촉해서 모두 자리에서 물러가게 했다. 그러나 일단 두 사람만 남게 되자 한동안 말을 모호하게 얼버무릴 뿐 자신의 이야기를 자꾸 감추는 것이었다. 공작부인은 대공 모후가 말하고자 하는 것이 짐작되지 않았으므로 아주 신중하게 응대할 수밖에 없었다. 마침내 모후는 울음을 터뜨렸다. 그리고 공작부인의 품안에 몸을 내던지며 이렇게 소리치는 것이었다.

"내 불행이 또다시 시작될 거예요. 내 아들은 그 아버지가 그랬던 것보다 더 내게 고약하게 굴 것 같으니 말이에요."

"제가 그러시지 못하도록 막아드리지요."

공작부인은 성심껏 대답했다. 그러고는 이렇게 덧붙였다.

"하지만 그러기 전에 마마께서 지금 이 자리에서 제가 진심으로 올리는 감사와 존경을 받아 주십시오."

"무슨 말을 하려는 건가요?"

대공 모후는 행여 궁정을 떠나겠다는 이야기가 아닐까 싶어 걱정이 가득 담긴 태도로 물었다.

"드릴 말씀은, 마마께서 벽난로 위에 놓은 저 인형의 까닥이는 얼굴을 오른쪽으로 돌려놓는 것을 허락하실 때마다 그것을 승낙의 표시로 알고 무엇이든 거리낌 없이 말씀드리는 일을 용서받았으면 하는 것입니다."

"단지 그것뿐인가요, 친애하는 공작부인?"

이렇게 말한 클라라 파올리나는 자리에서 일어나 달려가서 손수 인형을 오른쪽으로 돌려놓았다. 그러고는 상냥한 목소리로 말했다.

"자, 이제 어려워 말고 편하게 이야기하세요, 시녀장님."

부인은 이야기를 시작했다.

"모후 마마께서도 상황을 잘 알고 계시겠지만 마마도 저도 큰 위험에 처해 있습니다. 파브리스에 대한 판결문은 취소되지 않고 있고, 따라서 앞으로 어떤 자들이 저를 쫓아내고 마마를 모욕하기 위해 그를 다시 감옥에 집어넣을 수도 있을 겁니다. 우리 입장은 조금도 나아진 것이 없는 셈이지요. 제 개인적인 일을 말씀드리면 저는 백작과 결혼할 예정이고, 나폴리나 파리에 가서 살 생각입니다. 최근에 당한 배은망덕한 보답에 백작은 지금 몹시 섭섭한 터라 이제는 나랏일을 돌보는데 진저리를 내고 있습니다. 저로서도 마마를 보필할 생각이 없다면 그에게 그 혼란스런 지위를 지키고 있으라고 권할 마음이 없습니다. 대공 전하께서 그에게 큰 보상이라도 내리시지 않는 한 말입니다. 외람된 말씀이지만 백작은 처음 취임했을 때 13만 프랑의 재산을 지니고 있었는데, 오늘에 이르러서는 고작 2만 프랑의 연금뿐입니다. 예전부터 제가 그에게 재산에 대해서도 관심을 가지라고 졸랐지만 소용없었지요. 제가 이곳에 없는 동안 그는 대공 전하의 총괄징세 청부인들에게 트집을 잡아 다른 사람들로 바꿔 버렸다는군요. 그들은 모두 사기꾼들이었는데, 새로 바뀐 사람들도 역시 사기꾼들이라 그에게 80만 프랑을 바쳤다는 것입니다."

"어머나!" 하고 모후는 놀라서 외쳤다. "세상에! 정말 불쾌한 일이군요!"

공작부인은 아주 침착하게 대답했다.

"마마, 인형을 다시 왼쪽으로 돌려놓아야만 할까요?"

"저런, 아니에요. 하지만 백작과 같은 성품을 지닌 사람이 그렇게 해서 돈벌이할 생각을 하다니 정말 유감이군요."

"이런 도둑질이라도 하지 않으면 그는 사교계 신사 모두로부터 멸시당할 것입니다."

"맙소사! 정말 그럴까?"

"마마, 이 나라에서는 연수가 3, 40만 리브르나 되는 제 친구 크레셴치 후작을 제외하고는 누구나 도둑질을 합니다. 그리고 큰 공을 세우고도 그에 대한 예우가 한 달도 지속되지 않는 나라에서 어떻게 도둑질을 하지 않을 수 있겠습니까? 실제 도움이 되고, 또 군주의 총애를 잃은 다음에도 남아 있을 것으로는 돈밖에 없지 않습니까? 마마, 괴롭지만 진실을 감히 말씀드리고자 합니다."

"말씀해 보세요." 하고 대공 모후는 깊은 한숨을 내쉬며 대답했다. "하지만 그 이야기를 듣는 내 심정은 정말 편치 않

23장

군요."

"네, 마마. 아드님이신 대공 전하는 나무랄 데 없이 선량한 분이시지만, 부친보다 더 마마를 불행하게 만들지 모릅니다. 선대공께서는 그 누구 못지않은 과단성을 지니고 계셨습니다. 그러나 현재의 우리 군주께서는 어떤 의향을 사흘 계속해서 유지할 수 있을지 의심스럽습니다. 그러니 그분의 마음을 확실히 붙잡고 있으려면 항상 그의 곁에서 생활하면서 다른 사람과는 이야기를 나누지 못하게 해야 합니다. 그분 성격에 이런 면이 있다는 것쯤이야 그다지 어렵지 않게 알아차릴 수 있는 터이니, 라씨와 라베르시 후작부인 같은 뛰어난 머리의 소유자들이 주도하는 새 극우 반동파는 대공께 애인을 만들어 주려고 나설 겁니다. 이 애인은 자기 재산을 불리고 하급직 몇 개쯤 마음에 드는 사람에게 나누어 줘도 된다는 허락을 받아 낼 테지요. 그러나 그녀는 그 대가로 우리의 군주의 호의를 자기 당파 쪽에 붙들어 두어야 하는 책임을 지는 것입니다.

제가 마마의 궁정에서 탈 없이 지내기 위해서는 라씨가 쫓겨나 망신을 당해야 합니다. 또한 파브리스가 이 나라에서 가장 정직한 재판관들로부터 다시 재판을 받아야 합니다. 제 희망대로 이 정직한 판사들이 그 아이의 무죄를 인정해 준다면 대주교님이 파브리스를 장래의 후계자로 삼아 보좌주교로 거느리는 일도 당연히 허락되리라 생각합니다. 만약 제 뜻이 이루어지지 않는다면 백작과 저는 이 나라를 떠나렵니다. 그리고 떠날 때는 마마께 이런 충언을 드리렵니다. 라씨를 결코 용인하지 마시고, 아드님의 나라에서 잠시도 자리를 비우지 마시라고 말입니다. 언제나 곁에 붙어 계신다면 이 착한 아드님은 마마께 그다지 참기 힘든 심술은 부리지 않을 것입니다."

"부인의 이야기는 귀담아들었어요." 모후는 미소를 지으며 대답했다. "그러면 내 아들에게 애인을 만들어 주는 일을 내가 맡아야만 할까?"

"아닙니다, 마마. 그러나 우선 하실 일은 대공께서 마마의 살롱에서만 즐겁게 지내도록 하시는 것입니다."

이런 내용으로 두 사람의 대화는 계속되었다. 원래 심성이 순진하고 영민한 대공 모후는 해결책을 찾았고 우울한 고민에서 벗어났다.

공작부인이 보낸 심부름꾼이 파브리스에게 가서 시내로 들어와도 좋지만, 남의 눈에 띄지 않게 하라고 알렸다. 사실 그를 알아보는 사람은 거의 없었다. 그는 농부로 변장하고 군밤장수의 판잣집에서 지냈는데, 그 집은 성채 문을 마주 보는 산책로에 가로수들로 덮여 있었다.

24장

공작부인의 제안으로 궁정에서는 이제까지 그처럼 유쾌한 적이 없었을 만큼 즐거운 야회가 열리곤 했다. 이 겨울 동안 부인은 그 어느 때보다도 더욱 매력이 넘쳤다. 그러나 이 모든 외관에도 불구하고 그녀는 가장 두려운 위험의 한복판에 살고 있었다. 또한 이 위태로운 계절을 보내면서 부인이 파브리스의 용납하기 힘든 변화를 서글픈 심정으로 떠올리는 경우는 두 번 다시 없었다. 젊은 대공은 모후의 유쾌한 야회에 아주 이른 시간부터 모습을 보이곤 했다. 그러면 어머니는 아들에게 언제나 이렇게 말했다.

"가서 국사를 돌보아야 하지 않겠어요? 전하의 승인을 기다리는 보고서가 스무 가지도 넘게 책상에 쌓여 있을 텐데요. 나는 온 유럽이 내가 전하를 나태한 왕으로 만들고 그 대신 나라를 다스리려 한다고 비난하게 되는 걸 원하지 않아요.”

　이러한 충고는 대공의 입장에서 보면 매번 가장 성가시게 느껴질 순간에 나오는 것이었다. 예를 들어 전하가 자신의 수줍음을 이겨 내고 몸짓 수수께끼 놀이에 끼어들어 아주 재미있게 즐기고 있을 때 등이었다. 일주일에 두 번은 야유회를 열었다. 그때는 백성의 애정을 새 대공에게로 쏠리게 하고자 한다는 구실하에 대공 모후의 의견으로 일반 시민 계층의 가장 아름다운 아가씨들을 참석하게 했다. 이처럼 유쾌한 궁정의 중심 인물이 된 공작부인이 바라는 바는 평민계층 출신의 라씨가 높이 출세한 것을 몹시도 시샘하고 있는 이 아름다운 평민 아가씨들이 이 나리님의 수없이 많은 비행 중에서 어떤 것이라도 대공에게 일러바쳤으면 하는 것이었다. 그런데 대공이 품고 있는 여러 유치한 생각들 중의 하나는, 자신이 거느린 내각이 아주 도덕적이라는 믿음이었다.

　라씨는 자신의 적수가 이끄는 대공 모후 궁정의 이 즐거운 야회가 자신에게 얼마나 위험한가를 느끼지 못할 만큼 바보는 아니었다. 그는 파브리스에게 내려진, 법적으로는 극히 정당한 판결문을 모스카 백작에게 내어줄 생각은 없었다. 그러므로 공작부인이 궁정에서 사라지든가, 아니면 자신이 궁정에서 쫓겨나든가 해야 했다.

　민중들이 폭동을 일으켰던 그날(지금에 와서는 그런 날이 있었다는 것을 부인하는 태도가 점잖은 것으로 통하고 있었다.) 민중들에게 돈을 뿌리던 자가 있었다. 라씨는 그러한 사실에 주목해서 일을 시작했다. 그는 평소보다 훨씬 더 남루한 차림을 하고 시내에서 가장 가난한 집들을 찾아 올라가서, 그곳의 가엾은 주민들과 몇 시간 동안이나 미리 생각해 둔 이야기를 나누었다. 열심히 정성을 기울인 결과 상당한 소득이 있었다. 이렇게 찾아다닌 지 보름 후에 그는 페란테 팔라가 폭동의 숨은 우두머리라는 확신을 얻은 것이다. 게다가 대시인이면 누구나 그렇듯이 일평생 가난하게 살아온 이 사나이가 어떤 사람을 시켜 제노바에 가서 열 개나 되는 다이아몬드를 팔아 오게 했다는 사실도 알아 냈다.

무엇보다도 중요하게 여겨지는 것은, 4만 프랑 이상의 값어치가 나가는 귀한 보석을 대공이 죽기 열흘 전에 돈이 급히 필요하다는 이유를 붙여 3만 5000프랑에 팔아넘겼다는 사실이었다. 이러한 사실을 알았을 때 법무대신이 기뻐서 날뛴 모습을 어떻게 다 그려낼 수 있겠는가? 그는 미망인이 된 대공 모후의 궁정에서 자신이 매일 놀림감이 되고 있다는 것을 알고 있었다. 또한 대공도 함께 정무에 관해 의논하면서 젊은이다운 거침없는 태도로 면전에서 자신을 놀리며 웃음보를 터뜨리곤 했던 것이다. 사실 라씨는 평민 출신다운 기묘한 버릇들을 가지고 있었다. 예를 들어, 무엇에 대해 토론을 하다가 흥미를 느끼면 다리를 겹쳐 앉고는 손으로 신고 있던 신발을 잡는다. 그러다가 더욱 흥이 나면 자신의 붉은색 무명 손수건을 다리 위에 펼쳐 놓기도 한다는 등등이었다. 평민 처녀들 중의 한 아름다운 아가씨가, 물론 자신의 다리가 아주 맵시 있다는 사실을 알고 있는 아가씨였지만, 법무대신의 이 우아한 몸짓을 흉내 내 보였을 때, 대공은 그 장난에 몹시도 웃은 적이 있었다.

라씨는 예정에 없는 특별 알현을 청해서 대공에게 이렇게 말했다.

"전하께서는 선왕이 돌아가시게 된 정황을 정확히 알기 위해 10만 프랑의 금액을 내놓을 의향이 있으신지요? 이 금액만 있으면 사법부는 혹시나 있을지도 모를 범인들을 잡아내는 일에까지 착수할 수 있을 것입니다."

대공의 대답은 당연히 승낙이었다.

그로부터 얼마 지나지 않아서, 케키나는 공작부인에게 어떤 일을 일러바쳤다. 일전에 어떤 사람이 자신에게 제안하기를 주인마님의 다이아몬드를 한 보석 세공사에게 살펴보도록 해 주면 거액의 돈을 주겠다고 했으나, 자신이 화를 내며 거절했다는 것이었다. 부인은 시녀가 그 제안을 거절한 것을 나무랐다. 그리고 일주일 후, 보여 줄 다이아몬드들이 준비되어 케키나에게 건네졌다. 이 다이아몬드들을 보여 주기로 결정된 날 모스카 백작은 파르마의 모든 보석 세공사에게 믿을 만한 부하 두 사람씩을 붙여 감시하게 했다. 그리하여 자정 때쯤 궁정으로 찾아온 백작은 보석을 살펴보고 싶다던 그 호기심 많은 세공사가 다름 아닌 라씨의 동생이라는 사실을 공작부인에게 알려 주었다. 그날 밤 연회에서 공작부인은 몹시 유쾌했었다. 공작부인은 연극놀이에서 역할 하나를 맡아 연기하고 있었는데, 극중 연인 역할은 라베르시 후작부인의 옛 애인이었던 발디 백작이었다.[19]

---

19) 당시 궁정에서는 코메디아 델라르테(commedia dell'arte)를 즐기고 있었

후작부인 역시 궁정에 나와 있었다. 대공은 자기 나라 안에서 소심하기로는 첫째갈 사람이었으나 아주 잘생긴 청년이었고 다감한 심성을 지니고 있었기에, 두 번째 공연 때는 자신이 공작부인의 연인역을 맡고 싶어서 발디 백작의 연기를 열심히 지켜보고 있었다.

"시간이 없어요."

공작부인은 찾아온 모스카 백작에게 말했다.

"2막 1장에 나가야 해요. 근위병 대기실로 갑시다."

그곳에는 스무 명의 근위병이 수상과 여시종장의 대화 내용을 모두 아주 긴장해서 주의 깊게 엿듣고 있었다. 그곳에서 공작부인은 웃으며 애인에게 이렇게 말하는 것이었다.

"당신은 내가 쓸데없이 비밀을 이야기할 때마다 언제나 나를 나무라지요. 에르네스트 5세가 왕좌에 앉게 된 것은 내 힘이에요. 파브리스의 복수를 하기 위해서였지요. 그때는 그 아이를 지금보다 훨씬 더 사랑하고 있었으니까. 그렇다고 해도 언제나 아주 순수한, 피붙이에 대한 사랑일 뿐이지요. 당신이 생각하기에는 이 사랑이 순수하게만 여겨지지 않는다는 것도 나는 잘 알고 있어요. 하지만 상관없어요. 내가 어떤 잘못을 저지른다 해도 당신은 나를 사랑하실 테니까. 그래요! 나의 진짜 죄를 말씀드리지요. 내가 페란테 팔라라고 하는 아주 재미있는 미치광이에게 지니고 있던 다이아몬드를 전부 주었어

는데, 이것은 희극의 줄거리만 무대 옆에 붙여놓고, 출연하는 인물들이 극의 전개에 따라 자신의 대사를 만들어내는 연극이다.

요. 심지어는 그를 포옹하기까지 했지요. 그가 파브리스를 독살하려 한 사람을 이 세상에서 사라지게 해 주기를 바라면서 말이에요. 나쁠 게 무엇인가요?"

"아하! 그렇게 해서 페란테가 폭동을 일으키기 위한 자금을 구했군요!"

한순간 놀라서 멍하니 있던 백작이 말했다.

"그런데 당신은 이런 사실을 근위병 대기실에서 이야기하다니!"

"바빠서 어쩔 수 없었어요. 그리고 저 라씨가 이 일을 곧 캐내고 말 거예요. 사실 나는 반란에 대해서는 전혀 지시한 적이 없어요. 과격한 공화주의자들은 질색이니까요. 내가 털어놓은 비밀에 대해 잘 생각하셔서 연극이 끝난 후에 당신의 의견을 말씀해 주세요."

"지금 당장 말씀드리지요. 대공에게 당신에 대한 연정을 불러일으켜야 합니다…… 하지만 적어도 명예에 흠이 가지는 않게 해야겠지요!"

그때 부인이 무대에 나갈 차례가 되었다고 부르러 왔다. 부인은 급히 달려나갔다.

며칠 후 공작부인은 우편으로 큼지막한 편지 한 통을 받았다. 예전에 시녀였던 여자의 서명이 들어간 하찮은 편지였다. 편지 내용은 궁정에 일자리를 얻었으면 하는 것이었으나, 공작부인은 첫눈에 편지의 필적이나 문장이 편지를 보낸 여자의 것이 아님을 알아보았다. 두 번째 장을 읽으려고 종이를 펼치자 무엇인가 그녀의 발아래 떨어졌다. 오래된 책에서 뜯어

24장

낸 인쇄된 종이 한 장이 접혀 있었는데, 그 종이를 펴 보니 성모를 그린 조그맣고 훌륭한 성화가 끼워져 있었다. 그림을 별 뜻 없이 바라보다가 공작부인은 낡은 종이에 인쇄된 글자 몇 줄을 읽어 보았다. 그녀의 눈이 빛났다. 거기에는 다음과 같은 글이 쓰여 있었다.

인민의 수호자는 매달 100프랑씩만 가졌으며, 그 이상은 손대지 않았소. 남은 돈으로는 이기주의로 얼어붙어 있는 사람들의 마음속에 신성한 불꽃을 당기려 했소. 여우가 내 행적을 뒤쫓고 있소. 내가 사모하는 사람을 마지막으로 한 번 만나려고도 하지 않는 것은 그 때문이오. 나는 생각해 보았소. 그녀는 공화주의를 원하지 않는다고. 그녀는 우아함과 아름다움에 있어서 뛰어난 만큼이나 지혜에 있어서도 나보다 뛰어난 사람인데도 말이오. 더구나 공화주의자들도 없이 어떻게 공화주의를 이룩할 수 있겠소? 내가 잘못 생각한 것일까요? 여섯 달 후면 나는 손에 돋보기를 들고 걸으면서 아메리카의 작은 도시들을 돌아다니고 있을 것이오. 그러면서 나는 내 마음속에 당신에 대한 유일한 사랑의 경쟁자인 이 공화주의를 계속 사랑해야 할지를 살펴볼 것이오. 만약 당신이 이 편지를 받게 된다면, 남작부인이여, 그리고 어떠한 불경스런 눈도 당신에 앞서 이 편지를 읽지 않았다면, 내가 처음 당신에게 말을 건넨 장소에서 스무 걸음 떨어진 곳에 심은 어린 물푸레나무들의 가지 하나를 꺾으시오. 그러면 나는 내 행복했던 시절 당신이 언젠가 한 번 내게 가르쳐 준 정원의 큰 회양나무 아래 상자 하나를 묻어 두겠소.

그 속에는 나와 정치적 견해가 같은 편 사람들에게 혐의가 돌아가게 할 물건들이 들어 있을 것이오. 만약 여우가 내 뒤를 쫓지 않고, 더구나 천사 같은 당신에게까지 해를 미칠 우려가 없었다면, 나는 이 편지를 쓰는 것도 삼갔을 것이오. 보름 후 앞서 말한 회양나무 아래를 파 보시오.

'그는 인쇄소 하나 정도는 마음먹은 대로 할 수 있으니까.' 하고 공작부인은 생각했다. '얼마 안 있어 그의 시집이 세상에 나올 거야. 그 시집 속에서 나를 가리키는 이름이 나오더라도 그 인물이 나인지는 아무도 모를걸!'

공작부인은 여인다운 수완을 발휘하여 한 가지 실험을 해 보고 싶었다. 일주일 동안 그녀는 몸이 불편하다는 핑계를 대고 궁정에 나가지 않았다. 궁정에서는 유쾌한 야회가 사라지고 말았다. 대공 모후는 이제껏 아들에 대한 두려움으로, 남편을 여의자마자 조용한 생활을 하기는커녕 온갖 요란한 유희를 벌여야만 했던 것에 심기가 불편해져서 고인이 묻힌 성당의 부속 수도원에 가서 일주일을 보냈다. 야회의 중단은 대공에게 주체할 수 없는 무료한 시간을 안겨 주었는데, 그 결과 법무대신에 대한 신임이 현저히 떨어지고 말았다. 에르네스트 5세는 만약 공작부인이 궁정을 떠나거나, 혹은 단지 유쾌함을 퍼뜨리는 역할을 그만두기만 해도 자신이 얼마나 심심하게 될지를 알게 된 것이다. 야회는 다시 시작되었다. 그리고 대공은 궁정의 희극 공연에 점점 더 흥미를 갖게 되었다. 그는 자신도 배역을 하나 맡았으면 하고 바라고 있었지만, 그 속마음을 차마 고백하지 못했다. 어느 날 그는 얼굴이 빨개지면서 공작부인에게 말했다.

"나라고 이 역할을 못할 것도 없을 것 같은데."

"여기 있는 우리들은 모두 전하의 뜻을 받드옵니다. 제게 분부만 내리신다면, 희극의 줄거리를 한 편 만들게 해서 전하의 배역이 등장하는 훌륭한 장면마다 제가 상대역을 맡겠습니다. 처음에는 누구든지 조금 어색한 법이니까, 만약 전하께서 저를 주의 깊게 바라보시면서 가까이 다가서시기만 하면 제가 전하께서 하실 대사를 일러 드리지요."

만사가 생각대로 능란한 솜씨에 의해 진행되었다. 몹시도 수줍은 대공은 자신의 소심함을 부끄러워하고 있었는데, 공작부인이 자신의 이러한 성격을 잘 헤아려 별로 고민스럽지 않도록 애써 주자 이 젊은 군주는 꽤 감동했다.

대공이 처음 무대에 등장하는 날 공연은 평소보다 30분 정도 일찍 시작되었다. 거실에는 열 명가량 나이 든 부인들밖에 없었다. 이 시간은 아직 사람들이 궁정 공연장으로 옮겨오지 않을 시간이었던 것이다. 이 부인네들 앞에서라면 대공은 주눅 들 이유가 없었다. 더구나 뮌헨에서 군주정치의 충실한 원칙하에 교육을 받은 이 노부인들은 언제나 박수를 쳐 주었다. 시녀장으로서의 권한을 사용하여 공작부인은 일반 궁정인들이 공연을 보러 들어오지 못하도록 문을 열쇠로 잠가 버렸다. 문학적 재능도 있고 용모도 빼어난 대공은 첫 장면들을 썩 잘 해 넘겼다. 공작부인을 바라보며 그녀의 눈짓이 뜻하는 바를 읽어 내거나, 혹은 그녀가 낮은 소리로 속삭여 주는 대사를 영리하게 되풀이하곤 했다. 그 몇 안 되는 관객들이 온 힘을 다해 박수를 치고 있을 때, 공작부인이 신호를 보냈다. 정면의 문이 열리고 공연장은 순식간에 궁정의 모든 아름다운 부인들로 가득 찼다. 그들은 대공이 매력적인 얼굴을 하고 아주 행복해 보이자 박수를 치기 시작했다. 대공은 기뻐서 얼굴을 붉혔다. 그가 맡은 역할은 공작부인의 애인역이었다. 이제 공작부인이 그에게 대사를 읽어 주어야 하기는커녕, 그의 말을 막아 장면을 빨리 끝내도록 해야 할 지경이 되었다. 그는 열렬히 사랑을 고백하여 상대역을 여러 번 당황하게 했다. 그의 대사는 5분이나 계속되었다. 공작부인은 지난해 보여 주었던 그 눈부신 아름다움을 더 이상 지니고 있지 않았다. 파브리스의 투옥, 거기다가 우울하고 말이 없어진 파브리스와 함께 지낸 마조레 호숫가의 생활이 아름답던 지나를 10년은 더 나이 들어 보이게 했다. 그녀의 얼굴은 윤곽이 더욱 두드러져 보였는데, 그것이 그녀를 한층 지적으로 돋보이게는 했어도 젊음의 생기는 감소시켰다.

그 얼굴에는 젊은 시절의 명랑함이 사라졌고, 간혹 그런 모습을 보인다 해도 아주 드문 경우일 뿐이었다. 그러나 무대에서는, 연지를 칠하고 여배우들이 쓰는 온갖 치장 기교를 빌려, 그녀는 여전히 궁정에서 가장 아름다운 여인으로 보이고 있었다. 대공이 읊조리는 정열적인 대사를 들으며 궁정인들은 무언가를 눈치채게 되었다. 그날 밤 모두들 이렇게 수군댔다. '새 군주 치하의 발비 부인이 생긴 거예요.' 백작의 속마음은 몹시 불편했다. 극이 끝나자 공작부인은 궁정인들이 다 듣는 앞에서 대공에게 이렇게 말했다.

"전하께서는 너무나 연기를 잘하십니다. 사람들이 전하께서 서른여덟이나 된 여인을 사랑하고 계신다고 오해하게 되면, 제가 백작과 결혼하기 어려워질지도 모릅니다. 그러니 앞으로 전하께서 제게 말씀하실 때는 나이 지긋한 부인, 예를 들자면 라베르시 후작부인 같은 분께 말씀하시듯이 하시겠다고 약속하시지 않는 한, 더 이상 전하와 함께 연기를 하지 않겠습니다."

똑같은 연극이 세 번이나 되풀이 공연되었다. 대공은 기쁨에 도취되었다. 그런데 어느 날 밤 그는 아주 근심스러운 얼굴로 나타났다.

시녀장이 대공 모후에게 말했다.

"제가 아주 잘못 생각하고 있는지도 모르지만, 라씨가 무언가 우리들에 대해 책략을 꾸미고 있는 듯합니다. 마마께서 분부를 내려 내일 또 공연을 갖게 해 주십시오. 대공께선 무대에서 몹시 난처해지실 것이고 그 때문에 상심하시는 가운데 마마께 무엇인가 털어놓으실지도 모르지요."

과연 대공의 연기는 형편없었다. 말소리는 거의 들리지도 않을 만큼 기어들어 갔고, 대사는 시작과 끝을 알 수 없을 정도였다. 1막이 끝날 무렵이 되자, 대공은 곧 울음이라도 터뜨릴 듯 눈물을 글썽거리고 있었다. 공작부인이 곁에 있었으나 그녀는 냉담하게 모른 체했다. 대공은 무대 뒤 배우들의 휴게실에서 잠시 부인과 둘이 있게 되자 손수 문을 닫고 왔다.

"도저히, 2막이고 3막이고 간에, 나는 도저히 할 수 없을 거예요. 정말이지 아첨으로 치는 박수 소리는 듣고 싶지 않아. 오늘 밤 사람들은 내 비위를 맞추기 위해 저렇게 갈채를 보내고 있지만, 내 마음은 괴롭기 그지없어요. 어떻게 해야만 할까? 제발 좀 가르쳐 주세요."

"제가 무대로 나가서 진짜 극장 감독이 하듯이 전하께 정중히 절을 올리고, 관객들에게도 절을 한 다음 이렇게 말하겠습니다. 렐리오 역할을 맡기도 한 배우가 갑자기 몸이 아파서, 오늘 공연은 몇 편의 음악으로 대신하고 막을 내리기로 하겠습니다, 하고 말이지요. 뤼스카 백작과 기술피 양은 그들의 가늘고 날카로운 목소리를 이처럼 훌륭한 모임에서 들려줄 수 있게 되어 아주 기뻐할 것입니다."

대공은 너무 기뻐 공작부인의 손을 잡고 입을 맞추었다. 그러고는 이렇게 말했다.

"당신이 남자였다면 좋았을걸. 그러면 훌륭한 조언을 구할 수도 있을 텐데. 실은 라씨가 내 책상 위에 부친의 암살 혐의자들에 대한 공술서를 182장이나 놓아두고 갔어요. 공술서 말고도 200쪽 이상 되는 기소장도 있어요. 그것들을 전부 다 읽어야 하고, 게다가 이 일에 대해서는 백작에게 한 마디도 하지 않겠다고 약속을 하고 말았거든. 이 죄인들은 곧장 중벌에 처하면 되겠지. 라씨는 벌써부터 내게 조르기를, 프랑스 앙티브 근처에 도망가 있는 페란테 팔라를 체포하게 하라는 거예요. 그 사람은 훌륭한 시인으로 나도 그의 시를 무척 좋아하는데, 그곳에서는 퐁세라는 가명을 쓰고 있다는군요."

"만약 전하께서 자유주의자 한 사람을 교수형에 처하도록 하신다면 그날로 라씨는 대신으로서의 지위를 쇠사슬로 묶듯이 확고하게 움켜잡을 것입니다. 그것이야말로 그가 무엇보다 원하고 있는 일이지만요. 하지만 전하 역시도 자객이 두려워, 산책을 가려 해도 두 시간 전까지 그 사실을 알리지도 못하게 되실 겁니다. 지금 전하께서 털어놓으신 괴로운 심정은 모후마마께도 백작에게도 이야기하지 않겠습니다. 그러나 제가 모후마마께 어떠한 것도 숨기지 않겠노라는 맹세를 드린 만큼, 부탁하옵건대 전하께서 모친께 제게 하신 말씀을 그대로 해 주시기 바랍니다."

모친께 이 일에 대해 알려야 한다는 생각은 대공의 마음을 짓누르고 있던 '실패한' 연극배우로서의 고통을 얼마간 잊게 했다.

"그럼 좋아요! 어머님께 알리러 갑시다. 어머님의 서재로 가 있겠어요."

대공은 무대 뒤 휴게실로 나와 궁정 극장으로 통하는 거실을 가로질러 가면서 뒤따라오던 시종장과 당직 시종무관을 퉁명스럽게 물리쳤다. 대공 모후 또한 급히 공연장을 떠났다. 서재에 이르러 시녀장은 모자에게 허리 숙여 절을 하고 두 사람만 남겨 둔 채 나갔다. 말할 것도 없이 궁정 안은 술렁이고 있었다. 그렇지만 바로 이런 일들이 궁정 생활을 재미있게 해 주는 것이 아니겠는가. 한 시간이 지난 후 대공이 서재 문 앞에 직접 나와서 공작부인을 불렀다. 모후는 눈물을 흘리고 있었고 아들의 안색은 핼쑥했다.

시녀장은 생각했다. '연약한 사람들이란 기분이 상했을 때 이렇게 된다. 그러고는 누군가에게 화풀이할 구실을 찾는 것이지.' 처음에는 모자가 서로 먼저 공작부인에게 일의 세세한 경위를 이야기하려고 다투었다. 공작부인 쪽에서는 대답을 하면서도 자기 생각을 전혀 내비치지 않으려고 조심했다. 두 시간이 몹시도 지루하게 지나갔다. 이 따분한 장면을 연기하는 세 명의 배우는 방금 이야기한 바와 같은 자기 역할을 변함없이 되풀이했다. 대공이 라씨가 책상 위에 놓아 두었다는 커다란 서류가방 두 개를 가지러 갔다. 그가 모친의 서재에서 나오자 궁정 사람들 모두가 문 밖에서 기다리고 있었다.

"저리들 가시오. 나를 귀찮게 하지 말고!" 그는 이제껏 한 번도 보여 준 적이 없는 몹시 퉁명스러운 어조로 소리쳤다. 대공은 자신이 직접 서류가방을 나르는 모습을 보이고 싶지 않았다. 대공이란 손에 무엇을 들고 다니는 법이 아니니까. 궁정인들은 재빨리 모습을 감췄다. 돌아오면서 보니, 시종들이 남아서 촛불을 끄고 있었다. 대공은 화를 내며 그들마저 쫓아버렸다. 충성심으로 아직도 서성거리며 우물쭈물하고 있는 당직 시종무관 퐁타나 백작도 역시 쫓겨났다.

"오늘 밤은 사람들이 전부 나를 못살게 굴기로 작정한 모양이야."

방으로 들어서면서 대공은 공작부인에게 신경질적으로 말했다. 그는 부인이 아주 재치가 있다고 생각하고 있었는데, 그녀가 자기 의견을 끝까지 이야기하려 하지 않고 있는 것에 화가 난 것이다. 부인으로서는 그가 자신의 의견을 분명하게 요청해 오지 않는 한 절대 아무 이야기도 하지 않으리라 마음먹고 있었다. 다시 지루하기 그지없는 30분이 흘렀다. 마침내 대공이 체면을 무릅쓰고 부인에게 말했다.

"그런데 부인, 당신은 아무 말씀도 안 하시는군요."

"제가 이곳에 온 이유는 모후마마의 시중을 들기 위해서입니다. 그러니 제 앞에서 오가는 이야긴 즉시 잊어버려야 하지요."

"아함! 좋아요, 부인, 내 명령이니 당신의 견해를 말해 보아요."

대공은 이렇게 말하면서 얼굴을 몹시 붉혔다.

"죄를 벌하는 것은 그런 짓이 두 번 다시 행해지지 않게 하기 위해서입니다. 선대공께서 독살당하셨다구요? 그건 정말 믿기 힘든 이야기입니다. 그분이 자코뱅들에 의해 독살당하셨단 말인가요? 라씨로서야 어떻게 하든 그걸 증명해 보이고 싶겠지요. 그렇게 되면 자신이 전하께 앞으로도 계속해서 쓸모 있는 어떤 도구 역할을 할 수 있을 테니까요. 그러나 그럴 경우, 전하, 즉위하신 지 얼마 안 되는 전하께서는 오늘 밤과 같은 일을 자주 겪으셔야 할 겁니다. 신하들이 입을 모아 말하기를, 전하께서는 너그러운 성품을 지니셨다고 합니다. 또한 그것은 의심할 바 없는 사실이지요. 전하께서 어떤 자유주의자를 교수형에 처하는 일이 벌어지지 않는 한 이러한 평판을 계속 누리실 수 있을 겁니다. 그리고 분명 전하께서 드실 음식에 독을 넣으려고 생각할 사람도 없을 것입니다."

그러자 대공 모후가 기분이 상한 듯 소리쳤다.

"당신의 말뜻은 명백하군요. 당신은 내 남편의 암살자들이 벌받기를 바라지 않는 거예요."

"네 그렇습니다. 마마. 바로 제가 그들에게 친근한 우정을 느끼고 있기 때문이지요."

공작부인은 대공의 눈빛 속에서, 자신과 모후가 미리 의견을 맞춘 후에 대공에게 취해야 할 행동을 일러 주려는 것이 아닌가 하는 의심을 읽어 냈다. 두 여인은 이어 또 한번 신랄한 말을 짧게 주고받았다. 그렇게 되자 공작부인은 앞으로 단한 마디도 하지 않겠노라고 단호히 말하고는 입을 굳게 다물어 버렸다. 그러나 대공은 모후와 한참 이야기를 나눈 끝에 부인에게 또다시 의견을 말해 보라고 채근하는 것이었다.

"두 분 전하께 맹세한 대로 절대 제 생각은 이야기하지 않으렵니다."

"정말 어린아이 같은 고집이군요!" 하고 대공이 소리쳤다.

대공 모후도 위엄을 보이며 말했다.

"나 또한 당신의 의견을 듣고 싶군요, 공작부인."

"제발 그 분부만은 하지 말아 주십시오, 마마. 그런데 전하." 하고 공작부인은 대공을 향해 말했다. "전하께서는 프랑스어를 거침없이 읽으시니까, 흥분된 머리를 진정시키기 위해 라 퐁텐의 우화 한 편을 '우리들'에게 읽어 주지 않으시렵니까?"

대공 모후는 이 '우리들'이라는 말이 몹시 건방지다고 생각했다. 그러나 시녀장이 침착한 태도로 건너가 서가를 열고 라 퐁텐[20]의 『우화』를 꺼내 들고 오자 놀라기도 하고 한편 흥미

---

20) 장 드 라퐁텐(Jean de La Fontaine, 1621~1695). 그의 『우화(Fables)』는

가 가기도 했다. 부인은 잠시 책장을 넘기다가 어느 한 면을
펼쳐 대공에게 내밀면서 말했다.

"전하, 청컨대 이 우화를 처음부터 끝까지 읽어 주시옵소서."

정원사와 영주님

어느 마을에 정원 가꾸기를 좋아하는

반은 지주, 반은 농부인 사나이가

곁에 채소밭이 딸린 아주 아담한 정원을 갖고 있었다네.

초목으로 울타리를 둘러친 이곳에는,

참소리쟁이와 상치가 무럭무럭 자라고,

마르고의 생일날 꽃다발을 만들 거리로는,

스페인의 재스민 꽃은 없어도 백리향은 넘치게 피어 있었
다네.

그런데 산토끼 한 마리가 이 훌륭한 정원에 뛰어들어 망치
기에,

우리 영감님은 마을 영주님께 가서 호소했다네.

'이 빌어먹을 짐승은 낮이고 밤이고 와서 뜯어먹어, 덫도 소
용없고,

돌팔매질도 몽둥이도 소용이 없으니,

그놈은 마법사임이 틀림없습니다요.'

'마법사라! 천만에.'

프랑스 문학의 걸작 중 하나로 꼽힌다.

영주님이 말했네.

'그놈이 악마라 해도, 어떤 재주를 부린다 해도

나의 사냥개 미로는 당장 그 녀석을 붙잡아 버릴걸.

내가 목숨을 걸고 그놈을 없애 주지, 농부여.'

'그럼 언제요?'

'내일 당장, 더 지체할 것도 없다네.'

이렇게 약속은 이루어져, 영주님은 신하들을 이끌고 왔다네.

'자, 우선 식사부터 하자.'

영주님은 말했네.

'너희 집 암탉은 맛이 좋겠지?'

식사가 끝나자 사냥꾼들의 난리법석.

모두들 기세 당당, 빈틈없이 준비하여,

나팔과 뿔피리가 요란스레 울리자

우리 농부 깜짝 놀라 귀를 막네.

그러나 비참한 재난은, 그 한심한 사냥 일행에 맡겨진 가엾은 채소밭.

울도 화단도 짓밟히고

풀상치도 파도 안녕,

맛있는 야채수프에는 이제 무엇을 넣나.

농부는 말했네. '이건 영주님의 놀이로구나.'

그러나 그렇게 말하건 말건, 사람들과 사냥개는 이리저리 뛰어다녀,

한 시간 만에,

온 마을 토끼가 다 모여 백년 동안 설쳐도 그렇게는 못할

24장

만큼,

　엉망으로 만들고 말았구나.

　작은 땅을 다스리는 군주님들,

　당신들 싸움은 당신들끼리 해결하세요.

　임금님께 도움을 비는 것은 정말로 큰 어리석음.

　힘센 사람을 당신네 싸움에 끌어넣거나, 당신네 땅에 들여놓

는 일은

　하지 않는 것이 현명하답니다.

　우화를 다 읽자 모두들 한동안 조용히 있었다. 대공은 손
수 책을 제자리에 갖다놓은 뒤 방 안을 왔다 갔다 했다.

　대공 모후가 입을 열었다.

　"자! 부인, 당신 의견을 들려주지 않겠어요?"

　"아닙니다, 마마! 전하께서 저를 장관에 임명이라도 해 주
시지 않는 한 절대 그럴 수는 없습니다. 이 자리에서 함부로
제 의견을 말씀드렸다가 시녀장 자리에서 쫓겨날지도 모르니
까요."

　거의 20분이 다 되도록 다시 침묵이 흘렀다. 마침내 대공
모후는 옛날 루이 13세의 모후 마리 드 메디치[21]가 했던 역
할을 생각해 냈다. 그날까지 하루도 빠짐없이 시녀장은 책 읽

---

21) 프랑스왕 앙리 4세의 왕비로서, 왕이 사망한 후 섭정으로서 루이 13세
를 보필했으나, 리슐리외가 재상이 되자 정치적 권한을 빼앗겼다.

는 시녀를 시켜 대공 모후에게 바쟁이 지은 저 훌륭한 『루이 13세 시대의 역사』를 들려주게 했던 것이다. 모후는 매우 화가 나 있는 상태였으나, 공작부인이 당장에라도 이 나라를 떠날지 모르며, 그렇게 되면 두렵기 그지없는 라씨가 리슐리외를 본떠, 아들을 부추겨 자신을 내쫓을지도 모른다는 생각을 했다. 모후의 지금 심정 같아서는 어떻게 해서든 시녀장을 꾸짖어 모욕을 주고 싶었다. 그러나 그렇게 할 수가 없었다. 대공 모후는 몸을 일으켜 공작부인에게로 갔다. 그러고는 조금 과장된 미소를 띠고 부인의 손을 잡으며 이렇게 말했다.

"자, 어서요, 부인. 나에 대한 우정을 증명하기 위해서라도, 당신 의견을 말해 주기 바라오."

"그러시다면, 한 마디만 하겠습니다. 그 음험한 라씨가 모아 온 서류 전부를 여기 있는 벽난로에서 불태워 버리세요. 그리고 불태웠다는 사실을 그에게는 절대 이야기하지 마세요."

그녀는 대공 모후의 귀에 대고 아주 낮은 소리로 다정하게 덧붙였다.

"라씨는 리슐리외 같은 인물이 될 수도 있어요!"

"하지만, 맙소사! 이 서류를 만들게 하는 데 8만 프랑이나 들었다고!" 대공은 화난 듯 소리쳤다.

공작부인은 힘 있는 어조로 대답했다.

"대공 전하, 비천한 태생의 악당을 쓰시면 그렇게 비싸게 드는 법입니다. 백만금을 잃는 것은 좋으나, 부왕께서 다스리시던 마지막 6년간 마음 놓고 잠자리에 드시지도 못하게 만들었던 비열한 악당들을 신임하시는 일은 없으셨으면 합니다."

'비천한 태생'이라는 말은 모후의 마음에 퍽 들었다. 마마의 생각으로는 백작과 공작부인이 지나치게 재능만 중시하는 듯 보였던 것이다. 재능이란 늘 그렇듯이 과격한 급진주의와 어느 정도 연결되는 것이니까.

모후가 생각에 잠겨 잠시 조용해진 동안, 궁정의 벽시계가 3시를 알렸다. 모후가 몸을 일으켜 아들에게 절을 하며 말했다.

"토론을 더 계속하는 것은 내 건강이 허락지 않을 것 같군요. '비천한 태생'의 장관을 갖는다는 것은 결코 좋은 일이 아니에요. 그 라씨라는 자는 사실을 캐내는 데 드는 비용이라고 전하께 돈을 받아 낸 다음, 그것의 반은 자신이 훔쳐 가졌을 거라는 생각을 떨칠 수가 없군요."

대공 모후는 촛대에서 촛불 두 자루를 집어 꺼지지 않도록 조심해서 벽난로 안에 넣었다. 그러고는 아들에게로 다가서며 덧붙였다.

"라 퐁텐의 우화가 남편의 원수를 갚고 싶다는 내 마음속의 정당한 욕망을 이겨 냈어요. 전하께서는 이 서류를 불태우는 것을 허락하실 테지요!"

대공은 꼼짝도 하지 않고 있었다.

'정말 바로 같은 얼굴이군.' 하고 공작부인은 생각했다. '백작 말이 맞았어. 고인이 된 선대공은 결심을 하느라 새벽 3시까지 사람을 붙잡아 둔 적이 없었지.'

대공 모후가 여전히 선 자세로 다시 말했다.

"그 별것 아닌 검사는 정말 으쓱해지겠군요. 자신의 출세를 목적으로 거짓말로 꾸민 이 서류뭉치 때문에 이 나라에서 가장 높은 신분의 두 사람이 밤을 꼬박 새웠다는 사실을 만약 알게 된다면 말입니다."

그러자 대공은 화난 사람처럼 서류가방 하나를 집어 들더니, 그 속에 있는 서류를 전부 벽난로 속에 쏟아 버렸다. 종이 더미가 쏟아지자 두 자루의 촛불은 금방이라도 꺼질 것처럼 흔들렸다. 방 안에 연기가 자욱해졌다. 모후는 아들의 눈빛을 보고, 그가 8만 프랑이나 들인 서류를 구해 내려고 물병이라도 가져다 들이부을 태세임을 알았다.

"창문을 여세요!"

모후가 신경질적으로 공작부인에게 소리쳤다. 공작부인이 급히 달려가 시키는 대로 했다. 곧이어 종이 뭉치에 한꺼번에 불꽃이 일었다. 벽난로 안에서는 타닥타닥 튀는 소리가 나고, 즉시 활활 타오르는 불꽃이 환히 보였다.

대공은 돈과 관련된 일이면 항상 소심했다. 이러다가 궁정이 화염에 휩싸이고, 궁정 안에 있는 값진 물건들이 모두 잿더미가 되는 게 아닌가 싶어 그는 창가로 달려가 갈라진 목소리로 병사들을 불렀다. 병사들이 대공이 목소리를 듣고 요란스럽게 안뜰로 달려오자, 대공은 다시 벽난로가로 되돌아왔다. 열린 창문을 통해 들어오는 바람으로 벽난로는 부채로 부친 듯 정말 기세 좋은 소리를 내며 활활 타오르고 있었다. 대공은 안절부절 마치 정신 나간 사람처럼 방안을 두세 바퀴 돌면서, 중얼중얼 욕을 하는 것이었다. 그러더니 마침내 뛰듯이 방을 나갔다.

대공 모후와 시녀장은 서로 마주 보고 선 채 침묵을 지키고 있었다.

'또다시 화를 낼 셈인가?' 하고 공작부인은 생각했다. '어쨌든 내가 이겼다.' 그러자 그녀는 아주 당당하게 밀고 나가기로 마음을 굳혔다. 그때 문득 어떤 문제를 깨달았다. 두 번째 서류가방이 그대로 있는 것이 눈에 띄었던 것이다. '아니야, 아직 절반밖에는 이기지 못했어!' 그녀는 아주 냉담한 어조로 모후에게 말했다.

"마마께서 이 나머지 서류들을 불태우도록 제게 명령을 내려주시지 않으시겠습니까?"

"하지만 어디서 태우려고?"

이렇게 말하는 모후는 기분이 유쾌하지 않은 듯했다.

"거실의 벽난로에 가져가서 태우겠습니다. 한 장씩 넣어 태우면 위험하지 않을 것입니다."

공작부인은 서류로 불룩한 가방을 옆구리에 끼고 초를 한 자루 쥔 다음 거실로 갔다. 그녀는 잠시 멈춰 서류가방을 뒤적여 보았다. 남아 있는 가방의 서류는 공술서였다. 대여섯 뭉치의 서류철을 숄 밑에 감춘 다음, 나머지는 꼼꼼하게 불태웠다. 그러고 나서 부인은 대공 모후에게 인사도 없이 그대로 나가버렸다.

'대단한 무례함이군.' 부인은 웃으며 생각했다. '하지만 모후도 비탄에 빠진 과부의 체면치레를 하느라, 나를 교수대로 보낼 것 같은 태세였으니까.'

공작부인의 마차가 나가는 소리를 듣자 모후는 시녀장에

대한 노여움이 치솟았다.

적절한 시간이 아니었지만 공작부인은 백작을 부르러 사람을 보냈다. 백작은 궁정의 불소동에 달려가 있었으나 모든 것이 진정되었다는 소식을 가지고 곧 찾아왔다. 백작은 말했다.

"그 어린 대공은 정말이지 아주 큰 용기를 발휘했소. 그래서 아낌없이 칭찬을 해주었지."

"이 진술서들을 어서 검토해 보세요. 그리고 나서 되도록 빨리 불태워 버려야 해요."

백작은 그것을 읽고 나서 안색이 창백해졌다.

"맙소사, 저자들은 진상을 거의 다 밝혔군요. 아주 교묘하게 일을 진행시켜 오면서 페란테 팔라가 한 일을 샅샅이 캐냈어요. 만약 그가 자백한다면, 우리 처지가 어려워질 겁니다."

"하지만 그는 입을 열 사람이 아니에요." 공작부인이 말했다. "그는 명예를 지킬 줄 아는 사람이에요. 자, 서류를 태워 버려요. 어서요."

"잠깐 기다려요. 이 열서너 명의 위험한 증인들 이름을 적어 두어야겠습니다. 만일 라씨 그자가 일을 다시 시작하려 들면, 이 증인들을 없애도록 해야지요."

"각하께 다시 말씀드립니다만, 대공은 오늘 밤 우리들의 업무처리에 관해 법무대신에게 아무 말도 하지 않겠다고 약속했습니다."

"소심한 마음 때문에, 또한 한바탕 언쟁을 벌일 일이 겁나서 그 약속은 지킬 것입니다."

"자, 내 사랑스런 분, 오늘 밤의 일로 우리 두 사람의 결혼을 앞당길 수 있겠군요. 죄를 지은 뒤의 그 소송을 결혼 지참금으로 가져가고 싶지는 않았거든요. 더구나 다른 남자에 대한 애착으로 저지르게 된 죄가 소송 이유일 때는 말이에요."

사랑에 빠져 있던 백작은 감동으로 탄성을 질렀다. 그는 부인의 손을 잡으며 눈물까지 흘리는 것이었다.

"떠나시기 전에 내가 대공 모후에게 어떤 태도를 취해야 할지 조언을 좀 해 주세요. 나는 피곤해서 곧 쓰러질 지경이에요. 극장에서 한 시간, 그리고 대공 모후의 방에서 다섯 시간 동안이나 연극을 했으니까요."

"모후가 좀 언짢게 대했다 하더라도 그것은 그분이 심약한 탓이고, 당신은 궁정을 나올 때 보여 준 무례함으로 충분히 복수를 한 셈입니다. 내일도 오늘 아침 모후를 대했던 태도 그대로 변함없이 대하도록 하세요. 라씨는 아직 감옥에 들어가지도 쫓겨나지도 않았고, 우리는 여전히 파브리스의 판결문을 찢어 버리지도 못하고 있으니까요.

당신이 모후에게 요구했던 것은 단안을 내리라는 것인데, 그런 소리를 들으면 군주들이라면 말할 것도 없고 수상이라 할지라도 몹시 기분이 상하는 법이지요. 요컨대 당신은 그분의 시녀장, 말하자면 힘없는 하인에 불과한 것입니다. 심약한 사람들이 으레 보이기 마련인 일종의 반동으로 사흘 후에는 라씨가 지금까지보다 더욱 총애를 받을 것입니다. 그자는 누군가를 교수형에 처할 수 없을까 하고 궁리할 테지요. 대공을 자기 일에 끌어들이지 못하고 있는 한 아무 일에도 확신을 갖지 못할 테니까요.

오늘 밤 불소동으로 다친 남자가 있습니다. 재단사인데 아주 용감무쌍한 활약을 했지요. 내일 나는 대공에게 내가 경호해 드리겠으니 그 재단사에게 가 보자고 권할 생각입니다. 그리고 짐짓 빈틈없이 무장하고 사방을 경계해 보이는 것이지요. 게다가 젊은 대공은 아직까지는 미움을 사고 있지 않거든요. 나로서는 대공을 거리 산책에 익숙하게 만들고 싶습니다. 라씨에게 보여 주기 위한 술수입니다만, 분명 내 후임자가될 그자로서는 이런 무모한 행동은 도저히 흉내 낼 수 없을걸요. 재단사를 보고 돌아오는 길에 대공이 부친의 동상 앞을 지나가도록 만든단 말씀입니다. 멍청이 같은 조각가가 괴상하게 들씌워 놓은 그 로마식 옷자락이 수없는 돌팔매질로 깨져 나간 것을 보게 되겠지요. 그러니 대공이 어지간히 머리가 둔하지 않는 한 결국 '과격파를 교수형에 처하면 이렇게 되는구나.' 하는 생각을 스스로 하게 될 거란 말이지요. 그때 내가 이렇게 말해 주는 것입니다. '과격파 공화주의자들을 교수형에 처하려면 만 명쯤 한꺼번에 처형하든가, 그렇지 못할 바에야 한 명도 손대서는 안 됩니다. 성 바르톨로메오 축일의 학살[22]은 프랑스의 신교도들을 몰살했지요.'라고 말입니다.

내일, 내가 산책에 모시고 나가기 전에 대공에게 가서 이렇

---

22) 16세기 말 프랑스 전역을 참화로 몰아넣었던 가톨릭과 위그노 사이의 종교전쟁 와중에 발생한 사건. 1572년 8월 24일 가톨릭 귀족과 시민들이 당시 국왕 샤를 9세의 누이 마르그리트 드 발루아와 후일 앙리 4세가 될 앙리 드 나바르의 결혼을 맞이하여 파리에 와 있던 위그노들을 학살하였는데, 당시 희생자 수는 파리에서만 3000명 정도로 추산되고 있다.

게 말하세요. '어젯밤 저는 전하 곁에서 각료 노릇을 했습니다. 성심껏 조언을 해 드렸지만, 전하의 명령에 따른 결과 대공 모후 마마의 심경을 거스르고 말았습니다. 전하께서 제게 보상을 해 주셔야 합니다.'라고 말이지요. 그는 돈을 요구하는 줄 알고 눈살을 찌푸릴 것입니다. 되도록이면 오랫동안 그런 불쾌한 생각에 빠져 있게 한 다음 이렇게 말하십시오. '전하께 간청하옵건대, 파브리스가 재판정에 출석하여 이 나라에서 가장 존경받는 판사 열두 명으로부터 재판을 받도록 명령을 내려 주시기 바랍니다.' 그러고는 그에게 잠시도 생각할 틈을 주지 말고 즉시, 당신의 아름다운 손으로 미리 써 간 명령서를 내밀어 서명하게 하십시오. 그 명령서는 내가 불러 드릴 테니 받아쓰면 됩니다. 물론 그 명령서에는 파브리스에 대한 첫 번째 판결을 폐기한다는 조항을 집어넣을 생각입니다. 여기에 대해서는 반대할 이유가 단 한 가지 있을 수 있으나 당신이 일을 능란하게 몰아치면 대공은 그 생각을 떠올릴 겨를이 없을 것입니다. 그는 당신에게 이렇게 나올 수도 있지요. '파브리스가 자수해야만 한다.'고요. 그러면 당신은 그를 시립감옥에 자수하도록 하겠다고 대답하세요. 당신도 알다시피 시립감옥의 모든 일은 내가 맡고 있으니까 조카님은 매일 밤 당신을 만나러 올 수 있을 겁니다. 만약 대공의 대답이 '안 돼, 그는 탈옥을 해서 내 성채 감옥의 명예를 실추시켰다. 그러니 형식을 갖추기 위해서라도 그는 자신이 갇혀 있던 방으로 돌아가야 한다.'라고 하면, 당신은 이렇게 맞받으십시오. '안 됩니다. 그곳에 있게 되면 나의 적인 라씨의 수중에 놓이게 됩니다.' 그러고는 당신의 특기인 애교 넘치는 말솜씨로 그에게 알아듣도록 이야기하세요. 라씨를 굴복시키기 위해서는 오늘 밤에 있었던 '오토다페(화형식)' 이야기를 그에게 흘릴 수도 있다는 것을 말입니다. 그래도 그가 계속 고집을 피우면 보름가량 사카의 성에 가 있겠다고 하는 겁니다.

파브리스를 불러오게 해서 어쩌면 그를 다시 감옥에 들어가게 할 수도 있을 이 방법에 대해 의논해 보세요. 최악의 경우까지 예상해 본다면, 파브리스가 감금되어 있는 동안 조바심을 이기지 못한 라씨가 내게 독약을 먹일 수도 있는 일이고, 그렇게 된다면 조카님은 몹시 위험한 상황에 놓이게 되겠지요. 하지만 그런 일은 거의 불가능합니다. 내가 프랑스인 요리사를 불러온 사실을 알고 계시지요, 몹시 쾌활한 사나이로서 말재롱이 여간 아닙니다. 그런데 농담을 즐기는 것과 암살이라는 것은 양립하기 어려운 법이니까요. 파브리스에게 이미 이야기해 둔 것이 있습니다. 그의 행동이 용감하고 정당했다고 증언해 줄 증인들을 내가 전부 찾아 두었다는 사실을 말입니다. 먼저 죽이려고 덤볐던 쪽이 질레티였다는 점은 명백합니다. 이 증인들에 대해서 당신에게 이야기하지 않았던 이유는 당신을 놀래 주고 싶었기 때문이었지요. 그러나 이 계획이 실패로 돌아가고 말았습니다. 대공이 기어코 서명을 거부했거든요. 내가 파브리스에게 약속해 왔던 것이 언젠가는 기필코 그를 고위성직자로 만들어 주겠다는 것이었는데, 만약 그의 적들이 로마 교황청 법정에 이 살인죄 기소를 이유로 들어 반박이라도 하면 일은 몹시 힘들어질 것입니다.

만약 그가 당당하게 재판을 받지 않을 경우, 부인, 질레티라는 이름이 한평생 그에게 불쾌한 짐이 되리라고 생각하지 않습니까? 결백하다는 사실을 확신하고 있음에도 불구하고 재판을 받지 않는다는 것은 겁쟁이 같은 짓입니다. 또한 설령 그가 죄가 있다 해도, 무죄로 만들겠습니다. 내가 이 이야기를 꺼내자 우리 혈기 넘치는 젊은이는 내가 말을 끝마치기도 전에 공직자 인명록을 집어 들더군요. 우리 두 사람은 함께 가장 청렴하고 학식 있는 재판관 열두 명을 골랐습니다. 명단을 만들어 놓고 그중 여섯 명을 지운 다음 그 자리에 대신 개인적으로 내 반대파인 법률가 여섯 명을 집어넣으려 했지요. 그러나 내 적수라고는 두 명밖에 찾아낼 수 없었으므로, 나머지는 라씨에게 굽실거리고 있는 악당 네 명으로 채우고 말았습니다."

백작의 이 제안은 공작부인을 몹시 불안하게 했다. 그 불안도 전혀 이유가 없는 것은 아니었다. 그러나 사리를 따져 본 끝에 결국 수긍한 부인은 백작이 불러주는 대로 명령서를 받아썼다. 그 명령서는 재판관 임명에 대한 것이었다.

백작이 부인의 집을 나온 것은 아침 6시나 된 시각이었다. 부인은 잠을 청했으나 허사였다. 9시에 부인은 파브리스를 불러 함께 식사를 했다. 그는 재판을 꼭 받고 싶어 조급해진 듯이 보였다. 10시가 되자 대공 모후의 궁정으로 갔으나 모후를 만날 수는 없었다. 11시에는 마침 아침 접견 중이던 대공을 만났다. 대공은 아무런 이의도 달지 않고 명령서에 서명했다. 공작부인은 이 명령서를 백작에게 보내고 나서 잠자리에 들었다.

백작이 대공이 보는 앞에서 라씨로 하여금 아침에 대공이 서명한 명령서에 연서하도록 재촉했을 때 라씨가 펄펄 뛰던 모습을 옮겨놓으면 재미있을 테지만, 연달아 전개되는 일들을 따라가기도 바쁘니 생략하겠다.

백작은 재판관 개개인의 장단점을 검토해서, 그 명단을 변경하자고 제안했다. 그러나 독자 여러분께서는 아마도 이런 모든 세세한 소송 절차를 다소 지루하게 여기실 것이다. 요컨대 지금까지의 일로부터 다음과 같은 교훈을 얻을 수 있는데, 즉 궁정을 가까이 하는 사람은 만약 현재 행복하다면 그 행복을 망칠 것이고, 여하간 자신의 장래를 한 궁정 부인의 책략에 내맡기게 되고 말리라는 것이다.

한편, 아메리카의 공화국에서라면 하루 종일 거리의 점포 주인들에게 굽실거리느라 진력이 날 테고 그 상인들만큼이나 바보가 되지 않으면 안 된다. 더구나 그곳에는 오페라도 없지 않은가.

공작부인은 해가 진 뒤 자리에서 일어나자 큰 불안감에 사로잡혔다. 파브리스가 없어진 것이다. 마침내 자정 무렵 궁정의 공연장에서 부인은 그의 편지를 받았다. 백작이 관할하고 있는 시립감옥에 자수하는 대신 그는 성채 감옥의 예전에 있던 방으로 되돌아간 것이다. 클렐리아 곁에 있을 수 있다는 사실에 몹시도 행복해하면서…….

이것은 엄청난 결과를 가져올 수 있는 사건이었다. 그곳에 있으면 지금까지의 그 어느 때보다도 독살의 위험을 더 크게 짊어져야 한다. 이런 어처구니없는 행동에 공작부인은 절망했다. 그러나 그녀는 이 미친 짓의 동기인 클렐리아에 대한 눈먼 사랑을 용서했다. 며칠 후면 그 소녀는 부유한 크레센치 후작과 결혼하고 말 테니까. 파브리스의 이런 무모한 행동은 옛날 그가 부인의 마음에 행사하고 있던 영향력을 되살려 냈다.

'내가 일부러 가서 서명을 받아 낸 그 저주스러운 종잇조각 때문에 파브리스가 죽게 되다니! 명예에 관한 것이라면 남자들이란 어쩌면 그리도 무모해지는지! 절대군주가 지배하는 나라, 라씨 같은 인간이 법무대신 자리에 앉아 있는 나라에서 명예를 생각할 필요가 있기나 한가! 어쨌거나 특별사면을 받았어야만 했을걸. 대공은 그 특별 재판 소집장에 서명했던 것처럼 사면장에도 쉽게 서명해 주었을 것이다. 파브리스와 같은 가문의 사람이 직접 칼을 휘둘러 질레티 따위의 익살 광대를 죽였다는 이유로 다소 비난을 받는다 한들 무슨 대수랴!'

파브리스의 편지를 받자마자 공작부인은 백작에게로 달려갔다. 백작도 낭패한 표정을 짓고 있었다.

"맙소사! 내 사랑, 그 애송이 조카님의 일에 대해서 나도 열심히 묘책을 세워 보지만 어지간히 일이 안 풀리는군요. 당신은 또 한 번 나를 원망할 것 같습니다. 어젯밤 나는 시립감옥 간수를 불러오게 했습니다. 이 일은 증명해 보일 수 있습니다. 조카가 매일 당신의 집으로 가서 차를 마실 수 있도록 조처해 주었던 것이지요. 지금 아주 곤란한 문제는, 당신도 나도 대공에게 독약에 대해서 즉, 라씨가 꾸밀지도 모를 독살의 위협에 대해서 곧이곧대로 이야기하기가 불가능하다는 점입니다. 그런 의심을 품는다는 것이 대공의 생각에는 아주 부도덕해 보일 테니까요. 그럼에도 불구하고 당신이 그러기를 고집하신다면 즉시 궁정으로 달려갈 준비가 되어 있습니다만, 그래도 대공의 대답에서는 분명 기대할 것이 없을 겁니다. 지금 제안하려는 것은 이제까지와는 다른 방법인데, 내 자신을 위해서라면 결코 쓰지 않을 방법이지요. 나는 이 나라에서 권력을 행사해 온 이래로 단 한 사람도 처형시킨 적이 없습니다. 이런 면에 있어서는 아시다시피 나는 정말 어리석어서, 가끔 해가 지고 나면 스페인에서 좀 경솔하게 총살시킨 두 명의 스파이가 아직도 머릿속을 어지럽힐 정도니까요. 자! 생각을 말씀해 보세요. 라씨를 처치해 버릴까요? 그가 파브리스 앞에 뿌려 놓을 위험은 한이 없습니다. 그자에게는 그렇게 하는 것이 나를 물러나게 할 확실한 수단이거든요."

이러한 제안은 공작부인을 아주 흡족하게 했다. 그러나 그녀는 승낙하지 않았다. 그녀는 백작에게 말했다.

"나는 우리가 이곳에서 물러나 나폴리의 아름다운 하늘 밑에서 살게 될 때 당신이 밤마다 음울한 생각에 잠기게 되기를 바라지 않아요."

"하지만, 내 사랑, 내가 보기에 우리는 음울한 생각을 선택할밖에 다른 도리가 없는 듯합니다. 만약 파브리스가 병으로 죽기라도 한다면 당신은 어떻게 되고 또 나 자신은 어떻게 되겠습니까?"

두 사람은 이 방법에 대해 아주 진지하게 의논했으나, 결국 공작부인은 다음과 같이 말하며 끝을 맺었다.

24장

"라씨는 내가 파브리스보다 당신을 더 사랑하기 때문에 목숨을 건진 거예요. 안 돼요. 나는 우리가 함께 지낼 노년의 밤을 매일 침울하게 망쳐 버리기는 싫어요."

공작부인은 성채로 달려갔다. 파비오 콘티 장군으로서는 부인에게 군사법 조항을 내세워, 대공의 서명이 든 명령장 없이는 그 누구도 국사범 감옥에 들어갈 수 없다고 가로막는 일이 그렇게 즐거울 수 없었다.

"하지만 크레센치 후작과 악사들은 매일 성채에 들어오지 않아요?"

"그들을 위해서는 내가 대공께 명령장을 받아 두었지요."

가엾은 공작부인이 자신의 불운을 다 알고 있는 것은 아니었다. 파비오 콘티 장군은 파브리스의 탈옥으로 자신이 개인적인 모욕을 당했다고 생각하고 있었다. 그래서 파브리스가 성채로 찾아온 것을 보았을 때(사실 장군은 이에 대한 어떠한 명령도 받은 적이 없었으므로 그를 다시 받아들여 가 두어서는 안 되었다.) 그는 생각했다. '이것은 하늘이 그를 내게 보내서 내 명예를 회복하고 군인으로서의 경력에 흠이 된 그 굴욕을 만회하라고 시키시는 일이다. 이 기회를 놓치지 않는 것이 중요하다. 얼마 안 있어 그는 분명 석방되고 말 테니까. 복수를 위한 시간이 얼마 없다.'

25장

　우리 주인공이 성채 감옥으로 들어온 일은 클렐리아를 절망에 빠뜨렸다. 신앙심이 깊고 자기 자신에 대해서 성실한 이 소녀는 자신이 파브리스와 멀리 떨어져서는 결코 행복할 수 없으리라는 사실을 스스로도 잘 알고 있었다. 그러나 그녀는 부친의 독살 소동이 있었을 때 부친을 위해 자신을 희생해 크레센치 후작과 결혼하겠다고 성모 마리아께 맹세했었다. 파브리스를 다시는 보지 않겠다고 맹세했었던 것이다. 그래서 그녀는 파브리스가 탈옥하기 전날 그에게 써 보낸 편지에서 자신도 모르는 사이에 털어놓은 고백에 대해서조차 견딜 수 없는 양심의 가책을 느끼고 있는 상황이었다. 그녀는 이렇게 아픈 심정으로 새들이 파닥이는 모습을 바라보고 있었다. 그리고 습관처럼 눈을 들어 예전에 파브리스가 자신을 내려다보던 창문을 그리운 심정으로 쳐다보았다. 바로 그때였다. 그가 다시금 그 창문에 서서 자신에게 존경과 애정이 넘치는 인사를 보내고 있었다. 그를 본 그녀의 심정이 어떠했을지는 다 그려낼 수 없으리라.

그녀는 하늘이 자신을 벌하기 위해 내린 환각을 보고 있는 줄 알았다. 그러나 곧 그녀는 냉정한 정신으로 이것이 무서운 현실임을 깨달았다. '그이는 다시 붙잡혀 왔구나. 이제 끝장이야!' 탈옥 후 성채 내에 떠돌던 말이 생각났다. 가장 신분 낮은 감옥지기들조차 자신들이 엄청난 모욕을 당한 것처럼 욕을 퍼붓곤 했었다. 클렐리아는 파브리스를 바라보았다. 자신도 모르는 사이에 그녀의 시선에는 열정이 가득 담겨 있었다. 그런 자신을 스스로도 어쩔 수 없다는 사실이 그녀를 더욱 절망 속으로 몰아넣었다.

그녀는 눈빛으로 파브리스에게 이렇게 말하고 있는 듯이 보였다. '나를 맞이할 준비를 하고 있다는 그 호사스런 저택에 가서 내가 과연 행복할 수 있으리라고 당신은 생각하세요? 아버지는 되풀이해서 말씀하십니다. 당신도 우리만큼이나 가난할 뿐이라고 말예요. 하지만, 아아! 그 가난을 내가 함께 나눌 수 있다면 얼마나 행복할까요! 그러나 오! 하느님! 우리는 다시 만나서는 안 됩니다.'

클렐리아는 알파벳을 써서 대화를 나눌 힘도 없었다. 파브리스를 바라보다가 곧 쓰러질 것만 같아 창가에 놓인 의자에 무너지듯 몸을 기댔다. 그러나 얼굴은 여전히 창문 턱에 기대고 있었다. 이 세상 마지막 순간까지라도 그를 바라보려는 듯 그녀의 얼굴은 파브리스를 향한 채 움직일 줄 몰랐다. 파브리스 역시 그녀의 모습을 놓치지 않고 바라보았다. 그녀의 시선은 잠시 눈을 감았다가 다시 눈을 떴을 때조차도 파브리스를 향하고 있었다. 그녀는 그의 두 눈에 눈물이 고여 있는 것을 보았다. 그 눈물은 너무나 행복해서 흘러내리는 것이었다. 파브리스는 자신이 떠나 있는 동안에도 그녀가 자신을 잊지 않았다는 사실에 감격했던 것이다. 가엾은 이 두 연인은 잠시 동안 서로를 바라보는 시선에 흘린 듯 꼼짝도 않고 마주 보았다. 파브리스가 문득 몇 마디 말을 마치 기타의 선율에 실어 보내오듯이 즉흥적인 노래를 불렀다. 그 노래의 가사는 이러했다. '내가 감옥으로 다시 온 것은 당신을 다시 보기 위해서라오. 사람들이 이런 나를 심판하리라.'

이 말에 잠시 숨어 있던 클렐리아의 도덕심이 눈을 떴다. 그녀는 벌떡 일어나 손으로 눈을 가렸다. 그러고는 격렬한 몸짓으로 자신은 결코 그를 다시 보아서는 안 된다는 것을 그에게 알리려 했다. 이미 성모 마리아께 맹세했음에도 불구하고 잠시 그 맹세를 잊고 그를 바라보고 만 것이다. 파브리스가 여전히 자신의 사랑을 호소해 오자 클렐리아는 견딜 수 없어 도망치고 말았다. 그러면서 이제 다시는 그를 보지 않으리라고 새삼 다짐하는 것이었다. '내 눈이 그를 바라보는 일은 결코 없을 것입니다.' 이 말이 그녀가 성모 마리아께 맹세한 정확한 내용이었다. 그녀는 이 말을 작은 종이에 써서, 숙부 동 체사레의 허락하에 그가 올리는 미사에서 봉헌 시간에 제단 앞으로 나가 그것을 불태웠던 것이다.

그러나 이런 거듭된 맹세에도 불구하고 파브리스가 파르네제 탑으로 돌아오자 클렐리아는 다시금 예전에 하던 그대로 행동하게 되었다. 그녀는 보통 온종일 홀로 자신의 방에서 지내곤 했다. 그러나 파브리스의 모습을 다시 보았던 날의 예기치 않은 동요가 가라앉자 그녀는 관저의 이곳저곳을 돌아다니며, 말하자면 자신을 친근하게 따르던 하인들과 다시 이야기를 트기 시작한 것이다. 주방에서 일하는 몹시 입담이 센 늙은 아낙이 무언가 감추는 듯한 태도로 다음과 같은 말을 했다.

"이번에는 파브리스 나리께서도 성채 밖으로 나가실 수 없을 겁니다요."

"담을 넘어 나가는 것과 같은 그런 잘못을 다시 범하시지는 않을 거야." 클렐리아가 대답했다. "하지만 무죄 판결이 나면 문으로 당당하게 나가실 수 있을걸."

"제가 말씀드리는 것은요, 아씨, 그 나리께서 성채를 나가실 때는 관에 들어가서 발부터 나가시리라는 것입죠."

클렐리아는 얼굴이 하얗게 질렸다. 이야기하던 나이 많은 여자도 그것을 알아차리고 돌연 입을 다물었다. '사령관의 딸 앞에서 조심성 없이 이런 말을 지껄이다니, 그럴 경우 이 아씨의 의무란 세상 사람들에게 파브리스가 병으로 죽었다고 소문을 퍼뜨리는 것일 텐데.' 하고 주방 아낙은 생각했다. 자신의 거처로 돌아오자 클렐리아는 감옥 부속 의사를 만나 보았다. 정직하면서도 겁이 많은 부류인 이 의사는 아주 낭패한 듯이 그녀에게 일러 주기를, 파브리스가 심하게 아프다는 것이었다. 클렐리아는 쓰러지려는 몸을 겨우 지탱하고는 숙부 동 체사레 신부를 찾아 여기저기 헤맨 끝에, 예배당에서 열심히 기도를 드리고 있는 그를 만날 수 있었다. 그 역시 클렐리아의 이야기를 전해 듣고는 안색이 변했다. 저녁 식사를 알리는 종이 울렸다. 식탁에 앉은 두 형제는 한 마디의 대화도 나누지 않았다. 식사가 끝날 무렵에야 겨우 장군이 빈정거리는 투로 아우에게 몇 마디 던지는 것이었다. 아우는 하인들에게 눈짓을 해서 모두들 밖으로 나가게 했다. 동 체사레가 사령관에게 이야기를 꺼냈다.

"형님께 이제 말씀드리겠습니다만, 저는 성채를 떠날 작정입니다. 사직하겠어요."

"좋아! 잘됐군! 사람들이 날 의심하게 되겠지! …… 그래, 나 가려는 이유나 들어 보자."

"제 양심 때문입니다."

"썩 꺼져 버려라. 너는 평생 가도 신부 노릇밖에 못 할 놈이다! 너 같은 인물은 명예가 뭔지 알 수도 없을걸."

'파브리스는 이미 죽은 거야.' 하고 클렐리아는 생각했다. '저녁 식사에 약을 넣었을 거다. 아니면 내일이라도 당장 그렇게 될 테지.' 그녀는 피아노에 맞추어 노래를 부르는 척이라도 해서 이 사실을 그에게 알리리라 결심하고 새들을 돌보는 방으로 달려갔다. '참회는 나중에 하리라. 한 사람의 목숨을 구하기 위해 맹세를 어긴 것은 용서받을 수 있겠지.' 하지만 파브리스의 방 창문에 차양이 없어지고 대신 쇠창살에 판자를 대어 가로막은 것을 보았을 때 그녀의 망연자실한 모습이란! 노래를 불러 알리기는커녕 그녀는 마치 정신 나간 사람처럼 소리를 질렀다. 그렇게 몇 마디 외침소리로 죄수에게 위험을 알리려고 애쓰는 것이었다. 그러나 아무런 대답도 없었다. 파르네제 탑에는 이미 죽음 같은 침묵뿐이었다. '모든 것이 끝났다.' 그녀는 생각했다. 정신없이 방에서 내려왔다가는 지니고 있던 약간의 돈과 작은 다이아몬드 귀걸이를 가지러 도로 올라갔다. 지나가는 길에 저녁 식사 때 남아 찬장에 놓아 둔 빵도 집어 들었다. '그이가 아직 살아 있다면 그를 구하는 것이 내 의무다.' 그녀는 탑의 작은 출입구를 향해 도전적이고 당당한 태도로 다가갔다. 이 문은 열려 있었고, 기둥이 늘어선 1층 방에는 병사들이 방금 배치된 참이었다. 그녀는 이 병사들을 조금도 겁먹은 기색 없이 위엄 있게 바라보았다. 그들을 통솔하는 하사에게 말을 꺼낼 작정이었다. 그런데 그 하사는 거기에 없었다. 클렐리아는 원주 주위를 나선형으로 감고 올라간 작은 쇠사다리를 뛰어 올라갔다. 병사들은 몹시 놀란 표정으로 그녀를 바라보았으나, 감히 무슨 말로 말려야 될지 몰라 멍하니 있었다. 분명 그녀의 레이스 숄과 모자에 기가 죽은 것이리라. 2층에는 아무도 없었다. 3층으로 올라가자 쇠창살 문세 개가 가로막고 있는 복도 입구에 그녀도 처음 보는 감옥지기가 앉아 있었다. 독자도 기억하실지 모르겠지만 파브리스가 갇힌 방으로 가려면 이 복도를 통해야 했다. 감옥지기가 당황한 듯 말했다.

"그분은 아직 식사를 하지 않으셨습니다요."

"알고 있어요."

클렐리아는 거만하게 대답했다. 이 사내도 그녀를 막지 못했다. 스무 걸음 더 떨어진 곳에 꽤 나이 먹은 또 다른 감옥지기가 술을 마신 듯 붉어진 얼굴로 파브리스의 방으로 향하는 여섯 계단 맨 아래에 걸터앉아 있었다. 그는 단호하게 말했다.

"아씨, 사령관님의 명령서를 가져오셨어요?"

"내가 누군지 모르는군요?"

이때 클렐리아는 뭔지 모를 힘에 이끌린 듯 제 자신도 잊고 있었다. 그녀의 마음속에는 오직 이 말만이 쉼 없이 울리고 있었던 것이다. '내 남편을 구해야 해.'

늙은 감옥지기가 "하지만 제 의무상 허락할 수 없는 일인데요……" 하고 말하는 사이, 클렐리아는 문을 향해 몸을 던지듯 재빨리 계단 여섯 개를 뛰어 올라갔다. 문에는 커다란 열쇠가 열쇠구멍에 꽂혀 있었다. 그 열쇠를 돌리기 위해서는 온몸의 힘을 다 짜내야만 했다. 그 순간 늙은 감옥지기가 술이 취해 비틀거리면서 따라 올라와 그녀의 옷자락을 잡았다. 그녀는 세찬 몸짓으로 뿌리치며 방안으로 뛰어들어가 문을 닫았다. 옷자락이 문에 끼이면서 찢어졌다. 감옥지기가 뒤따라 들어오려고 문을 밀었으므로 그녀는 문 안쪽에 달린 빗장을 밀어 문을 잠가 버렸다. 방 안에는 파브리스가 저녁 식사가 놓인 작은 탁자를 마주하고 앉아 있었다. 그녀는 탁자로 달려들어 그것을 뒤집어 버렸다. 그러고는 파브리스의 팔을 잡으며 외쳤다.

"이걸 먹었나요?"

이런 거리낌없는 말투에 파브리스는 너무나 기뻤다. 걱정으로 다급해진 나머지 클렐리아는 처음으로 여자다운 수줍음을 잊고 자신의 사랑을 드러내 보이고 만 것이다.

파브리스는 이 위험한 식사를 막 들려던 참이었다. 돌연히 나타난 클렐리아를 본 그는 그녀를 품에 안고 뜨겁게 입 맞추었다. '이 식사에는 독약이 들었구나.' 하는 생각이 그의 머릿속을 스쳐갔다. '내가 아직 식사에 손을 대지 않았다는 것을 알면 이 여인은 또다시 달아나고 말겠지. 신앙심이 새삼 의무감을 재촉할 테니 말이야. 하지만 내가 죽어 가는 사람처럼 보이는 한 이 여인은 내 곁에서 떠나지 않을 거야. 클렐리아는 자신의 싫은 결혼을 깨 버릴 구실이 필요해. 우연히 그 구실을 우리 앞에 가져다준 거야. 감옥지기들이 곧 모여들어 문을 밀치고 들어오겠지. 이런 소동이 있고 보면 크레셴치 후작도 기겁을 해서 결혼을 없었던 일로 돌릴 거야.'

파브리스가 이런 생각에 빠져 잠시 가만히 있는 사이, 클렐리아가 자신을 꼭 끌어안고 있는 품안에서 빠져나오려고 애쓰는 것이 느껴졌다. 그는 그녀에게 말했다.

"아직까지는 고통이 느껴지지 않습니다. 그러나 이제 곧 몹시도 고통스러운 나머지 당신 발밑에 쓰러지고 말겠지요. 내가 숨을 거둘 때까지 곁에 있어 주세요."

"오, 나의 유일한 사랑! 나도 당신과 함께 죽겠어요."

이렇게 외치며 그녀는 떨리는 몸짓으로 그를 가슴에 끌어안았다.

뜨거운 정열을 가눌 길 없는 이 상태에서 옷이 어깨를 타고 흘러내려 맨살이 드러난 그녀의 모습은 너무나 아름다웠다.

그 아름다운 모습에 파브리스는 자신도 모르는 사이 격정적 행동에 몸을 내맡길 수밖에 없었다. 그녀도 그를 밀어내지 않고 그의 품에 안겨 있었다.

더없는 행복감에 이어 밀려오는 열정과 자랑스러움에 고양되어 파브리스는 신중함을 잊고 그녀에게 말했다.

"우리 두 사람이 맞은 최초의 행복한 순간을 비겁한 거짓말로 더럽혀서는 안 되겠기에 고백합니다. 당신의 용기가 없었더라면 나는 필연 죽은 몸이 되었거나 끔찍한 고통으로 신음하고 있었겠지요. 하지만 당신이 들어왔을 때 마침 나는 식사를 막 시작하려던 참이었고, 그 덕분에 이 음식을 조금도 입에 넣지 않았습니다."

파브리스는 클렐리아의 눈에 떠오른 노여운 심정을 읽고, 그 노여움을 풀기 위해 자신이 독을 먹은 다음 일어났을 무서운 광경들을 열심히 펼쳐 보였다. 그녀는 잠시 그를 가만히 응시했다. 서로 엇갈리는 두 가지 감정이 그녀를 격렬하게 괴롭히는 듯했다. 그러고는 곧 그의 품안에 몸을 던지는 것이었다. 복도에서 요란한 소리가 들려왔다. 철창문 세 개를 차례로 여닫으며 시끄럽게 떠드는 소리였다. 파브리스가 외쳤다.

"아! 무기라도 있었다면! 이곳에 들어오면서 전부 빼앗기고 말았거든요. 분명 나를 해치우려고 오는 것이겠지요! 잘 있어요, 나의 클렐리아, 이 죽음이 행복을 가져다줄 터이므로 나는 기꺼이 죽음을 맞으렵니다."

클렐리아는 그를 끌어안았다. 그러고는 상아 손잡이가 달린 작은 칼을 내밀었다. 칼날의 길이가 겨우 주머니칼 정도밖에 되지 않는 단검이었다.

그녀가 말했다.

"그들 손에 죽으면 안 돼요. 마지막 순간까지 몸을 지키세요. 만약 숙부께서 소란스런 소리를 듣게 된다면, 용기도 있고 옳은 일을 아시는 분이니까 당신을 구하러 달려오실 거예요. 내가 저 사람들에게 이야기하겠어요."

이렇게 말하고 그녀는 문 쪽으로 달려갔다. 그리고 문빗장에 손을 댄 채 고개를 돌려 그를 바라보며 열기를 띤 어조로 덧붙였다.

"만약 지금 이 위기를 무사히 넘기면 이후로는 아무리 배가 고파도 절대 아무거나 먹지 마세요. 이 빵을 지니고 계세요."

소리가 가까이 왔다. 파브리스는 양팔로 그녀의 허리를 안아 올려 자리를 바꾸며 자신이 문 앞을 가로막아 섰다. 그러고는 맹렬하게 문을 밀어젖히고 나무 계단 여섯 개를 단번에 뛰어내려 손에 든 상아 손잡이의 단도를 치켜들었다. 대공의 시종무관 퐁타나 장군은 소스라쳐 뒤로 물러서며 완전히 겁에 질린 목소리로 외쳤다.

"나는 당신을 구하러 온 거요, 델 동고 씨."

파브리스는 다시 여섯 계단을 올라가 방안에 대고 말했다. "퐁타나가 나를 구하러 왔습니다!" 그러고는 나무 계단에 발을 올려놓고 있는 장군에게로 돌아가서 침착성을 되찾아 자신의 행동에 대해 해명했다. 순간적으로 분노가 치밀어 그렇게 한 것이니 용서를 바란다는 꽤 장황한 사과였다.

"나를 독살시키려는 시도가 있었습니다. 저기 앞에 있는 식사에 독이 들어 있었거든요. 그것에 손대지 않을 만큼의 기지는 있었지요. 하지만 이런 일을 당하고 보니 몹시 화가 났고, 그런 차에 당신이 올라오는 소리가 들려서, 쓰러져 있는 나를 단검으로 확실히 처치하기 위해 온 사람이라고 생각했던 겁니다…… 장군, 부탁합니다만 명령을 내려 누구라도 내 방에 들어오지 못하게 해 주십시오. 독약을 슬그머니 치우고 말 테니까요. 우리 선량한 대공전하께서 이 모든 일을 아셔야 합니다."

질린 얼굴색을 하고 어쩔 줄 모르고 있던 장군은 파브리스가 요구한 대로 뒤따라오던 감옥지기 선발대에게 멈추라고 지시했다. 이 감옥지기들은 독살 음모가 발각되자 당황해서 서로 먼저 뒤꽁무니를 뺐다. 다투어 물러서는 품이 겉보기에는 아주 좁은 계단에서 시종무관 나리를 방해하지 않으려는 행동처럼 보였지만 사실은 줄행랑을 놓으려던 것이었다. 퐁타나 장군이 의아하게 여긴 일은 파브리스가 1층 원주를 휘돌아 올라오는 작은 쇠사다리에서 15분도 넘게 꼼짝 않고 서 있었던 일이다. 그는 클렐리아에게 2층 어딘가에 몸을 숨길 시간을 벌어 주고 싶었다.

퐁타나 장군을 성채에 보내도록 한 사람은 공작부인이었다. 몇 번이나 정신나간 사람처럼 행동한 후에야 그런 조치를 취할 수 있었는데, 그렇게 할 수 있었던 것도 우연이었다. 자기만큼이나 놀라 당황하고 있는 모스카 백작을 돌려보낸 다음 부인은 궁정으로 달려갔다. 정력적인 것은 천박해 보인다며 내놓고 싫어하는 대공 모후는 부인을 보고 정신이 돌아 버린 거라고 생각했다. 또한 부인을 위해 어떤 특별한 대책을 강구하려는 생각이 전혀 없어 보였다. 공작부인은 체면도 다 팽개친 채 눈물을 평평 쏟으며 이 말만 되풀이하는 것이었다.

"하지만 마마, 이제 곧 파브리스는 독을 먹고 죽게 됩니다!"

전혀 마음을 움직이지 않는 차디찬 모후의 태도를 보고 공작부인은 고통으로 미칠 것 같았다. 개인적 성찰을 용인하는 유럽 북부 종교의 영향을 받으며 성장한 여인이었다면 결코 간과하지 않았을 반성 즉, 먼저 독을 쓴 사람은 나이니까 나 역시 독으로 망하리라는 도덕적 반성은 그녀와는 거리가 먼 것이었다. 이탈리아에서 열정이 북받친 순간에 이런 종류의 반성을 떠올리는 것은, 파리에서 그 같은 상황에 말재간 놀이를 벌이는 것처럼 아주 비속한 성품으로 여겨지는 것이다.

공작부인은 절망에 허우적대며 앞뒤를 잴 겨를도 없이 거실로 들어섰다. 그곳에 마침 그날 당직 근무 중이던 크레센치 후작이 있었다. 공작부인이 파르마에 돌아오자 후작은 부인의 힘이 아니었더라면 감히 꿈도 꾸지 못했을 시종 직위에 앉게 된 데 대해 절절한 감사의 표시를 했었다. 부인의 호의에 보답하기 위해서라면 무슨 일에든 몸을 바쳐 헌신하겠노라는 말도 물론 빼놓지 않았었다. 공작부인은 다음과 같이 말하며 후작에게로 다가갔다.

"파브리스가 성채 감옥에 다시 갇혔는데, 라씨가 그 아이를 독살하려 해요. 초콜릿과 물 한 병을 드릴 테니 옷 안에 숨겨 성채로 올라가 주세요. 내 목숨을 살려 주는 셈 치고 가서 파비오 콘티 장군에게 말해 주세요. 이 물과 초콜릿을 손수 파브리스에게 전하는 일을 허락하지 않으면 따님과의 결혼을 파기하겠다고 말이에요."

후작의 안색이 변했다. 그 얼굴은 이런 말을 듣고 흥분하기는커녕 당황해서 더할 수 없이 멍청한 표정을 드러내고 있었다. 파르마처럼 도덕적인 도시에서, 더구나 그토록 훌륭한 대공이 통치하고 있는 곳에서 그런 무서운 범죄가 저질러질 수 있다는 것이 믿어지지 않았던 것이다. 그래서 후작은 자신의 이런 우둔한 생각을 느릿한 말투로 늘어놓기까지 했다. 한 마디로 말해 공작부인이 지금 상대하고 있는 남자는 정직하기는 해도 몹시 심약해서, 결단을 내려 행동한다는 것이 불가능한 인물이었다. 초조한 산세베리나 부인의 재촉 때문에 수없이 말을 중단해야 했으면서도 결국 비슷한 문장을 스무 번이나 되풀이한 끝에 그는 그럴싸한 발뺌 구실을 생각해 냈다. 자신은 일단 시종으로서의 충성을 맹세한 몸인 이상 정부에 반역하는 행위에 가담하는 짓은 일체 할 수 없다는 것이었다.

시간이 자꾸 달아나고 있음을 느끼는 공작부인의 불안과 절망을 어떻게 헤아릴 수 있겠는가?

"하지만 적어도 사령관을 만나러 가 주기만이라도 해요. 가서 그에게 전하란 말이요. 파브리스를 죽인 자들은 내가 지옥 끝까지라도 쫓아가고 말겠다고요."

절망감은 원래 뛰어난 부인의 언변을 더욱 유창하게 만들었다. 그러나 이 순간 부인의 열정은 후작을 더욱 겁먹게 하고 말았고, 그 바람에 그는 점점 더 결심을 못하고 미적거리고 있었다. 그리고 한 시간가량이 흐른 뒤에는 오히려 처음보다 더

위축되어 부인의 말대로 행할 생각은 거의 없어진 듯했다.

절망의 마지막 벼랑으로 내몰린 이 불행한 여인은 생각했다. 사령관은 이 돈 많은 사위에게 그 무엇도 거절할 수 없으리라. 그래서 급기야 부인은 후작의 발아래 몸을 내던지기도 했다. 부인이 이렇게까지 나오자 크레센치 후작의 소심함은 점점 더해질 뿐이었다. 그는 이런 예기치 못한 광경을 지켜보며 자신도 모르는 사이 위험한 일에 휘말리는 것이 아닐까 두려움에 떠는 것이었다. 그러나 이런 두려움과는 별개로 특별한 감동도 맛보았다. 원래가 선량한 사람인 후작은 이렇게 아름답고 무엇보다도 당당한 권세를 지닌 여인이 자신의 발아래 몸을 던져야 하는 입장과 그렇게 쏟아내는 눈물에 마음이 흔들린 것이다.

'나 자신도 지체 높은 귀족이며 대단한 재산을 지니고 있긴 하지만, 어떤 공화주의자의 발아래 엎드려야 할 일이 언젠가 생길지 모르는 일이다!' 후작은 생각했다. 그도 울기 시작했다. 그리고 마침내 공작부인에게 말하기를, 부인이 시녀장의 자격으로 자신을 대공 모후에게 데리고 가서, 모후로부터 파브리스에게 작은 바구니를 전해도 좋다는 허락을 받아 준다면 그렇게 하겠다는 것이었다. 그리고 자신은 그 바구니 속에 무엇이 들었는지 모르는 것으로 해 달라고 했다.

그 전날 밤, 파브리스가 제 발로 성채 감옥에 들어가는 어리석은 짓을 저질렀다는 사실을 부인이 미처 알기 전, 궁정에서는 또 한 번의 코메디아 델라르테 공연이 있었다. 공작부인과 함께 공연을 할 때면 연인의 역할을 늘 맡아놓고 있는 대공은 부인에게 자신의 연정을 이야기할 때마다 너무나 열에 들뜬 모습을 보였다. 그런 탓에 혹시 이탈리아에서 정열적인 남자 또는 한 나라의 군주가 웃음거리가 될 때가 있다면 바로 그가 그런 경우였을 것이다.

소심하지만 연애에 대해서만은 언제나 아주 진지해지는 대공이 난처해서 어쩔 줄 모르는 크레센치 후작을 데리고 모후에게 가고 있는 공작부인을 궁정 한 복도에서 마주쳤다. 대공은 절망감이 빚어 낸 심리적 파장으로 더욱 빛나는 시녀장의 아름다움에 놀라고 매혹된 나머지 생전 처음으로 결단을 내렸다. 감히 거역할 수 없는 몸짓으로 후작을 쫓아 버린 다음 그는 공작부인에게 판에 박힌 그대로 사랑을 고백하기 시작했다. 대공은 이 고백을 오래전에 미리 마련해 둔 것임이 틀림없었다. 상당히 논리 정연한 말들이 쏟아지고 있었던 것이다.

"나와 같은 지위에 있는 사람이라면 지켜야 할 관습 때문에 당신과의 결혼이라는 최상의 행복이 가로막힌 이상, 나는 성체(聖體)를 두고 당신께 맹세합니다. 당신이 직접 글로 써서 허락하지 않으면 절대 결혼하지 않겠다고 말입니다. 내가 이렇게 하면 당신은 그 재능 있고 친절한 수상과 결혼할 수 없으리라는 것도 잘 압니다. 그러나 요컨대 그는 벌써 쉰여섯 살이지만 나는 아직 스물둘도 되지 않았습니다. 여기서 이렇게 사랑과는 별개인 이익에 대해 언급하는 바람에 당신이 모욕을 느끼고, 그래서 당신이 나를 뿌리친다 해도 할 말이 없겠지만, 그러나 이 궁정에서 돈에 애착을 지닌 사람이면 누구나 그 사실에 감탄하고 있습니다. 백작이 자신의 전 재산을 송두리째 당신에게 맡겨 사랑의 증거로 삼았다는 사실에 대해서 말이지요. 나도 이 점에서 그가 했던 대로 할 수 있다면 너무나 행복하겠습니다. 당신이라면 나보다도 훨씬 더 유용하게 내 재산을 쓸 수 있을 터이니 매년 각료들로부터 왕실재정 담당관에게로 넘어오는 금액을 당신이 자유롭게 처분하세요. 그렇게 해 주시면 공작부인, 내가 매달 쓸 수 있는 금액을 정하는 사람도 당신이 되는 것입니다."

공작부인은 이런 자질구레한 이야기를 들으면서 한없이 긴 시간을 빼앗기는 것 같아 애가 탔다. 파브리스에게 닥친 위험으로 가슴이 찢어지는 참이 아닌가.

부인은 외쳤다.

"그런데 전하께서는 지금 파브리스가 성채에 갇혀 독살당하게 되리라는 사실을 모르신다는 건가요! 그를 구해 주세요! 무슨 말씀이든 들어드릴 테니."

이런 식의 대꾸는 정말 서투르기 짝이 없는 것이었다. 독약이라는 말 한 마디에 이 도덕심 강한 가엾은 대공이 사랑을 고백하며 보여 주고 있던 솔직함과 성실성은 눈 깜짝할 사이에 꼬리를 감추고 말았다. 공작부인도 뒤미처 자신의 서투른 행동을 깨달았지만 회복하기에는 너무 늦은 일이었다. 절망은 더욱 커졌다. 조금 전까지만 하더라도 이보다 더 큰 절망은 없으리라 생각했는데, 이제 벼랑에서 떨어지는 기분이었다. '독약이라는 말만 꺼내지 않았어도 파브리스의 석방 명령을 얻어낼 수 있었을 텐데. 오 사랑하는 파브리스! 내 어리석음으로 너의 가슴을 찌르는 것이 정해진 운명인가 보다!'

대공을 정열적인 사랑의 이야기로 되돌리기 위해 공작부인은 오랜 시간을 들여 온갖 미태를 동원할 필요가 있었다. 그러나 대공은 일단 겁을 먹게 되자 경계를 늦추지 않았다. 이 경우 그의 말은 언제나 머리로 계산을 거친 뒤에 나올 뿐이었다. 독약이라는 생각에 우선 그의 마음이 얼어붙었다. 이어서 그 생각은 무서운 만큼이나 불쾌하기 짝이 없는 또 다른 생각을 불러일으켰다. '내 나라에서 독약을 쓰는 자가 있다니, 더구나 내게 한 마디 귀띔도 없이! 도대체 라씨는 온 유럽이 보는 앞에서 내게 창피를 줄 셈이구나! 다음 달 파리의 신문들이 이 사건을 두고 뭐라고 떠들어 댈지 누가 알랴!'

소심하기 짝이 없는 이 젊은이의 달아올랐던 마음이 별안간 무감각해졌다. 그의 머릿속은 한 가지 생각을 붙잡기에도 바빴다.

"친애하는 공작부인! 내가 얼마나 당신께 충실한지 당신도 아실 겁니다. 독약에 대한 당신의 무서운 생각은 근거 없는 것입니다. 과인은 그렇게 믿고 싶군요. 그러나 부인의 말을 들은 이상 그 생각을 떨쳐 버릴 수가 없습니다. 그 때문에 내가 살아오면서 처음으로 느꼈던 당신에 대한 열정마저 잠시 잊었을 정도니까요. 내가 사랑받을 만한 인물이 못 된다는 사실을 알고 있습니다. 단지 사랑에 빠진 어린애 같아 보이시겠지요. 그래도 어쨌든 힘든 과제를 내려서 나를 시험해 보십시오."

이렇게 말하며 대공은 활기를 내비쳤다.

"파브리스를 구해 주세요. 그러면 전하의 말씀을 전부 믿겠습니다! 아마도 제가 아이의 어미 같은 맹목적인 두려움에 붙잡혀 있는 것인지도 모르겠습니다. 하지만 지금 즉시 성채에 사람을 보내 파브리스를 찾아와서 제 앞에 보여 주세요. 그가 아직 살아 있다면 시립감옥으로 옮겨 주십시오. 전하께서 명하신다면 그곳에서 몇 달이고 재판이 있을 때까지 갇혀 지내도 좋습니다."

이런 간단한 청이야 한 마디 말만으로도 들어줄 수 있을 텐데 그러기는커녕 점점 더 침울한 표정을 짓는 대공을 보면서 공작부인은 낭떠러지 끝으로 내몰린 듯 앞이 캄캄해졌다. 대공은 얼굴이 상기되어 부인을 바라보다가 이내 눈을 내리깔았다. 그러더니 그의 뺨이 점점 창백해졌다. 엉겁결에 잘못 나온 독약이라는 말 한 마디가 그에게 어떤 생각을 불러일으켰던 것이다. 선친이나 펠리페 2세에게 어울릴 법한 생각을…… 그러나 감히 그 생각을 그대로 털어놓을 용기는 없었다. 마침내 대공은 자신을 억제하기라도 한 듯 아주 무뚝뚝한 말투로 부인에게 대답했다.

"들어 보세요, 부인. 당신은 나를 어린애 대하듯 하고, 아니 그 이상으로 아무런 멋도 없는 사람으로 여기며 무시하고 있습니다. 좋습니다! 나도 당신께 듣기 싫은 말을 한 마디 하겠습니다. 이것은 내가 당신에 대해 품고 있는 깊고 진실한 정열이 지금 막 일깨워 준 말입니다. 만약 내가 그 독약 이야기를 조금이라도 믿을 수 있었다면 나는 벌써 무슨 조치를 취했을 것입니다. 그렇게 하는 것이 내 의무 아니겠습니까. 그러나 내가 보기에 부인의 요구는 지나치게 흥분한 나머지 머릿속에서 그려낸 환상에서 비롯된 것일 뿐인 듯합니다. 이런 말씀을 드리는 나를 용서하시기 바랍니다만, 나는 그것이 무슨 중요성이 있는지도 모르겠습니다. 부인은 내가 대신들과 한 마디 상의도 없이 조치를 취할 것을 요구하십니다. 통치자의 자리에 오른 지 겨우 석 달밖에 되지 않은 내게요! 내가 평소 취하는 행동 방식에 전혀 어긋나는 예외적 조치를 원하시지만, 내 생각에는 이런 평소의 행동 방식이 더 합리적인 듯합니다. 지금 이 자리에서 절대군주는 부인, 바로 당신입니다. 당신은 내게 가장 중요한 소망을 이룰 수 있을지도 모른다는 희망을 주고 있습니다만, 그러나 한 시간 후 독약이라는 상상이, 그 악몽이 사라지고 나면 당신은 다시 내 존재를 귀찮게 여기고 나를 멀리하실 테지요, 부인. 자, 그러니 약속해 주세요. 만일 파브리스가 무사히 당신에게 돌아가면 오늘부터 석 달 이내에 나는 내 사랑이 소망하는 이 세상에서 가장 행복한 어떤 것을 당신으로부터 얻을 수 있다고 말입니다. 당신 생애에서 한 시간 정도를 내게 맡김으로써 내 전 생애의 행복을 보장해 주시는 것입니다. 그리고 당신이 나의 것이 되는 거지요."

이때 궁정 벽시계가 2시를 쳤다. '아! 이미 늦었는지도 몰라.' 하고 공작부인은 생각했다.

"약속드리지요."

그녀는 정신이 나간 듯한 눈빛으로 외쳤다.

곧 대공은 딴사람이 된 듯 태도를 바꾸어 낭하를 뛰어갔다. 그 끝에는 시종무관의 대기실이 있었다.

"퐁타나 장군, 말을 전속력으로 몰아 성채감옥으로 가시오. 한시도 지체 없이 델 동고 씨가 갇혀 있는 방으로 올라가서 그를 내게로 데려와요. 20분 후, 가능하면 15분 후에라도 그와 이야기를 할 수 있게 말이오."

"아! 장군, 일분일초에 내 생명이 달려 있습니다."

대공을 뒤쫓아온 부인이 말했다.

"분명 그릇된 밀고일 테지만, 파브리스가 독살될지도 모른다고 하니 걱정스러워 견딜 수 없습니다. 성채로 들어가 목소리가 들릴 만한 곳에 이르는 즉시 그에게 음식을 먹지 말라고 소리치세요. 만약 그가 이미 식사에 손을 댄 뒤라면 토하게 하세요. 내가 시킨 일이라고 말하고, 필요하면 강제로라도 토하게 해야 해요. 내가 곧 당신 뒤에 따라올 거라고 일러 주세요. 그러면 한평생 당신을 은인으로 삼겠습니다."

"공작부인, 내 말에는 이미 안장이 놓여 있는 데다, 나 역시 그래도 말을 다룰 줄 아는 사람이라고 평판이 나 있습니다. 쏜살같이 달려가서 부인보다 8분은 일찍 성채에 도착할 것입니다."

"그럼, 공작부인!" 하고 대공이 소리쳤다. "그 8분 중에서 반만 내게 주십시오."

시종무관은 이미 사라지고 없었다. 말을 달리는 것 외에는 별다른 재능도 없는 사람이었다. 다시 문이 닫히자마자 젊은 대공은 단단히 결심한 표정으로 공작부인의 손을 잡았다. 그리고 열기를 띤 목소리로 말했다.

"부인, 나와 함께 예배당으로 갑시다."

공작부인은 생전 처음으로 너무나 당황하여 말문이 막힌 채 대공의 뒤를 따라갔다. 대공과 부인은 궁정의 긴 낭하를 맨 끝에서 맞은편 끝까지 빠른 걸음으로 건너갔다. 예배당이 반대편 끝에 있었던 것이다. 예배당에 들어서자마자 대공은 부인을 제단 옆에 세워두고 무릎을 꿇었다. 그리고 흥분한 어조로 이렇게 말했다.

"부인이 조금 전 했던 맹세를 다시 한번 해 주세요. 당신이 정직한 이상, 그리고 대공이라는 이 불행한 지위로 인해 내 장점이 바래는 것이 아니라면 당신은 내 사랑을 불쌍히 여겨 약속한 일을 지켜 주어야 합니다. 당신은 이미 맹세를 했으니까요."

"독약을 먹지 않고 살아 있는 파브리스를 다시 만날 수 있다면, 그가 일주일 후에도 여전히 살아 있다면, 전하께서 그를 란드리아니 대주교의 후계자로 보좌주교에 임명해 주신다면 제 명예, 여인으로서의 자존, 이 모든 것을 버리고 전하의 것이 되겠습니다."

"하지만, '사랑스런 부인'" 하고 대공은 소심한 불안과 다정함이 뒤섞인 쾌활한 어조로 말했다. "뭔지 모를 함정에 빠져 내 행복이 사라져 버릴까 걱정되는군요. 그렇게 되면 나는 죽어 버릴 겁니다. 만약 대주교가 종교적인 이유를 내세워 내 말을 듣지 않는다면 어떻게 합니까? 그런 이유들이란 일을 몇 년씩이나 지체시키는 법인데요. 내가 진정으로 이런다는 사실을 당신은 아시지요? 이런 나를 두고 당신은 조무래기 제수이트 신부처럼 속임수를 쓰시렵니까?"

"아닙니다. 진정으로 약속합니다. 만약 파브리스가 구출되고 전하의 힘으로 그를 장래 대주교 계승권을 지닌 보좌주교에 임명해 주신다면 창피를 무릅쓰고 전하의 것이 되겠습니다. 전하께서는 지금부터 일주일 이내에 대주교가 제출할 청원서에 '승인'이라고 써 넣으셔야 합니다."

"백지에 서명을 해 드리지요. 이 몸의 통치자가 됨으로써 이 나라 전부를 가지십시오."

대공은 행복에 취해 얼굴이 붉어지며 정말로 넋 나간 사람처럼 외쳤다. 그는 한 번 더 맹세할 것을 요구했다. 그러고는 너무나 감동한 나머지 천성적인 수줍음도 잊은 채, 두 사람만 있는 이 궁정 예배당에서 공작부인에게 나지막한 목소리로 온갖 이야기를 늘어놓는 것이었다. 사흘 전에 이런 이야기를 들었더라면 공작부인은 대공에 대한 생각을 바꾸었을지도 모른다. 그러나 지금 그녀는 파브리스의 위험이 불러일으킨 절망감으로 인해서, 이렇게 마지못해 강요당한 약속을 미처 불쾌하게 여길 겨를이 없었다.

공작부인은 지금 자신이 저지른 일에 어리둥절하고 있었다. 자신의 입으로 한 약속에 대해 아직도 끔찍한 혐오감을 느끼지 못하고 있었던 것은 퐁타나 장군이 만사가 끝장나기 전에 성채에 도착할 수 있을까 하는 생각에만 정신이 쏠려 있었기 때문이었다.

화제를 딴 방향으로 돌려서 이 어린애의 어리석을 만큼 넋 나간 사랑의 말에서 벗어나려고 부인은 예배당 중앙 제단을 장식한 파르미자니노[23]의 유명한 그림을 칭찬했다. 그러자 대

---

23) Parmigianino(1503~1540). 이탈리아의 화가. 우아하고 세련된 '마니에

공이 말했다.

"당신께 이 그림을 보내 드리도록 허락해 주십시오."

"기꺼이 받겠습니다." 공작부인은 대답했다. "그러나 이젠 파브리스에게 가 보렵니다."

그녀는 마치 이성을 잃은 사람처럼 마부에게 빨리 달리라고 재촉했다. 걸어 나오는 파브리스와 퐁타나 장군을 마주친 것은 성채 해자(垓字)에 놓인 다리 위에서였다.

"음식을 먹었니?"

"아니요, 기적 같은 일이었어요."

공작부인은 달려들어 파브리스의 목을 껴안고 그대로 정신을 잃어 한 시간이나 누워 있었다. 그러고는 처음에는 이러다가 숨을 거두는 것이 아닌가 노심초사하게 하더니 곧이어 머리가 돌아 버린 게 아닌가 하는 걱정을 하게 만들었다.

퐁타나 장군이 성채로 온 것을 보고 사령관 파비오 콘티는 분이 복받쳐 안색이 창백해졌다. 그가 대공의 명령을 집행하는 데 시간을 질질 끌자 시종무관은, 이제 곧 공작부인이 대공을 마음대로 조종하는 총희(寵姬)가 되리라 짐작하던 차였으므로, 마침내 화를 내고 말았다. 사령관은 파브리스에게 독약을 먹여 이삼일가량 병으로 앓게 할 심산이었다. 그는 속으로 이렇게 중얼거렸다. '자, 여기 궁정에서 나온 이 장군 앞에 이제부터 그 괘씸한 녀석이 고통으로 몸부림치는 장면이 펼쳐지는 것이다. 이로써 그 녀석은 감히 탈옥했던 벌을 받게 되는

리스모' 양식을 개발. 작품 「목이 긴 성모」로 유명하다.

것이다.'

파비오 콘티는 무언가 골똘히 생각하더니 파르네제 탑 1층 위병소에서 걸음을 멈추고, 서둘러 병사들을 모두 내쫓았다. 자기가 마련해 놓은 광경을 보이고 싶지 않았기 때문이었다. 하지만 5분 후 그는 파브리스의 말소리를 듣고 놀란 나머지 몸이 뻣뻣해질 정도였다. 그리고 파브리스가 생기 있고 기민한 모습으로 퐁타나 장군에게 감옥 안을 설명하면서 눈앞에 나타나자 그는 줄행랑을 놓고 말았다.

파브리스는 대공을 알현하며 완벽한 신사의 모습을 보여 주었다. 무엇보다도 별것 아닌 일에 겁을 집어먹은 풋내기처럼 보이고 싶지 않았던 것이다. 대공은 친절하게 건강 상태를 걱정해 주었다.

"다행히 점심도 저녁도 먹지 않았으므로, 지금은 굶주림 때문에 죽을 것 같습니다, 전하."

파브리스는 대공의 호의에 감사한 후, 시립감옥에 들어가기 전 대주교를 만나 보게 해 달라고 청했다. 그때 문득 대공의 어린아이 같은 머릿속에, 독약 이야기가 공작부인의 상상력으로 꾸며진 것이 아닐지도 모른다는 생각이 스쳤다. 대공은 극도로 창백해지고 말았다. 이 끔찍한 생각에 골몰한 나머지 그는 대주교를 뵙고 싶다는 파브리스의 청에 대답할 시간을 놓치고 말았다. 이렇게 되자 자신이 딴생각을 해서 상대방에게 결례를 하고 말았으니, 무언가 후한 인심을 베풀어 보상을 해야만 할 것 같은 생각이 들었다.

"혼자 가도 좋습니다. 이 나라 수도의 거리를 호송병 없이

다니십시오. 10시나 11시경에는 감옥으로 돌아오리라 생각합니다. 그렇다고 그 감옥에 오래 있게 되지는 않을 것입니다."

일생에서 가장 기억에 남을 이 대단한 하루가 지나 다음 날이 되자 대공은 자신이 작은 나폴레옹이나 된 듯했다. 그 위대한 인물이 궁정의 수많은 미녀들에게 아주 인기가 있었다는 이야기를 책에서 읽은 적이 있었던 것이다. 일단 예기치 않은 행운 덕분에 나폴레옹이 되자, 대공은 자신이 일전에 탄환이 쏟아지는 상황에서도 그 위대한 인물처럼 행동했었음을 상기했다. 그의 마음은 공작부인에게 결연한 행동을 보였다는 사실에 여전히 도취되어 있었다. 어떤 어려운 일을 성취했다는 의식이 보름 동안이나 그를 전혀 딴사람처럼 보이게 했다. 대범한 생각을 할 수 있게 된 것이다. 결단력도 다소 생겼다.

그날 우선, 라씨를 백작으로 봉한다는 문서를 불태워 버렸다. 그 문서는 한 달 전부터 책상 위에 놓여 있던 것이었다. 그다음으로 콘티 장군을 면직하고 그 후임으로 랑제 대령을 임명해서 독약 사건의 진상을 밝히라는 명령을 내렸다. 폴란드 사람이며 정직한 군인인 랑제는 감옥지기들이 볼 때는 무서운 인물이었다. 그가 감옥지기들로부터 알아낸 사실에 따르면 애초에는 델 동고 씨의 점심식사에 독을 넣을 계획이었다. 그러나 그러기 위해서는 너무 많은 사람들을 끌어들이지 않으면 안 되었으므로, 저녁 식사 때로 옮겨 더욱 교묘하게 일을 꾸몄다는 것이다. 만약 퐁타나 장군이 때맞추어 오지 않았더라면 델 동고 씨는 목숨을 잃었을 거라고 대령은 대공에게 보고했다. 대공은 머리털이 쭈뼛 서는 것 같았다. 하지만 진정으로 공작부인에게 빠져 있었던 덕분에 이런 생각으로 자신을 달랬다. '그러면 나는 실제로 델 동고 씨의 생명을 구한 것이다. 그러니까 공작부인도 내게 한 약속을 감히 깨뜨리지는 못할 거야.' 그리고는 이러한 생각도 했다. '내 자리는 생각보다 훨씬 힘들다. 공작부인이 명민하기 이를 데 없는 사람이라는 사실은 온 세상이 인정하는 바이니까 따라서 내 사랑은 정치와도 양립하는 셈이지. 그녀가 수상이 되어 준다면 나로서는 금상첨화일 텐데.'

그날 밤 대공은 이 무서운 음모에 대한 보고를 듣고는 기분이 언짢아진 탓에 연극 놀이에 끼려 하지 않았다. 그는 공작부인에게 이렇게 말했다.

"내가 간절히 바라는 것은 당신이 내 마음을 지배하고 있듯이 내 나라도 다스려 주었으면 하는 것입니다. 우선 내가 오늘 하루를 어떻게 보냈는지 말씀드리지요."

그러고는 모든 일을 아주 정확하게 그녀에게 이야기해 주었다. 라씨에게 줄 백작 봉서를 태워 버린 일, 랑제를 성채 사령관에 임명한 일, 그리고 그가 독약에 관해 조사해서 보고해 온 일 등등.

"내가 나라를 통치하는 일에 전혀 경험이 없다는 점을 잘 알고 있습니다. 모스카 백작은 짓궂은 말로 나에게 창피를 줍니다. 심지어는 회의에서조차 나를 놀려 대지요. 그리고 사교 모임에 가서는 내 이야기를 함부로 하고 있습니다. 당신도 설마 그렇게까지 말할 수 있을까 하고 의심하게 될 정도의 험담들이지요. 그의 말에 따르면 나는 어린애에 불과해서 자기 마음대로 조종되고 있다는 겁니다. 아무리 대공의 자리에 있다고는 해도 부인, 나도 역시 사람입니다. 그런 이야기들을 듣고 화가 나지 않을 수 없지요. 모스카 씨가 이야기하는 것이 사실이 아니라는 점을 보이기 위해 저 위험천만한 악당 라씨를 내각에 불러올린 것입니다만, 그런데 콘티 장군은 아직도 그 악당이 막강한 세력가라고 믿고 있는 터라 당신의 조카를 해치도록 사주한 자가 라씨인지 라베르시 후작부인인지를 털어놓지 않습니다. 내 의향대로라면 파비오 콘티 장군을 재판정에 세워 일을 간단하게 처리하고 싶습니다. 그가 독살 기도에 대해 죄가 있는지 없는지는 판사들이 판결해 주겠지요."

"하지만, 전하, 전하께 과연 거느릴 재판관이나 있으신지요?"

"뭐라고요!"

대공은 뜻밖의 질문에 깜짝 놀랐다.

"박식하고, 근엄한 태도로 거리를 활보하는 법률가들이야 있겠지만, 그런 자들이 판결을 내릴 때는 언제나 전하 궁정의 권세 있는 당파에 아부하는 법이지요."

면박당한 젊은 대공이 총명함을 발휘하기는커녕 오히려 그 천진함을 여지없이 드러내며 긴말을 늘어놓는 동안 공작부인은 이런 생각에 잠겼다.

'콘티가 수모를 당하도록 그냥 내버려 두는 편이 좋을까? 아니다. 그렇지 않아. 그렇게 되면 그의 딸과 그 칠칠치 못하게 정직하기만 한 크레센치 후작의 결혼이 깨지고 말 것이다.'

공작부인과 대공은 이 문제에 대해 긴 이야기를 주고받았다. 대공은 부인에 대한 찬탄으로 얼이 빠진 듯했다. 클렐리아 콘티와 크레센치 후작의 결혼을 위해 이번 독살 사건에 있어서만은 장군을 용서해 주기로 결정하고, 대공은 전사령관을 불러 이런 결정에는 딸의 결혼식이라는 명시된 조건이 붙어 있다는 점을 질책과 더불어 알렸다. 또한 대공은 공작부인의 의견에 따라 장군에게 명령하기를 딸의 결혼식 때까지 나라 밖으로 나가 있도록 했다. 공작부인은 파브리스에 대한 자신의 마음이 이제 더 이상 사랑이 아니라고 믿었으나 그래도 클렐리아 콘티가 후작과 결혼하기를 간절히 바랐다. 그렇게 되면 파브리스가 멍하니 넋 나간 사람처럼 생각에 잠긴 모습을 점차 보지 않게 되리라는 어렴풋한 희망 때문이었다.

행복에 겨운 대공은 그날 밤으로 당장 법무대신 라씨를 떠들썩하게 창피를 주어 쫓아내려고 했다. 공작부인은 웃으며 대공을 말렸다.

"나폴레옹이 했던 말을 알고 계시는지요? 높은 자리에 있는 사람은 세상 사람들의 주목을 받고 있으므로 과격한 행동은 삼가야 합니다. 더구나 오늘 밤은 너무 늦었으니, 해야 할 일들은 내일로 미루시지요."

부인은 백작과 의논할 시간을 갖고 싶었던 것이다. 그녀는 백작에게 그날 밤의 대화를 빠짐없이 알려 주었다. 다만 대공이 쉼없이 암시하던 그 약속, 자신의 생활을 불길하게 덮고 있는 그 약속에 대해서만은 이야기하지 않았다. 부인은 자신이 대공에게 없어서는 안 될 사람이 됨으로써, 다음과 같은 말로 약속의 이행을 미룰 수 있으리라 마음을 달래고 있었다. 즉, '전하께서 인정사정 없이 제게 그런 모욕을 주려 하신다

면 저는 용서할 수 없습니다. 내일 당장 이 나라를 떠나겠습니다.'

파브리스의 재판은 기묘한 난관에 부딪쳤다. 재판관들이 만장일치로, 그것도 1차 재판에서부터 파브리스를 무죄석방하려 했던 것이다. 소송이 적어도 일주일은 끌어, 수고스럽지만 재판관들이 증인 전체의 증언을 듣도록 하기 위해 백작은 협박이라는 수단을 동원하지 않으면 안 되었다. '모두 똑같은 작자들뿐이니.' 하고 백작은 생각했다.

무죄판결로 석방된 다음 날, 파브리스 델 동고는 마침내 선량한 란드리아니 대주교의 수석 보좌주교의 지위를 얻었다. 같은 날 대공은 파브리스가 장래 대주교 계승권을 가진 보좌주교에 임명되는 데 필요한 공문서에 서명했다. 그로부터 두 달이 채 되기도 전에 그는 이 자리에 앉았다.

사람들마다 공작부인에게 조카의 근엄한 태도에 대한 칭찬을 늘어놓았다. 그러나 사실 파브리스의 겉모습은 그가 빠져 있는 절망에서 비롯된 것이었다. 파브리스가 석방되자, 파비오 콘티 장군의 면직과 추방이 이어졌고 그와 함께 공작부인이 누리는 대단한 총애가 부각되었는데, 그런 하루 뒤에는 클렐리아가 고모인 콘타리니 백작부인의 집에 몸을 숨기고 말았던 것이다. 이 부인은 아주 나이 많은 부유한 사람으로 오직 자신의 건강을 돌보는 일에만 관심이 있었다. 클렐리아는 원하기만 하면 파브리스를 만날 수 있었을 것이다. 그러나 그녀가 예전에 스스로 맹세했음을 알고 있고, 또 현재의 그녀가 취하는 행동을 본 사람이라면 누구나 다음과 같이 생각했을 것이다. 파브리스에 대한 그녀의 사랑은 이 연인의 위험이 사라진 것과 동시에 사라지고 말았다고 말이다. 파브리스는 가능한 한 자주, 그러나 남의 이목을 끌지 않을 만큼은 주의하면서 콘타리니 저택 앞을 서성거렸다. 뿐만 아니라 저택 2층 창문과 마주 보고 있는 작은 집을, 온갖 노력을 기울인 끝에 세 내는 데 성공했다. 한번은 지나가는 종교 행렬을 보려고 클렐리아가 우연히 창가로 다가왔다가, 소스라쳐 뒤로 물러서고 말았다. 검은색 옷을 입은 파브리스를 보았기 때문이었다. 그러나 그의 차림새는 아주 가난한 직공처럼 보였다. 그는 파르네제 탑의 감옥방에서 그랬던 것처럼, 맞은편 누추한 집의 기름종이를 바른 창문을 통해 자신을 바라보고 있었다. 파브리스도 클렐리아가 자신을 피하는 까닭이 아버지가 쫓겨났기 때문이라고 믿고 싶었다. 세상 사람들은 누구나 장군의 추방을 꾀한 사람이 공작부인임을 눈치채고 있었으니까. 그러나 그는 그녀가 자신을 멀리하는 데 다른 이유가 있다는 사실을 너무나 잘 알고 있었다. 그래서 그의 우울함은 그 어떤 것에도 위안을 받지 못하고 더욱 깊어만 가는 것이었다.

무죄 판결로 석방된 일도, 생전 처음 오르게 된 높은 지위도, 사교계에서의 빛나는 위치도, 교구 내의 모든 성직자와 신도들로부터 쉴 새 없이 쏟아지는 아첨도 그는 기쁘지 않았다. 산세베리나 저택의 아름다운 그의 방은 이렇게 몰려드는 사람들 덕분에 이제는 비좁았다. 공작부인은 저택 3층 전체와 2층의 화려한 거실 두 개를 그를 위해 내주지 않을 수 없게 되자 몹시 기뻤다. 이 방들은 젊은 보좌주교에게 인사를 하러 와서 잠시 차례를 기다리는 사람들로 언제나 가득 찼다. 장래 대주교직의 계승이라는 조항은 이 나라에서 놀라운 반향을 불러일으켰다. 예전에, 속 좁고 어리석은 궁정인들에게 그토록 반감을 샀던 파브리스의 도도한 성격과 특질들이 이제는 모두 미덕으로 칭송받았다.

파브리스는 이 모든 명예에도 전혀 기쁜 생각이 들지 않았다. 또한 제복을 입은 열 명의 하인에게 둘러싸여 훌륭한 저택에서 지내면서도 파르네제 탑의 사방을 나무판자로 두른 감옥방에서 인정머리 없는 감옥지기들에게 감시받으며, 생명을 잃지나 않을까 항상 두려워하며 지낼 때보다 훨씬 더 불행하다는 사실은 파브리스에게 삶에 대한 깊은 성찰을 가져다주었다. 모친과 누이동생 V가 출세한 그를 만나기 위해 파르마로 왔다가 큰 슬픔에 빠져 있는 그의 모습을 보고 깜짝 놀랐다. 이제는 아주 현실적 사고방식을 지니게 된 델 동고 후작부인은 아들의 그런 태도에 너무나 걱정이 된 나머지 아들이 파르네제 탑에 있을 때 서서히 효과가 나타나는 독약을 먹은 것이 틀림없다고 생각했다. 평소 지극히 신중하던 언행에도 불구하고 후작부인은 아들의 이 이해할 수 없는 슬픔을 그냥 잠자코 지켜보려 하지만은 않았다. 그러나 파브리스는 모친의 채근에 아무런 대답 없이 그냥 눈물만 흘렸다.

높은 자리에 앉게 되자 그에게 온갖 이익이 쏟아져 들어왔다. 그러나 그것들은 기분을 거스르게 할 뿐이었다. 허영과 이기주의로 마음이 병든 그의 형은 거의 공문서와도 같은 축하 편지를 보내왔다. 부친의 뒤를 이어 새 후작이 된 형은 이 편지 속에 5만 프랑의 우편환을 동봉하며 파브리스에게 말하기를, 이 금액으로 가문에 어울리는 말과 마차를 마련하라는 것이었다. 파브리스는 이 돈을 불행한 결혼을 한 막내누이에게 보냈다.

모스카 백작은 학자를 고용해서 그 옛날 파르마의 대주교를 지낸 또 한 사람의 파브리스가 라틴어로 펴냈던 발세라 델 동고 가문의 역사를 이탈리아어로 번역하게 했다. 그리고 이 번역본을 라틴어 원서와 함께 대조해 볼 수 있도록 엮어서 화려하게 인쇄했다. 삽화는 뛰어난 솜씨의 석판인쇄술로 파리에서 제작된 것을 넣었다. 공작부인은 옛 대주교의 초상화 옆에 파브리스의 아름다운 초상화를 나란히 실었으면 하고 바랐다. 이 번역서는 파브리스가 감옥 생활 초기에 이룩한 업적이라는 명목으로 세상에 나왔다. 그러나 우리 주인공에게는 인간사의 모든 욕심이, 누구나 가지고 있기 마련인 허영조차 사라지고 없었다. 그는 자신의 업적이라면서 출판되어 나온 이 책을 펼쳐 보려고도 하지 않았다. 그러나 사교계에서 차지하고 있는 그의 위치로 보아 화려하게 제본된 책 한 부를 대공에게 헌정하지 않으면 안 되었다. 대공은 무서운 죽음의 위기를 겪은 그에게 무언가 보상을 해 주어야 한다는 생각에, 자신의 방에 출입할 수 있는 권리를 내려주었다. 이것은 '각하'라는 칭호가 부여되는 은전이었다.

26장

파브리스가 잠시나마 깊은 슬픔에서 벗어날 때가 있다면 그것은 클렐리아가 숨어 살고 있는 콘타리니 저택 맞은편 자신이 빌린 방 창가에서, 기름종이를 떼고 대신 끼워넣은 유리 뒤에 몸을 숨기며 보내는 짧은 시간뿐이었다. 성채에서 나온 이후 그녀의 모습을 볼 수 있었던 적은 불과 한두 번뿐이었다. 그러나 그는 그녀의 놀랄 만큼 변한 모습에 몹시 가슴이 아팠으며, 그런 변화가 가장 나쁜 징조처럼 여겨지는 것이었다. 파브리스에 대한 열정으로 다급한 나머지 과오를 범하고 만 이후, 그녀의 표정에는 기품과 신중함이 두드러지게 나타나 마치 서른 살이나 되어 보였다. 그녀의 이런 뜻밖의 변화를 보고 파브리스는 무언가 굳은 결심이 있었음을 알아차렸다. '그녀는 성모님께 했던, 나를 다시는 보지 않겠다는 맹세를 지키려고 하루에도 몇 번씩이나 스스로에게 다짐하고 있는 거야.' 그는 이렇게 짐작했다.

그러나 파브리스가 헤아릴 수 있는 클렐리아의 슬픈 심정은 일부분에 불과했다. 그녀는 아버지가 대공의 노여움을 사서, 자신이 크레센치 후작과 결혼하기 전에는 파르마로 돌아와 궁정 출입을 할 수 없게 되었다는 사실을 (그러나 아버지로서는 궁정 생활을 떠나서는 살아가는 것이 불가능하다는 것을) 알게 되자, 자신이 이 결혼을 원하고 있다는 편지를 써서 아버지에게 보냈다. 그때 장군은 토리노에 피신해서 화병으로 누워 있었다. 그녀가 열 살은 더 나이 들어 보이게 된 것도 사실은 이런 어려운 결심을 한 괴로움 때문이었다.

그녀는 파브리스가 콘타리니 저택 맞은편 창문 너머의 방을 빌렸다는 사실을 모르지 않았다. 그러나 그녀가 파브리스를 불행히도 바라보게 된 것은 단 한 번뿐이었다. 그때마저도 그녀는 그와 닮은 얼굴과 풍채가 언뜻 눈에 띈 순간 눈을 감아 버리고 말았다. 그 이후로 자신의 깊은 신앙심과 성모님이 구원해 주실 것이라는 믿음만이 그녀의 유일한 의지가 되었다. 죄스러운 마음이 들었으나 부친을 존경할 수는 없었다. 앞으로 남편이 될 사람은 아주 평범한 성격이고, 상류사회 인사답게 처신할 능력밖에는 없는 듯했다. 그러나 무엇보다도 그녀는 결코 모습을 보아서는 안 될 사람을 사랑하고 있었다. 그렇지만 자신에 대해 어떠한 권리를 가지고 있는 사람도 그 사람이었다. 이 모든 운명이 그녀에게는 더없는 불행으로만 여겨졌다. 그녀로서는 그렇게 느끼는 것도 무리는 아니리라. 결혼식을 올린 후에는 파르마에서 785킬로미터는 떨어진 아주 먼 곳으로 가서 사는 길밖에 없다고 그녀는 마음먹고 있었다. 파브리스는 클렐리아의 지극히 정숙한 성품을 알고 있었다. 만약 자신이 상궤를 벗어난 행동을 한 탓에 남의 눈에 띄어 세상 사람들의 입에라도 오르내리게 되면 그녀가 마음에 얼마나 큰 상처를 입을지도 짐작하고 있었다. 그러나 슬픔으로 가슴이 터질 것만 같았고 변함없이 자신을 외면하는 클렐리아의 눈길도 참을 수가 없었던 그는 감히 한 가지 방법을 생각해 내기에 이르렀다. 그녀의 고모 콘타리니 부인의 하인 두 명을 매수한 것이다. 어느 날 어둠이 몰려오자 파브리스는 시골 지주 같은 차림으로 저택 문 앞에 나타났다. 그곳에는 이미 자신의 편으로 만들어 놓은 하인 한 명이 그를 기다리고 있었다. 그는 자신이 클렐리아 아씨 부친의 서신을 가지고 토리노에서 온 사람이라고 알렸다. 하인은 이 말을 전하러 가면서, 그를 저택 2층 큰 거실로 올라가게 했다. 파브리스가 이 방에서 보낸 15분가량은 아마도 그의 일생에서 가장 불안에 떨어야 했던 시간이었을 것이다. 만약 클렐리아가 자신을 거절한다면 평온하게 살아갈 희망은 사라지고 마는 것이다. '새로 얻은 지위 때문에 쏟아져 들어오는 귀찮은 일들을 무슨 힘으로 감당해 낼까. 교회에 도움도 되지 않을 신부 한 명을 이 세상에서 사라지게 하는 편이 낫지. 이름을 감추고 어느 구석진 수도원에 들어가 숨어 버리자.' 마침내 하인이 돌아와 클렐리아 콘티 아씨가 만나시겠다고 했음을 알렸다. 우리 주인공은 완전히 용기가 꺾여 버렸다. 3층으로 향하는 계단을 오르면서 그는 두려움으로 쓰러질 것만 같았다.

클렐리아는 작은 탁자 앞에 앉아 있었다. 탁자 위에는 촛불한 자루가 타올랐다. 그녀는 변장한 사람이 파브리스임을 깨닫자마자 도망쳐 거실 안쪽 구석진 곳으로 몸을 숨겼다. 그러고는 두 손으로 얼굴을 가리며 말했다.

"어쩌면 이리도 나의 구원을 모르는 체하십니까. 아버지가 독약 때문에 돌아가실 뻔했을 때 내가 성모님께 다시는 당신을 보지 않겠다고 맹세한 사실을 잘 알고 계시면서. 내가 이 맹세를 어긴 적은 그날 밤, 내 일생에서 가장 불행한 그날뿐입니다. 그때는 당신을 죽음에서 구해 내는 일이 급했으니까요. 그러나 지금은, 이 또한 분명 죄가 될 어처구니없는 구실을 만들어 당신의 목소리를 들어 보려 한 것이니 이미 용서받을 수 없는 일이 되었습니다."

그녀의 이 마지막 말에 파브리스는 몹시도 놀랐다. 그 탓에 이 말을 듣고도 기쁨을 느끼기까지 잠시 시간이 걸렸을 정도였다. 그는 클렐리아가 노여워하며 방을 나가 버릴지도 모른다고 겁을 먹고 있었던 것이다. 마침내 그는 클렐리아가 자신의 모습을 보지 않게 할 방법에 생각이 미쳤다. 방 안을 밝히는 단 한 자루의 촛불을 끈 것이다. 클렐리아가 자신에게 보낸 무언의 명령이 이것이리라 짐작은 하면서도 그녀가 몸을 숨기고 있는 거실 구석, 긴 의자 뒤로 어둠을 더듬어 나가는 그의 온몸은 떨려왔다. 만약 그녀의 손을 잡고 입을 맞추면 화를 내며 밀어낼지도 모를 일이었다. 그러나 그녀 역시 사랑으로 자신을 가누지 못할 만큼 떨고 있었다. 그녀는 그의 팔 안으로 몸을 던졌다. 그리고 속삭였다.

"사랑하는 파브리스, 왜 이리도 늦게서야 내게 온 건가요! 지금은 당신과 이야기를 나누는 것도 큰 죄가 되니, 긴 시간을 함께할 수도 없군요. 다시는 당신을 바라보지 않겠다고 맹세했을 때, 거기에는 또한 당신과 말을 나누지 않겠다는 맹세도 포함되어 있었으니까요. 내 불쌍한 아버지가 비록 당신께 복수하려는 마음을 품긴 했었지만 그래도 그렇게까지 가혹하게 되갚으시다니. 당신의 탈옥을 위해 먼저 독살될 뻔한 사람은 바로 내 아버지가 아니던가요? 당신의 생명을 구하려고 지켜야 할 본분마저 내팽개쳤던 나를 생각해서라도 그렇게까지 해서는 안 되었을 것을! 더구나 당신은 이제 성직에 매인 몸이니, 비록 내가 저 보기 싫은 후작을 피할 방법을 찾아낸다 한들 나와 결혼할 수는 없지 않은가요? 또 저번에 행렬이 있었던 날 저녁 당신은 아무 거리낌 없이 밝은 빛 아래서 나를 보려고 하셨지요. 하지만 그런 행동이 성모님께 바친 내 신성한 맹세를 여지없이 짓밟는 일이라는 사실을 모르시나요?"

파브리스는 그녀를 품에 안고 있었다. 놀라움과 행복으로 정신이 아득했다.

서로에게 하고 싶었던 수많은 이야기가 봇물처럼 터져나온 이 만남이 빨리 끝날 수야 없었다. 파브리스는 그녀에게 부친이 추방된 정확한 경위를 이야기했다. 공작부인은 콘티 장군이 독약을 쓸 생각을 했다고는 믿지 않았으므로, 이 일에는 전혀 관계가 없다고 말했다. 부인의 짐작에 따르면 이 독살 음모는 모스카 백작을 쫓아내려는 라베르시 후작부인 일파가 꾸며 냈으리라는 것이었다. 진상을 차근차근 이야기해 주자 클렐리아는 아주 마음이 편해졌다. 그녀는 파브리스와 친한 누군가를 미워하지 않으면 안 된다는 점에 너무나 가슴 아팠던 것이다. 이제는 더 이상 공작부인을 질투의 눈으로 보지 않고 있었으니까 말이다.

이날 밤 다시 찾아온 행복은 겨우 며칠밖에 지속되지 않았다.

토리노에서 갔다 돌아온 선량한 동 체사레가 성실한 마음에서 용기를 내어 공작부인을 만나러 왔다. 그는 부인에게 이제부터 자신이 이야기하는 비밀을 절대 퍼뜨리지 않겠다는 언약을 받은 다음 그의 형이 그릇된 명예욕에 눈이 멀어 있던 차에, 파브리스의 탈옥으로 모욕을 당하고 높은 사람의 신임을 잃었다고 믿었으며, 그래서 복수해야겠다는 마음에 독약을 쓴 것이라고 털어놓았다.

동 체사레는 이야기를 꺼낸 지 몇 분도 안 돼서 원래 바라던 바를 얻을 수 있었다. 그의 선량함이 공작부인을 감동시켰던 것이다. 부인으로서는 이렇게 솔직한 고백이 흔치 않은 경험이었으니까. 그는 마치 오랜만에 마셔 보는 신선한 공기처럼 부인의 마음을 흡족하게 했다.

"장군 따님과 크레센치 후작의 결혼식을 서두르세요. 그러면 장군이 여행에서 돌아오는 사람처럼 환영받으며 이곳에 올 수 있도록 힘써 드리지요. 내가 당신 형님을 우리 집 만찬에 초대하면 만족하실지요? 물론 처음에는 다소 어색할 테고, 장군도 성채 사령관 자리를 되찾으려고 서둘러서는 안 될 것입니다. 하지만 아시다시피 나는 후작에 대해 호의를 갖고 있으니, 그 사람의 장인에게 계속 유감을 남겨 놓지는 않을 생각입니다."

이 말에 힘을 얻은 동 체사레는 조카딸에게 가서, 낙심 끝에 병들어 누운 부친의 운명은 네게 달려 있다고 말했다. 장군은 벌써 여러 달 전부터 어떤 궁정 모임도 구경하지 못하고 있는 것이다.

클렐리아는 부친을 뵙기로 마음먹었다. 장군은 토리노 근처 어느 마을에 이름을 바꾸고 숨어 있었는데, 구태여 가명을 쓴 이유는 파르마 궁정이 자신을 재판에 넘기기 위해 토리노 궁정에 자신을 인도하라고 요구하지 않을까 걱정했기 때문이었다. 그녀가 부친을 찾아갔을 때 그는 자리에 누운 채 거의 미치광이 같은 몰골이었다. 그날 밤으로 그녀는 파브리스에게 영원히 헤어질 수밖에 없다는 내용의 편지를 썼다. 이 편지를 받자 파브리스는 파르마에서 157킬로미터쯤 떨어진 산중의 벨레자 수도원으로 들어가 숨어 버렸다. 그의 성격도 이제는 연인과 닮아 가고 있었던 것이다. 클렐리아가 쓴 편지는 열 장이나 되는 긴 것이었다. 얼마 전 그의 승낙 없이는 후작과 결혼하지 않겠다고 그에게 약속했기에 이제 그녀는 편지를 통해 그에게 승낙해 줄 것을 간청했다. 파브리스는 벨레자의 수도원 깊숙이 틀어박힌 채 참으로 순수한 애정을 담아 그 간청에 답하는 편지를 보냈다.

솔직히 말하건대 사실 클렐리아는 파브리스의 답신을 받고 그런 순수한 호의에 몹시 슬펐다. 그러나 그녀는 자신이 직접 결혼 날짜를 정했다. 이 결혼식을 축하해서 열린 연회들은 그해 겨울 파르마 궁정을 한층 더 화려한 빛으로 장식했다.

라뉴체 에르네스트 5세는 실제는 돈 쓰기를 무척 꺼리는 사람이었다. 그러나 그는 지금 정신없이 사랑에 빠져서 공작부인을 아예 궁정에 붙잡아 두려고 했다. 그래서 그는 상당한 금액을 모후에게 내밀고 그 돈으로 연회를 열어 달라고 부탁했다. 대공 모후의 시녀장이 뜻밖에 추가된 이 금액을 솜씨 있게 활용한 덕분에, 이 겨울 파르마 궁정의 축하연들은 밀라노 궁정을, 그리고 부유한 이탈리아의 왕으로서 그 선량한 치적이 아직도 기억에 생생한 으젠느 대공의 화려했던 시절을 떠올리게 했다.

승계권을 부여받은 보좌주교로서의 의무 때문에 파브리스는 파르마로 돌아오지 않을 수 없었다. 그는 후견인인 란드리아니 대주교의 강권에 못 이겨 대주교관의 작은 방 하나를 처소로 삼았다. 그러나 그는 신앙상의 근신을 이유로 이 방에서도 계속 은신하겠다고 선언했으며, 단 한 명의 하인만을 데리고 자기 방에 틀어박힌 채 밖으로 나오지 않았다. 이렇게 해서 그는 궁정의 화려한 연회에는 전혀 참석하지 않았으므로 파르마 안에서는, 그리고 앞으로 그가 관할하게 될 교구에서는 그가 경건한 성직자라는 대단한 평판이 생겼다. 단지 한없는 절망과 슬픔을 이기지 못해 택한 은둔 생활이었음에도 뜻밖의 칭찬을 듣게 되자 선량한 란드리아니 대주교는 여태껏 변함없이 그를 사랑해 왔고 실제로도 그를 자신의 승계자로 삼을 생각을 하고 있었음에도 불구하고 어느 정도 시기의 감정을 품게 되었다. 대주교의 생각으로는 이탈리아의 관례가 그러한 이상 성직자도 궁정의 모든 연회에 참석해야 했다. 그의 생각도 일리가 있었다. 연회가 있을 때마다 대주교는 대례복 차림으로 나서곤 했는데, 그것은 대성당 안에서 사람들 앞에 나타날 때와 다를 바 없는 차림이었다. 그렇게 해서 궁정의 주랑이 늘어선 대기실을 지날 때면, 그곳에 모여 있는 수백 명의 신하들이 일제히 일어서서 대주교 예하께 축복을 청하고, 그는 기꺼운 마음으로 멈춰 서서 그들을 축원하는 것이었다. 란드리아니 예하께서 문득 다음과 같이 속삭이는 어떤 목소리를 들은 것도 이와 같이 사방이 엄숙하게 숨을 죽인 순간이었다. '우리 대주교께서는 무도회에 나오시지만, 델 동고 나리는 방에서 한 발자국도 나오시지 않으신다네!'

이 순간부터 대주교관에서 파브리스가 누려왔던 크나큰 총애는 끝장나고 말았다. 그렇지만 파브리스도 이제는 자신의 날개로 날 수 있는 상태였다. 클렐리아의 결혼이 그를 절망 속으로 밀어 넣었고, 그가 보인 이 일련의 행동들도 그 절망감을 이기지 못한 결과였으나, 사람들 사이에서는 소박하고도 숭고한 신앙심의 발로라고 칭송되고 있었다. 그런 터라 신앙심 돈독한 여인네들은 가장 어리석은 허영심으로 버무려진 그의 가계사 번역서를 마치 교양책인 양 읽곤 했다. 서적상들은 그의 초상화를 석판으로 인쇄하여 내놓았는데, 그 초상화들은 단 며칠 사이에 날개 돋친 듯이 다 팔려 나갔다. 그것을 사가는 사람들은 특히 하층민들이었다. 판화 제작공들은 무지한 탓에 파브리스의 초상화 테두리에 주교의 초상화에만 사용할 수 있는 장식을 여러 가지 둘러놓았다. 이 장식들은 보좌주교의 처지로는 요구할 수 없는 것이었다. 대주교는 이 초상화 한 장을 보고 대단히 화가 났다. 그는 파브리스를 불러오게 해서 아주 혹독하게 나무랐으며, 치밀어 오르는 화를 못 이겨 때때로 아주 비속한 말까지 썼다. 짐작하기 어렵지 않겠지만, 파브리스는 이런 경우 전혀 힘들이지 않고 페늘롱이 취했을 법한 행동을 취했다. 그는 대주교가 쏟아 놓는 말을 겸허한 자세로 최대한 공손하게 듣고 있었다. 노성직자가 말을 마치자 그는 자기 가문의 가계사 번역이 자신의 감옥 생활 초기에 완성된 작품이라고 알려지게 된 경위를 전부 이야기하고, 또 그것이 모스카 백작의 지시에 따른 것임을 밝혔다. 그 번역서는 세속적인 목적으로 출판된 것이므로 자신과 같은 처지의 사람에게는 전혀 합당치 않다고 여겨 왔다는 것이었다. 초상화 인쇄에 대해서는 초판이나 재판 그 어느 것도 모르는 일이라고 했다. 서적 상인이 대주교관에 은둔 중인 그에게 재판본 초상화 스물네 장을 보내온 적이 있는데, 그는 하인을 시켜 또 한 장의 초상화를 사 오게 하여 그것이 한 장당 30수우에 팔리고 있음을 알았기에 초상화 스물네 장의 값으로 쳐서 100프랑을 보내 주었다는 것이었다.

이처럼 조리 있는 이야기를 마음속에 다른 슬픔을 품고 있는 사람이 아주 분별 있는 어조로 차근차근 설명했음에도 불구하고 대주교는 화가 나서 제정신을 잃을 지경이었다. 그는 파브리스더러 위선자라고 고래고래 소리를 지르기까지 했다. 파브리스는 속으로 생각했다. '아무리 재능이 있다 해도 출신

이 평범한 자들은 어쩔 수가 없구나!'

그때 그에게는 더 심각한 고민거리가 있었다. 고모가 쉴 새 없이 편지를 보내 산세베리나 공작부인 저택으로 다시 돌아오든가 아니면 가끔씩이라도 자신을 만나러 오라고 재촉하고 있었던 것이다. 그곳에 가면 크레센치 후작이 결혼식 때 개최한 호화로운 축하연들의 이야기가 오갈 것이 분명했다. 그렇지만 파브리스는 아무렇지도 않은 듯 사람들의 이목을 끌지 않고 그 이야기를 듣고 있을 자신이 없었다.

결혼식이 있는 날, 파브리스는 벌써 일주일 전부터 꼬박 침묵 속에 묻혀 지내고 있었다. 자신의 하인 한 명과 주변에 어른거리는 대주교관 사람들에게까지 자신에게 말을 걸지 말라고 지시한 후 한 마디도 하지 않고 지냈던 것이다.

란드리아니 대주교는 이 일을 전해 듣고는 그가 다시금 칭송받을 태도를 꾸며 낸 것이라 여기고 더욱 빈번히 파브리스를 불러들여 긴 훈계를 하려고 했다. 심지어 대주교 관구 때문에 자신들의 특권을 침해당했다고 주장하는 몇몇 지방 주교좌성당 참사원들과 회합을 가지라고 강요하기까지 했다. 파브리스는 이 모든 일에 완전히 무관심으로 대응했다. 그는 이미 다른 곳에 마음을 빼앗긴 상태였으니 말이다. '나는 수도승이 되는 편이 낫겠다.' 하고 그는 생각했다. '벨레자의 바위틈에 숨어 있는 것이 이보다 덜 고통스러우리라.'

그는 고모를 만나러 갔다. 부인을 껴안을 때는 쏟아지는 눈물을 주체할 수 없었다. 부인 눈에 비친 그의 모습은 너무나 변해 있었다. 극도로 여윈 나머지 더욱 커 보이는 눈이 금방이라도 얼굴에서 굴러 떨어질 듯 애처로웠다. 초라한 검은색 평신부복 차림을 한 그가 얼마나 가련하고 비참해 보였던지, 처음 보는 순간 공작부인 역시 울음을 터뜨리고 말았다. 그러나 잠시 후 이 청년의 아름답던 모습이 이렇게까지 변한 이유가 모두 클렐리아의 결혼식 때문이라는 사실에 생각이 미치자 부인의 마음속에는 대주교가 느꼈던 것과 거의 같을 만큼의 격렬한 분노가 치밀어 올랐다. 비록 훨씬 교묘하게 숨겨지기는 했지만 말이다. 잔인하게도 그녀는 오랫동안 크레센치 후작이 벌인 유쾌한 파티에서 있었던 갖가지 이야기들을 그림을 그리듯 자세히 이야기했다. 파브리스는 아무 말 없이 듣고만 있었다. 그러나 그의 눈은 경련하듯 내리감기고 안색은 여태껏 본 적이 없을 만큼 창백해졌다. 얼마나 격심한 고통을 견디고 있는지, 도저히 그럴 수는 없을 것 같지만, 얼굴의 창백함이 초록빛을 띠기까지 한 것이다.

모스카 백작이 마침내 부인을 찾아왔다. 그때 백작이 목격한 장면은(그 자신도 눈을 의심했다.) 지금까지 파브리스가 줄곧 그에게 불러일으켜 왔던 질투심을 마침내 완전히 사라지게 했다. 이 능란한 인물은 파브리스에게 현실적인 일에 흥미를 조금이라도 되찾아 주기 위해 은근하고 교묘한 말솜씨를 동원했다. 백작은 이 청년에 대해 늘 우정을 느껴 왔고, 그를 퍽 높이 평가해 오던 터였다. 이러한 호의는 더 이상 질투심으로 인해 가로막힐 일이 없어진 지금에 와서는 거의 혈육을 대하는 것과도 같은 애착이 되었다. '사실 이 청년도 훌륭한 지위에 오르기까지 힘든 대가를 치른 셈이지.' 백작은 청년이 겪은 고난을 하나하나 돌이켜보면서 이렇게 생각했다. 대공이 공작부인에게 보낸 파르미자니노의 그림을 구경시켜 주겠다는 구실로 백작은 파브리스를 데리고 나와 따로 자리를 만들었다.

"자, 이제 우리 남자 대 남자로 이야기해 보세. 내가 행여 꼬치꼬치 캐물을까 봐 지레 겁을 먹지는 말고. 내가 무언가 자네를 위해 할 수 있는 일이 없을까? 혹시 돈이 필요한 일이라든가, 권력을 이용해 손을 써 볼 일이라든가 말일세. 자네에게 필요한 것이 무엇인지 말해 보게. 자네를 위해서라면 무엇이든 해 볼 테니. 말하기가 곤란하다면 편지로 쓰는 것은 어떨까?"

파브리스는 백작을 다정하게 껴안았다. 그러고는 그림에 대해 이야기를 시작하는 것이었다.

"지금 자네 행동은 세련된 정치적 처세로는 아주 일품이야." 하고 백작은 가벼운 어조로 바꾸면서 말했다.

"지금 자네 앞에는 아주 유망한 장래가 열려 있네. 대공은 자네를 존중하고, 민중들은 자네를 숭배하고 있지. 지금 입고 있는 그 초라한 검은 옷 때문에 란드리아니 예하께선 편안한 밤잠을 잃어버리셨다더군. 나는 어떤 일을 처리하는 데는 어느 정도 익숙한 편이지만, 정말이지 지금의 상황에 무언가 도움을 주려고 해도, 무슨 충고를 해야 좋을지 모를 형편이야. 스물다섯 살 나이로 이 세상에 첫걸음을 내디디면서 자네는 이미 부족할 게 없는 성공을 거두었지. 궁정에서는 자네에 대한 칭찬이 자자하고 말일세. 그런데 그 나이에 이런 특별한 명예를 얻게 된 이유가 무엇인지 알고 있는가? 바로 그 초라한 검은 옷 때문이야. 알다시피 공작부인과 나는 포강 근처 숲속

아름다운 언덕 위에 자리 잡은, 옛날 페트라르카가 머물던 집을 사 둔 적이 있지. 만약 자네가 세상 사람들의 질시로 말미암아 자질구레한 고초를 겪어야 하는 데 지쳤다면, 그 집으로 가서 페트라르카의 후계자가 될 수도 있으리라 생각해 보았는데…… 그러면 대시인의 명성이 보태어져 이름도 한층 빛날 테고."

백작은 이 은둔자의 얼굴에 다시 미소가 떠오르게 하려고 머리를 쥐어짜 보았으나 소용없었다. 파브리스가 전과 달라졌다는 사실을 뚜렷이 느끼게 해 주는 점이 있는데, 그것은 이렇게 되기 이전 최근까지도 그의 얼굴에는 때때로 하고 있는 이야기와는 상관없이 관능과 즐거움의 표정이(이것은 어쩌면 결점이라고도 할 수 있을 것이다.) 떠오르곤 했던 것이다.

그가 돌아가려 하자 백작은 이런 말을 던지지 않을 수 없었다. 아무리 은둔 중이라고는 하나, 다음 토요일에도 궁정에 나오지 않는 것은 아마도 가식으로 비춰질 것이라는 말이었다. 그날은 대공 모후의 생신이었다. 이 말을 듣자 파브리스는 가슴을 단도로 찔린 듯 괴로웠다. '맙소사! 이 집에 뭐 하러 왔던가!' 아무리 생각하지 않으려 해도, 궁정에서 누구와 마주치게 될지 그 예감에 온몸이 떨려왔고, 오직 그 일만 머릿속을 맴도는 것이었다. 피할 수 있는 유일한 방법은 아무도 나오지 않을 이른 시간, 연회장의 문이 열리자마자 궁정에 얼굴을 보이고 돌아오는 것이라고 생각했다.

그래서 성대한 축하 연회가 열리는 날, 몽시뇨르 델 동고라는 이름은 문지기가 가장 먼저 소리쳐 알린 이름 속에 들어 있었다. 대공 모후는 최상의 경의를 갖추어 그를 맞았다. 파브리스의 눈은 벽시계에만 가 있었다. 시계가 자신의 방안에 들어온 지 20여 분이 지났음을 가리킬 무렵, 그는 작별 인사를 하기 위해 몸을 일으켰다. 대공이 모후의 거실로 들어온 것은 그때였다. 잠시 대공에게 인사를 한 후 파브리스는 슬그머니 몸을 비켜 문 쪽으로 향했다. 그런데 그때 파브리스로서는 큰 낭패거리가 생겼다. 궁정에서 흔히 일어나는 사건 하나를 시녀장이 교묘하게 마련해 두었던 것이다. 즉, 당직 시종이 그를 뒤쫓아 와서는, 그가 대공의 휘스트 놀이 상대로 정해져 있음을 알렸다. 이것은 파르마에서는 대단한 영예로서, 보좌주교가 궁정 사교계에서 차지하는 지위 정도로는 감히 바랄 수도 없는 명예로운 대접이었다. 시종의 이 전언이 파브리스에게는 날카로운 가시 같았다. 비록 사람들 눈에 띄기는 죽기보다 싫었지만, 대공에게로 가서 갑작스러운 현기증이 일어나 자리에서 물러나지 않을 수 없다고 이야기하려 했다. 그러나 그렇게 하면 건강을 걱정해 주는 수많은 질문과 겉치레 인사가 쏟아질 것이고, 그것은 카드놀이보다 훨씬 성가신 일이었다. 그날 그는 한 마디도 하기 싫은 기분이었던 것이다.

다행히도 프란체스코 수도회장이 대공 모후에게 하례를 올리기 위해 온 상류 요인들 사이에 끼여 있었다. 퐁타나와 뒤브와생에 필적할 만한 대단한 학식을 갖춘 이 수도사는 살롱의 한쪽 구석에 사람들로부터 떨어져 앉아 있었는데, 파브리스는 그의 앞으로 가서 입구의 문을 등지고 선 자세로 그와 신학에 대한 이야기를 나누었다. 그러나 크레센치 후작과 후작부인의 입장을 알리는 소리가 귓가에 들려오는 것을 막을 수는 없었다. 파브리스는 자신이 생각하기에도 전혀 뜻밖으로, 격렬한 분노가 치밀어 오르는 것을 느꼈다. '만약 내가 보르소 발세라(이 사람은 스포르차 가문 초기의 장군이다.)라면, 그 행복했던 날 클렐리아가 내게 준, 상아 손잡이가 달린 그 단도로 저 우둔한 후작을 찔러, 내가 있는 장소에 후작부인과 함께 나타난다는 오만함을 부려도 좋은 것인지 가르쳐 주고야 말 텐데.'

그의 안색이 너무나 고통스럽게 변했으므로 수도회장이 물었다.

"몸이 불편하신 것은 아닌지요!"

"몹시 머리가 아프군요…… 이 방안의 밝은 불빛이 거슬리는 탓에…… 하지만 단지 대공의 휘스트 놀이 상대로 정해져 있다는 것 때문에 돌아가지 못하고 있지요."

이 말에 평민 출신인 수도회장은 감탄으로 당황한 나머지 어쩔 줄 모르고 파브리스에게 연거푸 절을 하는 것이었다. 한편 파브리스는 수도회장의 동요와는 전혀 다른 이유에서 유난히 말이 많아졌다. 그러면서도 자신이 등지고 있는 실내가 아주 조용해졌음을 알아차리고 있었으나, 돌아보고 싶지는 않았다. 별안간 바이올린의 활이 악보대를 두드렸다. 노래의 전주곡 선율이 울려 퍼졌다. 그러고는 유명한 P부인이 예전에 그토록 사랑받던 노래, 치마로사[24]의 아리아를 부르기 시작했다.

---

24) 도메니코 치마로사(Domenico Cimarosa, 1749~1801). 이탈리아의 중요한 희가극 작곡가. 주요 작품은 「비밀 결혼」이다.

그 부드러운 눈동자여!(Quella pupille tenere!)

처음 몇 소절이 이어지는 동안 파브리스는 감정을 누르고 있었다. 그러나 곧 가슴을 찌르던 노여움은 사라지고 마음껏 눈물을 흘리며 울고 싶은 심정이 북받치는 것이었다. '아, 이런! 이 무슨 우스꽝스러운 꼴이람! 더구나 검은 성직자의 옷을 입고!' 그는 지금 자신이 보이고 있는 모습에 대해 설명해 두는 편이 현명하겠다는 생각이 들었다. 그래서 성 프란체스코 수도회장에게 말했다.

"이런 극심한 두통을 오늘 밤처럼 참고 있으면 결국 눈물이 터져 나옵니다. 우리 같은 사람에게는 험담의 빌미가 될 만한 일이지요. 그러니 예하, 송구스럽습니다만 제가 얼굴을 마주 대하고서 눈물을 흘리는 것을 양해하시고, 괘념치 마십시오."

"우리 카탄자라 관구장(管區長)께서도 같은 불편함을 겪고 계셨지요." 하고 수도회장은 말했다. 그러고는 목소리를 낮추어 장황한 이야기를 시작하는 것이었다.

그 관구장이라는 신부가 저녁 식사는 어떻게 하는지 사소한 것까지 늘어놓는 하찮은 이야기에, 오래전부터 결코 웃을 일이란 없었던 파브리스는 가벼운 미소를 지었다. 그러나 수도회장의 이야기는 곧 그의 관심 밖으로 밀려났다. P부인이 빼어난 솜씨로 페르골레시[25]의 아리아를 부르고 있었다. (대공

---

25) 조반니 바티스타 페르골레시(Giovanni Battista Pergolesi, 1710~1736). 이탈리아의 작곡가. 그의 막간극 「마님이 된 하녀」는 18세기의 가장 뛰어난 극음악 중 하나로 꼽힌다.

모후는 흘러간 노래를 즐겼던 것이다.) 파브리스가 있는 곳으로부터 세 걸음 정도 떨어진 곳에서 작은 소리가 났다. 그는 야회가 시작된 이후 처음으로 눈을 돌려 그쪽을 쳐다보았다. 방금전 마룻바닥을 스치며 가볍게 삐걱거렸던 그 팔걸이 의자 위에 크레센치 후작부인이 앉아 있었다. 눈물을 가득 담은 그녀의 눈이 파브리스의 눈과 똑바로 마주쳤다. 그의 눈도 마찬가지로 눈물에 잠겨 있었다. 후작부인은 고개를 아래로 떨구었다. 파브리스는 꼼짝 않고 그녀를 한동안 응시했다. 그녀의 머리가 다이아몬드로 화려하게 장식되어 있는 것이 눈에 들어왔다. 그의 눈에 분노와 멸시의 감정이 떠올랐다. 이윽고 '다시는 너를 바라보지 않으리라.'라고 속으로 되뇐 그는 수도회장쪽으로 고개를 돌리고 말했다.

"제 몸의 상태가 훨씬 더 나빠진 것 같습니다."

실제로 파브리스는 그로부터 반 시간도 넘게 뜨거운 눈물을 쏟으며 하염없이 울었다. 다행히도 모차르트의 교향곡 하나가, 이탈리아에서는 흔히 있는 일이지만, 한숨이 나올 만큼 서투르게 연주되어서, 덕분에 그는 눈물을 어느 정도 가라앉힐 수 있었다.

그는 마음을 굳게 먹고 크레센치 후작부인에게 눈길을 주지 않았다. 그러나 P부인이 다시 노래를 부르자, 눈물에 얼마간 노여움이 씻겨 내려갔는지 파브리스의 마음이 다시 평온하게 가라앉았다. 그러면서 삶이 암담하기만 하던 그에게 새로운 빛 아래서 스스로를 돌아볼 수 있는 여유가 생겼다. 그는 자기 자신에게 물었다. '처음부터 그녀를 완전히 잊을 수 있다고 장담하는가? 과연 그럴 수 있을까?' 마침내 다음과 같은 생각을 했다. '이 두 달 동안 겪었던 것보다 더욱 불행할 수도 있겠는가? 내 고통을 더하게 할 수 있는 것이 아무것도 남아 있지 않을 바에야, 무엇 때문에 그녀를 쳐다보지 못하는가? 그 큰 기쁨을 버리면서 말이다. 그녀는 내게 들려준 자신의 맹세를 잊어버렸다. 가벼운 심성을 지닌 여인이다. 모든 여자가 그렇지 아니한가? 하지만 그 천사와 같은 아름다움을 누가 멀리할 수 있으랴. 그녀의 눈길은 나를 황홀하게 만든다. 가장 미인이라 칭송받는 여인네들을 쳐다보는 것도 별로 마음 내켜 하지 않는 내가 말이다! 그렇다! 그녀의 눈길이 나를 취하게 하는데 왜 그것을 마다하는가? 적어도 한순간은 고통에서 놓여날 수 있을 텐데.'

파브리스는 사람들에 대해서는 어느 정도 겪어서 알고 있었으나, 정열에 관해서는 아무런 경험도 없었다. 그렇지만 않았더라도 지금 스스로 허락하려고 하는 이 한순간의 기쁨이라는 것이 자신이 두 달 전부터 클렐리아를 잊기 위해 쌓아 온 힘겨운 노력을 일순간에 무너뜨리는 것임을 깨닫고 마음을 달래며 단념했을 것이다.

이 가련한 여인이 야회에 온 것은 단지 남편의 강요 탓이었다. 그녀는 30분가량 모습을 보인 뒤, 건강이 나쁘다는 핑계를 대고 돌아갈 생각이었다. 그러나 후작은 아직도 많은 마차들이 속속 도착하고 있는데 돌아가려고 마차를 문 앞에 대는 것은 관례에 어긋날 뿐만 아니라, 대공 모후가 베푼 연회에 무언가 간접적인 비난을 던지는 것으로 보일 수 있다면서 반대했다.

"시종이라는 지위에 있는 이상, 나는 사람들이 전부 돌아갈 때까지 거실에 남아서 모후마마의 시중을 들어야 하오. 시중 꾼들에게 시켜야 할 일들이 있을지도 모르고 아니 분명 그럴 거야. 그들은 정말 게으르거든! 그런데도 당신은 내가 이런 명예로운 일을 말단 시종 따위에게 빼앗기기를 바라오?"

클렐리아는 돌아가려던 생각을 포기했다. 그녀는 파브리스를 보지 못하고 있었고, 그가 이 연회에 나오지 않았으면 하고 여전히 빌고 있었다. 그런데 음악회를 시작하려고 모후가 부인들에게 자리에 앉는 일을 허락하자, 이런 일에는 전혀 민첩하지 못한 클렐리아는 모후 가까이 있는 좋은 자리들을 빼앗기고, 거실 끝 파브리스가 피해 있는 구석진 곳까지 와서 의자를 찾지 않으면 안 되었던 것이다. 의자가 놓인 곳까지 다가왔을 때, 이런 화려한 야회에는 어울리지 않는 프란체스코 수도회장의 옷차림이 그녀의 눈길을 끌었다. 그와 이야기를 나누고 있는 수수한 검은 옷의 여윈 사나이가 처음부터 눈에 들어온 것은 아니었다. 그렇지만 어떤 설명할 수 없는 충동으로 그녀의 눈은 그 남자에게로 이끌렸다. '이곳에 와 있는 사람들은 전부 제복이나 화려한 장식이 달린 옷들을 입고 있어. 그런데 저처럼 초라한 검은 옷을 입고 있는 젊은이는 어떤 사람일까?' 그녀는 그를 못 박힌 듯 바라보고 있었다. 그때 한 부인이 자리를 잡으려고 지나가면서 그녀가 앉은 의자를 건드려 소리를 냈다. 파브리스가 고개를 돌렸다. 그녀는 그를 바로 알아보지 못했다. 그만큼이나 그는 변해 있었던 것이다. '어쩌면 그이와 저리도 닮을 수가 있을까. 그이의 형님일지도 모르지. 하지만 형님이란 분은 그이보다 단지 몇 살 연상이라고 들었는데, 저 사람은 마흔은 되어 보이는걸.' 그녀의 처음 생각이었다. 그러다가 별안간 파브리스임을 알아보았다. 입술이 무슨 말을 할 듯 떨리는 모습이 눈에 들어왔던 것이다.

'아, 가엾은 사람, 얼마나 고통을 받았으면!' 하고 그녀는 생각했다. 그러고는 괴로움을 못 이겨 고개를 떨구었다. 맹세를 지키기 위해 파브리스를 외면한 게 아니었던 것이다. 그에 대한 연민으로 마음이 찢어지는 듯했다. '감옥에서 아홉 달 동안 갇혀 지낸 다음에도 이토록 초췌한 모습은 아니었는데!' 그녀는 그를 다시 쳐다보지는 않았다. 그러나 구태여 눈을 들어 그가 있는 쪽을 돌아보지 않아도 그가 움직이는 모습 하나하나를 전부 알 수 있었다.

음악회가 끝나자 그가 대공의 놀이탁자 가까이로 가는 것이 눈에 들어왔다. 대공과 모후가 앉은 중앙에서 몇 걸음 떨어진 곳이었다. 그녀는 파브리스가 이렇게 멀리 떨어진 곳으로 자리를 옮기자 비로소 숨을 내쉬었다.

그런데 크레셴치 후작은 자신의 아내가 대공의 자리로부터 그처럼 멀리 밀려난 것이 몹시 못마땅했다. 그래서 야회가 계속되는 동안, 대공 모후로부터 세 번째 자리에 앉아 있는 어떤 부인에게 자신의 아내와 자리를 바꿔 앉아 달라고 연방 졸라 댔다. 이 부인의 남편은 후작에게 갚아야 할 돈이 있는 사람이었다. 당연한 일이지만 이 궁지에 처한 부인도 좀처럼 양보하지는 않았다. 그러자 후작은 빚을 지고 있는 남편에게로 달

26장

려갔다. 이 남편이 사랑하는 아내에게 이성의 참담한 목소리를 들려주고 나서야 마침내 후작은 협상을 완수하고, 신이 나서 아내에게로 갔다.

"당신은 언제나 지나치게 겸손한 것 같아요." 하고 후작은 아내에게 말했다.

"왜 그렇게 눈을 내리깔고 걷는 거요? 사람들이 보기에, 마치 이런 장소에 와 있는 것에 스스로도 놀라고 또 모두가 의아하게 쳐다보는 바람에 기가 죽은 평민 아낙네 같을 거요. 저 정신 나간 시녀장이 하는 일이란 평민을 이런 곳에 끌어들이는 것이지! 그러고도 급진 공화주의자들이 세력을 더 키우지 못하게 할 궁리를 하고 있다니! 잘 명심해 두어요. 당신 남편은 대공 모후의 궁정에서 남자로서는 최고의 지위에 있다는 사실을. 또한 비록 공화주의자들이 궁정이나 귀족 제도까지 쓸어 낼 경우가 생기더라도, 당신 남편은 여전히 이 나라에서 가장 돈이 많은 사람이라는 사실을. 당신은 이런 점을 충분히 머릿속에 넣어 두지 않은 것 같아."

후작이 신이 나서 부인을 데려다 앉힌 의자는 대공의 놀이 탁자에서 대여섯 걸음밖에 떨어지지 않는 곳에 있었다. 그녀에게는 파브리스의 옆얼굴밖에 보이지 않았다. 그러나 그 얼굴이 몹시도 여윈 것을 알 수 있었다. 무엇보다 큰 변화라면 지금의 그의 태도에는 이 세상의 모든 일에서 벗어나 있는 듯한 초연함이 역력하다는 것이었다. 예전에는 아무리 작은 일에도 자신의 의견을 이야기하지 않고는 지나치지 못하는 그였는데 말이다. 그래서 그녀는 끝내 가슴 아픈 생각을 하기에 이

르렀다. 즉, 파브리스는 완전히 딴사람이 되었다, 자신을 잊어
버린 것이다, 저토록 수척해졌다 해도 그것은 신앙심으로 감
수하고 있는 엄격한 단식의 결과다, 하는 생각이었다. 클렐리
아는 주위 사람들이 수군대는 소리를 들으며 이런 슬픈 생각
에 더 깊이 빠져들어 갔다. 사람들은 보좌주교의 이름을 저마
다 입에 올리며, 그에게로 쏠린 이런 각별한 은총의 이유를 캐
고 있었다. 그도 그럴 것이 저렇게 젊은 나이임에도 불구하고
대공의 놀이 탁자에 앉도록 허락받은 것이다! 야회에 모인 사
람들은 그가 패를 던지거나 심지어 대공의 패를 자를 때에도
예절을 갖춘 냉담함과 거만한 태도를 잃지 않는 모습을 보고
감탄했다.

"도대체 믿을 수 없는 일이오." 하고 나이든 궁정인들은 분
개했다.

"고모가 최고의 총애를 받고 있다고 해서 완전히 머리가 돌
아 버린 모양이오……. 하지만 하느님 덕택으로 이런 상태가
오래가지는 못할 겁니다. 우리 군주께서는 잘난 체하며 빼기
는 것을 좋아하지 않으시니까요."

공작부인이 대공 곁으로 다가갔다. 놀이 탁자로부터 아주
공손하게 거리를 두고 있느라, 대공이 나누는 대화를 이따금
몇 마디씩밖에 얻어듣지 못하고 있던 궁정인들은 파브리스의
얼굴이 몹시도 붉어진 것을 알아차렸다. '무심한 체 거만하게
구는 태도를 고모가 따끔하게 타일렀음이 틀림없어요.' 하고
그들은 속삭였다. 그러나 파브리스는 클렐리아의 목소리를 들
은 것이었다. 그녀도 무도회장을 돌며 인사를 나누던 대공 모

후가 자신의 궁정 시종관의 아내에게 특별히 건네온 말에 대
답을 하던 참이었다. 휘스트 놀이에서 파브리스가 자리를 바
꾸어야 할 때가 되었다. 옮긴 자리는 클렐리아를 정면으로 보
는 자리였다. 그래서 그는 몇 번씩이나 그녀를 바라보는 행복
에 몸을 내맡기곤 했다. 그가 자신을 바라보고 있음을 느낀
가엾은 후작부인은 당황하여 어쩔 줄 몰랐다. 그러면서 그녀
자신도 역시 스스로 했던 맹세를 여러 번 어겼다. 마음 한구
석에 숨어 있는, 이제는 파브리스가 자신을 어떻게 생각하고
있을까 알고 싶은 욕망으로 그녀는 눈을 들어 그를 응시하곤
했던 것이다.

　대공의 놀이가 끝나자 부인들은 밤참을 드는 방으로 옮겨
가기 위해 자리에서 일어났다. 실내가 약간 소란스러워졌다.
파브리스는 클렐리아 바로 곁에까지 다가왔다. 여전히 그의
마음은 서운함으로 굳게 닫혀진 상태였다. 그러다 문득 그녀
옷자락의 희미한 향기가 코끝을 스쳐 왔다. 이 향기를 느끼
는 순간 그가 마음속으로 다짐하고 있던 것들은 전부 사라졌
다. 그녀의 귓가로 바싹 다가서서 그는 낮은 소리로 마치 혼
잣말처럼 페트라르카의 소네트 두 구절을 속삭였다. 예전 마
조레 호숫가에서, 비단 손수건에 적어 그녀에게 보냈던 그 소
네트였다. '세상의 속인들이 나를 두고 불행하다 했을 때, 나
는 얼마나 행복하였던가! 그러나 지금 너무도 변해 버린 내
운명이여!'

　'아니야, 이 사람은 나를 결코 나를 잊지 않았구나.' 하고 클
렐리아는 깨달았다. 기쁨이 가득 밀려왔다. '이처럼 아름다운

심성을 가진 분이 변덕스러울 리는 없는 거야.'

　　아니에요, 내 마음 변하는 것을 보게 될 날은 없으리니,
　　나에게 사랑을 가르쳐 준 아름다운 눈이여.

　그러면서 클렐리아는 속으로 페트라르카의 이 두 구절을 읊는 것이었다.

　밤참이 끝나자 모후는 곧 자리를 떴다. 대공도 모후를 따라 함께 가더니, 연회장에 다시 돌아오지 않고 있었다. 대공이 다시 오지 않을 것이라는 소식이 알려지자 사람들이 일제히 돌아가려고 일어섰다. 실내는 몹시도 어수선해졌다 클렐리아는 파브리스 바로 곁으로 다가왔다. 그의 얼굴에 그려진 깊은 슬픔이 그녀의 마음을 아프게 했다. 그녀는 속삭였다.

　"지나간 일은 잊어버리세요. 그리고 우정의 표시로 이것을 받아 주세요."

　이렇게 말하며 그녀는 들고 있던 부채를 그가 잡을 수 있도록 그의 손바닥 위에 놓았다.

　파브리스는 세상의 모든 일을 이제 다른 눈으로 보게 되었다. 순식간에 그는 딴사람이 된 것이다. 다음 날이 밝자마자 그는 은둔 생활을 끝내겠노라고 선언했다. 그러고는 산세베리나 저택의 호사스런 방으로 거처를 옮겼다. 대주교는 이 벼락 성자가 대공으로부터 놀이 상대로 지명되는 은총을 얻은 탓에 완전히 머리가 돌아 버린 것이라고 말하며, 또 그렇게 믿었다. 공작부인은 그가 클렐리아와 다시 마음을 나누었음을 눈

치쳤다. 이 생각은, 일전에 대공에게 한 불길한 약속을 떠올릴 때마다 침울해지던 부인을 더욱 괴롭혀 끝내 이곳을 떠날 결심을 하게 만들었다. 부인의 결정은 사람들이 보기에 너무나 놀라운 일이었다. '뭐라고! 한없는 총애를 한몸에 받고 있는 때에 궁정을 떠나겠다니!' 파브리스와 공작부인 사이가 결코 연인이라고 말할 수 없다는 사실을 알게 된 이후로 줄곧 행복에 잠겨 있던 백작은 부인에게 이렇게 말했다.

"이 새 대공은 덕의 화신이긴 하지만, 내가 그를 '이 어린애' 라고 불렀던 일을 용서해 줄까! 내 생각에는, 그와 실제로 화해할 방법이란 단 한 가지밖에 없는 것 같은데, 그것은 바로 내가 이 나라에서 떠나는 거요. 당분간 최선을 다해 예의 바르고 공손하게 보인 후에, 병이 났다고 하고 사직을 청할 셈입니다. 당신도 내 행동을 용서해 주실 테지요. 파브리스의 앞길도 이젠 탄탄대로이니까요. 하지만 부인은 나를 위해 큰 희생을 감수하시겠소?" 이렇게 말한 백작은 웃으면서 덧붙였다. "공작부인이라는 대단한 칭호를 버리고, 그보다 영 못한 칭호를 감수해야할 테니까요. 그건 그렇고 나는 장난 삼아 이곳의 공무를 전부 뒤죽박죽 헝클어 놓고 있습니다. 내가 맡고 있던 몇 개의 부서마다 네다섯 명가량의 똑똑한 일꾼이 있었지만, 두 달 전에 그들을 연금을 주어 내쫓았지요. 프랑스의 급진파 신문들을 읽는다는 이유로 말입니다. 그러고는 그들 자리에 도저히 믿을 수 없을 만큼 명청한 자들을 대신 앉혀 두었거든요.

우리가 떠나고 나면 대공은 큰 낭패를 느끼겠지요. 그래서 라씨의 성격을 겁내고 있음에도 불구하고 분명 그를 다시 불

러들일 수밖에 없을 겁니다. 그래서 나는 내 운명을 한 손에
쥐고 계신 전제군주의 명령을 기다리고만 있다가, 내 친구 라
씨에게 다정한 우정이 넘치는 편지를 한 장 써 보내, 자네의
재능이 인정받을 날이 곧 오게 되리라 믿어 의심치 않는다고
말할 거라 이겁니다."

27장

    이 진지한 대화는 파브리스가 산세베리나 저택으로 돌아온 다음 날의 일이었다. 공작부인은 파브리스의 행동 전체에서 발산되는 기쁨을 보고 충격을 받아 아직도 그 괴로움에서 벗어나지 못하고 있는 상태였다. 부인은 생각했다. '이렇게 해서 그 신앙심 깊은 어린아이에게 속아 넘어가고 말았구나! 그 계집아이는 고작 석 달도 못 버티고 애인에게 항복하고 말았어.'

    일이 분명 잘 풀려 가리라는 확신이 그처럼 겁 많은 대공에게도 사랑의 용기를 주었다. 그는 산세베리나 저택에서 떠날 준비를 하고 있다는 소식을 어디선가 듣게 되었다. 그리고 그의 프랑스인 시종은 귀부인들의 덕성에 대해서는 전혀 안 믿는 인물인 터라, 공작부인에게는 더 당당하게 대하라고 대공을 부추겼다. 그래서 대공은 어떤 행동을 취하기에 이르렀는

데, 그로 인해 모후와 궁정의 양식 있는 모든 이들로부터 큰 비난을 받았다. 그러나 일반 사람들은 그것을 공작부인이 누리고 있는 대단한 총애의 표시로 여겼다. 즉 대공은 부인을 만나러 그녀의 집으로 찾아온 것이다.

"당신은 나를 떠나려 하는군요."

대공은 부인에게 심각한 어조로 말했다. 그 말투가 공작부인에게는 몹시 불쾌하게 여겨졌다.

"나를 떠나려 하다니. 나를 배신하고 내게 한 약속을 내팽개칠 셈이군요! 내가 파브리스에 대한 사면을 허락해 주면서 10여 분만 더 시간을 끌었어도 그는 죽고 말았을 텐데 말이오. 그런데도 나에게 은혜를 갚을 생각은 조금도 않다니! 만약 당신의 그런 약속이 없었더라면 나는 이렇게까지 당신을 사랑할 용기를 짜내지는 않았을 겁니다. 당신은 정말 염치를 모르는 사람이군요!"

"깊이 생각해 보세요, 대공 전하. 지금까지 지내오시는 동안, 최근 넉 달간만큼이나 행복하셨던 적이 있으셨습니까? 군주로서의 영예, 그리고 감히 제 생각을 말씀드리자면, 여인에게 사랑받는 남자로서의 행복이 이토록 컸던 적은 이제까지 없었을 텐데요. 자, 제가 한 가지 제안을 하겠습니다. 저는 전하의 한때를 즐겁게 해 드리기 위한 정부(情婦)가 되기는 싫습니다. 더구나 두려움을 빌미로 강요당한 맹세에 얽매여서 말이지요. 만약 전하께서 저의 이런 심정에 동의하신다면, 저는 앞으로 남은 저의 삶 전부를 전하의 행복을 위해 바치겠습니다. 최근 넉 달 동안 그랬던 것처럼 언제나 변함없이 전하를 섬기겠습니다. 그러다 보면 전하께 품은 우정이 사랑으로 변할지도 모르지요, 그렇지 않을 것이라고 잘라 말할 수는 없으니까요."

"아! 그렇다면." 하고 대공은 기뻐하며 말했다. "다른 역할을 맡아 주시오. 아니 그 이상의 일이지. 나를 차지하는 동시에 이 나라도 맡아 주세요. 수상이 돼 주기를 바라는 겁니다. 나는 내 지위에 따라다니는 그 달갑잖은 관습이 허용하는 한, 당신께 청혼을 하겠습니다. 가까운 곳에 그런 예가 하나 있지요. 나폴리의 왕이 파르타나 공작부인과 얼마 전 결혼까지 하지 않았습니까. 나는 내가 할 수 있는 최상의 일로서 이와 같은 결혼을 당신에게 바치는 겁니다. 내가 더 이상 어린애가 아니고 또 모든 것을 고려해 보았음을 입증하기 위해 그다지 유쾌하지 못한 정치적인 문제도 말씀드리지요. 당신에게 구태여 역설할 생각은 없지만, 나는 내가 우리 가문의 마지막 군주가 되어야 한다는 조건도, 내가 살아 있는 동안 주변 강국들이 내 후계 문제에 간섭해 자기들 뜻대로 처분하게 될 상황을 두고만 보아야 한다는 불쾌함도 감수할 것입니다. 당신과의 결혼이 초래할 이런 현실적인 약점들도 그것이 당신에 대한 내 존경과 정열을 입증할 수단이 되는 이상 기쁜 마음으로 감수하겠습니다."

이런 이야기를 듣고 공작부인이 한순간이라도 마음이 흔들린 것은 아니었다. 대공은 전혀 끌리는 데가 없는 사람이었다. 반면 백작은 이제 부인에게 있어서 더할 수 없이 다정한 사람이 되어 있었다. 백작보다 더 낫다고 여겨지는 사람은 이 세상에 단 한 명뿐이었다. 게다가 백작은 부인이 뜻대로 조정할 수 있지만, 대공은 그 지위가 요구하는 행동 양식에 좌우되는 사람인 이상, 어느 정도 그녀에게 복종을 강요할 것이다. 그 다음 문제는 대공의 마음이 언제나 한결같으리라고 단언할 수 없는 만큼 차례로 애인들을 만들어갈 수도 있다는 것이다. 나이의 차이가 대공에게 당연히 그럴 수 있는 구실을 주게 될 것이다. 바로 몇 년만 지나면 말이다.

이런 불유쾌한 지경에 처하게 되리라고 예견하자 애초부터 부인의 마음은 결정되었다. 그러나 공작부인은 대공을 화나게 하고 싶지 않았으므로 생각해 볼 시간을 달라고 청했다.

여기서 그녀가 거절의 뜻을 은근히 드러내기 위해 둘러댄, 거의 애정을 고백하는 듯이 보이기도 할 표현들이며, 더할 수 없이 상냥한 말들을 이야기하자면 너무 길어질 것이다. 대공은 화를 내기 시작했다. 기대했던 자신의 모든 행복이 눈앞에서 사라져가는 듯했다. 공작부인이 궁정을 떠나고 나면 어쩔 것인가? 게다가 청혼을 거절당하다니 이 무슨 수모냐! 그리고 이 실패를 프랑스 출신 시종이 알면, 그가 뭐라고 하면서 나를 바보 취급할 것인가?

공작부인은 대공을 진정시키고 그러면서도 협상을 조금씩 자신이 원하는 방향으로 이끌어 가기 위해 갖은 기교를 부렸다.

"만약 전하께서 어떤 불길한 약속, 제 스스로도 저를 경멸하게 할 무섭기만 한 그 약속을 행동으로 옮기라고 재촉하시는 일만 없다면, 저는 앞으로도 변함없이 전하의 궁정에 남아 있겠습니다. 그렇게 되면 전하의 궁정은 언제나 올해 겨울처럼 즐거울 것입니다. 저는 모든 것을 바쳐, 전하가 한 남자로서 행복하실 수 있도록 또한 군주로서 영예로울 수 있도록 노력하겠어요. 그러나 만약 전하께서 그 약속을 지키라고 강요하신다면, 그건 제 남은 일생을 시들게 하는 일이 될 것인지라, 저는 그 길로 이 나라를 떠나 두 번 다시 돌아오지 않으렵니다. 제가 명예를 잃게 되는 그날이 또한 전하를 마지막으로 뵙는 날이 될 겁니다."

그러나 소심한 사람들이 대개 그렇듯이 대공은 고집을 부렸다. 게다가 청혼을 거절당했다는 사실이 남자로서 그리고 군주로서의 자존심에 상처를 주었다. 그는 이 결혼을 승낙받기 위해 어떠어떠한 난점들을 이겨 내야 할지 계산을 하면서도, 한편으로는 기어코 자신의 뜻을 관철시키리라 마음먹고 있었다.

두 사람은 세 시간 동안이나 각각 똑같은 주장만 되풀이했다. 때때로 아주 격한 말이 오가는 때도 있었다.

"그렇다면 부인, 당신은 신의도 모르는 사람이라는 것을 나로 하여금 믿게 할 셈인가요? 파비오 콘티 장군이 파브리스에게 독약을 먹이려던 그날, 만일 내가 이렇게 머뭇거리고 있었다면, 부인은 지금쯤 파르마의 어느 교회에다 그의 무덤을 만들어 줄 일에 신경을 쓰고 있었을 거요."

"그 무덤이 있을 곳이 분명 파르마는 아닐 겁니다. 독살자들이 우글대는 이런 나라는 말입니다."

"좋아! 떠나시오, 공작부인. 그러나 내 경멸을 짊어지고 떠나게 될 거요." 대공은 화를 내며 대답했다.

그가 나가려 하자, 이윽고 공작부인은 낮은 목소리로 말했다.

"정 그러시다면, 오늘 밤 10시, 이 집으로 오십시오. 절대로 남에게 눈치채이지 말고 말입니다. 전하께서는 한 가지 거래를 하시게 될 겁니다. 그러나 손해 보는 거래가 되겠지요. 저를 보는 일은 이것으로 마지막이 될 테니까요. 이렇게 되지 않았다면, 공화주의자들이 득세하는 이 시대에 단 한 분 남은 절대군주가 누릴 수 있는 그 행복을 전하께서 누리실 수 있도록 제 일생을 바쳐 온 힘을 쏟았을 텐데. 자, 생각해 보세요. 제가 떠나면 즉, 전하의 궁정을 그 원래의 지루하고 심술궂은 분위기에서 억지로라도 구해 낼 사람이 사라지면, 이 궁정은 어떻게 될지."

"당신은 파르마의 왕관을 거절하지 않았소. 아니 왕관보다도 더 큰 것을 거절한 셈이지. 왜냐하면 정략에 의한 결혼으로 사랑이라고는 받지도 못하는 보통의 대공비 자리를 제안한 것은 아니니까. 내 마음은 온통 당신의 것이오. 그러니 당신만 허락한다면, 당신은 영원히 내 나라를 지배하듯 내 행동을 지배하는 절대군주가 될 텐데 말이오."

"네, 그렇게 되겠지요. 하지만 모후께서는 당연히 저를 교활한 모사꾼이라고 경멸하실 겁니다."

"좋소! 그렇다면 어머님께는 연금을 드려서 이 나라 밖으로 나가 사시게 해도 돼."

이 밖에도 45분가량이나 더 날카로운 대꾸가 오고갔다. 심약한 대공은 자신의 권리를 행사하기로 마음을 정할 수도 없었고, 그렇다고 부인이 떠나가게 내버려 둘 결심도 못했다. 그러다가 언젠가 들은 이야기가 생각났다. 여인네들이란, 이쪽에서 어떤 방법으로든지 첫 번째 순간만 손에 넣고 나면, 다시 돌아오게 되어 있다는 말이었다.

화를 내는 공작부인에게서 쫓겨나듯 돌아갔으나, 밤 10시가 되기 미처 3분이 모자라는 시각에 대공은 대담하게도 다시 왔다. 몸을 덜덜 떨면서 완전히 울상이 된 모습이었다. 10시 30분이 되자 공작부인은 마차에 올라 볼로냐를 향해 출발했다. 대공의 영토를 벗어나자마자 부인은 백작에게 편지를 썼다.

희생을 각오했습니다. 앞으로 한 달 동안은 내게 즐거운 얼굴을 바라지 말아 주세요. 이제 다시는 파브리스를 보지 않겠습니다. 볼로냐에서 당신을 기다리고 있겠어요. 그래서 당신이 원하실 때, 나는 모스카 백작부인이 되렵니다. 당신께 단 한 가지 청이 있다면 그것은 내가 지금 떠나온 나라에 다시 돌아가라고 요구하지는 말아 달라는 것입니다. 그리고 다음과 같은 사실도 유념하세요. 15만 리브르의 연수 대신 당신에게 돌아올 연금은 고작해야 3, 4만 리브르밖에 안 될 거라는 사실을. 전에는 모든 어리석은 자들이 입을 멍하니 벌리고 당신을 바라보고 있었지요. 하지만 앞으로 당신은 그들의 하찮은 생각을 일일이 이해하기 위해 당신 스스로 몸을 낮추어 비굴해질 때만 대접받을 수 있을 겁니다. 그러나 그건 바로 당신의 자업자득일 뿐,

조르주 당댕[26]이여!

일주일 후, 백작 조상들의 묘지가 있는 페루자의 한 교회에서 결혼식이 거행되었다. 대공의 낙심은 이만저만이 아니었다. 공작부인은 대공으로부터 서너 통의 편지를 받았으나, 매번 어김없이 뜯지도 않은 편지를 그대로 봉투에 담아 돌려보냈다. 에르네스트 5세는 백작에게 엄청난 보수를 지급했고 게다가 파브리스에게는 대훈장을 보냈다.

백작이 새로운 모스카 델라 로베레 백작부인에게 말했다.

"대공의 작별 인사 중에서 특히 내 마음에 든 게 그것입니다. 우리는 세상에서 둘도 없는 친구처럼 헤어졌지요. 그는 내게 스페인 대훈장과 다이아몬드 몇 개를 주었는데, 이 보석들도 대훈장만 한 값어치는 있습니다. 대공이 말하기를, 나를 공작으로 봉하고 싶지만, 그 일은 당신을 다시 자기 나라로 불러들일 방법으로 남겨 두겠다는 겁니다. 그러니 나는, 남편으로서는 꽤 근사한 임무이지만, 당신에게 이 말을 전할 책임을 맡은 것이지요. 즉, 당신이 비록 한 달 동안만이라도 파르마로 돌아가 주기만 한다면, 나는 당신이 골라서 선택한 이름을 얻어 공작이 될 것이고, 당신도 훌륭한 영지를 갖게 될 거라는 사실입니다."

공작부인은 질색을 하며 거절했다.

---

26) 몰리에르 희극 「조르주 당댕(George Dandin)」의 주인공. 도덕심이 강한 우둔한 농부로서 바람둥이 아내 앙젤리크에게 속아넘어가는 인물이다.

궁정 무도회에서 있었던, 결정적인 화해로 볼 수도 있을 그 장면 이후로 클렐리아는 한순간 나누어 가진 듯했던 사랑을 이제는 더 이상 생각하지 않는 것 같았다. 혹독한 가책이 도덕적이고 신앙심 깊은 그녀의 마음을 억누르고 있었던 것이다. 파브리스도 이런 사실을 잘 알았다. 그래서 그의 마음은, 어떻게든 희망을 잃지 않으려 했음에도 불구하고, 우울하고 고통스러운 불행 속으로 가라앉고 마는 것이었다. 그러나 이번 경우에는 마음은 견딜 수 없이 괴로웠지만 클렐리아의 결혼식 때 그랬던 것처럼 남들을 피해 방안에 파묻혀 지내지는 않았다.

이제 자신의 조카가 된 파브리스에게 백작은 궁정에서 무슨 일이 일어나고 있는지 정확히 기별해 달라고 부탁했다. 파브리스는 자신이 백작에게 큰 신세를 졌다는 사실을 깨닫고 있던 참이었으므로, 이 임무를 성실히 수행하기로 다짐했다.

일반 시민이나 궁정인들이 모두 그렇게 믿고 있었듯이 파브리스도 백작이 다시 수상직으로 돌아올 것이며 또 예전보다 더 큰 권력을 지니게 되리라는 것을 의심하지 않았다. 그러나 백작의 예상은 얼마 지나지 않아 사실로 입증되었다. 즉, 그가 떠난 지 6주도 못 가서 라씨가 수상이 되었던 것이다. 파비오 콘티는 육군장관이 되었으며, 백작이 거의 텅텅 비워 놓았던 감옥은 다시 죄인들로 가득 찼다. 이 인물들에게 권력을 쥐어 주면서 대공은 이로써 공작부인에게 복수하는 셈이라고 믿었다. 그는 사랑에 정신이 나간 데다가, 무엇보다도 모스카 백작이 자신의 사랑을 빼앗아 갔다고 여기는 터라 그가 미워서 견딜 수가 없었다.

파브리스는 많은 일을 해야 했다. 란드리아니 대주교는 일흔두 살이라는 나이를 이기지 못하고 쇠약해져서 대주교관 바깥출입을 거의 하지 않았다. 대주교가 수행해야 할 대부분의 업무가 보좌주교에게 주어진 것이다.

크레센치 후작부인은 양심의 가책으로 괴로워하고 있었다. 또한 고해신부의 비난에 겁을 먹고 파브리스의 눈길로부터 몸을 숨길 좋은 구실을 찾아냈다.

첫 출산이 얼마 남지 않아 몸이 불편하다는 핑계로 그녀는 자신의 저택에서 마치 감옥에라도 간힌 양 숨어 지냈다. 이 저택에는 넓은 정원이 있었다. 파브리스는 몰래 이 정원에 들어가, 클렐리아가 가장 좋아하는 산책길에 꽃을 뿌려 놓았다. 다발로 묶은 이 꽃들은 예전 파르네제 탑의 감옥에서 지내던 마지막 나날 동안 매일 저녁마다 그녀가 보내오던 말을 의미하도록 배열되어 있었다.

후작부인은 이러한 대담한 행동이 몹시 언짢았다. 하지만 그녀는 죄책감으로 마음을 굳게 닫고 있다가도 어떤 때는 자신도 모르게 정열에 이끌리곤 했다. 그래서 그녀는 몇 달 동안이나 저택 정원에 단 한 번도 내려가지 않았다. 심지어 정원으로 눈길을 돌리는 것조차 꺼렸다.

파브리스는 이제 그녀가 영원히 떠나가 버린 것이라고 믿기 시작했다. 절망감이 다시 가슴을 무겁게 짓눌렀다. 매일 겪어야 하는 사교계 생활이 지긋지긋하게 싫었다. 만약에 그가 지레 짐작으로 백작이 수상직을 떠나서는 마음이 편하지 않을 거라고 굳게 믿지만 않았더라면, 그는 대주교관에 있는 자신의 그 작은 방에 다시 숨어 버렸을 것이다. 자기 혼자만의 생각에 잠길 수 있고, 다른 사람의 목소리를 들을 일은 다만 공식적인 임무를 수행할 때뿐이었다면 정말 좋았을 텐데. '그러나…… 백작과 백작부인을 위해 이 일을 할 사람은 나밖에 없지 않은가.'

대공은 여전히 그를 특별하게 대접하여 이 궁정 안의 첫번째 서열로 올려놓았다. 사실 이러한 호의는 대부분 그 자신의 존경받을 만한 태도에 기인한 것이었다. 그가 보여 주는 극도의 겸양이(이러한 태도는 파브리스에게 있어 인간사를 가득 메우고 있는 온갖 가식과 사소한 욕망에 대한, 마치 혐오와도 같은 무관심에서 비롯된 것이었다.) 젊은 대공의 허영심을 자극했다. 대공은 종종 파브리스가 그의 고모만큼이나 재기가 넘치는 사람이라고 말하곤 했다. 그러나 대공은 철부지 순진성으로 인해 진실을 절반밖에 깨닫지 못하고 있었다. 그것은 파브리스와 같은 마음 자세로 자신을 대하는 사람은 아무도 없다는 사실이었다. 궁정인 가운데서 가장 우둔한 자가 보기에도 파브리스가 얻은 특별한 대우는 단순히 보좌주교에 대한 존경의 차원을 지나 군주가 대주교에게 보여주는 경의마저 넘어선 것이라는 사실이 명백했다. 파브리스는 백작에게 편지를 썼다.

장차 대공이 좀 명석해져서, 라씨나 파비오 콘티, 쥐를라 그리고 그 밖의 똑같이 멍청한 능력밖에 없는 대신들이 나랏일을 뒤죽박죽으로 만들고 있다는 사실을 깨닫게 될 때, 아마도 이 몸이 그가 너무 자존심을 다치지 않고 다시 백작님께 연락을 취할 자연스러운 다리 역할을 할 수 있겠지요.

백작부인에게는 이렇게 써 보냈다.

모 재사(才士)께서 어떤 지체 높은 인물에게 붙여 준 '그 어린애'라는 치명적인 말만 깨끗이 지울 수 있다면, 그 지체 높은 인물은 벌써 이렇게 비명을 질렀을 것입니다. '빨리 돌아와서, 저 부랑자 놈들을 내게서 쫓아내 주시오.' 당장 오늘부터라도 그 재사의 아내가 비록 하찮은 것일망정 대공에게 응해주는 빛만 보인다면, 그는 기뻐하며 백작님을 불러들일 것입니다. 그러나 만약 열매가 무르익을 시기를 기다리고자 한다면, 훨씬 화려한 문으로 기세 좋게 들어올 수가 있겠지요. 게다가 대공 모후의 살롱에서는 모두들 지루해서 맥이 빠져 있습니다. 화제로 삼아 즐길 거리라고는 라씨의 어리석은 짓들뿐입니다. 이자는 백작이 된 이후로 귀족광이 되었거든요. 그래서 일전에는 8대에 걸친 귀족 가문임을 증명할 수 없는 사람은 누구라도 감히 모후마마의 연회에 참석해서는 안 된다는(이 말은 명령서 문구를 그대로 옮긴 것입니다.) 엄한 명령이 내려졌습니다. 아침마다 대회랑에 들어가 통로에 서 있다가 미사에 참석하는 군주가 지나갈 때 인사를 올릴 권리를 지니고 있었던 사람들은 모두 이 특권을 계속해서 누릴 수 있습니다만, 새로 귀족이 된 자들은 8대를 이어 귀족 가문이었다는 사실을 증명하지 않으면 안 될 겁니다. 이 일을 두고 사람들은 라씨에게도 그런 가문 족보가 있을 리 없지 않느냐고 말하고 있습니다.

여러분도 짐작하겠지만 이런 편지들이 우편으로 오간 것은
아니었다. 모스카 백작부인은 나폴리로부터 답장을 보내왔다.

우리는 매주 목요일마다 음악회를 열고, 일요일에는 친구들
을 모아 즐겁게 이야기를 나누며 지낸단다. 우리 집 거실은 몸
을 움직일 수 없을 정도로 붐비지. 백작은 발굴 일에 홀려서,
한 달에 1000프랑이나 되는 돈을 거기에 쏟아붓고 있다. 그래
서 얼마 전에는 아브뤼즈 산마을에서 일당 23수우만 주면 되
는 새 인부들을 불러왔단다. 너도 우리를 보러 와야 하지 않겠
니. 이렇게 권한지가 벌써 스무 번도 넘겠다, 무정한 사람아.

파브리스가 이 권유에 따르려고 마음먹은 적은 없었다. 편지
한 장을 매일같이 백작이나 백작부인에게 써 보내는 일조차 거
의 못 견딜 정도로 고역이었던 것이다. 후작부인이 된 클렐리아
에게 단 한 마디의 말도 붙이지 못한 채 이런 식으로 1년이라
는 세월을 흘려보낸 것을 알면 그의 태도를 용서할 수 있으리
라. 조금이라도 말을 전해 보려고 온갖 시도를 해 보았지만 모
두 단호하게 거부당했다. 파브리스는 살아가는 것이 너무나
슬픈 나머지 자신의 직무를 수행할 때나 궁정에 나갈 때를 제
외하고는 늘 침묵하며 지냈는데, 이 점이 나무랄 데 없이 정결
한 품행과 합쳐져서 대단한 존경심을 불러일으켰다. 그에게로
쏠리는 존경이 너무도 각별했던 탓에 그는 마침내 고모의 다

음과 같은 충고에 따르지 않을 수 없었다. 고모의 편지에는 이렇게 쓰여 있었다.

지금으로서는 대공이 너를 그렇게 정중히 대접하고 있지만, 조만간 총애를 잃어버릴 수 있다는 점을 대비해야 한다. 그때가 되면 대공은 네게 관심이 없다는 표시를 남발할 거고, 뒤이어 궁정인들의 멸시가 쏟아지게 될 거야. 그런 작은 나라의 절대군 주들이란 아무리 그 자신은 선하다 할지라도 변덕스럽기 마련 이란다. 그것이 바로 유행이고, 그 유일한 이유는 바로 '권태'라 는 병이지. 군주의 변덕에 대항할 힘을 너는 설교에서 찾을 수 밖에 없다. 사실 너는 시구를 즉흥적으로 지어내는 일에 정말 훌륭한 솜씨를 지녔지! 그러니 신앙에 대한 내용으로 반 시간 가량 말을 늘어놓아라. 처음에는 교리에 어긋나는 내용을 이야 기하게 될지도 모르니, 입이 무거운, 학식 있는 신학자에게 보 수를 주어 너의 설교에 참석하게 해라. 그 신학자가 너의 잘못 을 알려주면, 다음 날 고쳐서 이야기하면 되니까.

가로막힌 사랑으로 불행한 심정을 안고 사는 사람에게는 집중과 행동력을 필요로 하는 일이 모두 견딜 수 없는 고역이 된다. 그러나 파브리스는 만약 자신이 민중의 신망을 얻을 수 있다면 그것은 장차 고모와 백작을 위해 유용한 일이 되리라 고 생각했다. 백작에 대해서는 갈수록 존경의 마음이 커지고 있었는데, 그도 그럴 것이 주어진 임무를 수행하면서 사람들 의 바르지 못한 심성을 점차 깨달았기 때문이다. 그는 설교하기로 결심했고, 그로부터 얻은 성공은, 여윈 몸과 낡은 의복에 힘입어 이미 예견된 일이기는 했으나 그래도 유례가 없을 정도였다. 그의 설교에서는 깊은 슬픔의 향기 같은 것이 배어 나왔다. 그런 점이 그의 매력적인 용모, 그리고 궁정에서 각별한 총애를 누리고 있다는 소문과 합쳐져서 모든 여인네들의 가슴을 설레게 했다. 부인네들은 그가 나폴레옹 군대의 가장 용감한 중대장이었다는 그럴듯한 이야기까지 지어냈다. 얼마 안가 이 어처구니없는 이야기는 정설로 굳어지고 말았다. 그가 설교하기로 예정된 교회에는 사람들이 자리를 미리 잡아 두곤 했다. 가난한 사람들은 돈벌이 삼아 새벽 5시부터 교회로 나와 진을 치고 있었다.

이처럼 큰 성공을 거두게 되자 파브리스는 마침내 어떤 생각을 떠올렸다. 그 생각으로 말미암아 기분까지도 완전히 바뀌었는데, 즉 언젠가는 크레센치 후작부인이 비록 단순한 호기심에서일지라도 자신의 설교를 들으러 나타날지도 모른다는 것이었다. 별안간 그의 웅변이 발하는 빛이 배가되었다. 청중은 그 사실을 깨닫고 열광했다. 그는 감동하면, 가장 능란한 웅변가들조차 겁을 먹을 만한 대담한 비유를 떠올리곤 했다. 간혹 자신을 잊고 순간의 정열적인 영감에 몸을 내맡기기도 했다. 그러면 그곳에 모인 청중들은 모두 눈물을 쏟는 것이었다. 그러나 설교단을 둘러싼 얼굴들 사이를 헤매는 그의 눈은 간절히 바라는 한 사람의 얼굴을 아무리 해도 발견할 수 없었다. 그 한 사람의 모습이야말로 그의 생애에 있어 가장 큰 기쁨이었을 텐데 말이다.

그는 생각했다. '이러다 만약 그 행복한 순간을 맞게 된다면, 나는 정신이 아득해지거나 완전히 말문이 막히고 말 것이다.' 이렇게 어려운 상황이 닥칠 경우를 대비해서 그는 다정함이 넘치는 일종의 기도문을 준비해서 언제나 설교단 걸상 위에 놓아두었다. 언제라도 후작부인이 눈앞에 나타나서, 자신의 입에서 단 한 마디의 말도 나오지 않는 지경이 되면 이 종잇조각에 써 놓은 것을 읽을 생각이었다.

하루는, 돈으로 매수해 두었던 후작 저택 하인들로부터 다음 날 대극장에 크레셴치 가의 박스 좌석을 마련하라는 지시가 있었다고 기별이 왔다. 후작부인이 그 어떤 공연에라도 모습을 드러내지 않은 것이 벌써 1년 전부터의 일이었다. 그런데 이렇게 지켜 오던 금기를 깨뜨리게 된 계기는 그 당시 대단한 인기를 누리던 한 테너 가수였다. 이 가수의 노래를 들으러 사람들은 매일 밤마다 극장 안을 가득 채우곤 했던 것이다. 파브리스는 우선 더할 수 없이 기뻤다. '마침내 온 밤 내내 그녀를 바라볼 수 있게 되었다! 몹시도 창백하다고 하던데.' 그러고는 마음의 갈등으로 반쯤 제 빛깔을 잃은 그 아름다운 얼굴을 머릿속에 떠올려 보는 것이었다.

충성스러운 루도빅은 그 자신이 주인 나리의 미친 짓이라고 불러온 이런 일에 어처구니없어했지만 어쨌든 무진 애를 쓴 끝에 극장 네 번째 열의 박스 좌석을 마련할 수 있었다. 그 자리는 거의 후작부인을 정면으로 바라보는 자리였다. 그런데 문득 파브리스는 어떤 일에 생각이 미쳤다. '그녀로 하여금 내 설교를 들으러 오게 했으면…… 그 모습을 잘 볼 수 있도록 아주 작은 교회를 골라야겠다.' 평소에 파브리스는 3시에 설교를 하곤 했다. 그러나 후작부인이 공연을 보기로 예정된 날 아침이 되자 그는 직무상 해야 할 일 때문에 온종일 대주교관을 떠날 수 없다는 구실로 그날은 특별히 생트마리 드 라 비지타시옹 소성당에서 저녁 8시 반에 설교하겠다고 알렸다. 그 소성당은 크레센치 저택 건물 한켠과 바로 마주 보고 있었다. 한편 루도빅은 자기 이름으로 비지타시옹 성당의 수녀들에게 엄청난 숫자의 초를 보내고 그걸로 교회 안을 대낮처럼 밝혀 달라고 청했다. 그는 근위대 정예병사 한 중대를 동원하고는 도난을 방지한다는 명목으로 성당 안의 각 예배당마다 총검으로 무장한 보초병을 배치시켰다.

설교는 8시 반에야 있을 거라고 알렸는데도, 벌써 2시에 성당 안은 사람들로 가득 찼다. 여러분도 상상할 수 있으리라. 크레센치 가의 고상한 저택이 위엄을 부리고 있는 이 한적한 거리가 별안간 얼마나 소란해졌을지를. 파브리스는 자신이 오늘 밤 '자비로운 성모님'을 찬양하기 위해 자비심에 대해 설교할 예정이며, 그 내용은 너그러운 마음으로 불행한 사람을 (비록 그가 죄를 지었다 할지라도) 불쌍히 여겨야 한다는 내용이 될 것이라고 알려 놓았다.

바로 극장의 문이 열리는 시각, 아직 조명도 채 켜지지 않았을 때, 파브리스는 정성껏 변장해서 본래 모습을 숨기고 미리 잡아 둔 자신의 자리로 들어갔다. 공연은 8시경에 시작되었다. 그리고 몇 분 후 그가 맛본 기쁨이란! 경험해 보지 못한 사람은 결코 짐작할 수도 없을 것이다. 크레센치가의 박스 좌석 문이 열리는 것이 보이고 잠시 후 후작부인이 들어왔다. 부채를 건네 받았던 그날 이후 이처럼 그녀의 모습을 분명하게 볼 수 있었던 적은 없었다. 기쁨으로 숨이 막히는 듯했다. 온몸이 참을 수 없는 감격으로 너무도 격렬히 떨려오는 바람에 이런 생각이 들기까지 했다. '아마 나는 이 자리에서 죽을 모양이다! 이처럼 서글픈 삶과 이별하는 방식으로는 정말 매력적이지 않은가! 극장 안의 이 자리에서 내가 쓰러지고, 비지타시옹 성당에 모인 신자들은 아무리 기다려도 나를 볼 수 없을 테지. 그리고 내일, 그들은 비로소 알게 되리라. 장차 그들의 대주교가 될 사람이 오페라 극장의 한 좌석에서 숨을 거두었다고. 더구나 하인으로 변장한 채, 속된 제복을 몸에 감고 있었다고! 그러면 내 모든 평판은 끝장이겠지만, 대체 그 세인의 평판이 무슨 소용이 있는가!'

이런 감동에 휩싸여 있었음에도 불구하고 8시 35분이 되자 파브리스는 자신을 억제하지 않으면 안 되었다. 극장 네 번째 열의 박스에서 나와 간신히 걸음을 옮겨 미리 자신의 옷을 놓아둔 장소까지 갔다. 거기서 하인 복장을 벗고 평소의 옷으로 바꾸어 입었다. 비지타시옹 성당에는 9시나 되어서야 들어설 수 있었다. 그의 모습이 너무나 창백하고 쇠약해 보였으므로, 교회당 안에는 보좌주교님께서는 오늘 밤 설교하실 수 없을지도 모른다는 수군거림이 퍼져 나갔다. 그는 창살로 막힌 안쪽 면회실로 들어가 잠시 쉬었는데, 수녀들이 몰려들어 그를 극진히 간호하려 했다. 이 수녀님들은 몹시 수다스러웠다. 파브리스는 그들에게 잠시 혼자 있게 해 달라고 청했다. 얼마

후 그는 설교대로 걸어 나갔다. 그의 조수 한 명이 이미 오후 3시경에 보고해 온 바에 따르면, 비지타시옹 성당 안은 사람들로 발 디딜 틈 없이 가득 차긴 했지만 그 사람들은 모두 최하류층으로, 분명 눈부시게 휘황한 조명이 신기해서 온 것 같다고 했었다. 하지만 설교단에 올라서고 보니 자리를 메운 사람들은 모두 인기 있는 젊은 사교계 명사이거나 저명한 상류층 인사들이었다. 파브리스는 좀 놀랐으나 기분이 나쁘지는 않았다.

설교에 앞서 몇 마디 사과의 말을 꺼냈다. 청중은 존경 섞인 탄성으로 그의 변명을 받아들였다. 곧이어 불행한 사람에 대한 열정적인 묘사가 있었다. '자비로운 성모님'을 올바로 찬양하기 위해서는 그 불행한 사람을 연민의 정으로 거두어야 한다고 했다. 성모님 그 자신이 이 땅에서 그토록 고난을 겪지 않으셨던가. 설교자는 감정이 격해져 있었다. 때때로 목소리가 잦아들어 이 조그마한 교회에서조차 구석진 곳에서는 알아듣지 못할 때도 있었다. 설교하는 사람 자신이 동정을 받아야 할 그 불행한 사람처럼 보였다. 그 자리에 있던 모든 부인네들이, 그리고 많은 수의 남자들이 그렇게 생각했을 만큼 그의 창백함이 극에 달해 갔다. 처음 설교를 시작할 때의 변명의 말 이후 몇 마디 안 가서 사람들은 그가 평소의 침착성을 잃고 있음을 알아차렸다. 그날 밤의 그는 어느 때보다도 더 깊고 부드러운 슬픔에 잠겨 있음을 느낄 수 있었던 것이다. 어느덧 그의 눈에 눈물이 고여 흘러내렸다. 그 순간 청중 속에서도 흐느껴 우는 소리가 들리더니 그 흐느낌이 계속 퍼져 나갔다. 교회 안은 울음소리로 덮여 설교가 완전히 중단되고 만 것이다.

이렇게 해서 처음 중단되었던 설교는 그 뒤로도 계속해서 열 번가량이나 멈췄다가 다시 시작되었다. 사람들은 탄성을 질렀고, 눈물을 뿌렸다. '아! 성모님!' '아! 하느님!' 하는 외침이 쉴 새 없이 터져 나왔다. 이 고상한 청중들 사이에서도 감동은 모두를 휘어잡아 도저히 절제할 수 없는 것이 되었으므로, 사람들은 마구 울부짖으면서도 아무런 부끄러움을 느끼지 못했다. 또한 이렇게 열광하는 그 어느 누구의 모습도 옆사람이 보기에 전혀 우스꽝스럽지 않았던 것이다.

설교 중에 관례상 잠시 쉬도록 정해져 있는 시간에 파브리스는 대극장의 공연에는 이제 청중이 한 명도 남아 있지 않다는 소식을 들었다. 그러나 박스 좌석에 여전히 남아 있는 부인이 단 한 명 있는데, 그녀는 크레센치 후작부인이라는 것이었다. 이 휴식 시간 동안 갑자기 실내가 소란스러워졌다. 신자들이 의견을 모아 보좌주교의 조각상을 세우기로 결정한 것이었다. 다시 시작된 설교 후반부의 성공은 정말로 광적이었고 사교계에서 보는 열광이나 다를 바 없었다. 기독교인다운 경건한 회개 대신에 완전히 세속적인 탄성이 쏟아지자, 그는 설교단을 떠나면서 청중들에게 책망 비슷하게 한 마디 해야겠다고 생각했다. 파브리스가 이런 질책과 함께 설교단을 내려서자 모든 사람들은 어느 정도 어색하고 겸연쩍은 몸짓을 하며 일시에 밖으로 몰려나갔다. 그리고 거리에 이르러서는 열렬히 박수갈채를 보내며 한꺼번에 외쳐 댔다. '델 동고 만세!'라고.

27장

파브리스는 급히 자신의 시계를 꺼내 보았다. 그러면서 교회의 파이프 오르간이 있는 방으로부터 수도원 내부로 통하는 좁은 낭하로 달려갔다. 그 복도에는 작은 창문이 하나 있었다. 창살이 달린 그 창문에서 빛이 스며들어 복도를 희미하게 밝혀 주었다. 크레셴치 저택의 문지기가 거리를 가득 메운 흥분한 군중들에 대한 예의로 열두 개가량의 횃불을 이 중세 저택 정면 벽에 튀어나온 쇠시리에 꽂아 두었던 것이다. 몇 분 후 파브리스가 그토록 괴로운 마음으로 기대하던 일이 닥쳤다. 아직도 군중들의 환호가 계속되고 있을 때였다. 공연장에서 돌아오는 후작부인의 마차가 거리에 나타났다. 마부는 마차를 멈추지 않을 수 없었다. 군중에게 길을 내어 달라고 큰소리로 외치며 걸음을 겨우겨우 떼 놓은 뒤에야 마차는 저택 문으로 들어갈 수 있었다.

후작부인은 아름다운 음악에 감동했다. 불행한 심정을 안고 있으면 누구나 그렇지 않은가. 그러나 사실 그녀가 더욱 감동하게 된 것은 공연장에 완전히 자기 혼자만 남게 된 이유를 알고 나서였다. 2막이 올라 그 훌륭한 테너 가수가 무대에 올라와 있을 때, 맨 아래층 관객들까지 별안간 자리에서 일어서더니, 운 좋게 비지타시옹 성당 안으로 뚫고 들어갈 수 있을지를 마치 시험하기라도 하듯 우르르 몰려가 버리고 말았던 것이다. 후작부인은 저택 문 앞마저도 군중들로 막힌 것을 보자 눈물을 쏟았다. 그러면서 속으로 외쳤다. '내 사랑의 선택은 결코 어긋나지 않았어.'

그러나 엄밀히 말하면 바로 이런 감동의 순간이 있었기에 그녀는 후작이나 집안 사람들의 권유에도 흔들림 없이 마음을 다잡으며 설교에 나가지 않았던 것이다. 그들은 그녀가 그처럼 훌륭한 설교사를 보러 가지 않으려 하는 것을 의아하게 생각하고 있었다. 모두들 이렇게 이야기하곤 했다. '마침내 그분은 이탈리아 최고의 테너 가수마저 물리친 것이지요!' 그러나 후작부인은 속으로 이렇게 되뇌고 있었다. '만약 내가 그의 모습을 보게 되면, 나는 영원히 구원받지 못할 거야!' 날이 갈수록 더욱 뛰어난 설교로 재능을 빛내던 파브리스는 이후로도 여러 차례나 더 크레센치가 저택 옆의 그 작은 성당에서 설교를 했다. 그러나 아무 소용이 없었다. 클렐리아는 전혀 모습을 보이지 않았던 것이다. 오히려 그녀는 예전에 파브리스 때문에 정원을 산책할 수도 없었는데, 이제는 별스럽게도 이 한적한 거리까지 소란스럽게 만든다며 언짢아한다는 소문이었다.

이미 한참 된 일인데, 파브리스는 자신의 설교에 귀기울이고 있는 여인네들의 얼굴을 훑어보며 한 여인을 찾다가 두 눈이 불꽃처럼 반짝이는 가무스름한 피부의 아주 예쁜 소녀의 얼굴에 눈길이 멎었다. 그 소녀의 반짝이는 아름다운 두 눈은 설교가 몇 마디 채 이어지기도 전에 으레 눈물로 감기곤 했다. 스스로 길고 지루하게 느껴지는 이야기에 이를 때면, 파브리스는 주저 없이 이 예쁜 얼굴 위에 시선을 보내 그 청순함을 바라보며 즐거움을 찾곤 했다. 그는 이 소녀가 몇 달 전에 세상을 떠난 아주 부유한 파르마 직물 상인의 외동 상속녀로서, 이름이 아네타 마리니라는 사실을 알았다.

곧 이어 직물 상인의 딸 아네타 마리니의 이름이 모든 사람들의 입에 오르내렸다. 그녀가 파브리스를 열렬히 사모하고 있다는 소문이었다. 파브리스가 설교를 처음 시작했을 무렵, 그녀와 법무대신의 맏아들 지아코모 라씨 사이에 오가고 있던 혼담이 깨지고 말았다. 소녀로서는 지아코모가 영 내키지 않는 신랑감은 아니었으나, 몽시뇨르 파브리스의 설교를 한두 번 듣고 난 뒤로 결코 결혼할 마음이 없다고 선언했다는 것이었다. 이런 이해하기 힘든 마음의 변화가 무슨 연유인지를 묻자 소녀가 대답하기를, 한 사람에게 미친 듯이 끌리고 있음을 스스로 알면서도 다른 남자와 결혼하는 것은 정숙한 여자로서 할 일이 아니라고 했다. 가족들은 우선 그녀가 연모하는 사람이 누구인지 알아내려 했으나 허사였다.

그러나 아네타가 설교를 들으며 쏟는 뜨거운 눈물로 모두들 비밀을 짐작하게 되었다. 어머니와 숙부들이 혹시 파브리스 예하를 연모하고 있는 것이 아니냐고 묻자 그녀는 대담하게도, 진실이 밝혀진 이상 거짓말을 해서 스스로 비천해지지는 않겠노라고 대답한 것이다. 게다가 열렬히 사랑하는 그 사람과 결혼할 희망은 전혀 없으나, 적어도 백작의 아드님 라씨의 우스꽝스러운 얼굴을 보고 기분이 상하는 일이나 없었으면 좋겠다는 것이었다. 부유한 평민이라면 누구나 선망하는 사람의 아들에게 이러한 조롱을 거침없이 던진 일은 불과 며칠 만에 온 시내의 이야깃거리가 되었다. 아네타 마리니가 했던 대답은 재치 있다는 여론이 생겨서, 사람들은 너나없이 그 말을 되풀이했다. 이렇게 도처에서 화제가 되고 있었으니 당연히 크레셴치 저택 모임에서도 그 이야기가 나왔다.

클렐리아는 자기 집 살롱이 이런 화제로 시끌벅적할 때도 아무 말 없이 듣고만 있었다. 그러나 시녀에게 자세한 내용을 물었으며, 다음 일요일에는 저택의 가족 예배당에서 미사를 올린 뒤, 마차에 시녀를 함께 태워 마리니 양의 교구 성당까지 두 번째 미사를 올리러 갔다. 그곳에는 그녀와 마찬가지로 이 유명한 소녀를 볼 욕심에 시내의 미남자들이 몰려들었다. 이 신사들은 입구 근처에 모여 서 있었는데, 잠시 후 그들 사이에서 웅성거림이 이는 것을 보고 후작부인은 마리니 양이 교회당 안으로 들어왔음을 알았다. 요행히 후작부인이 앉은 자리에서는 소녀의 모습이 잘 보였다. 부인은 자신의 깊은 신앙심에도 불구하고 미사에는 거의 주의를 기울이지 않았다. 이 평민 출신 미녀의 아름다움에서 부인은 무언가 대담한 분위기가 감도는 것을 알아차렸는데, 그것이 부인 속내 생각으로는 결혼한 지 몇 년이 지난 여인에게나 어울릴 법하다고 여겨졌다. 그러나 소녀의 자그마한 몸매는 균형이 잡혀 매력이 있었으며, 두 눈은 마치, 롬바르디아 사람들이 흔히 하는 이야기로, 바라보는 대상과 이야기를 나누는 듯했다. 후작부인은 미사가 끝나기도 전에 도망치듯 자리를 떠났다.

그다음 날, 크레셴치 집안에 매일 밤 모여드는 사교계 친구들은 아네타 마리니가 새로 저지른 우스꽝스러운 행동을 화제로 삼았다. 아네타의 모친은 딸이 무분별한 행동이라도 하지 않을까 염려하여 쓸 돈을 거의 주지 않는 터라, 소녀는 부친에게 선물받은 값진 다이아몬드 반지를 그 당시 크레셴치 저택의 거실 장식을 위해 파르마에 와 있던 유명한 하이에즈 에게로 들고 가서는, 그 반지의 대가로 델 동고 씨의 초상화를 그려 달라고 부탁했다는 것이다. 그러나 그녀가 요구한 초상 화는 신부복을 입은 모습이 아니라 그냥 검은색 옷을 걸친 모 습이었다고 했다. 그래서 바로 어제, 아네타의 모친은 파브리 스 델 동고의 훌륭한 초상화가 딸의 방에 걸린 것을 발견하고 몹시 놀랐을 뿐 아니라, 화가 나서 펄펄 뛰었는데, 그것은 초 상화를 담은 액자가 근 20년 이래 파르마에서 제작된 것으로 는 가장 뛰어난 금박 액자였기 때문이라는 것이다.

28장

사건들이 연달아 일어나는 바람에 우리는 파르마 궁정에 우글거리면서, 지금 이야기한 여러 가지 일들에 대해 기발한 논평들을 부풀려 나가고 있는 궁정인이라는 우스꽝스러운 인종을 묘사할 시간이 없었다. 이 나라에서 삼사천 리브르의 연수가 있는 소귀족들이 검은 양말을 신고 대공의 침상으로 나가 아침 알현을 할 수 있으려면 우선 볼테르나 루소의 책을 한 권도 읽은 적이 없어야 한다. 이 조건을 갖추는 일은 그다지 어렵지 않다. 그다음으로는, 군주의 감기에 대해서나, 혹은 최근 삭스에서 대공에게 보내온 새 광물표본 상자에 대해 아주 감동적인 표정으로 이야기할 줄 알아야 한다. 그런 다음 1년에 단 하루도 빠지지 않고 미사에 나가서, 두서너 명의 세력 있는 성직자와 친밀하다고 할 만큼 사귀어 놓으면, 매년 정월 초하루에서 보름 전이나 그 이후의 보름까지 즉 한 달여 시간 동안 한 번 정도는 대공이 말을 건네줄 것이다. 그렇게 되면 그는 자기 교구 내에서 유력자가 되고, 손바닥만 한 소유 토지에 부과된 연간 100프랑의 세금을 제때 내지 않고 미적거리고 있어도 세무서의 징수관이 그다지 성가시게 굴지 못할 것이다.

공조 씨는 이런 부류의 불쌍한 사나이였으나 꽤 고상한 가문 출신이었고, 게다가 자기 소유의 쥐꼬리만 한 재산 외에도 크레센치 후작의 신임 덕분에 얻어낸 근사한 직위에서 매년 1만 150프랑의 수입도 나오고 있었다. 이 사나이는 자기 집에서도 잘 차려 놓고 저녁 식사를 할 정도는 되었지만 그에게는 한 가지 집착이 있었는데, 즉 자신에게 때때로 '잠자코 있게, 공조. 자네는 멍청이일 뿐이야.'라고 말해 줄 어떤 세도가의 거실에 있을 때에야 비로소 편안하고 행복한 기분을 느끼는 것이었다. 물론 이 '멍청이'라는 평가는 세도가의 기분에 따른 것일 뿐이다. 왜냐하면 대부분의 경우 공조는 그 세도가보다 더 재치가 있는 편이니까. 그는 모든 화제에 끼어들었고, 그러면서도 상당히 재미있게 말솜씨를 부릴 수 있는 식견을 지녔으며, 거기에 더해서 집주인이 조금이라도 인상을 찌푸리면, 그 즉시 자기 견해를 바꿀 준비가 되어 있었다. 사실을 말하면 그는 자기 이익을 지키는 데는 빈틈없는 솜씨를 가지고 있지만, 그 외의 주관이라고는 한 가지도 없는 인물이었다. 그래서 대공이 감기에라도 걸리지 않았을 때는 어느 사교 모임에 들어서는 순간 할 말을 찾지 못해 당황하는 적도 있었다.

파르마에서 공조가 유명해진 것은 끝이 약간 떨어져 나간 검은색 깃털이 달린 근사한 삼각모 덕분이었다. 그는 이 모자를 연미복 차림에도 쓰고 다녔다. 그러나 주목해야 할 것은 이 모자 자체보다도 그가 이 깃털 모자를 머리에 올려놓거나 손에 들고 있는 방식이다. 거기에는 이 사나이의 재능과 함께 거드름 피우는 태도가 그대로 드러났으니까. 그는 후작부인의 작은 강아지의 건강이 어떠한지 진심으로 걱정하며 안부를 물어 오곤 했다. 만약 크레센치 저택에 화재가 난다면, 이 사나이는 금실로 수놓인 비단을 씌운 훌륭한 응접실 의자 하나를 구해 내기 위해 목숨이라도 걸었을 것이다. 벌써 몇 년 동안이나 그 의자들은 그가 용기를 내 잠시라도 거기에 걸터앉을 때마다 그의 검은 비단 반바지와 스쳤던 것들이었다.

이런 종류의 인물이 일고여덟 명가량, 매일 저녁 7시에 크레센치 후작부인의 살롱에 모여들었다. 이들이 자리에 앉자마자 장식줄을 주렁주렁 늘어뜨린 담황색 제복을 근사하게 차려입고 거기다가 붉은색 저고리로 더욱 멋을 낸 하인 한 명이 다가와 이 초라한 손님들의 모자와 단장을 받아든다. 곧 이어 시종이 아주 작은 커피잔을 섬세하게 세공된 은제 받침에 올려서 내온다. 그리고 30분마다 프랑스식 화려한 복장을 하고 칼을 찬 급사장이 아이스크림을 들고 와 권하는 것이다.

이 초라한 하류 궁정인들이 도착하고 나서 반 시간 정도 지나면, 군대식 거동에다가 큰 소리로 떠들어대는 대여섯 명의 장교가 찾아온다. 이들이 늘 토론하는 주제란 사령관이 승리를 거두기 위해서는 병사들의 군복에 어떻게 생긴 단추를 몇 개쯤 다는 것이 좋으냐는 것이었다. 이 살롱에서 프랑스 신문에 난 기사를 인용한다면 분별없는 짓이 될 것이다. 그 소식이 가령 스페인에서 자유주의자 쉰 명이 총살형을 받았다는 것처럼 아주 유쾌한 내용이라 할지라도, 그 기사를 끄집어내 이야기하는 사람은 여하간 프랑스 신문을 읽었다는 의심을 벗을 수 없을 테니까 말이다. 이곳에 모인 사람들이 가장 뛰어난 수완을 발휘하는 부분은 10년마다 연금을 150프랑씩 올려 받는 일인데, 이렇게 해서 대공은 농민과 평민 위에 군림하는 즐거움을 자기가 거느리는 귀족들과 함께 나누는 것이다.

크레센치 저택 사교장의 중심 인물은 이론의 여지 없이 기사 포스카리니였다. 그는 흠잡을 데 없는 정직한 인물로서, 지금까지 거쳐 온 어떤 통치 체제하에서건 잠깐씩은 감옥에 들어갔다 나온 사람이었다. 그는 또한 나폴레옹이 제안했던, 역사상 전례 없는 등록법을 부결시켰던 밀라노의 그 유명한 의회 의원이기도 했다. 기사 포스카리니는 후작의 모친과 20년 간이나 친밀한 관계를 맺어 왔고, 지금도 이 집에서는 여전히 영향력 있는 인물이었다. 무언가 재미있는 이야깃거리를 언제든지 꺼낼 수 있는 사람이었지만, 그러면서도 명민한 통찰력으로 주변 사람들의 허술한 구석을 놓치지 않고 간파했다. 그래서 마음속 깊이 자신의 죄를 느끼고 있는 나이 어린 후작부인은 이 사람 앞에만 가면 몸이 떨려오는 것이었다.

공조는 자신을 함부로 대하거나 1년에 한두 번씩 서러워 훌쩍이게 만드는 대귀족에 대해 진정한 열광을 느끼고 있었으므로, 그런 분에게 조금이나마 도움 될 일을 하는 것이 소원인 나머지 편집증이 될 지경이었다. 만약 그가 늘 따라다니는 극도의 빈곤으로 인해 옴짝달싹도 못할 처지만 아니었다면, 간혹 그 꿈이 이루어질 때도 있었을 것이다. 왜냐하면 영민함이 아주 없는 것도 아닌 데다가, 비위도 대단했으니 말이다.

우리가 알고 있는 바 이런 유형의 인물이었던 공조는 크레센치 후작부인을 상당히 얕잡아 보고 있었다. 부인이 이제까지 한 번도 자신에게 무례한 말을 던진 적이 없기 때문이었다. 하지만 어쨌든 그녀는 대공 모후의 시종이자 한 달에 한두 번 자신에게 '그만해 두라고, 공조, 자네는 바보일 뿐이야.'라고 말해 주는 저 유명한 크레센치 후작의 부인이 아닌가. 공조는 사람들 사이에서 아네타 마리니에 대한 이야기가 오가기만 하면 무슨 딴생각에 잠겨 있는 듯 무관심하던 후작부인이 잠시 동안이나마 흥미를 보인다는 사실을 알아차렸다. 평소 부인은 이렇게 무심히 있다가 11시가 울리면 차를 내오게 해서 자리에 있는 손님 한 사람 한 사람마다 이름을 부르면서 대접하곤 했다. 이 일을 끝내고 자신의 방으로 돌아갈 시간이 되면 그녀는 잠깐 쾌활함을 되찾는 것 같았다. 모인 손님들은 이때를 틈타 그녀에게 풍자시를 들려주곤 했다.

이탈리아의 풍자시는 뛰어난 것이 많다. 아직도 어느 정도 생명력을 지니고 있는 유일한 문학 장르는 풍자시일 것이다. 사실 이 장르는 검열에서 벗어나 있다. 크레센치가의 살롱에 드나드는 궁정인들은 언제나 이런 말로 자신들의 풍자시를 꺼내 보이곤 했다. "후작부인, 형편없는 소네트 하나를 암송해도 괜찮을까요?" 그리고 이 단시가 좌중으로 하여금 웃음을 터뜨리게 하면서 두서너 번 거듭 암송되고 나면, 장교 한 명이 어김없이 큰 소리로 나서는 것이다. "경찰국장 나리는 이런 고약한 것을 지어낸 자들을 가려내 목을 매달아야 할 겁니다." 이와 대조적으로 시민 계층에서는 이 풍자시들이 대단히 솔직한 감탄을 자아내며 환영받았다. 그래서 대서소(代書所)의 서기들은 이 시들을 베껴서 팔기도 했다.

후작부인이 아네타 마리니에 대해 보이는 호기심을 눈치챈 공조는, 사람들이 부인 앞에서 마리니의 아름다움을 지나치게 칭찬한 데다가 이 소녀에게는 백만금의 재산까지 있으니 부인이 질투심을 느끼는 것이라고 짐작했다. 공조는 입가에 가실 줄 모르는 미소를 띠고 귀족이 아닌 사람들은 상대도 하지 않겠다는 듯이 뻔뻔스러운 태도로, 마치 자신은 어디든 뚫고 들어갈 수 있다는 것을 과시하는 것처럼 그다음 날 후작부인의 거실에 나타났다. 개선장군이라도 된 양 의기양양하게 자신의 그 깃털모자를 쓰고 있었는데, 이런 득의에 찬 모습은 1년에 한두 번 대공으로부터 '잘 가게, 공조.'라는 말을 들었을 때나 볼 수 있는 것이었다.

공조는 후작부인에게 공손히 절을 한 뒤에도, 평소에 그랬던 것처럼 부인이 권해주는 멀찍이 떨어진 의자에 가서 앉으려 하지 않고 부인 가까이에서 맴돌았다. 그러고는 좌중 가운데 자리를 잡더니 느닷없이 큰 소리로 이렇게 말했다.

"저는 몽시뇨르 델 동고의 그 초상화를 보고 왔습니다."

클렐리아는 너무 놀라 의자 팔걸이에 몸을 기대야만 했다. 그녀는 폭풍이 부는 것처럼 흔들리는 마음을 의연히 가라앉히려 노력했지만 곧 도망치듯 거실에서 나오고 말았다.

"이보게, 불쌍한 공조. 자네는 아무래도 대단히 서툰 짓을 한 것 같구먼."

장교 한 명이 네 번째 아이스크림을 비우면서 거만한 얼굴로 말했다.

"그 보좌주교는 나폴레옹 군대에서 가장 용감한 연대장 중의 한 명이었는데, 예전에 후작부인의 부친에게 용서받지 못할 장난을 친 적이 있다는 사실을 자네는 어떻게 모를 수 있는가? 후작부인의 부친 콘티 장군이 사령관으로 있던 성채에서, 마치 파르마의 대성당에서 나오기라도 하듯 탈출해 장군에게 대단한 수모를 안겨 주었거든."

"사실 저는 모르는 일이 너무 많습니다, 대위님. 온종일 실수만 저지르고 있는 못난 바보입지요."

이탈리아인의 취미에 딱 맞는 이러한 대답은 좌중의 폭소를 자아냈고 잘난 척하던 장교는 머쓱해지고 말았다. 그런데 후작부인이 곧 되돌아왔다. 그녀는 용기를 내어 마음을 다잡고 있었다. 또한 가슴 한구석에는 남들이 훌륭하다고 칭찬하는 그 파브리스의 초상화를 직접 볼 수 있는 길이 있지 않을까 하는 엷은 희망도 없지 않았다. 부인은 초상화를 그렸다는 하이에즈의 재능을 화제로 삼아 찬사를 퍼부었다. 부인이 자신도 모르는 사이에 공조에게 상냥한 미소를 보내고 있었으므로, 공조는 자기를 조롱한 장교를 장난기 섞어 심술 사납게 쳐다보는 것이었다. 자리에 있던 다른 궁정인들도 모두 똑같은 장난기를 띠고 있었으므로 그 장교는 공조를 죽도록 증오하면서 달아나고 말았다. 공조는 의기양양하게 승리를 거두었다.

그리고 그날 밤 작별 인사를 올리며 다음 날 만찬 초대까지 얻어 낸 것이다.

그다음 날 식사가 끝난 후 하인들이 물러가자 공조는 또 이렇게 말했다.

"여기 한 가지 이야기가 더 있습니다. 우리 보좌주교가 그 마리니 양에게 반해 버리지 않았겠습니까!"

이런 예기치 않은 말을 들은 클렐리아의 마음이 얼마나 고통스럽게 흔들렸을지 짐작할 수 있을 것이다. 후작 자신도 흥분했다.

"아니, 이보게 공조, 여전히 실없는 소리만 하는군! 대공 전하의 휘스트 상대로 열한 번이나 뽑히는 명예를 누린 인물에 대해 이야기할 때는 좀더 신중해야지!"

"아닙니다! 후작님." 하고 공조는 이런 종류의 인간다운 천박한 말투로 대답했다.

"장담합니다만, 그분 역시도 마리니 양과 즐기고 싶은 생각이 간절했을걸요. 하지만 이런 세세한 이야기들이 후작님 기분을 상하게 한다면, 저로서도 없던 걸로 하겠습니다. 저는 무엇보다도 존경하옵는 후작님께 불쾌감을 드리고 싶지는 않습니다."

만찬이 끝나면 언제나 후작은 낮잠을 자러 자리를 비우곤 했으나, 그날은 낮잠을 잘 기분도 들지 않았다. 그러나 아무리 후작이 어떤 이야기를 고대하고 있다고는 해도, 공조는 마리니 양에 대해 한 마디 더하기보다는 차라리 자기 혀를 잘라 버렸을 것이다. 매번 이 사나이는 은근한 암시를 섞어 이야기를 새로 시작하곤 했는데, 후작은 이번에야말로 이야기가 그 귀여운 평민 소녀의 사랑으로 돌아가겠구나 하는 기대를 갖게 되는 것이었다. 공조는 상대방이 듣고 싶어 하는 말을 빙빙 돌리면서 혼자 즐기는 이탈리아인다운 재능이 아주 뛰어난 사람이었다. 가엾은 후작은 호기심에 애가 달아 이 사나이의 기분을 맞출 수밖에 없었다. 그래서 공조에게 말하기를, "자네와 함께 식사를 하면 유쾌해져서 두 배나 더 많이 먹게 되지." 하는 아양까지 부렸던 것이다. 그러나 공조는 모른 체하고, 선대공의 총희였던 발비 후작부인이 세운 훌륭한 회랑에 대해 장황한 묘사를 늘어놓기 시작했다. 그러면서 두세 번 대단히 감탄하는 어조로 천천히 강조해 가며 하이에즈에 대해 언급하는 것이었다. 후작은 속으로 '옳지! 이제야 마리니 양이 주문했다는 그 초상화 이야기를 꺼내려는 거구나!' 생각한다. 하지만 공조는 그럴 생각이 전혀 없다. 마침내 5시를 치는 시계 소리에 후작은 화를 버럭 냈다. 늘 하던 대로 하면 잠을 즐긴 후 5시 반에는 마차를 타고 큰길로 산책을 나가야 했던 것이다.

"자네는 어쩔 수가 없군! 바보 같은 이야기만 하고."

그는 공조에게 퉁명스레 말했다.

"자네 덕분에 대공 모후 마마보다 늦게 산책로에 도착하게 되겠군. 나는 그분 시종인 데다가, 마마께서 무슨 지시를 내리실지도 모르는데. 자! 이제 그만 빨리 말해 보라고! 보좌주교 예하의 소위 그 연애 사건이라는 것이 무엇이지? 자네가 말할 수 있다면 몇 마디 말로 줄여서 해 봐."

그러나 공조는 이 이야기를 후작부인에게 하고 싶었다. 자신을 만찬에 초대해 준 사람은 부인이었으니까. 그는 요구받은 이야기를 단 몇 마디로 줄여 서둘러 들려주었다. 그래서 이미 반쯤 눈이 감겨 있던 후작은 비로소 낮잠을 자러 급히 들어갔다. 후작부인을 대하게 되자 공조는 전혀 다른 태도를 취했다. 그녀는 엄청난 부유함으로 둘러싸여 있었으나 여전히 젊고 순진한 마음을 잃지 않았으므로, 조금 전 후작이 공조에게 거칠게 대한 것을 사과해야만 하리라고 믿었다. 자신의 성공에 기분이 좋아진 공조는 원래의 구변을 되찾았다. 그가 부인에게 이런 자세한 이야기를 털어놓은 것은 의무감에서였지만 사실 즐거운 일이기도 했다.

마리니 양은 설교장에 자리를 잡아 주는 사람에게 좌석당 1스갱이나 줄 때도 있다는 것이었다. 그녀는 언제나 두 명의 친척 아주머니와 옛날 부친의 회계원이었던 사람을 동행하고 있다고 했다. 이 좌석들은 그 전날부터 잡아 두게 하는데, 대체로 설교단 거의 정면에서 제단 쪽으로 약간 치우친 위치를 선택하곤 했다. 왜냐하면 소녀는 보좌주교가 제단 쪽으로 자주 고개를 돌린다는 사실을 눈치챘기 때문이다. 그런데 청중들도 역시 놓치지 않고 있는 사실은, 이 젊은 설교자의 호소력 있는 눈길이 매혹적인 아름다움을 즐기기라도 하듯 이 어린 상속녀에게로 가서 머무는 경우가 드물지 않다는 점이었다. 더구나 그럴 경우 그것은 아무 감흥 없는 무심한 눈길은 분명 아니었다. 왜냐하면 소녀를 응시하면서부터는 그의 설교가 현학적이면서 인용이 장황해지기 때문이었다. 그러면서 마음에서 솟아오르는 열정은 사라지고 만다. 그래서 곧 흥미를 잃은 부인네들은 마리니 양을 흘겨보면서 흉을 보기 시작했다.

클렐리아는 이런 세세한 이야기들을 채근하여 세 번이나 되풀이하게 했다. 세 번째는 이야기를 들으며 몹시 멍해진 듯 보였다. 그녀는 속으로 파브리스를 보지 않은 지 꼭 열네 달이 지났음을 헤아리고 있었다. '파브리스를 보기 위해서가 아니라, 유명한 설교자의 설교를 듣기 위해 교회에 가서 한 시간쯤 있는 것도 큰 죄가 될까?' 하고 그녀는 생각했다. '더구나 설교단에서 먼 곳에 자리잡고, 들어갈 때와 설교가 끝날 때 단 한 번씩만 파브리스를 쳐다보려는 것뿐인데…… 죄가 되지는 않을 거야. 파브리스를 보려는 것이 아니라, 훌륭한 설교자의 이야기를 들으려는 것이니까!' 이런 생각 가운데서도 후작부인은 마음의 가책을 떨치지는 못했다. 열네 달 동안 그토록 행동을 삼가 왔건만! 마침내 그녀는 양심의 괴로움을 조금이라도 달래기 위해 이렇게 결심했다. '만약 오늘 밤 모임에 처음으로 나오는 부인이 몽시뇨르 델 동고의 설교를 들은 적이 있다고 한다면, 나 또한 설교를 들으러 가 보리라. 만약 그녀가 한 번도 가본 적이 없다고 한다면 나 역시 그만두어야지.'

일단 이렇게 마음을 먹자 후작부인은 다음과 같이 말해서 공조를 기쁘게 했다.

"보좌주교가 언제 어느 교회에서 설교할 예정인지 알아봐 주시겠어요? 오늘 밤 당신이 돌아가시기 전에 어쩌면 부탁드릴 일이 있을 것 같군요."

공조가 산책로를 향해 떠나자마자 클렐리아는 저택의 정원으로 바람을 쐬러 나갔다. 여섯 달 동안 한 번도 이곳에 발걸음을 하지 않았다는 사실도 개의치 않았다. 그녀는 생기가 돌고 들떠 있었다. 얼굴색도 발그레했다. 그날 밤 야회에서 재미도 없는 인물이 한 사람 한 사람 살롱으로 들어올 때마다 그녀의 가슴이 두근거렸다. 마침내 공조가 들어왔다. 이 사나이는 단번에 자신이 앞으로 일주일 간은 긴요한 인물이 되리라는 사실을 간파했다. '후작부인은 마리니 양에 대해 질투를 느끼고 있군. 이건 정말이지 잘 짜여진 희극 작품이 되겠는데.' 하고 그는 생각했다. '이 작품에서는 후작부인이 주연을 맡고, 아네타가 하녀 역을, 그리고 델 동고 나리가 사랑에 빠진 남자 역을 맡게 되렷다! 정말이지, 입장료를 2프랑씩 받아도 비싸다고 할 수 없겠는데.' 그는 너무 즐거워서 자신의 본분마저 잊어버렸다. 그날 모임 내내 그는 사람들의 말을 모조리 가로막고 나서면서, 더할 수 없이 괴상망측한 이야기만 늘어놓는 것이었다. (가령 페키니 후작과 그 유명한 여배우 사이의 일화 같은 것들이었는데, 그는 이 이야기를 전날 프랑스인 여행객에게서 얻어들었다.) 후작부인도 그녀대로 차분히 자리를 지키고 있지 못했다. 거실을 왔다 갔다 하다가 옆방의 화랑으로 건너갔다. 후작은 그 화랑에 각각 20만 프랑 이상 나가는 그림들만 걸어 두고 있었다. 그날 밤따라 이 그림들이 주는 인상이 너무나 뚜렷했으므로 후작부인은 감동으로 인해 피곤했다. 마침내 문이 활짝 열리는 소리가 났다. 그녀는 살롱으로 달려갔다. 라베르시 후작부인이었다! 늘 하던 대로 인사를 하면서도 클렐리아는 목소리가 잘 나오지 않음을 느꼈다. 라베르시 후작부인은 그녀가 건네온 질문을 잘 알아듣지 못해 재차 물었다.

"지금 한창 이름을 떨치고 있는 그 설교사를 어떻게 생각하시는지요?"

"처음에는 그 사람을 저 유명한 모스카 백작부인의 조카다운 모사꾼이라고 생각했지요. 하지만 요전번, 이 저택 맞은편에 있는 비지타시옹 성당의 설교에서 정말 그는 너무도 숭고했지요. 그래서 그 사람에 대한 지금까지의 반감은 전부 사라지고, 이제는 여태껏 보아 온 그 누구보다도 더 훌륭한 웅변가라고 생각하고 있어요."

"그러시다면 부인께서는 그 사람의 설교에 참석해 보신 적이 있으신지?" 하고 클렐리아는 행복감에 몸을 떨며 물었다.

"아니, 뭐라고요?" 후작부인이 웃으며 말을 받았다. "내 말을 듣고 있지 않았나요? 무슨 일이 있더라도 그의 설교를 놓치고 싶지는 않아요. 사람들 말로는 그가 가슴에 병이 들어 곧 설교를 못하게 되리라더군요!"

후작부인이 떠나자마자 클렐리아는 공조를 화랑으로 불렀다.

"그처럼 소문이 자자한 설교를 나도 들으러 가보고 싶은 생각이 드는데요. 언제 그 사람이 설교를 하지요?"

"다음 월요일, 즉 사흘 후입지요. 그분께서 마치 부인의 속마음을 눈치채기라도 한 모양입니다. 왜냐하면 이번에는 비지타시옹 성당으로 설교하러 오시니까요."

궁금한 것을 다 안 것은 아니었다. 그러나 클렐리아는 더 이상 말할 힘이 없었다. 그녀는 아무 말 없이 화랑 안을 대여섯 번이나 돌았다. 공조는 생각했다. '드디어 복수심이 일을 벌이는군. 도대체 감옥에서 도망을 치다니 무엄하기 그지없는 일이지. 더구나 영광스럽게도 파비오 콘티 장군 같은 영웅이 자신의 감시를 맡고 있었는데도 말이야!'

"그렇지만 서두르시는 게 좋습니다." 하고 그는 미묘하게 빈정거리는 투로 말했다. "그 사람은 가슴에 병이 들었다는군요. 랑보 박사가 하는 말을 들었습니다만, 그는 1년도 더 살지 못할 거랍니다. 성채에서 비열하게 도망쳐서 명령을 어긴 죄를 하느님이 벌하시는 것이겠지요."

후작부인은 화랑의 긴 의자에 앉아 공조에게도 앉으라고 손짓했다. 잠시 후 그녀는 몇 스갱의 돈이 든 작은 지갑을 그에게 건네주었다.

"네 사람의 자리를 마련해 주세요."

"이 불쌍한 공조도 부인 일행에 끼워 주실 수 없는지요?"

"물론 상관없어요. 자리 다섯 개를 잡으세요…… 꼭 설교단 가까이 앉으려는 생각은 전혀 없어요." 하고 부인은 덧붙였다. "하지만 마리니 양은 봤으면 좋겠군요. 그녀가 아름답다고 사람들이 그처럼 칭찬하고 있으니."

월요일의 설교를 기다리는 사흘 동안 후작부인은 살아 있는 느낌이 아니었다. 한편 공조는 이처럼 지체 높은 부인을 따라 대중 앞에 나타나는 것을 각별한 명예로 여기고 있었으므로, 자신의 프랑스식 예복에 여봐란 듯이 칼까지 찼다. 그뿐만이 아니었다. 저택이 바로 이웃이라는 점을 활용해서 후작부인이 앉을 금실 수가 놓인 훌륭한 의자를 성당 안에 옮겨 놓게 한 것이다. 이러한 준비가 평민들 입장에서는 몹시 불쾌하게 여겨졌다. 가엾은 후작부인이 이 의자를 보고, 더구나 이것이 놓인 자리가 설교단 바로 맞은편이라는 것을 알았을 때, 그녀의 낭패감이 어떠했으리라는 것은 모두들 짐작할 수 있을 것이다. 클렐리아는 몹시 당황해서 고개를 숙이고 이 커다란 의자 한구석에 몸을 숨기듯이 앉아 있었다. 공조가 당황스러울 만큼 뻔뻔하게 손가락으로 가리켜 주는 마리니 양 쪽을 쳐다볼 용기조차 없었다. 귀족이 아닌 사람이면 누구건 간에 이 궁정인의 눈에는 아무것도 아닌 존재인 것이다.

파브리스가 설교단 위에 나타났다. 그가 몹시 여위고 창백하며, 너무나 쇠약해 보였으므로, 클렐리아의 두 눈에는 금방 눈물이 가득 고였다. 파브리스가 몇 마디 이야기를 했다. 그러다 갑자기 목이 메기라도 한 것처럼 말이 끊겼다. 다시 무슨 말인가 하려 했지만 되지 않았다. 그는 몸을 돌려 미리 써 두었던 종잇조각을 집어들었다. 그리고 말했다.

"형제 여러분, 여러분이 가엾게 여길 한 불행한 영혼이 여기 나의 목소리를 빌려 여러분께 호소합니다. 자신의 고통이 끝나기를 기도해 달라고 말입니다. 그러나 이 고통은 살아 있는 한 멈추지 않겠지요."

파브리스는 종이에 써 놓은 글을 아주 천천히 읽어 내려갔다. 그러나 목소리에 배어 있는 표정이 너무도 애처로웠으므로 기도가 채 반도 끝나기 전에 모두들, 심지어 공조까지도 눈물을 흘렸다. 후작부인은 눈물에 젖어 이렇게 생각했다. '적

어도 사람들이 나를 이상하게 여기지는 않겠지.'

기도문을 적은 종이를 읽으면서, 파브리스는 조금 전 신자들에게 그를 위해 기도해 달라고 청했던 그 불행한 사람의 고난에 대해서 두세 가지의 영상을 떠올렸다. 곧 이어 그의 머릿속은 온갖 생각으로 가득 찼다. 청중들을 향해 설교하는 체했지만 그는 오직 후작부인에게만 이야기하고 있었다. 설교는 평소보다 조금 더 빨리 끝났다. 아무리 애를 써도 눈물을 주체할 수 없어서, 사람들이 알아듣도록 말할 수가 없었기 때문이었다. 판단력이 있는 사람들은 생각하기를, 이 설교가 좀 특이하긴 하지만 감동적이라는 점에 있어서는 적어도 예전에 촛불을 대낮처럼 밝혀놓고 했던 그 유명한 설교에 필적한다고 보았다. 클렐리아는 그녀대로 파브리스가 읽는 기도문의 처음 열 줄가량을 채 듣기도 전에, 그를 외면하고 열네 달이나 지내온 자신의 행동이 냉혹한 죄악처럼 여겨졌다. 집에 돌아가자마자 그녀는 파브리스를 마음껏 생각하기 위해 곧 잠자리에 들었다. 그 이튿날 아주 이른 시각에 파브리스는 다음과 같이 쓰여진 종이쪽지를 받았다.

당신이 명예를 지키리라 믿습니다. 신뢰할 수 있는 신중한 '검객' 네 사람을 구하세요. 그래서 내일, 파르마 대성당에서 자정을 알리는 종소리가 울리면, 성 요한 거리 19번지에 있는 작은 문으로 오세요. 공격당할 염려가 있음을 유념하셔서, 혼자 오시지는 마세요.

꿈에 그리던 이 글씨체를 알아보자 파브리스는 무릎을 꿇고 눈물을 흘렸다. '마침내 열네 달하고도 여드레를 기다렸다. 더 이상 설교는 필요없다.'

그날, 파브리스와 클렐리아의 마음을 사로잡고 있던 미친 듯한 열정을 전부 묘사하자면 너무 길어질 것이다. 종이쪽지가 가리킨 작은 문이란 다름 아닌 크레센치 저택의 오렌지나무 온실로 들어가는 문이었다. 파브리스는 낮 동안 수차례나 그 문을 보아 두었다. 자정이 되기 조금 전, 그는 무기를 갖추고 혼자서 빠른 걸음으로 이 문까지 왔다. 그때 귀에 익은 목소리로 아주 나지막이 속삭이는 소리가 들렸다. 그의 기쁨을 어떻게 표현할 수 있을까.

"이리로 들어오세요, 내 마음의 친구여."

파브리스는 조심해서 들어갔다. 바로 오렌지 온실 안이었다. 그렇지만 맞은편에는 바닥에서 1미터 되는 높이에 튼튼한 가로막힌 창문이 나 있었다. 몹시 어두웠다. 창문에서 무슨 소리가 났다. 손으로 창살을 더듬었다. 그때 창살 너머에서 손 하나가 그의 손을 마주 잡는 것이 느껴졌다. 그 손은 파브리스의 손을 이끌어 입술에 대고 입 맞추는 것이었다. 그리운 목소리가 말했다.

"나예요. 당신을 사랑한다는 말을 하고 싶어 이곳에 왔어요. 그리고 또 당신이 내 말을 따라주실지 알고 싶어서요."

파브리스가 어떻게 대답했을지는 짐작할 수 있으리라. 물론 그의 기쁨과 놀라움이 어떠했으리라는 것도, 걷잡을 수 없이 밀려드는 최초의 열정이 조금 진정되자 클렐리아가 말했다.

"알고 계시다시피 나는 성모님께 다시는 당신을 보지 않겠다고 맹세했어요. 이처럼 깜깜한 어둠 속에서 당신을 맞은 것도 그 때문이지요. 만약 밝은 빛 아래서 당신을 보도록 강요하신다면, 우리 사이는 영원히 끝나고 말 것이라는 점을 알아주세요. 그런데 우선 아네타 마리니 앞에서 설교하시는 일은 이제 그만두셨으면…… 그리고 주님의 집에 의자를 날라 놓는 그런 어리석은 짓을 한 사람은 내가 아니라는 걸 믿어 주세요."

"나의 천사, 이제 그 누구 앞에서도 설교하는 일은 없을 겁니다. 이제까지 설교해 온 것도 오직 언젠가는 당신을 만날 수 있으리라는 희망 때문이었지요."

"그런 말은 하지 마세요. 당신을 보는 일은 저에게 허락되지 않음을 헤아려 주세요."

여기서 독자 여러분의 양해를 구하는 바이다. 지금부터 3년의 세월을 건너뛰려고 하는데, 그사이의 수많은 일에 대해서는 한 마디도 언급하지 않고 넘어가는 것을 용서하기 바란다.

우리가 다시 이야기를 시작할 시기는 모스카 백작이 파르마로 돌아와 수상으로서 예전보다 더욱 막강한 권세를 누린 지 이미 한참이 지난 때이다.

지상에 다시 없는 이 최고의 행복을 누리며 3년의 세월을 보낸 후, 파브리스의 심경에는 애정이 지나쳐 변덕이 깃들었다. 그리고 이것으로 인해 모든 것이 변하고 만다. 후작부인에게는 산드리노라는 두 살 난 귀여운 아들이 있었다. 이 아들은 어머니의 귀한 기쁨이었다. 아이는 언제나 어머니와 함께 있거나, 크레센치 후작의 무릎 위에서 놀았다. 그에 반해 파브리스는 이 아이를 거의 볼 수 없었다. 파브리스는 아들이 다른 아버지를 사랑하게 되는 일이 싫었다. 그래서 그는 기억이 뚜렷하게 남기 전에 아이를 빼앗으리라 마음먹었다.

후작부인은 사랑하는 사람을 볼 수 없는 낮 동안의 긴긴 시간에 산드리노를 보며 마음을 달래곤 했다. 그 이유란(알프스 북쪽의 나라에서는 이해하기 힘든 일이겠지만) 그녀가 잘못을 저지르고 있으면서도 성모님께 바친 맹세에는 충실하고자 했기 때문이다. 독자도 기억하겠지만, 그녀는 '결코 파브리스를 보지 않겠습니다.'라고 성모님과 약속하지 않았던가. 자신이 맹세한 말이 정확히 이러했으므로, 그에 따라 그녀는 밤에만 연인을 맞아들였다. 그리고 방 전체에서 단 한 줄기의 빛까지도 가려 버리곤 했다.

그러나 파브리스는 하룻밤도 빠짐없이 사랑하는 여인 곁에 갈 수 있었다. 놀라운 점은, 호기심과 권태로 부글거리는 궁정 생활 한가운데 있으면서도 파브리스의 잘 계산된 신중한 처신 덕분에, 롬바르디아 사람들이 말하는 이런 '우정'은 전혀 눈치채이는 일조차 없었다는 것이다. 두 사람 사이가 아무 일 없이 평온하기에는 사랑이 너무나 격렬했다. 클렐리아는 늘 질투심을 품어야 했다. 그러나 두 사람의 언쟁은 거의 언제나 다른 이유에서 비롯되었다. 파브리스는 어떤 공식적인 행사를 빌미로 후작부인과 자리를 함께하여 그녀를 바라보려 했고, 그러면 부인은 구실을 대어 얼른 자리를 피했다. 그리고 한참 동안 연인을 곁에 오지 못하게 하곤 했던 것이다.

파르마의 궁정에서는 이처럼 뛰어난 아름다움과 현명함을 지닌 여인이 애정의 술수를 부리지 않는다는 사실을 놀랍게 여기고 있었다. 그녀 때문에 연정에 빠져 바보 같은 짓을 하는 사람들도 있었고, 그래서 파브리스도 질투심에 사로잡히는 일이 드물지 않았다.

란드리아니 대주교는 이미 오래전에 세상을 떠났다. 파브리스의 종교적 경건함, 모범적인 품행, 그리고 설득력 있는 언변은 곧 그 사람 좋은 대주교를 잊혀지게 했다. 그의 형도 죽었다. 그래서 가문의 전 재산이 그에게 남겨졌다. 이때부터 그는 파르마 대주교구에서 들어오는 수입인 십수만 프랑가량을 매년 관할 교구의 보좌주교며 사제에게 분배해 주었다.

파브리스가 영위하던 이러한 삶보다 더욱 명예롭고, 세인에게 칭송받으며, 세상을 더 크게 돕는 인생을 상상하기는 힘들 것이다. 이처럼 충만한 생활을 누리고 있을 때 그 지나친 애정의 불행한 변덕으로 인해 모든 것이 깨어지고 만 것이다.

어느 날 그는 클렐리아에게 이렇게 말했다.

"당신이 낮에는 나를 보지 않으려고 하니, 이런 당신의 맹세를 내가 존중하고는 있다 해도 역시 내 삶의 큰 불행이 아닐 수 없어요. 나는 늘 혼자 있어야만 하고, 일 외에는 마음 붙일 곳이 없는데, 그 일마저도 없군요. 하루 온종일 그 긴긴 시간을 매일같이 나를 엄하게 절제하며 슬픈 심정으로 지내다 보니 어떤 생각이 떠올라 나를 고통스럽게 합니다. 반년 전부터 이 생각을 떨쳐버리려고 애쓰고 있지만 잘되지 않습니다. '내 아들은 나를 사랑하지 않을 것이며, 결코 내 이름도 듣지 못하리라.'는 생각이지요. 크레센치 저택의 부족할 것 없는 호사 속에서 자라나, 나를 혹 보게 된다고 해도 누군지 알려고나 하겠습니까? 몇 번 안 되지만 내가 그 아이를 볼 때마다, 나는 아이의 어머니를 떠올렸습니다. 내가 바라볼 수 없는 그 천사와 같은 아름다움을 기억 속에 불러일으켜 주는 것이지요. 그는 내 얼굴을 보고 근엄하다고 여길 겁니다. 어린아이들에게 근엄하다는 것은 침울하다는 말과 다를 바 없지요."

"아 그렇다면!" 하고 후작부인이 겁먹은 듯 말했다. "어떻게 할 생각으로 그런 말씀을 하는 건가요? 나는 두려워요."

"내 아들을 되찾아야겠습니다. 그 아이가 나와 함께 살기를 바라요. 매일 그 아이를 보며 그가 나를 사랑하도록 만들고 싶습니다. 마음 놓고 그 아이를 사랑해 주고 싶어요. 다감한 마음을 지닌 수많은 사람들이 누리고 있는 그 행복을 나는 세상에 둘도 없는 기이한 운명으로 인해 빼앗긴 채 사랑하는 사람과 함께 지내지 못하고 있으니, 내 마음속에 당신의 모습을 불러일으켜 주고, 조금이라도 당신의 자리를 메울 수 있는 존재나마 내 곁에 두고 싶은 겁니다. 어쩔 수 없이 강요받은 외로움 속에서는 일도 사람도 내게 짐이 됩니다. 바르보네가 내 이름을 죄수 명단에 올리던 그 행복한 순간 이후로, 야심이라는 말이 나에겐 늘 아무 뜻 없는 부질없는 단어였다는 사실을 당신도 아시지요. 당신과 멀리 떨어져 우울할 때면, 오직 마음을 어루만져 주는 것들만 찾게 될 뿐, 다른 모든 일은 하찮게 느껴집니다."

사랑하는 사람의 슬픔이 가엾은 클렐리아의 가슴에 던진

그 고통이란 얼마나 감당키 어려웠던지. 파브리스의 심정을 이해하는 만큼 그녀의 괴로움은 더욱 깊었다. 정말 맹세를 깨뜨려서는 안 되는 것인가 하는 의문을 품기까지 했다. 그렇게 하면 살롱에서 방문객을 맞듯이 하면서 밝은 불빛 아래서 그를 맞아들일 수도 있을 것이다. 그리고 그녀가 현숙하다는 평판은 너무도 확고해서 그 누구도 이 일을 소문의 꼬투리로 삼지는 못할 것이다. 돈을 많이 헌납해서 그 맹세로부터 자신을 구제할 수도 있으리라는 생각도 했다. 그러나 이런 세속적인 방법으로는 자신의 양심이 한층 더 괴로울 거라는 사실을 그녀는 또한 느끼고 있었다. 아마도 자신의 새로운 죄악에 노여워진 하늘이 벌을 내리리라 생각했다.

한편으로는 파브리스의 다감한 마음을 너무도 잘 알고 있는 그녀가 자신의 기이한 맹세 탓에 평온을 잃고 흔들리고 있는 그 마음에서 불행을 덜어 주고자 그의 자연스런 애정의 욕심에 양보하기로 마음먹는다 해도, 이탈리아 제일가는 귀족의 외동아들을 훔쳐 내다니, 속임수가 발각되지 않고 그렇게 하는 것이 과연 될 법이나 한 일일까? 크레센치 후작은 아들을 찾기 위해 엄청난 돈을 뿌릴 것이고 자신이 앞장서서 일의 해결에 매달릴 테니, 조만간 모든 것이 탄로날 것이다. 이런 위험을 피하려면 한 가지 방법밖에 없는데, 그것은 어쩔 수 없이 아이를 어디 먼 곳 예를 들면, 에딘버러나 파리 같은 곳에 보내는 것이다. 그러나 어머니로서의 애정 때문에 도저히 그런 결심을 할 수는 없었다. 파브리스가 제안한 다른 방법은 사실 더 타당한 것이기는 했지만, 이 고통에 눈먼 어머니가 느끼기에도 왠지 불길하고 한층 더 무서운 죄악이 될 것만 같았다. 파브리스가 이렇게 말했던 것이다. "아이가 병이 난 것처럼 가장해야 하오. 병세가 점점 더 나빠져서, 크레센치 후작이 집을 비우는 동안 마침내 죽은 것으로 꾸미는 겁니다."

클렐리아로서는 이러한 방법이 싫다 못해 공포스럽기까지 했다. 그래서 두 사람 사이에는 불화가 생겼으나 오래가지는 않았다.

클렐리아는 하느님을 시험해서는 안 된다고 간곡히 말했다. 이처럼 사랑스런 아들도 죄악의 소산인데, 더구나 하늘의 노여움을 사게 되면 필경 하느님은 아들을 빼앗아 가고 말 것이라고 했다. 그러면 파브리스는 또다시 자신의 유별난 운명을 한탄하는 것이었다. "우연히 올라서게 된 지위 때문에, 그리고 내 가슴속의 사랑 때문에 나는 영원히 고독을 짊어지고 살아야 합니다. 내 주변 동년배 대부분이 누리고 있는 친밀한 교제의 즐거움이 나에게는 없습니다. 그것은 바로 당신이 어둠 속에서밖에 나를 받아들여 주지 않기 때문이지요. 내 삶에서 당신과 함께 지낼 수 있는 시간이 덧없는 순간들로 조각나게 되는 것도 바로 그 이유입니다." 이러한 말이 파브리스가 클렐리아에게 보내는 항변이었다.

두 사람 모두 많은 눈물을 흘려야 했다. 클렐리아는 병이 나고 말았다. 그러나 그녀는 그가 원하는 무서운 희생을 완강히 거절하기에는 너무나 깊이 그를 사랑하고 있었다. 다른 사람들이 보기에 산드리노는 병이 난 것처럼 꾸며졌다. 후작은 지체 없이 가장 용하다는 의사들을 불러들였다. 이때부터 클렐리아는 예기치 못했던 극심한 당혹감에 빠지고 말았다. 의사들이 처방해 주는 약을 사랑하는 아들에게 먹이지 않도록 막아야만 했던 것이다. 그러나 그것은 쉬운 일이 아니었다.

필요한 이상으로 침대에 붙들려 있어야 했던 아이는 정말로 병이 나고 말았다. 이 병의 원인을 의사에게 어떻게 말해 줄 수 있겠는가? 상반된, 그러나 어느 쪽도 포기할 수 없는 애정 사이에서 클렐리아는 거의 미쳐 버릴 것 같았다. 이제는 병이 다 나았다고 해야 할까? 그러면 지금까지 길고 고통스럽게 견뎌 온 보람이 사라지는데? 파브리스로서도 사랑하는 여인의 가슴에 자신이 고통을 주고 있다는 사실을 스스로 용납할 수도 없었고, 그렇다고 자신의 계획을 단념할 수도 없었다. 매일 밤 그는 어떤 방법이라도 써서 병들어 누운 아이 곁에 숨어들어 왔다. 이 일로 인해 두 사람 사이에 또 다른 착잡한 상황이 빚어졌다. 후작부인도 아들을 간병하러 왔기 때문에 간혹 파브리스는 촛불에 비춰지는 그녀의 모습을 볼 수밖에 없었고, 이것이 클렐리아의 쇠약해진 심정에는 산드리노의 죽음을 예고하는 무서운 죄악처럼 여겨지는 것이었다. 그녀는 양심상의 의문을 해결해 주는 유명한 신학자들을 만나, 만약 어떤 맹세를 굳게 지킬 경우 분명 해악이 된다면 그래도 그 맹세에 따라야 하는지를 물어보았다. 그들은 신에게 맹세한 사람이 헛된 감각적 쾌락을 위해서가 아니라 명백히 닥칠 불행을 피하기 위해 맹세를 깨뜨린다면 그것은 죄악이 아니라고 대답했다. 그러나 이러한 대답을 들었어도 아무 소용이 없었다. 부인은 여전히 절망에 사로잡혀 있었다. 파브리스는 자신의 예사롭지 않은 계획이 클렐리아와 아들의 죽음을 초래할 지경이 되었음을 깨달았다.

그는 허물없이 절친한 사이인 모스카 백작에게 도움을 청했다. 수상은 이제는 나이가 많았지만, 그래도 지금까지 어렴풋하게 짐작만 하고 있던 이 사랑의 이야기를 듣고 감동했다.

"적어도 대엿새 동안은 후작이 집을 비우도록 꾸며 드리지. 언제쯤이 좋을까?"

그로부터 얼마 지나서 파브리스는 백작에게로 왔다. 그리고 모든 준비가 다 되었으니 후작이 집을 비우게 해 달라고 알렸다. 이틀 후 후작이 만토바 근처 그의 영지로부터 말을 타고 돌아오는 길에, 분명히 무슨 특별한 복수를 하기 위해 고용된 듯한 불한당들이 그를 납치했다. 불한당들은 후작에게 난폭한 짓은 전혀 하지 않았으나, 그를 데려가 나룻배 한 척에 태웠다. 나룻배는 사흘 동안 포강 줄기를 타고 내려가, 예전 파브리스가 질레티 사건 때 겪었던 것과 같은 여행을 했다. 나흘째 되던 날 불한당들은 후작을 포강에 있는 한 황량한 섬에 내려놓고 달아나 버렸다. 물론 그에게서 돈은 물론, 돈이 될 만한 값진 것은 하나도 남겨 놓지 않고 몽땅 빼앗은 뒤였다. 후작은 파르마의 저택으로 돌아오는 데 꼬박 이틀을 소비해야 했다. 돌아와보니 집에는 검은 휘장이 둘러쳐 있고, 사람들은 전부 슬픔에 잠겨 있었다.

어린아이를 빼앗는 일은 이렇듯 참으로 능란하게 이루어졌지만, 그 결과는 너무나 불행했다. 산드리노는 비밀리에 어떤 아름다운 대저택에 옮겨졌고, 후작부인이 거의 매일 아이를 보러 그곳에 왔지만, 몇 달 후에 아이는 죽고 말았다. 클렐리아는 성모님께 바친 맹세를 어겼기 때문에, 응당 받아야 할 벌을 받은 것이라고 생각했다. 산드리노가 병으로 누워 있는 동안, 자신이 파브리스를 밝은 불빛 아래서 보는 일이 자주 있었던 것이다. 더구나 대낮의 환한 빛 아래서 본 것도 두 번이나 되었고, 그때마다 사랑의 황홀함에 취하지 않았던가! 그녀는 사랑하는 아들의 뒤를 따라 불과 몇 달 뒤 숨을 거두었다. 그러나 그 순간에는 사랑하는 사람의 품안에서 숨을 거두는 행복을 누릴 수 있었다.

파브리스는 자살을 택하기에는 너무나 사랑이 깊었고, 믿음 또한 강했다. 그는 더 좋은 세상에서 클렐리아를 다시 만날 희망을 품었다. 그러나 총명했던 만큼, 그 희망을 위해서는 이 세상에서 죄의 대가를 치러야 되리라고 느꼈다.

클렐리아가 죽은 뒤 곧 그는 몇 장의 서류를 만들어 서명했다. 이 서류는 하인 각각에게 1000프랑의 연금을 보장하고, 자기 자신에게도 단지 그만큼의 연금만을 남기는 것이었다. 연수가 거의 10만 리브르에 달하는 영지는 모스카 백작부인에게 남겼으며, 모친인 델 동고 후작부인에게도 동일한 금액을 보냈다. 그리고 부친의 재산 중에서 남은 것은 불행한 결혼을 한 누이 한 명에게 주었다. 그다음 날, 대주교직의 사임과 함께 에르네스트 5세의 호의와 수상의 우정으로 연달아 얻은 모든 직위에 대한 사직서를 당국에 보낸 뒤, 그는 사카에서 8킬로미터쯤 떨어진, 포강 기슭 숲속에 자리 잡은 '파르마 수도원'으로 은거해 들어갔다.

모스카 백작부인은 남편이 수상 직위에 복귀하는 것을 그 당시 아주 환영했었다. 그러나 그녀 자신은 결코 에르네스트 5세의 나라로 되돌아가려 하지 않았다. 그녀는 포강 왼편 기슭, 카살 마조레에서 1킬로미터 정도 떨어진, 따라서 오스트리아의 영토에 속하는 비냐노에 저택을 마련했다. 백작이 그녀를 위해 세운 이 화려한 비냐노의 저택에는 매일 수많은 친구들이 모였으며, 매주 목요일에는 파르마의 상류층 인사들이 빠짐없이 초대되곤 했다. 파브리스도 은거하지 않았더라면 하루도 빠짐없이 이 비냐노에 왔었을 것이다. 간략히 말하자면 백작부인에게는 외견상 행복에 필요한 모든 것이 갖추어져 있었다. 그러나 그녀가 진정으로 사랑하고 있던 파브리스가 수도원에서 겨우 1년 뒤 저세상으로 가 버리자, 그녀 자신 또한 얼마 더 살지 못했다.

　　파르마의 감옥은 텅텅 비었고, 백작은 막대한 재산을 지니게 되었다. 그리고 에르네스트 5세는 신하들로부터 토스카나를 다스린 대공들의 훌륭한 치세에 비유되어 칭송을 받았다.

소수의 행복한 사람들에게 바친다
To the Happy Few

스탕달과『파르마의 수도원』

스탕달이라는 필명으로 우리에게 알려져 있는 앙리 벨은 1783년 프랑스 그르노블의 한 부르주아 가정에서 태어났다. 그의 아버지 세뤼뱅 벨은 고등법원의 변호사였고 어머니 앙리에트는 계몽주의 사상을 이어받은 의사 앙리 가뇽의 장녀였다. 어머니는 스탕달이 7세 때 세상을 떠났다. 가까운 곳에 살던 외할아버지는 어머니를 일찍 잃은 손자를 곁에 두고 보살폈으며, 그의 정신 형성에 큰 영향을 주었다.

어려서부터 열성적인 기질을 보였던 스탕달은 유일한 아들에 대한 기대라는 명분하에 아버지가 자신에게 부과하는 강압적 교육에 반항심을 품으며 성장했다. 유년 시절 내내 자신의 가족, 특히 아버지와 이모 세라피와의 불화로 그늘진 시기를 보낸 그는 16세에 중등학교를 마치고 이공과대학에 지원하기 위해 파리로 간다. 그러나 그는 거기서 친척인 다뤼 장군의 도움으로 육군성에 입대하여 나폴레옹의 이탈리아 2차 원정군에 참가하면서 군인 생활을 시작했다. 스탕달은 나폴레옹을 따라 마렝고 전투에 참전하고 러시아 원정에도 나섰다. 그러나 나폴레옹이 몰락하고 연합군이 파리로 입성하자 그는 세속적 야망을 접어 둘 수밖에 없었다. 자유와 열정의 옹호자였던 그는 이후 평생을 가난하지만 자유롭게 글을 쓰며 살았다. 이탈리아와 파리를 오가는 여행과 외교관직의 수행, 그리고 연애와 쉼없는 집필 작업이 그의 남은 생애를 채워 주었다. 그는 59세인 1842년 파리의 한 거리에서 뇌졸중으로 쓰러져 세상을 떠났으며, 몽마르트르 묘지에 묻혔다.

스탕달의 대표작으로는 그가 남긴 여러 권의 소설 가운데서도 특히 『적과 흑』과 『파르마의 수도원』이 꼽힌다. 그러나 그는 소설 이외에도 여행기와 전기를 썼으며, 음악과 미술에 대한 여러 권의 예술 평론, 『연애론』 같은 미학적 수상록, 『에고티슴 회상록』과 같은 자전적 에세이 등 수많은 글을 남겼다. 그중 『앙리 브륄라르의 생애』는 작가가 자신의 유년 시절을 솔직하게 고백한 자서전으로서, 작가 스탕달의 생애와 작품 세계를 이해하는 데 중요한 작품이다.

『파르마의 수도원』은 19세기 초의 이탈리아를 배경으로 파브리스 델 동고라는 인물의 모험과 사랑을 그리고 있다. 이 작품은 스탕달이 이탈리아 치비타 베키아 주재 영사로 있던 때인 1839년에 휴가를 얻어 파리에 돌아와서 쓴 것이다. 스탕달은 평생을 통해 이탈리아에 대한 사랑과 동경을 간직해 왔고, 이 소설 속에서도 이탈리아에 대한 작가의 애정이 배어 나오고 있다. 그런데 사실 스탕달은 만년에 영사로서의 업무를 수행하며 내심 지쳐 있던 터라, 업무를 잠시 접어 두고 다시 파리로 오게 되자 새로운 기쁨과 활력을 가지고 이 작품을 집필할 수 있었다고 한다.

치비타 베키아 영사 재직시 1833~1834년 무렵에 그는 외로움을 잊기 위해 자주 로마를 왕래하다가, 그곳에서 16세기 이탈리아를 기록한 몇 편의 문서들을 접하게 되었다. (그 기록들이 후에 『이탈리아 연대기』라는 중편 소설집으로 다시 태어난다.)

이 기록들 중에는 『파르네제 가문의 위대함의 기원』이라는 것이 있었다. 이것은 피에르 루이 파르네제의 아들로 태어난 알렉산데레 파르네제의 파란 많은 청년 시절에 대한 기록으로서, 관능적 쾌락을 쫓던 청년 파르네제가 매력적인 고모 밴도자와 그녀의 연인인 로드리고 추기경(후일의 교황 알렉산드로스 6세)의 도움을 받아 부와 높은 지위를 누리게 되고, 그런 다음에도 클렐리아라는 이름의 여인을 만나 깊은 사랑을 나눈다는 이야기이다. 이 기록에 따르면 파르네제는 만년에 이르러 그때까지의 방탕한 생활을 바꿔 지극히 고귀하고 온후한 생활로 돌아섰으며, 그의 신중한 처신 덕분에 클렐리아와의 사랑도 남들에게 드러나지 않았다고 한다. 그리하여 그는 교황 클레멘스 7세가 죽은 뒤 추기경들의 만장일치 투표로 교황 파울로 3세가 됨으로써 고모 밴도자의 뒤를 이어 파르네제 가문의 중흥의 기틀을 마련했다는 것이다.

이 정열적인 르네상스 시대의 이야기에 흥미를 느낀 스탕달은 사본의 여백에 '이 이야기로 하나의 작은 소설을 만들 것'이라고 써 두었다. 처음에 그의 의도는 이 이야기를 토대로 중편소설을 써 보려는 것이었다. 그러나 결국 이 16세기 르네상스 시대의 이야기는 작가의 시대인 19세기 이탈리아로 옮겨지고 거기에 나폴레옹의 서사시가 혼합되어 『파르마의 수도원』이 탄생하게 된 것이다.

물론 작품의 영감을 옛 기록에서 빌렸다 해도 실제 이 작품을 쓰는 데 토대가 된 것은 작가 내면의 추억과 꿈이었다. 그러므로 이 작품은 온전히 스탕달적인 작품으로 다시 태어났고, 스탕달의 소설 세계를 이야기할 때 들 수 있는 온갖 매력을 풍요하게 담고 있는 것이다.

이 소설의 대강의 줄거리를 따라가 보면 다음과 같다.

밀라노 공국 델 동고 후작의 둘째 아들로 태어난 파브리스는 자신이 숭배하는 나폴레옹을 따르기 위해 아버지의 집에서 도망쳐 나온다. 그러나 이 영웅을 찾아나선 길에서 그가 한 일이란 어수룩한 실수투성이 끝에 뭐가 뭔지도 모르고 워털루 전투에 참가한 것이 고작이었다. 다시 이탈리아로 돌아왔을 때 그를 기다리고 있는 것은 그를 미워하는 형이 그에게 씌워 놓은 자유주의자라는 혐의였다. 그 때문에 파브리스는 밀라노에서 도망치지 않을 수 없게 되었는데, 다행히 그에게는 조카를 지극히 사랑하는 고모 피에트라네라 백작부인이 있었다. 아름답고 대담하고 재치가 넘치는 피에트라네라 백작부인은 파르마 대공의 재상인 모스카 백작의 마음을 사로잡게 된다. 백작의 제안에 따라 파르마 공국으로 온 그녀는 정치적 거래를 통해 산세베리나 공작부인이 되고 그곳 궁정에서 권세를 얻는다. 이제 파브리스에게는 산세베리나 공작부인과 모스카 백작의 보호 아래 미래의 파르마 대주교라는 빛나는 앞날이 기다리는 듯이 보였다. 그러나 고모가 자신에게 보여주는 애정에 부담을 느낀 파브리스는 '마음의 변덕'을 일으켜 시골 떠돌이 극단의 여배우인 마리에타와 장난 같은 연애를 벌이고, 이 여배우의 기둥서방이었던 광대 질레티의 질투를 자극하여 결투 끝에 그를 죽인다. 이 사건은 파르마 궁정 내의 모스카 백작의 정적들에게 백작을 몰아낼 좋은 기회가 된다. 체포된 파브리스는 파르네제 탑 꼭대기방에 감금되어 어쩌면 독살될지도 모르는 위험에 처한다. 그러나 파브리스는 감옥에 갇혀 있으면서 성채 사령관의 딸인 아름다운 클렐리아와 사랑에 빠진다. 파브리스는 예전에 코모 호숫가에서 그녀와 우연히 한번 마주친 적이 있었다. 산세베리나 공작부인은 파브리스를 감옥에서 탈출시키는 데 성공하지만, 클렐리아를 그리워하는 조카의 마음을 돌릴 수는 없었다. 공작부인은 복수를 위해 대공의 암살을 꾸미고, 그의 후계자인 에르네스트 5세의 총애를 얻어 다시 파르마로 돌아온다. 궁정에서의 갖가지 책략과 음모들…… 그러나 이제 파브리스의 마음속에는 오직 사랑하는 클렐리아뿐이다. 불행하게도 그녀는 아버지를 배반했다는 죄책감으로 인해 크레센치 후작과의 결혼을 승낙하고 만다. 파브리스는 부주교가 되고 세상 사람들의 칭송을 듣는 성직자의 길을 걷지만, 그의 관심은 온통 클렐리아와의 사랑을 되찾는 데 쏠려 있다. 꿈같이 행복한 몇 년이 흘러간 뒤, 파브리스는 클렐리아가 낳은 자신의 아들 산드리노를 자기 곁으로 데려오려는 생각을 해 낸다. 그러나 이 무모한 계획은 어린 아이의 죽음을 초래하고 아들을 따라 클렐리아도 곧 죽고 만다. 그녀가 죽자 파브리스는 세상을 버리고 파르마의 수도원에 은거하여 1년 후 그곳에서 죽는다. 산세베리나 공작부인 역시 사랑하는 조카가 죽은 후 얼마밖에 더 살지 못한다.

소설가로서의 스탕달은 흔히 발자크와 더불어 19세기 프랑스 사실주의 소설의 대가로 알려져 있다. 실제로 그의 대표작인 『적과 흑』은 '1830년대 연대기'라는 부제를 달고 있으며, 19세기 초반의 역사적 격동기에 인간을 사회와 역사 속에 놓고 보는 근대적 리얼리즘의 안목을 보여 주고 있다. 스탕달 자신도 '소설은 길을 따라 들고 다니는 거울이다.'라고 말하며 현실에의 충실성을 강조하기도 했다.

이러한 점은 『파르마의 수도원』에서도 마찬가지여서, 독자들은 작품을 읽어 가며 당대 사회와 정치에 대한 작가의 날카로운 분석과 비판을 빈번히 마주치게 된다. 또한 예를 들어 소설 속의 워털루 전투 장면의 묘사에서는 하나의 대사건을 특색 있는 일련의 자질구레한 실제 사실들로 환원하는 스탕달 소설의 사실주의적 면모를 확인할 수 있다.

그러나 스탕달의 소설은 이처럼 시대를 꿰뚫어 보는 날카로운 통찰력 이외에도, 한 인간의 내밀한 욕망에 대한 깊은 이해와 역사적 사건 위에서 어떤 극적인 운명을 창조하는 상상력, 그리고 열정, 질투, 의심, 소심함을 그려내는 절묘한 심리 묘사에 의해 단순히 사실주의를 뛰어넘는 그 무엇을 보여 준다. 특히 『파르마의 수도원』은 작가 스탕달의 내밀한 세계를 엿보게 하는 독특한 시정(詩情)과 문장의 전개가 그 매력의 중요한 부분을 이루고 있다.

사실 이 작품을 처음 대하는 사람이라면 어디로 뻗어 나갈지 종잡을 수 없는 이야기 전개나 거의 강박적으로 되풀이되는 인물들의 정념에 어리둥절해질지도 모른다. 또한 근엄한 도덕주의자들이라면 작품을 읽어 가는 도중 얼굴을 찌푸릴 만한 내용들과 빈번히 마주치게 될 것이며, 게다가 어떤 독자라도 마지막에 가서는 한참 절정으로 치닫는 듯하던 이야기가 느닷없이 끝나는 것을 보고 미진함을 떨쳐 내지 못할 것이다.

그러나 이러한 적지 않은 결함에도 불구하고 많은 사람들이 이 작품을 『적과 흑』과 더불어 스탕달의 대표작으로 꼽기를 주저하지 않는다. 그렇다면 그것은 쉽게 찾아지지 않는 감동의 근원이 이 소설의 어딘가에 숨어 있다는 증거가 아니겠는가.

이 작품은 스탕달의 대부분의 작품들과 마찬가지로 당대에는 세인의 주목을 크게 끌지 못했다. 그런데 이처럼 후일에야 그 진정한 가치를 인정받은 작품들의 공통점이 있다면 그것은 이러한 작품들이 독자들로 하여금 소설을 읽어 가면서 그 속에 숨어 있는 어떤 독특한 매력을 발견하는 즐거움을 느끼게 해준다는 데서 찾을 수 있을 것이다. 그러한 즐거움이란 마치 겹겹이 싸놓은 찬란한 보물을 찾아 보자기를 한 겹 한

작품 해설

겹 펼칠 때의 기쁨과도 같다.

말하자면 이 소설에는 많은 사람들을 열광시킨 어떤 매력이 숨어 있다는 것으로서, 그것은 아마도 이 작품이 전해 주는 행복의 영상에서 찾을 수 있을 것이다. 이 행복의 영상이야말로 『파르마의 수도원』의 핵심적인 요소인데, 그것을 맛보기 위해서 우리는 무엇보다 우선 마음을 열고 작가가 이야기하는 행복에 공감하려는 자세를 취해야 한다.

『파르마의 수도원』의 중심 주제라 할 수 있는 '행복에의 추구'는 스탕달의 전 생애와 작품을 관통하는 주제이기도 하다. 앞서 말했듯이 『파르마의 수도원』은 스탕달이 만년에 쓴 소설이다. 그는 이 소설을 단 52일 만에 완성했다. 영감이 분출하는 대로 그가 구술하면 속기사가 받아 썼다. 인생의 황혼을 바라보는 나이에 쓴 소설이 이렇게 거침없고 즉흥적이었다면, 그 속에는 한 생애가 쌓아온 명상과 꿈, 추억들이 돌연한 불꽃으로 타오르고 있음을 짐작할 수 있을 것이다.

늙음이 주는 회한. 삶의 소중했던 순간들이 머지않아 영원히 망각되리라는 조바심 앞에서 스탕달은 자신의 모든 것을 이 소설 속에 쏟아부었다. 과거와 현재의 열정, 스러져 버린 꿈들, 심지어 가슴 어디엔가 접어둔 채 의식하지 못하고 있었던 욕망까지도. 『파르마의 수도원』에는 한 인간이 꿈꾸었던 행복이 담겨 있다.

나폴레옹의 몰락 이후 작가가 사회에 대해 느끼는 이질감, 자신이 그 세계에 속해 있지 않으며 거기에 자신의 자리가 없다는 방외인(邦外人)의 의식은 작가로 하여금 세속적 성공과는 무관한 행복을 그려 보임으로써 삶의 진정한 의미를 성찰하게 하는 동기가 되었다. 그러한 행복은 사회와는 상반된 욕망의 실현을 통해서 얻어지는, 말하자면 자신이 간직한 순수성의 보존을 통해 도달하는 행복이다. 사실 역사에 외면당하고 사회로부터 소외된 하나의 인생에 있어서 행복을 구현한 소설 쓰기는 하나의 보상 방법이 될 수도 있지 않았겠는가.

이 소설의 주인공 파브리스 델 동고는 작가가 행복을 이야기하기 위해 창조한 인물이다. 그에게는 가슴 설레게 하는 아름다운 청춘의 이미지가 있다. 행복을 빚어내는 젊음의 열정이란 이 작품의 매력을 구성하는 중요한 요소 중의 하나이다. 그러나 무엇보다 작가는 이 인물에게 행복을 창조하고 누릴 수 있는 특별한 자질들을 부여했는데, 그것은 순진함과 순수한 욕망에의 충실성이다. 파브리스는 능란한 처세술로 무장한 주변의 인물과 비교해서 끝까지 젊음의 순진무구함을 지켜 나가고 있다. 물론 스탕달의 주인공들은 모두 순진성과 섬세한 감수성의 소유자들이다. 예를 들어 『적과 흑』의 주인공인 줄리앙 소렐만 보더라도 정열과 감수성을 갖춘 스탕달 인물의 전형이라고 할 수 있다. 그런데 줄리앙은 재능 있는 소시민 계급 출신으로서 사회의 상층부로 상승하기 위한 야심에 불타는 인물답게 내면의 섬세한 감수성과 동시에 이에 대비되는 냉정하고 치밀한 계산, 야망을 실현하기 위한 의지, 차가운 자제력을 보여 준다. 반면 파브리스의 경우에는 계산이나 의지에 앞서 자발적이고 충동적이다. 그는 모든 종류의 억제를 떠나 자연스러움으로 채워진 인물이다.

파브리스는 확고한 자기 입장을 지닌 작가의 다른 주인공들과 비교해 볼 때 애매함을 드러내기도 한다. 즉 정치적으로는 확고한 신념이 결여되어 있으며 때로는 행동과 신념의 불일치를 보여 주기도 하는 것이다. 따라서 이처럼 일견 모호한 인물인 파브리스를 이해하는 열쇠는 이 인물을 작품의 중심 주제인 행복의 추구를 통해 조명하는 데 있다. 그의 우유부단함과 정치적 무신조는 그의 모든 삶이 원천적으로 행복의 추구로 향하고 있다는 반증이기 때문이다. 그는 행복을 위해 무엇을 의식적으로 선택하여 추구하기보다는, 원초적 욕망에 의해 행복을 향해서 움직이는 인물이다.

행복에 대한 열광은 또한 작품의 곳곳에 도사리고 있는 비도덕적 요소들까지도 포용하게 해 준다. 은근히 암시된 파브리스의 출생 내력과 조카에 대한 고모의 연정, 권력에 기댄 성직 매매와 온갖 정략들, 결혼한 여인인 클렐리아와 최고위 성직자의 사랑, 그 사이에서 태어난 통념상 불륜의 아들인 산드리노, 게다가 이 아들의 유괴에 이르기까지 도덕적으로 비난받을 만한 온갖 요소들이 소설 속에서는 오로지 행복에의 추구라는 주제 속에서 수렴되고 있다.

이것은 16세기 이탈리아 르네상스 시대의 모럴의 구현이기도 한데, 즉 후회 없이, 어떠한 사회적 제약이나 윤리 도덕적 구속도 없이 본능이 시키는 대로 삶의 순간을 누리자는 제안으로서, 스탕달이 이상(理想)으로 생각한 정열적인 삶의 조건인 것이다. 이러한 삶의 모럴은 한편으로는 세속적 타산과는 거리가 먼, 자발성과 순수함에 대한 예찬으로서, 그 안에는 작가가 자기 시대의 범용(凡庸)과 속됨에 던지는 비판이 담겨 있다.

파브리스는 사랑하는 여인을 볼 수 있다는 기쁨에 죽음이 도사리고 있는 감옥에서도 행복을 느끼며, 또한 사랑을 찾아 그 감옥을 스스로 찾아가기도 하는 인물이다. 그는 행복의 추구를 위해 애초에 모든 야망을 포기했다. 그는 헌병에 쫓기는 위태로운 상황에서도 자연의 아름다움에 취해 감상에 빠지고, 성당에서 설교를 하면서도 주위 상황에는 아랑곳없이 오직 사랑하는 여인을 향해서만 이야기를 건넨다. 그의 성격은 세속적 그늘 없는 순수한 열정 그 자체로서, 작가는 이런 것이야말로 행복을 가져다주는 열정이라고 역설한다.

이처럼 『파르마의 수도원』에서 가장 문제가 되는 것은 행복이다. 그러니 이러한 행복의 이야기에 도덕이라는 척도가 무슨 소용이 있겠는가. 『파르마의 수도원』의 매력이란 소설의 구성이나 모든 도덕적 고려를 떠나 인물과 그들의 삶이 마련해주는 행복의 영상에 있는 것이다.

이러한 행복 추구의 화려한 여정에 비해 너무 급격하고 씁쓸한 소설의 결말은 독자들을 어리둥절하게 만들기도 한다. 그러나 이 작품에서 중요한 것은 행복 추구의 과정이다. 즉 결말이 문제가 아니라 작품 도처의 행복한 순간들을 포착하는 것이 중요하다. 작가는 행복의 어떤 완성된 도식을 보여주려한 것은 아니기 때문이다.

따라서 『파르마의 수도원』은 작품의 진정한 메시지와 연관시켜 볼 때 적절한 결말을 지니고 있다고 할 수 있다. 즉 이 소설은 세속적 욕망과 타산이 지배하는 세상에서의 정열적 사랑의 실현과 그 당연한 결과인 외로운 죽음에 대한, 그로 인해 범용에서 벗어난 한 사람이 이야기인 것이다. 이것은 한 작가가 순수한 정열을 간직한 한 젊은이를 주인공으로 삼아 엮어 낸, 그리하여 자신이 이루지 못한 행복에의 꿈을 주인공으로 하여금 대신 이루도록 한 '행복의 꿈'이다.

『파르마의 수도원』 속에는 잊을 수 없는 순간들이 가득하다. 시골 아이들이 칠흑 같은 밤 코모 호수에서 벌이는 원정 놀이, 어느 아름다운 여름날 클렐리아와의 첫 만남, 그리앙타의 종탑에서 듣는 즐거운 축포 소리, 이 축포 소리는 멀리서부터 호수의 수면을 스치며 파도와 섞여 부드럽게 울려 퍼진다. 그리고 새들에 둘러싸여, 쏟아지는 눈부신 햇살을 받으면 서 있는 아름다운 소녀와 높은 탑의 감옥방에서도 유쾌한 웃음을 터뜨리는 젊은 죄수, 죄수는 감옥에서 사랑하는 여인을 내려다보며 그녀의 눈길이 자기 쪽으로 향하기를 애타게 기다린다. 감옥 차양에 낸 구멍을 통해 나누는 연인의 눈빛, 손짓, 그리고 종이에 쓴 알파벳의 대화…….

이 모든 소중한 영상들은 작가가 삶의 아름다움에 보내는 갈채가 아닌가. 소설 속에서 행복을 향한 행동의 발화점은 순수하고 자발적 욕망에 있다. 이것이 스탕달이 우리에게 슬며시 보여 주는 행복의 열쇠다. 천진하기 때문에 아름다운 것들. 자연스럽기 때문에 우아한 것들. 열정적이기 때문에 고상한 것들……『파르마의 수도원』이 펼쳐 보이는 행복의 영상들을 읽는 일은 몇 겹으로 싼 보석을 펼쳐 그 찬란한 광채를 발견하는 것과 같은 기쁨을 느끼게 한다.

　물론 이 행복의 그늘에는 추하고 천박한 것들도 있다. 그러나 그런 그늘진 것들이 오히려 행복의 빛을 한층 돋보이게 한다. 어두운 것들을 삶에서 완전히 없애 버리기란 도저히 불가능하다는 것을 이미 알고 있는 작가는 차라리 그것들을 저 멀리의 배경으로 밀어놓는다. 이제 저속하고 비열한 것들과는 아웅다웅 싸울 필요조차 없다. 다만 거리를 두고 경멸하고 웃어 주면 된다. 허영에 사로잡힌 자들은 그들의 어리석음으로 인해 우스꽝스러울 뿐이다. 악당 라씨조차 이 행복한 놀이에서는 어릿광대 역을 아주 재미있게 해내지 않는가. 스탕달은 『적과 흑』을 쓸 때보다 한참 멀리 와 있다.

　그러므로 이 소설을 읽으며 느끼는 기쁨 앞에서는 소설의 구성이 긴밀하지 못하다느니, 그 줄거리가 비도덕적이니 하는 한편의 비판도 별로 큰 힘을 쓰지 못할 것 같다. 사실 스탕달은 19세기 초의 이탈리아를 배경으로 갖가지 일화들을 흘러가는 시간에 따라 그냥 자연스럽게 나열한다. 그러나 작가의 자유로운 상상력은 인물들의 욕망의 리듬을 충실히 재현해 내고 있기 때문에, 작가가 이야기하는 행복에 공감하는 사람들은 이 소설을 읽으면서 즐거움과 긴장감을 맛볼 수 있는 것이다. 이를 위해 우리는 소설 속으로 뛰어들어 작가와 함께 행복을 추구해야 한다. 이것이 작가가 창조한 행복의 영상에 동참하는 행복한 독자가 되는 방법이다.

　『파르마의 수도원』의 마지막 줄에는 '소수의 행복한 사람들에게 바친다.(To the Happy Few.)'라는 헌사가 붙어 있다. 『파르마의 수도원』이 지향하는 것은 사랑을 나눌 수 있는 아름다운 영혼들과의 만남이다. '행복한 소수'란 속된 세계에 얽매이지 않고 '정신적 자유'를 누리는 이들이다. 이들은 속된 현실에서 도피하지는 않는다. 다만 한 걸음 옆으로 비켜나 천박한 현실에 대해 웃어 주며 자신들의 순수한 행복을 음미하는 사람들로서, 『파르마의 수도원』은 작가가 이 행복한 소수의 독자들에게 바치는 자신의 꿈과 추억의 찬란한 결정체인 것이다. 『파르마의 수도원』을 두고 어느 평자가 '시정(詩情)이 넘쳐흐르는 사랑의 둔주곡'이라고 말한 것도 바로 이러한 점 때문일 것이다.

2001년 여름
원윤수

작가 연보

1783년 　본명은 마리앙리 벨(Marie-Henri Beyle). 1월 23일 그
르노블의 비외-제쥣트 거리(Rue des Vieux-Jésuites)에
서 태어났다.

1790년 　11월 23일 모친이 사망했다.

1791년 　외삼촌 로맹 가뇽(Romain Gagnon)과 함께 사부아
(Savoie) 지방의 에셸(Echelles)에 체류했다.

1792년 　12월 라얀느(Raillane) 신부가 앙리 벨의 가정 교사
로 들어왔다. 스탕달이 '라얀느의 횡포(La Tyrannie
Raillane)'라고 부르는 가정 교사와의 공부가 1794년 8월
까지 계속되었다.

1793년 　현의 반혁명 용의자 명단에 올라 있던 부친 셰뤼뱅 벨
이 5월 15일 투옥당했다. 그는 두 차례 일시 석방되었

다가 재투옥된 후 1794년 7월 24일 완전히 석방되었다.

1796년   11월 21일 그르노블에서 중앙 학교(École Centrale)의
         개교와 동시에 그곳에 입학했다.

1799년   수학 경시 대회에서 일등 상을 받는 등 좋은 성적으로
         삼 년간의 공부를 마치고 파리로 떠났다.

         파리에서 이공과 대학(École Polytechnique) 입학시험
         에 응시하려던 애초의 계획을 포기한 후, 여러 곳을 전
         전하다가 병들고 실의에 빠져 12월 말경 친척인 다뤼
         (Daru)가에 거주한다.

1800년   국방성 고위 관리였던 피에르 다뤼(Pierre Daru)의 주
         선으로, 국방성의 임시 직원으로 일했다.

         10월 23일 제6용기병 연대의 소위로 임관했다.

1801년   2월 1일 미쇼(Michaud) 장군의 부관으로 임명받아 이
         탈리아 롬바르디아 지방에 체류했다. 연말경에 병가(病
         暇)를 얻어 그르노블로 떠났다.

1802년   그르노블에서 빅토린 무니에(Victorine Mounier)란 여
         자에게 반해 4월에는 파리에서 그녀를 다시 만났다.

         6월 군대에서 사직했다. 문학에 뜻을 두고서, 이탈리아
         어 지식을 보완하고 영어 공부를 시작하며 극장에 열
         심히 드나들고 비극 작품의 습작을 하고, 「라 파르살
         (La Pharsale)」이란 서사시를 쓸 계획을 세웠다.

1803년   「두 사람(Les Deux Hommes)」이란 희극을 쓰려고 시도
         하는 동시에 사교 생활을 계속했다.

         6월에는 금전적인 궁핍으로 그르노블에 돌아갔다.

1804년	그르노블에 싫증을 내고 다시 파리로 떠났다. 누이동
	생 폴린과 빈번한 서신을 주고받았다.
	새로운 희극 작품 『르텔리에(Letellier)』의 집필을 시작
	했다.
	그의 사상에 지대한 영향을 끼친 데스튀 드 트라시
	(Destutt de Tracy)의 저작 『이데올로기(Idéologie)』를 발
	견했다.
1805년	견습 여배우 멜라니 길베르(Mélanie Guilbert)와 사랑
	에 빠져 함께 마르세유로 떠났다. 그녀와 함께 지내며
	무역상에서 일했다.
1806년	행정 감독관 및 참사원 의원으로 임명된 피에르 다
	뤼와 다시 관계를 맺고 10월 16일 독일로 떠났다. 전
	쟁 감독관 임시 보좌역으로 임명받아 독일 브룬스윅
	(Brunswick)에서 근무했다.
1807년	빌헬민 드 그리스하임(Wilhelmine de Griesheim)과 연
	애를 시작했다.
	셰익스피어와 골도니(Carlo Goldoni)의 작품을 읽었다.
1808년	『브룬스윅 풍경(Tableau de Brunswick)』과 『스페인 계승
	전쟁사(Histoire de la Guerre de Succession d'Espagne)』
	집필을 시도했다.
1809년	피에르 다뤼 휘하에서 근무. 피에르 다뤼가 나폴레옹
	제국의 백작으로 선임되었다.
1810년	8월 1일 참사원 보좌관으로 임명되었다.
	8월 22일 황실 재산 감독관으로 임명되어 관료로서 출

세 전망을 갖게 되었다.

1811년   파리에서 사교 생활 영위. 여배우 앙젤린 브레이테르
(Angéline Bereyter)와 관계를 맺었다.

다뤼 백작이 장관으로 임명되었다. 스탕달은 다뤼 백작
부인에게 사랑을 고백했다.

8월 29일 이탈리아로 떠났다. 밀라노에서 십일 년 전에
알던 여인 안젤라 피에트라그뤼아(Angela Pietragrua)와
재회. 이탈리아의 여러 도시를 여행한 후 11월에 프랑
스로 돌아왔다.

『이탈리아 회화사(L'Histoire de la Peinture en Ita-
lie)』의 집필을 시도하고 『미켈란젤로의 생애(Vie de
Michel-Ang)』의 초고를 썼다.

1812년   7월 23일 임무를 띠고 러시아로 떠났다.

모스크바 전투를 보고 모스크바에서 한 달간 체류한
후, 퇴각하는 나폴레옹 군대와 함께 러시아를 떠났다.

1813년   1월 31일 파리 귀환. 지사나 참사원 청원 위원으로 승
진하지 못한 것에 몹시 실망했다.

독일로 떠나 지방 행정 감독관의 직무를 수행하며 6월
과 7월을 독일에서 체류했다.

1814년   나폴레옹 실각의 해. 그르노블에서 도피네(Dauphiné)
지방 방어를 준비하는 작업을 하다가 파리로 가서 연
합군의 파리 입성을 목격했다.

부르봉 왕조 복고 후 관직을 기대하다 실망하고, 이탈
리아에 정주할 결심으로 7월 20일 밀라노로 떠났다.

향후 칠 년간 밀라노를 본거지로 생활했다. 안젤라 피에트라그뤼아와 새로운 사랑에 빠졌다.

1815년   루이알렉상드르세자르 봉베(Louis-Alexandre-César Bombet)란 필명으로 『하이든, 모차르트, 메타스타지오의 생애(Vies de Haydn, de Mozart et de Métastase)』를 파리에서 출판했다.

안젤라와 결별했다.

1816년   밀라노에서 딜레탕트 생활을 계속했다.

4월에는 그르노블에 머물며 바이런(George Byron)을 만났다.

1817년   『이탈리아 회화사』를 출간했다. 드 스탕달 씨(M.de Stendhal)란 필명을 처음 사용하여 『1817년의 로마, 나폴리, 플로렌스(Rome, Naples et Florence en 1817)』를 출간했다.

1818년   3월 메틸드 뎀보우스키(Métilde Dembowski)에 대한 열정적인 사랑이 싹텄다.

『나폴레옹의 생애(Vie de Napoléon)』를 집필했다.

1819년   6월 20일 부친이 사망했다.

1820년   『연애론(De l'amour)』을 탈고했다.

1821년   이탈리아 정부로부터 과격파로 의심받아 밀라노를 떠나게 되었다. 메틸드와 이별하고 6월에 프랑스로 귀환했다.

1822년   여러 살롱에 출입하며 사교 생활을 영위했다.

8월 17일 『연애론』을 출간했다.

11월 1일 런던에서 발간되는 《신월간지(New Monthly Magazine)》와 협력을 시작했다.

1823년　『라신과 셰익스피어(Racine et Shakespeare)』를 출간했다. 11월 『로시니의 생애(Vie de Rossini)』를 출간했다.

1824년　이탈리아에서 귀국하여 파리에 거주했다.
클레망틴 퀴리알(Célmentine Curial) 백작 부인과 연애했다.

1825년　12월 『산업인들에 대한 새로운 음모(D'un nouveau complot contre les industriels)』를 출간했다.

1826년　퀴리알 백작 부인과 관계가 단절되었다.
『아르망스(Armance)』를 집필했다.

1827년　2월 『로마, 나폴리, 플로렌스』 제2판 출간.
8월 첫 소설 『아르망스』가 출간되었다.

1828년　군인 연금이 끝나고 영국 잡지들과의 협력도 끝나 극심한 경제적 궁핍을 겪었다

1829년　『로마 산책(Promenades dans Rome)』의 집필을 완료했다. 9월에 출간되었다.
알베르트 드 뤼방프레(Alberte de Rubempré)와의 연애 실패로 실의에 빠져 9월 남 프랑스 지방 여행길에 올랐다.
12월 13일 잡지 《파리 리뷰(Revue de Paris)》에 단편 「바니나 바니니(Vanina Vanini)」를 게재했다.

1830년　단편 「미나 드 방겔(Mina de Vanghel)」을 완성했다.
3월 지윌리아 리니에리(Giulia Rinieri)와 연애했다.

5월 '적과 흑'이란 제목이 확정되고 7월까지 집필에 몰두했다.

7월에 프랑스 칠월 혁명이 발발하고 뒤이어 칠월 왕조 성립. 새 정치 체제가 들어서자 9월 25일 트리에스테(Trieste) 주재 영사로 임명받아 11월 이탈리아의 임지로 떠났다.

11월『적과 흑』이 두 권으로 출간되었다.

11월 26일에 트리에스테 영사로 부임하나, 당시 이탈리아를 지배하던 오스트리아 정부가 그의 영사 인가장을 거부했다.

1831년　파리의 결정을 기다리며 트리에스테에 거주했다. 다시 교황령인 치비타베키아(Civitavecchia) 주재 영사로 임명받아 4월 17일에 부임했다. 교황청은 그의 영사 임명에 동의했다.

1832년　치비타베키아에서 영사 직을 수행하면서 빈번히 로마를 왕래하고 이탈리아의 여러 도시를 여행했다.
『에고티즘의 회상록(Souvenirs d'Égotisme)』을 집필했다.

1834년　『뤼시앵 뢰벤(Lucien Leuwen)』을 구상했다.

1835년　1월 문인의 자격으로 레지옹 도뇌르 훈장을 받았다.
6~9월『뤼시앵 뢰벤』구술.(그러나 이 대작은 미완으로 남았다.)
11월 23일 자서전적 에세이『앙리 브륄라르의 생애(Vie de Henry Brulard)』의 집필을 시작했다.

1836년　11월『나폴레옹에 관한 회상록(Mémoires sur Napoleon)』 집필을 시작하나, 다음 해 이 저작을 포기했다.

1837년   단편 「비토리아 아코랑보니(Vittoria Accoramboni)」와 「첸치 가문(Les Cenci)」을 발표했다. 『여행자의 회상록(Mémoires d'un Touriste)』을 집필했다.

1838년   단편 「팔리아노 공작 부인(La Duchesse de Palliano)」을 발표했다. 「카스트로의 수녀(L'Abbesse de Castro)」 집필을 시작했다. 11월 4일부터 12월 26일 사이의 단기간에 대작 『파르마의 수도원(La Chartreuse de Parme)』을 구술하여 완성했다.

1839년   「카스트로의 수녀」를 《두 세계지(Revue des Deux Mondes)》에 2회에 걸쳐 게재했다. 4월 6일 『파르마의 수도원』을 출판했다. 여러 편의 단편 초고를 쓰고 장편 『라미엘(Lamiel)』을 구상했다.
          6월 24일 파리를 떠나 스위스와 이탈리아 여러 곳을 돌아다닌 후 8월 10일에 임지 치비타베키아에 도착했다. 『라미엘』을 집필했다.(이 작품은 미완성으로 남았다.)

1840년   『파르마의 수도원』을 수정하면서 계속 『라미엘』에 관심을 기울였다.
          10월 15일 《파리 리뷰(Revue Parisienne)》에 실린 『파르마의 수도원』에 대한 오노레 드 발자크(Honoré de Balzac)의 찬양의 글을 읽었다.

1841년   3월 15일 뇌졸중 발작이 시작되었다.

1842년   파리에서 집필 작업 중 3월 22일 뇌브데카퓌신(Neuve-des-Capucines)거리에서 뇌졸중 발작으로 쓰러졌다. 거처인 호텔로 옮겼으나 의식을 회복하지 못하고 3월 23일 사망했다. 아송프시옹(Assomption) 성당에서 가톨릭 장례 의식을 거친 후 3월 24일 몽마르트르(Montmartre) 묘지에 안장되었다.

세계문학전집 **49**

파르마의 수도원 2

1판 1쇄 펴냄 2001년 8월 1일
1판 37쇄 펴냄 2023년 1월 13일

지은이 스탕달
옮긴이 원윤수, 임미경
발행인 박근섭, 박상준
펴낸곳 (주)민음사

출판등록 1966. 5. 19. (제 16-490호)
서울특별시 강남구 도산대로1길 62(신사동) 강남출판문화센터 5층 (우편번호 06027)
대표전화 02-515-2000 팩시밀리 02-515-2007
www.minumsa.com

© 원윤수, 임미경, 2001. Printed in Seoul, Korea

ISBN 978-89-374-6049-4 04800
ISBN 978-89-374-6000-5 (세트)

* 잘못 만들어진 책은 구입처에서 교환해 드립니다.

세계문학전집 목록

세계문학전집은 계속 간행됩니다.